望海埚

于永铎 著

北方联合出版传媒（集团）股份有限公司
春风文艺出版社
·沈阳·

图书在版编目（CIP）数据

望海埚/于永铎著. —沈阳：春风文艺出版社，
2023.3（2024.8重印）

ISBN 978 - 7 - 5313 - 6022 - 3

Ⅰ. ①望… Ⅱ. ①于… Ⅲ. ①长篇历史小说 — 中国 —
当代 Ⅳ. ①I247.5

中国版本图书馆CIP数据核字（2021）第118600号

北方联合出版传媒（集团）股份有限公司
春风文艺出版社出版发行

沈阳市和平区十一纬路25号　邮编：110003
永清县晔盛亚胶印有限公司印刷

责任编辑：姚宏越		助理编辑：平青立	
责任校对：赵丹彤		封面设计：黄　宇	
封面题字：王学东		幅面尺寸：170mm × 240mm	
字　　数：347千字		印　　张：22	
版　　次：2023年3月第1版		印　　次：2024年8月第3次	
书　　号：ISBN 978-7-5313-6022-3			
定　　价：68.00元			

目　录

第一章　马雄岛被屠

大明朝永乐初年三月，辽东南的积雪还未完全消融。黑的山坡，白的山顶，透着满目萧瑟。然而，残冬总是要过去的，从三月三这天开始，肆虐一个冬天的西北风便会退却，潮湿的东南风挟着春雷迎面而来。连着两场细雨，靠向大海的山坡上就会呈现一片一片盎然的春意。最先探出头来的一定是金簪草，尖尖的、细细的，迎风抖擞着叶片中夹生小齿，极像妩媚多姿的小娘子。每一株金簪草的旁边又会不断冒出一片又一片的野薄荷，等到四月初，粗壮的野薄荷就会将金簪草抱住，簇拥着满山乱走。到了那时，山南山北，全都是野薄荷和金簪草的海洋。三月三就像一道分水岭，将节气分割成截然不同的两半，一脚是冬天，一脚却迈进了春天。过了这天，桃树也要抢着赶热闹，趁着东风，趁着春雨，米粒大的芽尖便爬满枝头。

马雄岛是辽东最早和春风相遇的地方，二月刚走，青云河便已化冻，隔着几里地都能听到潺潺的流水声。清冽的河水涌着一群一群洄游的鱼虾，成了鸭子的美食。马雄岛的鸭蛋出名，和鸭子吃河里的鱼虾有着极大关系。

马雄岛一部分伸向海里，另一部分与大陆连接，涨大潮的时候，通往大陆的道路会没入水中，马雄岛便成了离岛。直到大潮退却，才又和大陆连接。辽东南一带地势险峻，像马雄岛这样的突兀半岛比比皆是。

这一天，金州卫樱桃园堡的百户长江隆刚刚坐定，还没来得及喝一口水，忽听院子里杀猪般的狂叫："着火了！着大火了！"

江隆霍地站了起来，惊得眼珠子都要掉了出来，他连忙跑出议事厅，顺着梯子上了房顶。眼见马雄岛方向一片红光。亲兵王大牛骑着狮子兽从东大墙那边跑了过来，大声嚷着："着了，守堡爷，起大火了！"

"知道了！"江隆下了房，大步进了议事厅，亲兵跟在后面紧着报告："半个时辰前，有百姓在寨门下哀号。"

江隆猛地站住了，一脚将亲兵踹了个仰八叉。他瞪圆了眼睛问："小婢养的，为何不报？！"

亲兵爬起来，嘟囔着，也听不清在说什么。江隆气昏了头，抓起绊马杠，搂头就砸，让云骑尉吴云湘一把抱住了。

"奉举兄，快快息怒。"吴云湘又朝亲兵喊："还不快擂鼓升帐！"

江隆进了议事厅，抬眼看见两个小校交头接耳，他连忙招呼道："你赶紧骑快马去金州向钱帅报告。"

小校转身就走，江隆叫住了，抓起笔写了一封信，写明马雄岛出现了紧急军情，樱桃园堡已经派出探马，后续情报将陆续传达。封了火漆，交给小校，江隆又喊着王大牛把好马牵出来让给小校骑。吴云湘紧嘱咐着："告诉钱帅，吴云湘和江守堡此时已经带兵赶往马雄岛了。"

"听明白了吗？"江隆喊。

"明白了，守堡爷已经率兵前往马雄岛了。"说话间，小校早跑了出去。

"傻瓜！云骑尉，傻瓜，别漏了云骑尉吴老爷！"江隆朝着小校喊。亲兵抱来盔甲，帮着江隆罩袍束带。江隆感到头盔遮眼，就问："吴老弟，这盔是不是歪了？"吴云湘伸手给正了正，江隆反手给了亲兵一巴掌，骂道："小婢养的，头盔都能戴歪了，长着眼睛喘气用吗？"亲兵被打蒙了，垂手不语，江隆又扇了一巴掌，连吼着："快点儿！快点儿！"

"报守堡爷，已经穿戴好了。"

江隆朝吴云湘拱了拱手，示意他在前面，吴云湘连忙拱手，示意江隆在前。江隆不再客气，昂头走了出去。院里站满了小校，都是戴着毡笠子，贯着铠甲，铠甲的样式却是五花八门。有的还是黑乎乎的老藤甲，有的是牛皮甲，穿锁子甲的只有江隆一个。掌旗官丁大贵迎了上来，引导着江隆一行进到议事厅。议事厅的案前站着十名小旗，案旁坐了三名总旗。见江隆进来，三名总旗起立施礼。江隆走到案后，示意添一把椅子。云骑尉吴云湘伸手拦住了，低声说："军情紧张，奉举兄请上座指挥。"

"好！"江隆微微点头，坐在椅子上，总旗以下所有人都站着，每个人都是满脸肃穆。江隆突然拍了下惊堂木，低声问："旗牌官，都到齐了吗?"

旗牌官捧着花名册，先从总旗吕克铭点起，崔忠君、吕德孤……旗牌官一一点卯，大堂中的军官全都大声报号。江隆拿起令旗，命总旗吕克铭率五十骑立即前往马雄岛探视，随时报告情况。吕克铭捧着令旗退了出去。江隆又安排总旗崔忠君带着步兵五十人随后接应，堡里其他人等迅速上墙做好战斗准备。新训不久的壮丁也要分发武器，有伤有病不能打仗的就地充当民夫。布置完毕，江隆朝左右扫视了一眼，大声宣布："即刻起，堡内不得喧哗，全体都要枕戈待旦。"江隆回头问："吴老弟，你还有补充的吗?"见吴云湘连连摇手，江隆不再客气，大声说："老弟，快随老哥去马雄岛捉贼立功去。"

吴云湘一怔，口说"遵命"，那双脚却牢牢地钉在那儿。吴云湘本来就打怵走夜路，此时又不清楚马雄岛到底出了什么事，他担心自己吃不消。眼看着众人离开议事厅，吴云湘猛跺了下脚，咬牙跟了出来，他喊着带来的几名亲兵，命令轮班围护。

山路上，月色正浓。

马雄岛与樱桃园堡足有二十里的距离，中间隔了两重山：一座是观音山，一座是老牛背。夜里，马走山路十分危险，遇到窄小的地方，骑兵都得下马，紧贴着崖壁走。云骑尉吴云湘吃尽了苦头，他素有夜盲症，一路上时不时被树枝撞了额头，被石头绊个跟头。每一次碰撞，都会发出急促的惊叫声。亲兵不忍他如此遭罪，过了观音山以后就开始轮流背他。一行人刚走到老牛背的西头，前头就停下了。一名探子被带到江隆的马前，探子的声调都变了，他急促地说："倭鬼! 全是倭鬼!"

"倭鬼?"江隆猛地一紧，刚要抽他几鞭子，又忍住了。江隆压低声音，柔和地说："慢点儿说，不慌，慢点儿说。"

"倭鬼! 全是倭鬼!"

"给他一口水喝。"吴云湘吩咐着，亲兵递过去一个水囊。探子喝了口水，情绪平和了。

"启禀守堡爷，马雄岛上来了倭鬼，岛上男女全被屠了。"

"倭鬼?"江隆和吴云湘几乎同时喝问，"全被屠了?"

"吕总旗派小的回来禀报，没见到一个逃出来的。"

"岛里有多少倭鬼？"

"目前还不得知。"

江隆跳下狮子兽，一口气奔到小山包上，朝着马雄岛方向望去，那边就像被巨兽吞噬了一样，黑压压什么都看不见。恍惚中，随风飘来一阵鬼哭狼嚎的声音。吴云湘敲着亲兵后脑勺，催促着跟过去。

"奉举兄，快拿主意吧。"

"老弟，老弟。"江隆恨恨地说，"打呀！往死里打！"

一般来说，倭鬼上来有两个行动方向：一个是劫掠了就赶紧上船开拔；另一个就是往西南窜扰，直接抵达富庶的亮甲店一带抢掠。一旦倭鬼西来，沿途将会有更多百姓遭殃。想到这一点，江隆便朝旗牌官宣布命令："立即派出一半的骑兵分头报警，让就近各屯百姓进入樱桃园堡避难。"吴云湘想了想，这个命令虽然有些莽撞，可也说得过去。

"奉举兄。"吴云湘语气急促，"奉举兄，剩下这点儿人马还能攻岛吗？"

"小婢养的，怕死的都给咱滚远点儿！"江隆翻了脸，大声吼着，丝毫没给吴云湘面子。他眼前全是盐兵苦苦抵抗倭鬼的场面，万分火急，江隆的心在颤抖，仿佛倭鬼每一刀都砍在他的身上。他拔出佩刀，急令众士卒继续朝马雄岛行进。江隆从没有遭遇过倭鬼，只是听说过倭鬼有多么的残忍。这些年，倭鬼经常骚扰金州城的西海头，一般都是三五成群，随风而来，又随风而去。去年百人倭鬼上岸，烧了旅顺口的天后宫，震惊朝野。辽东总兵刘江被朝廷严厉呵责，辽东各卫都有传闻，刘江刘大帅因备战不利差一点儿让圣上给斩了。金州卫都指挥徐刚将军则被重责，以戴罪之身率兵驻守牧城驿，严防倭鬼再次从旅顺口登陆。这些年来，年年防倭鬼，却年年闹倭鬼。防倭备倭，战倭斗倭，与倭鬼接过仗的稀里糊涂，没接过仗的更是稀里糊涂。众口一词的是，倭鬼就是阴间跑出来的小鬼，专门来祸祸阳间人的。小鬼长着什么样子？

有仙家说：小鬼就是没有正常人肚脐眼儿高的家伙，个个青面獠牙。

江隆虽然是见过阵仗的，却也是心里发慌，黑灯瞎火地去和鬼斗，怎么说也有些胆儿虚。旗牌官吩咐队伍警戒前行，骑兵扯紧了缰绳，有的还拔出了腰刀。步兵也将蜡杆长枪紧紧攥在手中，时不时地朝暗处猛戳一家伙。山里传来一阵怪叫，狮子兽突然受惊，卷起前蹄一阵嘶鸣，江隆冷不防，差一点儿被掀下马。王大牛一把扳住马头，给狮子兽戴上了嚼子。狮子兽打着响鼻儿，不耐烦地前刨后蹬。江隆手把着鞍鞒，双膝磕了下马肚，狮子兽高高跃起来，甩了下头，飞驰而去。狮子兽的气势感染了骑兵，他们不再害怕，每个人心里头都有一个念头——赶紧解救马雄岛。

一轮朝阳喷薄而出，马雄岛一片死寂，连一向胆大的江隆都不忍直视。七名盐兵的尸体散在细沙滩上。每个盐兵手里都攥着一把铁锹，铁锹上面粘着肉皮和发丝。江隆细细地观察，忽然发现每把铁锹的木把上都有一条斜长的砍痕。江隆和吴云湘对视一眼，这么深的砍痕，砍击人的手腕力道该有多大？江隆想不明白，为什么每具尸体的胸口都有一个致命的戳洞？也就是说，每个盐兵都是被一刀戳死的。按理说，刀剑猛砍下去后，要么顺势横砍，要么逆势竖劈，怎么会一戳得逞呢？

"吴老弟，你拿起铁锹！"江隆低声说，"咱哥儿俩比试比试。"

"兄弟，我等定为你们报仇。"吴云湘念叨了一句，起下尸体手中的铁锹，朝江隆摆好姿势。

江隆挥起腰刀朝吴云湘砍去，江隆的腰刀比制式的要厚重许多，使起来更像一把铁铜。气力运足的时候，江隆往往能一刀将对方的腰刀砍断。吴云湘显然是有实战经验的，他铆足力道，手臂擎着铁锹，奋力挡了江隆雷霆一劈。江隆反手要劈，突然收了手。

"不对，不对！"江隆摆着手腕，"倭鬼是戳，不是砍。"

"奉举兄的意思？"

"全都是一刀戳中的，没用第二招。"

"第一招砍在铁锹把儿上，第二招就猛戳一下，对不对？"

"是呀，可是，咱老江的手腕子却扭不过来，使不出戳的招数。"江隆又设计了几个手法，还是无法做出戳刺的动作。旗牌官也帮着想办法，摆身形是个办法，可是，吴云湘扮演的盐兵却不会老实地等着倭鬼来戳。几个人辩驳了一阵子，江隆恍然大悟，一定是双刀战术。一刀砍下去，趁盐兵举铁锹抵挡，另一把刀就突然戳中盐兵。江隆想起亲兵陈大锤的师父擅使双刀，是亮甲店地区小有名气的双刀将，便将陈大锤喊来，让他按照路数使双刀，两人比画几次，彻底搞清楚了，倭鬼果然是双刀战术，一手砍，一手刺，盐兵没有经过针对性的训练，面对双刀术，没有任何胜算。

将军石那边细沙滩上躺着六具女尸，胸口被戳得稀烂。江隆不忍目视，吩咐小校拿来棉布遮盖尸体。总旗吕克铭从鸡冠山上下来，向江隆禀报：官军刚进岛的时候，看见一只大船从马雄岛上开走了。吕克铭确定大船是福建运盐船。福建运盐船？难道是运盐船干的？这个念头一闪就被压下。快到中午的时候，官军发现了礁石滩里有一只团团乱转的小船。水性好的士卒游到船边，当他们往船上攀爬的时候，船上的倭鬼突然抢刀就剁，连着砍翻三名士卒。一时，士卒不敢再上。陈大锤朝手心里吐了口唾沫，乱骂了一句："小婢养的，看俺陈大锤的。"他单手握锤，奋力朝船上爬，快上去的时候，倭鬼朝他猛砍，陈大锤举着铁锤与倭鬼对打，抽冷子跃了上去。倭鬼倒退几步，突然盘膝坐下，哼唱着鸟语一样的歌子。陈大锤怒吼着，欲待一锤砸死倭鬼，被江隆喝止了。倭鬼突然掀开衣服，举刀戳向肚皮，眼看着刀子扎进去，倭鬼疼得龇牙咧嘴，他扭动手腕，刀子横着切，肠子流了出来。倭鬼满脸狰狞，一口气没上来，倒下死了。

岸上有人高声呼喊，江隆带人下了船。小旗禀报，官军在将军石礁石滩里找到了一群女子，已经护送回去了。江隆连忙跟着小旗朝屯里走，人还没有进屯，远远地就听到了震天价的恸哭声。女子源源不断地冒出来，扑倒在地，爬向死者。她们哭叫着掀开棉布，查找着自家男人。江隆鼻子发酸，热泪就掉了下来。

"军爷！军爷！绝户了！马雄岛绝户了！"一个女子狂喊着。江隆痛苦地摇着脑袋，不忍与其对视。女子颤着声地问："军爷，你们的裤裆里没长卵子吗？"

"这个……"江隆的喉咙被堵住了，一句话也说不出来。

"报仇哇！"女子高举双手，朝天嘶吼着，"杀倭鬼呀！"

"啊！啊！"江隆热泪滚落下来，他的喉咙开了闸门一样，"俺江奉举与倭鬼不共戴天，有违此誓言，犹如此树！"江隆一刀砍在树上。

"听到了吗？守堡爷要为你们报仇！"王大牛喊道。

"俺守堡爷不是吃素的！"陈大锤跺着脚说。

马雄岛哭声震天。

各小旗纷纷前来禀告，岛里搜索完毕，没有发现倭鬼踪迹。有个士卒从柴火堆里抱出一个小孩，小孩翻着眼珠子，眼看着只有出的气，却没有进的气。江隆检视了一遍，小孩的屁股上全都是血，眼看着没救了。江隆的牙咬得嘎嘣嘎嘣响，这孩子比小傻儿还要小一些，居然受到如此丧心病狂的折磨，真让人揪心。

"地理先生呢？"江隆扭头喊着，众亲兵一迭声地喊，地理先生跑了过来，江隆问："墓穴选中了吗？"

"守堡爷，已经勘探好了。"地理先生指着鸡冠山的东坡，"守堡爷请看，就在那一片。"

那是一片向阳缓坡，面朝着大海，左右两侧山势隆起，山窝处冬暖夏凉，看着就是一块好茔地。江隆拍了下地理先生肩膀，刚要夸他几句，又忙将口头语咽回肚里。他命总旗吕克铭立即带人上山开圹，太阳下山之前，务必要把死者全部殓葬了。马雄岛的女子闻听此令，又闹将起来，她们提出必须棺椁出殡："死者是为朝廷效命而亡的，理当享受厚葬。"她们威胁说："如果草率下葬死者，定以死相拼。"江隆沉吟着，内心也认为这样的要求不过分，将心比心，为大明捐躯的盐兵理应受到厚葬。江隆头脑一阵发热，答应立即派人到亮甲店采购棺椁。如果亮甲店棺椁存量不足，就派人到金州城去买。买棺椁的钱由樱桃园堡先垫上。听了这样的安排，女子们才稍微安下心，她们也哭累了，恸哭声变成哼哼唧唧。江隆吩咐掌旗官丁大贵亲自督办购买棺椁，见丁大贵还在愣怔，江隆从腰褡裢里扯出一块玉牌递给丁大贵，让他去金州城找江忠要五十两银子。

"要那么多的银子干什么？"丁大贵不解地问。

"买棺椁！"江隆瞪了他一眼，怕他听不明白，又跟上一句，"你真以为樱桃园里有这些闲钱？"

"守堡爷！"丁大贵心头一热，朝江隆深施一礼，带着人走了。

经查，倭鬼是由胡宗地带上来的。江隆和吴云湘心里都是五味杂陈，胡宗地勾引倭鬼上岸屠杀军民，证据确凿。这是不幸中的万幸，这样可以避免更多人受到株连。江隆仍不放心，又去烟墩上查看了一番。目击者说，胡宗地曾指引女子翻山逃命。很多人亲眼见到胡宗地点燃了报警的烽火。这许多矛盾重重的细节又让江隆百思不得其解，胡宗地明明是个带路奸贼，为什么还要报警呢？

幸存的女子之间也是存有歧义，有的认为胡宗地是条硬汉子，有的认为胡宗地是十恶不赦的坏蛋。江隆耐心地听着争辩，有个疑问始终没有问出口，这个疑问在心里头像碾子一样越压越紧：盐兵到底对胡宗地做了什么以至于胡宗地能带倭鬼上岸屠杀？江隆忍着不捅开这层纸，盐兵全都死了，再探讨这个问题就失去了善意。

　　七天以后，江隆再一次来到马雄岛，金州卫副都指挥金事钱真命他全权接管马雄岛的防务和盐业生产。这天也是死者烧头七的日子，马雄岛上阴云密布，到处都飘扬着纸钱，到处都是哀哀戚戚的女子。大队骑兵在岛西头停下，江隆下马，率队步行来到屯里。营前操场上摆满了棺椁，这些棺椁显然没有经过精细加工，有的连漆都没刷匀。随着江隆一声令下，祭祀仪式开始。士卒们搬来猪头、供果摆在案头上，江隆命令燃放三响碗口铳。炮响后，天上突然落下丝丝小雨，哀号声随之而起。士卒拉出牛头大车，将棺椁一一拉到墓地下葬。安葬完毕，女子们齐刷刷地跪在一边，堵住了江隆的去路。掌旗官丁大贵凑到江隆身边，小声说："守堡爷，这帮寡妇留在岛里不是个事呀。"

　　"小……"江隆猛地醒悟过来，大声宣布，回去后立即调集品性好的盐兵进岛。女子都抬起了头，个个泪眼婆娑，小雨落在她们的脸上，泪水和雨水交织，她们个个面容憔悴，极像浮萍一般。江隆心中不忍，抱拳团团作揖。他能做到的就是给大家选一个品格高尚的岛主，选一个懂得疼爱她们的主心骨。小雨下得更急了，天上犹如挂起了一道雨帘子，里头看不见外头，外头也看不见里头。可怜的这些寡妇，此时，就像野草一样卑贱。

第二章　曷维其亡

1

春暖花开之际，马雄岛来了一位新岛主，此君年纪轻轻，走起路来身段柔软，杨柳摆枝，猛看起来像个病秧子。这位岛主就是曹云和。他居然是带着老婆来的，此前的多任岛主都没有带老婆来，带老婆来让人有些不适应。岛上的女子一般都不怕这位曹岛主，曹岛主再怎么凶，再怎么狠，毕竟是个男人。男人和女子之间是没有障碍的，她们却抵触岛主娘子。寡妇们审视着岛主娘子，很想从细微处查出些弱点，如果能就此打灭了她的威风，那就再好不过。岛主的家就安在屯西头的大营里，前院是操场，后面就是议事厅，东厢房是岛主夫妻的居所，西厢房是大厨房。安顿了家眷，曹云和就命值岗的盐兵吹起海螺号。没多久，盐兵就从各家各户跑了出来，一个个水裆尿裤，极像讨饭的花子。这些盐兵都是刚刚从各岛上抽调过来的。海青岛调来五名，太平岛调来五名，最远的是从西海头的兔儿岛调来的。盐兵一进马雄岛，就像地瓜蔓子开了花，眨眼间就串开了。马雄岛一扫往日的阴霾，顿时变得晴朗起来，许多双眼睛直勾勾地往寡妇的身上、脸上瞄，如果没有眼眶遮拦着，那些眼珠子都能掉到地上滚几个滚儿。寡妇有的害臊，有的不害臊，害臊的很快也就不害臊了。

曹云和给新来的盐兵约法三章：即日起，马雄岛上的一草一木，一砖一瓦，都归他曹云和所有。他给盐兵布置了任务，重点强调了纪律。曹云和告诫盐兵"不准欺负百姓"，这一条让盐兵不自在。如何算是欺负？这个标准实在是太大太模糊，让人无所适从。马雄岛的女子遭了如此大难，谁能忍心欺负她们？曹云和似乎有些忘乎所以，说完第一条，又有了第二条：立即恢复盐业生产，南面来的运盐船必须无条件接收。不但要加紧盐业生产，而且还要产出品质更好的盐，以报效朝廷。曹云和显然经过了充分的准备，每一条规定都是有脉有梢带着筋骨的。第三条就是岛上军民要提高警惕，严防倭鬼袭扰。

曹云和站在碾盘上，滔滔不绝地讲了半个时辰，讲话间，目光像扫帚一样四下扫着，一旦发现盐兵神态有变化，他的心里都要一惊，怀疑哪句话丢了丑。训话结束，曹云和开始分派任务，十五名盐兵分成三个小旗，李成义小旗清一色是从海青岛调来的，曹云和命令他们把精力全都放在煮盐上，作为马雄岛盐业生产的主力。除此之外，李成义小旗作为岛主的亲兵队，负责拱卫老营的安全。徐国宝小旗除参加盐业生产，还要分派人手到鸡冠山上值更望哨，警惕海上生变。杨兴东小旗除参加盐业生产，还要负责马雄岛的公房修缮，农忙时，还要插秧帮镰。

台下边贴墙根儿站了一溜看热闹的女子，这些女子不但看新来的岛主，也在看岛主娘子。岛主娘子站在门口，静静地看着丈夫训话，在一排女子中间显得格外显眼。盐兵的目光早移到她的身上，碍着岛主的面子，一些老成的盐兵只是偷着瞟两眼，轻浮些的早就一眼一眼地瞄上了。岛主娘子头上别着的金簪花特别招眼，一朵普普通通的野花插在她的鬓角上，整个人就显靓亮丽无比。其他女子跟岛主娘子相比，精气神就差了不止一截儿。盐兵一眼眼地瞄，女子也是一眼眼地瞄，盐兵的目光就好像一双温柔的手，女子的眼神里却藏着锋利的刀子，恨不能将娇滴滴的岛主娘子戳个稀巴烂。

两天以后，盐兵和岛主及岛主娘子都相熟了，他们给岛主娘子起了外号，私底下都称岛主娘子为"一枝花"。有的盐兵脸皮厚，当面就敢嬉皮笑脸，敢称她"一枝花"。刚开始，岛主娘子还一阵愣怔，后来就笑意盈盈地应承了。"一枝花"就"一枝花"吧，她从盐兵的表情中没有看到恶意，相反，却看到了善意和欢喜的神情。

这是对的，哪有不喜欢俊俏女子的汉子？

随着越来越熟络，"一枝花"对劫后余生的寡妇越来越不以为然，对她们娇情和做作很是困惑甚至反感。"都是一群贱人。""一枝花"恼起来便会骂出声来，甚至还想抽她们一顿鞭子，将她们都打醒了。刚开始时，每当有人来跟前诉委屈，她都得硬着头皮聆听，这是岛主娘子的职责。寡妇的眼泪，寡妇的怨恨，甚至寡妇的伶牙俐齿都让她心燥。有的哭诉没人帮着挑水，没人帮着砍柴，没有人知疼，也没有人问冷暖。"一枝花"耐心地劝她们想开点儿，"该走道儿的走道""该回娘家的回娘家"，寡妇们还要脸面，还要说"一枝花"心肠歹毒。她们辩驳：亡人尸骨未寒，未亡人如何能狠心离开？"一枝花"火了，撕下了伪善的面皮。

"知道吗？你们都是寡妇！"

"你们还想当节妇吗？""一枝花"的每一句问话都那么的惊天动地，女子们听得犹如五雷轰顶。

日子就这么熬着，不冷不热，不咸不淡。马雄岛的女子就像凋谢了的花朵，丧失了好颜色。时光一去不再来，再这样下去，岛里就彻底失去了生机。年长的女子先想通了，她们咂巴着"一枝花"的话，觉得很在理，不能这么熬下去了，再熬，就成渣儿了。她们相约来到盐兵的坟地，趴在亲人的墓上哭了一整天。

值岗的盐兵看到了这群哭得昏天暗地的女子，便跑去报告岛主曹云和。曹云和也没有太好的应对之策，就让娘子代表他去安抚。"一枝花"无奈，带着两个盐兵，摸黑找到了众寡妇。还没等她说话，寡妇们将"一枝花"围住了，带头的王娘含着热泪说："我等无论如何得守孝一年，谁敢挡着，我等白刀子进去红刀子出来。"

"一年以后，你们还是你们吗？""一枝花"冷冷地问，"王娘，你都多大岁数了，汉子娶你回家做老娘吗？"

"你……"王娘掩面哭了。

"一年以后，俺们不是俺们还能是鬼？"侯许氏顶了一嘴。

"一年以后，你们不是人也不是鬼。""一枝花"恨恨地说，"一年以后，你们个个都衰得人不像人鬼不像鬼。"

"岛主娘子，你休要张狂！"侯许氏吼了一声，怒视着"一枝花"。

"侯许氏，快扒掉蒙脸的皮囊吧。""一枝花"冷笑着，"谁不知道你？"

"你……"侯许氏伸手欲扑打岛主娘子，让张王氏拉住了。众人转身趴在坟上，齐声号啕大哭。"一枝花"的话深深地刺激了她们，也让她们幡然觉醒。

每个人都明白，是到了向沉重的过去告别的时候了。

盐兵闲暇之余，总是找各种各样的借口躲避上操。他们像一群耗子，在屯子里窜来窜去。那目光贼贼地瞄着，长得好看一些的寡妇首先成了围猎目标，美人家缸里的水永远都是满的，园子里的地永远都有人锄草间苗。其间，也有闹腾的，盐兵与盐兵闹隔阂，盐兵与寡妇闹隔阂。闹归闹，终究水是水，泥是泥。时候久了，寡妇的心就像被春风拂过了一般，发芽开枝，眼看着又活转过来。过了七七四十九天的忌日，有十个盐兵选中了可心的人，他们羞答答地向岛主禀报，请求岛主做主。曹云和是个讲究原则的人，他对每个前来报喜的人都要仔细盘问，不容得胡闹乱搞。只要真心想过日子，就得交换生辰帖子，就得明媒正娶。一旦发现盐兵使强霸占人家寡妇，曹云和绝不轻饶。他会命人将犯事者绑在旗杆上一整天或者一整夜，经过无数蚊虫叮咬，再放下来时，受罚者就像得了鸡瘟一样萎靡。曾经有个盐兵，被绑了一夜，放下来时，全身都是紫红色的掐痕，连眼皮都掐紫了。问他是谁干的，这人满脸羞愧，紧闭着嘴，绝不吐露一个字。

如果得到寡妇的亲口应承，新郎便会择个吉日，在众兄弟的簇拥下，挑着行李卷钻进新娘屋里。这就算成亲了。岛里汉子少，寡妇又太多，长得耐看的都捷足先登把盐兵抢回家，长得粗俗一些的女子可就吃了大亏。有人不甘心，堵住曹岛主下舌告状。堵不着曹岛主，就紧着向岛主娘子打小报告。有的揭发张王氏伤风败俗，有的揭发李王氏不知廉耻以非常手段勾引男人。所谓伤风败俗，所谓不知廉耻，说来说去，就是抢了别人的风头。绕来绕去，有人便说起侯许氏烧香疤的丑事，说者无心，听者有意，"一枝花"突然就怔住了，脸颊情不自禁地发烧发烫。

据说，小旗徐国宝夜里常从烟墩上脱岗下来，乘人不备就钻进侯许氏的屋里。有一次，两人黑灯瞎火搂脖亲嘴，让人在窗下听了个仔细。一个说想你想得肝儿疼，一个说想你想得心口疼。一个问："心口在哪儿？"

"你来摸。"另一个娇声娇气地说。

两人亲热一阵后，徐国宝竟然发骚，非要侯许氏给他烧香疤不可。他还振振有词，只要侯许氏烧了香疤，他徐国宝才保证这辈子死心塌地地守着她过日子，活着做她的人，死了做她的死鬼。侯许氏怕疼，只用言语糊弄徐国宝，想慢慢散了徐国宝的这股邪火。徐国宝偏偏执着，恼将起来，嚷嚷着要散伙。侯许氏不让他走，呜呜地哭。

"你还是不是俺的浑家了？"徐国宝低吼着。

"不是你的浑家还能是卖唱的粉头？"

"是俺的浑家就得听俺的话，给俺烧香疤表忠心。"

"汉子，奴家怕疼。"

"你若怕疼，那就算了，俺去找不怕疼的。"

"别呀，唉，随你的便吧，汉子，只求你不要给俺烧下个大疙瘩。"

"不能，不能。"

徐国宝点了烛火，找了香，点燃了，让侯许氏脱去贴身小衣。侯许氏脱得光光的，徐国宝的目光锁在哪儿，侯许氏哪儿就哆嗦。

徐国宝说，烧奶头吧。

徐国宝说，烧肚脐吧。

徐国宝说……

侯许氏哭了，嗷嗷地哭，她可着嗓子吼："贼汉子，你杀了俺吧。"

"俺凭什么要杀你？杀人是要偿命的。"

"好哥哥，俺怕疼啊。"

"怕疼就是心不诚，怕疼就是不想给俺当一辈子的浑家。"

"汉子，俺给你当一辈子浑家。"

"那你就得烧香疤。你不要哭了，把野猫野狗都招来了。"徐国宝恼火地说，"俺这就走了，明天一早来挑行李。"

"滚吧！贼汉子，整日里哄俺，把俺当粉头耍乐。"

"都快住嘴！""一枝花"突然眼睛一瞪，摔了针线笸箩。她瞪眼发火的时候就像变了一个人，不再是笑眯眯的弱娘子，她的圆眼睛瞪成了三角眼，柳叶眉倒竖，杏仁儿眼圆睁，样子真够骇人的。"一枝花"挽了袖子，露出一截儿嫩白的胳膊，双手叉腰，骂人如同唱歌。一拉一合，腔调高亢后突然婉转。寡妇们哪见识过这样的手段，个个臊得面红耳赤，没一会儿，全都低头退出了。

发火归发火，"一枝花"还是可怜这些落难的寡妇，她在曹云和耳边没少吹枕头风，要他想办法解决问题。由于"一枝花"的不懈坚持，曹云和又硬着头皮请示守堡官江隆再调一批盐兵来。入了秋，马雄岛盐场最忙碌的时候，金州卫指挥佥事衙门从兔儿岛又调来了十四名盐兵。到此为止，马雄岛共有盐兵三十名。新来的盐兵刚一进岛，寡妇们就纷纷聚在老营门前，不顾羞耻地盯着，寻找着合意的汉子。

2

曹云和为了马雄岛的长治久安，为了避免出现更多的纠纷，便选了吉日，将已经成亲的男女全都集合起来，先带到阵亡盐兵的墓前磕头认亲，然后，又将他们带到老营，集体拜了天地。盐兵和女子都被搞得晕头涨脑，该哭的也哭了，该笑的也笑了。每个女子都和昨日做了一次郑重的告别，转眼，个个脸上如沐春风。经此一举，曹岛主的名望如日中天，金州卫辖区各岛的单身盐兵都想方设法托人找关系要求调到马雄岛。马雄岛成了美人岛，成了有故事的地方，不但有好吃的咸鸭蛋，还有无数个让男人想入非非的美梦。更有一些不自重的官长，暗地里也对岛里的女子垂涎三尺，纷纷找借口来岛里出差公干。如此一来，长相最俊俏的"一枝花"就成了官长嘴里的肥肉。一来二去，两目传情，引出了许多流言蜚语。有的传言却是经不起推敲的凭空捏造，"一枝花"倒没什么好怕的，该怎么做还是怎么做。曹云和却怕了，虽然表面上平静如水，心里头却结了一个大大的疙瘩。

秋收大忙以后，马雄岛彻底走出了哀伤的氛围。随着一些女子的肚皮鼓起来，岛上又响起了久违的歌声和笑声。曹云和训话也比以前硬气许多，他要求盐兵不管以前如何懒散，只看今后态度，多产盐、多打粮食才是正道。至于分配，他保证秉公行事，绝不贪污侵占。每说到此处，曹云和还要故意加上一句"如果玉璞做不到公平正义，你们可以趁风高月黑之时，将玉璞投入海里溺死。"这话让人心惊胆战，谋杀胡宗地的人早已作古，因这事而起的惊惧却在每个知情人的心里生根。自此，马雄岛里女子和盐兵都彻底归服了曹岛主，甘愿随着曹岛主安安稳稳地过日子，互相告诫着不要陡生二心，以免再次引起祸乱。

曹云和狠抓盐业生产，对岛里安全防范也丝毫没有松懈，无论多忙，夜里，他都要爬起来，独自向鸡冠山上的烟墩摸去。有一次发现烟墩上根本就没有望哨的，他恼得狠狠地责骂了小旗徐国宝。徐国宝欺他年轻软弱，不但犟嘴，还摔耙子威胁要回兔儿岛。曹云和一怒之下，突然拔出腰刀戳向徐国宝。如果不是被身旁盐兵一把抱住了，徐国宝的身上准被刺出一个透明窟窿来。徐国宝吓得不轻，再也不敢轻视这个秧子一样的岛主了。当天，徐国宝带着手下盐兵主动在山里干了一天一宿，砍了许多柴，运到烟墩上，整整齐齐地码在墙边。曹云和又让李成义带着手下盐兵将两口大缸抬上烟墩，岛里总共有三口这样的大缸，每口缸都能装九担水。“一枝花”喜欢，就在房里留下一口，剩下两口就一直闲置在大厨房外面。盐兵又挑了桐油倒进大缸里，缸口用厚实的牛皮纸封严了，上面又盖上厚厚的蓑草，压上两人抬的大青石。这些任务全都有条不紊地完成，徐国宝才请曹云和到鸡冠山烟墩上检阅。

烟墩有两丈多高，四四方方，顺着石阶爬到上面，眼前一片开阔。往东看，大海一望无际，晴天时，各岛各坨能看得清清楚楚，甚至更远处的王家山岛也能看得见。曹云和还是不满意，烽火台的任务是遇警时要及时点燃狼烟，没有狼烟怎能算是烽火台？他要求李成义和徐国宝两个小旗带人四处寻找狼粪，找到后将狼粪均匀地拌在柴草中备用。只有拌了狼粪的柴草烧起来时浓烟才会直冲九霄，才能醒目。

“岛主，你让俺这上哪儿去找那么多的狼粪？”徐国宝哭丧着脸问，“咱这岛里哪还有狼？”

曹云和没言语，他板着脸，那张脸冷得都能拧出水来。徐国宝不敢和岛主对视，带着手下盐兵满山遍野地去找狼粪，找了两天，只拾了不到一筐的干粪。徐国宝也说不清楚是不是狼粪。小旗杨兴东担心又要闹冲突，赶紧跟曹云和说了一段掌故，才算为徐国宝解了围。

“岛主，俺老家没有狼，老‘峰子’就到各屯里搜找羊毛猪鬃，羊毛猪鬃拌上柴草，点燃了，那烟就像狼烟一样又硬又浓。”杨兴东这么一说，曹云和突然拍了下大腿，朝着徐国宝说道：“还不快去照方子抓药！”

因为有前车之鉴，曹云和抓海防比抓盐业生产还要上心，别看他平时一副柔弱的样子，真到了较真儿时候，才不管有脸没脸，一把捆在旗杆上，虽然不打，却也让人怕得要死。刚分配到马雄岛当总催的时候，江隆就跟他交代过，如果马雄岛再让人端了老巢，就拿他祖宗八代是问。江隆说这话的时候，盐课提举所的老爷们也在场，也跟着频频点头。自从胡宗地勾结倭鬼上岸，上面的盐课司下来巡查追责，一举将金州卫盐课提举所里的老爷锁拿了个干干净净。这回巡查可是动了真格的，后面跟着一群锦衣卫，狗一样的四处乱串。整个金州城都慌了神，盐课所老爷们更是怕得要死，谁也不敢再提一句增加盐产量的话，仿佛增加盐产量和保卫海防是矛盾体似的。过了秋天，朝廷盐课司将山海关以外的盐课业务全都移交给辽东总兵府。至此，辽东总兵刘江总揽辽东境内军政民生大权，便成了大明朝开国以来最有权势的辽东总兵。

转过年，马雄岛恢复了元气，一口气新增十一名男丁，得了男丁的人家喜气洋洋。老天也跟着作美，残冬还没有退去，温暖的东南风就上了岸。一夜之间，岛里迎来了一场宝贵的春雨。这场春雨让盐兵好生欣喜，大家又有了可以睡懒觉不上操的借口。曹云和也不例外，雨天里，他正好也要偷懒闲一会儿，俗话说，磨刀不误砍柴工，他打心里赞成这句名言。耳听着窗外雨点打在石阶上，叮叮咚咚，房檐下的水便汇成流了，哗哗地响着，如同贴着墙根儿的滋尿声。曹云和迷迷糊糊中闻到了葱蒜爆锅的香味儿，心里很是舒坦，眼睛微微睁开又闭上了。娘子不在身边，仔细听，娘子在大厨房里帮着忙乎盐兵的早饭，娘子骂人的声音分外响亮。曹云和仿佛是在做梦，做了一个不寻常的梦，像他这样的穷小子，居然能娶到如此绝妙的女子，享受如此绝妙的福报，真是三生有幸。娘子简直就是千面菩萨，能文能武，变化多端。自从娶了娘子，曹云和便不断地随之变化着，因为娘子，他接触到一个更高的阶层，他变得与众不同。然而，这个梦有时候又不全都是香甜的，有时，还挺苦涩。曹云和不想认清现实，他相信自己在做梦，一个梦接着一个梦，他自始至终没有醒来，也不愿意醒来，这样足够好，这样梦下去最好。梦是幸运的，简直太幸运了，他曾以为一直要往北走下去，走到大漠的边缘，走到奴儿干都司的地面去。感谢袁千户的一封书信，那封书子就像一道神奇的符咒，一下子就迷住了守堡爷。守堡爷竟然留下了他们夫妻，就地派到富饶的马雄岛。

"岛上的女子全都是你的。"很久以后，盐课老爷终于说出了实话，"都是你的！"

曹云和吓了一跳，其实，他已经想到了这一层，他咧着嘴笑了，那是美美的笑，那是想入非非的笑。那种感觉，旁人怎能明白？曹云和想起娘子，想起她的种种好来，一瞬间，笑容便凝固了。

"相公醒来！"

曹云和醒了，呆呆的，又仿佛还在梦中。

"相公，外面刚刚停雨，有些寒冷。"

"该起来了，下了一夜的春雨，得去扒沟放水。"曹云和坐了起来，娘子把衣服拿过来，披在他的身上。娘子施了粉黛，身上冒着顶鼻子的香气。曹云和忍不住搂住了她的腰，胡乱摸了一把，让娘子推开了。洗漱完毕，曹云和回到屋里，王娘来了，王娘和娘子摆放了桌子，铺了一桌饭菜。曹云和吃了两碗粥，吃了一碟子烙干鱼，两枚咸鸭蛋。鱼是王娘送来的，咸鸭蛋也是王娘腌渍的。王娘曾经是个活泛人，喜欢和年轻的女子交往，是她们的知心姐姐。倭鬼屠岛，王娘丈夫被杀，她一下子就倒了架，身上的热乎气没了，精神头也没了。自从曹岛主进岛，王娘又恢复了元气，一心一意帮助"一枝花"在岛上立足，一心一意服侍着岛主夫妇。家里的几架子咸鱼和几坛子咸鸭蛋全都拿来孝敬岛主，每听说岛主喜欢吃，王娘就忍不住落泪，仿佛死去的"那个人"吃了一般。

"看相公的馋相，上辈子定是岛里人。""一枝花"说。

"岛主娘娘也像俺岛里人。"王娘笑着说。

"是呀，是呀，俺就是岛里的人，俺世世代代都是马雄岛人。"曹云和笑眯眯地说，"你们知道马雄岛的妙处吗？"

"相公！""一枝花"的脸突然红了，王娘也臊得顾头不顾腚。"一枝花"分明知道马雄岛的妙处，岛里的女子哪有不知道的？马雄，马雄，再不懂就去鸡冠山上往下看，看岛子像不像男人的那话儿？曹云和嘻嘻笑着，他是马雄岛的岛主，他是马雄，他是人雄！曹云和越来越喜欢马雄岛，比南边的老家还喜欢。这儿有的是吃的，有的是喝的，比老家要好上许多。如果能在马雄岛上住一辈子，他情愿减五年的寿命。他没敢把这样的狠话说出口，担心娘子生气，好好的谁愿意咒自己？

吃罢了早饭，"一枝花"又拿了几只烤虾干儿让他嚼，烤虾干儿又粗又长，像个虫子似的。曹云和第一次见到的时候就以为是海里面生的虫子，他还自作主张称其为"海虫子"，将王娘逗得要笑岔了气。曹云和揪着烤虾干儿吃，嚼得腮帮子生疼，却是越嚼越鲜美，汁水都从嘴角上流了下来。娘子确实不是一般的人，她心灵手巧，看什么会什么。上岛不久就学会了晾晒鱼虾，王娘说，烤虾干儿最能看出女子的本事来，需要沉静，需要耐心。

3

曹云和吹了三遍海螺号，仍然有一大半盐兵没有出来应卯。他忍不住来了气，抄起一根木棍，猛地擂起大鼓。鼓点儿躁而狂乱，让人心惊肉跳，"一枝花"赶紧出来，拿下鼓槌儿，替丈夫敲鼓。"一枝花"腰身纤细灵活，鼓点儿铿锵有力，虽然不急不躁，却也让人紧张。盐兵不再怠慢，地下冒出来似的，一溜小跑地出来集合。小旗杨兴东最后一个来，一边走一边系着腰间带子。到了曹云和跟前，杨兴东居然抬腿放了一个响屁，众盐兵听见了，都笑得前仰后合。

"老杨，你家小娘子才放你出来？"李成义笑着问。

"那也是俺老杨的好手段。"

"兄弟，再好的手段也得悠着点儿。"

"住口！"曹云和突然吼了一嗓子，连他自己都吓了一跳。曹云和指点着杨兴东，朝着李成义和徐国宝说："快把这个贼歪材捆起来！"

"别呀！你凭什么拿他？"李成义梗着脖子质问。

"亲兵队，快快拿下这两个贼歪材！"曹云和直了嗓子吼。李成义手下的盐兵全都慌了神儿，既不敢劝岛主，也不敢上去捆人。"一枝花"从老营里出来，高举着总催的令牌，交给曹云和。曹云和恨恨地说："令牌在此，本总催命令亲兵队，速将这两个贼歪材捆起来。"

亲兵们互相递着眼色，无奈，几个人抹肩拢背将李成义和杨兴东捆了起来，绑在旗杆上。曹云和冷笑了半天，回头朝盐兵摆了摆手，说了声"都散了吧"。迎面冲来杨兴东的女人沈氏，这沈氏故意将发鬏打散了，一把头发撒在一边，襟怀也扯开了，露出半片嫩白的胸脯。众盐兵都停了脚，等着看热闹。沈氏最是个泼辣的女子，眼瞅着岛主绑了她家汉子，就不顾一切地跳了出来，指着曹云和的脸说："兔子，兔子，你就是一个专欺负老实人的兔子软蛋。"

曹云和突然面红耳赤，惊得耳朵里嗡嗡地响。众盐兵谁也不敢劝，都知道沈氏的烈火性子，闹将起来，能当众脱了裙子。曹云和哑口无言之际，"一枝花"斜刺里冲过来，二话没说，朝沈氏的脑门儿上砸了一槌。沈氏的额头当即就出了血，她挥手一抹，鲜血糊了满脸。沈氏尖叫着朝"一枝花"抓去，两个女子扯拽在一起。"一枝花"不是沈氏的对手，让沈氏挠了脸。曹云和见娘子吃亏，一把抱住沈氏，将她拖到一旁。沈氏挣扎着，将天底下最难听的词儿全都拣出来骂。曹云和怕她挣脱行凶，便抱得紧紧的，沈氏挣着挣着便老实了。眉目间多了许多柔情，似乎很享受的样子。"一枝花"看出端倪，抓着鼓槌儿狠狠砸去，曹云和反过来又护着沈氏，后脑勺早挨了几下。杨兴东吼着让沈氏滚回去。曹云和朝徐国宝使眼色，徐国宝忙给李成义和杨兴东松了绑，徐国宝说："你两个泼皮还不谢谢岛主的慈悲！"

李成义满脸愧色，朝曹云和拱了拱手，扭头就走。杨兴东朝沈氏的屁股上虚踹了一脚。沈氏醒悟过来，捂着脸朝家里紧跑。"一枝花"也扔了鼓槌儿回屋里去了。

鸡冠山上突然响了一声炮，曹云和本能地朝海上瞭望，看到海边停放着一只奇怪的大船。这只船两头尖尖，锥子一样伸向天空。曹云和从来没有见过这样的船，和进进出出的福建运盐船一点儿都不像，福建大船都是方头镶着狮子口。曹云和后悔把盐兵都放走了，想再吹海螺号集合，估计还得惹一肚子气。曹云和来到侯许氏家门口，喊着让盐兵许光出来。许光大声应着，却迟迟不出来。曹云和火了，拿棍子朝窗棂狠狠地敲了几下。

"贼蠢材，再不滚出来，一把将你的鬃毛给薅了！"

"岛主，你一早就来俺家门前咋咋呼呼，你几层意思？"侯许氏闪出来，却见她酥胸微露，云鬟半掩，倚着门说，"不是寻解闷儿想听窗音儿吧？"

"少废话，快将许光喊出来，我有要事。"曹云和目光躲闪，不敢触及侯许氏的身子。

"岛主，我听人说，你家'一枝花'以前是个唱曲的。"侯许氏伸手缩着丝鬈，两只嫩白胳膊露出半截儿。她朝岛主迎上两步，脸上微微泛红，耳边坠子晃动着，好似扬手招呼一般。曹云和慌忙转过脸去，侯许氏偏来让他看，她的白棉衫上套着粉红甲，看起来像池塘里的莲花。

"休要胡说，我家娘子是军籍出身，正儿八经的好人家，许光快滚出来！"

"岛主慈悲，你就让他睡个回笼觉吧，改日'一枝花'没伺候好你，奴家也让你美美地享受一回。"

"你休要胡说，许光快出来！"

"岛主仁慈，许光累乏了，你就发发慈悲让他睡个回笼觉吧。"侯许氏的手臂搭在了曹云和的肩上，抹了一把他的小胡子。曹云和连忙后退，让黑狗绊了一下，惊得差点儿摔倒了。侯许氏笑得前仰后合，拍着手说："岛主，岛里女子可全都是你的，你怕什么呢？"

"许家娘子，休要胡说。快将许光那厮喊出来！"

"岛主，奴家对你日月可鉴，你却又推三阻四。"

"你不要胡闹了！"曹云和敲了下窗棂，"许光出来，仔细吃军棍！"

"许光刚刚倒下。"侯许氏斜眼看着曹云和，"有事你去找别家的汉子去！"

"侯家的，一早起来，你的嘴巴似淮河洪水一般，谁也辩你不过。""一枝花"走过来，恨恨地说，"你不要欺负岛主面皮薄，许光什么时候成了你家汉子？你是明娼还是暗妓？"

"岛主，'一枝花'欺负奴家，你管不管？"

"骂得好，谁让你嘴欠了。"曹岛主说。

"好你个泼妇，敢骂我？"侯许氏瞪起了三角眼。

"骂是轻的，让我来管管你这张臭嘴。""一枝花"作势要扯侯许氏嘴巴。侯许氏闪开了，伸手就挠"一枝花"。曹云和抢起木棍揍她。侯许氏吃不住打，慌忙跑进屋里。许光跑了出来，一边扣着扣子，一边喊着："岛主消气，岛主消消气。"

"贼蠢材！"曹云和一棍子打在他的肩膀上，"再敢不听本总催的将令，就不让你进这个门。"

"是，是，许光听岛主吩咐！"

"许光你个泼皮瘌痢鬼！泼皮！瘌痢鬼！"侯许氏隐在门后尖声骂着，见没人理她，又伸出头喊，"外面下着雨，许光你还不披件蓑衣去？"

许光也不敢答应，垂手看着曹云和。曹云和扔掉棍子，朝里面努了下嘴，许光赶紧进屋，一会儿，披了蓑衣出来。"一枝花"扫了曹云和一眼，也没说话，转身回去了。

春雨如烟云般弥漫着马雄岛，感觉是在下雨，却又看不见雨点，伸手抓一把，手心里湿漉漉的。穿蓑衣没觉得有什么用处，不穿蓑衣又浑身潮湿。走了一段路，见曹岛主连打几声喷嚏，许光就将蓑衣脱下给他披上。曹云和笑了笑，忽然，贴着许光耳边说："侯许氏确有几分人才，是女子中的将才。"

"将才，她是什么将才？"

"你不懂得女子，侯许氏就是人尖子，就是这一张臭嘴不好，许光你得替岛主教训教训她，让岛主解解气。"

"如何教训，请岛主明示。"

"如何教训？"曹云和看着许光，眼里全都是笑，"贼蠢材，还用我教你吗？"

"岛主让俺天天揍她？"

"贼蠢材！"曹云和骂了一句，"女子是不能揍的，尤其是长得俊俏的女子，揍了就跟你离心离德了。你得想法子收了她的三魂六魄，让她日夜放你不下，茶饭懒吃，做事没入脚处，贼蠢材，你会弄手段吗？"

"属下不会弄手段，俺自小就没有见识，请岛主明示。"

"算了，算了。"曹云和忽然想起了娘子，刚起的念头忽然就灭了。许光脑筋不灵，一直跟到海边，也没有想明白岛主话里的含义。

"贼蠢材，你在琢磨什么呢？"曹云和踢了许光一脚。

"属下在想如何替岛主教训那侯许氏，岛主，如何才算教训呢？"

"浊东西，空生了这副卵子，这还需本岛主教你？"曹云和忍着笑，"你夜里再和许氏睡觉的时候就喊，俺是岛主，俺就是威风八面的曹岛主！"

"俺可不敢，俺是盐兵蛋子许光，却不敢是岛主。"

"浊东西，本岛主同意你和许氏睡觉的时候这么说，你就喊，俺是曹岛主！俺是曹岛主！记住了，这就是教训！"

"这就是教训？"

"贼蠢材！"

许光长出了一口气，就这么简单？他眼前出现了和侯许氏风流的时候，嘴里喊着"俺是曹岛主，俺是曹岛主"，太简单不过了，也太好玩不过了。许光不由得心花怒放，情不自禁地跳了起来。他本来担心曹岛主恼起来会将侯许氏绑在旗杆上惩罚，不说蚊虫啃噬叮咬，单在夜里，那些没脸的贼盐兵都能将她折腾死。没想到曹岛主面善心善，居然出了这么一个简单题目，大事化小，小事化无。许光真想跪下来给曹岛主磕个响头。

"贼蠢材，你看看这只船有什么毛病？"曹岛主问。

"这是一只运盐船？"

"不是！运盐船没有这么小。"

"这是一只打鱼船？"

"不是，打鱼船没有这么大。"

"难道是一只叫魂船？"

"叫魂船？"

"叫魂船！"许光怔怔地说，"岛主，咱马雄岛年年都有叫魂船抢滩，叫魂船的船上空空荡荡，满船飘荡着魂儿，魂儿要回陆地，要回故乡，呜，我要回家，呜呜呜……"

"住口！我看你像叫魂的野鬼。"

"岛主，叫魂船上有的是金银财宝。"

"金银财宝？"

"金银财宝！"

"那可都是咱们的。"

"岛主，你的意思是咱们的？"

"咱们的！"

"岛主，俺先上去看看。"

"警醒点儿。"

两人蹚水走到船根处，曹云和敲了敲船帮，船帮是松木制成的。辽东南这边海船都是用杉木制成，几乎不用松木。福建大船用的是柏木，柏木也耐腐蚀，十年内不必担心骨架会散了。海船对木材的要求很严，杉木、柏木、水曲柳都是上等好料，松木要差了许多，尤其是白松木，一般木匠不敢用。用白松木造的船下海，不出五年就得烂底，即便还能凑合着用，船家也不敢轻易出远海。眼前这只船做工便很粗糙，不但木料不好，木工手艺也是大打折扣。接合部大量使用糊弄人的夹头榫，连龙骨上都敢用夹头榫勾连。用云形插肩榫会更结实，蠢笨的小学徒都该懂得这个道理。船帮水线上下爬满了寄生海物，看起来，很长时间没有上岸整修过。曹云和暗暗摇头，船主要么有眼无珠，要么也太懒散。

他让许光先喊两嗓子，让上面的人出来答话。许光退后几步，扯着嗓子喊了几声，船上一点儿回音都没有。许光朝手心里吐了口唾沫，抠着船帮缝朝上面爬。那船能有三个许光高，眼瞅着许光颤颤巍巍爬了上去。一会儿，许光趴在船帮上朝下面喊："岛主，只有一个活口的。"

"怎么？"

"岛主，像是高丽船，贼厮鸟说话太硬，俺一句也听不懂。"

"你怎么知道是高丽船？"

"俺爹说过，帆篷小的就是高丽船。"许光扔下一条绳子，从上面爬了下来。

"许光，你速速回去，将盐兵全都喊来，有好处大家一起看着分，也省得背后乱嚼舌头。"

"岛主，你是说，这只船是咱们的？"

"蠢材，当然是咱们的。"

"这么说俺也要发财了！"

"蠢材，当然要发财了！让岛主娘子多做些汤饭送来，一旦船上还有活口，咱们得好生救助。"

"好嘞。"许光答应了一声，撒腿朝老营跑去。

4

高丽是大明国的藩属地，高丽人也是大明国藩属子民，既然遇难，曹云和不能见死不救。说是这么说，曹云和眼前却影影绰绰地浮现着白花花的银锭子，浮现着各种细软，每一样都让他战栗。他情不自禁地伸手去抓，一抓一大把，全都揽入怀中。人世间没有不透风的墙，一旦让上面知道了，那可要吃不了兜着走的。唯一办法是堵住所有人的嘴，每个人都分一些好处，那才叫天衣无缝呢。船头上露出一张脸，朝曹云和打着手势，哑巴似的呵呵叫着。曹云和也朝他打着手势，让他耐心等待救援。那人急切地挥动手臂，好像要他上去说话。曹云和的心思动了，试着往船上爬了几步，又觉得不妥，便跳了下来。一定要等盐兵全都到来，不能留一点儿让人疑心的缝隙。他还有一层想法，让盐兵见识一下高丽船的特征。今后一旦遇到相类似的船来挑衅，也不至于两眼一抹黑让人给耍了。

曹云和举起海螺号，铆足了劲儿吹起集合号，他都有些等不及了。号音刚落，小旗李成义、杨东兴、徐国宝带着队伍跑了过来，曹云和简单介绍了一下情况，让他们严防船上有异动。同时，也要做好收容准备。盐兵互相递着眼神，每个人的脸上都洋溢着幸福的笑容。

"岛主，咱们要发财了。"杨兴东说。

"最好能找到喷香的胭脂。"徐国宝说。

"最好能有耐看的绫罗绸缎。"李成义说。

"想得美，让你们拿去讨好女人？"曹云和笑着说。

"岛主，娘儿们早就嫌弃俺们了，你猜她们追着撵着叫俺们什么？"

"叫什么？"

"臭盐驴子。"

"臭盐驴子？"

"臭盐驴子。"李成义说，"再不拿点儿体面的礼物遮脸，谁还稀罕搭理我们？"

"你们如此胡闹迟早会惹乱子的，哪天让人捉了奸，割了卵子，休怪本岛主没警告你们。咦？怎么少了一个？"曹云和数了数，加上他总共来了二十九个盐兵。

"岛主，烟墩上放着一个哨，剩下的全都来了。"徐国宝说。

"哪一个在烟墩上？"

"禀告岛主，烟墩上放着张小三。"徐国宝说。

"张小三？"曹云和一愣，"痴傻茶呆的那一个？"

"禀告岛主，张小三其实不傻也不茶，明白大小也知道倒正。"李成义笑着说，"就是他娘的缺心眼儿！"

"上船以后你们都要听本总催的指挥，金银细软集中起来，谁要是私自藏匿，必吃军棍！"曹云和顿了一下，"这只船可能是高丽船，你们要多加注意，别只顾着拿东西，还要多看看船上的结构，要熟悉这只船，多掌握一些情况总不吃亏。"

"遵令！"众盐兵哄的一声答应了，李成义朝手心吐了口唾沫，带头朝上面爬。许光跑回来，手里捏着两个炊饼，他禀报说，岛主娘子已经带人做饭了，半个时辰以内准能将饭食挑到海边。曹云和点了点头，跟着爬了上去。这只船确实比想象的要古怪一些，船上堆着乱七八糟的东西，靠近主桅杆有一垛麻袋包，也不知里面装的是什么东西。船板上到处都是鸡屎、猪屎，还有人屎，不小心就能踩上一脚。许光搀着曹云和找到船上的那个人，那个人倚着箱子，低垂着头，双手伏在膝盖上。他的脑袋上有个发鬏，发鬏的旁边是青皮。许光推了下他的肩膀，那人抬起头，眼里闪了一道寒光。

"你们人呢？"曹云和问。

"俺家岛主问你话呢。"许光说。

"吾挨已打库私……"那人嘟囔了一句，左看右看，重又低下了头。

"一派胡言乱语！"曹云和摇了摇头。

许光蹲下来，把炊饼递到那人的鼻尖儿。那人突然抬起头，像狗一样嗅着炊饼。他看着许光，又看着曹云和，眼里露出惊惧的神色。许光朝炊饼上咬了一口，慢慢地嚼，装出很享受的样子。那人一把夺去炊饼，一口塞进嘴里。盐兵全都笑了，李成义说："贼呆子，你慢点儿吃。"

"呜！呜！"那人吞下炊饼，嘴里发出一阵怪声。盐兵逗他说话，他开口说了几句，语句短促，听起来却是像鸟叫。曹云和担心失了礼数，连忙弹压着，让他们闭嘴。

"你们的人呢？"曹云和问。

"呜！呜！"那人站了起来，嘴里发出刺耳的怪声。曹云和打量了几眼，他的个头儿还没有许光的肩膀高，双手垂下，双腿弯曲，活脱脱一个罗圈儿腿。曹云和问他能不能听懂大明国的话。那人望了一眼曹云和，曹云和朝他微笑，那人也露出笑容。曹云和有些疑心，这只船肯定遭到了横祸，难道是被海贼屠了？看样子又不像，船上虽然脏乱，却没有打斗的迹象。其他人呢？曹云和忽然惊出了一身冷汗，难道被海龙王收去了？

"人呢？"曹云和急着问，"船上的人呢？"

"岛主问话，你要如实回答。"许光拨拉下那人的脑袋，"听见没有？"

"……饿以妈……"那人发音古怪，舌根很硬。

"饿？"曹云和四下看去，身上的汗毛根根倒竖，"全都饿死了？"

"岛搽……"

曹云和朝身边的人使了个眼色，李成义带着盐兵乱转乱搜，很快，有人摸到一张春宫图，引得阵阵欢呼。许光一把抢夺过来，呈送给曹云和看。画的是仕女沐浴图，猛一看，让人血脉贲张。盐兵挤在一起，死死地盯着画，恨不能钻进画里成全了自己。在一阵嘈杂声中，曹云和再次听到了怪声，猛地，看到那个人撮起嘴唇打呼哨。曹云和刚要说声小心，就听到了惨叫声。眨眼间，多名盐兵被砍翻。曹云和抓住帆绳，双臂用力荡起来，这一下，躲过了戳刺。一群群小鬼儿一样的家伙拥了上来，他们纵横跳跃，挥刀乱砍。曹云和脑子里冒出一个念头——跳船逃生，他拼命冲向船帮，没想到被绳子绊了一下，脚下一软，摔倒在地。有人举刀刺向他的肋部，曹云和大叫一声："不好，我命休矣！"

"岛主！"许光挥刀将敌方长刀荡开，曹云和逃过一劫，跳起来又冲，许光惨叫一声，转眼，半条胳膊被砍了下来。许光顾不得疼，抢着腰刀乱砍，高声喊着："岛主，快跑哇！"

曹云和拽住绳子，想荡到许光身边替他解围，那人突然从侧面扑来，一把将他扑倒。几把刀闪电般地朝他戳刺，许光一跃而起，趴在曹云和的身上，替他挡住了乱刀。许光惨叫着，嘴里涌出大口大口的鲜血，鲜血喷到曹云和的脖颈上。曹云和爬起来，一脚蹬开那人，翻身将他压在身下，滚了几滚，就到了船帮边。那人紧紧抱住曹云和的腰，曹云和朝他发鬓上猛击几拳，那人手便松了。曹云和抓住缆绳扔下船，他刚要拽绳下去，有个小鬼儿挥刀砍断缆绳。曹云和豁出命也要跳下船去，猛地，有人骑上他的肩膀。他踉跄了两步，就被一群小鬼儿摁倒了。那人盘膝坐在曹云和眼前，一把揪住他的发鬓。

"吾不杀汝！"那人说，"汝快放下屠刀。"

"呸！"曹云和狠狠地啐了一口。因为自己的疏忽大意，酿成如此大祸，曹云和悔恨交加。船上已经没有了打斗声，甚至连呻吟声都没了。不用去看，盐兵全被杀死了。曹云和狠狠捶着船板，世上哪有后悔药可买？

"吾不杀汝！"那人又说了一遍。

"汝不得放肆！"曹云和试着用文辞和他对话，"此地乃吾大明国土，亦是汝蕞尔小国高丽王朝的父国，快快放吾下船。"

对方听懂了，点了点头，又低声讲给其他小鬼儿听，他们交流着，曹云和一句也听不懂。突然，所有人都捧着肚子哈哈大笑。有个小鬼跳起来，踩着曹云和的手掌，狠狠地蹂着他的手指。曹云和疼得声声惨叫。

"汝等山狼海贼，必遭吾大明国王师围剿。哎呀！"

那人打了个手势，小鬼抬起脚。那人站起来，来回地走，似乎犹豫不决。突然，他揪住曹云和的发髻，将他拽了起来。

"吾等需要水，需要粳米。"

"粳米？"

"粳米，最好吃的食。"

"好！吾给尔等备下粳米，尔等必须立即离开马雄岛。"

"马雄岛？"

曹云和虽然万分悲愤，此时却冷静了，他还不能死，他死之前要做一件大事，他想趁海贼不备，吹起海螺号，把海贼上岸劫掠的消息传出去。鸡冠山烟墩上放着张小三，只要他听到号声，只要他点起狼烟，大队援军很快就会赶来。到那时，就会杀光这些山狼海贼，为死难兄弟报仇雪恨。曹云和心里悲怆，却要露出笑容，仿佛真的要和敌人做一次交易。其实，他只想麻痹他们，只想寻找机会吹响海螺子。

"汝知道吾是谁人吗？"

"吾不知。"曹云和当然知道他们是谁，除了高丽海贼，谁能如此凶残？这人盯着曹云和眼睛说："吾等来自东土扶桑，吾乃日本武士熊本一郎是也。"

"日本倭国？"曹云和突然懂了，顿觉从后脊梁骨往外冒冷气，这帮山狼海贼是倭鬼，他们屠了马雄岛才多久？居然敢再次来袭？呀！呀！曹云和心中如大石撞击，遭此大难，完完全全是他的错。是他的大意，是他的贪婪才中了倭鬼的圈套。曹云和明白，生命已经走到头了，即便侥幸逃脱，也难逃朝廷重责。如果只是遭遇海贼，一切都还好说，朝廷不会震怒，恰恰又是倭鬼袭扰。自称熊本一郎的倭鬼显然是个大头目，倭鬼都听他的吩咐，整只船上只有熊本一郎会说明国话。曹云和痛悔不已，一早起来，怎么就猪油蒙了心？一桩桩，一件件，都像是失了魂一般排着队走向深渊。怎么就没想到这只船有诈？怎么就没有一点儿防备呢？曹云和掉下眼泪，为死去的盐兵兄弟掉泪，也为自己的蠢笨和贪婪掉泪。

"天哪!"曹云和忍不住大喊一声,"疼杀我也!"

熊本一郎似乎明白了曹云和的心情,他轻轻地拍着曹云和肩膀,又拍着曹云和的后背。熊本一郎说:"识时务者乃为俊杰,汝乃俊杰也,吾亦乃俊杰也,吾等皆识时务也。"

"吾乃狗屁!"曹云和恨恨地说,"吾上了汝等鼠辈的当。"

熊本一郎急需补充食物和水,他请曹云和带众倭鬼上岸休整。只要曹云和配合并满足他的条件,他便会对曹云和以礼相待。熊本一郎反复强调"上岸休整"这个词,曹云和的心突突直跳,原以为补充食物和水后便能将倭鬼打发走,岂料,他们竟然蹬鼻子上脸。曹云和顿觉事态严重到了无法想象的程度。他心里叫苦,表面上却装出低眉顺眼的样子,他只想寻机会报警。只要鸡冠山烟墩上狼烟一起,马雄岛就有救,岛里女人就有机会逃命。曹云和准备拿命换取这次宝贵的机会,他不时张望着鸡冠山,祈祷烽台上的士卒警醒点儿,千万不要误了报警。

熊本一郎倒了一杯酒给曹云和,示意他一口喝掉。曹云和闻了闻,这酒散发着刺鼻的酸味儿,如同酸梅汤一般。曹云和勉强饮了一口,酒水还未下肚就喷了出来,这哪是酒,分明是酸泔水。熊本一郎举起酒杯,一口喝下,他屏住呼吸,好一阵子才咽下,很享受地咂巴着嘴唇。曹云和扫了周边倭鬼一眼,暗暗寻找吹号机会。倭鬼穿着五颜六色的衣服,有的竟然穿着女子裙钗,还有的赤身裸体,只在裆部拴裹一块布。

5

曹云和注意到熊本一郎身边的太刀,这把刀比明军的腰刀长一些。他心里头掂量着,只要能夺下这把刀,相信就能杀出一条血路,起码能找到吹号的机会。他朝熊本一郎靠了一步,熊本一郎抹着胡子上的酒水,紧紧盯着曹云和,仿佛他的眼里有一面镜子似的。曹云和坦然相对,唯恐露出一丝破绽,趁机又靠前一步。熊本一郎让曹云和将此地的名称写给他看,曹云和手指伸进酒杯,蹲下来,在船板上写上"马雄岛"三个字。

"马雄岛?"熊本一郎轻轻地念叨着,几个倭鬼也凑过来看,还哇啦哇啦地交流着。曹云和瞄着太刀，一寸一寸地朝太刀挪去。熊本一郎忽然问道："陈家鱼？"

"陈家鱼？"曹云和一怔。

熊本一郎蘸着酒水写了"陈家沟"三个字。曹云和假装低头看字，突然抓住了太刀。熊本一郎愣住了，仰着脸，呆呆地看着。曹云和连退几步，拔出太刀。熊本一郎猛地从腰间拔出一把短刀，怒视着曹云和。曹云和将穗头挽在腕上，他心里清楚，一旦刀被打掉他就没命了。倭鬼一步步逼来，曹云和抡了一刀，倭鬼纷纷闪避，没有一个敢和他的刀相磕。看起来，倭鬼海上漂泊多日，此时已经力竭。曹云和陡增勇气，猛抡太刀，将倭鬼逼退。熊本一郎摊开双手，示意罢战，还朝曹云和深鞠一躬。

"汝不要杀吾，吾和汝都是俊杰，吾和汝乃兄弟也。"

"吾的兄弟全被尔等杀了，吾和尔等倭鬼不共戴天。"

"吾乃扶桑武士是也，吾是俊杰，汝也是俊杰。"

曹云和摸到海螺号，突然擎起来，狠狠地吹响了。海螺号只有集合和报警号音，报警的号音像驴叫，曹云和只盼着烽台上的哨兵足够警觉，听到报警的号音后能毫不犹豫地点起狼烟。这是唯一的机会，一旦错过，马雄岛就会万劫不复。熊本一郎短刀刺来，曹云和抬腿猛踢其刀，趁熊本一郎抽刀时，借力转身，猛刺一刀。熊本一郎拧身跃起，曹云和提刀上撩，熊本一郎胳膊被刀锋扫到，短刀拿握不住直飞出去。曹云和也不追击，猛地又吹起了海螺号。熊本一郎捡起一把太刀，挥刀劈向曹云和，另一只手掌向刀身一推，曹云和猛闪，太刀砍在桅杆上。曹云和提刀就戳，熊本一郎绕过，两人围着桅杆互相砍杀。一个倭鬼正面攻来，曹云和一刀砍在他的脸上，倭鬼仰面朝天倒下，另一个倭鬼蹿到麻袋垛上朝他攻击，曹云和几次被他砍中，虽然伤势不重，却非常难缠。曹云和泼风刀法逼退了熊本一郎，突然，刀插地面，趁机一脚蹬在刀柄上，借着这点儿力，高高跃起来，同时，猛拽穗头，太刀扬起，如飞刀一样直削麻袋垛上的倭鬼。倭鬼还没有看明白，脑袋就被削去了一半。曹云和着地前狠狠地踢了一个倭鬼。熊本一郎趁曹云和站立未稳，身子一沉，挥刀一挑，直刺曹云和的腹部。曹云和抱住桅杆，凌空身悬，躲过了致命一刀。曹云和挥刀朝一个倭鬼冲去，倭鬼纵跃起来，像一只惊鸟般闪避。曹云和朝他猛砍一刀，倭鬼被砍翻了，太刀却别在了他的肩胛骨上。曹云和一脚蹬住倭鬼，倭鬼居然没死，双手死死地握住刀刃。曹云和奋力起出太刀，后背却挨了一刀。曹云和反手一刀，倭鬼应声倒下。曹云和握刀的手臂没了力量，他将太刀换手，转身朝麻袋垛跑去。一个倭鬼从侧面堵截，曹云和欺他脚步跟跄，一个纵跃，朝他侧踹，倭鬼脚底一软跪下了。曹云和趁机跃上麻袋垛，居高临下朝下面戳击。熊本一郎率人围住了麻袋垛，找机会就朝曹云和双腿砍击。麻袋垛被戳漏了，沙子像水一样流出，曹云和站不稳，从垛上滑了下去。他又一次跑到桅杆处，倚着桅杆，举起海螺号吹了几声。熊本一郎挥刀朝曹云和砍去，曹云和猛绕到桅杆后，海螺号被劈碎了。倭鬼重又围上来，曹云和抵挡不住，奋力朝船帮冲去。一个倭鬼突然横躺在他的眼前，曹云和慌忙跃起，一刀戳在他的脸上。倭鬼一把抓住曹云和的衣带，熊本一郎举刀就劈。曹云和挥刀磕开，另一个倭鬼抢刀砍来，曹云和举刀相迎，熊本一郎趁机一刀戳在了他的后腰上。曹云和一把抓住缆绳，奋力朝船帮荡去。熊本一郎挥刀砍断了缆绳，曹云和摔在船板上，熊本一郎吹起螺号，他的螺号和曹云和的海螺号的声音完全不同，听着如鬼哭狼嚎。曹云和朝鸡冠山方向望去，那边一丝烽火都没有。曹云和拍着船板，怒视着鸡冠山，心里大骂哨兵张小三。曹云和勉强站起来，想再奔到船帮，这时，身边突然伸出许多把刀，将他压住了。船上冒出密密麻麻的倭鬼，一层层地围了过来。

"相公，相公，饭来了。"娘子曹袁氏在船下喊，"快下来吃饭吧。"

"娘子?"曹云和惊呆了。

熊本一郎也惊呆了，他朝倭鬼一摆手，所有人都趴在船板上。熊本一郎微微露头，朝船下面看。曹云和突然跃起来扑向船帮，他刚要翻身跳下，被倭鬼一把搂住了。几个倭鬼死死地摁着他。是娘子! 是她! 带着岛里一帮女子来了，她们披着蓑衣，戴着斗笠，有的抬着食品盒子，有的端着瓦罐。

"相公，下来吃饭吧。""一枝花"仰着脸说。

曹云和被倭鬼紧紧地抱着。此时，他突然就醒了，想死很容易，挣脱倭鬼，一头栽下去必死无疑。娘子和这些女子呢? 谁来管她们的死活? 曹云和突然惊出了一身冷汗。

"娘子快跑! 倭鬼上来了!"曹云和厉声呼叫。

"相公，你说什么呢?"

"傻娘儿们，快跑！倭鬼上来了！"曹云和急吼着，"快跑哇，倭鬼上来了！"

"相公，相公你呢？你怎么办？"娘子听明白了，露出了惊恐的神色。

"快跑！快跑哇！"

这些女子都知道倭鬼的厉害，一声惊叫，转身就跑。"一枝花"大声问道："相公啊，你怎么办哪？"

熊本一郎朝倭鬼摆了下手，发出下船追击的指令。倭鬼爬起来，纷纷翻身下船。曹云和猛地夺下一把刀，将骑在船帮上的一个倭鬼戳了下去。他又挥刀朝熊本一郎砍去。熊本一郎躲闪着，此时，倭鬼全都下去了，没有人来帮他一把。熊本一郎步步后退，他已经没有力气和曹云和对打。熊本一郎摔倒了，他惊恐到了极点，他紧紧盯着曹云和手中的太刀，明白自己就要魂归故里。熊本一郎本能地扯了下缆绳，曹云和被绊了一下，突然站立不稳扑了下去。刀子戳在熊本一郎的两腿之间。熊本一郎一脚蹬在曹云和的脸上，跳起来，死死地抱住了曹云和。

沙滩上，倭鬼追逐着女人，像老鹰捉小鸡一样。有两个跑得快的，被倭鬼一一射死。倭鬼将抓获的女子捆成一串，赶到海里。他们仰着脸，等待着熊本一郎的命令。倭鬼发现了熊本一郎的困境，他们分头爬上船，奋力将曹云和制伏。熊本一郎坐在麻袋包上喘息，吩咐了属下几句。船下的倭鬼听到指令以后，就将女子往船上赶。头前的张王氏，挣扎着不想上船，倭鬼就用刀背砍她的脊梁骨。张王氏被砍得声声惨叫，只好抓住绳梯往上爬。张王氏战战兢兢，爬了几下，无论如何也不敢继续爬。倭鬼就用太刀戳她的大腿，张王氏一边爬，一边大哭。

"都别乱，上去见了岛主再说。""一枝花"喊了一嗓子。一句话，女子全都不哭了。对呀，岛主还在船上，上去听他怎么说。

"张家嫂子，爬吧，有委屈见了岛主再申诉。"侯许氏说。

"妹妹，俺怕呀！"张王氏哭嚷着。

眼见张王氏被绳子拴着爬不动，倭鬼将她松了绑，逼她继续爬。船上倭鬼伸出手，一把拽住张王氏的胳膊，张王氏吓得哇哇大哭。下面的倭鬼狠戳她的大腿，逼她上船。张王氏突然身子腾空，狠命地拽住了倭鬼双双坠了下去，眼看着摔死了。女人们哭声震天，曹云和的心在滴血，仿佛被人剜了出来。熊本一郎吩咐了几句话，倭鬼嗷嗷叫着，将女子捆在背上，背着上了船。"一枝花"也被背了上来，刚放脱下来，她便一把抢过来抱住了曹云和。熊本一郎打量着他们，围着"一枝花"转来转去，还伸手摸了摸"一枝花"鬓角边的金簪花。

"汝不要动吾的娘子。"

"她的汝的娘子？"

"她是吾的娘子！"

"她们的都是汝的娘子？"熊本一郎问。

"……全都是……吾的娘子！"

熊本一郎又在"一枝花"身前转来转去，"一枝花"不敢看他，只是低着头，撕了一截儿裙摆给曹云和扎紧伤口。女人们发现了盐兵的尸首，不禁号啕大哭。她们奋力挣脱倭鬼，扑找着自家汉子。熊本一郎有些不耐烦，他紧皱着眉头，看着伏地恸哭的女人，突然，熊本一郎打了声呼哨。两个倭鬼就把哭得最响亮的王娘架了过来，熊本一郎凶巴巴地说："汝不要哭，吾不要女人哭。"

王娘又惊又吓，挣扎着，哭得更加响亮。熊本一郎目视着王娘，厉声吼道："汝不要哭！"

"倭鬼！"王娘朝他啐了一口。

熊本一郎揪住王娘的头发，朝船帮处拖去。王娘伸手挠他的脸，熊本一郎的脸瞬间就被挠花了，他捂着脸，声声尖叫。倭鬼抓住王娘的胳膊和大腿，将她举了起来。王娘不哭了，她奋力地骂："畜生，不得好死的倭鬼！"

"吾等不是鬼！吾等是武士！武士！"熊本一郎怒吼着。

"你们是鬼！你们就是鬼！天灵灵，地灵灵，等着真武大帝来降伏你们这帮恶鬼吧！"王娘喊着，"真武大帝呀，你老人家快点儿显灵吧！"

"真武大帝？真武大帝是谁？"

"真武大帝是救苦救难的天神！"

"真武大帝他在哪里？"

"真武大帝就在你的头顶上！"

"闭嘴！闭嘴！"熊本一郎猛抬头，慌乱地躲闪了一下，他狠狠地揪着王娘的头发，"世间没有真武大帝！没有！"

"恶鬼！不得好死的恶鬼！"王娘啐着，骂着，忽然看见了曹云和，王娘高喊着，"岛主，救我！岛主，救我呀！"

"撕了！"熊本一郎声嘶力竭地嚷了一嗓子，倭鬼喊着号子，将王娘扔了下去。女人们全都吓蒙了，她们不敢再哭，像一群羔羊挤在一起。熊本一郎走到桅杆前，看着曹云和，狰狞地说："汝快快地带吾等上岸休整。"

"做梦！汝等休想！"曹云和嘟囔着。熊本一郎突然搂住"一枝花"的脖子，将她揽在胸前。"一枝花"吓得浑身发软，连声说："放过我，放过我！"

熊本一郎抱起"一枝花"，将她像个球一样抛起来又接住。"一枝花"惊叫着，曹云和的腿都吓软了，他慌忙喊着，求熊本一郎放过娘子。熊本一郎放下了"一枝花"，朝着倭鬼摆了下手。倭鬼欢呼雀跃，眨眼间，船板上一片烟尘，倭鬼像狼一样扑向女人。曹岛主目睹了一群可怜的羊，他跺脚大哭："畜生！牲口！野兽！"

熊本一郎搂着"一枝花"的脖子，心思却不在她的身上，他皱着眉头，似乎对眼前的兽行有些不悦。

"牲口，别呀，别伤害吾的娘子！"

熊本一郎看了一眼曹云和，眉头突然展开了，他想出了一条万全的妙计。熊本一郎笑眯眯地摸着"一枝花"的脸，摸着她的脖颈，嗅着她的发鬓，斜眼看着曹云和的反应。曹云和挣扎着，狂吼着，哀求着，他涕泪交流，如果不是绑着，他都能给熊本一郎跪下了，只要别伤害他的娘子，他宁可给他磕长头。熊本一郎看着曹云和，一只手慢慢朝下移动，移到了"一枝花"的胸上，轻轻地揉了一下，忽然，他的脸上露出了羞涩的神情。他又摸到"一枝花"的腹部，轻轻地揉着，还要作势继续往下摸。曹云和浑身颤抖，直了声地嚷着："别呀！别呀！"

"一枝花"突然挣开了熊本一郎，她伸手朝熊本一郎的脸上挠去，熊本一郎慌忙将她的双手别在背后，将她重又搂在怀里。"一枝花"的衣衫被解开了，熊本一郎的手伸进去，揉搓着"一枝花"的乳房。熊本一郎的脸红得发紫，他紧紧地盯着曹云和，看着曹云和的表情变化。"一枝花"闭上了眼睛，泪水从眼角滚落下来。

"吾答应汝了！快住手吧，畜生！"曹云和吼着。

6

熊本一郎又揉了揉"一枝花"的乳房，笑了笑，吻了下"一枝花"的发鬓。曹云和浑身哆嗦，一句囫囵话也说不出来。眼看着倭鬼们折腾够了，熊本一郎打了声呼哨。倭鬼慢腾腾地爬起来，有的起身后又扑向女人。熊本一郎目光一闪，抡刀狠狠击打着几个倭鬼，直到他们滚爬起来。

"汝答应给吾等做内应？"熊本一郎转脸问曹云和。

"放了她们，吾答应汝！"曹云和心里有了一个念头，这个念头开始还很小，像个小火苗一样，此时，突然就放大了。只要倭鬼能放掉女人，他什么条件都可以应承下来，他相信迟早会找到自杀的机会。想死还不容易吗？只要自己一死，就能洗刷所有的罪孽。曹云和打定了主意，只要岛里的女人不再受辱要他做什么都可以。他不再顾惜名声，不再担心朝廷追责，他心里已经没有了自己。不能再让一个女子死去，尤其是娘子，他必须保证她的安全。此时，他才知道自己有多么疼爱她，为了她活着，他可以去死。曹云和甘愿坠入阿鼻地狱，只要娘子能够活命，哪怕他生生世世万劫不复也在所不惜。

岛里女子都是可怜的人，她们何尝不是苦行僧？何尝不是来修行的？她们遇到了一百年都不会遇到的灾祸，她们在自己的家里过得好好的，却没想到，倭鬼突然闯了进来。倭鬼杀死了她们的父兄丈夫，毁了她们的家园，毁掉了她们的梦想。没了汉子的呵护，没了家的护佑，她们眨眼间便像孤魂野鬼一样。曹云和可怜她们，心疼她们，他想成为每一个女子的汉子，做她们可以依靠的父兄。只要能抹平创伤，他什么都可以做，前提是绝不做苟且之事，不做下流之事，不做欺负人之事。他真该死，居然上了倭鬼的大当，居然被倭鬼利诱，钻进了倭鬼设计好的埋伏圈，居然让苦命的女子们受了二茬罪。他百死莫赎。

熊本一郎能看不出曹云和的表情变化吗？只要他的手伸进"一枝花"的怀里，曹云和就像被打断了脊梁骨一样。熊本一郎相信自己的这个计谋完美无缺，只要征服了曹云和，一切都会顺畅无比。他的目光在女人身上瞄来瞄去，忽然就盯上了侯许氏。侯许氏上身穿了一件粉红色对襟袄，下身着了一条青花罗裙，虽然云鬟散乱，满脸泪痕，却也十分出众。熊本一郎一把扯出侯许氏，挽着她的头发，生生地拽到曹云和的身前，将侯许氏推到曹云和的怀里。他仔细端量着这两个人，越看越觉得侯许氏和曹云和般配，他们更像一对夫妻。熊本一郎不住地点头，为自己的美妙设想而开怀大笑。侯许氏不敢和熊本一郎对视，她紧紧靠着曹云和。

"汝放过她们，吾答应带尔等上岸休整，吾给汝磕头了！"曹云和哽咽着说。

熊本一郎努了努嘴，倭鬼将曹云和松了绑。熊本一郎摸了摸侯许氏的头发，嗅着她的头发，侯许氏吓得直往曹云和的怀里拱。熊本一郎手搭在侯许氏脖颈上，轻轻地抚摸着，曹云和紧张到了极点，担心熊本一郎会突然捏断侯许氏的脖子。熊本一郎轻轻抚摸着，仿佛在抚摸着一件精美的物品。侯许氏不敢大哭，她甚至都不敢抽泣，她仰着脸看曹云和，她多么希望无所不能的岛主救她一把。

熊本一郎决定将"一枝花"和侯许氏留在船上，这两个女人是他手里攥着的刀把子，他把所有希望都押在她俩身上。他坚信，只要扣留了这两个女人，曹云和一定会熨熨帖帖听他摆布。熊本一郎换了一副面孔，笑眯眯地解释着自己的打算，他费了好多的口舌才让曹云和明白他的宏伟设想。还是那句话，只要曹云和认真履行诺言，"一枝花"和侯许氏就是安全的。熊本一郎狰狞地笑着，目光在"一枝花"和侯许氏的身上扫来扫去。曹云和顿觉天塌了，他跺脚痛骂熊本一郎是畜生，是要下十八层地狱的畜生。他又痛哭流涕，苦求熊本一郎发慈悲放过她们，他宁愿效犬马之劳。熊本一郎观察着曹云和，他想从曹云和的表情中看到他内心真实的想法。显然，曹云和的暴怒和哀号让他心里有了底，他相信自己的判断是正确的，他对自己的计谋充满了信心。为了彻底打垮曹云和心理防线，熊本一郎命令熊本二郎和桥下四郎向"一枝花"和侯许氏展示一下暴力。二郎和桥下四郎会意，笑嘻嘻地脱下兜裆布，露出活脱脱的大阳具。他们再次将两个女人放倒，当着所有人的面，将女人强奸。

曹云和跪下了，狠狠地磕头，请求熊本一郎制止这种兽行。熊本一郎很满意曹云和软弱的态度，他相信曹云和已经被他彻底征服了，从此以后，曹云和肯定就像一个稻草人一样任他摆布。见火候差不多了，熊本一郎喊了声"停！"二郎迅疾跳起来，垂手而立。熊本一郎举起太刀，朝桥下四郎的屁股上狠狠敲了一下，桥下四郎猛地滚开了。熊本一郎扶起曹云和，给他擦去眼泪，又笑眯眯地将"一枝花"推到曹云和的怀里。他装出十分善意的样子，将他们脑袋拨贴在一起。曹云和不敢和娘子对视，这一刻，连他自己都不认识自己。他是谁？曹云和混沌的脑袋里突然打了个闪念，他似乎看清了自己——一个懦夫——一个软蛋。曹云和双膝一软，跪在"一枝花"的脚下，他抱住娘子双腿放声大哭。女人们都哭了，她们明白，岛主牺牲了"一枝花"，岛主是拿"一枝花"和侯许氏两个人换了她们的性命。侯许氏跪下了，女人都跟着跪下了，她们朝"一枝花"和侯许氏不停地磕头。

"侯家妹子，你要看护好俺的好相公。""一枝花"捧起曹云和的脸，给他擦去了眼泪，"玉璞！玉璞！你是俺的相公！"

"娘子！玉璞最是个没用的男人！"曹云和五内俱焚，只这一句话，魂儿就出了窍，风筝一样飞走了。他不再是他，他是一个活着的死人，不知道为什么要活着，也不知道将要为什么死去。"一枝花"泪水滂沱，她拍打着曹云和的脸，揪扯着他的鬓毛，嘱咐他不要忘了他的娘子。曹云和一动不动，连呼吸都停止了。"一枝花"紧紧抱着他，仿佛要挤进丈夫的体内，仿佛要把丈夫摁进自己的体内。

"一枝花"提出一个要求，她要侯许氏留下一撮儿头发作为念想。提这个要求的时候，"一枝花"极力微笑着，极力表现出善意来。这个要求是对曹云和提出的，没等曹云和答应，侯许氏连忙爬起来，狠命地扯着头发，没几下，手里就多了一把青丝。她颤巍巍地举起双手，将头发呈给"一枝花"，侯许氏怯怯地叫声"姐姐"。"一枝花"没有接，她死死地看着曹云和，似乎在等着丈夫的说法。侯许氏放声大哭，泪水滚滚而下。此时，她相信自己就是一个贼——偷窃"一枝花"相公的奸贼。曹云和伸手接过青丝，双手捧着递了过去。"一枝花"微笑着接去，坐到麻袋包上。众目睽睽之下，"一枝花"脱下小弓鞋，将头发塞到鞋里。此时，她的脸色突然变了，变得冷若冰霜。侯许氏回过腔来，一把抢过去，指着"一枝花"骂道："贼淫妇，你敢魇住我？"

"侯家妹子，你该知道，曹玉璞是俺的相公，我只许你们做一对野鸭子，不许你们成鸳鸯。记住了，我才是他明媒正娶的娘子，侯家妹子，切记！切记！"

侯许氏羞红了脸，转念一想，"一枝花"为了成全众人，成了倭鬼的人质，她够可怜的了。侯许氏给"一枝花"深深道了万福，一言不发，退回到曹云和的身边。

"尔等何时放人？"曹云和追问熊本一郎。

"汝与吾成为兄弟时才能放人。"熊本一郎含糊地说。

曹云和没再争辩，事已至此，已经回天无术。曹云和转过身，朝着挤在一起的女人跪了下去，他的额头磕着船板，发出砰砰的响声。

"列位听清，马雄岛遭此大难，曹玉璞再无面目示人。我得救我家娘子的性命，我没有血性，不能和倭鬼硬打硬拼，现只能苟且偷生。从此，曹玉璞不再是男人，是小人，是猪狗！"

"呸！狗奴才！"有人啐了一口。

"汪！汪！汪！骂得好！"曹云和学着狗叫，面无表情地说。

"没长腰杆子的软蛋！"

"汪！汪！汪！骂得好！"

"别骂了，你们都长点儿心吧，岛主全都是为了救大家的性命才软下来的，他不会这么一直软下来的，他一定会硬起来的。"侯许氏搀着曹云和的胳膊，"岛主，你说，是不是呀？"

"汪！汪！汪！"

"没脸的骚货，还没有明媒正娶呢，这就偏向了？"沈氏恨恨地骂。

"沈家嫂子，都什么时候了，你还在说这样扎心的话，想窝里斗吗？"

"岛主，不怨你！"张刘氏带头跪下了，她哭着说，"这都怨命啊！"

"汪！汪！汪！从此，你们得学会保命，汪！汪！汪！一旦有机会就赶紧逃走。"曹云和故意用了南边家乡的方言，他担心熊本一郎能听懂官话。

"一枝花"喊了声"相公"，曹云和回头望去，"一枝花"却什么也不说，只是拭泪。曹云和仰脸朝天，不住地哀叹，小雨滴在曹云和的脸上，和着泪水滚滚而下。

"相公，念奴家与你结发一场，你要答应奴家，死后务必夫妻同穴，千里万里也要同穴，不要让奴家找不到安息的地方。"

雨越下越大，伴着一阵阵春雷，曹云和的魂儿越飞越远。

7

辽东总兵刘江身穿道袍，闭目默念咒语，他在密室中已经有两个时辰了，两个时辰里，仿佛经历了一个漫长的春秋。圣上的嘱托言犹在耳："小江子，辽东南贼倭跳梁数年，辽东北残元势力死灰复燃，辽东边墙城堡屡有沦陷，大明子民涂炭。卿万里赴辽疆，忠勇可嘉，所有平敌之策，可据实奏来，待朕与你参详。"

"启禀圣上，臣刘江深受皇恩，蒙圣上不弃，召臣去辽疆平倭抗元，臣将舍生忘死，断不敢坏圣上大事。至于平倭之策，臣有不情之请，倘圣上能容臣胆大冒昧，请圣上给臣便宜行事之权，臣敢拿命担保，五年内辽东残元与我大明避之唯恐不及。"

"好！好！好！小江子，你如实现如此宏愿，朕还会吝啬一个封侯之赏吗？撒欢去吧，朕定让你刘江光宗耀祖。"

"谢主隆恩，臣刘江感恩不尽。"

自到辽东总兵府上任，刘江一直有个悬而未解的疑问，这个疑问有时会消失得无影无踪，有时又如影随形，让他寝食不安。这一天，好友玄慈道长来访，刘江的眼前突然就又出现了这个疑问的影子，他顾不得和玄慈道长叙旧，拉着道长就进了后院密室。玄慈道长是位有道高士，当然明白刘江遇到了难题，便一直没言语，欣然坐在刘江的对面。他虽然微闭双眼，却动员了浑身的能量守护着刘江，他判断刘江到了一个大关节上。他担心刘江走火入魔，他准备随时出手援助。两人打坐以后，玄慈道长听到刘江呼吸不匀，知道他心神不定。这是道家修炼的大忌，必须马上收摄心神，然而，收摄心神前必须找到刘江的心神在何处，找到他此刻所思所想的根源在哪里。玄慈道长端详着刘江，这位兄弟的心神在什么地方呢？在漠北？在辽东？在女人的身上？在钱财上？玄慈心中竟有些叫苦，大明朝擎天玉柱刘江遇到了大关节，即便是方外之人也绝不能等闲视之。其实，这两年刘江流年不顺，坏消息频频，玄慈道长都有了解。尤其辽东南旅顺口上来了百名倭寇，一下烧了天后宫，掳走几十口百姓，这是天下尽知的。他还知道永乐帝派锦衣卫来辽东锁拿刘江，还传要就地砍了刘江的脑袋。虽然这事最后不了了之，以玄慈道长对永乐帝的了解，这事还没完，只是暂时压了下来。玄慈最担心刘江的心结在这件事上，他更希望刘江能就此看开悟透，跳出三界外，不在五行中。

"仁兄内心十分不净，心神不宁。"玄慈道长说。

"道长如何看出我内心不净？"

"仁兄眉宇间藏着极深的忧虑，想必仁兄当下处于困境，或是遇到了难堪的事情。贫道劝仁兄不要专注这些困境，将困难从脑壳里撵出去，让它们无处生根。仁兄把心神转移到无用的地方，心就能脱困，受难的情绪便会退却。这种方法就是心平气和之法。"

"道长，人皆知有用之用，而莫知无用之用也。"

"不以好恶内伤其身，常因自然——只盼望仁兄好自为之，天下之事皆为凡事，不足烦恼。"

"哎，却是时过境迁，道长不是当年的上将军，愚兄也不是那个豪气干云的刘大胆。"刘江站了起来，在密室里踱着步，"道长，想当年你我随圣上征战大漠，那是何等的英雄气魄？而今，刘江受圣上重托来辽东戍边，每天殚精竭虑，却捉襟见肘，久不得法。刘江深知道长博学多才，对辽东事物了然于胸，故渴望道长出手相助。"

"贫道却要让仁兄失望了。"玄慈大为失望，没想到彼此间又谈起国事，这大大有违他的修为本意。他想来帮刘江脱困的，是想帮他打通大关节的，并不想与他共商国是。此时，面对刘江的期盼，玄慈狠下心来说："仁兄，相濡以沫，不如相忘于江湖，贫道闲散超然已久，实在是没有更好的建议，还请仁兄见谅则个。"

"道长……"刘江急呼一声。

玄慈道长却闭上了眼睛，将他拒于千里之外。刘江深深地叹了口气，仿佛身上背负了一座大山，他的眼前又出现了那双鹰眼，犀利的目光刺来，他情不自禁地哆嗦了一下。

"仁兄。"玄慈道长轻声呼唤。

"道长请讲，江这厢洗耳恭听。"

"仁兄，过去，贫道杀人如麻，现在，我要退出三界外无所不容，自然无为。"

"道长，"刘江有些恼火，"残元南下杀我百姓，倭寇渡海抢杀劫掠，道长也能自然无为吗?"

"仁兄，故道大，天大，地大，人亦大，域中有四大，而人居其一焉。"

"道长，江乃习武粗人，自小便听先辈嘱咐，人有好人与恶人之区分，疾恶如仇才是真豪杰，道长如此大才却归隐山野，实乃朝廷之不幸，黎民百姓之大不幸。"

"仁兄，夫兵者，不祥之器，物或恶之，故有道者不处。请兄察之。"

"道长，对待残暴之徒，不可有妇人之仁慈，将士仁慈，百姓遭殃。"

"仁兄，贫道不敢苟同。"

"道长，我向你请教的问题，却一直没有答案。"

"仁兄杀气太重，贫道左右为难。"

"道长……"

玄慈道长抓过刘江的手，在他的手心里写字，刘江面色惊愕。

"真武大帝?"刘江痴痴地看着玄慈道长，轻声念叨，"此意何为?"

"天机，天机，真武大帝是士卒官佐的庇护神，是兄长头上的一朵祥云。"玄慈道长说，"关键时刻，只有真武大帝能助仁兄一臂之力!"

"如何能助?"

"仁兄心中须有真神，真神便永驻永护了。"

8

曹云和带着众女子下了船，跟着下来了十四名倭鬼，他们全都换上盐兵的服装。一路上，曹云和低声安抚着众女子，让她们相信，噩梦迟早会过去的。路过一片树林，他忽然发觉几个女子互相传递着眼神，曹云和的心猛地揪在一起，担心她们会突然逃跑。一旦炸了营，不但一个也跑不掉，船上的"一枝花"的性命也要毁了。曹云和的心一直悬着。好在大多数女人没敢造次，那几个想跑的也没有妄动，大家平安回到了老营里。熊本一郎查勘了营中每一个角落，甚至连煮盐棚和引水渠都要仔细地查看。熊本一郎尤其对制盐工具感兴趣，一一打听清楚都是做什么用的。环视了老营以后，熊本一郎的神情松弛了，他对马雄岛的环境非常满意。这儿僻静，涨大潮时与大陆的交通还能断开，是个理想的藏匿据点。他决定在马雄岛长期潜伏下来，他不想再过饥一顿饱一顿的海上生活，他要找一个能够藏身休整的地方等待时机。一旦机会来了，饱掠一番，悄悄回来继续藏匿。他相信只要控制住曹云和，就一定能在马雄岛站住脚，哪怕只占据半年，等西北风下来的时候再扬帆回国便足矣。熊本一郎问曹云和营里各房都是什么人住，曹云和刚说出"盐兵"，喉头一哽，泪珠滚落下来。

"曹，盐兵在哪儿?"

"全被尔等杀死了!"

"原来如此，全都杀死了吗?"

"全都杀死了。"

"尔等是武士吗?"

"死去的盐兵是勇士，是大明国出类拔萃的勇士。"

"曹，汝是勇士吗?"

"吾不是勇士，吾是懦夫。"

"曹，懦夫是什么?"

曹云和双手擎起来，亮出了一对小拇指。熊本一郎看了一眼，将曹云和的小拇指摁下去，将大拇指掰起来，朝曹云和点了点头。两人说了一会儿话，曹云和再次恳求熊本一郎不要伤害岛里的女人。熊本一郎郑重地答应了。他让曹云和吩咐做饭，做一百人的饭。曹云和吓了一跳，怎么会有这么多倭鬼? 熊本一郎看出了曹云和的疑心，指着大海朝曹云和笑。曹云和转脸望去，海边不知什么时候停靠了三只大船。

曹云和让张刘氏带人到大厨房做饭，担心她们的安全，曹云和就守在院子里。炊饼蒸出来多少，熊本一郎就命倭鬼挑走多少。张刘氏趁人不注意，偷偷塞给曹云和一张炊饼，炊饼里头夹了个剥了皮的咸鸭蛋。曹云和看着炊饼，想起还在船上受罪的娘子，便掉下了眼泪。张刘氏推了他一把，努了下嘴，示意赶紧吃。

张小三回来了，人没进院里，长枪先伸了进来。倭鬼全都蒙住了，像被点了穴道一样。张小三端着长枪直闯进来，看都没看倭鬼一眼，他径直走到曹云和面前，将长枪往地上一戳。

"岛主，不带如此欺负人的，徐国宝这贼囚哄俺替他在烽台上值更，从昨日到今日，俺淋得像落汤的土鸡，冻也冻死了，饿也饿死了，他徐国宝也不来跟俺换岗，欺负俺老实吗？"

"哦……张小三……"曹云和张口结舌，这个傻瓜没长眼吗？这么多陌生面孔他居然看不到？这么多衣衫不整的女子聚在一起做饭，他居然不觉得可疑？曹云和朝他不停地递着眼色，示意他赶紧跑掉。张小三突然明白了，转身要走，被倭鬼团团围住。张小三舞着长枪，打出一片空地。倭鬼改变战术，分头冲来，长枪威力使不出来，张小三慌忙扔掉长枪，拔出腰刀，大喊着："泼贼，拿命来！"

熊本一郎手起刀落，张小三肩膀上挨了一刀。他一手持刀，刀刃朝左向熊本一郎一晃，逼走了熊本一郎后突然反方向横着砍下去，将右侧倭鬼的一条腿砍断。熊本一郎反削他的脑袋，张小三一个凤点头躲开了，用了一招推刀术，左手狠推刀背朝熊本一郎的腰部切去。熊本一郎举刀相迎，太刀和腰刀相磕，腰刀被砍成两截儿。熊本一郎的太刀也脱了手。张小三举着半截腰刀顺势戳向熊本一郎，熊本一郎躲闪不及，眼眶被豁开。

"岛主！岛主！"张小三急喊着。倭鬼一拥而上，张小三摆出太祖长拳的架势，倭鬼几把刀从不同方位戳过来。张小三闪展腾挪，边打边喊："岛主，快拔刀和泼贼拼命啊！"

"小三，小三，是倭鬼，不是泼贼！"曹云和跺着脚喊。张小三一怔，脑袋旋即被砍了下来。张小三的娘疯了一样扑过去，抱着他的脑袋，一边哭一边往脖颈上按。熊本一郎朝她晃了一刀，女人翻着白眼儿，眼看着吓死了。熊本一郎捂着眼睛，对着曹云和吼："曹，成亲，拜堂！"

"成什么亲，拜什么堂？"曹云和怒吼着。

熊本一郎一刀砍在曹云和的屁股上，曹云和心里一惊，坐在了地上。熊本一郎一个字一个字地说："吾等都是盐兵，都是女人的丈夫。"

"别呀！别呀！你们都是畜生托生的吗？"曹云和拍着地皮哭嚷着，一阵春雷在头顶上爆响，曹云和喊着，"老天爷呀，劈了这些畜生吧！"

熊本一郎命令曹云和将岛里的人全都召集到旗杆下面，只要能走得动的，一个都不能落下。曹云和踉跄着走出老营，没走几步，见桥下四郎像匹马似的疾跑而去。曹云和停住脚，一眼看见一群女人朝鸡冠山上乱跑。

"快跑哇！"曹云和急吼着，眼看着桥下四郎带着倭鬼追上了，曹云和又慌忙喊道，"不要杀人！不要杀人！"

倭鬼如同一群饿狼冲进羊群，鸡冠山上一片哀号。曹云和转身跑回去，一把揪住了熊本一郎的衣襟，脑袋撞着他的胸口，他都急得说不出话。熊本一郎拍拍他的肩膀，吹起了螺号，有的倭鬼朝这边望，有的仍然在奸污女子。

"回来！求求你们，都回来吧！"曹云和哭喊着。

熊本一郎让一个倭鬼立即回到大船上，把曹云和的娘子带回来。他用大明官话向曹云和又说了一遍。曹云和的眼睛突然亮了，想不到倭鬼还能发此善心，想不到还有柳暗花明的时候。他默默念叨着，噩梦早点儿过去吧，但愿醒来后一切都还像原来一样。倭鬼跑向海边，曹云和不错眼珠地盯着他，见他上了船，见他从船上带下来一位女子。曹云和急得直搓手，快呀！快走哇！两个人走到旗杆前，曹云和突然就傻眼了，娘子呢？娘子在哪里？倭鬼身后跟着的是侯许氏，她朝曹云和笑，脸上挂着泪珠。

"岛主，奴家没给你丢脸。"侯许氏道了个万福，"倭鬼没碰奴家一个指头。"

"娘子呢？我家娘子呢？"

"岛主，你别着急，'一枝花'还在船上，奴家光听到她的喊声却没见到她的人影。"

"我要娘子，我要'一枝花'。"曹云和朝熊本一郎嚷着，"错了，不是她，是发鬓上插着花的娘子，这个不是我家娘子，我不要她，我要我的娘子。"

"没错，她就是汝的娘子。"熊本一郎笑着说。

"错了！错了！她不是我的娘子！"

"岛主，你想把奴家送给倭鬼糟蹋吗？"侯许氏瞪圆了眼睛，"你忍心拿奴家去换你家'一枝花'吗？"

"……"侯许氏的话让曹云和猛然醒悟，他一时张嘴结舌。

"曹，她是汝的娘子！"熊本一郎沉着脸说。

淅淅沥沥的雨不停地下着，空气里弥漫着湿漉漉的水汽，满世界清冷素颜。

季节褪尽了繁华，没有了明艳的装饰，青鸟的翅膀划过天空，只留下淡淡的鸣叫声和一道幻影。岛里起了青雾，像一道轻纱，一阵风掠过，山上的黄花菜和野薄荷都冷得瑟瑟发抖，极像苦着脸唉声叹气的女子们。

东南风不但给马雄岛带来了春雨，也带来了血雨。

第三章 武士与浪人

1

每年的春天，日本岛上的武士和浪人都要跑到九州岛，站在海边眺望着遥远的明国。对他们来说，温暖潮湿的东南风就是一双助力实现梦想的翅膀，樱花盛开的季节，武士和浪人就会匆匆上船，奔赴明国。带队的船主对他们是有要求的，要么长得魁梧，要么长得凶悍。这两条都没有的，就只能在船底下当杂役。即便是做杂役，也不是轻易能上得了船的，得给船主进贡，拿不出贡品，可以割下一只耳朵作为见面礼。到明国去，到极乐世界去，这是武士和浪人的梦想，甚至也是农民的梦想。明国有的是财物，明国有的是女人，这就是他们的动力。日本岛已经没有了活力，日本岛早已死气沉沉，满目疮痍。足利义满大将军把日本岛毁成了武士的地狱，毁成了农民的地狱，人们都深陷在黑暗之中，看不到前路，看不到可以改变现实的亮光。必须出去，朝西而去，朝明国而去。

大海是隧道，隧道的西头有一片亮光。

武士喜欢搭乘去往明国的进奉船，也称朝贡船，在这样的船上即便当一条狗都是幸福的。很久以前，熊本一郎还是个孩子的时候，曾经被领主带着去了一趟明国，这是明国对领主的恩赐。此行，领主得到了五倍于贡奉的赏赐，还不算他们私下里卖太刀的盈利。那次朝贡之旅，影响了熊本一郎的一生，仿佛在脑子里刻下了一道道难以磨灭的印记。明国人喜欢太刀，他们购买太刀并不是用来打仗，很多人家只是把太刀挂在房柱上作为饰物，还有的人家将太刀重新回炉，刀脊上包了一层精铁，将太刀打造成宝剑。领主指教一郎："日本的冶炼术比明国的要好很多，因此，日本的太刀要比明国的宝剑锋利许多。"

这就是明国人偏爱太刀的主要原因，领主说一把太刀从日本带到明国，能卖上一头牛的价钱。

明国朝令夕改，没过多久，朝廷又开始打压朝贡船队。沿岸官军不许朝贡船队靠岸，即便靠岸，也是大兵警戒，不准下船。各地领主对明国的锁国之举异常愤怒，他们决定让明国吃点儿苦头，领主纷纷放弃朝贡，改为明火执仗公然抢夺。一夜之间，在熊本一郎眼中"品德高洁"的武士便成了贼寇。熊本一郎永远也忘不了自己当了贼寇后被明国官军追杀的一幕，那是让他想起来都要胆寒的一幕。熊本一郎宁可那残酷的一幕是虚幻的，是脑子里臆想的。

由于一直刮东南季风，船帆借不上力，他们在海上漂荡了很长时间。粮食吃光了，鸡鸭猪也都杀光了，连船上的耗子都吃光了。卑贱的苦力一边摇橹一边暗自流泪，他们轻声哼唱着哀伤的家乡小调，绝望的气氛像锅盖一样严严实实地扣在大船上。父亲割下了大腿上的一片肉，吩咐一郎拿去熬煮。父亲命一郎守着锅灶，别让人偷吃了。父亲坐在一边，一心一意地包扎着大腿上的伤口，他一点儿都没有咧嘴喊疼，他像是包扎别人的伤口一样从容。等到伤口上的血凝了的时候，肉汤也烧好了，父亲盛了一碗肉汤，爬进领主的舱内，请领主吃肉喝汤。

船上的人都要饿死了的时候，喜志突然看到了陆地，喜志就成了所有人的救星。

岸边礁石上刻着"金州"两个大字，熊本一郎以为是朝鲜的"金州"，他朝领主喊着："金州！我们到朝鲜的金州了。"

"这下可好了，离我们的对马岛不远了。"领主跪在船头，武士和杂役全都跪下了，他们激动得号啕大哭。

队伍上了岸，按照事先计划，每三个人一组，每组间距一百步，队伍像条长虫一样迤逦而行。很不幸，前队勇士刚刚闯入村子里，还没来得及吃下一口食物的时候就遇到了官军巡逻队。巡逻队有一百多人。第一队的勇士只有十七人，他们瞬间就被包围了。领主听到了预警的螺号，连忙指挥后续的勇士跑步前去救援。勇士们汇聚在一起，奋力朝海边突围。熊本一郎个子矮小，很害怕被明军俘虏了，相传，俘虏会被明军宰杀吃掉的。他的眼前总是出现父亲血淋淋的大腿的画面，似乎还能闻到肉香的味道。熊本一郎惊叫着，发疯样的惊叫着，乱舞着太刀。父亲杀死了一个士卒，突然朝着他喊："一郎是武士！一郎要镇静！"父亲的话就像当头一棒，猛地就将他打醒了。

一郎是武士？一郎是武士！一郎不是怯懦的浪人，更不是卑贱的农民。武士怎么可以惊慌呢？熊本一郎冷静了，他不再那么慌张，他紧紧地盯着明军士卒，寻找着下手的机会。领主指着一个盔甲鲜明的白胡子头领问道："一郎，你听他在说什么？"

"斩！斩杀！"熊本一郎听到白胡子头领不停地呼喝着。白胡子头领挥动着骑枪比画着，似乎是让一队士卒绕到山后面堵截。熊本一郎以为他们是朝鲜的巡逻队，却忽然听懂了白胡子头领的话，他说的是明国话。熊本一郎从小跟着师傅学的明国话派上了用场。

"领主，这个白胡子是明国官军的头领，不是朝鲜人，此地是明国的金州，不是朝鲜的金州。"熊本一郎大声喊着，领主有些慌乱，他一时搞不清明国的金州和朝鲜的金州是怎么一回事。官军巡逻队紧紧压上来，勇士们有了溃退的迹象。领主吩咐弓箭手躲在他身后瞄准白胡子老头儿，要弓箭手冷不防射死他。领主相信，射死白胡子头领，一定会转危为安的。弓箭手没有大弓，大弓都放在船上，弓箭手躲在领主的身后，射出了一连串的小箭。其中一箭射中了白胡子头领的喉咙上，另一支射中了他的眼睛。在日本各地，真正的武士是不屑于暗箭伤人的，会射箭的大都是被割了耳朵的浪人。白胡子头领中箭后发出一阵雷鸣般的惨叫声，他仰头从马上摔了下去。身边的士卒抱起了他，白胡子头领挣扎着重新上马，他的脸上全都是血，血将白胡子染成了红胡子。突然，他将眼珠子上的小箭拔了出来，熊本一郎亲眼看见了箭头上挂着的一团血糊糊的眼球。

"怯战者退，吾且死贼。"这是原话，熊本一郎一直没能搞懂白胡子头领这句话的意思。

"吾且死贼！"明军士卒振臂高呼。

明军巡逻队重新组织队形，呐喊着压了上来。白胡子头领手指领主，厉声喝道："小儿拔都！"

领主手里拎着一把大槊，稳稳地立在队伍的前面，像一尊战神的塑像一般。

领主的力气太大了，一槊下去，就会把一个明军的脑袋拍扁。哪里出现危机，他的大槊就出现在哪里。勇士们一直苦战不败，和领主的这把大槊有着极大的关系。

"小儿拔都！"官军头领又喊了一句。

熊本一郎这回听懂了，明国人将勇士都以"拔都"相称，熊本一郎曾经为了卖一把刀和无赖对打过，他听到街边有人高呼"拔都拔都"，看样子是在赞美他的勇敢。"小儿拔都"可能是在称赞领主年轻勇武。明军被领主的气势压制住了，白胡子头领不停地朝士卒大吼大叫："汝擒之！当车肉赏！"

"小儿拔都有兜鍪，护项面，无隙可射。"一个年轻的士卒回应着。白胡子头领摘下了弓箭，年轻士卒也摘下了弓箭。熊本一郎突然明白了，这两个人要射杀领主，他转身朝领主喊："小心那厮射汝！"

"那厮不会做卑鄙之举的！"领主摇着头，他还以为白胡子头领是日本武士，他更忘记了自己曾经下令射杀白胡子头领的卑鄙行径。话没落地，白胡子头领射来一箭，正中首领的护鍪，将头盔打歪。首领大叫一声的时候，年轻士卒的箭也射来了。领主伸手去挡却没挡住，这一箭正中他的面门。领主扔下大槊，仰面而倒，熊本一郎的父亲猛喊着："一郎卫护！一郎卫护！"父亲一把抱住了领主，背在身上，朝着明军冲去。

熊本一郎和另外两名武士迅速遮挡着父亲的侧翼，跟着朝前冲。父亲的腿伤还没有痊愈，经过这阵厮杀，伤口迸裂，鲜血染红了长裤。父亲朝着明军最薄弱的地方急冲，明军几次包围了他们，却都让他们钻了出去。父亲始终不与明军缠斗，呼喝着一郎也不要恋战。经过多轮厮杀，居然让他们冲了出去。熊本一郎回头看去，明军头领紧紧追来，其他人还在捉对厮杀。熊本一郎站住了，他摆好了架势，准备迎战头领，虽然他还没有头领的马脖子高，他的架势对一个骑马的人来说，不会起到任何的阻击作用。头领的额头上缠着一条布带，半边脸都被血水染红了，他纵马而来，一股劲风扑在熊本一郎的脸上。

"是谁射了吾的眼睛？"

"汝是瞎子！"熊本一郎笑了，这是他唯一想笑的理由。头领放下骑枪，摘下弓箭，搭上了一支箭。

"倭寇，让汝也尝尝眇目的滋味。"

熊本一郎对明国的弓箭一点儿都不了解，因为不了解也就不那么担心，他以为明国的弓箭和日本的没有区别。日本的弓都很小，箭杆也短，一般来说，很难射死人，除非使了寸劲儿。真正的武士面对敌方朝自己拉弓射箭，都不会皱眉头的，除了表明勇敢，也是嘲讽对方的无耻下流。等到明国头领将弓拉满了的时候，熊本一郎忽然发现他的弓很大，大得像车轮。熊本一郎有些心慌，他深呼一口气，站稳了脚跟，一手持刀，一手摆出了决斗的架势。

"一郎，快退下！"父亲喊。

父亲已经将领主抱上了船，父亲趴在船帮处，搭箭对准了明国头领。熊本一郎突然浑身充满了力量，这种力量的鼓荡让他骄傲，他勇敢地完成了掩护任务，在领主和父亲的眼里，他应该是一个合格的武士了。领主上了船就意味着安全，领主安全，他们就没有输。头领一箭射来，熊本一郎才发现所有的骄傲都随风而去，他下意识地捂住了脸，他都忘记了拨打羽箭。船上传来一声惨叫，熊本一郎转回头看去，一个武士中箭栽入海中。熊本一郎提刀冲了上去，他绝不会让这家伙再射出第二箭，熊本一郎怕了这人手里的车轮般大的弓，怕了他那能射死人的箭。白胡子头领被熊本一郎的速度吓了一跳，他提了下缰绳，战马一阵嘶鸣，跃了起来。熊本一郎风一样的冲过来，举刀就戳，白胡子头领来不及去摘骑枪，只能抢着大弓砸来，他想吓阻熊本一郎，想趁机摘下骑枪迎战。熊本一郎一刀砍在了马颈上。战马又是一阵长嘶，抬起前蹄一阵乱蹦，将浑身是血的白胡子头领重重地摔在地上。熊本一郎奔过去，朝他的脑袋狠砍一刀，白胡子头领就地打了几个滚儿，躲过了一劫。熊本一郎狠狠地砍着，刀刀不离要害，一个明军士卒从侧面抱住了熊本一郎的腰，朝着狼狈不堪的白胡子头领喊："徐刚将军快走！"

熊本一郎抠着这个人的手腕，这个人骑在了他的身上，双手狠狠地扼住他的喉咙。熊本一郎甩不掉他，将刀转过来想刺死他。这人伸手挡了一下，差一点儿把刀夺了去。熊本一郎朝着一个浪人吼："杀了他！杀了他！"

浪人举刀吆喝着，却始终不敢动手，他可能是担心伤到了熊本一郎。大股明军瞬间冲了过来，背上的这人拼命扼着熊本一郎的喉咙，熊本一郎就要窒息了，他的眼前一片黑暗。熊本一郎膝盖一软，跪了下去。那人双手像铁箍一样，狠狠地勒着。熊本一郎使出了最后的力气，举起太刀，朝肚子扎了下去，背后的人突然不动了。熊本一郎又能喘息了，他大口喘息着，仿佛从鬼门关走了一趟。他闻到了一股热烘烘的臭味儿，看到了热气腾腾的肠子，看到了黑色的血。熊本一郎慌忙将肠子塞到肚里，他站了起来，举着太刀，目视着明军。白胡子头领重新上了马，人与马的身上全都是血。他举着骑枪，朝着熊本一郎怒吼："呔，小鬼儿倭寇快报上姓名！"熊本一郎瞪着他，不知该不该报上姓名。头领又吼了一声："呔，吾乃辽东金州卫都指挥使徐刚是也，鬼魅小丑，快快报上名来，吾不愿击杀无名鼠辈。"

熊本一郎听懂了，这位浑身是血的头领是金州卫都指挥使徐刚，都指挥使是多大的官他不知道，只是牢牢地记住了"徐刚"这个名字。徐刚见熊本一郎没有反应，便纵马挺枪就刺，熊本一郎一动不动，他已经不能动了，他身上的血都要流尽了。父亲带着勇士冲了过来，一阵乱砍，将明军驱散。父亲是全日本最勇猛的武士，虽然大腿受伤，他的刀法却依然让明军吃尽了苦头。父亲趁着明军溃散之机，一把抱住了熊本一郎，扛着他就朝大船跑。几个明军搭弓瞄准他们父子，被一拥而上的浪人砍翻了，大股明军又将浪人围了起来。浪人们哭喊着："领主，吾等尽忠了。"

熊本一郎第一次为浪人落泪，也是他平生最后一次流泪。后来，熊本一郎目睹父亲被杀，都没有落下一滴眼泪。这一仗的惨烈无法用语言述说，他记住了金州卫，记住了那个浑身是血的白胡子头领，他叫徐刚。

2

当年，朝贡船都是从黄海顺风南下的。每当东风频来的季节，朝贡船便从九州岛起航，领主带着大批货物到明国求好运。只要不遇到大风大浪，只要安全踏上明国的土地，他们就是全日本最幸运的人。明国的富庶让熊本一郎有了无尽的遐想，虽然他还不懂得明国的富庶和自己有多大关系。下了船，他一头扎进了人群中，见识了宁波城的繁华，那种震惊无法用语言表达。他不由得想起了家乡，家乡跟宁波城相比，简直就像小儿与长者，简直就像小儿与无数个长者。朝贡完毕，领主如愿得到了明国朝廷整整一船的赏赐物，领主的脸上始终挂着灿烂的笑容。办完了正事，他们还要私卖太刀，这又是一笔可观的利润。

熊本一郎跟着领主城里城外到处走，一路走一路交易，太刀很受欢迎。

"最后一把，一郎卖了钱自己留着吧。"领主说。

"哦？"熊本一郎朝领主鞠躬，带着太刀走了。他也不知道这把刀值多少钱。太刀品质不同，价位当然各异，一般来说，都是双方议价。熊本一郎走向城南，城南的南巷人多，这里的男人大都戴着毡笠，佩着宝剑。领主说过，戴毡笠佩宝剑的都是官长，官长一定是有钱人。熊本一郎也不知道南巷的官长能否买他的太刀，他只是本能地朝南巷走去。土地庙附近站着几个泼皮，他们轻佻地打着呼哨，伸手招呼着熊本一郎，热热闹闹地称他"小力巴"。熊本一郎低头快走，他不想和泼皮们有瓜葛。泼皮们追过来，围上了熊本一郎，有的摸头，有的搭肩，好像老熟人一般。他们询问太刀的价钱，熊本一郎让他们出价，他一张口，泼皮听出了口音有异。

"小力巴，你是倭鬼？"

"小力巴，爷出二钱银子买你的刀，不少了！"

熊本一郎摇着头，他虽然不清楚这把刀的价值，却也懂得绝不能卖二钱银子。领主刚卖出去一把，足足卖了二十两纹银。熊本一郎挣脱两个泼皮，顺着巷子继续往下走。小雨润在前胸，微微寒冷。这儿和家乡一样，熊本一郎一点儿都不觉得生疏。他享受着独自在街上行走的惬意，享受着微微的小雨，享受着被墙里头伸出来的三角梅触碰的美妙感觉。熊本一郎扯着一枝三角梅端详，多么美的花儿，那神韵，像极了樱花。熊本一郎的家乡有那么多那么多的樱花树。樱花是神的化身，神伏在花瓣之中，随着花瓣的绽放而来，又乘着花瓣的凋谢而去。樱花盛开的季节，各种各样的传说挂满了枝头，满天缤纷，满地落英。落在房檐上，预示着家人平安；落在田地里，预示着五谷丰登。

每当樱花盛开的时候，父亲就会回到家乡，父亲和妈妈带着一郎和二郎来到樱花树下，一家人坐在树下聊天、唱歌，他们扯着樱花枝嗅着，还要露出夸张的表情来。妈妈的表情总是那样的陶醉，甚至是那样的俏皮，像个没出嫁的姑娘。父亲笑眯眯地看着妈妈，仿佛妈妈就是一株诱人的八重樱，一株伸到他怀里的美丽的八重樱。这一画面铭记在熊本一郎的脑海里，仿佛只有在樱花树下的父亲才是父亲，其他时刻，父亲更像一位严厉的师父。

墙边伸出的三角梅碰了熊本一郎的额头，上面沾着雨滴，熊本一郎停下了脚步，伸着舌头，舔了一口。他心里一动，仿佛把姑娘的一滴泪舔进了嘴里。姑娘？泪水？他像个傻瓜一样瞧着三角梅，仿佛，灵魂飞回了家乡。

泼皮们再一次围住了他，他们饶有兴趣地看着他舔着三角梅。熊本一郎陡然觉醒，赶紧低下了头。一个泼皮拍了下熊本一郎的肩膀，这个人的胡子上也沾满了水滴，却是浑浊的水滴。

"汝是小倭鬼？"

熊本一郎模糊了，眼前，没了三角梅，只有胡子和满是褶皱的脸。

"汝是倭人！"

熊本一郎没有回答，他想绕道走过去，有人突然揪住了他的衣服。

"小力巴，汝到底要多少钱才卖？"

熊本一郎没有言语，其实，他心里已经有了定价，只要肯出十两纹银，他就卖刀。他们的船明天起航回国，他就要见到妈妈了。十两纹银不少了，足够给妈妈买一块上好的土地，足够让妈妈吃上几顿粳米饭。当然了，日本是不用银子的。他可以买许多许多明国的瓷器、许多许多绸缎带回日本，换钱贴补家用。这样的念头是不能让父亲知道的。父亲是一个威严的武士，是一个有道德的武士。他拼死拼活，一年只挣回一口袋粳米，虽然如此，父亲依然尽职尽责，他绝不允许家里人有私心杂念，绝不允许贪婪无耻。

"贪婪是武士的敌人。"父亲经常这么说。

熊本一郎想把明国最好的东西买回去，让妈妈享受。他不知道父亲会怎么想，也许，父亲会用竹竿抽他的屁股。泼皮伸出一根手指，熊本一郎几乎要点头了，是的，一根手指应该代表着十两纹银。

"吾给汝一两纹银。"泼皮拿出一张纸递过来。

熊本一郎认识，这张纸是明国的宝钞，领主告诫过他们，不要相信宝钞。宝钞就是一张废纸。熊本一郎抱紧了太刀，他不想和他们做交易。泼皮们显然恼了，一个从后面抱住了他，身前的举起了砖头，狠狠地拍在了他的脑袋上。熊本一郎就觉得眼前一亮，一个明眸皓齿的姑娘朝他笑。熊本一郎想喊姑娘的名字，他知道她是谁，可就是喊不出声来。姑娘消失了，熊本一郎的眼前一片漆黑，熊本一郎掉进了深渊。

这是熊本一郎对明国刻骨铭记的一幕，他的梦想就这样破裂了，妈妈的粳米饭没了，他心爱的姑娘也没了。熊本一郎差一点儿丢了性命，有人将他扔到码头。领主派人将他背上大船，刚刚放下来，大船就扬帆起航了。

熊本一郎躺在底舱里，昏昏沉沉地睡，一直到了对马岛，他还是昏昏沉沉。他只记得三角梅，记得晶莹剔透的雨滴，记得繁华的江南小巷。

3

马雄岛，多么美丽的地方，和对马岛极为相似。熊本一郎对马雄岛的气候非常适应，几天来的连绵春雨突然没了，天空放晴，马雄岛就像被水洗刷过了似的。区别还是有的，对马岛上的云层没有马雄岛这么高，对马岛的云就在头顶上，就像人人都戴了一顶大草帽。在马雄岛辽阔的天空下，人就变得轻松，变得有恃无恐了。对马岛看不到这样的天空，对马岛只有厚厚的云层，起伏的山峦，幽暗的小径。熊本一郎喜欢站在鸡冠山上，瞭望着蓝天和大海，有时会突然蹦出人在天穹之下的惊诧。

熊本一郎喜欢马雄岛，他有了一个极其大胆而又浪漫的计划，他想把这儿改造成对马岛，让每一个人都成为对马岛的人，让每一寸土地都成为对马岛的土地。虽然他对曹云和并不欣赏，甚至有些厌烦他，然而，他又不得不倚重曹云和，毕竟，曹云和是官军，官军应该是和日本武士一样守信用的人。熊本一郎相信曹云和会像日本武士一样誓死捍卫荣誉，熊本一郎果断地选择了信任曹云和，虽然他认为能为女人跪下来痛哭流涕的男人是卑贱的，同时，他也认为能为女人跪下来痛哭流涕的男人还是有那么一点点可爱之处。

熊本一郎多次回到大船上，吩咐船上的人，一定要严加看管"一枝花"，不能让她死去或者逃掉。每个人都必须服从这次险象环生的潜伏大计，"一枝花"是这次伟大的行动中最为关键的一环。熊本一郎判断，曹云和眼里只有"一枝花"和那个侯许氏，这两个女人是他的命根子，只要把她们攥在手心里，就好比捏住了曹云和的卵子。曹云和果然百依百顺，虽然如此，熊本一郎还是要做好万全的准备，越是这个时候越不能麻痹大意。杀了这么多的盐兵，他们已经把天捅出了一个大窟窿，这能瞒多久呢？一旦暴露，明国官兵赶来，瞬间就会把他们杀光。即便侥幸逃脱回到日本，明国也会派使节前去交涉，征夷大将军八成也会把他们全都捕杀了。只有留在马雄岛，人不知，鬼不觉，悄悄地来悄悄地走才是上策。金州卫是领主当年极其偶然发现的一个宝地，在日本，没有多少人知道金州这个地方。对马岛、九州岛的武士、浪人只想着去朝鲜掠夺，想着去大明国的南方掠夺，他们根本就不知道天底下还有一个让人垂涎三尺的金州。

熊本一郎是对马岛上的原住民，他的高祖是个普普通通的农民，元朝大军扑来，日本举国震惊，他的高祖作为卑贱的农民也参加了抗元大战。高祖平时连只鸡都没杀过，却在大战中亲手杀死了四名元兵。高祖立下了不世之功，为后代闯出了一条金灿灿光芒四射的人生大道。对马岛、九州岛甚至整个日本都认同并尊重熊本一郎家族。领主赐予他熊本姓，这是沾着鲜血的姓，这是从死神手里抢夺来的姓。

那是一个骇人的传说，那是一个听起来让人心悸的战争传说。整个日本就要亡了，大厦将倾，人人战栗。作为大战前线，对马岛上的许多人都看见了元兵像海水一样湛蓝色的眼睛，像岩石一样红褐色的眼睛。整个日本就要变成了屠宰场，到处都在传播着恐怖的讯息：日本的男人将被色目人敲骨榨髓，日本的每个女子都将被一百个色目人践踏至死。这就是大战前悲壮而又让人绝望的气氛。谁也没有料到，一场突如其来的神风将对马岛拯救了，这阵神风抵得上十万个勇士。这阵神风也拯救了熊本家族，拯救了高祖的一条命。大战前夕，家族所有人都做好了被元兵屠城的准备，所谓的城，就是领主的居住地。对马岛上有许多领主，每个领主都有着大大小小的城，大的差不多有两万在籍人口，小的只有几千在籍人口。熊本家族所在的城就是抗击元兵的主力城堡，元兵的弓箭和抛石机给了他们极大的杀伤和震撼。在日本人看来，弓箭只是农民对付小动物的武器，不是用来杀人的。他们想不到一支羽箭可以比人的胳膊还要长一倍，想不到羽箭可以做得那么精妙，射起来像闪电一样，当你看见了闪电，也就看见了死神。

日本勇士精于独自肉搏，元兵惯于集体作战，这种战术是日本人所不熟悉的。当元兵登陆时，日本人突然处于崩溃的边缘，许多勇士中了羽箭，有的羽箭贯胸而出，一支箭居然能射死两个勇士，这让许多人都难以接受。更多的勇士被元兵的马队踏成肉泥，侥幸没死的，脑袋上也要被补上一刀。元兵进军前鼓乐齐鸣，连战马都精神抖擞，如同虎豹豺狼。第一天的战斗结束，元兵扫清了障碍，团团包围了大城，夜里，从城上看去，城下元兵的篝火星星般密集。

第二天一早，领主动员了大城里的所有男人，告知每一个人，一旦城破，元兵将杀光所有男人，将剥去所有女人的衣衫，让其在篝火旁跳舞，让其喝得酩酊大醉然后集体奸污。领主能想到的惨烈场景只有这些。人们当然相信这是真的，早年，他们袭击朝鲜的时候就是这么做的。恐惧形成了一个巨大的云团，遮在对马岛的上空，遮在每个对马岛人的心头。

所有人都害怕城破。

元兵来了十万人马，除了蓝眼睛和红褐色眼睛的元兵，还有高丽人，还有宋国人。抛石机将脑袋大的石头抛起来，砸在城墙上，天上地上，到处都是砰砰的响声。偶有越过城墙砸向城中房子，房子立即倒塌，砸中人，人立即变成肉泥。元兵的马让人胆寒，马队像狂风一般，一队勇士对付不了一匹马，元兵不用刀砍，只需放马冲撞，勇士们就会吓得凄叫。熊本一郎的高祖还是一个胆小的农民，在对马岛，农民仅仅比浪人的地位能高出一点点。高祖被编入敢死大队，这个大队有二百人，每个人都向家人做了最后的告别。一旦战死，高祖还是希望家里的女人会立即自杀，家人答应了他的要求。高祖回到城头上，还是不放心，托人给妻子送去了一把镰刀，希望她在紧急时刻能用得上。天将亮的时候，他又后悔了，想托人给妻子再带去一句话，还没容他交代清楚，一发石弹砸在城头上，砸伤了几个勇士。元军的攻击开始了，城下是一眼望不到边的元兵，海上还有一眼望不到边的大船。这是一场让人绝望的战争。守军在冰雹一样的箭镞冲击下丧失了胆量，每个人都在咬牙，都在等待着城破的一刻。

熊本一郎的高祖认为这样死去是不值得的，农民种地的目的是什么？还不是为了丰收。想做勇士的道理也是一样，他想明白了，如此卑微地死还不如轰轰烈烈地死。他想用一腔热血换取做人的尊严。熊本一郎的高祖告别了领主，带着两个兄弟从城上缒了下去。在众目睽睽之下，他们爬出了护城河，朝着元军走了过去。元兵根本没有料到会有三个傻瓜出城，他们以为看见了三只蚂蚁。看着他们像蚂蚁一样慢腾腾地过来，很多元兵捧腹大笑，有的还假装受惊几乎要从马上摔下去。熊本一郎的高祖带着兄弟突然呐喊着朝元兵冲去，与其说是朝元兵密不透风的马队冲去，不如说是朝着死亡冲去。呐喊声起，城上城下突然静悄悄，苍穹之下只有他们三个人的呐喊声。元兵不笑了，他们纷纷下马，拉紧了肚带，然后重新上马。他们一眼不眨地盯着三只越来越近的蚂蚁，在元兵的眼里，蚂蚁总归还是蚂蚁。

千夫长一声令下，元兵拔出了弯刀，朝着蚂蚁奔涌而去。元兵的马队就像一堵密不透风的墙，三个农民在这堵墙前站住了，他们端着竹矛，像风吹过的竹叶一样瑟瑟发抖。他们的眼睛眯缝了，是的，他们几乎闭上了眼睛，就像死了一样。马队碾压而来，蓝眼睛和红褐色眼睛的元兵狰狞着，他们没有呐喊，只是狰狞着。他们要对这三只蚂蚁实施一种罕见的酷刑，让铁蹄去践踏他们，将他们的肉体踏个稀巴烂。三兄弟中的一个首先崩溃了，他的魂灵飞出了脑壳，他开始号叫，他的号叫带动了另外两兄弟，三兄弟在嘚嘚的马蹄声中没命地号叫。

城上的守军瑟瑟发抖，他们情不自禁地也开始了号叫。

感谢乌云，感谢黑漆般的乌云。

感谢神灵，感谢黑漆般的神灵。

马队突然混乱不堪，仿佛被大力神猛扫了一棍子，许多战马抬起前蹄，仰天长啸。仿佛三兄弟的面前有一排拒马桩。大地在颤抖，无数个大力神挥舞着大棍子，劈天盖地般的横扫。元兵的马队被打散了，几匹马翻滚在地，声声嘶鸣，仿佛在承受着疯狂的棒击。狂风就是大力神，船上的帆篷被扯开了，鼓荡了起来，大船被吹得东倒西歪。瞬间，只只大船陷入大海之中。狂风丝毫没有可怜这些元兵，狂风将元兵的胳膊和大腿肆无忌惮地扯断，沙子一样扬起来，扔到空中。狂风像无数只巨手，抓着所有能抓到的东西，疯狂地扔撒。

突然而来的神风，拯救了熊本一郎的高祖，也拯救了整个日本。熊本一郎的高祖，不，对马岛上的所有人都没有见过这样猛烈的大风。大风在日本岌岌可危的时候迅疾赶到，大风打败了元兵，大风不是神风是什么？元兵像草一样被神风从马背上拔起，仿佛老天变成了对马岛上的人，老天愤怒地惩罚着这些傲慢的野蛮的蓝眼睛和红褐色眼睛的元兵。

元兵的首领一定是一个身经百战的勇士，他迅速组织没死的士卒，将双腿缠在马镫上。他们聚集起来朝天射箭，雨点般的箭镞射向天空。他们想一举射死那个偏心眼儿的老天。熊本一郎的高祖紧紧抱着一棵树，树被神风连根拔起，他还是紧紧地抱着树，他随着大树飞扬，随着大树跌入深坑，迷迷糊糊之际依然没有撒手。深坑里有一匹马，还有一个奄奄一息的元兵，高祖清醒了以后，哆哆嗦嗦地摸到了短刀，将元兵的脑袋割了下来。他还想把马的脑袋割下来。马的脑袋实在太大了，他不知道从什么地方下手。他还是第一次近距离接触战马，他的短刀反反复复地比画着，他忽然看见了马眼里滴下了一滴眼泪，不是一滴眼泪，是一串眼泪。马居然会流泪？熊本一郎的高祖一遍遍地问："汝真的会哭吗？"高祖继续逼问着："汝懂得吾说的话吗？"

战马突然仰天长嘶，仿佛给了他肯定的回答。熊本一郎的高祖丢掉短刀，跪在马的旁边，祈祷这匹马能跟他一起逃脱大难，跟他回家。头顶上，狂风大作，元兵的哭号声比风啸声还要大。高祖紧紧搂着战马，一人一马，躲在深坑里抗衡着大风。又一个元兵掉了下来，元兵惊恐地看着高祖，元兵的眼睛是红褐色的。元兵举起弯刀，朝着高祖的脑袋上狠狠砍去，高祖本能地闭上了眼睛，他只有引颈受死。高祖却听到了一声惨叫，他睁开眼睛，眼前是一摊花花绿绿的脑浆子。高祖搞不清楚元兵是被谁打死的，坑里只有他和一匹马，难道是这匹马打死了元兵？难道这匹马已经附了对马岛上的精灵？高祖割下了该死的元兵的脑袋，他捧着元兵的脑袋仔细看，元兵微微睁着的一只眼睛似乎变成了黑色，看起来和日本人也没有区别。

高祖回头看了一眼，那匹马静静地看着他。

神风消失了，神风拯救了日本，也拯救了熊本一郎的高祖。他掘出了一条通道，拽着战马出了深坑，他朝深坑鞠躬，感谢深坑的救命之恩。他顺手将元兵的脑袋挂在马背上，四野里到处都是死人，即便没死，也跟死了差不多。他实在没有力气再割元兵的脑袋了，他担心战马也没有力气驮着那么多的脑袋。他牵着马，踏着尸首朝着大城走去。

城门开着，高祖吓坏了，难道元兵已经冲了进去？难道元兵已经屠城了？他紧紧地抓着太刀，准备拼尽最后的力气，杀死元兵或者被元兵杀死。城门口坐着几个人，他们衣衫不整，他们浑身是血。他们看着他，却不说话，他们被高祖的样子吓坏了。看装束，他应该是日本人，可是，他却牵着怪兽一样的马。怪兽样的马的背上还挂着滴血的头颅。人们战战兢兢地看着他，高祖也是战战兢兢地看着他们。就这样，高祖进了城，城里头乱七八糟，大树倒了一地，房子倒了一地，到处都是一片狼藉。许多人挂在墙头上，挂在没倒的树上，也不知是死是活。高祖牵着马朝前走，有人爬起来，跟着他走。

他们笑，他们哭。

一夜之间，领主老了许多，一场大战让领主脑袋上的发鬏散开了，领主看起来像个和尚。领主告诉他，从这一刻起，他就是下山村的熊本君。熊本君，领主亲授的武士称呼。几百年了，下山村就是他们家族的代号，他们没有姓，也不需要姓，出了下山村，他们全都叫"下山村的"。这个从来就没有姓氏的家族从这一刻起居然有了姓氏，而且是领主赐予的姓氏。高祖有些发蒙，迷迷糊糊之中，他就成了熊本君？他就成了让人敬仰的武士？

武士熊本君？！

4

一场突如其来的神风毁灭了元兵，熊本一郎的高祖由一个卑微的农民蝶变成一名伟大的武士。领主将俘虏的战马全都交给了熊本，让他养好，养得要像以前一样结实。熊本自此就成了养马的武士。自此，领主似乎忘记了熊本，再也没有正眼看过他。熊本武士开始悉心培养下一代，他发誓要让下一代脱胎换骨，成为真正的武士，而不是仅仅能养马的武士。果然，熊本家族出了人才，熊本一郎的父亲靠着太刀和忠诚，最终成长为让人尊敬的武士。熊本一郎的父亲勇往直前，屡立大功。他杀死了那么多的征夷大将军的人，最终，自己还是被杀死了。熊本一郎的父亲临死的刹那，眼睁睁地看着领主跪在了地上，领主即便跪了下去也没能救下自己的命，领主被砍下了脑袋。熊本一郎的父亲长叹了一口气，似乎累极了，他轰然倒下，再也没有醒来。

熊本一郎和弟弟二郎从死人堆里爬了出来，转眼就是没有主子的浪人。为了生存，他们到处寻找新的主子。优秀的武士一天都不能没有主子，一旦让人获知没有了主子，就是让人不齿的浪人。浪人的结局很惨，没有人供奉食物，没有人正眼瞧他们。熊本一郎兄弟走遍了对马岛，走遍了九州岛，新的主子却迟迟没有出现。征夷大将军杀败了关东一带所有的藩王，战火蔓延到了整个九州岛，蔓延到了对马岛。熊本兄弟终于找到了新的领主，新的领主在九州岛上无法立足，只能带着残余势力下海。他们在海上漂来荡去，盼着九州岛能尽快恢复秩序，幻想着征夷大将军突然撤军或者暴死。

漂泊了大半年，九州岛依然没有他们的立锥之地。季风来临，船只载着他们朝西而行，熊本一郎敏感地觉察到西方极乐世界就要到了。他替领主说服了沮丧的勇士们，他坚信一切厄运都会过去的。

也许，他国就是故国。

勇士和大群浪人混在船上，勇士迟早会像浪人一般狡诈。勇士的心态也因此会扭曲，许多陆地上的"规矩"被败坏了，武士和浪人之间的界限越来越模糊。浪人总是有着这样或那样的理由排斥武士的传统"规矩"，他们认为这就是残酷的适者生存法则。在船上，大家都是无根的浮萍，就不该分什么等级，大家应该像亲兄弟一样同舟共济。下到陆地，浪人裹挟着武士动辄杀人，杀了许多不该杀的人，武士们也被人杀，被许多根本不可能是对手的人砍杀。在这样的环境中，武士迷失了方向。

领主伤情严重，熊本一郎决心带着大家回到对马岛上。他不能让领主死在海上，他要让领主安详地死在陆地上。他们在一个下着大雨的夜晚，强行登上了对马岛。刚一上岸，顷刻间，海滩上亮如白昼。打头的勇士像一群野兔一样被人围追堵截，许多还没来得及下船的浪人跳入海中四散而逃，大多数被抓住了，鞭笞的时候，这些无耻的浪人还卷着舌头像狗一样嗥叫。熊本一郎带着几个勇士钻入了茫茫的黑暗之中，在无数次紧急转移的过程中，领主终于含恨而死。

熊本一郎兄弟遇到了前所未有的困难，他们失去了支柱，他们虽然还活着，生命之庭却已经坍塌。领主的死亡意味着从此再也没人给他们指引前进的方向，没有主子的供养，他们什么都不是，甚至都不如卑贱的农民。他们过惯了衣食无忧的生活，除了拔刀杀人，再也没有别的本事。他们不知怎样才能得到粳米饭，不是一顿粳米饭，而是一日三餐都要吃到粳米饭。有领主在，这些不用他们操心，他们只管去搏杀，去为领主挡刀。作为武士，吃上粳米饭是他们应有的尊严。一碗洁白的粳米饭捧在手里，心里才会踏实，才感觉自己像一个非凡的人。

熊本兄弟从小就受到这样的教育，武士的尊严比生命要宝贵得多，生命实在不算什么，尤其对武士来说，生命不但是肉体的，还有灵魂的一部分。灵魂才是永恒的，灵魂是用带血的尊严铸造的。肉体其实就是一件衣服，衣服如果破了、脏了，扔掉就是了。脱掉了这层"衣服"，灵魂就会寻找下一件"衣服"，现实世界中有许许多多的"衣服"盼着武士灵魂选中。武士必须忠诚、懂得廉耻和礼仪，这些素质综合起来就是尊严。如果只是一个农民，就不需要这样苛刻地要求自己，农民不需要尊严，农民每天和粪土打交道，对他们来说，尊严换不来粮食，他们视尊严粪土不如。农民的灵魂再入世的时候，依然还是农民，依然过着没有尊严的生活。尊严是武士独有的不可以亵渎的存在，有了尊严，武士才算是武士。否则，刀术再强，也不是武士。

浪人不是人，是被主人赶出去的狗。

当了许多年的武士，突然，就变成了自己主管自己的狗。熊本兄弟心有不甘，他们遇到了人生中最大的一个坎儿，从高祖辈算起，武士在日本像如今这样被如此大规模地遗弃还是闻所未闻，那么多的领主被斩杀也是闻所未闻。领主死光了，九州岛和对马岛上到处都是流浪的武士，连村里的农民都敢肆意地轻视他们，嘲笑他们。兄弟俩从不把自己当狗，他们依然挺胸抬头，和一群有尊严的武士结伴走村串巷。如果哪个农民胆敢嘲笑他们，哪怕露出一点点不敬的神色，他们都会突然前后围住，怒视着这帮下贱的家伙，直到对方鞠躬道歉为止。他们从不伤害农民，农民即便再无礼，武士也不会轻易使用暴力。太刀是武士与武士之间的对话工具，杀了不该杀的人，太刀就会脏污的。

二郎曾经被一块石头击中了额头，他一怒之下拔出太刀，将躲在墙后的农民拖了出来。二郎高高地举着太刀，那个猥琐的农民吓得浑身发抖，他的同伴齐刷刷地鞠躬求饶，这些家伙的腰太软了，额头几乎就要贴着脚面了。二郎气得直跺脚，眼里迸出了泪珠，那是屈辱的泪，二郎手上的刀始终没有砍下去。二郎显然是不甘心的，他捡起一块石头，塞到农民手里，这个动作让熊本一郎差一点儿笑出了声。二郎虽然比哥哥高出一个头，行为却还是一个孩子。人们都劝惹祸的农民自行了断，农民握着石头就要朝自己的脑袋上砸下去的时候，二郎伸出刀将石头磕掉了。二郎仰脸朝天哭着走了。农民傻乎乎地看着二郎的背影，忽然，他双手蒙面，深深地鞠躬，所有人都向二郎的背影鞠躬。这一刻，熊本一郎很是欣慰，二郎以这种方式捍卫了武士的尊严，多么难能可贵呀。

"武士必须经过这一关的历练。"熊本一郎拍着弟弟的肩膀说。

无论是谁，只要听到一个信息，一个对他们感兴趣的信息，比如说核桃村发生了激战，比如说杉树左村出现了征夷大将军的兵马，这些散落在九州岛上的武士就会突然抬起头，浑浊的眼睛也会突然明亮起来，他们会像一群羊一样朝有事的方向奔去。不管有多远，他们只是奋力奔走，他们的心中有着一盏灯笼，那是一盏存续着希望的灯笼，只有刀光剑影，才有可能让心中的灯笼突然明亮起来。

　　有人说，核桃村的对峙结束了。

　　这个消息让人沮丧，很快，大批武士微垂着脑袋神情沮丧而来。很快，就有新的消息传来，三重茅岛又发生了对峙。这个消息就像吹响了冲锋的螺号，疲惫不堪的武士又打起了精神，朝着三重茅岛进发。熊本一郎带着二郎在对马岛、九州岛来来回回地走，很不幸，他们没有遇见一次让人怦然心动的对峙。不停的行走吞噬着他们的意志，他们遇到了前所未有的困惑。一碗遥不可及的粳米饭常常让他们心惊肉跳，粳米饭，粳米饭，他们边走边嘟囔着。武士不能和农民吃一样的食物，这是铁的规矩，也是代表着阶层尊严。哪怕饿死了，也不能吃。农民的主食是又臭又膻的萝卜汤，武士绝对不能喝上一口。对武士来说，萝卜汤是毒药，喝一口，能让武士浑身弥漫着下贱的气息。武士每餐必须有粳米饭，哪怕粳米饭上盖着一点点裙带菜，哪怕没有裙带菜。

　　粳米饭是上等人才能吃的，是主子吃的，当然了，主子还吃其他的美食。武士和主子唯一的共同点就是一日三餐都吃一样的粳米饭，这让他们非常骄傲。

　　领主死了，没有人再养活他们，也没有人有必要养活他们。领主们的战争已经结束，征夷大将军是九州岛上唯一的领主，他并不需要熊本一郎，他讨厌九州岛上的任何一名武士，他认为这些人都是腐朽的木头，他曾经对投诚的武士冷嘲热讽，把他们和狗关在一起，定期给狗送粳米饭，给武士送狗食。征夷大将军的暴行让九州岛上的武士绝望，他们不再向他投诚，他们宁愿一直流浪下去。战争结束以后，九州岛恢复了往日的生机，农民又可以安心耕作，商人也可以安心贸易了。失去了领主豢养的武士在田埂间走来走去，他们皱着眉头，佝偻着身子，就像一只只被人打折了腰的野狗。熊本一郎兄弟实在无法继续走下去了，他们已经有许多天没吃到粳米饭了，他们背着对方，都偷偷地喝了许多天的萝卜汤。身体里散发的萝卜汤的刺鼻味道久久不散，萝卜汤让兄弟俩蒙羞，也让他们兄弟产生了一丝隔阂。

在一个阴雨的午后，几十个武士聚集在一个野猫成群的院落里，熊本一郎提出结队到北方碰碰运气。他的提议得到了所有武士的赞许。当天晚上，他们乘船去了九州岛，他们见到了亮光。九州岛上许许多多的亮光，就像天上的星星一样璀璨。亮光让他们充满了幻想，他们幻想着美好的温暖的夜晚像年轻的女子般张着双臂，他们还幻想着粳米饭也像年轻女子般张开双臂，他们把这个夜晚称为"女子与粳米饭的夜晚"。只是，这样的幻想太不结实了，就像沙滩上堆起来的器物，一阵海浪冲来，"女子与粳米饭的夜晚"就猛然间在武士们的心中坍塌了。离光亮还很远的时候，大船就遭到了一些船只的包围。几只铁钩子死死地挂住了船头，武士们狂喊着示警，熊本一郎跑到甲板上，组织人去摘铁钩子，铁钩子越来越多，防不胜防。终于，有人爬上了船。双方展开激烈的格斗，武士砍死了几个人，再上来的眼见不妙，跳海逃了。

熊本一郎坐下来喘息，如果再上来一批，船上的武士很难把控局面，很多人已经没有力气了。对方似乎被吓破了胆，迟迟没有发动进攻。熊本一郎紧张地思考着对策，所有人都在等着他下命令，他俨然成了领主一般。他需要找到一条最可行的办法，带领大家凤凰涅槃，凤凰涅槃的标准无外乎就是每餐都有一碗粳米饭。想到粳米饭，熊本一郎豁然开朗，仿佛黑暗的脑海中突然打开了一道缝隙，耀眼的光亮直射下来。他站了起来，朝着海面上围堵的帆船高喊："吾等是对马岛武士，如果尔等肯与收留，吾等愿意投诚。"黑暗中，对面船上发出了一阵欢呼声，仿佛海水涨潮一般。潮水过后，又寂静无声。熊本一郎继续喊道："吾等只求拥有武士的尊严，否则，不惜死战到底。"

一支箭悄无声息地射了过来，正中熊本一郎的胸口。熊本一郎慌忙蹲了下来，他用力拔出了羽箭，冷冷地瞧着对面的船，也只有卑鄙的浪人才会暗箭伤人。熊本一郎有些失望，对方果真是一群乌合之众？真到了向浪人投降的地步？二郎给哥哥包扎了伤口，二郎跳着脚地骂对面船上全都是浪人崽子。哪儿出了问题？这一箭充分说明对方根本就没有接纳他们的意思，这让熊本一郎很是羞愧。随着阵阵的呐喊声传来，几只船又发起进攻，羽箭铺天盖地射过来，许多武士中箭倒下。熊本一郎呼喊着，要所有人都躲在船帮下面。对方又将浸了油的火把扔过来，有的火把还爆出砰砰巨响声，将船帆点燃了，耀眼的火焰能把人的眼睛刺瞎。熊本一郎猜想对方是征夷大将军的人马，是来围剿他们的。熊本一郎不怕死，他不甘心的是二郎也得跟着一起死，二郎还是一个孩子，真是太可怜了。

羽箭像雨点儿一样射来，爆炸声像狗一样凶叫个不停。有人爬过来，摇动着熊本一郎的大腿说："熊本君，吾听见了哥哥的声音。"熊本一郎分辨不出这个人是谁，即便是大白天，估计也认不出这个人是谁。这个人说："吾是河边村的喜志，吾和哥哥都是九州岛上的武士，被可恶的大君给打散了。"

"喜志？"熊本一郎看了他一眼，想到自己和二郎一直并肩作战，一直互相掩护而没有被打散，心里滋生出些许的骄傲。无论遇到什么情况，他都不可能像喜志的哥哥那样轻易丢掉弟弟的。喜志突然起身，趴在船帮上尖叫着："忠次哥哥，吾是喜志！吾是哥哥的喜志呀！"

"喜志？汝真的是喜志?！"

河边村的喜志救下了熊本一郎，救下了船上的几十个像狗一样狼狈的武士。忠次派人上了船，了解了这只船上的状况后又回去了。再回来时，提出一个让熊本一郎和所有武士都极为震惊的条件：船上的武士全都得跟着首领冢野大君下海抢劫，目的地是朝鲜沿岸。在熊本一郎的眼里，这就是逼迫品格高洁的武士去做卑贱的贼寇。原先，他也曾跟着领主下海劫掠，当时的下海却是被迫的，是为了最终上岸。那时候，领主还活着，领主无论做什么都是合法的。如今，这些人自行结队下海，以抢劫为生，却是不合法度的。熊本一郎很难接受这个条件。就在他犹豫之际，船上的武士全都朝来使鞠躬，争着表示要效忠首领冢野大君。

对面船上送来了一筐粳米饭，众武士尖叫着，仿佛看到了温柔的女人一般。他们掏出碗，恭恭敬敬地递给喜志。喜志给每一个人都盛了饭，大家一起朝对面船鞠躬，感谢首领冢野大君的恩赐。所有武士都吃上了香喷喷的粳米饭，都沉浸在幸福的暖流之中。船上没有其他声音，只有像老鼠啃噬船板一样的声音。这一刻，他们心潮澎湃而又面沉似水，他们吃下了久违的粳米饭，又恢复了武士的尊严。

"抢就抢吧，首领冢野大君总是对的。"熊本一郎大声说着，心里头的疙瘩就算解开了。天亮的时候，双方完全融合成一个集团。经统计，四只船共有武士和浪人一百零三人，熊本一郎注意到，其中还有一些虚头巴脑的农民。他努力调整了心态，决定追随首领冢野大君，和所有人友好相处。首领冢野大君对熊本一郎很倚重，他认为熊本一郎是集团中最可以信赖的骨干分子，有了武士熊本一郎，首领冢野大君就完全可以深入朝鲜腹地抢劫。由于一段时间以来朝鲜沿岸都实行了坚壁清野，首领冢野大君想抢到可观的粮食已经越来越困难，没有得力的武装，他们经常受到朝鲜武装的有力反击。

首领冢野大君有着非凡的组织能力，他完善了新集团的赏罚条例，制定了行动准则。针对集团中的武士、浪人、农民的人员结构，首领冢野大君规定：抢劫后，武士分三成，其他人分两成。即便吃饭，武士每餐保证有一碗粳米饭，其他人一天只给一碗饭吃。拥有巨大荣誉的武士是集团的刀锋，每当遇到危险，武士须冲在最前面，其他人可以尾随。这样公平的行动准则得到了所有人的支持和拥护，熊本一郎对首领冢野大君佩服得五体投地，他感激首领冢野大君给了他们尊严，他坚信首领冢野大君是当下最英明的首领。

四只船趁着季风天气，朝着西方开拔了。

5

第二天早晨，熊本一郎带领的头船见到了陆地，陆地上的人也见到了他们。岸上连放了几响炮，首领冢野大君不再像往常一样小心避战，他指挥船队强行登陆，他想试试熊本一郎等武士的作战能力。熊本一郎头上缠了聚魂的布条，带头下了船，边卒朝他们射箭，当即射倒了几个武士。熊本一郎举起一块木板，挺身冲了上去，很快，他身边聚集了一群勇敢的武士。他们扔下木板，挥舞着长短刀和边卒厮杀。边卒武艺普遍不高，没几个回合就被杀得七零八落。还没等武士乘胜追击，那边又冲下了一队边卒，每个人手里都拿着一根大棍子，这帮人力气奇大，一棍子砸下来，太刀就被磕飞。武士们一时被打得没有了还手之力，不得不节节败退。熊本一郎很快就找到了对方的破绽，他呼喝着，让武士用短刀应对。武士们躲闪着棍子，不停地找着最佳位置，要么寻高处，要么站在顺着阳光的地方，机会来了，武士的短刀犀利出手，一刀一个，十几个勇猛的边卒被杀死了。

首领冢野大君令旗一举，忠次吹响了螺号，熊本一郎带着武士鱼贯而去，他们三个人一个小队，每小队之间相隔一百步，保持着这样的队形径直朝腹地赶去。行走中武士还要随时观察首领冢野大君的旗子，听从旗语指挥。从高处看，整个队伍就像一条长了脚的长虫。不久，这条长虫就钻进了一个村落。熊本一郎首先想到了公平贸易，他摸遍了全身，没有找到可以交易的东西。他瞅了一眼身边的洞川，忽然有了主意，如果把洞川拿出去交易，不知有没有人愿意接受。想到这儿，熊本一郎无声地笑了。洞川是他的跟随，也是一个怪人，他的脸上始终戴着一张面具，从不以真面目出现。二郎曾经逼过他，想让他摘下面具。洞川解释说他遭遇过火魔，面目被毁，不敢以真相示人。二郎是个淘气鬼，他几次想突然摘下洞川的面具，每一次，都让无比警惕的洞川躲了过去。洞川一直忠诚地追随熊本一郎，为熊本一郎遮风挡雨，即便如此，熊本一郎还是很看不起他。

　　这家人吓坏了，全都蜷曲在老头儿的身边。他们穿戴得还不错，看起来过得要比对马岛上的农民还要好一些。熊本一郎比画着说："粮食，吾等需要粮食。"见他们没有反应，熊本一郎吼着："粮食，吾要粮食。"

　　老头儿摇着双手，哇啦哇啦地说着，熊本一郎听不懂他在说什么，却看得出老头儿是在拒绝。熊本一郎听见了"强盗"这个词，这是一句在对马岛上耳熟能详的朝鲜话。熊本一郎一把将洞川揪到身边，厉声说道："吾将洞川换汝的粮食。"说完，一把将洞川推到老头儿的怀里。熊本一郎的力道很大，那群人顿时被洞川扑倒了。老头儿一把推开洞川，狠狠地踢了他一脚，还想扇他的耳光。熊本一郎再次拽起洞川，怒视着老头儿："汝不想与吾做交易？"

　　老头儿乱摇着手臂，看起来，他很愤怒，多次喊出"强盗"这个词。这个词让熊本一郎非常恼火，他几次拽出太刀，想给老头儿点儿颜色看看。几次又都忍住了。他想到要遵守交易规则，他想到了自己是一个品格高洁的武士，便又耐心地瞪着老头儿，希望老头儿能幡然悔悟。桥下四郎显然没有明白熊本一郎的意图，他忍无可忍，出刀砍下了老头儿的脑袋。桥下四郎还要继续砍人，被熊本一郎拦住了。

　　"粮食！吾要粮食！"熊本一郎吼道。

　　女人们惊呆了，她们似乎全都吓死了。熊本一郎朝洞川努了努嘴，洞川就闯进了里屋，好一阵翻箱倒柜，找到了一匹绢，还有一缸米。熊本一郎的眼睛亮了，这一缸米晶莹剔透，绝对是上好的粳米。他朝涧川露出了满意的笑容。熊本一郎带着人总共抢了三个村子，杀了两个人。事后，二郎闷闷不乐，他恼火自己失手杀掉了一个疯子。这个疯子举着斧头要砍二郎的脑袋，他比画着二郎的脑袋，还嘻嘻地傻笑。二郎抬手一刀将他戳死。这个家伙临死时仍然嘻嘻地傻笑，他扔了斧头，结果把井上刃的脚背砸开了花。无缘无故地杀掉了一个疯子，这让二郎万分愧疚。为了惩罚自己，二郎宣布两天内绝不吃一粒粳米。二郎杀死了一个疯子，也让首领冢野大君心情不爽，他认为二郎是个胆小的没有担当的家伙。熊本一郎无法为弟弟解释，他痛心疾首，甘愿陪着二郎绝食。两天内，除了喝水，兄弟俩真的一粒米都没有下肚。

这次登陆只抢得了两缸粳米，首领冢野大君认为完全是熊本一郎的指挥有误，熊本一郎必须为自己的失误负责。首领冢野大君打算让他下到舱底里喂鸡，如果这样还不能让他抛下武士的臭架子，就让他去喂猪。熊本一郎闭上了眼睛，瞬间，他做出了一个决定，只要首领冢野大君命令正式生效，就当众剖腹自杀。他不想让武士的尊严被人肆意践踏。首领冢野大君最终咽下了这口恶气，饶恕了熊本一郎。这得感谢忠次和喜志两兄弟，是他们不停地解释，首领冢野大君才相信，熊本一郎确实是一个正直而又可靠的武士。

熊本一郎诚心接受首领冢野大君的批评指责，他不断反省着自己的错漏，为自己的莽撞和经验匮乏而羞愧。他一直担心二郎不能好好反省，担心心高气傲的二郎对首领冢野大君有抵触情绪。熊本一郎想亲自去看看二郎，又厌恶船舱下面的肮脏。涧川善解人意，替代主人下到底舱，见到了二郎，又回来禀报二郎挺好的。涧川说闲了的时候，二郎不停手地擦刀。听到这个消息，熊本一郎放心了，二郎能擦刀，就说明已经静下心了，心不静的武士是不会擦刀的。

随着登陆行动越来越频繁，首领冢野大君打出了一面绘有"百足虫"图案的旗帜作为号令。从此，他们具备军队的性质。"百足虫"集团沿着朝鲜的西北沿岸掠夺，还要绕到朝鲜的南边海岸掠夺。他们发现朝鲜的南海岸相对警惕性不高，更适合抢劫。南面人口要比北面少很多，气候温暖湿润，庄稼都要比北面的壮实一些。

每当遇到一片稻田，熊本一郎都会大吼一声，"粳米！"他的眼中就会出现白花花的粳米饭。朝鲜南海沿岸的人大都友善，他们面对着相貌凶恶的武士，总是表现得克制和无可奈何。抢劫过程中，边兵很少出动，即便出动，也要提前开炮示威。在武士们看来，这就是给他们提醒了，让他们安全撤离。首领冢野大君和熊本一郎对此很是怀疑，他们搞不明白边兵到底想干什么。终于有一天，答案揭晓了，熊本一郎迎面遇到了几个胆子很大的边卒，他们抬着一个官老爷，慢慢地走过来，没等武士动手，官老爷就用熟练的日语跟他们打招呼，要求面见首领。熊本一郎制止了手下武士的躁动，亲自护送官老爷来见首领冢野大君。双方见面后，首领冢野大君愁眉苦脸地说："吾等要到明国贸易，遇到海风，不幸流落至此。"首领冢野大君还朝官老爷深深鞠了一躬，态度极为诚恳，"吾等需要米饭。"

　　"哦！哦！"官老爷显然对这样的鬼话是不相信的，他的眼睛眨了几下，脸上露出了一丝狡诈的神色。他捋着胡须，坚决地要求"百足虫"立即撤离该地，作为补偿，他们愿意奉送五十担上好的粳米。这样的谈判让首领冢野大君欣喜若狂，他努力控制着激动的情绪，力争让自己保持平静。有了五十担粳米，他们可以继续漂泊一百天，直到西伯利亚劲风吹来的时候，他们可以满载着收获乘风回到对马岛。有了钱粮，他们在陆地上就能站稳脚跟，他们可以散落在各个村子里深居简出，等着樱花盛开的季节，东南风起来时，就可以再次乘风出海。

　　从五十担到五百担，"百足虫"集团只花了两个月的时间，当官老爷又带着五百担粳米在海边等着他们的时候，首领冢野大君看到了不同寻常的一面。官老爷满脸怒气，一眼一眼地瞅着他们，仿佛在瞅着一群臭虫。官老爷哪来的胆量？首领冢野大君问了一声身边的熊本一郎，他让熊本一郎注意查找原因。熊本一郎也注意到了官老爷的神态和眼神不正常，他想不明白这位官老爷为何如此反常。熊本一郎向首领冢野大君实话实说，他说自己看不出官老爷有什么破绽，也许他牙疼，也许他家里死了人。如果熊本一郎不是一名威猛的武士，首领冢野大君的大耳刮子早就扇过来了。

　　"熊本君，你要睁大眼睛细细地看！"首领冢野大君训斥道。

　　"是！是！"熊本一郎打起了精神，猛然间就发现了破绽，他低声提醒首领冢野大君，这位官老爷的后面可能藏着伏兵。惊恐的首领冢野大君认可了熊本一郎的判断，他吩咐浪人迅速将官老爷抓起来，捆在一根柱子上，凶狠的浪人用蘸水的皮鞭狠抽他的膝盖。官老爷膝盖上的肉皮全被揭掉了，浪人就朝伤口上泼海水。官老爷的惨叫声就像牛鸣，像猪叫。他交代说，官军确实朝这边开拔，他的任务是稳住"倭寇"，别让"倭寇"跑了。这个消息让首领冢野大君很是紧张，他来不及向熊本一郎致敬，只是朝他的胸口打了一拳，以示嘉奖。熊本一郎眼里含着泪水，首领冢野大君的这一拳让他有了想哭的念头，他感谢首领的信任和鼓励，暗下决心要为首领肝脑涂地。

"统统收队！"首领冢野大君命令忠次吹响了撤退的螺号。

"百足虫"集团迅速朝大船上搬运粮食，首领冢野大君吩咐放掉那位诚实的官老爷，看在五百担粳米的分儿上，饶他一条性命。官老爷的双膝已被打残，他不得不躺在一块木板上被随从抬走了。熊本一郎忽然想起了一个非常重要的问题，他带人追了上去，目光逼视着官老爷。

"大人，倭寇，什么的意思？"

"我什么都不知道！"官老爷狠狠地捶着木板，他双手捂住了脸，再也没有动一动，就像一口被杀死了的肥猪。熊本一郎不依不饶，他指着自己的鼻子问："吾是倭寇吗？"

官老爷的随从垂下了脑袋，没有一个敢回答这个问题。熊本一郎心里很不好受，以前听过这个称谓，去明国朝贡的时候，有人追着喊过这个称谓，听起来，不像是好词。

6

首领冢野大君指挥着四只大船离开了海岸，一下子得了五百担粳米，让船上的人心里都有了底。五百担粳米，足以让"百足虫"集团有了坚强的凝聚力。船队浩浩荡荡地朝着老家对马岛驶去，每个人都畅想着与家人团聚的幸福场景。风云突变，他们的梦想遇到了风暴，连续十几天的风暴将他们的船吹偏了方向，首领冢野大君也意识到了危机，他推开身边的女人，跑到船板上瞭望。他盼着能突然看见熟悉的对马岛。

忠次一次次地呼喝着喜志，痛骂喜志是个睁眼瞎子。瞭望斗里的喜志委屈得呜呜大哭，他不停地说"对不起，对不起"。无论喜志的眼睛瞪得有多大，始终也没能看见陆地。几天以后，船上的水缸已经见底，再不补给，所有人都得渴死。首领冢野大君让人将熊本一郎带到船头，他有重要的安排需要熊本一郎去执行。

　　"熊本君，赶紧动手吧。"首领冢野大君痛苦地说，"船上已经没有水了。"

　　"首领冢野大君。"熊本一郎为难地说，"……恳请……再等等。"

　　"熊本君，吾不想让'百足虫'毁掉，必须马上行动，不要再迟疑了。"首领冢野大君从牙缝里挤出了一句话，"把那些不能行动的家伙统统扔下大海。"下达命令以后，首领冢野大君闭上了眼睛，几滴眼泪滚了下来，如果不是因为断水，他怎能忍心抛弃伤病的勇士？首领冢野大君突然睁开眼睛，双手叠放在腹部，朝熊本一郎深深地鞠了一躬。

　　"首领冢野大君！"熊本一郎吃惊地低吼了一声。

　　"拜托了！"首领冢野大君转过身，离开了船头，感觉他每走一步都很吃力。

　　"首领冢野大君！"熊本一郎急促地说，"求你放过二郎。"

　　"二郎怎么了？"首领冢野大君转过头，吃惊地看着熊本一郎。

　　"二郎一直在发烧。"熊本一郎说，"首领冢野大君，求你了，吾愿将自己的一份饮食分给二郎。"

　　"浑蛋！"首领冢野大君冲过来，伸手朝熊本一郎扇去，忽然，他收了力道，转为轻轻地摸了一下熊本一郎的脸。他叹了一口气，什么也没说就离开了。熊本一郎羞愧不已，朝着首领冢野大君的背影深深地鞠躬，作为一个武士，他为自己的自私而羞愧。

　　夜里，熊本一郎带着涧川摸黑将四名伤病员扔进了海里，涧川手脚发抖，像个胆小的女人，差一点儿被发了疯的伤病员拖进海里。熊本一郎用刀背狠狠地砍了他的脊梁，涧川依然抖个不停。轮到扔二郎了，熊本一郎怒视着涧川，盼着涧川能像个正常的男人一样，手脚利索地将二郎扔下去。他不希望二郎惊惧，但愿二郎还没反应过来的时候就被淹死。二郎倚着板壁，脑袋埋在胳膊肘里，仿佛睡着了一般。

　　"哥哥，动手吧。"二郎忽然说。

"二郎!"熊本一郎的心突然坠落了。

洞川抚摸着二郎的肩头,拍着二郎的肩头,二郎突然趴在洞川的怀里抽泣。熊本一郎一时下不了狠心,他来到船尾,坐在了船板上。明月像一个大美人,像他心里头装着的那个大美人。熊本一郎忽然想起了一句"小时不识月,呼作白玉盘"的咏月诗,对照着今晚的月亮,他有了浓重的思乡愁绪。二郎就要死了,船上所有人都要死了,他们都死了,远在家乡的妈妈无人供养,很快也要死了。

死亡像一缕青烟,弥漫着船头。

美人,你还好吗?

因一轮明月,生死相托的爱情拉近了,又扯远了。距离让人落寞而又无奈。熊本一郎望着夜空上的圆月,体会着夜凉如水的滋味。往事像纷飞的春雨扑面而来,往事又像莺飞蝶舞的春景图画,往事像今晚的青烟,往事萦绕在眼前。熊本一郎压抑了很多年,如果不是身临这极其特殊的月夜之中,他差不多都忘记了以往,忘记了那个她。熊本一郎坐下来,双手抱着膝盖,仰望着那轮明月,他想起了下山村,想起了家乡。

明月啊明月,

你在天上哟,

童年啊童年,

你在哪里呢?

河里的影子哟,

像天上的美人,

河里的影子哟,

像美人一样彷徨。

童年啊童年,

你在哪里呢?

不知不觉中短刀已经扎进我的胸膛,

明月啊明月,

你在天上哟,

胸膛里冒着火一样的血浆……

　　太阳冒出头来了，船板上突然被抹了一层血浆似的红，熊本一郎鼻子一酸，他抱着脑袋，将自己藏在臂弯之中。时光不再，童年不再，如血的阳光让人大梦初醒。父亲死了，领主死了，如今，二郎也要死了。他感觉到一股痛彻心扉的寒意，他想拒绝执行首领冢野大君的命令，拒绝将二郎扔下大海。他又狠心否决了这个念头，作为一名武士，他必须无条件地执行首领的命令。这是武士的生命承诺，也是武士的尊严。如果将来有幸能回到下山村，他会给二郎建一个衣冠冢，然后在二郎的墓前，用短刀戳死自己。

　　"呜呜，看到了！看到了！"喜志在瞭望斗里发了疯似的吼，"陆地！呜呜，陆地！呀！呀！呀！"

　　船板上的浪人小燕儿飞似的跑了下去，他们要把这个喜讯尽快地告诉首领冢野大君。一会儿，众多武士簇拥着首领冢野大君上了船板，一阵迷雾散去，远处露出了岛屿的轮廓。所有人都跳了起来，首领冢野大君转到熊本一郎的身边，指着陆地，眼里闪着泪光。熊本一郎朝首领冢野大君深深鞠躬，掩饰着滚滚而下的泪水。他心里头一个劲儿地说："太好了，太好了！二郎得救了！二郎不必去死了。"首领冢野大君让熊本一郎向后面的船只打旗语，通报各船做好登陆准备。熊本一郎带着忠次来到船尾，朝后面的船吹起了海螺号，喜志还打了旗语。后面的船也朝这边吹起了螺号。太阳升起两竿子高的时候，熊本一郎和首领冢野大君商量，由他带人先靠上岸，一旦遇到险情，首领冢野大君可以指挥其他船只或进或退。首领冢野大君接受了这个建议，带着船上体弱者先下到小船，然后转移到其他船上待命。熊本一郎让涧川带着二郎也到别的船上，二郎和涧川都不愿意离开他。熊本一郎目光如炬，狠狠地瞪了他们一眼，两个人不敢违抗命令，只能悻悻地离开。大船上只留下二十名精干的勇士，熊本一郎做了战前动员，每个人都做了必死的准备。随着陆地越来越近，熊本一郎心里头琢磨了许多个登陆方案，每一个方案都因为会发生意外而被搁置，勇士们太虚弱了，长时间的海上漂泊使体能已经接近枯竭。

　　船慢慢地靠向海岸，每个人都在猜，这是什么地方？

　　熊本一郎看到了袅袅的炊烟，听到了公鸡打鸣声。公鸡打鸣声引起了船上公鸡的躁动，船上养着的公鸡也跟着打鸣。熊本一郎心里忐忑，陆地上有没有军队？有多少军队？他忽然感到害怕，仿佛突然一脚踏空了一般。他想出了一个妥当的计谋，他要张开一张大网，等待着上网的鱼。

曹云和就是一条鱼，一条蠢得要命的鱼。他带着马雄岛全体士卒毫无防备地上了船，他只是贪婪地认为这只船上有着数不清的宝贝。这一刻，熊本一郎是绝望的，他向勇士们发出一声低沉而又绝望的尖叫，勇士们全都藏在底舱里。熊本一郎告诫他们，不想死就得奋力一战！

熊本一郎胜了。

倭鬼死了七个，却杀死了岛里的所有盐兵，他们将马雄岛的一草一木都收纳入怀，他们享受着上岸后的狂欢。熊本一郎不屑于这样的狂欢，他认为优秀的武士不应该放纵自己，应该每时每刻苛责自己，将自己的境界提高到更高的水平。喜欢寻欢作乐的应该是像涧川那样下贱的浪人和农民。熊本一郎将宝贵的时间全都用来勘察马雄岛的地形上，他要迅速地掌握马雄岛，将马雄岛作为落脚点。马雄岛是个半岛，贴着鸡冠山下有一条窄窄的小道通往大陆，这条小道每天只有退大潮的时候才能完全露出水面，其他时间都在水里。这让熊本一郎很意外，也很满意，这样的地理环境更利于长期潜伏。

女子们蒸了许多炊饼，又蒸了许多粟米饭，煮了一簸箕海带菜，蒸了一簸箕咸鱼。每做好一样食物，熊本一郎就打发人挑到海边去，往各船上派送。都分配完毕了，熊本一郎赶紧坐下来吃饭。他一连吃了两碗粟米饭，他简直饿坏了，根本就没关注粟米饭好吃还是不好吃。桥下四郎和喜志却吃不惯粟米饭，他们指责曹云和藏奸使坏，不肯拿出最好的食物犒劳勇士。喜志握着小刀，顶在曹云和的后腰上，逼着曹云和献上粳米饭。曹云和被他们推来搡去，不敢反抗，只是苦着脸，也不做辩解。涧川劝喜志不要为难曹云和，涧川捏着粟米饭团往嘴里塞，含混不清地说："喜志君，粟米饭好吃！真的好吃！"涧川突然被呛着了，还强忍着说："好吃！真好吃！"

喜志狠狠扇了涧川一个耳光，涧川的面具突然歪向一边，仿佛整个脑袋被打掉了。他迅速抱住了脑袋，遮住了脸。喜志朝涧川的后背狠狠地打了一拳，涧川被打倒了。熊本一郎拔出太刀，一刀指向喜志的咽喉。喜志吓得一动也不敢动。涧川站了起来，他的脸又恢复了原来的丑样子。

"涧川是我的人，你若再敢动手，我就一刀杀了你。"熊本一郎恶狠狠地说，"我要将这里变成对马岛，我要尔等和岛上的每一个人结为兄弟姐妹，不准虐待他们。"

熊本一郎用汉语向曹云和复述了一遍，他希望曹云和能懂得感恩，一心一意地效忠他们。曹云和对熊本一郎的话一点儿都不相信，他想到了死去的盐兵弟兄，想到了被杀死的女子和没被杀死的女子，想到了"一枝花"，曹云和心里头一紧，不由得悲从心来，倭鬼说得多好听啊，与每一个人结成兄弟姐妹，简直是大白天里说鬼话！

"曹，汝不信吾的承诺吗?"

曹云和忽然心里头生起了一丝侥幸，一丝渴望，竟然盼着熊本一郎良心发现，放下屠刀立地成佛。如果他的话是真心实意的该多好哇。曹云和颤巍巍地说："娘子，吾的娘子!"

"娘子，汝的娘子很好。"

当熊本一郎得知落脚的地方是金州的马雄岛时，他的脑子里猛然出现了那位白胡子头领，耳畔就听到了"金州卫都指挥使徐刚"的报号声。如此巧合？他又一次来到了让他这辈子都忘不掉的险地？好一会儿，他才相信果真就是巧合，他永远也不能忘了领主就是在这片土地上不幸中箭死去的。这是一片让他恐惧的地方，他甚至做梦都能梦到这个地方，梦到"金州卫都指挥使徐刚"。

而今，熊本一郎又来了，天命如此，这次，是来复仇的还是来送死的?

7

曹云和听得清清楚楚，熊本一郎轻声念叨了"金州卫都指挥使徐刚"，赫赫有名的徐刚将军？倭鬼怎么会知道他的名字？徐将军和倭鬼又是什么关系？曹云和不敢联想下去，他发觉这里面有个黑洞，像巨大的蝮蛇的嘴巴，不停地吐着红色的芯子。

"曹，汝在想什么呢?"

"吾什么都没想。"曹云和垂下了眼皮，"吾想娘子。"

"曹，不要想娘子，快把汝知道的全都告诉吾吧。"

熊本一郎下了最大的决心，他要像一个慈爱的使者，而不是暴君或者魔鬼。他要像爱着对马岛一样爱着马雄岛，爱着马雄岛的一草一木，爱着马雄岛上的人。他已经有了很好的方略，他要让勇士们在马雄岛上扎根，让他们成为明国的士卒。一旦潜伏成功，马雄岛就是"百足虫"集团的大本营。这是一个再完美不过的妙计，熊本一郎有信心将马雄岛打造成"百足虫"集团坚固的根据地。为了实现这样的恢宏大计，熊本一郎绝不允许属下轻易破坏了与岛里人的友谊。他告诫属下，从此，他们就是岛里女人的丈夫。他们有义务善待自己的女人，有义务高高兴兴地吃女人做的饭菜，还要衷心地感谢照顾。倭鬼们非常沮丧，他们到明国来，只想着杀人抢劫，然后，带着获得物回到日本。他们可没有想到要在明国和女人成家，还要感谢女人的关照，这样的蠢话听起来就让他们疯狂。

　　"曹，汝不要害怕，汝是吾等的岛主。"熊本一郎安慰着曹云和，自从得知了曹云和的真实身份，他就认为曹云和是神灵赐给首领冢野大君最好的伙伴。曹云和是潜伏计划中的一枚重要棋子，没有他，马雄岛的潜伏行动就没有成功的可能。

　　"曹，汝是吾的父亲可否？"

　　"父亲？吾是汝的父亲？"

　　"是的，父亲！"熊本一郎深深地鞠躬，涧川拽着他的袖子，阻止着熊本一郎荒唐的行径，熊本一郎推开了涧川，再次鞠躬。

　　"吾没有子嗣，吾没有汝这样的儿子。"

　　"父亲，吾就是汝的儿子！"熊本一郎真诚地说。

　　涧川再次扯了下他的袖子，熊本一郎忽然明白了，他摸了摸鬓毛，也觉得和曹云和的年龄过于相近，给他当儿子有些不合适。既然当不上儿子，当侄子还是可以的，于是，又改口要当侄子。曹云和没敢拒绝，他怕将熊本一郎逼得恼羞成怒再惹出什么祸端。朝廷是有户籍制度的，是不是亲属关系到里长那里一查就知，熊本一郎哪里知道这些道道？当了侄子后，他又和曹云和商量，让他去各家各户做安抚工作，让所有人都解除对武士的恐惧之心。熊本一郎还恳请曹云和动员大家以后要多做粳米饭，少做粟米饭。曹云和说"辽东苦寒之地只吃粟米饭"，这话刚一出口，熊本一郎的眼里突然射出鹰隼一样犀利的目光。曹云和吓得浑身发抖，再也不敢乱说一句话。曹云和连忙出了门，晚一步，恐怕就得挨揍。他站在院子里，狠狠地跺了一下脚，真是难为死人了。他没脸面对遭了殃的女子们，怎么说呢？说什么呢？侯许氏从厨房里走了过来，看左右无人，就拽着曹云和的衣襟小声说："岛主的脸皮嫩薄，还是让奴家去替你驾舌头圆说吧。"

"你都听到了？"

"奴家的耳朵长在岛主的身上呢。"

"你……你……"曹云和转到墙角处，忽然站住了，那眼泪断了线的珠子一样坠落下来。

"没羞的哥儿，你是岛主，岛里的寡妇们都指望着你哪，你要挺起胸膛，不要净掉猫尿。"

"我心里疼啊。"

"死了这么多人，谁心里好受？心疼又能怎么样？得想办法和倭鬼拼命，杀一个够本，杀两个赚着了。"

"你一个妇道人家驾着舌头乱摇说。"曹云和白了她一眼，"和倭鬼争斗，咱们都得死，我家娘子也得死，娘子……"

"偏心的贼囚，只为你家娘子着想，什么时候也想想俺们这些苦命的寡妇，想想那些送了命的盐兵兄弟。"侯许氏的脸红得像斗架的公鸡冠子一般，"你是岛主，盐兵们活着的时候都敬重你，现在，他们等着你去报仇雪恨，你却窝了脖。"

"我……我不是人，对不起死去的兄弟，也对不起你们。"

"呔，你这就瞪起眼睛来，找机会杀倭鬼，只要你一声令下，俺们娘子军保准不弱于汉子。"

曹云和呆呆地看着侯许氏，仿佛她是从天而降的菩萨一般。以前完全看错了她，这是一个在关键时刻能沉得住气的女人。曹云和朝侯许氏抱拳施礼，侯许氏突然羞得手足无措，嘴里说着"这算什么这算什么"慌忙跑开了。经过侯许氏的串联，马雄岛上的女人答应听岛主的吩咐。侯许氏让她们相信岛主一定有办法解决当前的困境，一定会解救她们脱离苦海的。女人们也做好了准备，只等着岛主发号施令，她们保证敢跟着岛主赴汤蹈火，杀倭鬼子报仇。侯许氏每天都要按时召集她们到大厨房去做饭，女人们蒸咸鱼，蒸炊饼，干得井然有序。熊本一郎看在眼里，相信她们已经屈服了，他由衷地高兴，钦佩曹云和的动员能力，对他的管束也松了下来。

这天晌午，侯许氏打发大家回去歇息。她刚要回家，一眼看见曹云和站在大门口正呆呆地看着她。侯许氏有些心慌，怀里揣了个兔子似的，她失去了往日的泼辣劲儿，扭扭捏捏得像个大小姐。她垂着头，拧着衣襟，定在了锅灶边。曹云和走到跟前，突然掀开锅盖，朝大锅里啐了一口，还拧了一把鼻涕甩进锅里。侯许氏吓了一跳，又捂着嘴笑了，侯许氏也跟着啐了一口。两个人看着对方，无声地笑了，却没料到熊本一郎走了过来。

"叔父大人，婶婶大人！"熊本一郎恭恭敬敬地鞠了一躬。

"什么？"曹云和指着侯许氏问，"婶婶？"

"是的，叔父，这位不是吾的婶婶大人？"

"错！错！她不是吾的娘子！"曹云和悲愤地说，"汝的婶婶是头上戴花的娘子。"

"岛主。"侯许氏垂下了头，她差不多都忘记了"一枝花"，她以为自己就是岛主的娘子，想到"一枝花"在船上受罪，她的愤怒突然就消散了。

熊本一郎笑眯眯地拍着曹云和的肩膀，仿佛一切尽在不言中。曹云和伸手拦着他，非要说清楚了，他的娘子是鬓角上插着花的女子。熊本一郎被他纠缠得寸步难行，就耐心地安慰着曹云和，让他明白，只要他配合潜伏，一切都好商量。熊本一郎的意思再清楚不过了，他需要曹云和的帮助，他赤裸裸地威胁曹云和，如果他们的安全在马雄岛得不到保证，那个鬓角上插着花的女人就得"死了死了"。熊本一郎的表情狰狞，仿佛这就要去折磨"一枝花"一般。侯许氏慌忙闭上眼睛，不敢与他对视。曹云和没了选择，这是他早已想到的，自从娘子成了人质，他便被一条无形的绳子捆住了手脚，再也不敢妄动。他担心一不小心就害了娘子的性命，他只有等待，等待天赐良机，等待熊本一郎发善心放了他们。曹云和没了血性，他像被打断了脊梁骨一样，再也直不起腰杆来。

"岛上有二十九名盐兵。"曹云和交代道，"一般情况下，盐课所的老爷和樱桃园堡的官长下来检查并不对盐兵验身，只是汝等需要小心，进岛查验的官长有的和盐兵相熟，一旦询问起来，汝等就要露馅儿了。"

"曹，如果汝肯帮忙，吾等就可以隐蔽下来，是吧？"熊本一郎看着曹云和，"汝有办法保护吾等，汝有办法保护头上戴花的女人，是吧？"

"哦……汝得把吾娘子送回来。"

"曹，吾保证会把汝的娘子送回来。"

"快点儿啊，汝快点儿把吾的娘子送回来！"

"曹，汝的戴花的娘子，是死是活全在汝的一举一动。"

"……"曹云和垂下了头，不经意间佝偻着身子，他感觉自己身上的力气全都掏空了。曹云和分明听到了娘子"相公救我，救我呀"的呼救，他牙咬得嘎巴嘎巴地响，他眼前出现了幻觉，像真的一样，眼瞅着娘子被一群倭鬼糟蹋。曹云和牙都要咬碎了，他猛地喊着："放开她！吾帮尔等隐蔽还不行吗？"曹云和双手捂着眼睛，又慌忙捂住了耳朵，娘子的呼救声冲击着他的耳鼓。

"吾若发现娘子有难，定会与汝等同归于尽！"

"曹，吾这就下达命令，戴花的女人一定优待，时机成熟，吾定要将她取来还给汝。"

"时机成熟？"曹云和闭上了眼睛，"什么时候算是时机成熟？"

"哦，哦。"熊本一郎伸手将曹云和眼角的泪水拭去，他拍了拍手，洞川闻声跑过来，熊本一郎吩咐他立即去跟二郎交代，一定不要为难"一枝花"。

"告诉他们，千万不要伤害吾家娘子。"曹云和哀求着洞川。

"你只想着'一枝花'的安危，可曾想到俺们了？"侯许氏冷冷地说。

吃了午饭以后，熊本一郎乏了，仿佛眼皮上挂着一个铅坠子。熊本一郎抱着太刀躺在炕上，没一会儿，就合上了眼皮。曹云和心里一动，这算不算是一个大好的机会？一刀劈了他？曹云和眼前就出现了盐兵的面孔，每一个盐兵都在看着他，他们的眼神戳得曹云和直咧嘴。他霍地站了起来，走到外屋，侯许氏脸朝着外面看，院里有两只小鸡崽儿在啄食。再远一些，洞川在井台上洗衣服。曹云和抓起了砧板上的菜刀，侯许氏猛地转回头，惊恐地看着他。曹云和握着菜刀，转身进了屋。

熊本一郎鼾声如雷。曹云和跪爬了过去，他想找到更合适的角度斩杀了熊本一郎。他举着菜刀，比画来比画去，都没有一击必中的把握。熊本一郎忽然睁开了眼睛，鼾声立停，曹云和立马就傻了，他惊得浑身战栗。

"曹，汝想杀吾？"熊本一郎朝曹云和眨了眨眼。

"……"曹云和的汗水小雨一样从脸上往下淌，他知道自己完蛋了，连朝熊本一郎胡乱砍一刀的机会都没了。

"曹，吾死，汝的戴花的娘子和所有女人都得死。"

　　曹云和扔下了菜刀，蜷曲在炕上。他不但被倭鬼戴上了枷锁，也被自己捆住了手脚，那条捆绑他的绳子就是良知，他不忍心身边任何一个姐妹再死。熊本一郎翻了个身，迷迷糊糊地睡了，开始，他假装睡，假装打鼾。熊本一郎不放心曹云和，怎么能放心呢？马雄岛血淋淋的屠杀场景总在他的眼前悠荡，他清楚，血的仇恨一定得用血来偿还的。他的家乡就有这样的谚语。能不能在马雄岛上成功潜伏，关键就在双方的信任与否，一定要过"信任"这一关，一定要让曹云和与岛里的女人心甘情愿地跟随武士。熊本一郎一直想试一试曹云和，曹云和到了外屋，他的耳朵就跟着过去了，目光也跟着过去了，曹云和抓起菜刀的时候，熊本一郎也握紧了太刀。曹云和靠近了他，他虽然眼睛闭着，全身的汗毛却都长了眼睛似的紧盯着。曹云和这一刀马上就要砍下来的时候，他突然睁开眼，就想给曹云和一个突然的惊吓，让他的念头猝死。这是绝妙的心理战术，日本的武士都会使用这样的心理战术，优秀的武士可以靠着沉着冷静的目光杀死一个糟糕的武士，这就是精神的力量。

　　曹云和妥协了，他失去了抗争的机会，他肩膀已经耷拉了，他复仇的力量被卸掉了。曹云和软了，彻底软了，软成了一团稀泥。熊本一郎全都看在眼里，他心满意足，满意曹云和这样的状态，他相信曹云和已经彻底地被征服了。

　　一阵困意来袭，熊本一郎结结实实地睡着了。

　　熊本一郎梦到了故乡。

第四章　残阳冷月

1

　　故乡真美呀，他回到了下山村，这里有着那么多的记忆，那么多的简单到极致的记忆，简单得只记得吃，只记得睡，只记得玩耍，只记得短尾巴鸟飞翔。下山村能听到大海的涛声，却见不到大海，村子的南面被山遮挡着，山坡上散布着一抱粗的大槐树、盘根错节的柞树、遒劲有力的龙爪松。每棵树朝着大海一面的树皮都是粗糙开裂的，仿佛诉说着成长的苦难。巨石旁斜出的枝条恣意生长，在炎热的夏天里，能把巨石包起来，形成一道绿色的屏障。山上的每棵树都有自己的特点，没有千篇一律，只有与众不同。每当月色正浓的夜晚，大地寂静，下山村就越发地沉默与孤独。

　　仰望着苍穹，与风耳语。

　　父亲像划着小船一样，划过稻田，父亲的两旁是起伏的稻浪。下山村产粳米，下山村的人却很少能吃到粳米，粳米都送到了领主家里。下山村人只能吃萝卜和杂粮。熊本一郎不喜欢吃杂粮，也很少吃鱼和贝类。他喜欢吃粳米饭，对寻常百姓来说，粳米饭就是黄金饭，轻易吃不上一口。只有父亲回来了，熊本一郎才能如愿以偿。

　　一年中，只有月夜如水的时候父亲才能回来，父亲背着一袋粳米在田间如逆水行舟，月夜之下，父亲喊着一郎的名字，父亲的声音如同在耳畔又如同在天边。熊本一郎醒来，仿佛又进入了另一个梦中。他从山坡上飞奔下去，像一只鸟儿一样扑向父亲的声音，每一次都能准确地扑到父亲的怀里。父亲搂住了他，又松开了他，朝他的胸脯结结实实地打一拳。熊本一郎就觉得眼前发黑，就觉得心里头特别难受。父亲总是对儿子的力量不满意，对儿子的个头儿也不是很满意。有一次，父亲让一郎站稳了，他摆出一个架势，推一郎一把。一郎的身子只是微微晃晃。父亲抽出一根竹竿，缠了护手递给一郎。父亲又抽出一根竹竿，没有缠护手。

这是要考验一郎的刀术。

父亲是刀神，人刀合一，刀来无影，刀去无踪。仅仅两个回合，一郎的竹竿就被父亲打掉。父亲瞪着他，父亲的眼里蹿出了愤怒的火苗子。一郎捡起竹竿，随着父亲移动的脚步，父亲转着很小的圈子，一郎的身前身后全都是父亲。父亲的竹竿一直对着一郎的脑袋，一个闪电就能将他的脑袋劈下来。一郎突然奔跑，像马一样地奔跑，他想冲出父亲的包围，他想跑得远远的。忽然，他不想跑了，一郎想到自己迟早会是武士的，武士怎么能跑呢？懦夫！懦夫！他狠狠地骂着自己。他猛然停下来，一个反转，朝父亲的后背砍去。电光石火之时，父亲将竹竿竖下，像一根梁柱一样挡在了背上。一郎的竹竿打在父亲的竹竿上，一郎的虎口隐隐作痛。他撤回竹竿，朝父亲的后心戳去，即便是一根竹竿，一郎也担心能戳穿了父亲的后背。父亲侧身让过了竹竿，等一郎的力量扑空，父亲却不再给他机会，父亲反手横切下去，一郎都没看清父亲的手腕是如何把握这根竹竿的，一郎将竹竿横起，父亲的竹竿砍在他的竹竿上，竹竿压在身上。如果是真刀，一郎当即就开膛了。一郎后退一步，挥动竹竿狠狠砍在父亲的竹竿上，父亲微微晃了一下，转而迅疾地缠绕着一郎的竹竿，一郎就觉得竹竿上有了千斤的重力，父亲的竹竿像一条长虫一样如影随形。

像这样的考试，每年都有一次，每次考试结束，父亲都要摸着熊本一郎的脑袋，满眼都是期许，一郎就会羞愧地低下头。

又是月夜如水的时候，父亲的身影出现了，父亲像一匹马在稻田里疾驰。一郎照例跑下山，他觉得有些异样，为什么没有听见父亲的呼唤呢？为什么父亲像一匹马一样奔跑呢？父子靠近了，一郎听见了父亲的呼唤，父亲的声音低沉而又短促。一郎站住了，破天荒没有像鸟儿一样扑向父亲，瞬间，他感觉自己长大了。一郎将竹竿拽了出来，缠了护手，呈递给父亲。他又拔下一根竹竿，没有缠护手。父亲想和他对换竹竿，一郎拒绝了，他起手就是一阵冲刺。

一郎的冲刺可以用"闪电"这个词来形容，父亲连躲了三次，最后一次，差点儿摔倒在稻田里。父亲将米袋放下，神色凝重，他双手握着竹竿，紧紧地盯着一郎。一郎围着父亲转，父亲也挪动脚步，随着他的转而转。一郎感觉到了从来没有过的自信，自己已经比父亲还要高一些，经过交手，感觉自己的力气也不输给父亲。他似乎听到了父亲急促的喘息声，这让他非常兴奋。一郎使出了精湛的刀术，他再也不是以前那个弱小的一郎了，他是勇猛的一郎，他是长大了的一郎。他居然打断了父亲的竹竿，一郎被自己吓坏了，他想不明白怎么会打断父亲的竹竿。一郎的实战经验还是不足，他完全可以不打断竹竿，而是打掉竹竿，打断竹竿是何等的粗暴和无礼，一郎心中燃起的火苗熄灭了。

"父亲大人。"一郎垂手而立，等待着父亲雷霆般的暴怒。

"一郎，汝已经长成人了。"父亲柔声说道，"吾非常高兴。"

"父亲大人！"一郎惊喜地看着父亲，这句话他等了许多年，很小的时候，他就盼着父亲的夸赞。这是多么令人激动的一刻，父亲哪父亲，一郎终于长成人了，一郎可以当武士了。一郎可以往家里背粳米了。这是武士家的男人从小到大最崇高的理想。回到家里，父亲还不停地夸赞一郎的刀术有进步，妈妈的眼里盈着泪花。她朝丈夫深深地鞠躬，她的头埋在胳膊弯儿里，肩膀抖动着，泪水掉在了蔺草席上。她感谢丈夫的公平与公正，感谢丈夫对一郎的教诲，丈夫的表扬对她来说就是一次罕见的恩赐。一郎的父亲微笑着，笑容里充满了慈爱，他端起茶碗要喝一口茶的时候，茶碗脱手而坠，茶水洒在蔺草席上。一郎和妈妈吃惊地看着他，以为他突然动怒摔了茶杯，父亲的眼神有些慌乱，他假装很生气的样子嘟囔着。一郎突然看见了袖口处的血迹，他一把抓起了父亲的手腕，父亲的胳膊上全都是暗红色的血迹。

"吾受了点儿伤，不碍事的。"父亲说。

妈妈帮忙将父亲的长裇脱下，全家人都惊呆了，父亲的胳膊上缠着厚厚的布条，暗红色的血迹已经渗透了出来。妈妈小心地剪开布条，里面有一道深深的伤口，一郎看到了青白的骨头，心里一凛，惊叫一声。妈妈看了一郎一眼，这一眼内容很复杂，仿佛有着埋怨，仿佛有着不解。一郎十分愧疚，父亲竟然受伤了，父亲并不是败给了一郎，而是败给了他自己的伤。是什么人将父亲打伤了呢？父亲可是对马岛上的绝顶武士，对马岛上没人能伤害父亲的。父亲说，日本已经大乱，大将军足利义满的队伍扫荡了本岛，目前已经登临九州岛，领主感觉到了极大的压力，足利义满一定会渡海南下，一定会和对马岛上的各领主决一死战的。一郎热血澎湃，自从两年前离开领主，他无时不在想着回到领主身边。他热切地盼着去领主的身边成为一名武士。父亲对一郎有着很殷切的期望，他不想让儿子一辈子只当一个软舌头的通译，父亲希望儿子能成为一名光荣的武士。父亲下决心让儿子离开领主，让他回到下山村去苦练刀术。父亲认为，只有成为真正的武士，一郎才会有一个完美的人生，否则，一郎就是一个连狗都瞧不起的浪人。武士的儿子如果不能成为武士，那简直就是灾难。

熊本一郎被父亲送回了下山村，他走得眼泪汪汪，走得一步三回头。再也吃不到香喷喷的粳米饭了，熊本一郎陷入了无尽的失落和怀念之中，失落和怀念又促使他下大力气练习刀术，他要尽快成为一名合格的武士，尽快回到领主的身边。熊本一郎每天都要早早起来，把自己穿戴得像一个武士，虽然他还没有资格穿"指贯"服饰，他还是央求妈妈，将父亲的肩衣改成"继袴"给他穿。"继袴"服扎着束带，腰间插着两把太刀，走在路上，也是英气勃勃。熊本一郎只喜欢太刀，他不喜欢别的武器，尤其反感弓箭和六尺棒。

每天早晨，熊本一郎都要上山练功，五月季节，不冷不热，槐花挂在树头，满山香甜，这是他最美好的季节。白色的槐花像雪，紫色的槐花像葡萄，满山的花香，空气中弥漫着醉人的香甜。熊本一郎喜欢大山，喜欢半山腰的练功场地，场地上残留着家族几代武士的气息。几株橡树如一把把大伞为练功者遮风挡雨，父亲就是从这块场地走出去的，他走出去不久，便成了对马岛上最优秀的武士。熊本一郎迟早也要从这块场地里走出去，也要成为对马岛上最优秀的武士，这是他的梦想。

每当练过一组刀术出一身大汗的时候，太阳便如约冉冉升起，圣洁的光辉从树叶的缝隙中穿透过来，世界就变得多姿多彩。熊本一郎目视着太阳，甚至会想到阳光将强大的力量注入他的体内，注入树木的体内，也注入太刀的体内。熊本家族的刀术都强调手腕的灵活性，以及体力分配的合理性。如何一击而中？这是熊本一郎每时每刻都要思考的问题，既不能守旧，又不能胡乱创新。父亲教他的只是一些基础，大的方向还得靠他自己领悟。

父亲的伤口有恶化的危险，当天夜里，父亲开始发烧，浑身烧得滚烫。妈妈用洗米水为他清洗伤口，为他冷敷，父亲的高烧刚退下又起来，一直折腾到天亮才安静。吃早饭的时候，父亲让一郎带二郎出去玩一会儿，他有话要向一郎的妈妈交代。一郎偷偷捏了一个饭团，带着二郎出了屋。二郎年纪还小，没有资格和父亲一起在桌上吃饭。二郎心焦嘴馋，每次吃饭时都是一眼一眼地朝桌上瞅。父亲只是随随便便地说一句："想吃粳米饭，就得当武士。"

一郎带着二郎出了院子，一郎迫不及待地摸出了饭团递给二郎。二郎不敢接，虽然还小，他却明白自己没有资格吃粳米团。二郎不停地咽着口水，一郎就将饭团塞向弟弟的嘴里。二郎用舌头顶着饭团，避免饭团落肚。一郎捏住了二郎的下巴，将饭团狠狠地塞进了他的嘴里。二郎贪婪地嚼着饭团，朝哥哥不停地鞠躬致谢。

"等吾做了武士，一定会让二郎天天吃上粳米饭的。"

"哥哥，二郎一定要好好练功，将来要当对马岛上最好的武士。"

"不，二郎要当全九州岛、全日本最好的武士！"

"是，哥哥。"

半夜里，父亲将一郎叫醒，妈妈拿出一件"半裤"捧给了一郎。一郎的眼睛一下子就亮了，这是他盼望已久的武士服。穿上"半裤"就意味着他是真正的武士了。妈妈帮着一郎穿上了"半裤"，给他戴上了乌帽。父亲给一郎的腰间插上了太刀和小刀。一郎激动得浑身发抖，他无法控制自己的情绪，一把搂住了熟睡的二郎，掉下了幸福的眼泪。

父亲说，这就走吧。

妈妈哭了，妈妈拍着一郎的肩膀，一郎明白，这就要走了，就像鸟儿一样飞出了笼子，飞到更远更高的天空。一郎的肋下长出了一双结实的翅膀，他的心都要升腾了。这就走了，终于可以走了。他耐着性子，等着妈妈放手让他走，希望妈妈不要再浪费泪水，妈妈的泪水还是留给弱小的二郎吧。

这是一个仲夏之夜，下弦月，月光柔和如水。仿佛月亮上面坐着一个纯洁的少女。一郎和父亲踩着月光走了，稻田里蛙声一片，青蛙怎么就不困乏呢？青蛙一定是一郎身上的汗毛变出来的，它们和一郎一样兴奋。一郎紧盯着父亲的后背，跟随着父亲的脚步。父亲的后背隐藏在阴影之中，父亲的后背像一堵墙，厚实密实。父亲的太刀像一只狗尾巴，随着步伐一晃一晃。月亮随着父亲的步伐也是一晃一晃，月亮上面的少女也跟着一晃一晃，步履轻柔。

"知道父亲为什么要带一郎走吗？"

"不知道。"

"父亲老了，不能再为主公冲锋陷阵了。"

"对不起，一郎的刀术很差呀。"一郎羞愧地说。

"刀术差可以练，胆子小就没有办法了。"

"一郎有胆子！"

父亲的步伐加快了，仿佛要甩掉一郎似的，一郎紧紧跟着，木屐都要甩掉了。

"父亲给祖先丢了脸，父亲已经不是九州岛上最好的武士了。"

一郎一阵难过，昨天，父亲还是九州岛上最好的武士，今晚，他就不是了？

"父亲到了靠一郎来保护的地步，真让人惭愧。"父亲仰脸看着星空，小声哼唱着流传在对马岛上的一曲小调：

> 天上有云彩呀，
> 农夫要种地呀。
> 云彩不下雨呀，
> 农夫抛大石呀。
> 天上被打中啊，
> 农夫抛大石呀。
> 天上下大雨呀，
> 农夫被打中啊。
> …………

对马岛上人人会唱这个小调，孩子们唱的时候大都变成戏谑的腔调，今晚，父亲的歌声似乎不是从喉咙里唱出来的，是从心底里唱出来的。唱到"农夫被打中啊"时，他居然哽咽了一下。一郎很奇怪，父亲怎么了？

走出了稻田，父亲带他又钻入了一条深谷。他们就这么走着，父亲不再说话，只有他深沉的呼吸，以及碎了一地的木屐声。一郎有些困倦，上下眼皮在打架，他本能地抓住了父亲的太刀，就像抓住了狗尾巴。

为什么要选择黑夜里出发？

熊本一郎很长时间都没有想明白，后来，征夷大将军足利义满的队伍占据了九州岛，领主带着六个武士还有几十个农民出海避难的时候，熊本一郎才明白，熊本家族的好日子一去不复返了。熊本一郎虽然心疼，却并不沮丧，领主还在，希望就在。

农民被海上的巨浪折磨得不成个样子，父亲一点儿都没有嫌弃他们，不嫌弃并不代表着可以互相亲近，父亲从不和农民说一句废话。浪人和农民都尊敬父亲，都叫他一声"大人"。农民知道，上了岸以后，他们的生死和六个武士有关。武士如果战死，就相当这只船上的人全都被打断了脊梁骨。领主让人送来一瓶好酒，让他们尽兴。父亲朝领主的舱房鞠躬。浪人纷纷找来了酒盅，殷勤地为武士大人倒酒。熊本一郎坐在父亲的身后，看着他们喝酒唱歌。父亲忽然转过头来问他："一郎还能想起父亲带你出来的晚上吗？"父亲悠悠地说，"那天晚上，足利义满派了四个武士要杀父亲。"

熊本一郎想起了那个宁静的下弦月的夜晚，想起了如水的月光，想起了稻田里的蛙鸣一片。父亲像一匹马一样急着赶路的真相终于大白了。父亲挺可怜的，他受了伤，第一次在敌人面前露了怯。他带着少年儿子，靠着夜色的掩护，闯过了一道又一道险关。其实，如果敌人真的跟他打，他身边的儿子又能有多大的能耐呢？

领主已经不是以前的那个样子了，以前，领主威风凛凛，浑身都带着风、带着电，是明国将领眼中的"拔都"。熊本一郎第一次见到领主的时候还是一个孩子，领主带着他上了去往明国的朝贡船，那时，领主代表着日本的利益。而今，领主只有这一只老破船，船上到处都是漏水点，六个武士分班盯防着，一旦出现危情，他们得指挥农民排水抢险。领主就像这只老破船，六个武士分班守护着他。武士们表情淡漠，面容深沉得像一口口枯井，从他们的脸上很难看出内心真实的想法。闲了的时候，中村武士喜欢逗熊本一郎，所谓的逗，也不过是拍着熊本一郎的肩膀说："一郎，等去了明国，吾等就会有更好的船了。"

"哦。"

"明国的大柏木船很厉害的，船帮两边长着会飞的翅膀呢。"

"哦。"

"中村君，一郎可是去过明国的，你莫要骗他。"有人说。

"啊哈，吾却忘记了。"性格幽默的中村武士哈哈大笑，他就喜欢拿这样并不可笑的话来活跃一下气氛。对于武士们来说，这已经是很开心的时刻了，连一向板着脸的父亲都不禁莞尔一笑。

中村说的是假话，领主的衣服都破了，束带也失去了颜色，他拿什么去和明国交易？熊本一郎在船上船下走了一遭，除了几把太刀，船上根本就没有值钱的东西。他没有看到明国迫切需要的商品，更没有看见白花花的银子。银子虽然在日本不值钱，在明国却是宝贝。他们一直在海上漂泊，很多人都得了风寒，满船都是呕吐污秽物和稀屎的臭味儿，可恨的季风像魔鬼一样戏弄着这只船，比船还高的巨浪一次次地打击着他们的意志，每一次，都会让他们的勇气衰减许多。

终于靠岸了，船上的人都上了岸，连走路都打晃的人也都跳下大船。他们已经很长时间没有站直了，他们总是摇晃，他们一个个就像没有根的浮萍。熊本一郎头前带队，没走多远，就看到了"金州卫"三个汉字。

2

那天夜里，父亲带着儿子离开了家乡，父子俩顶着明月，行走在稻田地里。父亲唱着小调的时候，他高大的形象就萎缩了，看起来，就像丢了魂儿一样。父亲是如何失去了武士的魂儿呢？熊本一郎想了很长时间，直到父亲战死的瞬间，他才想明白，父亲的对手是大将军足利义满，面对这样一个巨人，父亲即便再勇敢也不值得一提。足利义满大将军像旋风一样扫荡了日本，日本的武士都败在他的刀下，日本的领主都死在他的刀下。领主死了，武士就吓破了胆子。父亲一定是想到了这些，他一定是看到了自己晦暗的未来，他的尾巴垂下了，像一个丢了魂儿的傻瓜。在熊本一郎的眼里，最后那一段时光，父亲活着不如死了。

天亮了，朝阳映在父亲的背上，父亲的背挺了起来，太刀也挺了起来，太刀不再像摇动着的狗尾巴。熊本一郎抬头望着淡淡的月亮，月亮上面有一个漂亮的女人，女人困了，女人打着哈欠。

他们来到了大城，城里头到处都是石头房子，房子上面都苫着黑黝黝的海草，孩子们在房子和房子之间奔跑嬉闹，有的还玩儿着捉鬼游戏。父亲停下脚步，转回头，整了整一郎的"半裤"，整了整他的太刀和小刀，父亲说："一郎的腰要挺直了。"

"一郎要有点儿精神。"

父亲带着一郎进了领主的家里，领主家的院落很大却很破败，有的廊柱被虫子侵蚀了，窗户纸全都破了，露出一个个黑洞，像猫眼一样深邃。熊本一郎见到了武士山田老师，山田老师的头发掉光了，脑顶上的小发鬏像只小老鳖一样趴着。

"一郎终于长成了。"山田老师微笑着说。

其他武士都来看望一郎，就连和父亲关系不洽的酒井先生都过来打招呼。酒井先生说："哈哈，小家伙的胳膊都快有父亲的腿粗了。"

父亲冷笑了几声，熊本一郎才觉察到这话不是好话，就朝酒井先生瞪了一眼。酒井先生哈哈大笑。

"今后，主公的尊严就靠一郎君了。"山田老师将熊本一郎的"半裤"服整理了一下，武士们都收起了笑容，各自整理着"半裤"服，他们将太刀摆在肚皮上。武士们突然朝熊本一郎深深地鞠躬。熊本一郎差一点儿蹦了起来，他慌忙朝着武士们鞠躬还礼。

"一郎，请受吾等一拜。"山田老师高声说道，"吾等皆是废物。"

"一郎爷爷还活着的时候，主公养着七十个武士，是对马岛上最有力量的大名。"父亲说。

"主公现在缺少粳米，一郎明白吗？"酒井先生说，"如果有足够的粳米，很快就会有七百个武士的。"

为什么以前有粳米，现在没有了？熊本一郎脑子里就产生了这样的疑问，见到了领主，答案就有了。"因为明国禁海了""寸板不得下海"，领主反复唠叨着这两句话，恨恨地跺着脚。明国禁海，领主们就失去了贸易，明国的粳米运不来，日本的货物卖不出去，领主自然就穷了，自然就养不起那么多的武士。

征夷大将军足利义满带着队伍旋风一样南下，唆使农民不再给以前的主子进贡，只需给大将军进贡。没有了贡品，熊本家族的领主穷得只剩下六名忠心耿耿的武士。战死的武士是幸运的，致残的武士却是不幸的，领主没有能力养活他们。他们不得不像老狗一样被撵走，钻入茫茫的深谷之中自生自灭。父亲说："主公的生死安危全靠一郎了。"父亲又一次向儿子鞠躬，六个武士齐刷刷地向一郎鞠躬，并称他为"大人"。

"一郎的刀术如何？"领主看起来像个蜡人。

"一郎的刀术在吾之上。"父亲说。

"这儿不养白吃粳米饭的家伙。"领主有些疑虑，喃喃地说，"一郎这么小，他能做什么？"

"一郎什么都行的，让他死他都不会皱眉头。"父亲说。

"吾不需要死人，吾需要活人，能保护吾一直活下去的活人。"领主突然神经质地咆哮着。

"一郎就是这个人，他还年轻，他能保护主公活下去。"父亲说。

领主留下了熊本一郎，在熊本一郎看来，领主完全换了一个人，完全是一个陌生的人，似乎都忘记了曾经带着他一起去明国朝贡。熊本一郎和六个武士守着领主最后的一片领地，这片领地的范围仅限于这座破败的院落。武士每天轮流休息，保证每时每刻都有一双眼睛盯着通往外面的甬道。趁着轮岗的时候，父亲督促着一郎练武，给他当陪练，锻炼他的腕部力量，锻炼他的腰部力量。不但是父亲，连领主都看出熊本一郎的腰腹部力量有多欠缺，冲刺的时候，一郎的身子和腿好像是两截儿。领主忍不住喊："一郎，小鹿飞针！"

这句话的意思每个人都懂，他们都哧哧地笑。父亲很窘迫，总是狠狠地敲着一郎的肚子，恨不能让他的肚子变成铜浇铁铸一般。

武士田中先生已经很老了，咳嗽一声都能把自己的腰给弄闪了。每次闪了腰都要站在那儿一动不动，好一会儿才能恢复自由。有一次，熊本一郎突然听到一声震天动地的打喷嚏声，忍不住问："田中先生，汝需要帮忙吗？"

田中先生的目光充满了忧郁，他弓着身子，牢牢地盯着通往小街的甬道。熊本一郎守在他身边，等待着他的"复苏"。过了很久，田中先生扭动着脖子，扭动着身子，双手托着后腰，突然一提，腰就"咔"的一声提了上去。田中先生说"好了好了"，便扶着腰继续巡视。熊本一郎跟在身边，好奇地看着他的腰。

"一郎会说明国话？"

"吾会说明国话，山田老师教的。"

"哦，原来是山田那个老怪物教的。"田中先生由此和熊本一郎成了朋友，他们的共同话题就是明国。田中先生生在南面的中山国，他的父亲是明国人，受父亲的影响，田中先生非常向往明国的文化。他和熊本一郎探讨着明国的风土人情，两个人常常为了一个突然出现的问题而争论，他们唯一交集的观点就是明国的富庶和伟大。由明国的富庶和伟大引申到对明国女人的品头论足，田中先生旁若无人般的和一个少年讲起了他对女人的感想。年轻的时候，田中先生曾经抢过一个明国女人，女人比画上的仕女还要漂亮许多。多少年过去了，田中先生依然舔着嘴唇，沉浸在无际的回味之中。

"一郎知道吗？明国的女人都是高个子。"

"嗯。"

"明国的高个子女人很有滋味，一郎应该想法子尝一尝的。"

"明国除了女人，还有什么？"熊本一郎问。

"还有美味。"

"明国除了有女人和美味还有什么？"

"还有骏马。"

"明国除了女人、美味、骏马，还有什么？"

"还有道义学问。"

"明国除了女人、美味、骏马、道义学问还有什么？"

"还有香喷喷的粳米饭。"

熊本一郎打住了，感谢田中先生，让他想起了明国粳米饭的香甜。熊本一郎使劲儿地咽着口水，仿佛吞下了一个又一个喷香的饭团。见熊本一郎兴奋，田中先生趁机要求一郎每天都要从大树顶上倒着爬下来，这样练下去，熊本一郎的腰腹部才能像铜铁一样结实。熊本一郎恍然大悟，他感激田中先生对他耐心细致的教导。从这时开始，他每天都从大树顶上倒着爬下来若干遍，爬着的时候，他的脑子里充满了血，他想着田中先生说过的"明国除了女人、美味、骏马、道义学问还有香喷喷的粳米饭"。

每当想到粳米饭，他浑身就充满了力量。

3

熊本一郎醒了，严格地说，是被惊醒的。醒来后发现，自己被五花大绑，喜志、桥下四郎全都被五花大绑，像一群死猪堆在墙角里。曹云和的身前身后全都是女人，她们争论着，像一群叽叽喳喳的鸟儿。曹云和不停地摇头，不停地摆手。女人就抓起针线板抽他的脑袋，还有的拿着簪子戳他的后脊梁，曹云和躲闪着，疼得龇牙咧嘴，他还是坚持着摇头摆手。

"杀倭鬼！杀倭鬼！真武大帝下凡了，快杀倭鬼！"一个女子嚷着。

"刘王氏，不能杀，我家娘子还在他们的手里攥着呢。"

"岛主，别再等了，真武大帝下凡了！"刘王氏说。

一个女子突然抱住了喜志，张嘴就咬他的脸，喜志疼得嗷嗷大叫，不停地喊着"妈妈"。熊本一郎出了一身冷汗，一个女子挥着菜刀砍下去，一根血柱冲上了房梁。女人疯子一样乱砍着，屋里惨叫声震天。曹云和一把抱住了她，女人动弹不得，伏在曹云和的怀里恸哭。熊本一郎浑身发抖，他假装继续昏睡。他的手慢慢地寻找着绳头，手指头钩到了绳头。没人注意到他解扣的动作，绳子解开了，他没敢造次，他必须有一个自卫的家伙。他乱摸乱抓着的时候被人发现了。刘王氏反应奇快，爬到炕上，狂扇他的耳刮子。熊本一郎一脚将女子蹬倒，猛地跳了起来。就在所有人都愣怔的时候，熊本一郎一把将拿菜刀的女人拽过来，握着她的手，砍向另一个女人。没几下，两个女人便惨死在他的刀下。熊本一郎的菜刀抡向了曹云和，曹云和脸色发灰，绝望地闭上了眼睛。熊本一郎突然收了刀，狠狠地拍了下曹云和的脸颊，他把桥下四郎的绳子解开，桥下四郎跳起来扑向曹云和。熊本一郎挡住了，命令他赶紧解开其他武士的绳扣。

熊本一郎心有余悸，虽然侥幸没有死于女人的菜刀下，却对潜伏的前景产生了动摇。他握着菜刀，忍不住想杀人解恨。曹云和跪在地上请求饶恕，不但要饶恕他，还要饶恕所有参与行凶的女人。他抱着熊本一郎的腿，哭得像个孩子一样悲切。桥下四郎带着倭鬼将女人都捆了起来，等候着熊本一郎发落。熊本一郎恶狠狠地吼了一嗓子，众倭鬼立即将女人抬了出去。曹云和大叫大嚷，试图阻拦他们，被熊本一郎踹翻在地。

倭鬼的刑场就设在旗杆底下，刘王氏被两个倭鬼摁在地上，另一个倭鬼在后面推压她的身子，将她的身子曲成对虾样。刘王氏惨叫着，号叫着，声音像一把把利剑戳着曹云和的心。观刑的女子都吓得浑身发抖，曹云和跪爬到熊本一郎的面前，磕头如小鸡啄米一般。熊本一郎忽然改变了主意，他阻止了继续用刑，亲手将刘王氏解了绑绳。他喊来浪人小野，当众扇他的耳光，质问他为什么不保护好自己的女人。

"她是魔鬼，不是吾的女人。"小野争辩道。

"浑蛋，她就是汝的女人，汝是明国的盐兵。"熊本一郎又抽了一记耳光。小野这才低头认罪。熊本一郎要求小野从今以后要勇敢地承担起保护自己女人的责任，让刘王氏过上幸福的生活。小野答应了，瞅了一眼刘王氏，眼里充满了怨毒的神情。熊本一郎哼了一声，小野连忙垂下头，将刘王氏背了回去。经过这次劫难，曹云和的胆子没了，从里到外，再也没有了一丝血性。从此，他一心一意地配合着熊本一郎的潜伏行动，他觉得自己就是熊本一郎豢养的狗。

为了从精神上彻底摧毁曹云和以及岛里的女人，打消他们的反抗意识，熊本一郎请求首领冢野大君再调来一队浪人，将浪人和岛里的所有女人都配上了对儿。由此，马雄岛便成了人间地狱。曹云和没有了选择，他只能配合熊本一郎，他得保护这些可怜的女子，不能让她们再死一个，只要熊本一郎保证不再杀人，他宁愿当一条狗。曹云和说："吾全都答应汝的条件。"

到了这个时候，熊本一郎的谋划才算完全成形，他捎信给首领冢野大君，外海上等待的船只可以安心地出击了。这就是勇士们梦中的大明国，这里到处都是金银财宝，到处都是女人和粮食。他们可以任意行动，劫掠后分头回到马雄岛休整，任谁也想不到，更找不到，马雄岛就是大明朝灯下的暗地。熊本一郎为自己设计出来的伟大计谋而陶醉，有时候，想一想都能忍不住地发笑。倭鬼神不知鬼不觉在辽东南设立了一个立足点，犹如一把刀子扎在大明国的胸口上。马雄岛上发生了这么大的惨案，居然一直没有被金州卫衙门发觉，也算是天底下的奇事。其间，盐课提举所曾派一位老爷来岛上检查盐业生产，这位愚蠢的老爷错过了一次最好的识破真相的时机。他并没有履行职务去检查盐兵的作业，如果他去了盐田，无论倭鬼如何伪装，会制盐的盐兵和不会制盐的外行肯定是泾渭分明。如果他发现了疑点，而且机警地离开，也许，一切就是另一个状况了。盐课老爷的心思不在盐兵身上，他正四处趸摸着漂亮的"一枝花"，他来岛里的目的就是目睹"一枝花"的芳容，见识一下传说中的"瘦马"是如何的迷人。盐课老爷在老营里找遍了也没有瞧见"一枝花"的身影，他心生暗气，认为是曹云和在捣鬼，故意把娘子藏了起来不让他见。盐课老爷让曹云和把盐兵全都召集到操场上，他要惩罚所有人。

曹云和没敢吹海螺号，担心惊了倭鬼，又酿成事故。他故意敲了一棒锣，熊本一郎带着十几个倭鬼从盐池跑了回来。全体集合后，熊本一郎突然怔住了，他看见从小路上开来了一队官兵，带队的身上斜背着一张大弓。熊本一郎一把拽住了曹云和，小刀顶在了他的腰上。曹云和认识背大弓的人。他朝熊本一郎轻轻地摆了下手，示意不要乱来。曹云和迎了上去，朝着带队的王八爪连唱了几个大肥喏。王八爪撇了撇嘴角，扳了一下肩上的大弓，直言奉了守堡爷江隆之命前来巡查海防。

盐课老爷心里有气，他误以为曹云和是故意怠慢他而重视官军。他最恨的就是欺软怕硬的人，官军有什么了不起的？是个兵就能比盐课老爷威风？盐课老爷越看越来气，举着马鞭子，狠狠地抽着身边的马桩子。王八爪看起来也不是个省油的灯，他注意到了盐课老爷的不满，就走过，斜眼打量着这个傲慢的家伙。

"曹岛主，你不认得兄弟了吗？"王八爪拖长了声音，故意说给盐课老爷听，"兄弟是樱桃园堡的王大光是也。"

"大光哥是咱辽东最厉害的神箭手！"士卒解释着，"人称王八爪是也！"

"久仰神箭手大光哥的威名。"曹云和再次拱手道，"金州卫上上下下谁人不知，哪个不晓？"

"曹岛主哇，俺是个直心眼子是也，话多话少你得担待着点儿。"王八爪撇着嘴，冷冷地说。

"大光兄但请指教！"

"你是干什么吃的？嗯？"王八爪突然变了脸色，"让俺们兄弟轻易摸进你的马雄岛里，一旦有海贼盗匪倭鬼怎么办？嗯？"

"是，是，大光哥教训的对，在下确实失职。"

"要俺看哪，你这岛里都是些吃干饭拉稀屎的草包。"盐课老爷撇着嘴说，"这样的兵就该裁撤了，依着我早就打发回家抱孩子去了。"

"这位老兄是？"王八爪翻了翻白眼儿，想找盐课老爷的碴儿，却看他穿着绸缎长衫，非寻常百姓，也不敢造次。他转身挨个瞧着扮成盐兵的倭鬼，突然，一把揪住了小野的袖子，朝着小野的脸上就是一顿乱拳。小野被打蒙了，一个劲儿地缩脑袋，躲避着雨点儿般的拳头。喜志拔出了小刀，就要戳向王八爪，王八爪恰好放开了小野，朝着曹云和厉声喝道："曹岛主整天守着你家'一枝花'，都睡迷糊了吧？"士卒们哄地笑开了，连盐课老爷都笑了。

"小可该死。"

"你手下的这叫什么丁？是阎罗大王手下的小鬼儿吗？是五道将军的徒孙吗？依俺看哪，就是一帮畜生，全他娘的畜生是也，站没个站相，还敢朝官长瞪眼扒皮，要是在樱桃园堡，我早就给收拾熨帖了，打不出屎来我王八爪三个字倒着写。"

"是，是，小可教导无方，大光哥见谅则个。"曹云和此时也不害怕了，怕也没有用，他真想大喊一声，"他们确实都是畜生，全都是小鬼托生的倭鬼。"

曹云和努力克制着自己，不想让局面失控，王八爪带来的官军太少了，一旦打起来，熊本一郎肯定会一个不留地杀掉他们。曹云和目睹了倭鬼杀人的招数，上蹿下跳，左一刀右一刀，防不胜防。娘子还在倭鬼手里，他不能逞一时之快，一时之快只能让局面更加恶化，让更多的人填进死亡的大坑里。

当初带着娘子出来戍边的时候，曹云和答应过岳丈，无论前途如何艰难，一定要把娘子带回老家。言犹在耳。他怕呀，怕得要命，战又没能战死，自尽也没能死成，娘子落入敌手，他该怎么办？他心中只有一个信念，其他的都管不了了，拼死也要把娘子救出火坑。

这出戏还得演下去，直到演不下去的那一刻为止，那一刻，也许是天崩地裂的时候。曹云和深吸了一口气，换了一副媚态，躬身请盐课老爷和王八爪到营里喝茶吃饭。听到"吃饭"两个字，王八爪的脸色平复了，双手背在身后，大马金刀地进了议事厅。盐课老爷还是不死心，逼着问："我素来便知总催娘子烧得一手好菜，何不请来一展绝艺？"

"小曹，快让你浑家出来给俺们做顿好吃的。"王八爪说，"兄弟们的嘴里都淡出了鸟儿。"

"实在是不巧，拙荆夜儿个得了风寒，今儿一早就到亮甲店就医了。"

"这么巧？"盐课老爷撇着嘴说，"金州卫大衙门下来人，总催娘子却从未生病，下厨颠勺，抚琴唱曲，好不热闹。我这一来岛，你家娘子就生病找借口躲避，难道我是淫贼吗？"

"谁知道哇，'淫贼'两个字儿也没写在脸上。"王八爪仰着脸说，"小曹哇，这年月，知人知面不知心，还是小心点儿好。"

"你……"盐课老爷瞪了王八爪一眼，"林子大了什么鸟儿都有。"

"拙荆确实得了风寒，在安胡子安大夫家扎针放血，改日小可一定请拙荆为老兄奉上一桌好菜肴。"

"谁稀罕，俺就喜欢吃营里兄弟做的大锅饭。"王八爪说，"女人们烧的菜却是不香。"

"是！是！"曹云和应和了几句，赶紧出门，吩咐侯许氏召集众女子张罗做饭，又喊来熊本一郎，嘱咐他将手下的倭鬼全都领到盐池子里干活，千万不要滋事，小心暴露目标。熊本一郎本来还疑心曹云和和官兵勾结，后来，他就想通了，"一枝花"在他的手里，谅他也不敢作乱。曹云和和他这么一碰头，熊本一郎心领神会，立即布置去了。侯许氏出门去找帮手，刚离开老营，曹云和突然就后悔了，心慌意乱，女人们一旦见到官军到来，揭发藏匿倭鬼可如何了得？马雄岛岂不再次喋血？曹云和想追出去喊回侯许氏，却让王八爪一把薅住了衣服。

"好你个小曹，藏着那么多好吃的，还推三阻四地哄俺们傻等。"

"大光哥，这话怎说？"

"我来问你，这么多的吃食是怎么回事？"王八爪扯着曹云和来到厨房，指着一筐一筐的咸鱼问，曹云和眼前发黑，双腿发抖。忽然，王八爪笑了起来，笑得前仰后合，"看……看把你吓的，曹岛主，你……你们就吃这些腌臜货？"

"是……不是……"曹云和稳住了心神，手心里捏出了一把汗，这些都是给倭鬼准备的，好在王八爪没有深究。

"小曹，快上饭吧！兄弟们吃得了还得赶回樱桃园堡！"王八爪拽着曹云和回到了议事厅，"饿死了！"

曹云和心急如焚，简直就像在刀尖上舔了一回血，一旦暴露目标，一场血战不可避免。侯许氏也真能耐，带着几个女子，没用上半个时辰，凉的热的蒸的煮的烹的炸的，一口气铺了一桌子，看起来，也不比岛主娘子的手艺差多少。盐课老爷见到侯许氏，阴沉的面孔突然放晴了，他笑眯眯地夸赞侯许氏的厨艺高，恭维侯许氏长得俊俏，做活也是干净利索。盐课老爷拎着酒壶，一定要请侯许氏饮上一杯。侯许氏拗不过，饮了一杯，盐课老爷那双拈花惹草惯觑风情的贼眼，就再也不离她的身。侯许氏去了厨房，盐课老爷不死心，拎着酒壶去了厨房七八回，又是说荤段子，又是拉手贴脸，直到侯许氏甩了脸子，握住了菜刀把子，盐课老爷方才作罢。

十几个士卒都蹲在墙根儿吃饭，每人一大海碗粟米饭，饭上盖了一帽咸肉蒸菜，曹云和特意吩咐每人给一枚马雄岛特产的咸鸭蛋。王八爪让酒蒙了头，三言两语便和盐课老爷闹僵了。盐课老爷讥讽樱桃园堡的官军素质差，别说和北元部队打仗，即便是迎战山狼海贼都不是个儿。王八爪一碗酒倒进肚里，光着膀子跑了出去，朝着四周一通乱放箭。盐课老爷更加瞧他不起，撇着嘴说他"失心疯"。一会儿，士卒就捡回了几只被射死的野物，盐课老爷当即就傻了眼，慌忙收了傲慢，不再和王八爪斗嘴了。王八爪这边一闹，躲在远处的熊本一郎也看了个清清楚楚，他不禁目瞪口呆。

明国有能人！

盐课老爷这次进岛没有见到"一枝花"，感觉极没面子，金州卫有头有脸的官人谁不想见"一枝花"？城里头早就传说"一枝花"是乐户出身，自小被人家买去"养瘦马"，由于牙婆误事，摊了好大一起官司，才流落在金州卫。"瘦马"是江南名士大户人家才养得起的优伶，岂是蛮荒北国轻易能见得到的？"一枝花"的出身很快就被传说出去，越说越邪乎，添油加醋，神乎其神。都说曹云和凭空捡了个宝贝，养父养母有情有义，不但将如花似玉的女儿给了他，还给他了一座银山，靠着这份大富贵撑腰，曹云和才打通了上司，当上了马雄岛的总催。风言在金州卫传得有鼻子有眼儿，勾得官长们有事没事总喜欢往马雄岛上跑，都想一睹"一枝花"的芳容。

4

按照大明律法，壮丁从军千里以上，便可携妻带子。曹云和去北国戍边，符合带家属的条件，曹家喜气洋洋。牙婆择出吉日，养父袁千户也不怕丑，亲自把女儿送来，一路上吹吹打打好不热闹。洞房花烛夜，曹云和掀开娘子的盖头，猛然见到了袁姑娘的俊美，早已惊为天人一般。夫妻鱼水交欢，曹云和如饮了甘洌清醇的美酒，他上天入地，如醉如痴。三天后，曹云和欲携妻回门拜见岳父岳母，没等出门，养父打发人送来了几盒精致的菜肴，一瓶美酒，还有一封信，大意为："女远嫁，父心中抑郁，自不必来拜，盼贤婿戍边平安归来，若老丈在世，一定会十里长亭相迎，与贤婿把酒痛饮。"养父千叮咛万嘱咐，请曹云和务必好生待袁姑娘，生要为她的饮食起居负责，即便她不幸客死边关，也要把尸骨带回来。

曹云和当着娘子的面回复袁千户，他日必将带袁姑娘回来。也是怪了，自从喝了岳丈送来的美酒，曹云和的身子就软了，洞房夜里的勇猛之相荡然无存。曹云和也没敢多疑，带着娘子匆忙离开了家乡，奔赴辽东。因手头阔绰，曹云和决定走水路，这样就会消除许多旅途的疲惫。一路上，眼望运河两岸风光，夫妻俩更像是游山玩水的富家子弟。到了菏泽境内，因为撞了船，伤了两人，引起了纠纷。对方仗着人多势众，把客船堵在河汉中。曹云和出面求情，没等他多啰唆，让对方一箭射掉了他的帽子，曹云和吓得赶紧缩回舱里，再也不敢露头了。

"相公勿惊，谅一群泼皮起不了风浪。"娘子安慰着，"奴家小的时候看过老娘画符，用来镇物息事，现今，奴家画些符水与那些汉子，保管叫他放行。"

"好人，你有这等法术，还不快点儿施与。"船家忍不住插嘴道。

被船家偷听了私话，娘子羞红了脸，神情却显得更加俊俏妩媚。

"娘子，你不是说笑吧？"曹云和有些疑惑。

"让奴去试试。"娘子说，"老娘给人画符都很灵的，经她画过的，兄弟和睦，妻妾不争，买卖家不顺溜，田宅不兴旺者都能解开。也是一家子，前街后院住着两兄弟，弟弟新娶个娘子，也知道眉眼高低，也懂得如何与人相处，只是有些手脚不稳，常往嫂嫂家串门，每次去都要偷走一两件东西，常来常去，嫂嫂不愿意，喊来小叔子，将妯娌的不是说与他听。小叔子回家翻找到了许多窃来物品，将娘子好一顿责打。自此，一天一小打，三天一大打。苦命的娘子找到俺娘，求俺娘救她于水火之中。俺娘心疼不过，画了符，让她烧成灰放在自家的鞋窠里压着，再看她相公，当日便手脚发抖，抓筷子张口吃饭都费劲，自此，再也不能打人了。"娘子捂着嘴笑开了。

"合该他打人太凶！"曹云和说着，心里头却是一紧，仿佛自己的手脚也发抖了一般。娘子剪了一块手帕，曹云和问："这要剪成何物？"

"奴家想来想去，也不能轻易害他性命，还是让泼皮们跟着咱去边关充军报国吧。"娘子将手帕烧成灰，用草纸包起来，掖到船板缝里，闭着眼念叨了几句，然后，猫腰出了船舱。她站在船头，朝四周拜了又拜，乱哄哄的河道上，突然就静了。

"各位船家好汉，小女子这厢有礼了。"娘子道了声万福，"小女子和我家相公这就要去塞外戍边，因急着赶路，误伤了尊长，小女子给各位赔罪了。"

"小娘皮你拿什么赔呀？"

"小娘皮干脆就留下来当压寨夫人吧。"

曹云和听着心里发急，手心里全都是冷汗，担心泼皮突然动粗，担心娘子受辱。众泼皮起了哄笑，笑得越发邪行。靠前的汉子猛喊了一嗓子，河面上静了下来。

"这位小姐，大家都是实诚人，不会说转弯抹角的话，你就画条道吧，这事该怎么办？"

"小女子认为，撞坏了船，伤了人，应该包赔，不过，小女子认为，赔多赔少须请稳当有德的士绅老爷来断，士绅老爷认为该赔多少我们就赔多少。"

"小娘子总不能让俺们兄弟干吃亏吧？"汉子嘟囔着，"天下事抬不得一个理字，总得给死亡者留下一些银钱吧？"

"阁下尊姓大名？"

"俺哥乃草上飞张奎是也。"

"阁下是草上飞张奎？"

"是！"

"阁下是草上飞张奎?"

"是又怎么样?"

娘子越问声音越轻,渐渐地,没了声息。张奎突然像喝醉了一样,摇了摇头晃了晃身,他摆了下手,示意两边的船让开。泼皮们还要辩驳,张奎突然揪起一个扔进河里。其他的泼皮不敢乱说,胡乱地打开了一条通路。曹云和连忙朝船家说:"走哇!"

船家摇动船桨,船只冲出了包围圈。

"谢张奎兄,小女子诚心弹唱一支曲子,祝张奎兄及各位尊长万事如心所愿。"娘子说,"相公,请把奴家的琴拿出来。"

曹云和钻进船舱,娘子又让船家将船停下,曹云和将琴捧给了娘子。娘子坐在船头,拨了几下弦子,对了调子,悠然而唱:

> 风雨替花愁。
> 风雨罢,
> 花也应休。
> 劝君莫惜花前醉,
> 今年花谢,
> 明年花谢,
> 白了人头。
> 乘兴两三瓯。
> 拣溪山好处追游。
> 但教有酒身无事,
> 有花也好,
> 无花也好,
> 选甚春秋。

歌声和琴声在河面上飘荡,娘子的嗓音清脆,宛如珠玉掉入盘中,有时声音极低,几乎要听不见了,然而,即便如此,每只船上都能听得清清楚楚,就连最远的那只船上的汉子都沉迷得如同泥胎一般。娘子唱罢,站起来,深施一礼。张奎拍掌叫好，其他人嚷着还要听。娘子又唱了一曲：

> 适意行，
> 安心坐，
> 渴时饮饥时餐醉时歌，
> 困来时就向莎茵卧。
> 日月长，
> 天地阔，
> 闲快活！
> 旧酒投，
> 新醅泼，
> 老瓦盆边笑呵呵，
> 共山僧野叟闲吟和。
> 他出一对鸡，
> 我出一个鹅，
> 闲快活！
> 意马收，
> 心猿锁，
> 跳出红尘恶风波，
> 槐荫午梦谁惊破？
> 离了利名场，
> 钻入安乐窝，
> 闲快活！
> 南亩耕，
> 东山卧，
> 世态人情经历多，
> 闲将往事思量过。
> 贤的是他，
> 愚的是我，

争甚么？

娘子唱得轻佻快活，眉眼都是情调，直听得众泼皮如醉如痴。曹云和从来没有听过娘子唱歌，在他听来，这是世上最美妙的歌声。此刻，娘子就像天上的仙女下凡。在一片叫好声中，娘子唱了一首又一首。

"小娘子请上路吧。"张奎放了一声响炮，各船轰然让开了一条水路。娘子道了万福，曹云和朝两边频频拱手，泼皮们盯着看娘子，仿佛要把她印在脑子里一般。船走出十几丈远，草上飞张奎喊道："小娘子，你们要去哪戍边？"

"快！快！赶紧走！"曹云和朝着船老大急吼着。

第五章　替父从军

1

明朝初期，太祖洪武皇帝为了政权稳定，便将天下百姓设置户籍。朝廷设有民户、匠户、乐户、军户等籍，要求各司其职，忠于职守，代代相传。划分户籍以后，流民得到安置，社会趋于稳定。其中，军户类属于各都督府统制，享受免除杂役减免税赋的待遇。军户以家庭为单位，每三年都要出丁应征去往卫所服役。军丁老、病或死亡，便有家中次丁或余丁替补。如全家皆亡或残，都督府便要到原籍勾取族人顶充。

宿迁域内有条奔腾不息的大河，当地人称为洋河。洋河流到刘家集的东北角，突然画了道弧儿，形成了一道江湾。千百年的淤泥堆积，刘家集的土地黑油油的，比别处更加肥沃。每季都能多收一到两成。刘家集有户人家，刘太公跟随洪武皇帝打江山，一条腿打没了，就留在了洋河岸边安居。多年来，召集亲友，烧垦荒野，收买良田，渐渐地就兴旺起来，形成了刘家集村舍。刘家集的刘姓家族成员皆是军户，隶属于燕山左护卫都督府辖制。传到刘江这一辈，虽说家底不算殷实，却还不至于忍饥挨饿。自边关起了冲天的狼烟，魏国公率大军北伐，刘家集就有些沉不住气了，军户人家对朝廷的动向异常敏感，大军频繁调动，刘江早已看在眼里，他估计刘家集很快就会有动静。很快，朝廷下文征丁，随之而来的军令让军户胆寒：凡是军户之家，家家都有一个入伍名额，无故逃逸灭三族。刘家集的军户家家都忙着准备应征，谁也没有料到，刘江竟突然得了喘病，动一动，那嗓子就像拉胡琴一般响亮。喘不上气就没有力气，别说上阵打仗，就是提枪上马都难。亲友叹刘江病得不是时候，尤其这喘病不好断定，说真是真，说假是假，一旦被上面定为诈病罪，刘家就要遭灭祖之灾。家族日日祈祷，盼着刘江早日恢复健康，刘江决定无论康复与否都要按令准时应征从军，免得拖累家族，就这个身子骨，他心里清楚，别说打仗，能走到军营都是万幸，死就死吧，死了就一了百了。

刘江的大儿子刘荣是个小人精，这一天，他忽然想出了一个为父解忧的好办法。花木兰女扮男装替父从军的传说给了他莫大的启发，一个女流之辈都能做到替父从军，他堂堂一个男子汉岂能缩脖子？这个想法太过突兀，说给父亲听的时候，刘江慌得一口气没提上来，差一点儿憋死了。

"胡闹，一旦露馅儿，冒名顶替的罪你知道吗？"刘江狠狠地喘了口气，"军户人家……为朝廷卖命……刀里来……枪里走……哪天一蹬腿……那是命数……可不能乱来。"

"可是，爹爹这个样子，儿子不忍爹爹白白送死。"

"命数！这都是命数！"

刘荣从小就是个打仗精，因是军户出身，骨子里便喜欢舞刀弄枪，什么兵刃拿到手里，没几日就摆弄得像模像样，一招一式从容不迫。每天放牛的时候，他就在河滩上和野孩子们玩儿打仗游戏。刘荣有着极强的统领才能，每次游戏前，都要将"兵马"分成两队，一队主攻，一队主守。刘荣不断地变换着身份，要么是攻方主将，要么是守方主将。从小到大，竟练就了一套成熟的攻防策略，何处为实，何处为虚，何处迂回，何处强攻，刘荣能说得头头是道。许多从战场上下来的族人都被他天生的军事才能震惊，族人不吝赐教，把实战经验也传授给了刘荣。刘荣不但有着聪明的头脑，身子骨也是天生的练武之相，站直了，双手能垂到膝盖。胳膊长有胳膊长的优势，比剑的时候，他往往不管防守，迎面就刺，因为臂长，总能一剑将对方逼住。发现了这个特点以后，刘荣用剑极其大胆，靠着臂长搏命。人都说刘荣的胆子晒干了能比南瓜大。父亲刘江不以为然，常常训斥儿子："战场上先死的哪一个不是逞强好胜的汉子？"

"两军交锋勇者胜！"

"胜你娘个腿！"

临近应征入伍日,父亲刘江心神不定,按他的状态,进了营地恐怕就是进了棺椁。刘江一叹再叹,族里人也是一叹再叹,刘江他怎么就得了这样一个不正不邪的病?族里人赶着与他道别,那眼泪就没止过。刘荣鼓足勇气,再一次央求父亲给他一次机会,他算计过,只要族里人不说出去,他瞒天过海替父从军的秘密是没人能知道的。父亲总是摇头不允,他不能冒险,也没有冒险的本钱。作为军户,父一辈子一辈,姓名早写在都督府的册子上。活着有口气就得入伍,只有死了才能轮到儿子顶上。父亲有父亲的债,儿子有儿子的债,都卖给朝廷了,一旦乱了纲常,等待他们的是灭族的惩罚。刘荣说服不了父亲,就央求族里的长辈,希望他们能支持这个计划。长辈们心疼刘江,权衡再三,也认为可以试试,起码不能眼看着刘江送死去。刘江拗不过游说,就默认了。刘家拿出五两银子贿赂了领丁的军爷,军爷答应睁一只眼闭一只眼,只要有人顶缸,他可以不予核实。

"刘江!"军爷抱着花名册喊道。

"刘江在此!"刘荣涨红了脸,大声应答。

"哦?"军爷瞥了他一眼,怔了怔,好一条彪形大汉,总是听说有弱替强的,没听说强的替弱的。军爷暗松了一口气,继续念了下去。刘荣替父从军就算成了事实。送行的刘江流下了泪水,他抚摸着儿子的肩膀,连连摇头,"造孽呀,造孽呀!"刘江贴着儿子刘荣的耳朵,狠狠地喘口气,使出全身力气说,"从此,你就是刘江了,生是刘江,死也是刘江。"

事已至此,爷儿俩只能闭眼往前走了。一旦事败,整个家族就得遭殃。临行时,在宗族长辈的见证下,刘荣跪在父亲面前,重重地磕了三个响头。

"爹,从今以后,儿子斗胆就用您老的名号了。"

"儿啊,爹已老朽,没想到让儿替爹受屈了。"刘江哭道。

"爹,儿子的命是爹给的,儿子为爹出征不觉得委屈。"刘荣说。

"儿啊!"刘江扶起了儿子,因激动,他瘫软在儿子的怀里,一口一口地喘息。好半天才缓过气来。他挣扎着摆脱了刘荣的搀扶,当着宗族长辈的面,朝刘荣深施一礼。刘荣吓了一跳,慌忙去拦,让爹推开了,刘江闭着眼睛,泪水滴落下来。

"刘荣!刘江!愿你吉星高照,平安一生,从此,吾父子只有梦里相见矣。"

一家人抱头痛哭。妈妈擀了一碗面,双手捧着端给了儿子,妈妈的眼泪掉在了碗里,刘荣跪下了,给妈妈磕头谢恩。

"儿啊,这是一碗缠腿面,吃下了,无论死活,都要记着回家的路哇。"妈妈哭着说。

"儿子记住了。"

"刘江,记住,你是刘江!"刘江挣扎着朝儿子喊,"别忘了,你是刘江。"

一家人看着他吃了面,刘荣穿好了征衣战袍,牵着马出了家门。他刚跨上马,父亲突然喊了一声:"儿啊!"扑通跪了下来,匍匐在地,抖成一团。妈妈带着幼小的弟妹也都跪了下来。刘荣想跳下马拦住他们,却忍住了,他狠狠地擦了一把眼泪,双腿夹着马肚,拨马跑开了。从这以后,刘荣这个名字就扔在了故乡刘家集。

从这以后,他就成了刘江。

刘江从军时,正值太祖洪武皇帝统治后期,刘江在魏国公手下当了一名马前小卒,随魏国公远征漠北。燕王入营后,总节制各路兵马,魏国公与燕王合营一处。一路行走,一路打仗。刘江成长很快,身高也比一般的士卒高出一头,无论是短兵格斗还是骑射,他都比别人强许多。在大军奔赴克鲁伦河的路上,刘江的勇敢好战引起了上级官长的注意,官长给他取了个绰号——刘大胆。刘江挺高兴,有了这个绰号,起码不必每天被人"刘江刘江"地呼唤着,让他时时浑身不自在。

魏国公喜欢使用敢死队,每当战场上出现胶着状态的时候,他就要突然放出敢死队,此举无往不胜。一招鲜,走遍天。因为有了敢死队战术,魏国公的部队便有了主心骨,无论战场上态势多么恶劣,官军士卒都不会怯战,都会想到身后藏着敢死队。只要到了火候,敢死队就会出来收拾敌人。敢死队平时的任务就是练兵,不需要进行任何与练兵无关的工作。打仗期间,无论供给多么困难,每名士卒每天都要配给一斤肉,一旦因特殊情况配给不及时,后来也要补足缺额。敢死队的士卒都穿着藏青色的罩袍,每件罩袍的胸口处都绣着醒目的虎头。

刘江是这支虎狼之师的佼佼者,他在战争中得到了锻炼,成长为一名英勇善战的头领。在最艰苦的灰山、黑松林战斗中,双方刚接触的时候都有些猝不及防，遭遇战变成了决战。明军士卒显然抵不过勇猛的敌方骑兵，双方乍一交手，万余明军士卒便死于马刀之下。明军气势摇摇欲坠，眼看着败局已定。忽然，西北角涌起了人潮，一队明军像起了大潮的浪头一样冲向敌阵，明军突然占了上风，敌方骑兵开始溃退。西北面的崛起一下子就改变了战场上的态势，四面八方的明军趁势呐喊冲锋，敌方节节后退，队伍失序后，又变成了自相践踏。一直站在高岗上观战的燕王激动地指向西北角问："是哪位将军带的精兵？"

亲兵立即飞驰而去，不久，回来禀报："禀燕王殿下，是刘大胆的一股人马。"

"刘大胆是哪一个？"

"禀燕王殿下，刘大胆是魏国公帐前小校刘江。"

燕王频频点头，他记住了刘江，记住了刘大胆。很多年以后，燕王登基坐殿，威严肃穆之下，依然微笑着提到了"刘大胆"这个绰号，他说："朕不会忘记，灰山、黑松林一战，是你刘大胆救了全军。"

刘江一手端着骑枪，一手挥舞着宝剑，骑枪如灵蛇出洞，宝剑如蛟龙入海，沾着亡，挨着死。他就像劈波斩浪一般，冲到哪儿，哪儿就是一片溃退。刘江的马前倒伏了一层层的尸体。打到激烈时，刘江丢盔弃甲，赤膊上阵，狠狠地砍击敌人。战斗中，他的前胸中了两箭，胳膊上挨了一刀，他的眉头眨都没眨一下，任凭血水染红了罩袍。刘江心里清楚，自己最厉害的武功就是拼命，只有豁出去了，才能向死而生。

战事结束，魏国公提拔刘江为百夫长，命令他负责训练出500名敢死队士卒。下达命令的时候，燕王恰好来到魏国公的营帐，听明白了后，他喊住了旗牌官，要过魏国公的任命书，提笔将"百夫长"划掉。

"刘大胆是孤的千夫长！"

燕王让他依然负责训练敢死队，并决定将这支敢死队划归自己旗下，由他亲自督促指挥。燕王传令，敢死队士卒的伙食待遇比照百夫长，今后，无论是否战斗，每餐都有肉吃，不但人有肉吃，打仗的时候马匹也给肉吃。敢死队成员听到这样激动人心的奖励，全都下马，齐齐地跪在燕王旗下高呼："燕王千岁千千岁。"

刘江斗胆请求燕王再给敢死队配上一千匹好马，他不要人，只要好马。他希望每个士卒都能配上两匹马。只要两匹马轮换，他保证能带出匕首一样锋利的队伍。一千匹马可不是一个小数目，一千匹马可以装备一个万人队的骑兵部队。燕王的权力和财力都无法做到这一点。燕王不忍拒绝刘江，就让他等待时机，燕王保证迟早会给他一千匹好马。

刘江带着他的士卒，开始了漫长的等待，他仔细算计过，敢死队每个士卒如果能有两匹马，立马就能成为军中闪电。这是多么激动人心的一幕，只有跟着燕王才能实现这样的美梦。努力吧！多打胜仗吧！

每当战场上出现僵局甚至死局，燕王就会放出这支敢死队，就像放出一条条凶猛的大虫。燕王从来没有如此珍惜过一支队伍，他总是不舍得放出去，总是再等等，再等等，他不舍得敢死队的每一个士卒。即便如此，明军打到最后，燕王在捕鱼儿海大胜后校阅三军时，敢死队只剩下不到一百名士卒。检阅部队的时候，燕王跳下马，从敢死队面前走过去，很多人看到燕王的眼里含着泪花。

漠北战事结束，燕王上缴了印信关防，黯然出局。离开队伍的前夜，燕王深入魏国公的大营，翁婿间密谈了许久。朝阳冉冉升起之时，燕王独自离开大营，率太监随从轻车返往燕王府。魏国公徐达大帅不忍燕王落寞，也担心路途不安全，便命刘江带上他的一百名敢死队追赶燕王，护送燕王返回北平。大战归来的燕王带上这一百名忠心耿耿的手下，在瑟瑟的北风中朝燕山脚下迤逦而去。一路车马颠簸，燕王心中郁结，得了风寒。大漠茫茫，前不着村后不着店，眼看着病情日益加重，竟然有了不好的征兆。刘江没有办法为燕王缓解病情。当燕王又一次昏厥后，刘江命队伍停下，他们围聚在燕王身边，焦急地等待着燕王苏醒。大雪飘飘，朔风劲吹，燕王紧闭双眼。刘江带着一百名壮士在燕王身边围了几圈儿，为燕王遮风挡雪。过了很久，燕王醒来，看见了雪人一样的壮士们，燕王心里震动，长舒了一口气，翻身坐了起来。太监给他喝了一碗参汤，燕王顿觉神清气爽，虽然身子发虚，病却好了大半。燕王喊着让人备马，有人将马牵来，燕王站在马下，看着刘江。刘江伸出双臂，示意燕王可以踩着他双手搭成的肉马镫上马。燕王摇了摇头，没忍踩他，燕王踩着太监的后背上了马。

2

刘江离开了魏国公大营，跟随燕王回到了北平，燕王没有放他们归队，而是让他们在燕王府当差。让刘江无所适从的是，他无事可做，竟然被安排到值班岗看门。其他敢死队的成员被安置在燕王府后身的相国寺里驻扎，他们依然要像战时一样加紧操练。刘江虽然在王府值班，却不必像侍卫那样排班站岗，除了燕王出入时须毕恭毕敬站立问安，其他时间，刘江可以在门房里喝茶闲坐。因他立有军功，侍卫们也不敢小瞧了他，刘江活得像闲云野鹤一般。他过不惯这样的轻闲日子，再这样养下去，都会憋出病来。刘江找到了自我解脱的好办法，他把这份差事当成了难得的磨炼自己意志的机会，他将大把的时间全都用到练武练剑上来。他给自己做了规划，白天读兵法，早晚练剑。在漠北战场上，燕王就多次督促他多读兵法，鼓励他有机会从将才蝶变成帅才。刘江苦读姜太公的《六韬》、孙武的《孙子兵法》、诸葛亮的《兵法二十四篇》，这三部经典兵法能背得滚瓜烂熟，他还将一些经历过的战例复盘，找到指挥官的经验教训。

早晚练剑的地方就选在门房与后山墙之间的一片空地上，这块地方有两丈见方，正对着一片假山，两棵大松树像一道门一样挡着，进进出出没人注意到这边。刘江每天要练四趟剑，每趟剑练下来，都要总结心得体会。他的剑术是刘家集的剑客张大叔亲手教的，张大叔从小练剑，又经过若干次的实战洗礼，剑术早已出神入化，在洋河两岸很有名气。张大叔的剑术是从宋太祖的棍术演化而来的，使起来有雷霆之势。一般人不愿使用他这套剑法，一旦后劲儿不足，宝剑的威猛之势将大打折扣，很可能弄巧成拙。

练剑的时候，刘江在剑柄上绑了布条，使剑时将布条缠在手腕上，宝剑如同长在手上一样，无论如何都不会脱手。刘江和敌方对决主要靠正面的捭阖之势、以雷霆万钧的力道取胜，关键时刻，天生的长臂也起到了决定性作用，往往因臂长而险胜。刘江一直想找到破解弯刀的妙招，他想到了扬长避短，剑的特点就是戳刺灵活，尤其马上使剑，一剑封喉，敌方防不胜防。有了优点就有缺点，乱军丛中，用剑砍击敌人时往往功亏一篑，这一点就不如弯刀灵活。刘江想到了应该加强腕力，运用以快制快的要领对付弯刀，快，永远都是杀敌的法宝。顺着这个思路，刘江便加紧训练出剑速度。终于创出一招"对弯刀剑法"，宝剑从下向后挽剑花，引弯刀来袭，起手便以守为攻，扎住下盘，待躲过弯刀一击，趁敌方抽刀之际，由上斩下，剑尖朝向敌方，至平膀后，不使敌方反击。再用力啄剑，即扬剑向天，再由上斩下。为了加大宝剑的力道，刘江习惯左指挽出花时立即分离，右剑平膀时压于右肘上，右足抬起，踢于敌方要害之处。经过长时间的摸索，这招"对弯刀剑法"日臻完善。

春天来了，大雁越过关山，朝北方飞来。

北方大地呈现一派勃勃生机，长城口外，溪流淙淙，千里草滩绿意正浓，星星点点的花儿点缀着大地，如画的草原上到处都是牛羊。北平燕王府的燕子也回来了，院子里，亭台廊下，都有叽叽喳喳的燕叫声。燕王喜欢燕子，闲的时候，常常背着手站在廊下凝神观看归巢的燕子。他看燕子的时间远远超过看人，这一点，刘江有着切身的体会，自从到了燕王府，燕王好像就没有正眼瞧过他，仿佛他是空气一般。

"刘大胆！"燕王忽然喊了一嗓子。刘江连忙从假山这边冒出头来，朝燕王跑去，燕王双手叉腰，喊道："刘大胆何在？"

"属下在！"刘江慌忙朝燕王叉手施礼。

燕王指着台阶上的一只燕子，刘江凝神细看，那只燕子叼了一根树枝，试了几次，怎么也飞不上屋檐。

"刘大胆可愿帮燕子一忙？"燕王问。

"属下愿意效命！"

"好！孤命你替燕子将小棍子放到燕窝里。"

"属下遵命！"刘江躬身道。

燕窝筑在房檐下面，房檐有一丈五尺高，刘江估摸着要想摸到燕窝，必须先助跑，蹬一脚廊柱，借力弹起来，一手抓到窗沿，借力后，可以鹞子翻身，吊在横梁上，然后伸手将小棍子放到燕窝里。刘江心里头默想了一遍，感觉有十足的把握。他转身朝燕子奔去，燕子惊恐，叼着小棍子想走，却怎么也飞不起来。刘江伸手去捉，燕子一头撞在柱子上。燕王惊叫一声，面有不虞。刘江靠近燕子，燕子朝刘江急促地哀鸣，刘江伸手去抓小棍子，燕子朝他手上猛啄，刘江闪得快，又去抓，燕子又啄。刘江猛扇了一巴掌，趁机一把捉住了小棍子。燕子狠狠地啄了他的手。刘江恼得抓住燕子，摔在地上。

燕子挣扎了几下死了。

燕王自始至终看着刘江，看到燕子被摔死，燕王突然发出一声惊诧。刘江转身助跑，蹬上了廊柱，借着反弹之力抓住了窗沿，一个鹞子翻身倒悬在横梁上，将小棍子放在窝边，整理好了以后，翻了下来。

燕王阴沉着脸，转身进屋，突然，屋里传出一阵脆响，好像摔了茶杯。刘江倒退着回到墙根儿，抽出宝剑，继续练功。太监出来，捧着金黄的缎子，将死去的燕子包上。太监朝刘江这边咬牙切齿，比画着各种狠毒的手势。刘江没理他，心内暗道侥幸，刚才实在是太险了，他算计了各种可能，却万万没有想到窗棂已经腐朽，差一点儿没抓住。一旦失手，摔伤事小，没有完成燕王的指令却是事大。他不怕责罚，只怕被燕王小瞧了。燕王的冷淡，让他心忧，别看表面上装得若无其事的样子，其实，他的心里早就开了锅一样翻腾，他想不明白错在哪儿，总之，一定是他错了。刘江盼着有一天燕王会重新审视他，对他点点头，甚至喊到身边，拍拍他的肩膀，打发他去相国寺，回到他的队伍中去。刘江相信，只要有耐心，这个时刻一定会来的，他一定会重新获得燕王信任的。

天气暖了，燕王打算活动活动筋骨，他宣布出长城到燕北狩猎。命令下来，燕王府上上下下开了锅一般，饮食、服装、军械、马匹、护驾，各种后勤准备，就像出征打仗一样忙碌。几天以后，有头有脸的卫士都随燕王走了，没有人招呼一声刘江，仿佛他是透明的空气。当天晚上，一个蒙面人从王府的墙上跳了进来，蒙面人万万没有想到，墙下面有个刘江刘大胆在练剑。蒙面人突然就暴露在刘江的剑下，两个人一声不吭地对打起来。蒙面人显然不是刘江的对手，打了十几个回合，这个人低声说："刘大胆，我是马三宝。"蒙面人退后一步，拉下了面罩，小声说："奉燕王之命给王妃送信。"

"果然是马三宝。"刘江不禁有些疑惑，马三宝可是燕王手下最得力的太监，黑夜里蒙面跳墙而回，他打的是什么主意？刘江问："阁下为何不走正门？"

"兄台有所不知，正门耳目众多。"

"阁下这是何意？"

"门前全都是朝廷的眼线。"马三宝悄声说，"谁知道哪个是锦衣卫？哪个是抠屎卖肥的？"

"哦？"刘江愣愣地看着马三宝，这话听起来挺别扭，眼线？锦衣卫？这和燕王有什么干系？难道朝廷在监控燕王？他还要再问，马三宝突然一剑刺来。刘江猛地后退几步，三宝朝他扬了一下手，暗器打中了刘江的额头。马三宝趁机使出"踏雪无痕"的轻功招式，几步蹿上了假山，转眼就没了踪影。刘江摸着额头，虽然隐隐生疼，额头处却没有流血。他蹲下来摸，摸到了暗器，原来是一块坚硬的牛肉干。卫士们闻声赶过来，齐声问道："谁呀？"

"是我，什么事都没有。"刘江说。

卫士们有些怀疑，他们沿着墙根儿又查了一遍。刘江忽然身子发冷，顿时就冷彻心扉。王府里居然会有朝廷的眼线？这让他不寒而栗，让他不敢乱想下去。直到天亮，刘江都没有合眼休息，他一直坐在门房里，两眼盯着二门，盼着马三宝出来。他一定要问问他，到底发生了什么事，为什么要偷偷摸摸地回来，并不是刘江有多么好奇，假如真的有事，他心里头得有个准备。无论是谁，只要对燕王不恭，那就是他刘江的敌人。他不能像瞎子一样乱闯乱来，他得在黑暗中认准了谁是敌人。

北平的春天很短，刚脱了棉袍，暑热就来了。

一个月以后，燕王带着人马回府，他的情绪有些低沉，下了马以后，燕王将缰绳扔到马背上，直接进去了。卫士们往府里面抬东西，刘江和他们打着招呼，又觉得自己成了多余的人，成了一个闲人。有人好奇地问他："刘大胆，燕王怎么会带那么多的箱子回来？"

"刘大胆，燕王的箱子里装的是什么？"

刘江突然意识到，也许问话的人就是眼线，甚至就是锦衣卫拿人的番子。他厌恶地瞪了他们一眼，独自闪开了。临近中午，有位太监走到台阶前，声声喊着刘江的名字。刘江答应了，太监来到跟前，低声说马三宝有话要和他说。

"哪个马三宝？"

"嘿嘿，王府里还会有第二个马三宝吗？"一旁的卫士朝他挤眉弄眼，满脸的下作表情。

"刘大胆你好大的胆子！"太监忽然又恼火地说，"你四处散播小三宝的坏话，小三宝要拿你到燕王面前评理。"

"我说他的坏话？"刘江满脸惊愕，这是哪儿跟哪儿？在这之前，他根本就没有注意到马三宝，怎么可能嚼他的老婆舌头？太监扯着刘江的袖子，拽进了二门。

在一间厢房里，刘江依稀认出了马三宝，朝他拱了拱手。马三宝好像有什么心事，只是胡乱作了个揖，依旧呆呆地看着窗外。外面传来一阵脚步声，进来了几个人，中间的竟然是燕王。刘江连忙叉手施礼。燕王摆摆手，身边的人全都退出去了。屋里只有燕王和刘江两个人。刘江不敢和燕王对视，他双手垂着，能感受到燕王的目光在他身上转来转去。屋里静得掉根针都能听得见，刘江甚至都能听到自己响亮的心跳声。

"刘大胆，你好大的胆子！"

"属下……"刘江顿时张口结舌。

"你居然是朝廷的眼线，你居然敢盯梢孤的一举一动！"

"属下岂敢……"刘江一时语塞，他怎么会是眼线呢？燕王应该了解他的。他只不过是一介武夫，除了打仗，什么都不会，天下人都能当眼线，唯独他刘江不是那块材料。

"刘大胆。"燕王换了一个口吻，"你肯为孤效命吗？"

"回禀燕王殿下，属下愿效死命！"

"效死命？"燕王愣怔了一下，"你愿为本王舍生？"

"属下愿意为燕王殿下舍生！"

"好，好，孤这就成全你，这就舍了命吧。"

"这……"刘江抬起头，看了一眼燕王，燕王的脸上没有一丝血色。他呆了一呆，突然想到了宿迁老家里的父亲，是呀，他来的那一天父亲的脸色就是这样的。刘江总感觉这样的脸色其实就是濒死的脸色。死，对所有人来说都是公平的，每个人迟早都是一个死，他刘江也不例外，冒名顶替的刘江活着是回不去老家的，活着回去的刘江和家里的刘江如何并存？死就死吧，死在燕王的手里也算不冤。燕王不喜欢自己，这也是命中注定的，他们君臣没有缘分。刘江猛地拔出了宝剑，奋力朝脖子上抹了下去。

燕王看着他，一动不动。

宝剑在他的脖子上狠狠地划了一道印，刘江脑子一晕，摇晃了几下，他看见燕王还是面无表情。

"燕王啊！"刘江忽然站直了，手握的居然是一把木剑，这是怎么回事？

"很好！很好！"燕王说，"孤没看错你，好钢终于要用在刀刃上了。"

燕王令刘江立即赶往相国寺，短时间内再训练出一支骁勇善战的敢死队。骨干人员就从王府的太监中挑选。刘江也不必花时间去教什么花招，只要教授几招实用的武艺就可以，关键是要练出舍生忘死的那种气势。燕王还嘱咐刘江千万不能泄露身份，白天还继续当侍卫，夜晚乘人不备，绕到相国寺去。

"刘大胆，你明白孤的意图吗？"

"属下不明。"

"哎，朝廷里的小崽子身边有了奸臣，孤不得不防。"燕王跺了下脚，"本王为朝廷戍边，这就功高震主了？"

刘江不敢插话，燕王分明与当今皇上有了嫌隙。他清楚，从即刻开始自己就是燕王的心腹了，为此，他心里头热烘烘的，感觉到了一种士为知己者死的担当。刘江跪了下来，给燕王重重地磕了三个头。

"属下鲁钝，愿以身家性命誓死效忠殿下。"

3

建文元年七月四日，燕王举办家宴庆祝病愈。北平城内的达官显贵几乎全都接到了帖子，前来赴宴祝贺的足有上百人，就连率部层层包围燕王府的指挥佥事谢贵也被邀请在列。谢贵和手下谋士商量后，决定将计就计，谢贵怀揣密旨，打算趁赴宴的机会带人抓捕燕王。燕王府也没闲着，宴会前夜，刘江率一百五十名精忠死士，从相国寺分头潜入王府埋伏下来，只等着燕王摔杯为号，这就扯旗造反。宴会开始后，谢贵还没来得及下令动手，刘江率众杀了谢贵和北平府的数名军政官员，控制了包围燕王府的士卒。

史上著名的靖难之役由此拉开序幕。

当天下午，随着几次极为艰苦的攻坚战，刘江等精忠死士四面出击，攻下了九门，切断了北平与外面的联系。留守北平的各路兵马眼见大势已去，全部归降燕王。燕王一下子就拥有了三万人马，有了这些本钱，燕王在北平城头竖起了"靖难"大旗。这三万人马大部分都曾随燕王征过漠北，对燕王有着很深的感情，他们相信小皇帝身边确实有了奸臣，同情燕王受到的无情迫害。他们发誓要跟燕王打到应天府，向朝廷撞天屈去。如果小皇帝依然昏庸，不理下情，那就真的反了他娘的。针对军中流传这样极端的舆论，军师姚广孝突然有了警觉，他担心此论调一旦盛行，必会引起各地军民猜忌。姚广孝将自己的疑虑说与燕王听，请燕王低调行事，以免成为众矢之的。燕王也认为事态严重，他立即发布檄文，宣称此次行动并非针对皇帝，更不是要推翻大明朝，只图清君侧，靖国难，铲除奸臣，别无他想。燕王希望全国军民都相信这次军事行动是迫不得已的，无论怎样，都是他们朱家内部的争议。檄文中，燕王引用了重要依据——太祖洪武皇帝对诸王制定的《皇明祖训》第十三条："如朝无正臣，内有奸恶，则亲王训兵待命，天子密诏诸王，统领镇兵讨平之。"

燕王说他有建文帝的密诏，他要南下清君侧，他的谎言根本就没有人在意，手里有没有密诏，那是他的事，嘴长在他脸上，他想怎么说就怎么说。

刘江带着敢死队，成为燕军的刀锋，他们指哪打哪，所向披靡。作为燕王最为倚重的精兵，只要燕王一声断喝，刘江便会奋不顾身地冲出杀敌。敢死队虽然只有区区五百人，却是燕军的定海神针。靖难之役初期，燕军势单力薄，屡战屡挫，每当战斗局面失控、士气动摇的时候，刘江的部队就像投枪一样，直扎南军的心脏，战场上的局面总是因此而改变。一年以后，燕军死伤惨烈，眼看着军中骨架要散，燕王忍痛将刘江的这支虎狼之师解散，把勇士们分散到各部队去当顶梁柱，燕军又恢复了士气，如同新生一般。

建文元年八月三十日，刘江与朱荣各率精兵三千，夜袭清风口。刘江再次使用了擅长的"闪电"战术，他将营中马匹全都集中起来，组建了一支骑兵大队。趁着夜黑，刘江率领骑兵上路了，他命令"衔枚卷甲，直扑敌营"。队伍摸到营前一百步，刘江挥动宝剑，几百匹战马蜂拥冲向寨门。这是一次巨大的冒险，敌人阵中如果有足够多的战车和拒马桩，刘江的突袭打法就能碰壁，很可能要惨败而归。恰恰南军没有足够的战车，刘江赌赢了，守寨门的士卒被骑兵冲得七零八落，死的死伤的伤，根本组织不起来有效的抵抗。寨门附近有少数战车迅捷围了起来，士卒们还没有来得及反攻，刘江头一个冲了上去，手中宝剑如砍瓜切菜一样，弓箭手被砍得人仰马翻，呼爹喊娘，刘江设计的"闪电"战术又一次大获成功。

清风口一战，刘江率部斩敌四千，缴获战马千余匹。

此战惊动了燕王，燕王大喜过望，清风口之战是靖难之役的一次重要转折，大战之前，燕军被压迫在狭小的区域内，几乎将被全歼。如此关键时刻，刘江杀开了一个豁口，一盘死棋陡然间就走活了。清风口之战的既定目标是让刘江和朱荣率部往前冲一冲，吸引南军主力，为燕军的集结整顿赢得时间。岂料，刘江的勇猛快速令战场形势扭转。天亮前，刘江带队继续猛冲猛打，南军有了溃退的迹象。燕王审时度势，连忙催动后续兵马紧紧跟上，刘江、朱荣两员骁将不顾疲劳，各自率部追了一天一夜，将南军二十万兵马冲得稀里哗啦。

清风口之战，发生在燕军极其困难之际，就像一道曙光，鼓舞了燕军士气。战后，燕王授刘江为都指挥使职。刘江一个毛头小伙子居然被破格提拔，一时成为军中佳话。燕军刚刚得到一丝喘息之机，北平再次送来告急的文书，城破在即，请派大军救援。燕王立即令刘江率部北上，以解北平之围。此时，北平城已被围了三个月，世子和军师姚广孝率部苦苦支撑，南军派兵烧了粮草大营以后，城内军民士气低落，已显油尽灯枯之象。刘江派勇士冲进城里，面见世子与姚军师，恳请城内军民再坚守一阵。刘江认为，此时率部冲进城里，北平城照样还得被围，那时，将再无援兵解围。刘江认为城内会师实乃下下策，他设想率部在城外围点打援，大量杀伤消耗敌人，待时机成熟，一举打败围城之敌。姚广孝虽然认同刘江的战略方针，却又左右为难，北平城粮草枯竭，人心惶惶，如何坚守？刘江早已有了答案，他写下"望梅止渴"四个字，让人射入城中。刘江期待姚军师鼓舞士气，想方设法坚守下去，他将继续按照自己的解围思路准备。世子读罢这四个字，愤怒至极，写信痛斥刘江私心为重，临阵怯战。世子诉宫内断炊，宫里人与百姓皆有饿殍倒闭，城内气数已尽，世子质问刘江到底安的是什么心。刘江见到书信后十分惊惧，才明白自己的战略方针有些想当然了，作为属下，怎么能忍心看到君主蒙难？刘江放弃了原定计划，下令三军士卒多背负粮草，他要亲自率队冲进北平城，与世子共患难。千钧一发之际，世子冷静下来，修正了自己的意见，派人出城送信，同意刘江在城外歼敌的计划。

刘江很清楚，必须尽快解围，否则，后果不堪设想。刘江紧紧咬住南军一部，将南军部队切割成几大块，围起其中一部，趁南军救援，刘江兵马在河道处埋伏，采用水淹、火攻等战术，重创援军。这种围点打援的办法屡屡杀伤南军。两个月后，南军损失了一半的围城兵马，眼看着时机成熟，刘江和世子约定，月圆之夜，举火为号，城内城外两下夹击，彻底击溃围城之敌。

北平城成功解围，虽然饿死很多百姓，刘江依然居功至伟。

解了北平之围之后，刘江率部追击溃逃之敌，屡战屡胜。白沟河一战，刘江第一次面对铁骑部队，吃了一回败仗。双方初接触，刘江的先头部队就被歼灭了。铁骑的作战威力让刘江大为震惊，以至于他毕生力主建立一支铁骑部队，后来，大明朝威震八方的辽东铁骑就是在刘江任上诞生的，辽东铁骑建制绵延几百年，一直都是大明朝第一精锐部队。

面对强敌，刘江想出了一条妙计，他让全队偃旗息鼓，假装兵败撤退。南军的铁骑部队随后跟随了二十里，竟以为刘江真的败退了，铁骑部队便放松了警惕。天黑以后，刘江率领轻骑兵反身北上，绕行五十里，趁夜色突然杀入永平城。永平城是南军铁骑部队的大本营，这一仗打得干净利落，永平城里的粮草辎重尽被缴获。南军铁骑闻永平城破，迅速反身回救，刚到城下，刘江一声令下，燕军的弓弩、火箭、轰天雷雨点般地扔向敌军。黑夜里，南军铁骑马匹受惊，四下乱跑，因身上盔甲笨重难以解脱，很多骑兵被抛下马后又活活被踩死。刘江趁敌惊慌，率部出城砍杀。经此一战，刘江部队的战斗力得到了极大的提升，盼望已久的骑兵部队终于建成。刘江设常备骑兵五百骑，每人分得三匹战马，为了提升机动能力，他没有给骑兵配备重甲，这支骑兵队伍的本质还是轻骑兵。虽然冲锋陷阵时没有铁骑的威力，却十分擅长游击。这支轻骑兵日行军可达二百里，在靖难之役的中后期屡立战功，刘江因功升为都指挥使。

攻打南京城前夕，刘江带兵路过宿迁刘家集。他没有进村面见父母，只是命心腹小校将弟弟带到兵营一见。兄弟见面，刘江拍着弟弟的后背，一拍再拍，哽咽无语。弟弟给他跪下，口称父亲大人。刘江仰着脸，眼泪顺着眼角滚落下来。

"家里人都好吗?"

"父亲大人从戎之后，长兄刘荣因病不治身亡。"弟弟哭着说。

刘江突然倒退两步，想坐到椅子上，却摔在了地上。亲兵连忙将他搀扶起来，刘江捂着脸大哭，好一阵子才止住。弟弟暗示他回家看看。刘江摇着头，跺脚长叹，大战在即，他不敢轻举妄动。这当然是托词。他心里头藏着阴影，很深很深，一闭眼，就看见了明晃晃的钢刀，就听见燕王断喝："大胆刘荣，欺君罔上，快拿命来！"

这是他的心病，这两年，官做大了，他突然就怕了，不再是籍籍无名的毛头小子。他是将军，从暗处站到了明处。想知道、能知道他底细的人太多了。一个不小心就会让他身败名裂，眼线、暗探、番子，身边哪个不在窥探他？这些年来，军中叫响了一个"刘大胆"，其实，他的胆子有多大只有他自己最清楚。他不怕死在战场上，死在疆场是最好的结局，死了，就一了百了，死了，冒名顶替的大罪就完结了。

刘江送别了弟弟，嘱咐他要照顾好家人，嘱咐他要练好武艺，时刻准备报效朝廷。弟弟跪下，重重地磕了头，兄弟俩都是热泪长流。刘江捋着胡须，他的手抖得像打摆子。弟弟抹着眼泪走了，刘江命人将枣红马牵出来，送给弟弟留念。弟弟不敢收，他清楚战场上一个好的脚力比什么都金贵。弟弟拿走了刘江的一件熊皮大氅，算是纪念。

刘江一直看着弟弟的身影消失在地平线上。

过了宿迁，刘江率大军继续南下。到了鄱阳湖，李景隆率四十万南军兵马一字排开，等着与燕军决一死战。双方一触即发的时候，庆城公主渡江而来，她一路哭泣直奔刘江大营，强逼他带路去见燕王。刘江不敢怠慢，亲自护送公主去了燕王大营。庆城公主与燕王抱头痛哭，刘江从来没见过燕王如此伤心。燕王向公主痛斥朝廷奸党作乱，残害各藩王孙。燕王流着泪说着自己的委屈，说着自己的戍边功劳。姐弟俩哭作一团。庆城公主表态，朝廷愿与燕王划江而治，这是避免朱家骨肉相残的最好办法。燕王没有回复她，只是命人上酒，他和公主喝了两杯酒，然后命刘江将公主护送回应天府。公主掩面而哭，斥燕王是"贼夷小人"，燕王仰面朝天，并不辩驳。刘江将庆城公主护送到船上，躬身告辞的时候，公主突然抓起了龙头拐棍，朝刘江的脑袋上狠狠地打了下去。

"都是汝等贼子挑唆的燕王反叛。"庆城公主又放声大哭，"朱家骨肉相残，奈何！奈何！"

刘江面红耳赤，鲜血顺着脸颊淌了下来，他并不觉得疼。庆城公主的斥骂让他震惊，离开大船，看着大船驶向长江对岸，这一刻，刘江忽然有些胆怯，"清君侧，靖国难"已经发生了质的变化。他想起了燕王反复说过的"只是自家里闹纠纷，只是来应天府撞天屈的，孤并不是造反"。

兵临京城，威逼皇上，不是造反是什么呢？

燕军主力都是北方人，极不适应南方的气候和水土，隔江对峙期间，人和马匹牲口都发生了严重的减员。北方士卒喜食粟米，无法忍受寒性的稻米，很多士卒吃坏了胃口，营里怨声不绝。连年征战，士卒早已精疲力竭，很多人四肢不全，成了废人。没有人希望再打下去，都盼着能马放南山，早日回乡团聚。刘江从燕王府里带出的一百五十名勇士，只剩下不到二十人。刘江亲耳听到了划江而治的方案，他认为这个方案是天底下最好的方案。老朱家的家事终于可以解决了，叔侄之间为什么一定要斗个你死我活呢？

燕王还想怎么样？

燕王当然有鸿鹄之志，此时，划江而治已经不能满足他的胃口。庆城公主离开大营回京，燕王就催动大军做好渡江作战的准备。由于士卒疲乏，加之南军的激烈抵抗，燕军连失两仗，突然军心不稳，相反，南军则是一副破釜沉舟的架势。由于燕军首次渡江作战失利，南军士气大振，竟然越江而来，偷袭燕军大营。燕军猝不及防，阵脚大乱，各营纷纷后撤。刘江在几员心腹大将的死保下，撤了三十里才拢住了队伍。经此一劫，燕军士气低落。燕军从北平起事历经三年的艰苦奋战，一直打到长江边，朝廷已现颓势，靖难之役按理说已经找到了宣泄口。大多数人都看明白了，"清君侧，靖国难"不成问题，燕王想杀谁出气，估计小皇帝也不敢阻挡。划江而治的主张符合所有人的利益，燕军士卒更愿意以这样的方式尽快结束战争。无情的内战，士卒像割韭菜一样，割了一茬又一茬。保家卫国，死而无憾，叔侄之争，士卒大量伤亡算是什么道理？刘江不由得心旌摇动，他不敢自作主张，就去找几位将帅交流想法。这些将帅跟他竟然不谋而合，几个人达成了共识，如若再打下去，很可能要吃更大的苦头。刘江建议大军撤到大别山一带避暑，一边休整一边观望当前的局势，几位将领相约一起向燕王纳谏，为了分担责任，他们订立了攻守同盟，他们赌燕王法不责众。

燕王当然要勃然大怒，眼看着大明江山唾手可得，眼看着金灿灿的皇位近在咫尺，几员大将却莫名其妙地要求撤退，这让他万分费解。他们怎么就不明白其中的妙处呢？燕王坐了江山，跟着他一路"靖难"的将士能吃亏吗？震怒之余，燕王让人暗中打探其中虚实，得知此中原委全都是刘江勾连引起的，燕王万分难过。

　　怎么会是刘大胆？

　　怎么会是小江子？

　　燕王让马三宝去找刘江，嘱咐他见了刘江的面，只需当众扇他两个耳光，问他的良心是不是让狗给吃了。马三宝不敢言语，领命来到刘江大营。他不许士卒禀报，只是站在营门处，运足了丹田气力，狂喊着："小江子出来！刘大胆出来！"

　　声音滚滚而去，犹如雷霆一般响亮。正在歇晌的刘江猛然惊醒，从竹榻上一骨碌爬了起来，光着脚跑了出来，捂着耳朵说："三宝弟，三宝兄，愚兄服了你的大嗓门儿！"他朝马三宝连连摇手，"三宝兄弟快快有请！"

　　马三宝鼻子里哼了几声，将袍袖一拂，迈腿就朝大营里走。刘江的亲兵跟了上来，给刘江递来了靴子。刘江把着亲兵的胳膊，穿上了靴子，又急忙追上了马三宝。今天，马三宝的神色看起来有些怪异，刘江暗暗纳闷，难道出了什么事？难道燕王改变了主意？刘江心里一紧，连忙端正了心态，紧随着马三宝进了大帐。马三宝转过身，朝中军瞪了一眼，刘江明白他有重要的话要说，连忙朝身后摆手，中军和亲兵呼啦啦全都出了大帐。刘江凑前一步，朝马三宝拱了拱手，马三宝靠前一步，突然揪住了刘江的领子，扬起手掌，连扇了三个耳光。刘江的魂儿都被打飞了，顿时，呆若木鸡。马三宝放松了手，刘江突然跳了起来，嚷嚷着："好你个小三宝，买卖不与道路为仇，你撒癔症了？"

　　"我没撒癔症。"

　　"那你为何上手就给老兄打得贴天飞？"

　　"兄弟奉燕王之命打的你！"

　　"燕王之命？"

　　"燕王问你，'刘大胆，你的良心被狗吃了吗？'"

　　"回禀燕王殿下，小江子的良心一直好好地在怀里揣着。"

"你没长脑子吗？"马三宝缓了语调，"圣人云：经目之事，犹恐未真；背后之言，岂能全信？燕王待你如子侄，你怎能背后掣肘燕王？"

刘江呆愣着，也不知道该如何应答。马三宝嘱咐刘江不要在"这件事"上乱了章法，他说"这件事"的时候，还努了努嘴。刘江突然就明白了自己为什么挨打，也明白了燕王的宏大韬略，顿觉心中栗六。燕王想一鼓作气打下应天府，这是天字第一号任务，任何干扰燕王决心的言行都是要惹大祸的。刘江已经惹下了大祸，恐怕三记耳光消弭不了燕王的怒火。刘江的热血突然冲起，他向马三宝比画了一个手势，他将手指头弯了弯，在马三宝面前晃了晃，马三宝惊得脸色煞白，急忙抱住了他的胳膊。

"神仙打仗，小鬼遭殃。"刘江嘟囔了一句。

"兄台难道不明白祸从口出的道理吗？"

马三宝本是带着燕王的旨意来教训刘江的，他让刘江改弦易辙，顺应潮流，岂料不但没能说服刘江，却使得刘江越发地嚣张。马三宝心底也认为刘江的想法有些道理，当前士气低落，大军应该休整一段时间，否则，一旦南军组织更大规模的反击，燕军很容易崩溃。这样的想法只是一念而已，万万不敢流露出来。马三宝无法多说，匆忙回到燕王大帐交差。燕王听了禀告，心内一阵焦急，再一次痛斥刘江丧心病狂，质问刘江"是否被猪油蒙了心"。燕王吼着，仿佛马三宝就是刘江。关键时刻手下爱将竟然如此消极，燕王失望透顶，打不打应天府是大是大非的问题，是关乎是寇是王的关键问题，他刘江怎么如此糊涂？

燕王越想越气，传令下去，各营将领立即前来大帐听令。

三通鼓过后，各将领不敢怠慢，个个快马加鞭赶来。燕王命人将刘江等人的谏言书当众读了一遍，让众将畅所欲言议一下大军的下一步行动方向。燕王强压着怒火，嘴角却向下扯着，他想尽量放松，却满脸的煞气。众将谁都不说话，都垂着眼皮，老僧入定似的，燕王说道："主张不惜代价立即攻下南京城的站在孤的左边，支持撤出去休整的站到孤的右边。"

众将你看看我，我看看你，谁都没敢乱动。先锋官朱能低着头，率先朝燕王的左边走去，朱能手下的两位年轻将领也跟了过去。燕王不动声色，继续看着其他将领，目光里却充满了期待。他的手指轻轻敲击着桌案，在众将听来，无疑是催战的鼓声。刘江犹豫了一阵，径直走到燕王的右边，他仰着脸看着帐顶。帐内出现一阵低微的议论声。燕王突然抓起惊堂木，狠狠地拍了一下，如同拍在了众将的心头。

"还有谁附逆小江子？"燕王的话如晴天霹雳，还在犹豫的将官潮水一样跑向了左边。营帐里，只有刘江孤零零地站在右边。

"刘大胆，孤问你，你的胆子哪去了？被李景隆那厮吓破了吗？"

"启禀燕王殿下，末将胆子还在，末将从不怕死！"刘江与燕王的目光相对，猛地，心中一凛，燕王鹰眼如炬。

"大胆刘江，你敢阵前鼓噪，教唆大军退却，灭丧燕军士气！中军，速速将刘江叉出去斩了。"

刘江被侍卫摁倒在地，打散了头发，捆绑起来。刘江想抗辩，脑子里却空空如也，这就要砍头了吗？这就要死了吗？好哇，这一时刻终于来了，刀枪火海他不死，却偏偏死在燕王手中。冒名顶替，欺君罔上，该来的都来了，报应啊！简直就是现世报！刘江的眼前现出了老父亲的身影，老人家拄着棍子朝这边疾走，喘得上气不接下气，他拼命扬手，急喊着："燕王殿下，刀下留人哪！"

"哦？"燕王仿佛听到了什么，他的眉头突然挑了一下，紧皱着的眉心散开了，脸上重新露出了平和的神色。燕王笑了笑，这一笑，所有人都看得出来，他的态度软化了。这就杀了小江子？不能！怎么舍得杀了他？燕王甚至想到了登基坐殿之时刘江就是他的秦叔宝，就是他的尉迟恭，就是他的擎天柱。不能杀！杀不得！燕王朝朱能使着眼色，暗示朱能上前求情。如果说刘江是燕王的斑斓猛虎，朱能就是他的出水蛟龙。朱能啊朱能，你可不能见死不救，小江子是你的生死弟兄，你等都是孤的得力爱将，你得出来替小江子求情；朱能啊朱能，你看着孤的眼睛，你不要看着自己的鼻头；朱能啊朱能，刘江在战场上可是冒死救过你的，你得讲良心。

"燕王殿下，刀下留人！"马三宝站了出来。

"马三宝，你不要替刘大胆求情，孤绝不会轻易饶了他的。"

"是，燕王殿下。"马三宝退了回去。

"马……"燕王突然就急了，这个马三宝，太没主见了吧？刘江可是你的兄弟，怎么本王一句话就把你吓回去了？马三宝，你怕什么呢？你继续求情啊，本王还能杀了你吗？燕王的目光紧紧盯着马三宝，马三宝垂着眼皮，再也没敢和他对视一眼。

"马三宝，小江子可气不？"燕王忍不住问道。

"启禀燕王殿下，小江子可气！"马三宝说。

"可恨不？"

"可恨！"

"可恼不？"

"可恼！"

"那，你说，本王杀他对不对？"燕王都要急哭了，这个马三宝，偏偏要顺着他说，就不能驳一下吗？

"燕王殿下杀他没有错。"

燕王狠狠地拍了一下桌子，忽然笑了，他指着刘江说："小江子呀小江子，你看看你的好人缘。满营众将哪有一个替你求情的？"燕王说，"此去黄泉路，谅你也不敢诉委屈。"燕王说到这个份儿上，谁能听不明白弦外之音？朱能连忙叉手施礼，向燕王表示愿以身家性命力保刘江。马三宝也愿以身家性命担保。燕王松了口气，嘴里头却恨恨地说："刘江，刘江，本王真想薅了你的鬓毛，打杀了你这个贼蠢材。"

4

南部与东南亚形成南亚文化圈，西部通过西南丝绸之路又与中亚文化相连。洪武帝指着自己硕大的肚子对臣工们说："云南就是大明朝的肚脐眼儿。"

这是一场欧亚大陆两种文明的总决斗，为了保住中国的统一性，洪武帝倾全国之力对云南的梁王匝剌瓦尔密进行了灭绝式的打击。傅有德、蓝玉率领三十万大军分两路进入云南，刚一接仗，明军就在白石江打垮了十万军队，不日占领了昆明。面对着潮水般涌入境内的明军，吓破了胆子的梁王匝剌瓦尔密，带领全家投水自尽。

云南一直是根据地，大量的色目人聚居在此。打到最后，蒙古人跑了，色目人却成了抗击明军的主力。色目人作战顽强，对明军俘虏异常残暴，他们挖眼砍手摘睾丸，以虐俘取乐。明军又惊又惧，与色目人的战斗总是提心吊胆战战兢兢，由于大势已去，残军的抵抗逐渐衰落。明军全面占领了云南。政权崩溃以后，难民四散而逃。商人马哈只带着全家老小跟随残兵队伍往西而逃，他们试图逃到缅甸，找到出海口后乘船回到中东。残兵队伍时时被明军截住，截住后，双方就是一番鏖战。由于受到惊吓，马哈只病死于逃亡途中，几个儿子和侄子带着家眷继续跟着残兵乱跑。

最终，这股势力被明军剿灭。

马哈只十二岁的小儿子马和被俘，被俘前，他被残军将领残忍地阉割了，残军将领想用一批被阉割的"火者"去贿赂紧追不舍的明军将领，换取一条生路。马和被俘后，明军中有人见他长得秀气，又会说汉话，就没有难为他，还准许他随部队一道行军。有一天，大将军傅有德在营中发现了这个小家伙。当时，马和趴在马背上，瞪着一双滴溜溜的灰色大眼睛左看右看。这双大眼睛触动了傅有德的心，这个瘦小的孩子让他疼怜，让他一见就难以割舍。傅有德因罪获狱，马和被作为贡品献给了洪武皇帝。洪武帝见到马和，也是顿生疼怜之情，老皇上不顾威仪，下殿拍着马和的肩膀，摸着他的脸蛋儿，问是在哪儿出生的，问还记不记得西域方言。马和一点儿都不害怕皇上，他把洪武帝当成了仁慈的老爷爷，他口齿清晰，洪武爷问什么他就答什么。马和口音很杂，南腔北调糅在一起，说一句洪武帝就笑一声，说到后来，洪武帝都快笑喷了。宫女和太监强忍着笑，连禀事的臣工都不忍打扰这对爷孙。马皇后闻得皇爷在和一个"火者"说笑，当即好奇赶来。谁不知洪武帝脾气暴躁，整日殿上殿下咆哮，谁听得他笑过一声？马皇后听了一会儿两人的对话，忍不住转过来，一把将马和揽在怀里，使劲地亲了几口马和的脸蛋儿，连呼"心肝宝贝"。

"皇后母仪天下，动了怜悯之情了。"洪武帝笑着说。

"深宫大院，礼仪众多，却也让人烦闷得很。"马皇后端了庄严神色，"只是这小孩也姓马，怎么说也是半个娘家人，太招人怜了。"

"是呀，太招人怜了。"

洪武帝恋恋不舍地回到宝座上，一边听着臣工报告一边朝马和看去，忍不住还要笑几声。马皇后深信这个小"火者"是上天赐予皇上的神奇礼物，就带马和回到慈宁宫，赏了果子吃，赏赐了一只泉州老回回进贡的琉璃猴子，还有几件洋玩意儿。小马和又吃又喝又玩，忙得不亦乐乎。马皇后心里头暗暗替他难受，要是一个完整的人该多好哇。

　　不久，洪武帝发现小马和比汉家的孩子还要机灵一些，通过察言观色，小马和能猜出皇上的心思，往往八九不离十，这个本事，连马皇后都自愧不如。除了会察言观色，小马和还懂得从心底疼爱皇上。洪武帝自进宫以后，不再上马行军，人也上了年岁，渐渐地气血不足，拉屎成了一道难题。御医开了药方，每天按时煎药服用，一段时间后，拉屎倒是畅快了，那方面又出了问题。老皇帝戎马一生，打下了花花江山，现如今面对宫内三千粉黛居然上马提不起枪来，这让他无法接受。老皇帝自作主张，停了那药，虽然又恢复了雄风，那便秘的毛病就更重了。西域商人贡来一柄小勺，圆润轻巧，马皇后见了，突然就想到了用处。她让小太监拿去给老皇帝抠屎用。小太监做事毛手毛脚，当老皇帝被抠得一惊一乍鲜血直流的时候，小太监居然吓死了。赶上马和侍奉，老皇帝心情放松，连放了几个屁，马和赶紧带人抬着木马子而来，伺候着老皇帝坐在了上面。马和蹲在下面，用小勺一点点地抠屎。他的手指柔软，轻重缓急拿捏得当，谁也没教他，他居然耐心有道，一点点把硬如铁的屎头给扣了下来。老皇帝畅快淋漓地拉了一回屎，突然间热泪长流。

　　老皇帝想起了小时候，想起了皖南的田野，想起了在田野里自由自在的日子，越想越觉得时光匆匆，人生苦短。洪武帝摸着马和的头，看着他深邃的眼睛，这一刻，他就像一个慈祥的老爷爷。老皇帝心中畅快，随意给马和起了个大号——马三宝，这小孩便成了他的要紧宝贝。自此，洪武帝不忍心让马和做粗使杂役，就让他跟在身边做个端茶倒水的小应答。

　　马皇后薨殁，各地藩王应召赶到应天府奔丧。远在北平的燕王日夜奔驰，赶到应天府的时候，双腿麻木不由自主。太监直接将燕王引到了殿前，燕王滚鞍下马，摔得鼻青脸肿，他一路号哭着爬向灵棺。守孝期间，为了入宫方便，燕王只带着太监吴者伺候。吴者从小侍奉马皇后，和马皇后感情很深，马皇后的薨殁，让他如丧考妣。头七大祭之日，吴者跟在燕王的身后，捂着嘴不停地哭，居然忘记了自己的身份。燕王回头瞪了他一眼，吴者慌忙捂住了嘴，再过一会儿，又是一阵撕心裂肺般的哭嚷。殿前守灵的众位皇亲对视了一眼，对这主仆二人嗤鼻一笑。在他们看来，燕王也太不像那么回事了，哭声像驴叫，却没看他掉下一滴泪来。身后的太监更是闹人，哭得像夜猫子叫，大殿里那么多的太监，谁敢像他那样放肆地号丧？

吴者失了方寸，越哭越晕，竟然一头栽在了灵棺前。总管太监指挥着众人将吴者抬起来，直接丢到殿旁的树荫下面。吴者又哭着爬回殿来，他跌得满脸是血，发疯样地磕头。总管太监让人拽他起来，拖到暗处，扇他的耳光，让他清醒清醒。洪武帝从后门出来，观看了很久，见打得不善了，连忙喊住了太监。

"这个奴才有情有义，别打坏了他。"洪武帝的一句话，吴者因此转了时运。得到了皇帝的表扬，他快活得都要晕过去了。朱允炆上前搀扶着洪武帝，嘴巴贴在洪武帝的耳边说："皇爷爷，将那奴才赐给孙儿吧，孙儿就喜欢忠义的人。"

"哦。"洪武帝点了点头，答应了朱允炆，他并不知道这个太监是燕王府里的。

吴者心里乐开了花儿，这真是喜从天降。从燕王府一跃跳到太孙府，犹如鲤鱼跃了龙门，成千上万的太监，也只有他有这等福气。吴者跪爬过去，鸡啄米似的给皇帝磕头，又跪爬到朱允炆脚下磕头。他高兴得一时糊涂，竟忘记了给旧主子燕王磕头，等想起来的时候，偷眼望了燕王，却没想到燕王正在注视着他。燕王的目光像鹰喙一样尖锐，吴者慌忙垂下眼皮，不敢对视。自此，吴者弃燕王而追随太孙朱允炆，算是熬出了头。吴者生在江南，从小就被卖给人家，几经转手，终被阉割，成了大户人家的"火者"。起义军攻下凤阳城，吴者被大军裹挟而走，有人发现了他的"火者"身份，将他送给了马皇后。燕王崛起，率部镇守边关，马皇后念其劳苦功高，便将善解人意的吴者送给了燕王，跟着燕王长住北平。北平不比江南滋润，吴者水土不服，又听不懂边关的胡话，整天形单影只。背着人的时候，不知哭了多少回。即便夜里做梦，也是常常回到了南国。

守灵的日子里，燕王身边没有精细的人伺候，眼看着日渐消瘦，神情越来越委顿。刚开始，吴者还去端水倒茶，眼见燕王面无表情，吴者感到了一股煞气。两天后，吴者就不过去了，他尽心尽意地伺候着太孙朱允炆，想方设法地讨太孙朱允炆的好。朱允炆也不是傻瓜，其实，他更是一个敏感的人，几次见燕王对吴者面有怒色，朱允炆便找了个时机，亲自给燕王捧茶，口称四叔恕罪。

燕王坦然接受，还侧目打量了他几眼。一旁的吴者看得心惊肉跳，仿佛被狠狠地抽了几鞭子。

洪武帝对燕王一直有些歉意，他心中能没有数吗？棣儿是最有本事的一个儿子，几乎凭一己之力对抗。因为有了棣儿的辛苦戍边，他才高枕无忧，大明江山才稳如磐石。看到燕王日渐萎靡，洪武帝心中不舍，不断派人赐粥赐食，不断地召见四儿加以慰问，嘱咐他要守节有度，万万不可以过度悲伤坏了身子。虽然如此，皇上关心的话语中依然还要夹着"不可越了雷池"这样的警示，显然不是口误。燕王心里忐忑，面上却坦然以对。洪武帝给他的四儿只有一个任务——给朱家当一条称职的看门狗。大明朝的最大隐患还是政权，小朝廷虽然被赶回了漠北，骨架却还依然存在。每当秋高气爽马壮膘肥的时候，大军便要冲下来劫掠。北高南低，汉人在下，元军在上，每次冲来，北地汉人受损严重，俨然成了待宰的羔羊。

洪武帝对付有两个法宝，一个是万里长城，另一个就是他的四儿燕王。有万里长城在，南下就不能一泻千里，有四儿燕王在，杀进来的元军最终一定会被逐回大漠。洪武帝对四儿拿捏得恰到好处，该给的给，不该给的坚决不给。燕王虽然满腹委屈，却只能独自承受，他什么都不能说，说了等于埋下祸根。燕王表面平静，内心却气不过父皇偏心眼儿，父皇只想扶持太孙，却忽略了他的亲儿子。燕王的三位兄长都已经去世，他自然而然地成了皇长子，父皇怎么就不想着他的四儿呢？儿子还不如孙子亲吗？他不是大明朝的一条狗，他是大明朝的擎天柱，父皇怎么就忍心让儿子当狗呢？马皇后这么一走，燕王心里就更加凉透了，马皇后生前知他、疼他，也会用他，他带兵在边关打仗，千头万绪，心里头却十分安生，只因为京城里有德高望重明白事理的马皇后坐镇。否则，朝里还不知把他编派成什么样子了，真是怪了，就因为他强势，就因为他能带兵打仗，就成了众人的靶子，成了众人眼里的怪物。马皇后英明，她知道棣儿都做了些什么，知道棣儿心里的苦楚。马皇后走了，她这一撒手，燕王在朝中唯一的靠山轰然崩塌，以后，可怎么办哪？燕王耳畔总是在响着："天不佑燕！"

国丧期间，洪武帝和燕王有过几次深谈，每一次都是绕来绕去就绕到边关御敌这一话题。每一次说起这个话题，洪武帝的脸上都会露出讨好的笑容，笑得就像被霜打了的茄子一样难看。燕王虽然厌恶这样的笑容，却不敢露出半点儿的烦躁。他是皇上的看门狗，他是大明朝的看门狗，他不是皇上的宝贝四儿子，不是就是不是。如果不明白这一点，他就会死无葬身之地。每当说到行军打仗，燕王总是将自己的谋划和盘托出，他多次进谏父皇，朝廷若想彻底解决威胁，只有主动北伐这一条路可行。绝不可学赵宋那样委曲求全取缓靖政策，那是自掘坟墓的政策。长城以南无险可守，大军随时可以南下，要么饱掠后撤兵，要么一鼓作气要了中原政权的命。只有奋不顾身，举全国之力深入草原，到更北的北面去，从上往下打击，将他的人口打光，将他的财产打光，才能彻底扭转被动局面。燕王极其推崇汉武大帝对付匈奴的军事策略，对待草原上的强敌，只能以攻代守，将恶狼打残了，才会赢得真正的和平。洪武帝对燕王的大局观极为满意，也被他锐意进取的军事韬略所吸引，虽然四儿的战略思想还有些偏颇，较少考虑朝廷的重负，也较少考虑过度用兵对朱家的统治不利。然而，洪武帝清醒地认识到，大明朝最大的威胁还是北方势力的卷土重来，所有的不利因素都是次要的，都是一定要克服的。洪武帝郑重纳谏，信任并支持四儿"只有尽可能多地消灭军队，大量杀伤他们的人口，北方的威胁才能解除"的战略方针。

"父皇愿做棣儿的后盾。"洪武帝伸出两根手指，"给父皇两年时间，让百姓休养生息，待父皇整军备武国库充盈的时候，棣儿你就替父皇放心地扫北去吧。"

"儿谨遵父皇之命。"

洪武帝高兴之余，想给燕王一个可心的奖赏，想来想去，决定把马三宝赐给燕王。此话刚一出口，他就后悔不迭，心里万分舍不得。转而，洪武帝又想开了，他必须舍得，他必须对燕王公平一些，除了皇位不能给他，其他的，什么都可以给这个劳苦功高的儿子。他能不知道这个儿子想要什么吗？他不能给，他得把江山留给孙子而不是这个四儿子。太孙朱允炆是个善良的人，像死去的太子一样善良，想来也是好事。自大明开国以来，他朱重八杀了太多太多的人，有该杀的人，也有不该杀的人。大明再也不要杀人了。洪武以后，需要一个善良的君主去笼络人心，要休养生息，要让百姓喘口气，要祥瑞，要四海欢腾万国来朝。四儿燕王不是个善茬子，性格太也狠辣，这一点随根儿。这是优点，

126

却也是缺点。大明朝不缺心狠手辣的主子，有一个朱重八就足够了，还能有两个吗？作为皇帝他这么想没错，他站在庙堂之上目视天下，他在为天下苍生选一个明君，他必须冷静，要不偏不倚。作为父亲，他对棣儿还是有些歉疚。马皇后生前跟他提过燕王，只提过一次。

"燕王是大明朝的脊梁，燕王在，大明朝则安。"马皇后只说了上半句话，下半句没说，至死再没有说。后宫不可干政，这是写在铁券上的律法，马皇后带头坏了规矩，虽然只是半句话，却也是说得太多了。因为这半句话，几年里，燕王受了莫大的委屈，那是父皇给他的委屈，也是在警告马皇后的干政之举。

燕王不敢收下马三宝，虽然父皇言辞真诚，他依然坚辞不受。燕王听说过父皇身边有个小太监，玲珑八怪，是父皇一时都离不开的宝贝疙瘩，他可不敢夺了父皇所爱。洪武帝叹着气说："儿啊，马三宝不过是个阉货，父皇得让吾儿万里迢迢有个念想。"

"父皇……"

话说到这个份儿上了，父皇动了真情，燕王也动了真情，他不得不收下马三宝。命运就这样起了波澜，百日守孝过后，燕王要回去了，马三宝告别了舒适的皇宫，告别了慈祥的皇帝爷爷，告别了温暖湿润的江南，跟随燕王一路北上，这和充军有什么区别？宫里的太监都替他惋惜，替他难过。燕王带着马三宝离开皇宫的时候，吴者没敢露面，他躲在廊柱后捂着嘴笑。望着他们的背影，吴者慨叹自己的运气实在是好，运气来了，那是泰山都挡不住的。什么人有什么命，他吴者的好运气都是马三宝转给他的，他的霉运气全都转给了马三宝。他能不笑吗？从此，吴者全心全意追随朱允炆，尽心尽力地服侍他，他也深得朱允炆的信赖和喜欢。朱允炆当了皇帝以后，吴者就成了宫内大总管，由此一步登天。在庆幸自己的好运气的时候，吴者总是对远在北平吃苦遭罪的马三宝扼腕叹息。

5

明惠帝朱允炆登基以后，起意削藩，一时朝野上下风生水起，朱家外藩个个噤若寒蝉。燕王的同母兄弟周王被废为庶人以后，湘王不堪受辱，举家自焚，局势进一步恶化。所有迹象表明，削藩的目标将直指势力最大的燕王。燕王束手无策，以武力对抗？无疑是痴人说梦，老朱家骨肉相残，胜算几成？想来想去，他想到了靠装疯卖傻的把戏骗过明惠帝，想靠示弱来打消朝廷对他的猜忌。燕王随即日夜出入王府，披头散发，在市井人多处故意口出狂言，吸引着朝廷的眼线番子，让朝廷知道他疯了，对付一个疯子，似乎大可以网开一面。然而，他的退缩之举已经晚了，朝廷坚信燕王疯癫是权宜之计，越是装疯，朝廷越是加紧施加压力。明惠帝朱允炆还下了一道密旨，命北平的王师团团围困燕王府，伺机擒拿燕王，递解到京城受审。退无可退的燕王在军师姚广孝的赞助策划下，终于竖起了"清君侧，靖国难"的反抗大旗。轰轰烈烈的靖难之役开始了，燕王励精图治，以小博大，九死一生，从北平一直打进了应天府地界。闻听燕军成功渡江，眼见大势已去，明惠帝想起绝望中的湘王，不禁哀叹报应来了。他命人锁上宫门举火焚烧皇宫。太监总管吴者此时幡然悔悟，他想逃生，却已经跑不出去了。吴者葬身火海一命呜呼，谁也不知道他临死的时候想的是什么，是不是想到了那个倒霉的马三宝？

马三宝一路风尘，被燕王带到了北平的王府。所谓的王府，不比江南的大户人家体面多少。进了王府，总管嘱咐马三宝要守规矩不要四下乱跑。燕王府里再没人和他搭句话，权当他是一个影子，一个不存在的影子。燕王府里的每个人都谨小慎微，生怕触动了什么，不像皇宫里那么热闹。皇宫里，老皇帝喜欢听一些稀奇古怪的故事，太监们每天都要挖空心思找一段让老皇帝开心的故事，真真假假，没有人追究。燕王府却不是这样的，府里从上到下严禁说假话，也不许说废话。有话就说，没话就闭嘴挺着。一旦假话被揭穿，妥妥的先挨上20军棍。马三宝没有了老皇帝的疼爱，在阴冷的燕王府里，就像小草一样瑟瑟发抖。他整天无事可做，也不敢远走，就闷在屋子里发呆。燕王不发话，也没有人敢随意支使他。燕王脑子里全都是军国大事，根本就没有闲心和马三宝说句话，偶尔盯着马三宝看，眼球却一动不动。说看见了也算是看见了，说没看见，也是目中无人。直到有一天，燕王府抬进来一位鹤发童颜的老者，马三宝才时来运转，从孤独的环境中转了出来。老者身穿青蓝色的道袍，戴月冠，手里捧着拂尘，一看就是一位念经驱邪的老道。老道来之前，府里都在传说小太监马三宝中了邪，整天哀号哭闹让人烦躁，经常有人拎着棍棒闯进马三宝的屋里，断喝一声："呔，你好点儿没有?!"

这话总让马三宝丈二和尚摸不着头脑。他却不知，"燕王府里闹邪"已经传得满城风雨。燕王命人四下延请高人驱邪。有人推荐了这位老道进府驱邪，这位老道就是后来大名鼎鼎的布衣宰相姚广孝。进了王府，他被直接抬到了马三宝的房里。姚大师挥了一下拂尘，随从全都出去了，姚大师一言不发，双目炯炯地看着马三宝。马三宝吓了一跳，慌忙爬了起来，疑惑地看着对方。

"我不认识你!"

"贫道也不认识你。"姚广孝笑着说，"贫道是来给你驱邪的。"

"我没有中邪。"

"你每天都在号叫，不是中邪是什么呢?"

"我没有号叫，我老老实实地在屋里闷着，我连个屁都不敢乱放。"

燕王推门进来了，反手关上了屋门。燕王朝姚广孝拱手施礼，姚广孝也朝他还礼，两人都没出声。燕王走到马三宝面前，低声命令他就在屋里伺候着，不准听话，更不准乱出一声。马三宝慌忙点头，紧闭着嘴，连大气都不敢出一声。燕王和姚广孝一个坐在床上，一个坐在凳子上，像两个老熟人一样促膝而谈。马三宝担心自己能听见他们说话，担心自己无意中违背了燕王的旨意。他从袖口上撕下了两片布，捏成团塞进耳朵里。其间，他出去提了水罐进来斟茶。燕王说得口焦，一口喝了一盏热茶，烫得直吸溜嘴。两个人从日中说到日落，马三宝又提了水罐进来，燕王依然一口喝了一盏热茶，依然烫得直吸溜嘴。燕王表情焦虑，眼中喷火，在马三宝看来，似乎有着一个巨大的怪兽在北平上空，随时要吞噬了燕王。

"……"燕王突然朝马三宝问话。

"啊?"马三宝只看燕王的嘴唇在动，而且朝他在动，却听不见他在说什么。燕王伸手揪住了他的耳朵，从耳朵里抠出了布条，燕王和姚广孝都笑了。姚广孝说："燕王陛下，这小孩是个有心人，看着是一个陪君伴驾的富贵之辈。"

"马三宝，孤问你，感觉怎么样?"燕王问。

"回爷的话，奴才感觉挺好的。"马三宝大声回答。

"你的身子还疼痒吗?"说着，燕王朝他眨了眨眼睛。

"回爷的话，奴才好了，身上不疼痒了。"

"真的好了吗?"

"真的好了。"

"好老道,真有手段。啊,你就在府里住下吧,替孤驱邪避祟。"

"好吧,老道就依了殿下。"姚广孝说。

马三宝虽然不知其中详情,却能做到守口如瓶,无论是谁,也别想从他嘴里抠出一个字儿来。自此,燕王命他专门伺候姚大师的起居。此时,姚广孝已经是燕王的心腹谋士,为掩人耳目,燕王命马三宝把姚广孝安置在大牌楼道观住下,每晚,由马三宝负责接进王府,就在马三宝的屋内与燕王密谈。大牌楼道观和燕王府只有一街之隔,站在燕王府的箭楼上可以清楚地观察到观里的一举一动。一旦有对姚先生不利的情形发生,马三宝有权指挥王府侍卫迅速干预。姚大师进府与燕王谈话时,所有闲杂人等都得回避,屋内只留马三宝一个人伺候,连撒尿也都在屋内解决。屋外十丈之内只留一个侍卫值守,这个侍卫就是刘江。

燕王和姚广孝每天都在谈,谈什么,连徐王妃都不清楚。魏国公曾经问过女儿徐王妃,"燕王和一个老道整天都在谈些什么?"魏国公的本意是让女儿暗示燕王,他的古怪行为已经被外界所疑,一旦卷入朝廷是非,后果将很严重。魏国公老谋深算,历经大风大浪,他不想卷入任何变故之中。他为燕王捏了一把汗,也为徐家的未来捏了一把汗。胡惟庸一案杀了成千上万的开国功臣,虽然徐家暂得以保全没有受到牵连,他心里却很清楚,危机并没有解除。随随便便什么东西都会压垮徐家,让徐家陷入万劫不复之地。魏国公早已算计好了,他要对赌,让徐家左右逢源。魏国公将女儿嫁给燕王,他一直看好燕王,私下里,有高人算过,燕王乃九五之尊。魏国公又惊又喜,却又提心吊胆,洪武帝跟几个老臣已经明确说过,他百年之后,大位留给太孙朱允炆。魏国公便让两个儿子全都留在应天府,积极攀附太孙朱允炆。两边势力各押一注。他率部守在长城一线,和燕王并肩戍边。徐、燕势力交织,声震朝野,他又十分害怕这种舆论蔓延,他千里传书让两个儿子先后弹劾燕王专权。徐家两个儿子言听计从,疾言厉色毫不留情地弹劾他们的姐夫燕王。经查,他们的谏言大都捕风捉影,甚至无中生有污蔑燕王,徐家两位公子被洪武帝当朝呵斥。徐家公子遭此打击,整天忐忑不安,心中栗六。魏国公闻讯后抚须大笑,令家人捎口信让两个儿子宽心，以后依然按照这个套路弹劾燕王。魏国公担保皇上不会真心怪罪他们。

徐王妃将父亲的警示学给燕王听，燕王当即就吓出了一身冷汗。他谎说自己和姚广孝在密室里学炼丹术，以求长生不老，因炼丹术过于淫邪，故惹此风波。燕王的谎话暂时骗过了徐王妃，心里却忐忑不安，他感觉到了有一双眼睛在盯着他的一举一动。

从此，燕王更加小心，姚广孝来的时候，他一定要刘江先在周遭查看清楚，确认没有可疑之人他才进室相会。姚广孝和燕王之间有个默契，他们绝不谈论如何夺取政权，他们总是研判如何躲避奸臣的迫害。随着明惠帝对燕王的逼迫越来越紧，燕王也暗中做了应变的准备，他命马三宝负责在宫里养鸡，养得越多越好。马三宝也不敢多问缘由，当真买了许多鸡雏，东一堆，西一撮，搞得宫里到处是鸡舍。鸡生蛋，蛋生鸡，没多久，宫里变成了养鸡场，连下脚的地方都没了。隔着王府一条街，都能听到王府里头的鸡叫噪声。徐王妃忍无可忍，让人将马三宝喊到跟前，让宫女掐他，掐得他嗷嗷直叫。即便如此惩罚，马三宝依然我行我素，加紧养鸡。有一天，他发现一处地穴，地穴里有一群铁匠在打造刀枪。轰鸣的鸡叫声遮住了叮叮当当的打铁声，马三宝恍然大悟，这是多么高明的计谋哇。

光一个姚广孝帮燕王策划大事显然不够，燕王又延揽了很多奇人异士。听说西郊有个能人会相术，可以未卜先知，燕王就带着刘江前去拜会。为了试试这位能人道行有多深，燕王也穿着普通百姓的服装，夹在侍卫的中间。根据事先约定，一行人来到仙客来酒楼，一边喝酒一边等待能人，想试试能人的相人术的道行。能人进了酒楼，酒楼里的人都大声问好。每个人都争着喊一声"老神仙"。这位老神仙捻须微笑，环顾四周后，从几百位食客中，独独走到燕王面前，朝燕王深施一礼，诚恳地说："殿下，人多眼杂之地，恕小可不能施大礼参拜。"

燕王使了个眼色，刘江轻哼了一声，故意显出恼火的样子来。马三宝见机行事，连忙朝刘江施礼，假装低声请示。众人都恭恭敬敬地看着刘江，显然是在诱导这位老神仙的注意力。老神仙打量了刘江几眼，又一次向燕王施礼。

"殿下，恕小人直言，市井之地，鱼龙混杂，还是请殿下离开为妙。"

"先生如何就认准了我?"燕王惊愕地问道。

"殿下日角插天,这乃天子相也,年四十,须飘腹,即登大宝矣!"老神仙贴着燕王的耳边轻声说。

"你?"燕王心里一惊,猛地朝桌子上拍了一掌,茶楼里的人都转过头来看他。燕王狠狠地瞪着老神仙,气哼哼地说,"兀那贼叟,胡言乱语,小心将你送进衙门里挨几十军棍。"燕王朝马三宝使了个眼色,带着侍卫离开了。马三宝递给老神仙一个腰牌,老神仙微微一笑,收起了腰牌。这位老神仙就是异人袁珙袁道长,在靖难之役中立下了不世的大功劳。

江南的春天悄然而来。

洪武帝坐在棉椅上,打了一个盹儿又一个盹儿,他已经很老了,老得都忘记了奔走不息的时间。太监吴者走了进来,小心地递上六百里加急塘报。洪武帝揉了揉眼睛,看了一眼塘报上的火漆,伸了下手,又缩了回去,仿佛塘报烫手似的。吴者唤了声"皇上",洪武帝突然清醒过来,一把抓起了塘报,揪着烛火烤开了火漆,内情居然是边关告急。

喜峰口告急?!

洪武帝的脑子快速地搜索着,喜峰口在哪儿呢?他挣扎着站了起来,吴者的手插在他的腋下,搀扶着他,就像搀扶着一具腐烂的木头架子。太监禀报皇太孙来了。洪武帝一把推开吴者,挺直了腰杆,微笑着等待皇太孙。朱允炆快步走了进来,他走路的姿势很有意思,腿脚不动,就像漂在水里一样。朱允炆趴下给皇爷爷磕头,每磕一个头都是那么的虔诚认真。磕头完毕,他爬起来,一只手插在了皇爷爷的腋下,搀扶着皇爷爷。洪武帝不喜欢有人将手插入他的腋下,他使劲挣了几下,他猜想皇太孙会吃不住劲儿的。他挣了几下,再看朱允炆,表情如故,没有一丝吃不消的状况。

"皇爷爷睡得可好?"

洪武帝嗯了一声,没有答应,他吩咐去御书房。吴者连忙头前带路,朱允炆搀扶着爷爷去了隔壁。

"哦,起夜,睡不着。"洪武帝嘟囔着。

吴者带着太监将炭火盆全都拢起来,抬到老皇帝身边。洪武帝仰着脸看着大明江山图,眯缝着眼睛看了半天,让吴者指出喜峰口在哪儿。吴者搬来一把椅子，站在上面，看了好半天才找到了，他尖声叫着："皇上，在这儿！在这儿呢！"吴者手指着北平的方向。

洪武帝皱着眉头，喃喃地说："又是燕王！"他的声音很小，朱允炆却听到了，他显然没有猜透爷爷的意思。

朱允炆轻声说："皇爷爷，不是燕王，孙子刚刚听到消息，是卜林铁木尔从云州灌进来了。"

"卜林铁木尔？他不是早就死了吗？"洪武帝瞪圆了眼睛，嗓子里发出了轻微的杂音，像老猫的呼噜声，"燕王不是将他杀了吗？什么时候又活转回来了？"

"四王叔杀死的是他兄弟，不是他，他在乱军中逃到大漠深处，谁知就死灰复燃了。"

"这个燕王，这个燕王。"洪武帝的胸膛剧烈地起伏着。

朱允炆很是奇怪，皇爷爷怎么就单单盯上了四王叔？朱允炆的心头一阵惊悸。他一直在皇爷爷身边，比谁都看得清楚，皇爷爷是威权的象征，皇爷爷每一次咆哮，他的心都会揪在一起。他就会想起父亲被皇爷爷吓死的场景，仿佛被吓死的是自己一般。虽然当时还小，却记得清清楚楚，皇爷爷派人从假山里突然冲了出来，朝着父亲的耳边大喊一声"贼来也！"当时，父亲正扯着他的手，一边走一边跟他讲经学。这一声炸雷般的狂喊，父亲的胆子当即就吓破了，父亲捂着胸口坐在了地上，父亲看着儿子，似乎在笑，却是在抽泣。

没几日，父亲就闭气而亡。

朱允炆的性格极像父亲，他也是个仁慈的人，仁慈的人都特别怕皇爷爷，皇爷爷就像关在笼子里的野兽，随时随地的咆哮，不必用利爪和牙齿，光是咆哮就能把人杀死。为了不让皇爷爷发怒，他学会了讨好皇爷爷，顺从皇爷爷，皇爷爷你笑哇，笑着的皇爷爷多可爱呀。皇爷爷不喜欢笑，皇爷爷总是瞪着眼睛寻找着对手，无论多么英武的猛将，都不敢和皇爷爷对视，一旦被皇爷爷的目光捕捉到，对方就会抖得像抽风。

朱允炆长大了，他得为皇爷爷分担忧愁了，皇爷爷已经明确地告诉他，大明的江山迟早会是他的。兵马灌进了长城内，得到边关报警的讯息，朱允炆比谁都急。

6

"哪个去迎战？"爷孙俩都在思考着这个问题。胡惟庸、李善长、蓝玉大案已经把大明能征善战的武将杀绝了，当年从龙南征北战的武将所剩无几。洪武帝闭上了眼睛，一点点地搜索着，哪个能担当大任呢？这个人在哪儿？洪武帝有些烦躁，想来想去，脑子里就出现了一个人。这个人本来是趴着的，却顽强地站了起来。洪武帝讨厌这个人，他甩着脑袋，又嘟囔了一句："都死绝了吗?"

开国大将所剩寥寥，杀来杀去，没被牵连的都吓破了胆子。武将吓破了胆子，还不如一个死人。朱允炆的脑子也在转，他想了许多人，包括几个驸马爷——他的亲姑父们，包括从小伴他一起成长的少年才俊，然而，这些人都让他一一排除了。没有一个是领军人物，充其量都是纸上谈兵的赵括。朱允炆想起一个排除一个，却有一个人始终在脑子里占着位置。朱允炆不想考虑他，希望能出现一个更合适的大将，他耐心地筛选，筛来选去，满朝文武，只有那个他不想考虑的人最合适。

爷孙俩互相看了一眼，都避开了对方的目光，他们心里有了灵犀，有了一道线，牵着一个人。

"皇孙，想好了吗？"

"嗯。"朱允炆还在犹豫着，他知道，一旦说出这个人选，爷爷一定会暴跳如雷的。爷爷的性格他太了解了，父亲临咽气的时候，爷爷坐在床边守护着，爷爷试图握着儿子的手。父亲的手擎了起来，就差那么一点儿，父亲的手放下了。那一刹那，朱允炆心里突然就打了个闪亮，父亲不想和爷爷握手？朱允炆感到了父亲的苦楚，当了三十年的太子，读了那么多的书，却等到了一次要命的恶作剧。因为父亲的胆子小，皇爷爷居然心血来潮想出了这么一个损招，他派人躲在假山里吓唬太子，他以为胆子是可以吓大的。

朱允炆喜欢父亲，睿智，深沉，爷爷呢？除了骂人，除了杀人，除了满嘴脏话，就不会别的。爷爷是个什么样的人呢？爷爷是个流氓？是个草寇？他自己是草寇，却怕别人是草寇，他自己造反，却怕别人造反。他越怕人家反，人家越要反。先是胡惟庸反，后来是李善长、蓝玉反。胡惟庸这个家伙简直要疯了，爷爷给了他那么多的富贵，他居然也反。他想当皇帝吗？朱允炆虽然还是个少年，心里头却很成熟，他不信胡惟庸有当皇帝的念头，一丝一毫都不会有的。他敢拿江山打赌。胡惟庸为什么要反呢？还不是一个"怕"字？他太怕皇爷爷了，他是皇爷爷肚子里的蛔虫，他知道皇爷爷的手有多狠辣，他知道皇爷爷的脸翻起来比翻书还要快。他害怕，他想换个皇帝，换个不让他怕的皇帝。该死的胡惟庸，他的阴谋还是被皇爷爷觉察到了，结果酿成了滔天大祸。胡惟庸怕皇爷爷，李善长也怕皇爷爷。真是怪了，按照情理，李善长的造反也是说不通的，皇爷爷给了李善长一切，让他名列文武大臣之首。他为什么还要反呢？李善长至死也不承认自己逆反，可是，铁证如山，他承认不承认都没有关系。他起码知道别人反，他弟弟就是一个反贼，他为什么不来报告？皇爷爷说他的心已经坏了，其心可诛，他罪该万死。文臣武将怕他，儿子也怕他，孙子也怕他。父亲、二王叔、三王叔都怕他，他们都早早地死了。四王叔那么威武的人也怕他，整天递奏折，事无巨细，连拉屎是不是臭的撒尿是不是臊的都要报告。

可惜了一条英雄好汉，在威权面前早就失去了夺人之气。

"皇孙，想好了吗？"

"孙儿思考不周，倒是有一个人选，还请皇爷爷做主。"

"等等，咱爷孙一起写在手掌上，看看是不是想到一块去了。"洪武帝忽然来了兴趣，朝孙子扬了扬手掌。

吴者赶紧到书案边研墨，一边研墨一边朝两个主子媚笑。洪武帝的脸上泛起了潮红，像婴儿的脸颊一般。吴者蘸饱了笔，递给洪武帝，洪武帝在手掌上写了几个字，将笔递给朱允炆。朱允炆写了几个字。爷孙俩互相看着，朱允炆的表情有些胆怯，他讨好地笑着，迟迟不敢伸出手。洪武帝摊开手掌，朱允炆也摊开了手掌，吴者偷偷看了一眼，两人的手掌上都写着"燕王"两个字。洪武帝脸颊上的潮红褪去，悠悠地说："皇孙，肃清卜林铁木尔，非燕王莫属。"

"是。"朱允炆伸手扶住了皇爷爷，其实，他更像是依附皇爷爷。洪武帝拍着他的手，历数燕王两次出征漠北漠南的经过。朱允炆第一次听皇爷爷这样评价四王叔，起码在他面前，皇爷爷从来没有这么详细而又正面地评价过四王叔。朱允炆从不知四王叔为大明朝做出了如此大的贡献。他一直以为四王叔仗着魏国公的将威才积了些许军功。在他看来，四王叔充其量只有苦劳，功劳应该是魏国公的。朱允炆的表情变得沉闷和阴郁，洪武帝发觉了，他拍了拍孙子的手背，"皇孙勿忧，燕王在替咱们守着北大门哪。"洪武帝望着大明江山图，语气坚定地说，"就让燕王率部前去迎战吧，卜林铁木尔的主力过了喜烽口，迎面就会碰上燕王，让这两个野兽斗一斗，看谁的牙齿更坚硬。"

洪武帝吩咐将他的旨意六百里加急发出去，责燕王节度河北境内各卫所的全部官军择机行动。圣旨发出去以后，洪武帝饮了一盏凤阳茉莉新芽茶，歪在一边闭目养神。突然遇到大事，洪武帝又焕发了往日的精力，他突然睁开眼睛，命召内阁臣工立即到御书房议事。

经过各部大臣近两个时辰的讨论，兵部侍郎拿出了一套更加翔实宏大的用兵方案，洪武帝御笔批阅下来。方案中，左方面将军为南雄侯提辖，右方面将军为怀远侯提辖，两个方面的官军光是伯以上爵位者就有三十多名。老驸马长兴侯耿炳文作为总预备队，领三十万兵马在黄河南岸集结待命。晋王、齐王、宁王各率马步军作为第二梯队火速赶赴长城一线。左右方面军及三王的兵马全都归燕王统一节制调配。户部急调国库银二百万两通过大运河运往军中，洪武帝又命户部侍郎亲自前往湖广，督促军粮被服运输，如陆路运输不及，可以动用福建大船从海路送往北方。

朝廷的部署刚刚发下去，前线的塘报接二连三地送到宫里。八达岭告急，古北口告急，长城全线告急。洪武帝的脸色红了又白，白了又灰，他已经有一天一夜没有脱衣睡觉了，他感觉到了前所未有的危机扑面而来。他就守在御书房，盯着大明江山图。他在苦苦地思索着如何稳定大局，这次南下不比从前，看起来，卜林铁木尔这是倾巢而来。

"父皇！父皇！"洪武帝刚刚躺下，耳畔传来一声声召唤，他猛地坐了起来，连呼："棣儿，朕的千里驹。"洪武帝睡意皆无，他喊来太监，命将其搀扶起床。他在地上转悠着，时而站住了，侧耳凝神细听。洪武帝吩咐将塘报全都送来。没一会儿，吴者带着太监捧着一堆塘报来。吴者伺候洪武帝梳洗，两个太监擎着塘报让他看。洪武帝看得一阵焦躁，大同遭了屠城，几万百姓死亡，云州一带还发生了官军趁机抢掠的恶劣事件。洪武帝一脚踢翻了脚下胡椅，气哼哼地环视着周遭。太监通报皇太孙拜见，话音还未落地，朱允炆就飘了进来。他给皇爷爷磕了三个响头，问了安，然后爬起来，从怀里拿出一件塘报。

"皇爷爷，四王叔来报！"

"哦，总算来信了！"洪武帝接过塘报，用指甲急切地揭开火漆，打开了奏折。果然是棣儿请缨！和洪武帝的布局几乎不谋而合，奏折中阐明了南下的不同寻常之处，进谏朝廷必须下定决心举国迎敌。读罢塘报，洪武帝的脸色一片潮红，他吩咐吴者多点灯火，照着墙上的大明江山图。洪武帝心里有数了，他的棣儿早就准备好了，来吧，卜林铁木尔，来吧，看看谁的牙齿更尖锐。洪武帝料定，此时朝廷的旨意也到北平了，权力到了棣儿的手里，他就可以像撒了缰绳一样和卜林铁木尔大战。

铁木尔铁木尔，汝不是燕王的对手！

长城一线告急，在北平的燕王好不紧张，虽然他身经百战，几次深入漠北杀敌，甚至心理上略占上风，然而，这回燕王却陷入了两难之地。父皇打算将江山交给侄子朱允炆，这是公开的秘密，燕王心里难受，难受归难受，他得忍受。马三宝去南京进贡全都摸清了底细。老皇帝忌惮燕王，朱允炆也忌惮燕王，他们希望马三宝能成为朝廷的眼线，他们希望马三宝回去后从内部瓦解燕王的势力。这样的消息让燕王更加焦虑，他每天都提心吊胆，担心脑袋上随时会掉下来一柄大砍刀，依照父皇的性子，不会等得太久。

南下，这是好事？这是坏事？

燕王迟迟拿不出主意，军师姚广孝认为这是坏事，他认为燕王须当机立断，是进是退，得拿准主意。这次灌进来，如果朝廷不用燕王总揽全局，那么，黄河天险肯定挡不住，越过黄河就能饮马长江，坐在应天城里的老皇帝还能坐得住吗？到了那个地步，北平就不是大明的北平了，他这个燕王也就不复存在了。在姚广孝看来，这是万难之象。既然是一条死路，燕王必须走活了，姚广孝的意思燕王懂。燕王用眼神阻止了他，他是大明朱家子孙，他怎么能往歪里头去想呢？燕王提出了一个大胆的策略，他要请缨抗敌。这似乎也不是上策，父皇是个多疑的人，朝廷弱而外藩强，除非脑子坏了，否则，父皇能将军权交给他吗？即便交给了他，谁又能保证父皇不生疑心？姚广孝退而求其次，建议燕王再等等，只要北平还在，就有柳暗花明的机会。等到一个死结即将形成的时机再随机应变。姚广孝是想让敌军和大明打到两败俱伤僵持不下的时候再动手。燕王拒绝了他的建议。还是那个理儿，大明国是老朱家的，他不能因为一己之私而眼看着大局糜烂。

　　燕王写了请缨的奏折急送朝廷，奏折刚送出去，长城一线就有多处被攻破，形势更加危急。燕王又写一个奏折，讲明黄河以北的明军都应统一指挥，无论朝廷任命谁为帅，他燕王都将全力以赴地辅佐，力争尽快在山东、河南一带建立一道防线。这个奏折发出去以后，父皇任命他节制三军的圣旨到了。燕王突然慌乱不已，大明国遇到危机了，如果不是有了灭国之险，父皇怎会把全国的精锐部队都交给他？这可是把大明的江山托付给了他，燕王的委屈突然就没了，父皇没有忘了他，关键时刻，父皇还是信任他的。

　　军师姚广孝主张速战速决，虽然没有说出口来，燕王心里却是十分清楚。只有快速打败卜林铁木尔才可以腾出手来观察朝廷的动向。为了达到效果，姚广孝甚至想到了派人去卜林铁木尔营中，贿赂敌方决策人士，让双方战事按照燕王方面设定的节奏展开。燕王坚决阻止了姚广孝的冒险，他认为这不是朱家子孙干的事。姚广孝劝燕王三思，起码得为自己的性命考虑。一旦战事变成僵持局面，或者战事吃紧，老皇帝一怒之下将兵权转交给别人，燕王将如何面对？姚广孝这个话题让燕王陷入了两难之境，这一层他已想到，打胜了，他还有些资本，打败了，或者打得不稳，父皇就有可能拿他扎伐子。若何？若何？燕王背着手，一连两天都在议事厅里转悠，最终，他决心迎难而上。

　　三月的长城脚下，北风呼号，燕王带着几万将士出了北平城。

　　大军在燕山脚下扎下营盘，各路军马陆续赶来会合，军马嘶鸣，刀枪林立。清晨，太阳刚刚冒出头来，燕王全身披挂，朝着刘江大喊一声："刘大胆，赶紧擂鼓奏乐！大军即刻出关！"

　　刘江银盔银甲，一身白袍，连马都是纯白色的。燕王暗暗喝彩，好一员精悍勇猛的小将。刘江举起宝剑，朝空中一摆，身后号角大作，鼓声震天。随着一阵开山炮响，一队队士卒如长蛇般朝长城口开拔。队伍按着顺序从燕王面前走过，接受燕王的检阅，每走一队人马，都要放几声号炮。士卒绷紧了面皮，抖擞了精神，他们都愿意为燕王死战。进了古北口，小城里一片狼藉，卜林铁木尔抢光了粮食，掠走了精壮百姓，留下了满城的尸体，古北口成了一座死城。

　　大雪纷飞，塞外白茫茫一片，卜林铁木尔在哪儿呢？

　　燕王深感压力，如果再让屠几座城，怎么对得起黎民百姓？怎么对得起父皇的信任？这么一路找下去也不是个办法，被牵住了鼻子走，会得不偿失的。采用的是游击战术，打了就跑，在长城内外进进出出，大明的军队全线防守，顾得了这头顾不了那头，总是在屁股后头紧追慢撵，疲于奔命。这样下去，别说速战速决，很可能把自己也拖死了。燕王想出了一个奇招，放出多支精兵小分队，以游击对游击，死死咬住卜林铁木尔，为大军合围赢得时间。燕王的策略得到军中谋士的一致赞成，只是，带领这些精兵的将领在哪儿呢？这些将领不但要有鄂国公的那股猛劲，还要有魏国公的深谋韬略，当今军中帐内还有这等英杰吗？燕王忽然眉头舒缓，捋须而笑，他的心中已经有了路数，他走到刘江的面前，摸着刘江的肩膀说："小江子，你得辛苦点儿，替孤开山辟路。"

"燕王殿下让属下当先锋？"

"比先锋还要艰巨。"燕王挥拳砸了一下手掌，"孤命你带一队人马轻装搜索，遇到敌人，就死死咬住，并迅速派人报信，大军再跟进包围。"

"属下遵命！"

"小江子，这次出行，你和另外几支精兵小队都是孤军奋战，一旦暴露，生死由命。"燕王有些激动，"卜林铁木尔可不是好惹的，他是草原上的雄鹰，也是草原上的恶狼，小江子，你是什么呢？"

"回禀燕王殿下，小江子是大明的猛大虫。"

"好一条大明的猛大虫！小江子，此去艰难困苦自不必说，朔方苦寒之地，一旦被卜林铁木尔发现，你们几个人，很可能要被吃掉，想到这一节，孤心里就万分难受。"

"燕王殿下，小江子不怕，大丈夫为国为君，死则死耳，在所不惜。"

"小江子，孤命你等战将一定要活着回来，你是孤的心腹爱将，你要是死了，孤做梦也要去阴间揍你一百军棍。"

刘江心头发热，泪水滚落下来，他哽咽着，跪下给燕王磕头。

"殿下放心，小江子会活着回来的，小江子还要给殿下保驾护航呢。"

"去吧，从孤的侍卫开始挑选，你想带谁就带谁，挑最好的士卒去吧。"

刘江精心挑选他的突击小队，武艺高强的他不要，精明强干的他不要，他专找素质差一些的老军卒。士卒都不理解，他要老弱病残干什么？消息传到燕王耳朵里，燕王明白了刘江的深意，命人喊来刘江，没等刘江行礼，便朝着刘江的胸口就是一拳："小江子，你再敢乱来孤就拿大棍子揍你。"

"殿下息怒，把精壮的士卒留下来，保护殿下吧。"

"孤有这么多的兵马在此，用不着你瞎操心。"

"燕王殿下，这些兵马都是临时从各地赶来的，良莠不齐，小江子不放心。"

"放心吧，你还是管好你自己才是。"

经过遴选，刘江这支精兵小队只选了三十六骑，每人三匹马，带足了十天的粮草出发了。大风扬沙，昏天黑地，刘江率队一路朝北，走了四天也没有发现敌人的踪迹。眼看着粮草吃紧，回去还是再找找？刘江站在马鞍上，朝四处观望。茫茫雪地，一望无际，卜林铁木尔的大军钻进雪洞里了？刘江心有不甘，咬咬牙，再坚持坚持吧。到了百眼泉，人欢马嘶，刘江命令在水源附近驻扎休息。他忽然嗅到了卜林铁木尔的臊狐狸味儿了，不远了，百眼泉附近有那么多的新鲜马粪，相信元兵主力就在附近。

7

天擦黑的时候，骑兵带回了一个牧民。经过审问，排除了探子的嫌疑。这位牧民是出来找羊的。他指着自己的豁牙痛骂铁木尔是草原上的豺狼。刘江连忙命人拿出上好的茶砖摆在牧民眼前，只要他帮忙找到铁木尔，茶砖就全都给他。牧民抚摸着茶砖，咧着嘴笑了。

"人走人道，狼走狼道，铁木尔走的就是狼道。"

"他在哪儿？"

"铁木尔正在游魂南道草原上喝酒睡女人哪。"

"游魂南道在哪儿？"

"绕过百眼泉，往西北走上半天就是了。"

牧民说起铁木尔，气得全身发抖，他的门牙就是一大早让铁木尔的亲兵打掉的。铁木尔的队伍冲散了他的羊群，抢走了他的马匹，让他的家族蒙受了巨大的损失。

"这个冬天，没有了羊，孩子们都得冻死，老人们都得饿死，铁木尔就是草原上的恶狼。"

"朝廷派兵就是帮你们打狼。"刘江说。

卜林铁木尔果然就在附近，他们之间相距也就半天的脚程。这让刘江非常高兴，看牧民的神色，蒙古人也不愿意打仗，真正愿意打仗的是卜林铁木尔的部落。和大明开仗，并不是所有蒙古人的意愿。刘江拿出了银子，又把上好的茶砖送给了牧民，希望这些钱物能帮助他们一家度过寒冬。牧民千恩万谢，走了很远，又折返回来，指着正北说："军爷，绕过百眼泉，往正北走上一百里地，海子附近就扎着卜林铁木尔的老营。"

刘江吩咐两名士卒立即回去向燕王报信，让后续部队尽快跟上来。他拿出一百两银子交给牧民，恳请牧民为小分队带路，只要找到元兵，他将再赏给牧民一百两银子。牧民答应了，他指着豁牙说："军爷，我要为这两颗牙报仇。"

牧民放弃了找羊，带着刘江，绕过百眼泉，朝正北方的海子急行军。牧民越走越心惊，看起来，这支小部队的架势是要拼命。就这几个人，一旦与元军接触，岂不成了人家的一锅肉？刘江见他害怕，就安慰着他，只要找到元兵，立即放他走。牧民又挺直了腰杆，大声说："军爷，我不怕死，找到了铁木尔，请让我亲手打杀了他。"

"爷答应你。"刘江说，"到时候，爷将铁木尔捆住了手脚，让你亲自斩了他的狼头。"

天黑前，小分队终于见到了卜林铁木尔的老营，一眼望不到边，估计能有几万人马。卜林铁木尔松懈了，从外围看，营区防备疏松，营里的士卒有的牵马走动，有的整理辎重，只有稀稀拉拉的一些车辆的车头对着营外。还有的地方，士卒围着篝火跳舞唱歌。刘江生怕元兵再跑了，他勘察了地形，决定带着小分队赶到大营的北面守候，伺机掘壕隐蔽，等待大军合围。

人马太少了，一旦元军炸了营北逃，就凭这支小分队？加上他才三十五个人，这几个人能够堵住几万大军？刘江心里头早已有了一个大胆的计策，他坚信只要不怕死，此计一定能成功。

"爷能掐会算，听爷的话，咱们一定能堵住元军。"刘江说的是实话，他确实会掐算，在燕王府当差的时候，袁珙道长曾教过他望气的法门。刘江看了天象，确信天黑以后，起码一直到后天早晨，风向一直会朝南边刮。刘江想到了火攻，草原上的大火，如同轰天雷，一旦朝敌方烧起来，他的三十五骑完全抵得上三万精兵。刘江下令，趁着朦胧的夜色，从大营的缝隙急速穿插出去，到元军的上风口去。小分队衔枚疾走，元军大营两边的巡逻队都把这支骑兵队当成了对方的队伍，不到一个时辰，这支骑兵奔到了大营北面二十里地的高坡上停下。刘江在十里地宽幅之内设置了十几个点，每一个点上都堆着牛粪、干柴，每一堆牛粪前面都放着三个士卒守着，士卒须随时准备好，只等一声令下，立即点燃草场。北国三月，草原上一片枯黄，极易燃烧。士卒也知道，只要点燃了这把火，他们的命也就算交出去了。

刘江不怕，士卒们也不怕。

他们在等，等着燕王大军赶上来，等待着发起总攻的一刻。

朔风呼啸，大漠上寒冷彻骨，士卒冻得直打哆嗦，铠甲和肉皮冻在了一起，稍微一动就如同揭了一层皮。为了不暴露目标，士卒不能生火，只能脱掉铠甲，靠着马肚取暖。后来，这个方法也不行，马也冷得像块冰。很快就有人熬不下去了，谁都不敢闭眼，一闭眼就能死在梦里。刘江让士卒各自挖坑，把自己藏在坑里避风。他让亲兵背着酒囊，挨个坑里送酒。他让士卒再忍一忍，等到火点起来的时候，大家就热乎了。士卒打着哆嗦，他们盼着大军赶紧上来，他们想象着大火的温暖，他们感叹时间过得太慢。

大漠夜空，星光暗淡。

夜半，小校跑到刘江这边，禀报有个兄弟冻死了。刘江心里一紧，赶紧去查看情况，眼看着那位兄弟的身子硬得像块石头。再这样耗下去，天亮，全都得冻死。点火取暖还是坐地等死？他得立即做出选择。刘江从军以来，从来没有遇到过如此绝境，没一会儿，又有两名兄弟冻死了。刘江让人挖深坑，到深坑里点火暖和。士卒都冻木了，根本就没有力气挖坑。刘江也感到脑袋冻木了，恍惚中出现了魂飞魄散样的迷幻。牧民忽然指着一堆黑影惊叫着："羊，我的羊回来了。"

远处有一大堆黑物慢慢飘过来，是羊，确实是一群羊。刘江大声呼喊着，让士卒赶紧把羊赶过来。

"快抱住羊，冻不死的，再也冻不死的！"刘江哽咽着说。

"刘总爷是神仙，你说冻不死就冻不死。"士卒哽咽着说。

刘江搂着羊，感觉身子暖和多了，直到黎明，果真没有再冻死一人。

天边露出了一片彩霞，大地红彤彤的，对面还是没有一点儿动静。刘江安排了瞭望哨，让亲兵喊来几个士卒，让大家杀羊充饥。刘江命人把羊扔进坑里，让士卒在坑下面杀，杀了后，就直接喝羊血解渴。士卒一个接着一个跳进坑里喝血，直到喝光了一只羊的血，身上也热乎了。轮到刘江喝血的时候，他用解腕刀割下一片羊肉，放在嘴里嚼，他使劲嚼着，忍受着满嘴的腥膻味儿。

就这样，他们硬是坚持了两天两夜。

燕王得到了刘江的报信，确定了卜林铁木尔的藏身之处后，急令各路大军快速朝四百里外的海子方向运动。先锋部队没有搞准方向，等到发现走偏了，又浪费了一天。燕王命一部人马就地扎营，全营的辎重都留下，其他部队只带上两天的粮草轻装朝海子方向飞奔。

距离元兵大营十里地的时候，突然起了狂风，草原上尘土飞扬，遮天蔽日。明军借着风势的掩护，靠近了大营，朝大军发起了冲锋。十几架碗口炮齐声轰鸣，元军一下子就炸了营，马匹横冲直撞，士卒四处鼠窜。卜林铁木尔眼看着弹压不住，带着身边的人扭头就跑。他们太熟悉这片土地了，自信能跑到天边去，一直跑下去，总能甩掉明军的。卜林铁木尔甚至想到了甩开明军以后再掉头南下，奇袭喜烽口，从喜烽口进入中原，趁中原兵力空虚，搅他个人仰马翻。

卜林铁木尔率领一大股队伍朝北跑了，明军眼见着追不上，燕王气得连连跺脚，催促着各营拼死去追。大营里没来得及跑的元军醒过神来，开始了有组织的抵抗，骆驼、马匹、羊群四散，阻滞了明军的追击。卜林铁木尔逃脱后，勒马大笑，笑明军不配做他的对手。远处突然出现了一道浓烟，浓烟的范围越来越大，像一道烽火墙。

草原着大火了！

草原出现轰天雷了！

卜林铁木尔的队伍停住了，马匹惊慌骚动，前面的扭头朝后面转，后面的还在往前冲，顿时，乱成一团。卜林铁木尔试图从侧翼逃出火墙，他的枣红马是来自西域的宝马良驹，他自信依靠枣红马的脚力，一定能冲出火墙。他抖开缰绳，开始了冲刺，眼看着就要冲出火幕，斜刺里跑来一队人马，前面的是一位白袍小将，手里举着长长的火把，贴着卜林铁木尔跑。白袍小将不停地点火，这边卜林铁木尔即将冲出去了，那边突然加速燃起了火幕。卜林铁木尔的马快，甩下了大队人马，他的身边渐渐地只剩下几匹马跟着，他总是在要越过火龙的时候，被顽强的白袍小将堵住。

卜林铁木尔的大军被火龙挡得死死的，无论如何催马，那条火龙就在马头前延伸，牢牢地拦住了他。卜林铁木尔的眼睛都红了，他挥舞着马刀，一刀砍在了马背上，枣红马疼得一声嘶鸣疯狂地飞奔。卜林铁木尔的马渐渐超过了火头，他狂笑着，他就要越过火头，就要逃生了。白马又追了上来，在卜林铁木尔刚要越过来的时候，火头又撑了过来，枣红马嘶鸣着闪开了。

双方进入了肉搏战，方圆几十里地，砍杀声，怒骂声，战马的嘶鸣声不绝于耳。燕王的胳膊中了一箭，差一点儿从马上摔了下去。他忍着疼，一动不动地盯着战场。他的目光被那条不断延伸的火龙吸引住了，看着卜林铁木尔的帅旗始终越不过火龙，眼看着这条火龙的抵挡，为明军赢得了战略主动。燕王突然想到，火龙的那一边一定是刘江，不会是第二个人。他看到卜林铁木尔的军队在火龙面前溃退，看到元兵通向死亡前的绝望挣扎。燕王捏紧了拳头，低声呐喊着："刘大胆！杀呀！刘大胆！杀呀！"

燕王身前的卫士中箭跌落马下，燕王只是瞥了一眼，仍岿然不动。他端看着远方的火龙，端看着战场的双方态势，太惨烈了，战场上就像刚刚翻犁过一遍的土地似的，空气中弥漫着新鲜的泥土的味道，弥漫着新鲜的人血的味道，弥漫着新鲜的马血的味道。这是一幅流血的画面，这是一幅呐喊的画面，这是一幅流血与呐喊都静止了的画面。羽箭乱飞，侍卫们紧靠过来，举着盾牌遮住了燕王的正面。一队元军注意到了燕王，他们拥到半山腰，单腿跪着朝燕王射箭，顿时箭如雨下。

正面遮挡着的侍卫的盾牌插满了羽箭，像一只只跳动的刺猬。

卫士一个个中箭倒下了，倒下一个，立即又顶上一个。

战场上突然沉寂了，草原上腾起了熊熊大火，火龙终于形成了满天的火海。双方将士都要被卷涌的火海吞噬，士卒开始朝下风处跑，奔跑中，有的被戳死，有的被射死。大火继续卷涌而来，战场上散发着烤肉的味儿，成千上万的尸体卷入火海。

战场上静了，双方士卒都停止了格斗，停止了逃跑，战场上只有一个声音，远远地传来，如同轰天雷一般。突然，明军齐声高喊：

"卜林铁木尔被斩杀了!"

"卜林铁木尔被斩杀了!"

"卜林铁木尔被斩杀了!"

成千上万的元兵被明军的气势震慑了，他们扔下了马刀束手就擒。不久，大局已定，元军主力停止了抵抗。燕王扫视着战场，大群的骆驼、马匹、羊群在大火中乱跑乱窜。很多士卒开始有组织地打火灭火，还有一些士卒将元军俘虏的盔甲和兵器集中垛起来焚烧。燕王的眼前浮现一匹白马，眼前跑过来一位白袍小将。

小江子! 小江子!

小江子消失了，白马驮着他奔向天边。

这场战斗，燕王的小江子建立了不世的功勋。

突然，漫山遍野传来了呼声，简直如同天崩地裂一般。侍卫们担心出现异常，慌忙围拢起来，护住了燕王。一名小校骑马冲上山岗，滚鞍下马禀报："启禀燕王殿下，卜林铁木尔被活捉了!"

"好! 好! 好!"燕王大喜，祸患无穷的卜林铁木尔被活捉了，明元大战刚刚开始就画上了一个极其完美的句号。燕王泪眼模糊，他看到了父皇的笑脸，不，是惊愕的脸，是尴尬的脸。

父皇啊父皇，你真偏心!

一顿饭的工夫，一队人马冲了过来，燕王的侍卫迎上去想拦住这支队伍。有人从马上滚下来，爬起来又跟跄着朝山包上跑，侍卫们用马棒狠狠地击打这个人。这个人躲闪着，冒死继续往山上跑。燕王仔细看去，这个人全身像黑炭一样，如果不是跑着，根本就看不出他是人还是黑鬼。侍卫们显然被眼前的一幕惊呆了，他们忘记了阻截，眼看着这个黑鬼朝着燕王跟跄着奔来。黑鬼摔倒了，又爬了起来，继续跟跄着朝燕王走来。

靠近了，黑鬼露出了一口白牙，黑与白交映，仿佛满脸的白牙。

黑鬼摇晃了几下，摔倒了，倒在了燕王的马前。燕王心里一动，燕王头顶上猛地响了一个晴天霹雳，他慌得滚下了马，摔了个仰八叉。他顾不得疼，立即转过脸，朝着黑鬼看去。黑鬼朝他爬了过来，满脸的白牙。燕王朝黑鬼爬去，侍卫奔过来，将燕王抱了起来。有两个侍卫挡住了黑鬼，将刀架在黑鬼的脖子上。燕王推搡着侍卫，燕王急得都说不出话来了，他抡着胳膊，狠狠地拨打着侍卫们，可恨的侍卫偏偏就挡住了他的视线。

"燕王殿下，小江子回来了！"黑鬼满脸都是晶莹的泪珠，满脸都是晶莹的白牙。

"小江子回来了？小江子回来了！"燕王哈哈大笑，笑得涕泪横流。他的小江子不但回来了，竟然生擒了卜林铁木尔。小江子！小江子！燕王盯着黑炭一样的刘江，哆嗦着迎了过去。他摸着小江子的脸，摸着小江子的肩膀。他的小江子全身都是伤，他的小江子都快烧熟了。小江子看着他哭，小江子明明是笑着的，是笑着哭的。小江子忍不住放声大笑，笑了一阵，他一把搂住了燕王的胳膊，号啕大哭。

"燕王，燕王，只剩下六个囫囵人了。"

燕王仰天长叹，他痛惜地跺着脚，他转回身，一把抓住缰绳，抬腿上了战马。燕王拔出宝剑，朝天挽了个剑花。

"传命下去，各营厚葬战死将士！"燕王举剑吼着，"全军各营向孤的刘大胆致敬！"

第六章　委以辽东总兵大任

1

马三宝得了一对儿宝剑，两把宝剑一公一母，内行人一眼就能看出，两把剑是西域工匠和大明工匠合作锻造而成的。剑坯是大明宝剑的形，外层却被西域工匠包了一层碳钢。这两把宝剑融大马士革刀的锋利和大明宝剑的坚韧于一体，最大特点是柔与刚的完美统一。既避免了大马士革刀的脆而易断的缺陷，也避免了大明宝剑不够锋利的缺陷。为了试验这两把宝剑的功力，马三宝命侍卫分别砍击牛骹骨，牛骹骨是当世最为坚硬的骨头，普通刀剑绝无可能砍断。三名侍卫中的两名各执一剑，剩下一人持大马士革刀，马三宝一声令下，雌雄宝剑双双将牛骹骨斩断，剑刃未伤，大马士革刀也斩断了牛骹骨，却因用力过猛而刀头断裂。据工匠验证，这两把宝剑不是一次性锻造成功的，起码得有三次重新回炉锻造。这个推断印证了宝剑主人仇闽的说法，仇闽告诉过马三宝，这两把宝剑初成时，正面与敌兵器磕打，绝不会断折，却不能侧击，一旦遇到大力击打，便会断为两截儿。工匠解决了这个缺陷，第三次回炉锻造时，在剑脊上各加了五两精铁，让剑脊隆起，宝剑的强度就有了。公剑出鞘，隐隐有龙啸之声，母剑出鞘，隐隐有凤吟之声。马三宝一眼就喜欢上了这两把剑。因得了这两把宝剑，马三宝答应替前朝的工部侍郎仇闽向皇上求情，力争饶恕他的附逆之罪。马三宝回到京城，在宫外候旨，永乐帝非常高兴，传马三宝立即进宫面圣。马三宝这次带了十万大军去东瀛访问，不但向东瀛倭国宣示了皇家威严，还昭示了永乐皇帝四海同心的伟大夙愿，此行得到了东瀛倭国征夷大将军的友好回应，这让永乐帝非常满意。

"征夷大将军愿与圣上结叔侄之盟。"马三宝禀报道，"臣离开东瀛倭国前，征夷大将军为表诚意，将七十余倭寇当众蒸杀。"

"蒸杀？"永乐帝的眼睛瞪圆了，"三宝，快细细说与朕听。"

"启禀圣上，臣准备扬帆归国的时候，征夷大将军突然带着人马来到海边，请臣务必下船看一个热闹。臣见大批武士将一队犯人牵到臣的面前，征夷大将军告诉臣，这些都是倭国官军缉捕的侵扰大明的倭寇。为了表达友好之意，征夷大将军决定当众将倭寇正法，以绝后患。将军请臣监斩，足以表明东瀛倭国与大明结交的诚意。臣痛恨倭寇，也不顾是否合乎邦交规矩，臣一声令下'斩'，万万没有想到，这些倭寇并不是要砍头，而是有更厉害的刑罚。"

"蒸杀？"永乐帝再次瞪圆了双眼。

"启禀圣上，臣只见倭国武士将犯人一人置入一个蒸笼之中，抬上锅灶，装了七十余锅，臣看得心惊肉跳。武士将蒸笼封死，然后往灶下添柴，蒸笼里顿时哀号不绝，臣听的不是人声，简直就是一群野兽的哀号，半个时辰以后，蒸笼里全都安静了，想必被蒸杀了。"

"三宝，汝可闻到肉香？"永乐帝微笑着问。

"启禀圣上，臣闻到了肉香。"三宝闭上了眼睛，浑身哆嗦了一下。

马三宝不但闻到了肉香，还见到了闻所未闻的酷刑场面，他扶着亲兵的肩膀，勉强站立。一阵风吹来，随行的明国士卒全都吐了，东瀛武士却面无表情。行刑完毕，马三宝匆匆告辞，征夷大将军拉着他的手，再三诉说对明国的向往，双方相约，要永结友好之谊。三宝细细地叙述，声音忽高忽低，仿佛将皇上带到了行刑现场。永乐帝突然问道："三宝，汝确认倭寇全都蒸死了吗？"

"回禀圣上，臣亲眼所见，每个灶下面都是熊熊大火，灶里鬼哭狼嚎，端的是个铁人也该熔化了。"

"汝确定是真倭吗？"

"回禀圣上，臣也担心有诈，臣让通译们守在灶旁仔细听，通译们听得真真的，笼子里号叫声都是东瀛倭国话，直到死，也没有变成其他语言。臣以为，如果不是真倭，绝不至于死到临头还用东瀛方言号叫。"

"倭寇劫掠骚扰吾堂堂中华，断吾海路，杀吾子民，十足可恶！蒸杀了好！

蒸杀了好！以后，朕也要蒸杀他几个倭寇。"

三宝突然打了个激灵，仿佛自己惹恼了圣上，被五花大绑，放进了蒸笼一般。虽然他是永乐帝的心腹爱将，随着年龄的增长，他越来越看不懂主子的心思了。自从主子称帝，马三宝就更加不敢有一点儿懈怠。他越来越怕皇上，皇上不是燕王，是另外一个人。他的身上有股狠劲儿，也有股子辣劲儿。马三宝生怕自己办砸了差事，皇上恼将起来可是不顾情面的。

君臣又说了会儿闲话，三宝看着永乐皇帝神色轻松，就轻描淡写地提起了工部侍郎仇闽的案子，将他献的雌雄宝剑一事却含含糊糊地带了过去。永乐帝没有应声，只是呆呆地听着他说。马三宝的心突然悬了起来，后脊梁上冒出了冷汗，越紧张，说话就越不那么利索了。永乐帝喝了一口茶，让人将东瀛倭国进贡的礼物拿来瞧，马三宝这才缓了一口气，慌忙擦着脸上流下来的冷汗。东瀛倭国进贡的有文房四宝，还有一些绫罗绸缎，看起来都是粗使的东西，远不如明国的精致。永乐帝面无表情，太监一件一件地拿来，呈给他看，他忽然盯着一个半大的器具，太监刚要捧走，让他喊住了。永乐帝拿起这件器具，端详了半天，忽然，他敲了下额头，看着三宝笑了。此时，马三宝也认出了这个物件，他的脸猛地就臊红了，心里头暗骂征夷大将军是个贼杀材。

"倭国虽然师从吾汉唐文明，境界却始终没有长进，弹丸之地，物产着实不足挂齿。"永乐帝挥了挥手，太监们将礼物抬了下去。永乐帝忽然问："马三宝，仇闽给了你什么宝贝呀？"

"启禀圣上，仇闽给了臣两把宝剑。"

"没给银子吗？"

"回禀圣上，臣分文未收。"马三宝的双腿哆嗦着，如果皇上吼上一嗓子，他当即能跪下了。

"朕算你还不敢撒谎。"永乐帝摆了下手，"锦衣卫是朕的心腹之人，三宝你莫要寻他们的麻烦。"

"启禀圣上，臣反躬自省，万万不敢寻衅锦衣卫。"

永乐帝命人提剑进来，太监传令下去，有人捧着宝剑上来。三宝浑身如筛糠般哆嗦，他怎么也没想到，仇闽赠予的宝剑居然在皇上的手里。恐惧像一柄冷剑，深深地刺入了他的心头，马三宝终于支持不住，跪在了地上。

"马三宝，见到这两把剑，恐怕是想念故土了吧？"

"启禀圣上，臣生是大明的人，死是大明的鬼，臣已经皈依佛祖，请圣上明察。"

"马三宝，汝不必担心，朕是明眼人，汝忠心与否，朕还是清楚的。"永乐帝手捻胡须道，"念汝从小跟随朕征讨，靖难之役，为朕立下了大功，朕岂能无缘无故地加害于汝？朕胸怀四海，海纳百川，汝可知否？"

"臣谢主隆恩，臣谨记圣上教诲。"

永乐帝案前徘徊，一边说一边看着马三宝。马三宝没敢应声，他不确定皇上这话有何深意，他担心皇上在说气话。永乐帝站住了，伸手抚摸着宝剑，轻声说："仇闽既然托你向朕求情，说明他的忠心并未泯灭，起码心里头还存着畏惧。你这次去倭国，宣示了朕的宏理，不卑不亢，为朕争了体面，朕也得给你一些奖赏不是？好吧，马三宝，仇闽助纣为虐就算翻篇了，念他往日没有大恶，就让他去云南大山里面壁思过吧。"

"罪臣谢主隆恩！"马三宝跪地叩头，不禁热泪长流，皇上没有揪住这件事不放，说明皇上还是信任他的。不杀仇闽更是给足了他的面子。想想这些年跟随皇上南征北战，功劳也好，苦劳也罢，皇上对他却是抚爱有加，马三宝顿觉愧对圣上的信任，他的泪水簌簌而下，磕头如捣蒜一样。马三宝暗暗起誓，今生绝不负皇上高山般之恩德，如果皇上需要，他愿意即刻赴汤蹈火，以表心迹。马三宝的愧疚牵动了永乐帝的心，永乐帝走下台来，伸脚踢了踢三宝，轻轻叹了口气。这个奴才从小跟着自己风里来雨里去，吃尽了苦头，如今四海升平，万事如意之际，谁承想，君臣之间竟然起了一道幕墙。

"三宝，你起来说话。"永乐帝换了一副口吻，"咱君臣相处也有些年头了，朕龙潜燕王府的时候你就跟随在身边，随着朕一路千难万险走来，满朝文武，你不是朕的心腹谁是朕的心腹？朕记得当年有个太监，跟了朕很多年，深得朕的信任，没想到，这贼奴才的心思却长歪了，得到了机会背叛了朕，苦挣苦扎一定要攀建逆这棵高枝，想方设法托门子留在皇宫甘愿伺候建逆。结果怎么样呢？让建逆堵在皇宫里一把火给烧死了？活该贼奴才被烧死！如果不死，朕也要活活烧死他。三宝，你要不是跟随朕到燕王府，哪来的如此富贵荣华？十有八九也得被建逆烧死，是不是呀？"

"谢主隆恩，臣祖上定是烧了许多高香，念了八万声佛号，才万幸让臣得遇真龙天子。"马三宝砰砰磕头，眼前的金砖上全都是血，他心里感激，使劲憋着，不让自己哭出声来。

"三宝，这些年，因你一个'火者'的身份，受了许多难堪委屈。朕每每想起来，好不心疼。"永乐帝跺了下脚，"朕今天兴致来了，也算是奖赏你这回去东瀛办差得力，这就赐一个富贵的大姓氏给你，让你也堂堂正正地做人，也省得再受腌臜气了。"

"爷，皇上，圣上，臣万幸遇到千古明君，臣有大福哇。"马三宝哭得都要岔气了。

"朕赐你郑氏，名和，字三宝。"

"谢主隆恩！"

"你可知道朕为什么赐你郑姓？"

"请圣上点拨臣的愚钝。"

"三宝哇，朕一直记着你在郑州的那次舍命救驾。"

"臣不敢居功，圣上自有神灵保驾，这里没奴才一丝功劳。"

"郑和，有了御赐姓氏，以后如何开枝散叶，世代相传，那是你的本事。"

"皇上，圣上！郑和即刻便是死了，也要含笑九泉！"

自此，马和改称郑和，成了朝廷上深受器重的臣工，没人再敢戏谑他的"火者"缺陷。仇闽贿赂的雌雄宝剑就放在永乐帝的御书房的桌案上，虽然就在眼前，却并没有得到永乐帝的青睐。皇上的宝贝实在太多了，多得数不过来，这两把不起眼的剑就这么一直被永乐帝冷落。直到有一天，两把宝剑犹如神助般地拯救了永乐帝的性命，他才恍然明白，这一切都是天意。当时，永乐帝正在低头批阅奏折，突然听到了几声尖锐的哨响，他就觉得头发发麥，心里发慌。永乐帝抬头看了看，注意到了对面案上摆放的雌雄剑，心里头一阵生厌。永乐帝放下朱笔，走过去，一把抽出了宝剑。奇怪的哨声更响了，嘟嘟刺耳，仿佛宝剑上面响着催促士卒集结的哨声。永乐帝转身想要喊人将双剑拿走，突然见宫女挺着烛扦朝他刺来。永乐帝看到了一张扭曲的脸，他下意识地挥手一剑，宫女惨叫一声，半截儿胳膊被砍掉了。宫女反应奇快，她单手抓住了烛扦，狠狠地刺向永乐帝。永乐帝侧身闪开了，一剑戳进了宫女的胸口。又是一声尖叫，一个人影朝他扑来。永乐帝想拔剑却已经来不及了，那人从后面抱住了他。永乐帝甩了几下没有甩掉这个人，这个人骑在了永乐帝的身上，双手紧紧地扼住了他的喉咙。永乐帝一把抓住了案子上的另一把剑，猛地拽出来，挥手朝身后猛击，身后惨叫连声。永乐帝抖了抖身子，那人摔在地上。

"为什么要刺杀朕？"

"翠娘，翠娘，咱回家，回家过好日子去。"太监搂着满身是血的宫女说。

"过……好……日子……"宫女嘴里涌出了血水。

永乐帝虽然身经百战，却也被眼前的惨状惊呆了，两个人的伤口处冒着汩汩的血沫子，仿佛爬着两条粗大的蟒蛇一般。永乐帝四处瞧着，他想找到答案，他想知道为什么。对面站着的小太监吓得扑通一声跪下了，不停地磕头。永乐帝怀疑他也是刺客，看他惊慌的样子，一定知道内情，心中无鬼他怕什么？永乐帝走过去，抬腿一脚，蹬倒了小太监，当胸就是一剑。

"冤枉啊。"小太监惨叫几声，断了气。

"贼奴才！"永乐帝杀红了眼，提着宝剑追撵着太监宫女，太监宫女贴天飞地从御书房逃了出去，满园子乱奔。永乐帝更加恼火，断定乱跑的太监宫女都是刺客。

"站住！都站住！站住不杀！"

"皇上饶命！皇上饶命啊！"

"再跑，朕诛杀尔等九族！"

"皇上饶命！奴才不跑了！"有个太监果真站住了。

永乐帝追上来，一剑戳去，太监一命呜呼。其他人再也不听永乐帝的呼喝，拼命地乱跑，永乐帝四下兜撵，一口气砍死了好几个。永乐帝气疯了，朗朗乾坤之下，居然有人要刺杀他，这些贼子一定是建逆余孽，一定是建逆余孽！他杀得疯狂，眼看着就要冲出乾清门，门口处远远地跑进了一个人，边跑边喊："皇上息怒！皇上息怒！"永乐帝提剑朝喊声跑去，他手上贯足了力气，那个人突然跪在地上，高喊着："万岁，臣刘江叩见。"

永乐帝的脑海突然白光一闪，下意识地想抽回剑，剑却顺势从刘江的胸腹穿了过去。刘江身子摇了摇，嘴里喷出了一口鲜血。永乐帝猛然醒了，他急吼道："是小江子，怎么会是小江子？"

"圣上，臣救驾来迟……"

"太医！太医！快救回小江子！"永乐帝狂喊着，太监哆哆嗦嗦地靠过来，挽住了永乐帝。永乐帝一甩手，狠狠地跺着脚："救他！救朕的小江子！"永乐帝浑身无力，跌在太监的怀里。宫女们放平刘江，有的帮着抹血，有的帮着扇风，永乐帝呆呆地看着，眼里噙满了泪水。早有太监飞奔着去喊太医。永乐帝俯下身子，颤巍巍地说："朕要刘爱卿活转回来！小江子呀，小江子，你跟着朕屡立奇功，杀敌无数，你是朕的擎天玉柱哇。小江子，朕要你活转回来！你真的忍心和朕就此诀别吗？"

刘江挣扎着，试图坐起来，他用微弱的声音说："圣上，臣有罪，臣死有余辜，臣迟早得是这个下场……"

"朕不许你死，你如朕的臂膀一般！"永乐帝跺着脚喊，"太医！快去把太医全都喊来！"

值班太医一溜儿小跑赶到，蹲在地上仔细瞧着刘江的伤口。瞧了一会儿，又握着刘江的手细细把脉。永乐帝心焦，抬腿就踹，脚下虚浮，差一点儿摔倒了。他指着太医怒斥着："快救活小江子，朕赏你一个实打实的四品衔。"

"谢主隆恩！"太医放下刘江的手腕，慌忙趴下磕头。

"快呀，快呀，救不活，朕将你发配到口外当边卒。"永乐帝跺着脚吼。

"万岁爷，一剑贯心，神仙也难治活呀！"

"小江子，小江子，你真的就死在朕的手里吗？"永乐帝仰天长叹。太监宫女从没有见过皇上这般伤心，吓得全都跪下了。

"圣上，圣上，臣郑和叩见。"

宫女和太监见到郑和赶来，全都松了一口气，郑三宝来了，大家的脑袋就牢固了。郑和趴在地上给永乐帝磕头。

"惊闻圣上受惊，臣护驾来迟，罪该万死！"

"三宝，恕卿无罪，快起来吧。"永乐帝哽咽着说，"卿和小江子从小在朕的身边长大，跟朕闯过刀山入过火海，如今，小江子被朕戳了一剑，看来不得善终。卿快看看吧，告诉他，朕心里疼啊。"

"圣上！圣上！"三宝爬到永乐帝的脚下，抱着他的腿说，"圣上，请保重龙体，小江子福大命大，有圣上呵护，定能活转回来！"三宝又爬到刘江身边，抓住了刘江的手。刘江嘴里涌着血沫子，居然还朝着三宝笑，仿佛在说，"兄弟，哥哥去了。"三宝的眼前是大漠中纵马奔驰的场景，眼前是被燕王下令杀头的场景，眼前是刘江陪着他一起受死的场景。

"兄弟，别担心，你老哥死不了！"刘江急促地说。

"圣上，小江子死不了！"郑和急促地说。

"快去喊院使、院判，快，救下小江子，朕给他天大的富贵。"

一大群太医赶来了，有专门治疗红伤的，拿药摁在伤口止血。再看刘江，脸上已经没了血色，眼睛也闭上了。几个太医轮番斟酌诊治，为首的院使朝三宝点了点头。三宝长长地舒了一口气，示意太监将永乐帝搀扶回去，御医将刘江抬到偏房救治，三宝带着侍卫去查勘行刺现场。大臣们得了消息，纷纷赶到御书房外候着问安。永乐帝回到内室，和衣躺下，泪水滚落下来。经过这一阵惊吓，永乐帝十分倦乏，没一会儿就睡着了，梦里头，小江子手里提着脑袋，朝他磕头。

"皇上，臣有罪！"

"贼蠢材，你不要吓唬朕！"

"恭喜万岁爷，刘江得救了！"

永乐帝突然坐了起来，浑身大汗淋漓，他侧耳细听，外面一路喊着，"刘江得救了！刘江得救了！"他慌忙下床，小太监跪着给他穿靴子，也不知是他在抖还是小太监在抖，靴子总是穿不上。永乐帝一脚将小太监蹬倒，光着脚跑了出来。郑和一路冲过来，迎面撞见皇上，赶忙趴在地上磕头，嘴里大呼："圣上，小江子活转了。"

这一刻，永乐帝悬着的心落了下来，他的喉咙被什么东西堵住了，他一句话也说不出来，只是不停地点着头。

"圣上，臣有罪，雌雄双剑不祥，惊扰了圣驾，臣罪该万死。"郑和说。

永乐帝眼里渐渐凝起了寒冰，是呀，雌雄双剑不祥，差一点儿害了他的心腹大将，实在可恼。永乐帝背着手走来走去，忽然，他站住了，看着自己的脚哈哈大笑。太监们慌忙服侍着永乐帝穿上了靴子。

"郑和，虽然这把剑差一点儿害了朕的小江子，却也救了朕的命，杀死了刺客，功过相抵了。"

2

刘江伤愈不久，永乐帝委派他去辽东守边。这是一个极其重要的抉择，辽东是九边之首，是北京的大门，辽东不但直面残元政权，辽东南沿海还长年受倭患的侵扰，南北水道几经被劫，辽东军民物资供应极度不畅。辽东在两面夹击之下一直处境艰难。在永乐帝的眼中，满朝武将，能担当大任的非刘江莫属。此时，大明朝已经大规模兴建北平，将北平改为北京，朝廷各部都将陆续迁往北京。这一系列的动作就是为了宣示天子守边的决心。辽东总兵职责之重大满朝皆知，权力几与藩王无异，垂涎这个职位的大有人在，很多王公驸马都跃跃欲试意图此位。永乐帝选出刘江，也是下了一番决心，他首先要过自己的面子关。永乐帝是一个记仇的人，刘江在靖难之役的关键时刻蛊惑众将避战，是可忍孰不可忍，永乐帝岂能忘记得了？燕军攻占应天府后，明惠帝自焚，朱棣如愿登基坐殿。永乐帝犒赏三军，凡参加靖难之役的将士除刘江以外全都官升三级，与刘江级别差不多的如朱能、张玉、和硕、朱荣等众将皆被封为公侯。满朝文武，独刘江最为尴尬，着实地坐上了冷板凳，成了爷爷不亲奶奶不爱的人。刘江因此承受了巨大的压力，一度有些灰心丧气，他几次想告病还乡，却总也下不了决心。他担心皇上生出疑心，那样就更没有好果子吃了。刘江是一条猛大虫，永乐帝岂能不知？满朝武将，只有刘江才是镇守辽东的不二人选，永乐帝误伤了刘江，一口恶气就算误打误撞地出了，心中再无芥蒂，就下了重用刘江的决心。临行时，永乐帝反复交代辽东的重要性，让刘江务必小心谨慎，再三警告，辽东若有闪失，大明朝也就地动山摇了。

"卿在辽东守着，朕在后面撑着，卿若守不住可以后退，后退时，务必想到身后的朕。"永乐帝盯着刘江的眼睛，悠悠地说，"卿可退，朕却退无可退。"

"臣此去辽东，断不敢有丝毫退意，臣定为圣上守好辽东。"

君臣这就算有了底线交代，刘江作为辽东的第三任总兵走马上任。自马云、叶旺相继去世，辽东两任总兵很有些懈怠，由于多年的经略散漫，辽东北边墙屡屡被袭，辽东南沿海倭患频发，不但边地百姓受到残害，更是严重地阻滞了辽东和山东的海运，这条黄金航道数次被断，大明统治辽东的能力不断下降，外在势力对辽东形成了强大的钳击。

兵部交割手续完毕，三天后，刘江奔赴辽东。他即将统领的是大明朝最精锐之师，参照现代军职，辽东总兵刘江应是国家武装力量的副总司令级别，辽东属地的所有侯、伯及边军都归他节制。

离开南京城，刘江一路向北。他想清静清静，不想大张旗鼓滋扰地方。刘江命总管鞠忠虎领众亲兵沿河而行，他只带着两个仆人乘船出发。几天后，船到了菏泽地界，因河面曲折窄小，船与船触碰。对面船上的两个船夫掉入水中，眼看着就沉没了。混乱中，周边芦荡中蹿出十几只船，堵住了去路。对方要这边出钱为亡者安排后事，否则就一命对一命。刘江识破了对方的伎俩，警告他们不要滋事。刘江的话激怒了这伙人，更多的船蹿了出来，泼皮们一边围攻谩骂，一边朝船上投掷砖石。刘江抬眼一看，各船都站着精壮汉子，手里拿着鱼叉刀斧，一看就是江湖草寇。众泼皮见刘江器宇轩昂，就认定他是个有钱的主家，都吵吵嚷嚷要刘江赔钱。

"爷钱有的是，但是得讲道理，道理讲得通，爷就给钱，讲不通，爷给你们一记铁拳尝一尝。"刘江突然抬高了嗓门儿，"说的算的出来搭话。"

"你别咋咋呼呼的，有话就跟俺说。"泼皮张奎划着船靠了过来，朝刘江翻着白眼珠子。

"你是首领？"

"俺是头子。"

"报上姓名！"

"你算哪根葱？"泼皮张奎问，"你有什么本事让爷爷通报姓名？"

"爷嘛，多了不会，只会两三招本事：第一，善捉妖孽，降伏泼皮无赖那是手拿把掐；第二，爷会舞刀弄剑打抱不平；第三招的本事却是说不得。"

"吹牛吧，怎么就说不得了？"

"听好了，凭爷手中的宝剑，取尔等项上人头如探囊取物一般。"

"哒，你也不怕风大闪了舌头，兄弟们倒要看看你的好本事。"

"爷劝你们还是就此收手，洗心革面重新做人，以前尔等鼠辈打家劫舍屡屡得逞，是因为侥幸。"

"你有什么本事都拿出来吧。"

"正要让尔等回头是岸。"

众泼皮齐声怒喝，有的要跳过来与刘江厮打。张奎摆手阻止了，他感觉到对面这个人不是等闲之辈，好像上辈子就打过交道似的，感觉从心里往外地亲近。张奎掏出一把精钢打造的弹弓，从囊中取出一颗泥丸，冷冷地说："你可敢吃爷爷的三丸开心丹？"

"弹弓？"刘江暗暗吃惊，擅用弹弓者，一般都是精明能干之人，比弓箭更加令对手防不胜防。仆人慌忙拦住了，欲拽刘江回舱，众泼皮一阵哄笑。刘江想了想，自己袍内穿着棉甲，要害部位抵挡弹丸应该没有问题，只要护住眼睛，不至于就怕了他。

"爷让你三丸又如何？"

"你敢让三丸，爷爷就给你们一条生路。"

"休要狂言！"刘江摆好了姿势，直盯着张奎，张奎背过身，突然转过来，一个弹丸朝面门射来。刘江身形一晃，错步朝左侧闪去，弹丸从耳边飞去。刘江刚要站直了，两颗弹丸同时飞至，刘江心急之下，扯过袖子，横在面前，泥丸打在了袖子上，弹在刘江的脸上，脸上生疼。众泼皮大声叫好，刘江的仆人连忙呵斥，和他们对骂起来。张奎盯着刘江，好半天，他摆了摆手，示意放行。

"来而不往非礼也。"刘江说。

"你想干什么？"张奎疑惑地看着刘江。

刘江让仆人去舱里拿他的小弓，他整了整袖子，微微运了一口气，站稳了脚步。仆人将弓递给他。这把弓比正常的弓小了许多，就像是孩子们的玩物。这把弓是父亲亲手做的，他从小就用这把弓练习射箭，用惯了，得心应手。离家这些年，这把小弓虽然早已用不上，却一直没有丢弃，也算是一个念物。张奎用弹弓射他，突然就引发了刘江泯灭已久的童心，他想以牙还牙，用这把小弓教训一下众泼皮。别看这把小弓像个玩物，却是射杀了不少人。关键时刻，作为撒手锏使用，往往出其不意。淮南战场上，燕王被围，眼看着全军士气就要崩溃之际，刘江带着两千骑兵冲进包围圈。南军长兴侯耿炳文杀红了眼，刘江的部队冲进来容易，想带燕王突围就不那么简单了。按照刘江的估算，平原作战，一个骑兵能对付二十名步兵。他的两千名骑兵按理说应该能对付得了眼下的南军，没想到他遇到的是身经百战的耿老驸马，南军迅速在各要道设立拒马桩甚至就地掘壕来应对刘江的骑兵。刘江前头冲去，南军后面就围了上来，每百步一个拒马桩，一字排开，南军士卒依托拒马桩射击。有拒马桩，骑兵冲不起来，一下子没了优势，刘江的兵马被压缩在一个狭小的地带动弹不得。长兴侯耿炳文又派出数乘"火车"朝燕军冲来，战马惊慌，四处乱跑，反而把刚刚聚拢起来的燕军步兵队伍冲得稀里哗啦。刘江的骑兵非但带不走燕军，也随之陷入了重围。马三宝和刘江一致认为，此战以保燕王生命安全为第一要务，部队可以不要，将官可以战死，燕王不可以有丝毫损伤。他们决定分头突围，一队佯攻掩护，一队护着燕王冲出去。刘江举着大盾牌挡住胸前，他站在马背上，四处瞭望，四面都是黑压压的南军，看不出哪个方向是弱点。刘江来到燕王身前，贴着燕王的耳边悄悄耳语，请燕王和他换装。燕王一阵愕然，继而怒视着刘江。马三宝也请燕王跟他换装，两员小将都将生死放置一边，争着为燕王卖命。

"三宝贤弟，让愚兄去吧。"刘江急着说。

"兄长不要和小弟争了。"马三宝低声说，"小弟身残，实在是个无用之人。"

"胡说！"刘江一鞭子抽在了马三宝的身上，"谁不知道你马三宝是一条顶天立地的汉子！"

时间紧迫，刘江以眼色示意亲兵动手，众亲兵一拥而上将燕王围住，脱去了燕王身上的黄袍。为了防止消息泄露，刘江严令周边将士全都背朝燕王，违令者立斩。有个小旗好奇，扭头看了一眼，刘江摘下小弓，抬手就是一箭。小旗惨叫一声倒下，没一会儿，又站了起来，背对着刘江大声喊道："谢刘总爷不杀之恩。"

刘江将燕王的黄袍盔甲穿戴整齐，又拉低了头盔遮住面孔，他命掌旗官鞠忠虎举着黄罗伞紧紧跟随身边，他的两百名重甲骑兵队举着大盾牌跟着他朝外围拥去。马三宝带着亲兵迅速围上了燕王朝另一个方向拥去。刘江走到两军阵前，让掌旗官呼喊驸马爷长兴侯耿炳文阵前说话。鞠忠虎将黄罗伞交给身边小校，只身纵马来到阵前，大声宣告燕王有话要对驸马爷说。整个战场上突然变得静悄悄，四周都停止了骚动，所有人都注意到了这边的情况。长兴侯耿炳文闻讯策马而来，远远地，南军队伍里一迭声喊着："侯爷来了！侯爷来了！"

长兴侯耿炳文勒住了战马，他似乎有些犹豫，担心其中有诈，离刘江有三十步的距离就不走了。刘江朝鞠忠虎使了个眼色，轻声说："让老家伙过来。"

"燕王在此，尔等还不过来领命？"鞠忠虎大声喊道。

"燕王殿下赎罪，老夫受皇上之命前来平叛，此地不是我等叙旧的场所。"长兴侯耿炳文语气透着强硬，"燕王殿下身临绝境，还是趁早下马随老夫面圣吧，久闻燕王殿下绝顶聪明，聪明人必识时务，识时务乃为俊杰。老夫于公于私，必会亲陪燕王殿下回京面圣。老夫将跪求圣上饶恕燕王殿下的忤逆之罪，老夫力薄，还会相邀更多的王公侯爵齐来斡旋，但愿圣上和燕王殿下君臣相视一笑，岂不美哉？燕王殿下大可放心，殿下归来之时，老夫必当以礼相待，军中上下若有对殿下不敬者，老夫定斩不饶！"

"谢耿将军好意。"刘江提了提缰绳，朝前走了两丈地。

"燕王可是答应了？"耿炳文侧耳细听，他迫切想知道燕王是否真的要投降，南北双方打了三年，哀鸿遍野，大局糜烂。作为朝廷肱股重臣，大明朱家的老驸马，他无时无刻不在等着化干戈为玉帛的这一天。不能打了，再打下去，大明国就要散了架子。谢天谢地，性情强悍的燕王终于答应投降了。看在太祖皇帝的金面上，他耿炳文豁出老命也要居中调和，不能让朱家骨肉继续相残下去了。刘江轻提缰绳，一边说着话一边慢慢靠近，他的声音越来越低，如同喃喃自语。耿炳文年老耳背听不清楚，他放了缰绳，靠过来两丈地，中军官飞马过来，一把扯住了缰绳，被他一鞭子抽开了。

"燕王征战漠北，为大明立下赫赫战功，谁都可以疑燕王使诈，独随燕王扫北的将士不可以！"耿炳文大义凛然地说，"包括老夫在内。"

"孤决定弃剑下马，与驸马爷去先帝爷陵前撞天屈。"刘江大声说。

"燕王殿下有此决心，当天下庶民之幸，当先帝之幸，当朱家之幸。"耿炳文捻着胡须哈哈大笑，他终于听清楚了，燕王决定投降了！他高兴得掉下了眼泪，他终于以一己之力平息了叛乱，他挽救了大明。此时，他并不是为自己立下了不世的大功而喜悦，他是为大明终于恢复了秩序而高兴。刘江将手中的宝剑高高举起，朝耿炳文靠近。中军官横冲过来，高声呼喝："燕王殿下！请弃剑下马！"

"贼蠢汉，敢和孤如此说话？"刘江一勒缰绳，战马抬起前蹄，使劲朝前刨着。耿炳文虚抽了中军官两鞭子，中军官稍稍退后。刘江靠近了，俯首将宝剑插在了地上。耿炳文抻着脖子，朝着刘江的脸上仔细看。

"燕王殿下，几年未见，怎的如此变化？"

刘江伸手从怀里扯出了小弓，突然搭箭弯弓，一箭射向耿炳文。耿炳文根本没有防备，这一箭正中他的面门，他大叫一声，栽下马去。刘江抬手又是一箭，将中军官射下马，对面的副将牙将一窝蜂般地冲了过来，刘江的重甲骑兵迎面上来，将刘江裹入阵中，南军遇到重甲骑兵如同遇到了一堵墙，枪扎不入，箭射不进。重甲骑兵举着骑枪前进，大地都在颤抖。

"驸马爷已死！燕王必胜！"刘江振臂高呼。旗牌官会意，带着众人高喊："驸马爷已死！燕王必胜！"

身后的燕军齐声呐喊，南军一时惊愕，阵脚开始松动，马三宝那边趁机猛冲，战场态势顿时扭转。刘江镫里藏身，俯身拔起宝剑，率领骑兵朝南军冲去，狠狠地咬住了南军主力。南军组织了多股兵马朝刘江而来，刘江冲到哪儿，哪儿就是如潮的南军。马三宝率队寻觅缝隙突围，大队人马一举冲了出去。跳出包围圈以后，燕王站在岗上，看着山下的激战旋涡，刘江的力量越来越弱，南军的队伍越来越整肃。燕王一声叹息，连呼："还孤的刘大胆！还孤的擎天玉柱！"

马三宝等将领簇拥着燕王往老营方向赶去，马三宝命断后部队放了一排震天炮，也算是和刘江做了最后的告别。

3

刘江掂了掂手里的小弓，不禁感慨万分。泼皮张奎眼看着刘江，不清楚他拿着小弓要做什么。他不相信这个小玩物能射箭。正疑惑中，刘江突然一箭射去，张奎腾飞起来，羽箭从双腿之间穿过。众泼皮一阵惊呼，另一支箭朝张奎面门而来。张奎本能地甩了一下头，羽箭射中他的头巾。第三支箭闪电般地射来，他下意识地伸手挡了一下，羽箭射中了他的胸口，如大石撞击一般，张奎眼前一黑，心想，这回彻底完了。张奎忽然万般后悔，为何要与对面的汉子放对呢？在一片惊呼中，张奎睁开了眼睛，他捡起羽箭，却见上面没有箭镞。

"谢爷的不杀之恩。"张奎心中万般羞惭。

"壮士，这回可否报上姓名？"

"小可乃江湖草芥，人称草上飞张奎是也。"

"张奎，你何不收了这没本钱的营生，跟爷去辽东建立功名？"

"辽东？"张奎疑惑地看着刘江，"请问爷尊姓大名？小可竟然与爷有些相熟。"

"我家主人乃一品衔大都督辽东总兵刘大帅！尔等强人自缚送官吧。"仆人大声说道。

"刘大帅！"张奎慌忙跪下，朝着刘江连连磕头，他痛骂自己有眼不识泰山。各船上的泼皮见状都趴下来给刘江磕头。张奎禀报刘江，他们都是关外辽东流转过来的军户，都是老实巴交的屯民，因上司盘剥欺负，实在活不下去才跑到关里，流落到运河上做这没本钱的买卖。自从做了贼，每天都提心吊胆，一旦被官军捉住，剁手砍脚事小，恐怕家人也要跟着遭殃。

张奎发誓愿意跟随刘江回辽东建功立业。

"刘大人，如果小人敢违背誓言，有如此箭。"他一把折断了箭杆。

"哦？原来你们还是军户。"刘江心里也活泛了，各卫屯垦军户频频出逃的情况他早有耳闻，朝廷也多次派员下查，查来查去，都绕不过官长的一个"贪"字。全国各地的卫所官长贪婪成风，榨干了屯垦军户的骨髓，有的更是欺男霸女鱼肉属下，忍无可忍的时候，就出现了逃兵现象。刘江此去辽东，也考虑过重点整顿军纪，打击贪腐，还辽东治下一个朗朗的晴空。张奎这班泼皮打家劫舍也提醒了刘江，既然屯垦军户有逃亡的，编守的军户有没有逃亡的？如果编守的军户都在逃亡，那就说明大明在辽东的统治基础已经岌岌可危了。

"天杀的贼囚！"刘江恨恨地骂了一句。他抬眼环视了运河上的这些人，个个面带悲怆神色，神态间也不像是贼坏。带他们走！一来运河上少了这伙剪径强人，造福过往船只；二来让他们重新归队，不但免了他们的逃脱之罪，他们的父兄家族也得以赦了连坐之罪，这是好事。

"归队后得挨爷的二十军棍责打，尔等心甘情愿吗？"

"情愿挨打！情愿挨打！"众人齐声说，有个半大孩子的声音特别突出，"只要爷不砍小的脑袋，怎么打罚小的都认领。"

"爷不砍你的脑袋！"刘江说，"如果胆敢犯爷的军纪，爷要砍下你的小鸟喂王八。"

"天爷，俺可不敢了！"少年吐了下舌头，"没有小鸟可如何解手？"

众人都笑了，紧张的气氛得以舒缓。张奎遵照刘江的命令，将一干人临时编配成一个小队。刘江命他们上岸寻找总管鞠忠虎，跟着大队亲兵一起走陆路。张奎担心上岸说不明白，搞不好会白白让官军包了饺子。刘江察觉到这些人有畏惧之色，就索性改了主意，让张奎选两只好船，带着众人乘船北行。众人欢呼雀跃，喜气洋洋。

"战场上刀枪不长眼睛，尔等怕不怕死呀？"刘江问。

"启禀爷，哪有不怕死的人？"贫嘴的少年抢着说。

"真到了战场上，那就不能怕死，刀枪专找怕死的狠攘。"

"启禀爷，小的又不怕死了。"少年说。

"如何又不怕死了？"刘江问。

"爷不是说，谁怕死就先被攘吗？"少年说，"小的可不想被人攘死。"

"小鬼头，报上姓名吧。"

"启禀爷，小的无父无母，是石头壳里蹦出来的货。"少年笑嘻嘻地说，"俺自小是乡邻养大，记事的时候就听人说俺是野孩子。当初包裹俺的被子上绣着'乐众'两个字，他们都管小的叫乐众，有的还叫俺王八蛋乐众。小的也不知道到底应该姓什么叫什么。"

"乐众？确实有你这个乐姓，哎，想你父母一定是遇到了劫难，逼不得已才抛弃你的，不要怨恨他们，你就叫乐众吧。"

"谢爷，谁再叫俺王八蛋乐众，俺大耳刮子扇他，敢还手，让爷打他的板子。"

"对，大耳刮子扇他。"刘江突然喜欢上了这个苦命的孩子。

船行到通州，刘江带着众人弃船上岸，和鞠忠虎的队伍会合。刘江见乐众顽皮可爱，就让他跟在身边伺候。人马一路北行，不日就到了山海关。山海关守关游击带着千总以上将校在城外等候多时，见到刘江，众将纷纷叉手施礼，向大帅问安。刘江扫视了一眼，有的将校依稀面熟，想必是一起南征北战的老弟兄。他朝大家摇手示意，被众将簇拥着进了城。紧邻城门左边就是明军守关军营，山海关自魏国公主持建成，雄伟壮观，人称天下第一关。山海关的守军有两支千人队，游击、千户、把总等武将多人。关内没有文官设置，随军家属也按军营编制统管。朝廷曾经派员查勘，敌军若强夺山海关，非百倍兵力不能得。刘江被众将请进了后堂，洗了把脸，顿觉神清气爽。他让仆人赶紧出去找一找玄武庙，拿着他的帖子拜见一位叫玄慈的道长，如果方便，务必请玄慈道长来营中一叙。

休息了一会儿，游击进来陪刘江闲聊，这位游击曾随大军征讨过漠北，叙旧后，刘江立即就对他另眼相看了。刘江是个念旧的人，对那些跟他出生入死过的老弟兄总是关怀有加。游击向刘江汇报了山海关的城防建设情况，刘江对他的一些举措非常看重，嘱咐尽快报到辽东总兵府，届时，他将予以大力支援。两人又说了些闲话，刘江就让游击出去召集把总以上的将校到议事厅训话。

见面会上，刘江提到了严格治军的设想，提到了奖惩条例。命令各营将校务必搞好城防与海防建设，防止倭鬼上岸滋事。刘江要求山海关老龙头一定要加强防御层次，加强瞭望台的布局，必要的时候可以在外海的几个岛上设置烽火台。会后，众将散去。仆人回禀说，玄慈道长找到了。只是他不愿意重游军营，希望在玄武庙里会见刘江。刘江微微一笑："这家伙，这么多年了，还是要争一争面子。"想着两个人在漠北的过命交情，刘江又长长地叹了一口气。时光荏苒，当年骁勇善战面目狰狞的猛大虫恐怕也变成了慈眉善目的老道了，他却依然是那个刘江。

他真的还是那个刘江吗？

刘江的心里头蒙上了一层阴影，为什么当初没和玄慈道长一起急流勇退呢？眼见外面朗朗晴空，月上柳梢，刘江站在窗前，目视着明月，想着过往，情不自禁地哼唱起一段小调：

咸阳百二山河，
两字功名，
几阵干戈。
项废东吴，
刘兴西蜀，

梦说南柯。

韩信功兀的般证果，

蒯通言那里是风魔？

成也萧何，

败也萧何；

醉了由他！

东篱半世蹉跎，

竹里游亭，

小宇婆娑。

有个池塘，

醒时渔笛，

醉后渔歌。

严子陵他应笑我，

孟光台我待学他。

笑我如何？

倒大江湖，

也避风波。

唱到最后，他呆住了，是呀，倒大江湖，也避风波。多么精辟。他久久地思索着，心里头黯然怅惘。乐众走了进来，点着了烛火。刘江自言自语："江湖真能避风波吗？"

"回禀大人，小的大字不识一筐，一天到晚就知道吃，什么都不懂的。"乐众傻呵呵地接话道。

"哪个要你懂了？"刘江沉着脸说，"休要啰唆！"

刘江命人备下一对儿湖笔、一方歙砚，再找几件从南边带来的点心，让乐众等亲兵拎着去玄武庙。玄武庙离军营并不远，出了军营，直接往西走，绕过一片黑松林就是了。两个亲兵在前面提着灯笼照亮，刘江和仆人走在中间，乐众和两个亲兵跟在后头。出了黑松林，爬到了高崖上，眼前就是一座小庙。玄慈道长站在门前，远远地招呼着："刘兄，刘大胆！"

164

"好你个家伙！竟然躲在这儿享清福了。"刘江笑呵呵地走向前，两人面对面站着，互相打量着对方，月光下，只能看个大概。玄慈道长忽然打了个恭，气氛一时凝重，刘江郑重地还礼。

"打扰道长清修了。"

"哪里，哪里，月为故人明，刘帅踏月寻来，小庙蓬荜增辉呀。"玄慈道长转过脸，仰望着天空，云彩中露出了一轮银色的圆月。

刘江回头望去，大海上银波粼粼，仿佛眼前的一切都变得那么的缥缈。两人又重新面对面，借着朦胧的月光，对视了一眼，彼此点了点头。刘江迈步走了进去。

玄慈道长对辽东的山川地理非常在行，他很小的时候就发宏愿要走遍辽东的山山水水，梳理描绘辽东的河山地理图。早在漠北战场上，玄慈道长和刘江就聊过辽东。他们相约，战争结束后如果都还活着，一定要到辽东地面上走一走。玄慈道长当时叫刘玄慈，他的博学给刘江留下了深刻的印象，辽东的风土人情也给刘江留下了难以忘怀的印记。刘玄慈抗命获罪，被关进木笼中待斩时，刘江疾驰二百里，抢在午时赶到大营，跪爬到大帅的膝前，请求饶恕刘玄慈。大帅面对着刘江的苦苦求情，一直沉默不语。刘江愿自降一级承担刘玄慈的错失。大帅这才答应饶了刘玄慈一命。后来，刘玄慈再酿大错，又是刘江求情，最终，刘玄慈被撵出军营，流落江湖。

刘江被圣上委派去辽东上任，第一个就想到了刘玄慈。动身前夕，刘江动用了旧部的关系，终于打听到了刘玄慈在山海关一带落脚。他立即修书，六百里加急送到山海关，让守军务必找到刘玄慈。并请就地等候他，刘江迫切想听听刘玄慈对辽东的战略谋划。

"不战而屈人之兵乃为上策。"玄慈道长胸有成竹，一张口就说出了自己的思路，"兵法云：兵不入险地，观大局，弃小利，帅才也，大事可成！"

"敌来犯如何？"刘江问。

"自卫反击，一击必中，一中必成齑粉，使敌从此打消再犯之念。"

"一击必中？"刘江仔细咂摸咂摸，玄慈道长的这个战略方针有一定的道理，大军不能疲于奔命，而是应时刻保持着"动如脱兔，静如处子"的状态。如今，用兵用的是钱粮，朝廷多年打仗，花去海量的银子，死伤无数精壮丁汉，造成大量田地荒芜。朝廷早已没有打大仗的能力，这一点，他心里有数。以前，只知道打仗，越有仗打越高兴，根本就没有想到打仗里头包含着这么多的学问。

玄慈道长赠给刘江一箱子辽东地区地理图，这些地理图都是他和徒弟们精心绘制的。他打开一张辽东全貌地理图让刘江看，山川河流城堡集镇面面俱到，看起来辽东就像半张大饼。玄慈道长对照着地理图将他的辽东防卫的整体思路通盘讲了一遍。辽东总兵府共领二十五个卫两个州，哪个卫是防，哪个卫是攻，哪个卫适合农业生产，哪个卫适合兵员补充，玄慈道长都讲得清清楚楚。甚至每个地区的风土人情都说到了。刘江第一次见到这么详细的辽东地理图，第一次听到了这么详细的讲述，心中对辽东有了初步的印象。玄慈道长指着辽东最南端的金州卫说："刘兄，你要万万小心金州卫这个地方，金州卫是辽东的门户，也是命穴所在。"玄慈道长看着刘江的面色，突然顿住了。刘江神情淡然，仿佛心不在焉，玄慈道长微微有些失望，看得出来，刘江并没有重视这个"命穴"之地，玄慈敲了敲地理图上金州卫的位置："刘兄，你可不要小瞧了金州卫呀。"

"哦，金州卫，我岂敢轻视，抱歉，我刚刚有些走神了，突然想起了洋河畔的老家。"刘江拱手道，"兄请接着讲。"

"金州卫起源于秦汉时期，汉武朝，设置沓氏县。汉末黄巾贼子为祸中原之时，此地为辽东公孙氏盘踞。三国时期，曹魏、东吴都看中了这个地方，占领金州，就意味着打通了中原汉家与关外乃至东胡各族的联系。曹魏派司马懿多次率军征讨此地，公孙氏眼见败势已现，便联合东吴孙权坚守辽东南，三方在沓氏，也就是当今的金州卫地带展开了殊死较量。司马懿部队和东吴部队相继从海上登陆，三方在哈斯罕关决战，直打得石破天惊，日月无光。公孙氏兵败率众投海自杀，东吴劫掠数千人口南下。司马懿将沓氏县数万人口迁往山东，尽毁沓氏城池，后几百年不得重生。"

"原来还有如此渊源？"

"刘兄，中原与辽东的生死相依就在于金州卫的这条海路线，而不是山海关这条陆地线，海路一直是中原汉家进入辽东的血脉。隋唐时期，辽东南被高句丽占据，隋唐两朝发兵百万，多次渡海打击高句丽，胜负相当，隋朝却因战高句丽耗干了国库而亡国。唐王李世民亲率两路大军，一路是从长安经边地飞驰而来，在辽阳卫附近驻扎，这一路唐王御驾亲征，大将薛礼为前部先锋，大军所向披靡。另一路由瓦岗寨出身的郧国公张亮指挥，从登州渡船而上，在金州卫登陆，大军强行攻下连鸟亦飞不过去的万丈天堑卑沙城，一举俘获高句丽兵将八千余口，辽东南再次收入中原囊中。刘兄，自此，贫道悟出：辽东乃蛮夷之地，各种族如草芥飞扬，随风而起，遇雪则枯。中原大军平叛辽东，必须伸出两臂，左臂为陆路山海关一线，右臂则起登州府走海路至金州一线，双臂合力方能百战百胜，缺一不可得辽东也。"

"说下去，说下去。"

"契丹辽国与宋国对峙，在辽东南建立了苏州城，设置苏州府衙，也就是现在的金州卫，这辽东南就此和中原割断了联系。辽国灭夏以后，将万里之遥的西夏皇后一族迁往苏州看守屯聚。该族乃色目人种，男女皆彪悍且力大无穷，该族私改姓氏为夏，大有怀念故国之意。辽国与宋、金两国连年用兵，对金州夏氏的看管逐渐懈怠，金国女真灭辽，将苏州改为金州后，夏氏一族没了仇敌看管，其势力在金州逐日坐大成势，开枝散叶至今已百年久矣。金州地区因而民风彪悍，山野草民皆能使枪弄棒。除了惯使枪棒，金州卫百姓还擅长采石，力壮者攀高山峻岭采集巨石或制槽贩卖，或打造石块筑墙建房。"

"哦，原来如此深奥。"

"此地人还擅长狩猎和下海捉怪，端的是虎狼之辈。到了辽代后期，女真大将兀术欲与宋国联合夹击辽国，女真和宋双方使者走的就是金州这条海路，哈斯罕关虽然警备森严，还是没能拦阻住双方使者往来，最终，大辽被金国和南宋联手灭掉。元朝区区不足百年，金州卫作为元政军伐日本的重要辎重基地，域内一度设置了数百养马场，端的是大军给养枢纽之地。我大明朝开国，大将马云、叶旺从登州府起兵渡海，攻占哈斯罕关，趁势拿下金州城，朝廷在此设置金州卫，并委派官员治理，辽东都司成立后，将金州卫作为全辽东最甲等的卫所经营，朝廷水路运送物资皆在此地转换。"

"哦！哦！"

"刘兄，玄慈敢跟你打赌，一旦金州卫有失，辽东三个月内必失无疑。"

"玄慈兄，弟全都记住了，金州卫好比是辽东的眼珠子，对吗?"

"岂止是眼珠子?"玄慈道长摇了摇头，"大帅，金州卫乃辽东心脏也。"

"那么，总兵府所在地的广宁卫呢？"

"广宁卫只是在山海关与金州卫的交叉线上，广宁卫才是辽东的眼，金州卫是辽东的心，眼盲者未必能死，心若坏，必死无疑。"

"玄慈兄，弟记住了金州卫的重要性，谢兄指教。"

"刘兄，刘大帅，贫道与你乃过命的交情，得知你来主持辽东大局，贫道大笑了三天，连呼圣上英明！你来了，辽东定能稳如磐石。辽东百姓再也不会生灵涂炭了。大帅，贫道心浮气躁，身在玄门，心却念念不忘红尘。哎，贫道冒昧地向刘大帅进一言，代辽东百姓乞求大帅不要穷兵黩武，辽东百姓急需休养生息呀大帅。"

"玄慈兄，本帅虽然戎马半生，却也不是嗜杀成性之辈，本帅到任后，定会如履薄冰，与民同甘共苦。"

小道士端两碗汤进来，玄慈道长请刘江喝一碗，刘江也没在意，端起来就喝，忽觉眼前一亮，神清气爽。

"大帅，这汤有个名字，乃九九回转汤。"玄慈道长微笑着说，"贫道出家前曾喝过一次，至今口有余香。"

"怎么？这么多年了还口有余香？"刘江笑着问，"竟如此神奇？"

"大帅，这汤里的食材却是大海里的神物，传说是东海龙王座下的妖仙异种，这妖仙七星贝不是良善之辈，每两年必到海中兴风作浪，掀翻渔船，上岸糟践渔家闺女，百姓敢怒不敢言，受尽了这厮的腌臜气。前日，觉华岛上的渔民来找贫道，报说有黑面皮身材矮小的女子进入内宅，连日迷惑民女，与女同床久宿不走。官差缉拿，这人穿着裙衩，跃上房顶揭瓦砸打官差，口吐鸟语鬼音，人莫能辨。闻听他言者大都头疼欲裂，还有甚者伏床不起如醉如痴。"

"道长可用七星剑斩了这个妖孽！"

"刘兄，贫道断定是海中七星贝这个孽畜来搅，遂带着徒弟前去作法捉妖，连着两日，孽畜躲在房上与贫道抗衡，贫道最终念动大火如意咒，七星贝不敌，从房屋滚落摔死，魂灵被贫道收在坛中。"玄慈道长看刘江听得入神，喝了口茶，又继续说道，"徒弟从孽畜的尸体上找到了一妙物，似一把仙草，长约半尺，碧绿久置而不枯萎。众人不知此草为何物，贫道细看，突然想起年轻时曾经在金州城见过此草，此草乃东瀛扶桑所产，名曰九九回转草。"

"九九回转草?"

"据《史记》秦始皇本纪记载,徐福上书说海中有蓬莱、方丈、瀛洲三座仙山,有神仙居住,上有能使人长生不老之回转草。于是,始皇派徐福率领童男童女数千人,预备三年粮食、衣履、药品入海求仙问草。徐福这贼厮鸟率众出海数年,并未找到神山,回来推说巨鲛阻碍,要求增派射手对付巨鲛。始皇派遣大队射手跟随他再次入海,射手于途中射杀了一头大鱼,后徐福在东瀛扶桑找到了长生不老草,这贼厮鸟动了邪念,再也没有回转,独自食用仙草,力量大增,在东瀛自立为王。这贼厮鸟找的长生不老草就是九九回转草,倭人书籍中却有记载。贫道曾在金州城喝过一次九九回转草做的汤,却没弄清倭人是如何将这仙草送到金州卫的。话扯远了,贫道在七星贝的尸体上得了这神仙药草,恰刘兄走马到辽东来,享用了这仙家美食,岂不是天意?"

"弟比始皇幸运,居然喝上这等长生不老的神汤。"刘江心里头颤动了一下,金州卫居然有东瀛的仙草?"咳,老兄啊,差一点儿让你这一顿神聊给编派进去了。"

"出家人不打诳语,贫道实话实说,那日作法抓到的七星贝其实就是倭寇。"

"倭寇?"

"是的,长得像恶鬼一样丑陋的倭寇。"

"倭寇怎么到这边来了?"

"贫道也无法猜透。"

两人沉默了,灯花炸了一声,刘江抬头看去,窗外已经微微见亮了。刘江听了一宿的故事,最终,在"倭寇上岸"这节骨眼儿上停住了。玄慈道长剪了灯芯,屋里又亮堂了许多,两人互相凝视着,刘江终于明白了玄慈道长的一片苦心。老友重逢,总有说不完的话,两个人又说起了当年在塞外征战的所见所闻,打听了一些老人的下落。当听玄慈说起许多老人回乡后因伤生活困窘,刘江深深地叹了口气,这些他都早有所闻,也为此忧心。临出京,他曾经写下了一道奏折,请朝廷加大对伤残老卒的抚恤。刘江思之再三,这道奏折最终没有递交上去,他认为还不到时机,勉强递交上去,也很难被朝廷重视。如今,玄慈道长提起这事,他只能连连苦笑。

窗外露出了一片曙光,刘江起身告辞,与玄慈道长相约在广宁镇总兵府再见。玄慈道长喊来一个少年，介绍说这个少年是他的徒弟。玄慈道长命少年拜见刘江。少年连忙撩衣给刘江跪下磕了三个响头。

"大帅此去北边，就让小徒随军跟你历练历练吧。"玄慈道长说。

"贤高徒肯于随军报效国家，实乃难得。"刘江捻须微笑，"只不过，军营里太苦，战场上刀枪又不长眼，一旦伤了贤高徒，岂不坏了老兄的情谊。"

"刘兄，说起来，小徒的先父也不是陌生人，生前也是跟随你我征战漠北的旧人。"

"哦？"刘江猛地一愣，"旧人之子？世兄武艺如何？"

"小子不敢在老大人面前献丑。"少年嘴上谦虚，却有些跃跃欲试。

"乐众，乐众！"刘江朝屋外面喊，亲兵乐众答应了一声，推门进屋。

"你俩比画比画剑术如何？"

乐众看着少年，少年看着乐众，两个人忽然转过头，齐齐地看着刘江。

"大人，他是谁？"乐众表情怪异。

"你又是谁？"少年问乐众。

"等等，玄慈兄，你快看看他俩。"

"天哪，像，真像！"玄慈道长擎着烛台，仔细地照着两个人的脸，两个人的脸就像一个模子里扣出来的一样。玄慈道长放下烛台，朝刘江打了个恭。

"刘兄，天助刘兄，就让这两个少年郎成为你的左膀右臂吧。"

刘江也感到蹊跷，真是天作巧合？两个素不相识却长得一模一样的年轻人竟然会聚在他的身边，想想也是一桩让人开怀的喜事。他命二人比剑，试试彼此武艺的深浅。为了不伤及对方，玄慈道长命徒弟去找了两根木棍，每根棍上都沾了白灰，比试前言明，身上沾的白粉点儿就意味着剑伤。两个少年并肩出了丹房，站在庭院里。刘江和玄慈道长出来时，两人已经打在了一起，刘江看了两眼就忍不住暗暗摇头，乐众根本就不是少年的对手，如果不是少年想展示武艺，乐众早就被他打趴下了。少年显然是位武术高手，一招一式，清清楚楚。乐众被逼得手忙脚乱，身上净是白点子，假如少年手里拿着的是把宝剑，乐众早就被戳成了血葫芦。少年在乐众的衣衫上，左一下，右一下，画符似的点着白点子。乐众疲于奔命，毫无还手之力。玄慈道长渐露不悦之色，少年炫耀得有些过了，显得轻浮无礼。玄慈吹胡子瞪眼，要阻止徒弟的轻狂。刘江朝他压了压手，示意沉住气。刘江想看看少年最终如何收场。少年腰肢摆动，长臂伸展，仿佛江南少女河边浣纱一般轻柔。少年虽然瘦弱，腰腹部的力量却很足，弹跳力非同一般。

乐众又一次被刺中后，少年的手上加了劲儿，乐众站立不稳，突然就跌坐在地上。好在是把木剑，只是将乐众的衣服戳破了，乐众疼得仰脸干号，让刘江喝住了。玄慈道长冲过去，朝少年的额头猛点了一指，少年的身子摇了几下，似有醒悟，朝乐众深施一礼。

"兄长在上，请谅小弟乐群鲁莽则个。"

"乐群？"乐众愣了一下。

"乐群？"刘江愣了一下。

"乐群，你也姓这个姓？大帅，他也姓这个古怪的姓！"乐众像哭又像笑，痴痴地问，"兄弟，咱爹娘还在吗？"

"回这位兄长，小弟父亲多年前战死在沙场，母亲也被恶人屠戮，小弟一直是师父抚养成人的。"

"兄弟呀。"乐众咧着嘴哭了，他跺着脚说，"俺也是个孤儿啊！"

4

一晃就是三年。三年来，刘江殚精竭虑，紧盯着北方大草原上的一举一动。眼梢儿却一直没敢放松对辽东南的关注，他曾几次带着随从乘船去往金州卫，每次巡视，都会发现不少问题。金州卫的海岸线极其特殊，到处都是岛屿，犬牙交错，很多岛屿荒无人烟，根本就没有官兵值守。刘江力主修筑烽火台和烟墩，计划将金州卫的西海岸和东海岸各自修建一条几百里的烽火台和作战烟墩。这些烟墩全都归金州卫统一管理和指挥。在几次巡视中，刘江在东海岸青云河河口一带发现了重大隐患。每逢涨大潮的时候，海上过来的大船可以顺流直上内陆十余里。刘江第一次带船试着上去的时候，吓了一跳。这还了得？深入腹地十余里地而畅通无阻，一旦敌人来犯，岂不等于让人掏心挖肝了？当地百姓也证实了刘江的疑虑，自洪武朝始，倭寇便经常从青云河河口登陆，每次劫掠后都能做到毫发未损地脱身。倭寇每次来都是三五成群，趁涨潮时机，乘船进入内河，一直行进到退潮船只搁浅，倭寇上岸，赶到亮甲店一带烧杀抢掠。刘江带着亲兵队，沿着倭寇上岸的路线试着走了一段，不到二十里地就是一座山岗。当地百姓告诉他们，这座山岗就是亮甲店地区最高点——望海埚。站在望海埚的岗上，周边几十里尽收眼底。刘江打开地理图，对照着实景参详这一带的地形特点。亮甲店地区是一片冲积平原，境内有两条河流，一条是青云河，一条是北大河，在两条大河的哺育下，亮甲店成了富饶的鱼米之乡。望海埚的东南部，有浩大的一片水田，像棋盘似的向海边延伸。水田间有两片并不相连的湖泊，当地百姓称为水源地和泉水泊，水源地和泉水泊天然调剂了大旱时节和大水时节的水量进补，保证了稻米的稳产。望海埚的正北面却是一片旱地，高低不平的岗上岗下种植着好大一片粟黍和大豆，满眼一片绿海，微风拂过，绿浪滚滚。

为什么不在望海埚上建立墩架呢？

刘江眉头紧皱，甚至觉得墩架的概念也有些小了，不足以表达望海埚的重要性。假如在此地设置重兵把守，倭寇还能来去自如吗？望海埚一带的百姓得知刘江是广宁镇来的官爷，就纷纷推举年老稳重的人上前请命，请务必为当地百姓生灵着想，找到阻击倭寇劫掠的好方法。倭寇年年来抢夺，当地百姓被糟蹋得如惊弓之鸟，官家年年抗倭，却一直没有成效。

倭寇上岸劫掠，少的时候有十几人，多的时候能上来百八十人。每次来都能得手，也不是官军畏惧不战，而是倭寇太过狡猾，声东击西，让官军疲于奔命。官军分散在海岸线上的各烟墩据点里，每个烟墩据点的士卒人数反而不如倭寇多。每当等到官军闻讯聚集来战的时候，倭寇早已跑得无影无踪。

"墩架呢？烽火台呢？"刘江大声问，他不敢相信金州卫的海防建设如此糟糕。

人们带着刘江来到望海埚的北坡查勘，让他看一个未完成的工程。洪武初年，耿将军在此修建城堡。不知什么原因，只是挖了地基，填埋了石头，就再也没有动静了。

"为什么这么多年没有继续建堡？"刘江愤怒地问，这一问却如同石沉大海。

刘江赶到金州卫衙门，调阅了洪武年的档案材料，查验的结果让他大为震惊。从洪武初年耿忠报请朝廷要建望海埚城堡算起，朝廷分几次下拨建设银两，这些银两足够建堡的。堡呢？事实上，洪武七年，在一份报给朝廷的奏折中，望海埚城堡被描述得已经初具规模。不用问，这个城堡是画出来的。前朝的一大批蛀虫欺上瞒下，将这座重要的军事要冲贪腐掉了。白花花的银子竟然养了一群硕鼠。刘江恨得咬牙切齿，几次提笔要给圣上写奏折，揭露这桩肮脏的贪腐大案。每次，随军谋士张启田都会想方设法地阻止，劝刘江一定要冷静行事。

"大帅初到辽东任职，辽东数百骄兵悍将都在看着大帅的一举一动，凡事都要倚靠朝廷树威，不该是大帅的选项。"

张启田的劝阻让刘江清醒了。是呀，自己堂堂的一军之主，不能遇到问题就去找主子做主，那样也难以服众。刘江听从了张启田的建议，放弃了上奏，心里头却一直窝着这口恶心。既然这件让人恶心的贪腐已经过去许多年了，他刘江也只能咬着牙将恶气窝在肚子里，也只能不了了之。他不想在辽东再惹出洪武年间官场上发生的滔天大案，杀的人太多了，大明朝不能再这么折腾下去。文臣武将全都杀了，谁来治国？谁来卖命守卫疆土？刘江硬是吞下了这口恶气，暂且饶恕了可恶的硕鼠，倭寇多次成功上岸劫掠，难道和这些硕鼠的存在没有关系吗？他下了决心，只要硕鼠敢再冒头，他一定新账老账一起算。

从金州卫回到广宁镇总兵府，刘江对辽东南抗倭大计已经了然于胸，他立即上奏朝廷，请求在金州卫的望海埚重修一座坚固的屯兵城堡。何谓坚固？当然是用石头和砖砌成的，相对夯土夯的城堡，建筑成本要高出许多倍。在辽东修建城堡可不是一件容易的事，自洪武年间始，朝廷在辽东设置了二十五个卫，每个卫设置一个或两个城堡，为巩固辽东，朝廷的财力已经达到极限。

奏折呈上去不久，朝廷派员下来查勘，同时，还跟来一拨锦衣卫。刘江不愿面对锦衣卫，他猜测一定是朝廷发觉了望海埚的遗留问题。这个疖子一旦被挤破，一定会引起官场震动的。刘江命乐群带着差官从海路去望海埚考察，他嘱咐乐群，陪伴期间，差官如若问起工程方面的事，乐群不必出头，只请金州卫当地官员应答。乐群领命，带着一行差官去了牛庄，从牛庄河道上船，入了大海，船只扯了帆篷直下金州卫。差官在望海埚附近考察了几天，又录了若干百姓和当地官员的口述，他们没有沿路返回，直接走海路去了胶东。

永乐十四年五月，刘江再次来到金州卫，亲自主持在旅顺口、西沙州、三首山等地修建烽火台七座。转过年，朝廷决定择机兴建望海埚城堡，让辽东总兵府拿出具体的施工方案和预算方案，朝廷将根据情况拨付款项。在望海埚城堡还没兴建之前，辽东卫可以自主修建必要的墩、台、架，费用从当年的税赋中扣除。刘江担心开工后有人从中渔利，坏了他的抗倭大计。于是，就让谋士张启田亲自去了一趟金州卫，交给金州卫都指挥使徐刚、副都指挥佥事钱真一封信，提醒他们务必亲自监督工程。他特别警告两位军政大员，此工程如若出现贪腐，彼此再无相见之日。

自此，以望海埚城堡为核心的辽东南沿海防御作战体系得以确立。

根据玄慈等人的观望天象，以及辽东都司档案中记载的洪武年以来倭寇每次上岸的时间分析，刘江发现了一个规律——倭寇侵扰辽东南都在春夏之交。玄慈道长更是进一步指出，春夏之交正是南风和西南风变幻不定的时候，他认为，春季里主要星象是：参横斗转、狮子怒吼、银河回家、双角东守。参宿横于西南天空中，斗柄由冬季指北转向春季指东，狮子座在春季星空中最突出，大角星和角宿星各守东天一角。也正因此，三宫星变，身处混沌旋涡之中的辽东南会在春季里出现大动干戈的星象。

春夏之交，所有的大凶都指向辽东南的金州卫。以往记录在案的倭寇骚扰也恰好都在这个季节里。这不是巧合，南风和西南风变化多端的初夏之交，对于日本西海岸的船家来说，便是扬帆西去的大好时节，这个时节，许多武士、浪人会集，伺机买船下海。广宁卫是辽东总兵衙门的驻在地，也是辽东最精锐的骑兵屯聚地。广宁卫依托着医巫闾山的沟壑天堑，应对北面一片辽阔的大草原，战略意义重大。刘江上任几年，励精图治整军备武，辽东的军政环境渐渐有了起色。对于辽东的军队来说，练兵难是一方面，但还有更难的，让刘江挠头操心的还有筹集钱粮，辽东远离内地，军需供给困难。刘江每天一睁开眼，就是全军官兵吃喝拉撒的烦恼。他无时无刻不在和钱粮打交道，都快成算账先生了。购买粮草需要钱，建设各卫所工程需要钱，生产建设需要钱，士卒训练需要钱，救济军民需要钱，春播种子需要钱，农具需要钱，打造刀枪当然也需要钱。他的耳朵边上净是"钱钱钱"，无论走到哪里都有人追着"讨债"，刘江苦不堪言。

这一天，总管鞠忠虎递上文书，请求刘大帅批复下拨官兵换装的钱，来之前，鞠忠虎带着算账先生核实算计过了，辽东全军换夏装所需费用十四万两银子。刘江心内焦急，紧盯着鞠忠虎，仿佛对方是个要债的恶鬼一般。鞠忠虎硬着头皮说："大帅，眼看着一天比一天暖和，让士卒着棉袍实在……"

"忠虎，你得容本帅喘口气呀。"

"是，大帅，属下也是没办法。"鞠忠虎低头退了下去。他心里最清楚，大帅手里确实没有钱，朝廷拨付的钱都被方方面面挪用了，寅吃卯粮，到处都是要补的窟窿。辽东卫就是一个填不满的大坑。他这个总管当得实在憋屈，背地里总挨人家骂，大帅骂过了也就骂过了，下面的将领却拿他当个出气筒一般。有的竟然说全军的钱财都让他鞠忠虎搬回自己家了。鞠忠虎还得忍着，找谁蹦跶去？谁让他是大帅的心腹了，他得替大帅分担责任。眼看着一天天热起来，夏装换不上，天知道下面的人会骂成什么样。

唉，大帅呀大帅，赶紧想想办法吧。

亲兵乐众外出巡查了半个月回到广宁镇，乐众这次出行属于替大帅微服私访，一路上心气很高，回来后也顾不得歇口气，赶紧面见大帅。乐众禀报，他亲眼得见汤池子一带的士卒自行脱去棉袍，胡乱换成百姓的单衣，大营里进进出出如同驻扎了一群叫花子。更有一些士卒将棉袍里的棉絮套子掏出来私自出卖，他们穿着没了棉絮的袍子应付上司，既得了钱，又凉快了许多。刘江瞪着眼睛听着禀报，想象着将袍子里的棉絮套子拿出去卖的士卒有多么的可恶，恨不能将他们全都抓起来，狠狠抽上几鞭子。

"大帅，你别瞪着小的，也不是俺要去卖棉絮套子，你就是借给俺两个胆子，俺也不敢。"乐众躲闪着刘江咄咄逼人的目光。

"哦，哦，你快去拆棉絮套子吧。"

"大帅，俺可不敢犯军纪。"乐众大声说。

刘江反复盘算着换装这件事的得失，本来，他还有些歉疚，耽误了换装，为难了下面的士卒。听到乐众的调查禀报，他心里头竟然坐下了一个不好的念头，仿佛全军士卒都像汤池子大营一样营私舞弊。他有了一个极端的念头，干脆停止一年的军服更换，一背一抱正好能省下三十万两银子。三十万两银子能干多少大事？可以在边地买到更多的蒙古马，也可以建设更多的墩、台、架。既然士卒有本事自行解决军服，干脆就任凭他们胡闹，眼不见心不烦得了。刘

175

江将总管鞠忠虎的呈文压了下来，他一时还没有想出更好的办法，只想把这件事先推开来，既然汤池子那边的士卒能让棉袍变成单衣，其他地方的士卒也应该能想出度夏的办法来。

自来到辽东上任，繁忙的公事让刘江放弃了许多习惯，他就像一个陀螺一样被时间的鞭子抽着走，唯一没有扔下的就是早起练功。他要求亲兵队出早操都要带上他，哪怕他忙了一宿刚刚睡下，也要在他的窗下吹螺号。练过剑以后，还要到各营走走，看看训练情况。广宁镇周边大山里驻扎着他的铁骑部队，铁骑部队是刘江在原有的敢死队建制的基础上组建的重甲骑兵部队。其他各卫所士卒的任务是守土，广宁卫铁骑的任务就是机动。重甲骑兵作战理念是墙式挤压打法，一排百人的重甲骑兵看起来就是一堵密不透风的墙，专门用来对付步兵的冲锋，无往不胜。铁骑形成战斗力需要练习各种配合技能，刘江最看重的是各兵种的联合战术训练。他要求铁骑身后必须有步兵保护，步骑一定要联动。一个百人队的铁骑必须有千人队的步兵配合，步兵和铁骑须借力沟谷河川演练配合，沟谷前埋伏步兵，等敌方骑兵靠近的时候，步兵弓弩射杀，待敌方混乱之机，重甲骑兵从正面冲击，步兵随后压上。为安全起见，刘江要求百人队铁骑不许和千人队以上敌军对峙，百人队只打敌军百人队。各级将佐都不许贪功，以防被围歼。至于步兵，他要求得更加严格和细致，强调战场上前后左右中各营的移动有序和各司其职，要求千人队以上各营都得按照大营的结构驻扎和训练，每个千人队都被编制出各自偏重的课目训练，努力打造成特点各异的团队。他对骑兵的要求非常苛刻，尤其是边防前线各卫各堡，务必重训练而轻实战，步兵有把握解决的战斗不能轻易放出骑兵参战。骑兵是朝廷银钱堆起来的宝贝，好钢要用在刀刃上，绝不能轻易受损。他要求骑兵单独行动时，只可离城或堡三十里之内，超出这个范围，带队将佐将受到严责。

无论是骑射还是步射，士卒必须牢牢掌握射箭本领，射箭是军中最为基础的技能，下级官职升迁首先要考察射箭成绩，射箭成绩好者优先提拔。辽东总兵府会定期派员到各营检阅，奖先罚后，骑兵每箭须射一百步，步军士卒每箭须射一百二十步，这是硬指标，没有任何商量的余地。一旦不达标，骑兵立即退到步兵序列，步兵或改为长枪手或改为藤牌手。射箭时需要士卒的臂力和目测力，这需要下笨功夫，一般情况下，生手若要练为成手，必须苦练三年。考核还有一条硬指标，箭手一炷香之内必须射出一壶箭，命中率须达三成以上。战时老营要求轻装骑兵每人须携带两支弓、六十支羽箭、一杆骑枪、一把宝剑；铁骑须携带刀剑、长枪、战斧、盾牌、套索，还要统一着锁子甲，坐骑也要披挂厚重的铁甲。

刘江经过多年的经营，手下铁骑有了雏形，在塞北草原上，人人都惧怕刘江的辽东铁骑。小孩子哭闹的时候每每提到铁骑来了，当即就闭口不哭。按照征伐漠北时的奖励方式，刘江将重甲铁骑列为特殊补给单位，士卒每天都有半斤肉吃，战时，马匹也有肉吃。

刘江喜欢操练阵法，有的阵法已经很古老了，刘江就带人钻研阵法的漏洞，弥补缺陷，找到新的变化窍门。这方面，乐群起到了重要作用。乐群从小跟随玄慈道长学习百家之术，对前人传下的阵法有着一定的研究。乐群还曾演练过新的阵法，这个阵法的最大妙处就是因地制宜，最少只需九个士卒，就可以抵抗一百人一个波次的冲击。刘江几次观看了这套阵法，也觉得很精妙，适合战场上短兵相接。阵型摆好后以少胜多的概率很大。他让乐群先带着亲兵队演练，待演练成熟后，刘江亲自带队挑战，乐群率领九名士卒以锯齿形站队，或伏或立，无论如何变化，这九个人之间的距离关系是不变的，即便射杀了其中一人，另外八人照样能通过既定的配合，绞杀攻击一方。刘江非常认可这个阵法，让乐群在中军各营传授此阵法，待时机成熟后推广到辽东各卫所。乐群请刘江给这个阵法取个名字，刘江捻须而笑。

"玄慈道长的一碗九九回转汤，至今本帅口有余香，这个阵法既然是你创设，望你不忘师恩，那就叫'九九伏虎大阵'吧。"

"谢大帅！"

5

1418年的春天，刘江再一次巡视辽东南，由于烟墩架堡建设一直让他不满意，每一次到金州卫，刘江的火气都很大，各级官员让他骂了个灰头土脸。即便如此，很多建设工地还是出现了偷工减料的现象，有的还没等官军进驻便坍塌了，刘江重责了几名官员，本来想顺藤摸瓜，拿几个大官作伐，却一直深挖不下去。为了摸到真实的情况，刘江此次南下决定微服私访，一旦查实有人向海防工程伸黑爪子，他定要杀几个以振军威。为掩人耳目，刘江只带着张奎小队的亲兵陪伴从广宁镇走陆路前往辽东南。一行人在海州卫查出了问题，他没有惊动卫所官员，只是暗中让人通报给总兵府，命人到海州拿人。刘江打算到了金州卫以后，把收集到的问题全都列出来，届时，总兵府衙门就可以大张旗鼓地下来整肃。刘江万万没有想到，近在咫尺的金州卫发生了特大倭患，等待他的将是一次剧变。

马雄岛被倭寇熊本一郎率队偷袭，这一切，金州卫上上下下都被蒙在鼓里。熊本一郎的隐蔽手段非常极端，他紧紧跟着岛主曹云和，几乎形影不离，即便夜里睡觉，也要挤在一铺炕上。他比谁都担心曹岛主会向岛外发出求救信号，虽然他有许多理由相信曹岛主不会这么做。

月圆的晚上，好不容易挨到深夜，侯许氏听熊本一郎鼻息均匀，估计他睡熟了。侯许氏忍不住掀开了曹云和的被子，钻进了曹云和的被窝。侯许氏仗着夜黑，豁出脸去揉搓岛主，她多么希望岛主能回应她，将她揽入怀里呀。曹云和就像一个冰人样一动不动，一点儿反应都没有。侯许氏折腾够了，也冷了下来，她明白，炕那边躺着倭鬼，岛主怎敢和她亲热？

"倭鬼呀倭鬼！"侯许氏回到自己的被窝，牙咬得咯咯响。

自此，侯许氏对熊本一郎恨透了，这个该死的倭鬼，白天鬼影子缠着，夜里也不放松。老天怎么不打雷劈死他？侯许氏的眼前总是出现幻影，一天到晚恍恍惚惚，熊本一郎去井台提水，她就想象着飞奔过去，一把将他推到井里淹死。熊本一郎杀鸡的时候，她就想象着抓起刀子，一刀将熊本一郎的脖子抹了。她常常走神，每当熊本一郎走到跟前，朝她"嘿"的一声，她便会吓得一哆嗦，眼前的幻觉突然就消散了。

马雄岛成了孤岛，再也没有人来关注他们，哪怕上面来人仔细瞧一眼"盐兵"的脸也会发现疑点的。熊本一郎站稳了脚跟，倭鬼的几只大船装扮成渔船，在附近海域游来荡去，其间，劫持了一只运盐船，抢了布匹银两后将船凿沉。在海上漂泊久了，船上的倭鬼都很疲惫，首领冢野大君就带着他们偷偷来到马雄岛上休整。岛上突然下来了一百多人，就更加乱了，到处都是鸡飞狗跳。熊本一郎和首领冢野大君商量，建议以大局为重，约束众人不能胡来，一旦闹出乱子，激起岛里女人的强烈反抗，那将影响潜伏大计。这么多的人留在岛上，也很容易暴露目标。首领冢野大君听从了劝告，休整了几天以后，带着怨气重重的倭鬼们离开了马雄岛。临走时，首领冢野大君命熊本一郎务必尽快打通一条通道，好让他们大抢一把。

熊本一郎不敢怠慢，决定带三个手下前往内地打探。他命令其他人一定要看紧曹岛主，切莫让他跑了。熊本一郎和众人相约，一旦三天内没有回来，必须立即杀光岛上的人，然后迅速和海上的首领冢野大君会合。熊本一郎下达命令的时候曹云和就在身边，为了起到震慑的效果，他又用汉语向曹云和复述了一遍。

"汝带三人不可行。"曹云和讨好地说。

"哦?"熊本一郎听懂了，既然三个嫌少，那就带上四个。少了四个人，岛上的留守就显得薄弱了许多，熊本一郎让留守的倭鬼都警醒点儿，夜里要轮流在道口值更。众倭鬼齐声答应，保证尽职尽责，看护好马雄岛。熊本一郎正要出发的时候，被曹云和拦住了。

"大明律法规定：没有通行文书，普通百姓只许走五十里，否则便要见官问罪。"

"见官问罪?"熊本一郎怔住了，他紧紧盯着曹云和，眼里冒出了一股寒光。他倒退了回来，抬手给了曹云和一记耳光。

"尔等记着吾的话，吾等三天之内没有回来，就是遇难了。尔等就杀了他，把头发上戴花的女人带到对马岛，给盲眼人做妻子，尔等明白吾的意思吗?"他又用汉语对曹云和说了一遍，曹云和的脸色当即就变了，慌忙说："吾祈求佛祖保佑汝等三天内准时回来。"

曹云和跑回议事厅，趴在案上写了一张条子，盖上了关防大印。此通行文书证明熊本一郎是受命到卫所衙门讨要夏装事宜。熊本一郎端详着文书，频频点头，他揣好了文书，朝曹云和深鞠一躬，这才带着四个倭鬼出了马雄岛。

熊本一郎平时训练武士行进要有秩序，谁在前谁在后，相互之间如何接应，都必须清清楚楚。这次出岛也不例外，他打头里走，一里之后，再跟上喜志。喜志后面是桥下四郎，一个跟着一个，后面的要观察前面的动向。一旦有事，可以根据情况选择逃脱或者救援。为了避免路人生疑，熊本一郎将范阳斗笠扣得很低，几乎遮住了眉毛。如果不俯下身子，谁也看不清他的脸。这五个人当中，除了熊本一郎会说汉语，其他人都是"聋子"和"哑巴"，熊本一郎吩咐遇到紧急情况时由他一人出面交涉。五个人都已经走出马雄岛了，曹云和从后面追了上来。

"尔等的刀不能这么插着，这不是让官军一眼就认出身份了吗？"曹云和气喘吁吁地说，还比画着给他们看。明军的腰刀一般都是斜挂在腰间，并不像太刀那样插在腰带上。放弃太刀改佩腰刀？这个念头一闪，熊本一郎就否决了，不能换刀，一旦遇到紧急情况，其他任何兵刃都无法和太刀相比。太刀就是武士的第三只胳膊。曹云和明白熊本一郎不信任腰刀，既然如此，曹云和便建议他们每人扛一捆柴，将太刀藏到柴里。熊本一郎想了想，这样更麻烦，不利于遇到突发事件拔刀而上，他朝前方挥了下手臂，示意照常走下去就是了。

走出马雄岛快有十里路了，他们也没有见到一户人家。熊本一郎有些发急，再这样走下去，也许连路都找不到。必须尽快遇到路人，仔细打听路线，不能就这么瞎摸着走下去。每一次钻进树林里，他都暗暗心惊，担心会突然遇到明军的伏击。熊本一郎的手总是紧紧握着刀柄，随时准备拔刀而上，哪怕是一阵风突然吹来，都会让他毛骨悚然。这一带山路崎岖不平，走着走着，就成了小路，没走几步，路突然就断了。荒烟蔓草之中，胡乱走一阵，又总能遇到一条新的小路。

走到一个山岗上，熊本一郎回头往后看去，忠次他们朝这边不紧不慢地走。岗下是一片稻米地，微风吹过，像海上泛起的层层波澜。熊本一郎突然有了一种幻觉，仿佛回到了老家，回到了对马岛上。老家也是这样的，站在山岗上，望着打鱼的船回来，看到海上一道道金色的光芒，心中就会升腾起美好的愿望，那是一条通往幸福的路，那是一条金色的大道，那是所有武士都魂牵梦萦的远方。

6

父亲是勇敢的武士，是一个让人怕又让人敬爱的武士。下山村的人见到父亲，就像耗子见到猫一样。直到父亲走远了，他们还要双手按在膝上，朝父亲的背影深深鞠躬。很少有人敢和父亲对视，除非他天生是个傻瓜。武士是不可侵犯的，侵犯武士就会招致灾难。虽然武士从来不和农民纠缠斗气，农民却依然从骨子里怕武士。武士见到农民，只是习惯性地瞪一眼、哼一声，并不会主动欺负他们的。熊本一郎一家虽然住在下山村，却和下山村的农民不一样。小的时候，熊本一郎和村里的孩子玩耍，每次都不那么尽兴。妈妈随时会出现在街头把熊本一郎喊回家，也不解释为什么不让他跟村里的孩子玩耍。如果熊本一郎和村里的孩子打架了，吃亏的一定是村里的孩子。熊本一郎一直以为他们天生就是胆小如鼠的家伙，天生就不是他的对手。

村里的孩子也不都是让熊本一郎瞧不起的，自从樱子的乳房鼓得快要遮不住了的时候，熊本一郎就意识到自己不敢与樱子对视了。他想见她又怕见到她。他变得神经质，变得茶呆呆的像个傻瓜。他经常到村里转悠，希望突然碰到樱子，偷偷看她一眼，当真碰上了樱子，他又慌得如同丢了魂儿。有一次，因紧张，他竟然一头撞在了大树上。樱子捂着嘴笑，樱子的笑声飘过了耳畔，飘了许多年。熊本一郎羞得狠狠揍了自己一顿，本来，他想饿自己三天以示惩罚。第二天，他又一次遇到樱子的时候，樱子居然抿着嘴朝他鞠躬致敬。他偷眼看去，樱子端庄大方，一点儿都没有瞧不起他的意思。

熊本一郎原谅了自己，也朝樱子鞠躬致敬。

一起玩耍的下山村的孩子都长大了，都跟着父兄到田里干活去了，他们见到熊本一郎，不再嬉闹说笑。他们也像父兄一样远远地朝他鞠躬。然后低头走开，走得很远了，还要频频回头望他。这一刻，熊本一郎非常难受，感觉自己被伙伴们抛弃了，简直就像个傻瓜一样。

有一天，樱子失踪了，没有人告诉他樱子去了哪儿。他想知道樱子去了哪儿，却无从去问。熊本一郎再也听不到樱子清脆的笑声，熊本一郎的耳畔总是响着樱子的笑声，他明白，这样的笑声是幻觉。樱子像空气一样飘得无影无踪，只留下一串接着一串的笑声。熊本一郎在村里走来走去，他四处趑摸，所有的女孩都看到了，只是没有趑摸着心爱的樱子。有一天，熊本一郎突然听到妈妈说，领主要带一些俊俏的女孩子去明国朝贡，或许将女孩子留在明国。妈妈只是随口这么说的，熊本一郎的心却突然揪成了一团，疼得浑身发抖。他担心俊俏的樱子被领主进贡给明国，他怀疑樱子真的被领主送给了明国。他痛恨领主歹毒，为什么不把樱子留下来？神圣的英明的领主能不知道熊本一郎爱慕着樱子吗？熊本一郎祈祷有一天樱子突然回到村里，也许，明国不许朝贡船进港呢，也许明国看不上小个头儿的樱子呢。熊本一郎每天都要跑到山坡上，远眺着大海，盼着载樱子的船会突然归来。樱子搂着包袱，走下船板，一直低头朝村里走来。樱子遇到他，朝他鞠躬，从他身旁走过，樱子发出一阵清脆的笑声。

熊本一郎就在核桃树下练刀，每当累了的时候，就会跑到山顶上眺望大海。他每天会起早贪黑地到核桃树下练刀，每天要无数次地跑到山顶看着大海。练刀是他的功课，太刀是他的胳膊，练刀就是要把这只胳膊安在身上，像那两只胳膊一样自如。每年的秋天，父亲都要回来检查刀术。一旦发现功力没有进展，父亲就要狠狠地惩罚他。父亲惩罚他还要顺带着惩罚妈妈，父亲打他的耳光，用太刀砸打他的腿骨和手掌。这些，熊本一郎都不怕，咬住牙挺着就是了。他就怕父亲朝着妈妈吼叫，父亲的吼声低沉而有力，像山涧上冲下来的轰轰作响的大水。每当这时，妈妈就会趴在榻榻米上，脸埋在胳膊弯儿里。父亲命令妈妈抬起头来。妈妈抬起头来，满脸都是泪水。每一次受到训斥，妈妈的胸口都要疼好长一段时间。甚至父亲下次回来了，妈妈的胸口依然还是疼的。熊本一郎发誓不让妈妈再挨骂，他要苦练刀术，争取让父亲表扬一次。不但要父亲表扬，还要尽快成为一名合格的武士。如果樱子回来，领主也会因为他是一名合格的武士而同意将樱子赏赐给他的。熊本一郎相信有这种可能，前提是他要成为一名合格的武士，他相信只要自己努力，总会心想事成的。

樱子失踪以后，熊本一郎不再到村里乱转了，他已经注意到了有人在背后戳戳点点，他猜这些人知道了他心中的秘密。他是武士的儿子，迟早也是一名武士，他有尊严，为了尊严他不能问任何有关樱子的讯息。他得把自己的相思藏起来，假装若无其事的样子。他不想让下山村的农民耻笑他。他在核桃树下练刀的时候，总是习惯性地朝山下看一眼，看着小街，猜着樱子会从哪一边露出头来。秋山家的姑娘长得像樱子，走起路来也是一颤一颤的，有几次，从小路上露出头，熊本一郎误以为樱子回来了，他跳起来就朝山下跑。熊本一郎当时一定是昏了头，他想不顾一切地拦住樱子，大声问她："樱子到哪里去了？"他甚至都不怕当面流下委屈的泪水。

跑到半路的时候，秋山家的姑娘觉察到了，她抬头朝山上看。熊本一郎一下子就定住了，他看得清清楚楚，不是樱子，是秋山家的淳子。虽然淳子长得一样好看，还有一双会笑的眼睛，可是，她不是樱子。

熊本一郎喜欢的是樱子。

熊本一郎朝山上慢慢退着，他都快羞死了，仿佛尊严被丢在地上任人践踏。淳子捂着嘴笑，还朝他扬了扬手，淳子咯咯笑着，一颤一颤地走开了。和樱子一样，淳子也是喜欢笑的，淳子的笑声也像风铃般的动听。一个夏天过去了，熊本一郎的刀术不但没有进步，还明显地退化了。一刀砍去，呼呼带着风啸，却没有一点儿威力。父亲要的那种没有风声的刀势，他怎么也做不到。

"好勇斗狠的都是蠢货。"父亲骂道，"真正的武士首先是士，是有雅量的士，不是蠢货。出刀不在凶而在快，看谁的刀快，刀快者胜也。"

父亲要求严格，他认为力量不应该在手腕上，而在全身。想练好刀术，必须先练好力量。熊本一郎把核桃树当成了靶子，他每天要练无数次的快速闪击，也要练习无数次的背后反击。因为火候不到，背后反击差一点儿让他害了一个人的性命。下山村的人都清楚，熊本武士练刀的时候是不能看的，人们到山上采摘的时候，都要绕过大核桃树，尽量不与熊本家人碰面。熊本一郎练习背后反击的时候，突然听见一声浅笑，熊本一郎本能地反手一刀戳向了背后。笑声戛然而止。熊本一郎猛地回头，一眼就看见了一个女孩，美得让他吃惊。

是秋山家的淳子。

淳子长成大姑娘了，她早就注意到了这个整天板着面孔的小武士，当小武士朝她奔跑的时候，巨大的幸福撞击着淳子的胸口。淳子以为，那一刻就是欢喜大神附体。淳子喜欢上了小武士，淳子不想将来当农民的老婆，她想过上有尊严的生活。在一次争吵中，哥哥戏谑道："淳子不是想嫁给又蠢又疯的小武士吧？"哥哥说这话的时候故意眨着眼睛，还粗鲁地放了一串响屁。淳子气坏了，真想踢哥哥几脚，她大声地阻止了哥哥："哥哥的模样就像讨厌的浪人。"

哥哥恼了，他诅咒着妹妹，说她这辈子注定要嫁给浪人。淳子痛哭不已。怎么会呢？她的小武士怎么会是浪人呢？小武士虽然有些蠢笨，可他毕竟是武士的儿子，将来他是最有可能当上武士的，怎么会是浪人呢？淳子开始了想入非非，淳子想到了如果嫁给熊本一郎，自己就一步登天了。

如何能嫁给他？

如何能吸引他？

　　淳子想尽了办法。这一天，她终于决定亲自向小武士表白，她把自己打扮得像一只花蝴蝶一样，脸上涂了厚厚的白粉，从镜子里看去，浓浓的发鬓，白白的脸庞，樱桃小口，粉嫩的脖颈，啊，多么美的淳子呀。淳子大着胆子上山，一路上，心里头模拟着见了小武士以后该如何表白。来到了核桃树下，淳子有些犹豫，一路上想的词儿全都忘了，她想回去，又不想就这样地离开。她发觉离幸福很近很近，她都听到了幸福的心跳声了，只要坚强地向前走一步，幸福就与她合二为一了。淳子靠近一步，淳子又靠近一步，她想近距离地看看熊本一郎，她盼着能引起熊本一郎的注意。熊本一郎只要看她一眼，就会把她嵌入眼底里的，到那时，她就是全天下最幸福的女人了。可恨的哥哥，他总是嘲笑淳子什么都不懂，嘲笑淳子是一个彻头彻尾的大傻瓜。哥哥说她是一个大傻瓜的时候，居然还失手打了她一记耳光。哥哥看起来有些愧疚，他主动告诉淳子："武士每天都可以吃到一碗粳米饭。"

　　"粳米饭？"淳子眼前一亮，她吃过粳米饭，秋收的时候，小孩子们都要到田里去捡粳稻。眼尖手快的孩子一个秋天能捡回来一小口袋粳稻，为了捡粳稻，甚至会被鸟儿啄伤了手。一家人把捡来的粳稻合在一起，运气好的时候，能凑成一盆粳米。春节这一天，全家人能吃上一顿香喷喷的粳米饭。下山村的农民一年之中只能吃上一个粳米饭团，年景不好的时候，连一口都吃不到。吃粳米饭团的时候，每个人都要说吉利的话，还要叩拜父母，感谢父母的养育之恩。武士却不是这样的，无论年景好坏，武士都可以天天吃上一碗粳米饭。

　　"做武士还有什么好？"淳子问。

　　"做武士可以不受村里人欺负。"哥哥答。

　　淳子对武士产生了浓厚的兴趣，对熊本一郎产生了浓厚的兴趣。她每天都要看一眼熊本一郎，她终于不甘心总是躲在暗处，她一步步地往前靠，每天靠近一点儿，她甚至怀疑熊本一郎早就看到了树丛中站立着的花蝴蝶一样美丽的她，只是这个小武士面皮薄害臊而已。终于，她靠到了跟前，她大胆地出了一声，她不确定是笑还是哼，只是这一声，熊本一郎的刀闪电般地戳向了她的前胸。淳子皱着眉头，想笑，却忍不住掉下了眼泪。熊本一郎呆呆地看着她，都忘记了把太刀抽回来，太刀的刀头一直顶在淳子蓬勃而起的胸上。熊本一郎似乎能体会到她的胸像海浪一样起伏着。

"你是谁?"

"我是秋山家的淳子。"

熊本一郎想起来了,秋山家的淳子,长得很像樱子的淳子。熊本一郎点了点头,真想问一句"你知道樱子去哪儿了"。这么一想,熊本一郎身上的血就涌上了脑袋,就觉得眼前一片模糊。淳子的手握着刀头,她担心小武士会突然将她杀了。她想哀求,想跟他说自己并不想偷看他练刀。熊本一郎盯着淳子,淳子的脸换成了樱子的脸。小脸蛋儿,大眼睛,是她,穿着紫色的裙子,是樱子。樱子总是嫣然一笑,不,樱子总会爽朗地笑,樱子的笑声像风铃般清脆悦耳。樱子出现了,像菩萨一样出现了。熊本一郎的目光像蜡烛一样,闪着火苗,熊本一郎朝着淳子迈出了一步。

淳子惨叫一声,她的胸被太刀戳疼了。熊本一郎猛地将太刀抽回来,淳子又是一声惨叫,她的手上全都是血。熊本一郎一把抓住了淳子的手,吮着鲜血,这一刻,他像一条嗜血的狼狗。淳子浑身发抖,淳子浑身发热? 发冷? 淳子热泪盈眶,身子软得像条蛇。熊本一郎抱住淳子,淳子是热的,淳子是冷的,淳子是软的,淳子又是硬的。淳子被男人紧紧缠绕着,她委屈,更多的却是惊喜,这个蠢笨的小武士意识到了她的存在。终于,她被蠢笨的小武士揽在了怀里。她离梦想更近了,更近了,她就要和幸福合二为一了。她要嫁给小武士了,她要做一个有尊严的女人了。淳子情不自禁地抱住熊本一郎,抱得紧紧的。熊本一郎还是一个少年,他什么都不懂。淳子懂,淳子什么都懂,淳子已经是一个成熟的女人了,淳子滚烫的嘴唇像蘸了蜜糖一样。熊本一郎吻到了蜜糖,就再也不松口了,这个蠢笨的小武士,他多馋哪。呀,呀,可爱的小武士,呀,呀,笨拙的小武士。

熊本一郎遇到了火,他的身体突然就被点燃了,他感觉到了灼热的炙烤。他笨手笨脚的,他手忙脚乱的。他抱着一团火,转眼,他又像抱着一块冰。他是火,他又是冰。他紧紧地搂着淳子,淳子就像一条软绵绵的虫子一样,淳子就像一条忽冷忽热的滑溜溜的虫子一样。熊本一郎担心是一个梦,一个让他难受的梦,一个让他心碎的梦。淳子的舌头伸进了熊本一郎的嘴里,淳子的舌头上蘸着蜜糖,熊本一郎找到了蜜糖,就像黑熊遇到了蜜糖,就再也不松口了。

淳子想笑，笑他蠢笨，想推开他，又担心吓着他。她忍着，极其幸福地忍着，她在熊本一郎的怀里扭捏着。熊本一郎突然就懂了，朝她怀里摸索，淳子的怀里蘸着蜜糖。淳子慢慢地朝后倒去，慢慢地躺在地上。熊本一郎使劲搂着她，生怕摔着了，淳子使劲地倒了下去，熊本一郎被带倒了，熊本一郎怎么就摔倒了？他的力量呢？怎么就倒在了赢弱的淳子的身上？淳子把粉嫩的脸颊迎了上去，试着贴上了熊本一郎的脸颊，试着让熊本一郎亲她的脸颊。

"蠢笨的小武士，熊本君一定会是武士吗？"

"武士，一郎一定会是武士！"

"熊本君会娶淳子吗？"淳子问，"淳子可是卑贱的农民的女儿。"

"…………"

熊本一郎喘息急促，喉咙里有一条虫子，喉咙里有一只手在摁着，让他喘不上气来。他身下的反应已经很强烈了，他的身体里冲出了一根巨棒。淳子掀开了衣裙，淳子只能做到这一点，她已经没有力气了，这是她最后的力气。淳子伸展着，迎接着熊本一郎鲁莽的闯入。熊本君是武士的儿子，熊本君一定会成为武士的，熊本君一定会娶他的。淳子愿意当武士的妻子，愿意当熊本君的妻子。她要快快乐乐地当一名每天能看着丈夫吃一碗粳米饭的武士的妻子，这辈子，还有什么比这个更让人高兴的呢？武士，武士，淳子叫着，她打开心扉，让武士进来，进入她的身体。熊本一郎真的进入了淳子的身体，熊本一郎感觉到了前所未有的快乐，他快乐得都要飞了。淳子的每一次扭动又像扇动翅膀的鸟儿，淳子的一声声尖叫更像是扇动着翅膀的鸟儿。

"武士！武士！"

熊本一郎突然也要叫了，他从心里感谢这个可爱的姑娘，这个姑娘让他长出了一对儿可以飞翔的翅膀，这个姑娘让他尝到了蜜糖的滋味。

"啊呀啊！"他情不自禁地喊着，"樱子！樱子！"

樱子以为自己听错了，樱子确认自己没有听错，樱子吃惊这个男人为什么会喊出自己的名字。他像牛一样鸣叫"樱子！樱子呀！"这个男人已经不是梦里头与她相亲相爱的男人了，这个男人也不是村里人说的那样每天都在寻找着她的痴情男人。这个男人像个傻瓜一样，这个男人一切都是假的。这个假的男人不是熊本一郎，这个假的男人肮脏而又卑劣。

淳子突然感觉到了某种外来的力量在牵扯着她的兴奋神经，这股力量太强大了，像狂风一样将她的幸福扯烂了。她被扯得如同碎片一般，她果断地停止了扭动。熊本一郎的快乐才刚刚开始，他放肆地狂喊着："樱子！樱子！"他一边喊着，一边快乐地抽动着。他第一次体会到了男人的快感，他不停地喊叫着，仿佛整个大山都是他的床，床上流淌着蜜糖，流淌着他的快乐。

樱子感到羞耻，甚至感到愤懑，这个假的熊本一郎凭什么如此放肆，这个假的熊本一郎凭什么喊着她的名字，樱子捡起了太刀，她举着太刀，想尝试着斩掉这个卑鄙的头颅。她转念又放弃了这个念头，这个头颅和她梦里看到的那么相像。

樱子的泪水滚落下来。

淳子一动不动，她没有料到熊本一郎的嘴里会出现樱子的名字，怎么会呢？没听错，他喊的确实是樱子，是樱子，明明是淳子呀，怎么会有樱子呢？淳子突然像死了一样，幸福正在从她的身上剥离而去。

熊本一郎试图要吸吮淳子的嘴巴，淳子别过脑袋，他够不着，索性就那么趴着，趴在一个柔软的虫子身上。

"樱子！樱子！"淳子忽然看见了樱子，急切地说，"小武士是淳子的，不是樱子的。"

"你是谁？"熊本一郎像个傻瓜一样问身下的淳子。

"我是秋山家的淳子！"

熊本一郎突然看见了身后站着的樱子，是从淳子的瞳仁里看到的，他觉得一股寒意，刀一样刺入后背。他转过头，看见了流泪的樱子，熊本一郎踉跄着走到樱子面前，熊本一郎深深鞠了一躬，委屈地问："樱子，你去哪儿了？"

"樱子去了山后的姐姐家。"樱子说。

"美穗子姐姐的孩子生下来了吗？"淳子问。

樱子点了点头，脸扭向一边。

"樱子。"熊本一郎欲言又止，他想说，"一郎一直在等着樱子。"

这话，谁信呢？

樱子走了，她双肩拢着，一颤一颤地下山去了。本来，她想到核桃树下给熊本一郎一个惊喜；本来，她是笑着来的，她听村里人说起熊本一郎的痴傻，她的心里都乐开了花。她要好好犒劳这个对她钟情的小男人。然而，她看到了不堪入目的一幕，一切都化为青烟。她不过是做了一个梦，梦醒了，一切都是梦。她要走了，她走得决绝。她已经不是来的时候的她了，她再也不会笑了，她只会哭。

第七章　明军饷银被劫

1

前面站着一个人，没等熊本一郎反应过来，这个人突然蹿进林子里。眼下这一带到处都是槐树林，深不见底。熊本一郎假装什么都没看见，继续朝前走去，他用眼角余光扫来扫去，看见了树下的一只羊，正仰着脸望着这边。熊本一郎突然拐了个弯儿，惊鸿似的冲向槐树，树后头的那人想跑，被熊本一郎一把拽住了。

"军爷，小可是平头老百姓啊。"

熊本一郎打量着他，这人张口说话时，牙齿很齐整，看样子也就二十岁的年龄。这人也是戴着范阳笠，穿了一身短袖窄腿衣衫，看穿戴，像个农民。熊本一郎问："金州城，怎么走？"

小伙子没听懂，愣愣地看着熊本一郎的嘴。熊本一郎就把关防文书拿出来，指着上面的"金州"两个字，小伙子摇着头："军爷，小可却不识字。"

"金州城，明白？"熊本一郎耐着性子又问。

小伙子听懂了，捡起一根树枝，在地上边画边说。从眼前这条小路向西走，走上二里地，就能遇到红嘴堡，从红嘴堡拐头向南，越过青云河，再走六十里路就是金州城。熊本一郎皱着眉头，仔细听着，不时抬头远望，将信将疑。

"汝可否带路？"熊本一郎加重了语气，"带路！带路！"

"军爷，小可还得砍两捆烧柴。"小伙子摆着手说，"耽误了活计要挨揍的。"

"带路，吾赏钱与汝。"熊本一郎摸出了几枚铜钱，塞到了小伙子手里。

"军爷，今天是家兄提亲的日子，小可得赶紧回去帮着忙活。"小伙子将钱还给了熊本一郎，牵着羊就要走。熊本一郎的脸冷了下来，目光中射出一道寒气。小伙子打了个愣神，不敢和他对视。熊本一郎的手举到头顶，摆了个奇怪的手势，嘴里打了一声长长的呼哨。喜志跑到了小伙子的后面，挡住了去路。喜志将刀架在小伙子的脖子上，没等熊本一郎发出命令，喜志手腕一抖，小伙子惨叫一声。喜志再出一刀，小伙子就被捅死了。惨叫声惊动了林中的鸟儿，鸟儿呼啦啦地飞起，在头顶上绕来绕去。熊本一郎望了一眼，远处草浪滚滚如翻江倒海一般，一个人兔子一样朝坡下飞奔，一边跑一边喊："强人！强人杀人了！"

熊本一郎摆了下手，几个手下分头追了下去。转过一个垭口，那人没了踪影。熊本一郎带人朝垭口下面摸去，下面有十几户人家，房子是黄石砌的墙，屋顶铺着黑色的海草，看起来和对马岛的房子一模一样。熊本一郎站在垭口，数着房子，估摸着村里的人数，始终不敢下决心闯进去。垭口上面突然射来一支箭，射中了涧川的胳膊。涧川急促地叫了一声，又慌忙捂住了嘴。熊本一郎连忙藏到一块大石头后边，喜志和涧川也都跟了上去。垭口上飞下了一阵箭雨，还扔下了几块巨石。熊本一郎蜷曲在石头后头，急出了一头冷汗，喜志被巨石砸伤了腿，疼得龇牙咧嘴。熊本一郎越发急了，这样下去，迟早都会被砸死的。他瞄着垭口，两面都是三人高的土岗，就他们几个人很难攻克。熊本一郎发现岗子的半腰处有一棵枣树，那儿恰好是个死角，石头砸不着，箭也射不到。他小心地爬了过去，涧川、井上刃、桥下四郎也跟着爬了上去。熊本一郎摘下腰带甩到了树上，迅速攀了上去。熊本一郎猫着腰，朝弓箭手摸了过去，他站在弓箭手的背后，太刀一挥，短刀就戳向了对方的后心。其他倭鬼冲上来，三下两下杀光了垭口上的弓箭手。熊本一郎带着人快速地朝村里冲去，靠近了才看清楚，这里并不是一个普通的村落，这儿是一个军事堡垒，很像对马岛上的小领主居住的城。堡的正面是一堵大墙，能有两人高。墙上面站着一个壮丁，下面的大门两边各坐了一个人。他们并没有发现熊本一郎，他们互相说着话，还嘿嘿地笑。猛地，上面的壮丁怔住了，猫着腰朝这边看。熊本一郎像只鸟一样冲出去，朝着坐着的壮丁当头就是一刀。

"有强人了！"另一个喊声未落就被井上刃砍下了脑袋。

门洞里跑出两个女人和一个男人，他们一冒头就闪了回去，几个人哭叫着赶紧关寨门。熊本一郎急忙扔出太刀，正扎在女人的胸口上，另外两人扭头就跑。熊本一郎推开寨门追了上去，一刀一个结果了他们的性命。霎时，村里头人喊马叫，一时间鸡飞狗跳。熊本一郎吩咐受了伤的喜志守着寨门，他带着人迅速朝村里头跑。每个房屋的门都被端开了，却没有发现人影。到了西头最后一户人家，房门却怎么也端不开，熊本一郎感觉里面有人顶着门，他眼珠一转，吩咐点火烧房子。桥下四郎点燃了柴火，顺着窗棂朝屋里扔，一会儿，屋里头传出了哭声和惊叫声。熊本一郎攥紧了太刀，守在门口。终于，浓烟从窗棂中滚滚冒出，门开了，从里面跑出几个人，他们全身是火，纷纷扑地打滚。熊本一郎命令先不要杀人，倭鬼们看着这些人哀号惨叫。门口又爬出一个年轻的女人，圆圆的脸，亮晶晶的眸子。她和满脸狰狞的倭鬼打了个照面，犹豫了一下，又退回了屋子。屋梁着火了，整个屋架着了，就听到一声惨叫，檩子开始掉落。外面的人抢过去，试图救助屋里头的那个女人，却被熊熊而起的大火阻住。他们趴在地上大哭。涧川伸手将他们一一拽到离火远一些的地方，有个男人张嘴咬了涧川的胳膊，涧川惊叫着跳开了。熊本一郎摆了下手，忠次和桥下四郎挥刀将男人全都杀了。剩下的三个女人拥在一起，一边是大火，一边是倭鬼，她们的脑袋扎在一起，拼命挤向对方怀里。

　　"这是什么地场？"熊本一郎问。

　　"回军爷，这儿是红嘴堡。"

　　"男人呢？"

　　"回军爷，男人都去金州城里上冬操了。"

　　"上冬操？金州城里？"

　　"刘大帅要大阅操，谁敢不去？"

　　"刘大帅？"

　　"刘江刘大帅，咱辽东的总兵。"

　　"刘江刘大帅？"熊本一郎搞不明白这个刘大帅是谁，有一点他是清楚的，村里没有男人了。熊本一郎平息了紧张的情绪，让女人们赶紧去做饭。说话的时候，屋子烧塌了，里头传出一阵凄厉的叫声，叫声戛然而止。女人们又跑过去痛哭，其中一个摸到了一把镰刀，举着就朝熊本一郎砍来。熊本一郎一刀将她戳死，剩下两个女人吓得脸上没了颜色，赶忙躲开了。吃饭的时候，女人被桥下四郎和井上刃拖走，熊本一郎听着隔壁房间里的浪笑声、哭喊声，竟然有些烦躁。涧川走了进来，坐在熊本一郎的身边，他紧蹙着眉头，看起来有些闷闷不乐。熊本一郎指了指他的胳膊，微笑着问："涧川，汝的胳膊能动弹吗？"

"是的。"涧川慌忙答应着，眼中噙着泪水。

熊本一郎心里一动，几年来，他还从没有向这个卑贱的随从笑过，更谈不上关心过他。在熊本一郎的眼里，涧川就是一个废物，打仗时胆小如鼠，平时和人交往总是唯唯诺诺，即便和最醒醒的浪人在一起，也是低眉顺眼窝窝囊囊。二郎曾经狠狠地揍过他，二郎想将涧川身上的血性揍出来。涧川养好伤，并不记恨二郎，还是尽心尽力地伺候着他们兄弟。熊本一郎叹了口气，感觉这些年对涧川实在是有些刻薄，领主没了，他还有什么资格乱抖威风？他熊本一郎和浪人有什么区别？涧川能忠心耿耿地跟随他，图的是什么呢？熊本一郎朝涧川笑了笑，这回是充满感情的笑。

"熊本君不想去寻女人的快活吗？"

"不！"熊本一郎吼了一嗓子，他有些恼火，涧川的话刺疼了他，他的脑子里又闪现樱子的模样。

"对不起。"

熊本一郎走到门前，面朝着室外。两个女人一前一后从旁边的屋里出来，她们瞅了熊本一郎一眼，又赶紧低头走了。熊本一郎好奇地看着她们，跟在她们的后面，他想知道她们要去做什么。两个女人走到废墟前面呆站了一会儿，她们找出了镬头，弓着身子掘坑。涧川靠过来，贴着熊本一郎朝那边望，他的身上隐隐约约有股异味，像野薄荷花儿一样的味道，熊本一郎心里一动，想起妈妈说过薄荷花是苦命花的话。两个女人掘了一个坑，将死人拖入坑里，又拎了几个尸骨扔进坑里。熊本一郎明白了她们的意图，下意识地微微鞠躬，这是武士的道德和礼节。女人趴在地上恸哭，哭声笔直地飞向天空，惊起了一片飞鸟。哭了一会儿，她们突然抬起头，朝着熊本一郎狠狠地瞪着眼睛。熊本一郎心里一紧，又一次朝她们鞠躬致意。其中一个女人突然掏出剪子，猛地朝着心口窝戳击，疼得戳不动了，倒在地上惨叫。另一个女人滚到坑里去，疯子一样往身上拨土，似乎要活埋了自己。涧川跑过去，一把将受伤的女人抱起来。涧川扯开女人的衣服，想给她包扎伤口。女人哀号着，对涧川又挠又抓，坑穴里的女人爬出来，朝着涧川的脑袋狂打狂挠。涧川尖叫着，却依然在为女人止血包扎。

熊本一郎吩咐闻声赶来的桥下四郎将两个疯女人全都绑起来。

受伤的女人虽然没有性命之忧，她胸口上的伤也不是一天两天能好的，既然成了废物那就"把她杀了吧！"熊本一郎这么一说，桥下四郎却不干了，他和井上刃都不舍得再杀女人。涧川也请求饶她一命，这些家伙从对马岛一路漂洋过海而来，吃尽了苦头，突然见到女人，全都变成了发了情的公羊。熊本一郎理解他们，大家下海到明国来劫掠，不但要抢金银细软，还要抢女人，这就是他们的动力。

熊本一郎命令在红嘴堡休整，这一夜，却没有休息好。隔壁的两个女人哭号了一夜，也难怪，井上刃和桥下四郎不停地折腾她们，换了谁都会受不了的。熊本一郎吼了几次，哭号声才小了一些，似乎女人的嘴巴被捂住了。没一会儿，又是一阵尖锐的哭叫声。朝阳刚刚升起的时候，一宿没睡踏实的熊本一郎怒气冲冲地走到隔壁房间，朝着涧川、桥下四郎和井上刃一人一脚，几个人慌忙起身，朝他鞠躬。两个女人脸色蜡黄，眼睛藏在头发里，看不清是醒着还是睡着。胡乱吃了一点儿东西后，熊本一郎吩咐喜志和涧川两个伤员留在堡里看守。他带着井上刃和桥下四郎继续朝金州城出发。

后来，小路变成了大路，可以并排走四个人。熊本一郎忽然发现后面跟上了一个人，他赶紧藏了起来，等那个人靠近了，才看清楚是涧川。熊本一郎低声呵斥了他，还用太刀砸他的后背，涧川也不辩驳，任凭打骂，始终紧紧跟随。熊本一郎的怒气消了，带着他们按照蛇形阵式继续朝西南方向走去。从早晨一直走到中午，他们遇到了一条河，河床挺宽，河水平稳。熊本一郎拿一根木棍试探着河水的深浅，估摸着河中间起码能有一人深。熊本一郎还不能断定这条河和马雄岛上的青云河之间的关系，如果是同一条河那就太好了，以后，他们就可以乘船上来，省却很多麻烦。熊本一郎拿出纸笔，标注了这条河的方位，期望将来行动时，能好好利用。

越过一道高岗，熊本一郎的眼前豁然开朗，大河两岸一片平坦，满眼都是起伏的野芦苇和棋盘一样的稻田，再远处就是绿油油的庄稼地。他对农桑耕作并不熟悉，认不出地里头长的是什么庄稼。山脚下有些零零星星的村舍，村舍周围都是参天的大树和庄稼。熊本一郎忍不住要欢呼了，他终于发现了一处富饶的地方。他要好好地规划一下行军路线，他相信，只要努力打拼，这片土地上的女人和财物迟早都是他们的。熊本一郎将能看到的重要标志都画在纸上。小时候，熊本一郎跟田中先生学过西洋绘图，田中先生教他掌握佛郎机式地图的比例原则，让他不但要学会绘图，还能学会读懂各种各样的地图。

"学会了绘图，一郎满身都是眼睛，闯荡天涯海角，再也走不丢了。"田中先生总是鼓励他。

简单地绘制了岗下的地图，还差一些地名无法标注，熊本一郎决定和当地农户接触一下，争取获取更多的信息。他让涧川严密注视周边情况以防不测，让井上刃专门负责掩护。涧川他们领命分散隐蔽，熊本一郎朝着树林中的一个小村子走去。这个小村子只有三栋草房，呈"品"字形坐落在稀稀拉拉的树林里。熊本一郎刚进入村口，几条大狗冲了过来，围着他狂吠。熊本一郎朝其中一条叫得最凶的大狗伸了伸手，大狗不知是计，猛地蹿起来。熊本一郎突然一缩手，大狗咬了个空，趁这空当，熊本一郎飞起一脚踢在了狗嘴上。大狗一个仰八叉摔在地上，翻了几个滚儿，转身跑开了。其他几条狗惊恐地叫着，再也不敢靠近了。熊本一郎走进了一家院子，牲口棚那边有个老汉，熊本一郎走过去的时候，老汉正在铡草。熊本一郎咳嗽了一声，老汉抬起头，猛地吃了一惊。

"军爷，有何吩咐？"

"这是什么的地方？"

"这儿？军爷，你不知道这儿是什么地方？"老汉眯缝着眼睛问，"军爷，你是刚来的吧？"

"这是什么的地场？"

"军爷，这儿是望海埚。"

"望海埚？"

"望海埚。"老汉手指着房后的高岗，"那上面的岗子就是望海埚，站在上面，能看见马雄岛，响晴天的时候，眼力好的后生还能看见王家山岛呢。"

熊本一郎暗暗记住了"望海埚"这个名字，这是一处紧要之地，是这一带的制高点。占领了这个地方，进可以攻，退可以守。他拿出纸笔，将"望海埚"标注在图纸上。老汉凑过脸来看他写字，熊本一郎匆忙叠了图纸，揣入囊中。

老汉疑惑地看着他，张了张嘴，没有说出声来，又低头握住了铡刀把。熊本一郎抬头瞄了几眼，屋门口站着一位满头白发的妇人，也是愣愣地看着他。

"水，吾要喝水。"熊本一郎说。

"永刚她娘，快给军爷舀水喝。"

大娘进屋舀了一瓢水，递给了熊本一郎。熊本一郎一口气喝干了瓢里的水，他第一次喝这么甜的水，顿觉神清气爽。熊本一郎由衷地赞叹着："甘霖！真乃甘霖琼浆也！"他指着眼底下的大河，"那是什么名字的河？"

"青云河呀。"

"河对岸是什么地场？"

"军爷，河对岸就是亮甲店哪。"

"亮甲店是什么地场？"

"军爷是刚从南边来的吧？"

"哦……是……是的。"

"怪不得军爷什么都不知道，舌头还硬邦邦的。"老汉说，"军爷朝俺指的方向看！"

熊本一郎顺着老汉指的方向看去，青云河对岸的树林中藏着几十栋房子。熊本一郎吓了一跳，没想到林子里头竟然藏着这么多的房子。老汉说："那就是亮甲店。亮的是薛仁贵的甲，想当年，薛大帅征讨高句丽，军爷知道高句丽吧？"

高句丽和高丽应该是一回事吧？熊本一郎也搞不准。日本武士都知道高丽，尤其对马岛的武士，对高丽人又怕又恨。熊本一郎想不到，高丽竟然会在望海埚这一带盘踞过。熊本一郎不知道的地方多了去了，亮甲店来历久远，一直能追溯到隋唐时期。隋朝时，大将呼来儿带兵从胶东渡海而来，从金州一直打到镇江堡，把高句丽人打到镇江堡的北边去了。后来，由于隋军粮草不济，只能撤兵退回胶东，大军前脚刚走，高句丽人后脚就又回来了。金州当地口口相传，待到唐朝时，大将军薛仁贵带兵渡海而来，打下了卑沙城，俘获了八千高句丽人，一仗定了乾坤。大将军薛仁贵带队敲着得胜鼓正要往北追赶，不巧，天下大雨，薛将军让冷雨一浇，当即就病倒了。当时，青云河两岸人口稀少，只有南岸开了个无名客栈，薛大将军就被手下送到客栈里将养。客栈里的老伙计尽心尽力地伺候着大将军，两天以后，大将军的病就好了。一早，他走出客栈，一眼看见铠甲挂在阳光下晾晒。大将军朝老伙计抱拳施礼，感谢他的精心照顾，问老伙计想要点儿什么赏赐，老伙计躬身道："请大将军给小店题写一个名字吧。"

"亮甲，亮甲。"薛大将军沉吟着，老伙计连忙捧出纸笔，薛将军就题写了"亮甲店"这个名字。

"亮甲店有许多墩和架，驻扎着很多官军。"说到这句话的时候，老汉的表情变得僵硬起来。熊本一郎发觉老汉起了疑心，连忙掏出关防文书给老汉看。老汉退后一步，熊本一郎一眼看见架子上挂着一把虎头大刀。

"这是你的刀？"熊本一郎指着大刀问。

"不，不是小老儿的。"老汉的眼神有些惊惧，熊本一郎转身要走，老汉上前一把拽住了他的衣服，"永刚她娘，快去张大哥家讨些茶汤给军爷喝。"

"汝敢不让吾走？"

"军爷，天气酷热，小老儿想请你喝口茶汤再走。"

"吾喝过了。"

"军爷喝的是井水，小老儿这就给军爷准备茶汤。"

熊本一郎心里清楚，一定是自己的身份暴露了。老汉这是要缠住他，让妇人出去报信。熊本一郎一眼看见了门口游荡的涧川，他当即摆了个斩杀的手势。涧川立即伏在院门口。熊本一郎从老汉身边折转了过去，一把摘下了大刀。

"军爷，这是小儿永刚使的家伙。"

"永刚在哪儿？"

"永刚过了年就去金州城里了。"

"去金州城里的干的什么？"

"去练冬操。"老汉说，"刘大帅要来观操，各屯的后生都要去出操，练得好没有赏，练得不好赏一顿大板子炖肉。哎，庄稼地都撂荒了，哎，刘大帅这一来，俺们金州卫上上下下就得鸡飞狗跳。"

"刘大帅是什么的人？"

"刘大帅是俺们辽东总兵，姓刘名江字鹏举，手持一把丈八蛇矛，端的是真武大帝下凡。俺们刘大帅可是当今皇帝身边一等一的大红人，军爷你能不知道？"

"知道？吾的知道！"熊本一郎自言自语，"又是刘江？"

"看军爷你是刚来的，小老儿也是军户，天下军户都是打断骨头连着筋的一家人。小老儿这一把年纪了，不怕军爷你笑话，俺就怕打仗，打仗就得死人，都是年纪轻轻的后生，死了谁都让人难受。这花花世界还没来得及享受，说死就死了，你说可惜不可惜？小老儿整天念阿弥陀佛，念哪念，盼着天下太平人人和睦相处。"

"军户是什么的？"

"军爷，你连这个都问？"老汉又一次抓住了熊本一郎的衣服，"圣祖规定，军户就是世世代代给朝廷生养兵蛋子的人家。"

永刚她娘拎着水罐走进了院子，涧川和井上刀蹑手蹑脚地跟了上来，熊本一郎眉头紧蹙，心里暗骂涧川是个蠢货，怎么还不动手？永刚他娘刚进屋，涧川和桥下四郎就堵在了门口。老汉和妇人都大吃一惊，呆看着他们。

"她的干什么去了？"熊本一郎问。

"俺去张大哥家讨茶汤了。"永刚他娘举着水罐说。

"张大哥是干什么的？"

"明白了，明白了，你是倭鬼！"老汉忽然瞪圆了眼睛，大叫一声，"永刚她娘，他们全都是倭鬼！"

熊本一郎抢起虎头大砍刀，一刀砍下了老汉的脑袋，涧川吓得"嗷嗷"叫着跳出了屋门。

"永刚他爹！"

桥下四郎一刀戳中了永刚他娘的胸口，永刚他娘闷哼一声倒在了老汉的身上。熊本一郎带着涧川他们刚要离开，忽然他站住了，尸体就这么放着，迟早会被发现的。他让涧川想办法将尸体藏起来，涧川找来一把镢头，在院子里掘坑。此时，有个人站在院门前，愣愣地朝院里张望。涧川一眼看见了，瞪眼指着那人，那人倏地跑了。涧川张了张嘴，没有出声，又继续掘坑。熊本一郎改变了主意，他让涧川停止掘坑，他去抱了一捧干柴秸秆盖在了尸体上面，又命令桥下四郎点火烧房子。眼看着火头起来了，熊本一郎带着他们迅速钻进了树林，回头望去，老汉家的房子烧了起来。他突然想起了那把虎头大刀，很遗憾，没把大刀带出来。那是一把他从来没有见过的大刀，非常漂亮，像男人一样英武。

2

青云河两岸全都是方方正正的稻田，稻田里的水稻绿油油的，像绿色的湖泊。熊本一郎走上石头桥，朝河心扔了块石头，听水声，估计能有一人深。不远处有一条河与青云河汇合，形成了宽大的河床，河水浩浩荡荡朝东南方向而去，更远处的河面上隐隐约约有张着帆的船。熊本一郎朝后面看去，涧川就在远处，再远就看不到了。他压低了帽檐儿，快速走过了石桥。木寨大门前，一高一矮两个士卒拦住了去路，熊本一郎掏出关防文书交给他们。两个人看了一眼，递还给他。

"兄弟，马雄岛最近没再出什么新鲜事吧？"小个子问。

熊本一郎没听懂他的话，愣愣地看着他，不知该怎样回答。

"老哥，听说你们马雄岛的'一枝花'是不戴头巾的男子汉，又闻说这小女子比养汉老婆还浪骚。这话是真的吗？"高个子问。

熊本一郎根本就听不懂他们的话，只是傻傻地看着，士卒脸上挂不住，互相嘀咕了一句。熊本一郎也不清楚是同意他走还是不同意他走，依然站在那儿。屋里走出一个头目，背着手朝这边问："怎么回事？"

"这位兄弟说是马雄岛的盐兵，却像是从爪哇国里上来的贼蠢货。"

"马雄岛的盐兵？"头目走过来，目光突然停在了太刀上。

熊本一郎的额头冒出了冷汗，这两把太刀太显眼了，他有些后悔没有听从曹岛主的建议，没有事先藏好太刀。头目突然抓住了刀柄，一把扯将出来。熊本一郎下意识地抓住了小刀刀柄，随时准备拔出来刺向对方。头目摸了摸刀刃，又递还给了熊本一郎。

"马雄岛的女子被倭鬼糟蹋惨了，是吧？"头目问。

熊本一郎突然举起了左手，这是向后队发出攻击的信号，他示意涧川他们迅速聚集过来。

"'一枝花'呢？你家岛主娘子在干什么呢？"高个子笑嘻嘻地问。

"走吧，走吧，别闹他了。"头目朝熊本一郎挥手说。

熊本一郎听懂了，也看懂了头目的放行手势，他慢慢朝大门走去，突然，熊本一郎站住了，他拔出短刀，反身戳中了头目的胸口。高个子惊叫着，抽出砍刀和熊本一郎对磕。矮个子退后几步，举着长枪，朝他刺来。熊本一郎对明军士卒的战斗素养暗暗赞佩。打了几个回合，熊本一郎几次被长枪戳中了，好在没有造成重伤。他想砍断长枪，解除这个威胁，连续砍了几次，长枪却没被砍断。小个子一个横拨，长枪变成了棍子，砸在熊本一郎的胳膊上。熊本一郎发出了呼哨声，示意涧川赶紧上来帮忙。明军士卒越打越冷静，熊本一郎左支右绌，险象环生。高个子刀刀砍来，有板有眼，矮个子半蹲着身子，枪枪不离熊本一郎的要害部位。明军的刀法和枪法让熊本一郎很不适应，以前虽然和明军交过手，却是混战一团，身边有同伙支撑和照料，处境没有如此险恶。一高一矮两个明军互为攻守，死死缠住了熊本一郎。熊本一郎拼冲刺，想一举冲出去，却总是被他们轻巧地化解。高个子的刀子抢得像刮旋风一样，几次将熊本一郎的太刀荡开。熊本一郎一面盯着大刀，一面还得瞄着长枪，数十个回合以后，败相已露。在日本，起码在对马岛上，熊本一郎从来没有遇到过对手。他带着领主突围的时候，一个人杀死了六名武士。那时，他是多么的雄武剽悍哪。熊本一郎眼睁睁地看着父亲被征夷大将军的人杀死，田中先生也被戳中了，田中先生临死时朝着他喊："一郎，快带着主子逃命，拜托你了！"田中先生的喊声不绝于耳，仿佛就在眼前。他稳住了心神，想起了田中先生的教诲："优秀的武士越是危险时刻越不能慌乱。"他不再与高个子对磕，改为抹和切的刀术，他不停地挪动脚步，躲避着矮个子如蛇吐芯子一般的枪头，忽然，他的脚尖触到了尸体。熊本一郎灵光一闪，钩住了尸体身边的大刀，猛一抬腿，大刀就被脚尖钩了起来。熊本一郎一把抓住了刀柄，抢起来就抛向矮个子。矮个子一点儿反应都没有，当即一声惨叫，大刀砍进了他的眉心里。高个子一惊，刀法顿时迟滞，熊本一郎抬手就戳，高个子慌忙退后一步，躲开了太刀。熊本一郎改用双手握着太刀，调整了步伐，将全身的力量都集中在双臂上，他狠狠地砍击着高个子，和高个子对磕。高个子步步退却。这场面多像那场决战啊。

征夷大将军的人胆怯了，他们没有冲过来，在他们的眼里，能一口气杀死六个武士的少年，一定是个神人。他们围着熊本一郎，缠着他，其他人手加紧攻击领主。领主身边的武士越来越少，领主随时都能被征夷大将军的人斩杀了。熊本一郎哆嗦着，他憋足了劲儿朝领主走去，连续的厮杀已经耗光了他的力气，他连走路的力气都没了。

"一郎害怕了吗?!"领主身边最后一个武士吼着。

熊本一郎脸颊哆嗦着,胳膊上的肌肉哆嗦着,腿上的肌肉哆嗦着。他努力让身躯挺起来,他想重新聚集力量,力量却如飞而去。他努力朝领主走去,他什么都做不了,他只想靠在领主身前,哪怕替领主挡一刀,死了也就死了,那样的死才是武士毕生追求的荣誉。

"一郎还是武士吗?"最后一位武士被戳中了,他临死时喊出了一句质疑。

熊本一郎突然就挺起了胸膛,一股力量聚集在胳膊上,他不再哆嗦,他恢复了力量。他摆起了太刀,太刀带着风声劈向敌方,敌方正举刀朝领主的脑袋砍下去,熊本一郎的太刀闪电般地砍断了他的脖子。熊本一郎接连又杀了三个敌人,惊恐万分的敌人突然将小刀朝他扔来,熊本一郎挥刀砍去,一阵巨响,小刀被砍掉了。熊本一郎的太刀趁势刺入了敌人的胸口。

征夷大将军的人马纷纷撤退,他们被熊本一郎的勇武吓破了胆子。熊本一郎挂着太刀,怒视着敌人,刀锋上淌着血水,就像女人的眼泪。

领主一声惨叫倒下了。

有人施放冷箭,领主就这么突然地被射死了。

熊本一郎朝放箭的人跑去,在对方射出第二箭的瞬间,将他的脑袋劈开。

院子里只剩下两个敌人,他们呐喊着冲过来,熊本一郎不但没了力气,连反抗的意识都没了。这时,洞川就像鬼一样从地缝里冒了出来。他举着太刀,挡在熊本一郎的身前,和全身无力的熊本一郎相比,洞川简直就像一个懦弱的猴子。熊本一郎大失所望,这个丑八怪根本就没练过剑术,他的动作显得那么的蠢笨,不如一个卑贱的农民。

高个子明军突然跳了起来,他跳到了一个土台上,居高临下,举起大刀狠狠地劈下来。熊本一郎连忙避开,高个子的大刀横着切了过来,这么一切,本身也露出了极大的破绽。熊本一郎身子伏地,躲过了横切,他的太刀朝高个子明军双腿砍去。高个子纵跃一跳,从高架上摔了下来。熊本一郎举刀朝高个子戳去。高个子站稳了,大刀左右一摆,将太刀荡开,扭转手腕,大刀再次横切过来,熊本一郎再次闪避,突然,双腿被早已"死了"的矮个子抱住了。熊本一郎连忙倒地,挥刀狠狠地戳着,矮个子被戳烂了,依然抱得紧紧的。高个子的大刀挟着风声狠狠地砍了下来，熊本一郎眼前一闪，好像魂儿也飞了出去。

涧川尖叫一声，扑向了高个子。高个子慌忙收刀闪躲，稍一分神，熊本一郎挥刀戳中了他的肚子。高个子摇晃了几下，举着刀朝涧川砍去，涧川吓傻了，站在那儿一动不动。熊本一郎狠狠推着太刀，高个子踉跄着，坐在了地上。熊本一郎捡起短刀，削断了矮个子的手指。他抽出太刀，一脚将高个子踹倒。涧川蠢笨滑稽的一扑又一次取得了意想不到的效果，熊本一郎的性命再次拜这个猥琐的涧川所救，真不知是该高兴还是恼火。

上一回也是这样的滑稽，在等待死亡的一刹那，古怪的涧川像鬼一样从地缝里钻了出来，他伸手护住了熊本一郎。吓破了胆子的征夷大将军的人倒退着，他们只想着活着离开这个古怪的地方。涧川挡着熊本一郎，举着太刀朝他们咆哮着，一直到他们跑远了才住嘴。熊本一郎抱起了鲜血流尽的领主，他回过头问涧川："汝是何人？"

"吾是涧川。"

熊本一郎不再问了，他轻声吟唱起家乡的小调：

> 吾长久旅途的尽头，
> 是下贱的农民的房子，
> 那里又是父兄的村庄，
> 有着过去的已久的甜美日子，
> 这些已经成为过去。
> 吾怀念家乡，
> 怀念旧房子，
> 还有旧日的时光。
> 故乡由远至近，
> 像天上的星星，
> 也像村庄里的月光，
> 漫漫长夜怎么还没有结束？
> 吾走在迷惘的道路上，
> 总是止不住悲伤。

吾拥抱永无止境的天空，

天空引导着永恒的相合。

吾沉眠的心既远又高，

任凭寒星雪花般坠落，

吾的灵魂不断升空，

如雪花一般飘荡，

梦境中有一阵响动，

吾看见了藏在星光之下的姑娘。

涧川跟了上来，抬起了领主的双腿，熊本一郎站住了，怒视着涧川。涧川赶紧低下了头，向他鞠躬。熊本一郎忽然说："吾好像认识你!"

"大人记错了。"

"汝是一个下贱的农民。"

"…………"

熊本一郎抱着领主继续走，涧川跟在后面。一直走了两天，熊本一郎实在没有力气再走下去了，他在河边停了下来，将领主的尸体焚化，将骨灰撒进了河里。雨越来越大，河水猛涨，河里起了涛声，仿佛是领主的笑声。熊本一郎坐在泥水里，看着河水滚滚而去，他想起了第一次见到领主时的情景，不禁潸然泪下。领主死了，父亲也死了，全世界都死了，只有他还活着。活着有什么好呢？回家？家是回不去了，他已经不属于那个家了，他也不敢想象妈妈会被征夷大将军的人逼成什么样子。武士的妻子得到荣誉的同时，也应该想到总有耻辱临头的那一天。熊本一郎望着涛涛的河水，他失去了热情，失去了动力，也许，跳下去就是最好的归宿。跳下去以后，就保全了武士的尊严。熊本一郎在河边坐了一夜。第二天早晨，他站了起来，还没等迈步，一头栽在泥水中。

有一双手拽他，他忽然想起了樱子，如果是樱子该多好哇。

熊本一郎看见了一张丑陋的脸，怎么又是他？熊本一郎闭上了眼睛，他不想看见这张脸，这张脸实在让他惊心。

"汝不是武士，汝不要跟着送死。"

"请您一定要好好活着，还有什么要比活着好？"

"汝是农民，卑贱的农民，汝永远也不会懂得一个武士是怎么想的。"

"请您原谅，涧川从此不再是一个卑贱的农民，涧川从现在开始就是熊本君的仆人。"涧川连连鞠躬，他的双腿弯曲，那样子要多猥琐有多猥琐。熊本一郎叹了口气，这家伙也是好心，如果不是他傻里傻气地冒死拯救，此时，自己早已被征夷大将军的人杀害了。

"武士是有尊严的，没有了尊严，还不如死了。"

"请不要这么悲观，难道不想妈妈吗？"

熊本一郎心中一紧，妈妈，妈妈。他转过脸去，任凭眼泪流淌。

"您不想家乡吗？"

熊本一郎心中又是一紧，家乡？下山村？核桃树下？怎么能不想啊。熊本一郎闭上眼睛。

"您不想心爱的女人吗？"

熊本一郎的脑子里突然就浮现樱子惊恐的大眼睛，樱子捂着耳朵，樱子摇着头，樱子转过身一颤一颤地跑下了山。熊本一郎看着涧川，眼里噙着泪珠，他能不想心爱的女人吗？

"您还是想心爱的女人了，是吧？"涧川的眼里露出了光亮，"请跟涧川找个地方烤干衣服，涧川再去找点儿吃的给您。"

熊本一郎的双腿不听使唤，涧川就担起了熊本一郎的胳膊，架着他走。走了一段，熊本一郎推开了涧川，他挣扎着自己走。涧川在头前走，熊本一郎跟在后面，他紧紧地盯着涧川的背影，这是一个什么人呢？看背影，他们似乎早已认识，看脸面，又确实不认识他。他们来到了一个村子，找到了一个神社住下。涧川借来了炭火，给熊本一郎烤着衣服。

"您心爱的女人一定很漂亮，对吗？"饶舌的涧川不停地问，"姑娘也喜欢您，对吗？"

熊本一郎想了半天，实在搞不清楚樱子是否喜欢自己。樱子太漂亮了，在熊本一郎的眼里，再也没有见过像樱子这么漂亮的姑娘。熊本一郎闭上了眼睛，他见到了樱子，樱子朝他瞪眼，还责怪他和秋山家的淳子好。熊本一郎大声地解释："樱子，一郎只喜欢樱子，一郎永远只喜欢樱子！"

熊本一郎突然就睁开了眼睛，耳边轰轰作响，涧川狠狠地拨着他的脑袋。

"您做噩梦了？是吗？"

"樱子姑娘很漂亮，是吗？"

熊本一郎低下了头，这一刻，他忘了自己是一名武士。他痴痴地想着樱子，祈求樱子原谅他的过错，祈求一切重新开始。涧川端来了一碗粳米饭，递给熊本一郎。熊本一郎眼前一亮："粳米饭？"涧川朝他点了点头，这一刻，涧川的眼睛明亮而又幽深。熊本一郎抓起饭团就往嘴里塞，他已经很长时间没有吃到粳米饭了。涧川看着他，一口一口地咽着口水。

"你吃了吗？"

"涧川吃过了。"

从此，熊本一郎就不舍得撵涧川走了，这个涧川除了猥琐，其他方面还真不赖。涧川每天都能搞到一碗粳米饭，这让熊本一郎心生感激。九州岛上兵荒马乱，每天都能搞到一碗粳米饭是多么不容易的事呀。熊本一郎不用问都知道涧川是在哪里弄的粳米。此时，正值稻子收割的季节，许多不明身份的人蝗虫一样飞到稻田里抢夺粳米，忍无可忍的农民组织起来，要么藏在路口，要么藏在田里，他们用长矛和六尺棒对付盗贼。终于有一天，涧川在偷米的时候，被人抓住。人们押着涧川来到神社，他们想一举抓住涧川的同伙熊本一郎。当农民举着长矛和六尺棒围住熊本一郎的时候，熊本一郎面无表情，从涧川搞到第一碗粳米饭的时候，他就知道被人追打的一刻迟早会来的。在农民的咄咄相逼下，熊本一郎打开了包袱，穿上了长裤，将长短刀别在腰间。这一刻，他就像一尊威风凛凛的神。农民怕了，谁也不敢上前挑衅。熊本一郎看到被五花大绑的涧川，感到万分羞愧，这家伙真丢脸。

"涧川偷粳米是为了自己吃，和您无关。"涧川这么说，熊本一郎更加羞愧。他拔出太刀，将太刀扛在肩上，朝着涧川走去。农民举着长矛和六尺棒一步步后退，熊本一郎大吼一声："解开绳子！"

农民被吼醒了，纷纷将家伙戳过来，有几根六尺棒戳疼了熊本一郎。熊本一郎抢起太刀，砰砰一阵乱砍，农民的六尺棒把握不住，全都扔在地上。熊本一郎又吼了一声："解开绳子！"

农民一声呐喊，跑了。熊本一郎开心地大笑，好久以来，他都没这么笑过。

"涧川给您丢脸了，是吧？"

"我看见下贱的农民就想大笑。"

"有许多农民并不下贱，还很勇敢的。"

"你涧川就很下贱，下贱的涧川！"熊本一郎解了绳子，盯着涧川吼。涧川低着头，极力并拢着弯曲的双腿。熊本一郎忽然有些歉意，涧川是为了给他搞粳米饭才被羞辱的，实在不该再辱骂他了。熊本一郎低声说："涧川，咱们一起走吧。"

从此，涧川就成了熊本一郎的仆人，熊本一郎从不跟人解释他们的关系，也不说他是武士，也不说他不是武士。

注：根据史料记载，薛仁贵征东，并没有到过辽东南，带大军到此地的是郧国公张亮，亮甲店地名来历应与张亮有关。千百年来，辽东南一带一直传说着薛仁贵征东的故事，应属以讹传讹。

3

1419年的三月，辽南地区已经春意盎然了。柳丝上蒙了一层绿意，梨花开后，迎春花赶着就来了。一夜的春雨滋润，满地都是黄色、粉色的花瓣。刘江走出驿馆，感觉神清气爽，他嗅着清新的泥土味道，仰望山谷，看着谷中袅袅而起的炊烟，真想朝着山谷里喊上两嗓子。

"大帅，下了一夜的雨，小心有瘴气。"乐众扣着衣扣，跟了过来。

"真是一片富饶的土地，比本帅的老家要好得多。"刘江四下看着，指着迎春花说，"只是节气却比老家晚了许多，此时，老家的迎春花都该谢了。"

"大帅的家乡在京城吗？"乐众问。

"你不问，本帅都快忘记了。"刘江说，"本帅和西楚霸王是老乡，都是临淮郡人氏。"

"临淮郡在哪儿？"

"临淮郡在洋河两岸，本帅家就在河北刘家集。"刘江的眼前出现了奔腾的洋河，出现了大堤上千条万丝的树枝，出现了稀稀落落的村庄，"那里不像北国边陲如此荒芜，那里到处都有人烟，这个时候，农夫已在田里干了一阵活了。"

河滩上传来了放牛倌的歌声，仔细听，唱的是当地俚俗的歌谣。乐众淘气，双手握成圆筒，大声应和着：

> 窗外静无人，
> 老哥跪下忙要亲。
> 骂了个负心回转身。
> 虽是我话儿嗔，
> 一半儿推辞一半儿肯。

"住嘴，偏你个猴头舌尖嘴快。"刘江突地笑了，手点着乐众说。放牛倌也不示弱，朝着这边唱起了更加俚俗不堪的曲子。刘江一阵莞尔。

"大帅，俺塞外的人就是野蛮，你看着别见笑。"

"乐众，塞外的人是什么人？"

"塞外的人就是俺们东夷蛮人。"

"乐众你听着，塞外的人不是东夷蛮人，塞外的人有很多都是从中原来的开明人，汉朝以前，中原渡海而来的大有人在，他们在这里安家立业，传道解惑，这片土地从那时起就存了汉家的血脉。当今万岁爷带着魏国公一路扫北，大明的官军子弟又一次大规模开进辽东、漠北，这些中原子弟和认同咱们大明朝礼仪的辽东各族群的兄弟和睦相处，你说，你塞外的人还是东夷蛮人吗？"

"大帅，小的明白了，塞外的人也是大明天朝的子民。"

"大帅！"乐群走了过来，朝刘江叉手施礼。

"哦，乐群，你们俩却像一对天造地设的双棒儿兄弟。"刘江微笑着说，真是神奇，两个素昧平生的孩子居然长得一模一样。哎，刘江内心暗暗叫苦，一对可怜的人，但愿他们是失散多年的同胞兄弟，如今做个伴儿，人生也不孤单了。乐众偷偷地捅了乐群一把，乐群闪开了，又反手抓乐众，两个孩子疯闹了几把。刘江沉着脸咳嗽了一声，他们立即站直了。

"大帅，咱大明这么多的士卒守着辽东，这辽东苦寒之地也不产金子银子，这么多的官军还得靠朝廷供着饷银，这一背一抱值吗？"乐众问。

"怎么不值？大明的每一寸土地都是无价之宝，大明没有一块土地是可以随意遗弃的，这全都是将士们用鲜血换来的。别看这片土地上不产金子银子，却是咱们的心头肉，你身上的肉有的也没有用，你能舍得割去扔掉吗？"

"那可不能，疼也疼死了。"乐众说。

"一个道理呀，这是老祖宗留给咱们的，无论如何，也不能从咱手上丢掉一寸，只有像宋朝赵家那些败家子儿才能丢了国土，今天割出去一块，明天再割出去一块。乐众，你想当败家子儿吗？"

"回禀大帅，小的不想当败家子儿。谁抢咱的辽东，谁就是小的杀父仇人！小的非一把将他的屌毛薅下不可！"

此时，张奎带着亲兵小队出操，队伍撒开，摆开了阵势，按照惯例，要先练一趟太祖长拳热身。刘江朝乐众、乐群摆了下手，带着他们排在队尾，随着口令打了一趟拳。身子热了，张奎又带着队伍操演了几趟刀法。刘江跟着练刀，跟着喊操，做得一丝不苟。乐众偷懒，乘人不备悄悄地溜了，刘江假装没看见，心里头暗暗摇头。刀法操演完毕，张奎又请乐群带着大家练了一会儿"九九伏虎大阵"。乐群也不推辞，跑到队伍前面喊着口令，亲兵小队对"九九伏虎大阵"的站位都很娴熟，根据口令，迅速找到了各自的位置，形成了三个"品"字形。每个士卒都有明确的分工，有举弓瞄准的，有伸长枪做拒马桩的，还有随时出击的刀斧手和盾牌手。刘江也举着宝剑，像其他士卒一样严阵以待。乐群喊着口令，他们就纷纷转动方向，劈刺、爬行、冲击，每个动作都认真完成。练完了"九九伏虎大阵"，张奎就带着士卒射箭，驿站操场上的靶标距离太近，亲兵们射了几回就没了兴趣。张奎又领着亲兵举石锁、踢腿、蹲马步。

驿馆里走出了一队懒散的士卒，有的着厚棉袍，半边膀子露了出来。有的穿着单衣，乱哄哄的像一伙山贼。他们也散开了操练。这些人像没睡醒似的，举手投足都是有一搭无一搭。到了练习射箭的环节，有的士卒还将大刀夹在胳肢窝里，那姿势要多难看有多难看。太阳刚升到一竿子高，这帮人的早操匆匆结束。领队的黑大汉带着他们过来举石锁，两家士卒凑在一起，三句两句便斗起嘴来，哄闹着打赌谁家能抱起碾子。张奎是个火暴脾气的人，连忙喊出力气最大的刘全保，让他代表亲兵队出战。刘全保虽然个子不高，那两只胳膊却有小檩子粗。他狠狠地煞了煞腰带，又朝手心吐了口唾沫。

"刘全保，必胜！"刘江喜欢刘全保，忍不住喝了声彩。

"刘全保，听到没有，大帅，不……不，刘全保你他娘的必胜！"张奎急吼着。

看这边热闹，驿站里的许多人都围了过来，连饮马的士卒都跑过来看热闹。这边刘全保上，对方是黑炭样的领队出来应战。黑大汉撇着大嘴，捏了捏箭袖，斜眼睛扫着刘全保。

"小子，江某愿和你赌上一把！"黑大汉说。

"敢问老哥贵姓大名？你想赌多少钱？"刘全保问。

"小子，只有赢了江某，江某才能告诉你老子姓甚名谁。"

"老哥竟然如此张狂？你赌多少钱？"

"江某赌两百个大钱。"

"两百个大钱？"刘全保心里一惊，这可不是小数目，他一个小卒子可输不起这许多钱。

"刘全保不怕，有俺们兄弟在，你定能赢了这个黑炭厮。"乐众押上了十几个大钱，其他士卒也都纷纷押上。

刘全保深吸了一口气，左臂圈住了碾子，右臂牢牢抓住了碾子轴。刘江发觉刘全保的姿势有问题，碾子的根基不在轴上，刘全保的力量也不在右侧，这样抓能成吗？刘江刚要出声提醒，却看刘全保晃了下腰身，脸膛一下子就憋紫了。刘江看到他左大腿上隆起的一大块肌肉群，心里就明白了，这刘全保天生的大力神腿。刘全保扭动着腰腹，碾子也跟着晃动，突然，大吼一声："起！"碾子猛地离地，倏地足有膝盖高。刘全保小腿垫了一下，试图缓一口气，这口气一松，整个力气就泄了。小腿怎能垫得住这么沉重的碾子？碾子滚了下去。刘全保满脸通红，狠狠地跺着脚。

"全保过来说话！"刘江朝刘全保招招手。

"大帅……爷，大……小的丢脸了。"

"你右臂为什么没使出力气？"刘江问。

"禀……禀爷，小的右臂受过伤。"

"这就对了，如果你没受伤，这碾子你能搬起来。"刘江大声说，也算是安慰了一下老实巴交的刘全保。

"大……爷，你真的是这么看？"

"全保，你怕死吗？"

"禀……禀爷……小的不怕死。"

"大点儿声！"

"禀爷，小的这只胳膊就是跟倭鬼拼命受的伤，小的从不怕死！"

"你和倭鬼拼过命？"

"禀爷，小的是拼命了，可惜小的武艺不精，打不过倭鬼。"

"哦？"刘江本来想安慰安慰刘全保，没想到引出了这么一段。刘江眯缝着眼睛，每当他心里想事的时候，就会眯缝着眼睛："全保，你仔细说说当时的情况。"

"禀爷，当时，小的正值夜岗，倭鬼就摸上来了。"刘全保声音低低地禀告，"小的听到响动，举起长枪就迎了上去，倭鬼的刀法真是厉害，他们一拨上来三个，每个倭鬼手里都拎着两把刀，一把长的，足有四尺长，短的能有一尺半。短的专门用来戳刺，长的用来抹脖子。小的喊了声，'你们是什么人？'倭鬼的刀就抢了过来，小的抬手一枪，朝他心窝刺去。倭鬼用小刀磕了一下枪头闪开了。小的待要抽回大枪，另一个倭鬼贴着枪杆蹿过来，举刀朝小的胳膊上砍来。俺家巡哨冲了过来，一刀对上了倭鬼的刀。巡哨问俺：'怎么回事？'小的喊：'海贼劫营！'倭鬼的短刀就刺了过来，一刀扎进巡哨的心窝。巡哨大叫一声：'小全保，是倭鬼上来了！'倭鬼又是一刀，小的眼睁睁地看着他把巡哨的脑袋旋了下来。小的拖枪就走，绕过了墙头，腾出了地方，猛地一个回马枪，三个倭鬼被俺的长枪逼住了，不敢轻易冲上来。倭鬼的刀虽然砍不到小的，小的却也扎不死他们。倭鬼分开了朝俺逼来，俺摆动大枪，点着他们，边上的倭鬼突然冲了上来，小的没理他，一枪扎中了中间的那个。倭鬼的刀就砍了过来，小的扔掉大枪，一个侧身闪开了，倭鬼的刀砍空了，小的朝他的面门就是一拳，倭鬼闪避，小的一脚踹掉了他的刀，伸手抄了起来。另外一个倭鬼也上来了，小的使不惯倭鬼的刀，几次都劈空了，小的也不管那么多，抡刀就砍。倭鬼个子小，双双欺到小的身前，小的一脚踹过去，踹倒了一个倭鬼，另一个一刀砍在小的胳膊上。小的扭头就跑，倭鬼紧紧追来，小的突然站住，扭头给他来了个回马刀。如果是回马枪，倭鬼准就死定了。可惜，小的一刀没扎透，他就抓着小的刀头，另一只手挥刀就砍。小的扔下刀，闪避到他身后，一把抱住了他的腰身，倭鬼反手举刀就朝小的身上戳。小的顾不得疼，一下子就扭断了他的

209

脖子。被小的踹倒的那个倭鬼冲了上来，朝小的一顿猛砍。小的搬举着倭鬼的尸首抵挡，这家伙刀刀砍在尸首上。小的胳膊受伤，使不上力气，只能这么窝窝囊囊地躲闪着。这时，营中的援兵上来了，兄弟们喊着：'小全保，别慌，哥哥们来了！'还有几个倭鬼被兄弟们逼了上来，小的来了勇气，捡了把刀，抢起来疯砍，倭鬼一脚踩在柴棒上，脚下一软就摔倒了。小的再要砍他，旁边杀过来一个倭鬼，给了小的一刀，然后，拽起同伙就跑了。大……爷，小的真没用！"

"原来如此！"刘江眼前出现了惊心动魄的格斗场面，倭鬼居然如此狡诈和凶残，与元兵相比，却是有过之而无不及。刘江爱怜地拍着刘全保的肩膀，抚摸着他胳膊上的刀疤，连连点头。

"真是一条好汉！"刘江感叹着，"你们继续玩儿吧，乐众，去拿两贯钱来。"

"好嘞，谢大……爷赏钱。"乐众一溜烟儿地跑了。

"谁还敢上？"张奎故意朝着黑大汉说。

"小婢养的，都输到家了还敢狂？"黑大汉撇着嘴说。

"有本事你来！"

"有种的你们把钱都押好了。"

乐众钻进来，将一块银子摆在了碾盘上。众士卒更加兴奋，都跟着押注，赌自己的人赢。乐群走了出来，围着碾子转了两圈儿，朝着众人拱了拱手说："小可乐群愿试一试，不成就算博各位一哂。"

刘江本来要走，忽见乐群出来一试，他也想看看小家伙的真实武艺，就停住了脚。

"小孩儿，你的牙齿还没长齐吧？"黑大汉抱着膀子，斜着眼问乐群。

"兀那汉子，俺小哥是非凡的剑客，小心掏了你的贼黑心。"乐众虚点着黑大汉说。

"噫，剑客？"黑大汉冷笑着，"非凡的？"

"……"乐群瞪了黑大汉一眼，双臂合拢，抱住了碾子。这个姿势，能行吗？刘江暗暗摇头。乐群猛地将碾子扶正了，双臂一环，居然给抱了起来，他小腹顶着，双臂拢住了，一步步将碾子抱到了碾盘上。大家全都愣住了，怎么就没想到这样搬抬呢？

"不算数，小婢养的，不算数，小孩儿耍赖。"黑大汉急着说。

"谁耍赖了？"乐众反驳道，"俺小哥力大无穷。"

刘江笑了，乐群算是利用了规则里的漏洞，打赌前，也没人说不可以分成两个步骤。乐群嘻嘻笑着，朝刘江施礼。刘江心里暗笑，这小子真聪明，着实让人喜欢。这小子又有些聪明过头了，显得格局不大，小伎俩耍过头了，就缺少了稳重，就不那么光明磊落。刘江的笑容淡淡的，笑容里隐隐露出了威严之色。黑脸大汉显然是急眼了，追着说："小婢养的，小孩儿你不能骗人！"

"俺小哥可没骗人，大家都看到你一个贼黑厮乱欺负人。"乐众抢过来护着乐群。黑大汉回身，一下子就捂住了碾盘上的铜钱和银子。

"你家江爷愿意再赌上二两银子。"

"贼黑厮，你想要赖吗？俺小哥不想赌了！"

"不赌不行！小心江爷把你等的脑袋揪下当夜壶。"

"你敢！"乐群把脸一沉。

"小婢养的，今天就赌定了，赌也得赌，不赌也得赌。"

"算了，算了，就到这儿吧。"张奎见黑大汉有些浑，担心冲撞了大帅，就拦着他，想让他起来。黑脸大汉趴在碾子上，挡着不让乐群拿钱。

"是得重新比，得按规矩来，让人心服口服。"黑大汉那边的人说。

"赌就赌！"乐群也黑了脸。

"贼黑厮，说话不算数的孬种，见钱眼开的贼黑厮贼孬种！"乐众骂着，推开了黑大汉，把钱拢起来。张奎他们又凑了几百文铜钱，乐众朝着黑脸大汉说："贼黑厮，钱呢？你的两贯钱呢？"

"小婢养的，爷身上没带这么多钱！"

"没有钱，你矮子下河，整什么图景？"

"等等，小婢养的，江爷用饷银做赌注。"

"饷银？"刘江一愣，这是什么话？这人竟敢拿饷银做赌注？黑大汉身边有人拽袖子，示意不要乱说。黑大汉挣开了，大声嚷着："到了金州卫地界，说饷银怎么了？爷怕哪个贼厮鸟？"

虽然这是官家驿站，安全可以保证，黑大汉张口饷银闭口饷银，却让刘江心里不快。刘江的脸就拉了下来，背着手，冷冷地看着这些人。士卒们嚷着，闹着，叫着，有两人把碾子重新抬下来，放在原来的地方。黑大汉脱去了棉袍，露出了满胸的黑毛，他又掰了根小棍儿叼在嘴里，刘江突然乐了，这家伙天生的蛮横。

黑大汉抱住了碾子的两头，这可是不按常规，碾子那么宽，全靠胳膊和腹部的力量抱起来，简直就是白日做梦。黑大汉一声吼，碾子被生生抱了起来。他抱着碾子走了几步，居然越走越稳当，引来叫好声一片，黑大汉突然将碾子扛在了肩膀上。众人全都被镇住了，连刘江都惊住了，心里暗暗叫好。顿时，对他的不满化为乌有，转而喜欢上了这个鲁莽的大汉。黑大汉将碾子放在碾盘上，转头一把揪住了乐群的衣服，大声嚷着："小婢养的，快给你江爷拿银子吧。"

"好放肆！"乐群让他揪得恼火，突然抓住了他的腕子，一只手摁在他的腰窝，一把将他抡起来，摔在地上。黑大汉疼得龇牙咧嘴，挣扎着爬起来，又冲上去和乐群厮打。乐群闪避躲开，围着大汉转，始终不让大汉抓住他。

"禀爷，倭鬼就是这么转的，让人眼晕迷糊。"刘全保小声说。

"哦？倭寇？"

黑大汉显然不是乐群的对手，几次被乐群用巧劲摔倒，他总是勇猛地爬起来，继续厮打。刘江突然朝着黑大汉说：~"汉子，你站着不动，看他能怎的？"刘江这么一说，黑大汉愣住了，乐群也愣住了。乐群沉不住气，跳起来，双脚朝黑大汉的前胸猛踹。黑大汉乖乖地站在那儿，双脚内扣，下盘扎得稳稳的。见乐群飞起来踹他，黑大汉伸手就抓乐群的脚踝。乐群一个鸳鸯腿蹬向黑大汉的手。黑大汉闪开了，乐群趁机蹿到他的身后，想搂住黑大汉的脖子将他掀翻。黑大汉侧身去搂乐群的腰，乐群上蹿下跳，却再也没有机会摔倒黑大汉。黑大汉根据刘江的提醒，双脚一动不动，渐渐扭转了局面。他朝着刘江唱了个喏："谢过老兄指点。"

刘江朝他摆摆手，示意他集中精神应对。乐群突然拔出宝剑，一道寒光，朝黑大汉刺去。黑大汉显然没有料到乐群会如此莽撞，他慌忙闪了一下，宝剑从胳膊上刺过去，黑大汉大叫一声，抓住了乐群的衣服领子，伸手把乐群举了起来。乐群将宝剑立起来，找准了黑大汉的后背就要刺。黑大汉转着圈儿地丢着乐群，想把乐群扔出去。眼看着两个人就要以死相搏了，刘江急喊道："都快住手！”

乐群的宝剑没敢刺下去，黑大汉也没敢将乐群扔出去。刘江斥道：“快放下他。”

“小婢养的，敢给江爷下死手！”黑大汉放下了乐群。

刘江狠狠地瞪着乐群，脸上结了一层冰似的。乐群醒悟过来，慌忙给黑大汉深施一礼，嘴里说道：“仁兄息怒，小弟错了！”乐众拿出药袋，取出红伤药，没好气地撒在黑大汉的伤口上。黑大汉闭着眼睛，嘿一声，哎一声，不停地骂着“小婢养的”。

乐群说：“仁兄，实在是对不住了。”他拿过药包，给黑大汉上了药，又给他包扎了伤口。

黑大汉摇了几下胳膊说：“小婢养的，这会子忽然不疼了。”

“仁兄，乐群给你赔罪了，仁兄气不过，请打还回来。”

“算了，咱哥儿俩不打不相识，小婢养的，小小年纪，本事不小哇。”

乐群也看出黑大汉是光明磊落之士，他真心真意地又深施一礼。刘江走过来，摁了摁黑大汉胸口上的肌肉，露出了爱惜的神色。黑大汉连忙给刘江施礼：“谢老兄相助！”

“谁是你老兄？看准了，咱爷乃一品都督衔辽东总兵刘大帅。”乐众撇着嘴巴说。

“谁？小婢养的……他是刘大帅？”

“大胆狂徒，大帅面前休要放肆。”张奎扯出了腰刀，对准了黑大汉。

“大帅？”黑大汉根本就没在乎伸到鼻子前的快刀，他端量着刘江，又看着乐群、乐众等人。刘江微笑着看着他，乐群也是微笑着点了点头。黑大汉扑通一声跪倒在地。“参见大帅，属下乃金州卫都指挥使衙门樱桃园堡守堡官江隆江奉举，请大帅恕奉举有眼无珠冒犯之罪！”

“江隆江奉举？”刘江念叨着，记住了这个名字，“江隆，本帅念你是一条好汉，鲁莽轻佻一节权且记下，你要下不为例，恪尽职守，谨慎行事，如再犯军中律条，本帅定打杀了你个贼蠢厮。”

“谢大帅！奉举记住了！”江隆垂手站在一边，怀里揣了个兔子似的怦怦直跳，那嘴里的牙上下捉对儿厮杀，那腮帮子突突地抖着，眼看着十分的魂儿唬丢了七分。

江隆此次被钱真抽调去广宁镇总兵府押运饷银，一路上风餐露宿，小心谨慎，搞得神经兮兮，苦不堪言。到了金州卫五十里台驿站以后，江隆的心就亮堂了，总算是到了家门口。其实，他并不是一个浑人，而是一个胆大心细之人，只是一念之差，却给刘大帅留下了这么一个糟糕的印象。江隆悔得恨不能捶死自己算了。刘江却很喜欢江隆的直率性子，对他的一身神力印象深刻，分手时，还再三嘱咐他一定要抓紧练兵，为朝廷多练精兵。江隆诺诺称是，不敢乱说一个字。

吃过了早饭，江隆带着队伍押着饷银离开了驿站，他们前脚刚走，刘江就有了主意，他打算悄悄地进入金州城，顺便查看一下金州城的防卫以及民生。前几次到金州，注意力一直在外围，却没有仔细考察金州城里的状况，更不清楚卫所官员的口碑如何。江隆江奉举，一个小小的守堡官都如此的莽撞跋扈，其他的官员能好到哪去？刘江吩咐张奎带着亲兵队在驿站里继续操练，没有命令，不准离开驿站半步。刘江只带乐群一个人走。张奎又向乐群左嘱咐右交代，让他务必精心保护好大帅的安危。

"放心吧，俺乐群有本事保护好大帅。"

"小哥，你还是谨慎些才好。"乐众说。

刘江带着乐群走出了驿站，还不到一炷香的工夫，就看见对面一匹马飞奔而来，马上的小校摇摇晃晃如醉汉一般。乐群眼尖，小声说："大帅，马上军汉受伤了。"

"快停下！"刘江拍了一下车夫的肩膀，马车停下了。乐群跳下车，运用八步赶蝉的轻功，眨眼就奔了过去，闪开身子，一把就揪住了缰绳。那匹马受了惊吓，跃起前蹄，吸溜溜一阵嘶鸣。乐群眼疾手快，将小校一把抱了下来。小校的后背上插着一支羽箭，眼看着活不成了。刘江低头查看着羽箭，箭杆比眉针箭要短上半尺。这是哪来的羽箭？

"倭鬼……上来了……"小校睁开眼睛，用力说了一句。

"上来了多少人？"

"三个……"小校的脑袋一歪就断了气。

刘江看着乐群，乐群看着刘江，心里头都在问，"他说什么？"他俩的目光突然一亮，同时喊了一声，"倭鬼？！"刘江心里一紧，等了许多年，到底碰上了。光天化日之下，仅凭三个倭鬼就敢杀死官军士卒，却也太猖獗了。刘江吩咐乐群将死者抱到大车上，让车夫加紧向金州城方向赶路。车夫吓坏了，攥着闸柄，说什么也不走。乐群拔出宝剑吓唬他，车夫干脆跳下车，躺在车辘辘下充愣装傻。刘江制止了乐群的胡闹，好言相劝车夫，让他带着死者回驿站等信。车夫这才勉强答应了，将战马拴在大车后头，赶着马车往回走了。刘江和乐群对视了一眼，乐群抽出了宝剑，刘江微微摇头，乐群红了脸，将宝剑还回匣中。

"乐群，你怕了吗？"

"大帅，小的不怕。"

刘江迈步就走，乐群紧紧地跟随，说不怕是假的，他并不怕自己的安危，他怕大帅有什么闪失。倭鬼上来了，这就要真刀真枪地大战一场了，饶是乐群武艺高强也不由得紧张起来。他们沿路走了好一会儿，遇到了一个戴着斗笠的汉子。乐群上前询问情况，那人嗷嗷乱叫，看起来是个哑巴。刘江朝乐群招了招手，两个人继续往南走去，刘江回头看了一眼汉子，觉得汉子哪里有些不对劲儿。汉子加快了脚步，拐了个弯儿，很快就消失了身影。再走一段，他们遇到了一个三岔路口，乐群一眼就看见了道边上有一个刀鞘。分明是官军的刀鞘，两个人顺着小路追了下去。后来，小路成了死路。刘江四下观望，到处都是庄稼地，也看不出个眉目来。

"洗菜的洗菜，剥葱的剥葱，本帅和你各管一工。"

"大帅，小的担心倭鬼暗箭伤人。"

"本帅久经沙场，竟然怕了他蕞尔小鬼儿不成？"

4

押运饷银的队伍朝着金州城迤逦而行，除了江隆骑着他的狮子兽，其他士卒分别坐在五辆大马车上。熊本一郎傍着大车跟着走了一截儿，他一直在猜，车里面装着的是什么呢？为什么会有这么多的官军士卒押车？闲得无聊的士卒朝熊本一郎打着招呼，问他是哪里来的。熊本一郎不敢乱说话，担心自己的口音露馅儿。他假装嗓子坏了，手指着喉咙，不停地摇头。车上的士卒哄笑他，逼着让他答话。熊本一郎灵机一动，捂着肚子蹲了下来，没想到车上跳下来一个士卒，走过来问："老兄你撞邪风了？"

"疼！"熊本一郎假装痛苦的样子说，"吾腹疼如刀绞一般。"

"守堡爷，这位兄台撞了邪风，肚子疼。"士卒回头朝着江隆喊。

"王大牛，你少管闲事，快回来！"车上的人喊。

"老兄，你赶紧拉泡屎吧，许是肚里灌了凉风。"王大牛拍着熊本一郎的后背说。

"腹疼，走不动，吾坐汝的车可否？"

"守堡爷，这位老兄肚子疼，走不动了，让他坐车一起走吧。"王大牛喊着，江隆摆了下手，王大牛连忙扶起了熊本一郎，"老兄，俺守堡爷别看面黑，却长了一挂打着灯笼难找的软肠子，去吧，守堡爷让你上车躺着呢，跟着大伙儿一起进城。"

熊本一郎被扶上了大车，王大牛让他侧身躺着。熊本一郎皱着眉头，不停地哼哼着，士卒们没再理他，继续说笑逗乐。熊本一郎偷偷摸了摸，袋子里面硬邦邦的，好像是一口大箱子。王大牛眼尖，蹬了他一脚，笑着说："老兄，这里头却是灵丹妙药，任你肚子再疼，一摸到它就好了。"

"哎哟，哎哟。"熊本一郎连忙哼哼了几声。

"世上都说神仙好，神仙也得花元宝……"王八爪说，"这位兄台，看着有些面熟？"

"哎哟。"熊本一郎也认出了王八爪，脑子飞快地转着，"哎哟，哎哟。"

"这位老兄是熟人，也是官军弟兄，有什么好回避的？他还能劫了咱的饷银不成？"王八爪说。

"饷银？"熊本一郎脑子里猛打了个闪念。

"老兄，你是剪径的强人吗？"王大牛拍了下熊本一郎的大腿，笑眯眯地问，"你想劫俺们的饷银吗？"

"哦！"熊本一郎含糊地应了一声，他不清楚"剪径强人"是什么人，他满脑子都是"饷银"，心里一阵阵紧张。江隆的伤口有些发炎，脑子一直迷迷糊糊。他心里有些发烦，就朝着士卒瞪着眼睛，嫌他们多嘴。王大牛看他的伤口又渗出了血，就劝他快点儿进城找大夫治伤。看他还犹豫，王大牛就让王八爪帮腔，劝江隆别耽误了。

"奉举老哥，你还不放心俺吗？俺好赖也是去过应天府的，当着太祖的金面为咱金州卫抢回一块牌牌，整个辽东有俺这张弓在，还能让强人得了便宜？"

"守堡爷，金州城眼瞅着就到了，你怕什么呢？"有人帮腔。

"却是糟糕！"江隆看了一眼伤口，伤口处已经化脓，整条胳膊都有些麻胀。他骂了句："小婢养的，剑上居然喂了毒。"王大牛劝他赶紧走，别耽误了疗伤。江隆不再犹豫，紧嘱咐王八爪要谨慎，千万不要惹是生非。说完，打马飞奔而去。士卒没了长官的约束，立即变成了花果山上的猴子，大家嘻嘻哈哈，荤的素的，全都拿出来，连说带看，个个都是眉飞色舞。

五辆大车从北门口进了金州城，王大牛问熊本一郎去哪个衙门公干。熊本一郎嘴里呜呜，也不说清楚。王八爪早就忍得不耐烦，一把一把地推他下车。熊本一郎忽然想起了关防文书，掏出来让他们看。众人笑着说，真是大水冲了龙王庙，一家人不认识一家人了。

"俺说怎么看着面熟，原来是马雄岛上的兄弟。"王八爪不再撵了，"正好，大家一起去都指挥使衙门交差去。"

"还不谢谢大光哥。"王大牛推了一下熊本一郎，"咱大光哥乃金州卫赫赫有名的神箭手王八爪是也。"

"小油嘴儿。"王八爪瞪了王大牛一眼，"辽东，全辽东。"

"是是，大光哥乃全辽东赫赫有名的神箭手王八爪是也！"

熊本一郎看到了繁华的金州城，不禁大为震撼，街道两旁是鳞次栉比的酒肆和生意铺子，看起来比九州岛上的任何一座大城还要大许多。街上到处都是熟悉的海藻的腥臊之气，还有饭馆炒菜炝锅的香气。豆大的苍蝇黏着人飞，一哄而散，一群孩子跟着大车乱跑，叫着喊着。熊本一郎的两只眼睛都不够用了，他死死地记着一些街口路径，心里默默绘制金州城的地图。有人故意在他面前提起"一枝花"，眉眼间露着笑，想听他嚼些舌头。熊本一郎又一次听到"一枝花"这个名字，他搞不清楚这个名字和这些人有什么关系，他猜那个头发上戴着花的女子一定是个了不起的重要人物。

"老兄，你给比画一下，'一枝花'的腰到底有多细？"

"'一枝花'腰的？"

"是呀，'一枝花'的腰有多细？"

"'一枝花'的，腰的？"熊本一郎突然翻起了白眼珠子，大车上的人突然就不笑了。熊本一郎看到了一张张惊愕的脸，看到了士卒的手都已经按在了刀把上。熊本一郎顺着他们的目光看去，看到了自己腰间别着的太刀和短刀。王大牛伸手去抽夺太刀。熊本一郎一脚将他蹬翻出去，顺手拔出了短刀，跳将起来。只要有刀在手，熊本一郎就是英勇的武士。他倚靠着箱子，随手一戳，一个士卒就被捅死了。士卒全都跳了起来。熊本一郎拔出太刀，双刀在手，上一刀，下一刀，瞬间就砍死了几个。前面车上的士卒发现了情况，纷纷拔刀冲了过来，他们团团围住了熊本一郎。熊本一郎打了声呼哨，招呼其他人迅速救援，生死一线，只有置之死地而后生了。他看见桥下四郎从侧面跑了过去，朝着士卒一顿乱砍。

"都躲开，看俺不射死这群王八蛋！"王八爪摘下弓箭，"呔，俺乃辽东总兵府金州卫神箭手王八爪是也！大胆狂徒，快快报上名来，俺不杀无名鼠辈！"士卒纷纷往道两边散开，王八爪扯起弓箭，对准了熊本一郎。熊本一郎一怔，心中起了寒意，他见识过王八爪的厉害，大脑突然一片空白。涧川猛地从后面跳起来，一把将熊本一郎扑倒，王八爪的箭就戳在了涧川的肩头上。王八爪的第二支箭还没有抽出来，井上刃一刀砍了过去。王八爪慌忙滚开，爬起来要抽箭，井上刃紧紧地与他缠斗。王八爪挥着弓和他对打，弓被砍断了，王八爪转身就跑。几个官军举刀拦住了井上刃，双方打在了一起。熊本一郎呼叫着，快速移动着脚步，招呼涧川、桥下四郎随他移动，把官军引向面朝太阳的方位。官军纷纷上当，缠斗中，眼睛突然被阳光所刺，顿时手忙脚乱。熊本一郎举刀就戳，没几个回合，官军士卒都倒在了血泊之中。街上的百姓惊叫着，四下乱跑，有个小孩子摔倒了，井上刃追上去就砍，涧川一抬手，将井上刃的刀子隔开。

"不要杀伤小孩儿。"

"浑蛋！"井上刃转眼去看熊本一郎，熊本一郎微微摆了摆下颌。涧川扶起小孩儿，莫名其妙地朝小孩儿的脸蛋儿上掐了几把，把小孩儿猛地推开了。熊本一郎打了声呼哨，四个人全都爬上了马车。熊本一郎拽着缰绳，马车掉头朝北城门方向跑去。他用太刀狠狠地敲着马背，驾辕马受了惊吓，一路长嘶。街上的人哭爹喊娘纷纷闪避，马车呼啸着冲了过去。街口开来一队官军，士卒举着长枪，枪头齐刷刷地对准了马车。熊本一郎慌忙扯紧了缰绳，将大车拐到了另一条街上。这条街僻静了许多，前面没有几个人，后面也没有追兵。涧川和井上刃用力将箱子撬开，里面全是白花花的银子。涧川和井上刃一阵欢呼，桥下四郎抓起一个大元宝，紧紧贴在脸上，不禁流出了幸福的泪水。

一定要冲出城。

城门头的士卒朝他们指着，这儿显然刚刚才得了信儿，一支箭射了过来，差一点儿射中了涧川。熊本一郎狠狠地扯住了缰绳，没等反应过来，轰的一声炮响，一团火光蹿了过来，在马车前炸开了。马匹惊得乱跳。熊本一郎明白，哪怕被打死了，也不能停下来。他松开了缰绳，用太刀狠狠地敲着马背，驾辕马耳朵拧着，吸溜溜地长嘶，在城门关闭之前，疯狂地冲了出去。熊本一郎不停地敲着马背，耳边风声如哨，大车颠得轰轰作响。驾辕马终于精疲力竭，慢了下来，熊本一郎抬眼望去，四周全都是树林。他记得马雄岛在东南方向，折往东南方的路在哪儿呢？远处有一匹马朝这边而来，涧川眼尖，指着说："明军上来了！"

熊本一郎也看清楚了，马上的人确实是明军装束，却不是追上来的，这人是迎面来的，还朝他们挥手，示意停车。熊本一郎摘下了弓箭，朝他瞄准，这人发现了，连忙拨转马头，掉头就跑。熊本一郎连射了两箭，涧川说射中了，井上刃说没射中。

他们驾车而去。

前面有一个人，挂着宝剑，站在官道中间。

这个人突然甩来一个暗器，驾辕马猛地一跳，轰然倒地。拉套的两匹马挣扎着还在跑，大车被拽得乱蹿乱跑。熊本一郎一刀砍了下去，驾辕马别倒了大车，几个人全都滚摔下车。熊本一郎的额头当即被撞破了，伸手一抹，满脸都是血。涧川躺在驾辕马旁边，双手叉着腰，哎哟哎哟地叫疼。熊本一郎扶着车帮站了起来，他拔出太刀，凝视着那个人。

那个人就是乐群。

乐群飞奔而来，朝着熊本一郎猛砍一剑，熊本一郎挥刀应对。乐群挽了个剑花，反手将剑背在身后，身子一沉，避开熊本一郎的攻击，借沉身之势，挥剑往上一挑，直刺冲上来的井上刃眉间，井上刃躲闪不及，眉间被剑锋撩了一下。他忍着疼，举着太刀朝乐群的肋部戳去。乐群纵身跳上车帮，躲过一刀，一个鹞子翻身，宝剑刺中桥下四郎。桥下四郎疼得像惊马一样来回跑。熊本一郎的太刀猛地砍在乐群的宝剑上，荡开宝剑的刹那，手里的短刀就刺向了乐群的心窝。乐群的宝剑脱手，翻身跃下马车，躲过一劫。熊本一郎奔过去，长短刀互使，刀刀不离乐群的要害。乐群围着马车奔跑，熊本一郎和井上刃分头堵截，乐群被逼到一边，阳光刺得他睁不开眼，几次被太刀击中。井上刃号叫着，恨不能一刀将乐群砍成两截儿，乐群躲闪着，井上刃也奈何不了他。

熊本一郎趁机将拉套马的绳索砍断，一把将马扯了起来。他返回车旁，将装着饷银的箱子抱起来，放到马背上。乐群见熊本一郎要跑，连忙捡起一块石子，朝熊本一郎砸去。只这么一分神，井上刃的刀就戳中了乐群。乐群忍着伤痛，打起精神，双拳对付着井上刃。桥下四郎恢复了神志，狠狠地扑上来，和井上刃一前一后夹击乐群。熊本一郎趁机翻身上马，双臂抱着箱子，一人一马摇摇晃晃而去。井上刃和桥下四郎将乐群逼开，也拽起另一匹马，两人飞身上马，朝熊本一郎追去。乐群迈步要追，涧川突然一把抱住了乐群的双腿。

"一郎快走！"涧川高声喊着。

熊本一郎突然怔住了，"一郎"？卑贱的涧川怎么会这么无礼地称呼他？熊本一郎拨转马头，吃惊地看着涧川。乐群拽起一把短刀，朝着熊本一郎投掷过来，熊本一郎慌忙提了下缰绳，短刀扎在箱子上。涧川和乐群撕扯着，乐群一把拽下涧川的面具，熊本一郎看见了一张脸，一张熟悉而又陌生的脸。

阳光下，这张脸闪着细腻的光泽。

"樱子！樱子！"熊本一郎朝樱子伸出手去。他提了提缰绳，掉转马头，夹了下马肚子，朝乐群冲过来，他吼着："樱子，快上马呀！"

樱子紧紧地抱着乐群的腿，樱子哭喊着："一郎快走！"

熊本一郎朝着乐群的面门狠狠蹬了一脚，乐群闪开了，熊本一郎的马蹄了出去，他想拨回马头抢救樱子，却听见一阵喊杀声起，从城里方向开来一队官军。熊本一郎急喊着："樱子！樱子！"他夹着马肚，盘来盘去，眼看着乐群挣脱了樱子，举刀朝他冲来。熊本一郎一咬牙，丢下樱子，打马而去。

"我不是樱子，一郎，我是淳子，秋山家的淳子呀。"

眼看着熊本一郎沿路跑下去了，乐群回身抓住了淳子。乐群的心都要跳到嗓子眼儿里了，他见到一个从没有见过的俊俏女子。他以为是天仙下凡，他突然就被迷住了。他俯身想查看一下仙女的伤情，仙女张嘴咬了他。乐群瞬间就被一种神秘的东西吸引了，感觉自己从骨头缝儿里冒出了一种渴望——爱的渴望。乐群趁官军还没有赶到，竟然将仙女抱在怀里一头钻进了林子里。他也不知道自己要做什么，他只知道，如果不把她带走，仙女必死无疑。他听不懂她在说什么，却能看出她的焦躁和愤怒。乐群边走边揉捏着仙女的穴位，让她暂时缓解疼痛，仙女明白了乐群是要救她的，她不再反抗，双手紧紧缠着乐群的脖子。

　　乐群找了一个山窝，将她藏在里面。

　　"不要乱动，动一动就打死你。"乐群说。

　　"……"淳子开口了，她向眼前这个小伙子表达着感激之情，她说她很怕死，她更不想死。她只想回到日本。为了这个目的，她宁愿舍弃一切，除了生命，她什么都不在乎。

　　乐群一句也没听懂，乐群似乎又懂得她的意思，她泪光盈盈的眼睛在表达着心意。仙女又朝乐群鞠躬，还趴在地上，脑袋抵着他的脚。乐群有些慌乱，这是怎么了？发癔症了吗？怎么可以呢？她不是仙女吗？仙女怎么可以这样呢？她是倭鬼！不是仙女，她是蛇，是美女蛇！乐群的眼里冒出了火，他清醒了，额头上冒出了冷汗。乐群哪乐群，你在干什么呢？你想包庇倭鬼吗？你想毁了你的名声吗？乐群抓起了一块石头，朝着美女蛇高高地抬起了胳膊，他要砸死这条美女蛇，他不想由此堕落。美女蛇慌乱不已，美女蛇抱住了乐群的大腿，抚摸着他的大腿。美女蛇又变成了仙女，仙女楚楚可怜，仙女的泪水簌簌而下，就这么砸死了？这可是一条活生生的命啊，一旦死了就是死了，永远也活转不来了。

　　乐群下不了手，乐群的双臂抖着，手中的石头能有千斤重。

　　"留着吧，不能杀。"

　　"留着干什么？"

　　其实他心里很清楚，他什么都知道，他又假装什么都不知道。他不想说出自己的内心真情，也不敢说自己知道什么。他知道他不舍得这个美丽的仙女，哪怕她是狐狸精，哪怕她是美女蛇。乐群从来没有见过这么俊俏的女子，他的少年的蓬勃而起的心被她降伏了，他甘愿被狐狸精迷住，甘愿脑浆被美女蛇吸去，为了这个俊俏的女子，他什么都不想不顾了。乐群放下石头，找柴草将洞口遮掩住，匆匆顺原路跑回去。他从来没有这样惊慌失措，他双腿发飘，几次被枯枝绊倒。

官道上站着一群拿着刀枪的士卒，官军显然群龙无首，他们围着马车指指点点，并不急于四下搜索。乐群刚一露头，就被射了一箭，乐群一闪，抓住箭镞，他连忙喊着："不要放箭！不要放箭！"

官军围了上来，刀枪对准乐群。乐群举着双手，慢慢地出了林子。王大牛冲上来，狠狠地揉了乐群一把，然后就开始搜身。乐群说："休得无礼，我乃辽东总兵刘大帅帐下亲兵。"

"小哥，是你呀，我说看你这么面熟！"王大牛认出了乐群，恨恨地说，"你小哥面白心黑，敢在宝剑上喂毒害人。"

"刘大帅就在附近巡查，尔等赶紧分头去找，不要在此啰唆。"乐群厉声喝道，"休要啰唆！"

"得令！"王八爪答应一声，转身要走，乐群一把抓住了他的胳膊。乐群指了指自己的伤口，王八爪朝王大牛努了下嘴巴，王大牛心中有气，慢腾腾地拿了药袋，给他胡乱包扎了伤口。乐群坐在石头上，假装闭目养神，心里却忐忑不安。仙女的眼神太神奇了，像冒出的无数条绳子，一下子就把他捆个严严实实。乐群双手捧着脑袋，使劲搋着太阳穴，想把仙女从脑子里挤出去。

"相公，很疼，是吗？"仙女轻飘飘地问。

"疼！"乐群猛地睁开眼睛，一把拽出王大牛的腰刀，站起来就朝树林里冲。他不想再迷失了，不想再这么纠缠下去了，他想杀了狐狸精，任她活下去，乐群迟早会疯掉的。乐群刚冲出几步，迎面撞见刘江刘大帅。乐群惊叫一声，"大帅！"

"倭鬼呢？"刘江问。

"跑了！"乐群说，"属下无能。"

刘江瞪着乐群，那眼神分明是在责备他，甚至有些疑虑。乐群心里扑通扑通地乱跳，他真想实话实说，告诉大帅，自己抓了个女倭鬼。可是，他又不敢说出来，他担心说不清楚，担心大帅一怒之下斩杀了女倭鬼，也担心大帅怀疑自己的动机。他想等一个适当的机会跟大帅慢慢说，必须让大帅相信，这一切是偶然发生的，是他的一念之差，并不是他乐群品行出了问题。见乐群茶呆呆的魂不守舍的样子，刘江心里有火，刚要训斥他两句，王八爪跟跟跄跄地跑过来，趴在地上乱磕头。

"大帅，臣樱桃园堡小旗王大光王八爪参见大帅!".

"休要胡呲!"刘江瞪着王八爪，"站起来!"

"大帅，大帅，这事可不怨俺们，倭鬼乔装改扮迷糊了俺们。"王八爪鼻涕眼泪粘在胡子上，"俺家江奉举还让你的亲兵下了毒手。"

"休要胡呲!"刘江再次呵斥了王八爪，"疯子!"

守门官马什长见人们围着刘江，他也挤进来插手问好，听了王八爪的胡言乱语，马什长模模糊糊地知道了眼前这位中年人是辽东总兵刘江刘大帅。他登时慌了手脚，连忙从人群中挤出来，打发士卒骑快马飞驰城里向钱真大人报告。

刘江带着乐群等人在附近勘查，找到了一把倭鬼的小刀，找到了一条腰带。众人进入林中，刘江忽然蹲在地上，用手指量着一个脚印，又端详着身边人的脚。乐群吓了一跳，那个脚印分明是他留下来的。乐群双腿发软，几乎要跪下求饶了。

"这几枚脚印如此之深，说明倭鬼是个身体沉重的家伙。"刘江看了一眼乐群的脚，"可疑的是，这家伙虽然身大体重，双脚却不大。"

"大帅先请到城里坐镇，这事交给小的查办吧。"乐群说。

"饷银被劫，本朝如此兴隆威武，却出了这等腌臜丑事，本帅羞也羞死了，哪里还有心情去城里坐镇?"

"大帅，倭鬼是从官道跑下去了，小的这就带人去追。"乐群说，"还请大帅回城里坐镇指挥。"

"这一带肯定有受伤的倭鬼。"刘江厉声喝道，"都瞪大眼睛细细地查吧。"

"得令!"王八爪和马什长各自带着士卒散开了搜索。由于人手不多，他们也不敢走得太远，只是在林子里虚张声势呼号一阵子，又转了回来。乐群的心如井台上的吊桶一般七上八下，几次想原原本本地交代自己的罪行，几次又咬牙挺住了。

金州卫副都指挥金事钱真带着骑兵飞奔而来，钱真远远地从马上滚下来，一边朝这边跑，一边喊着："罪将钱真参见大帅。"钱真叉手施礼，突然跪在了地上。刘江朝乐群使了个眼色，乐群伸手将钱真搀扶起来，钱真浑身如同筛糠般哆嗦着，"本卫出现此等滔天大案，罪将难逃干系，还请大帅重重责罚。"

"永华将军乃前辈长者，金州卫出现倭寇劫掠饷银大案，个中厉害，想必将军心中有数了吧?"

"罪将愿领大帅责罚，罪将想请大帅赐予一线机会让钱某戴罪立功，以雪大耻。"钱真说到此，竟然以臂遮脸，哽咽落泪。

"金州卫都指挥使徐刚何在?"刘江厉声喝问。

"回禀大帅，徐刚将军自打去年秋便在牧城驿练兵备倭，金州卫的日常秩序暂由罪将抓总，现金州城发生倭寇劫掠饷银大案，一切都是罪将过失，与徐老将军无关，请大帅明察。"

"徐刚啊徐刚!"刘江长叹一声，想起去年一股倭寇从旅顺口登陆，惹下滔天大祸，这案子刚刚摁下，这又来了一起倭寇进入金州城明目张胆劫掠饷银的要案，事到如此，刘江也不想多说一句。闭着眼睛都能想象出圣上会多么震怒，越想越是惊恐，刘江的后脖颈一阵阵冒着凉气，他朝乐群挥了挥手。乐群带着一队骑兵沿着官道朝北追了下去，追了一阵，失去了踪迹。乐群又掉头朝东，一直追到青云河，有人发现了新鲜的马粪。乐群断定倭鬼一定是骑马渡河而去了，他带领众人追到石桥附近，发现桥头有三具官军尸体。不用问，这三个官兵是倭鬼杀的。乐群带人越过石头桥，一直追到了望海埚制高点，看到了被焚烧的茅屋，以及两具尸体。众人从望海埚高点上望下去，广袤的大地上到处都是郁郁葱葱的树木，再远处的东南沿海风平浪静。

倭鬼在哪儿呢?

5

倭鬼就在红嘴堡里。

熊本一郎精心绘制的地图起到了作用，他们一路狂奔，极其准确地找到了红嘴堡，喜志打开寨门，迎接熊本一郎进堡。熊本一郎神情怪异，也没问喜志的伤情如何，吃完了饭，就坐在石墩上发呆。他满脑子都是洞川的身影，确切地说，他在想着淳子。他早就怀疑涧川是一个故人，甚至怀疑他是个女的，却无论如何也想不到会是淳子。熊本一郎以为自己早已忘记了这个姑娘，怎么会是她呢？他的心里头只有樱子，即便记忆模糊了，他还是想着她。樱子就是一个符号，一个代表着自己懵懂少年时代的符号，怀念樱子其实就是怀念无忧无虑的少年时代。

怎么会是秋山家的淳子呢？

记忆回来了，他不但没有忘记她，居然还想起了更多更多的细节，每一个细节都是那么的清晰。淳子！秋山家的淳子！熊本一郎心疼不已，他得到了一箱子饷银，却失去了一个保护了他更需要他保护的姑娘。这个姑娘甘心在他身边当一个卑微的仆人，只是为了喜欢他，为了能和他在一起。熊本一郎的痛苦和自责被现实击碎了，他得离开这里，他没有时间为一个姑娘痛苦，也没有权利在这样危险的境地中为一个姑娘难过。他发誓，将来一定要夺回淳子，哪怕夺回她的尸首。他有责任把淳子带回日本，带回下山村。

金州城，他一定还要再来，他以日本武士的名义起誓。

熊本一郎朝喜志递了个眼色，示意他杀那两个女人。喜志有些不舍，他还想带着女人一起撤退。熊本一郎走进屋，看了一眼躺着养伤的女人，他拔出短刀，狠狠地戳向女人的胸口。熊本一郎将女人的头颅割了下来，端详了一会儿，让井上刃拿去挂到寨门上。桥下四郎杀死了另外一个女人。杀人的时候，喜志一直跪在门边抽泣，他原以为能将其中一个女人带到日本去。随着她们一一被杀，喜志的美好愿望落了空。他难受得抓心挠肝，却不敢直白地表现出来。熊本一郎命桥下四郎去套大车，将箱子搬到车上。喜志擦干了眼泪，帮桥下四郎搬箱子。

"熊本君，箱子里面是什么？"喜志问。

"哦。"熊本一郎没有回答。

井上刃赶过去，帮着喜志将箱子抬上了车，桥下四郎给两匹马上了套，又趴在车下检查车闸。喜志将红嘴堡里找到的金银细软全都抱到了车上，他恋恋不舍地四下看着，忽然，忍不住双手捂住了脸。众人全都上了车，熊本一郎吆喝一声，驾着马车离开了红嘴堡。月亮升起来的时候，天上繁星密布，山路上马蹄声声，和暖的微风吹起来，喜志情不自禁地哼唱起了家乡的小调：

故乡由远至近，

像天上的星星，

也像村庄里的月光，

长夜还没有过去，

吾的故乡何时才能露出曙光……

熊本一郎的眼前出现了稻田，出现了金黄色的圆月，出现了父亲在稻田里穿行的影子。突然间，出现了淳子的影子。他的心被刀尖儿戳破了一样，一阵一阵的疼痛袭来，疼得他浑身哆嗦。

"淳子，涧川。"熊本一郎轻轻地呼唤着。

"丑涧川一定是死了！"喜志不唱了，他抱着脑袋抽泣。

远处传来了潮水的轰响声，像老人家的咳嗽声，又像是鼾声。一声接着一声，低沉而又悠扬。路口处，突然传来哨兵的厉声喝问声。熊本一郎骂了声："蠢猪！"哨兵听到他的声音，轻声欢呼着。熊本一郎痛苦地闭上了眼睛，这帮蠢猪，竟然用日语询问路人，不是蠢猪是什么？回到老营，熊本一郎召集了岛上所有倭鬼，命令他们立即上船。他猜想天不亮明军就能找上来。二郎醉醺醺地说："哥哥，干脆和明国打一仗吧！把丑涧川给夺回来！"

熊本一郎抬手扇了二郎一个耳光，二郎低着头，再也不敢多嘴。熊本一郎命二郎把装银子的箱子带走，务必交给首领冢野大君。他嘱咐二郎，将来首领冢野大君分配财物后，二郎要把哥儿俩所得的财物全都交给妈妈。

"哥哥不走了？"

"吾要在这儿等着尔等回来。"

"等明年东南风再起的时候，一起回来不好吗？"井上刃问。

"吾要一起留下。"桥下四郎说。

"吾懂得明国话，吾在这儿扎下根，等着尔等回来。"熊本一郎将地图交给了二郎，"请告诉首领冢野大君，图上标注的青云河很重要，下次回来，一定要顺着青云河往上走，记住'亮甲店'这个名字，这里有的是粳米。"

"亮甲店？"

"亮甲店！"熊本一郎抚摸着二郎的肩膀，"二郎再来，如果找不到哥哥，哥哥就是死了。二郎一定要在下山村给哥哥建个衣冠冢，上面刻上两个名字，一个是哥哥的名字，另一个是涧川君，不，是秋山家淳子的名字。"

二郎的眼里噙着泪水，他不敢多问一个字，只是拼命地点头。他甚至都不敢流泪，他怕控制不住自己的情绪，会让哥哥难受。哥哥做的这一切都是武士应该做的，换作二郎，也要这么做的。二郎向哥哥深深地鞠躬。

所有人都赶到海边，倭鬼陆续上船，二郎一把拽过曹云和，将太刀架在他的脖子上。曹云和以为这就要杀了他，他杀猪般地号叫求饶，哭得涕泪横流。熊本一郎喝住了二郎，将二郎推开了。他忽然想起了一件极其重要的事，便问曹云和："'一枝花'？"

"放了她吧！她是吾的娘子。"曹云和突然跪下了，哽咽着说。

熊本一郎笑了，他伸手扶起了曹云和，让二郎赶紧将"一枝花"还给岛主。二郎和曹岛主对这个决定都大吃一惊，曹岛主重新跪下，趴在熊本一郎的脚上号啕大哭，他疯了一样亲吻着熊本一郎的脚。二郎上了船，并没有遵照哥哥的命令，他有了更好的主意，二郎和喜志乘船到外海的大船上，将"一枝花"押回来。二郎揪着"一枝花"的发鬈，将她拖到船帮处，喜志点着火把，照亮了"一枝花"的脸。

"曹岛主听着，哥哥要是死了，这个女人就活不了！"

大船上响起了一阵螺号声，巨浪扑来，重重地砸在礁石上，砸在曹云和的心头上。大船慢慢驶离岸边，曹云和跪爬着，扬着手喊着："娘子！娘子呀！"

"相公！相公！"

大船缓缓而去，海浪轰击着海岸，呼啦啦的，像沉闷的惊雷一样。

6

乐群看左右无人，身后也没有跟梢儿的，就一头钻进了胡同里。胡同的头一家是炊饼铺，卖炊饼的老伙计伸出脑袋看了乐群一眼，笑眯眯地吆喝了一声："炊饼，刚出锅的炊饼！"乐群已经从铺子前走了过去，忽然又站住了。他的心里一阵恐慌，总觉得老伙计的笑容里有些作料。乐群又退回几步，掏出十个大钱，买了一堆炊饼。

"小哥，快拿家去给小娘子吃吧，俺家的炊饼又软又脆又香甜。"老伙计的笑容越发地灿烂。

乐群笑了笑，拎着炊饼走了。他有些后悔，不该那么紧张的，这一来，在老伙计面前暴露了自己的心虚。乐群一气之下，将炊饼扔到墙根儿，又狠狠踩上两脚。走到胡同尽头，乐群整了整束带，推门走了进去。绕过影壁墙，见房东三嫂在院子里洗衣服，乐群的脸有些发烧，感觉浑身不自在，他轻轻地咳嗽一声。三嫂站起来，朝他道了万福。

"小相公回来了？"

"回来了。"乐群轻声说，"她怎么样了？"

三嫂抿了下嘴唇，想笑，却没敢笑。三嫂朝屋里努了下嘴。乐群的脸上一阵发烫，躲闪着三嫂的目光，赶紧绕过海棠树，迈步进了屋。淳子躺在炕上，见到乐群，刚露出笑脸，又慌忙转过脸去。乐群坐在炕头，双手擎着脑袋发呆。淳子转过来，扯了下乐群的袍子，淳子的脸红扑扑的，鼻翼上有细小的汗珠。淳子的眼睛滴溜溜地转着，看着乐群，朝乐群甜甜地笑，还伸手摸着他的脸颊。乐群握住她的手，长长地叹了口气。乐群想说"你真是个狐狸精"。淳子似乎能看透他心里想的是什么，居然脸色一红，拨开了乐群的手，把脸扭向一边。

乐群曾经两次要杀了她，最后一次，乐群已经将她掐死了，再等一会儿，就打算将她分尸，装在麻袋里带走。乐群事先踩好了点，顺着老街一直朝西走，出了宁海门，再走四里地有座龙王庙。那地方礁石嶙峋，鲜有人去。乐群打算将尸首抛到礁石滩里，那可是神不知鬼不觉的杀人地。乐群准备肢解淳子的时候，伸手摸了一下，那只是下意识地摸了一下，他觉察到淳子的心脏还在跳动。乐群鬼迷了心窍，又连忙进行抢救，淳子四肢抽搐了几下，活转了回来。她惊恐地看着乐群，眼里全都是奔跑着的小鬼儿。她突然哭了，搂着乐群哭，这一刻，乐群冰一样的心就融化了。乐群捧着她的脸，看着她的眼睛问："你是妖精？"

"你是仙女？"

淳子笑了，露出了一对儿小酒窝。乐群明白，从此，他再也下不去手了。她是仙女，一个让他肯于豁出命去保护的仙女。他感觉自己的灵魂堕落了，他不再是那个心怀大志的乐群，他成了一个好色之徒。他在这条不归路上停不下来脚步，他不知道未来在哪里。这是个仙女般美丽的女子，乐群第一次见到她的胴体的时候，就从里往外地丢弃了自己。

"你的同伙现在何处？"他的声音变得像另外一个人，"倭鬼，倭寇，在哪里？"

淳子的眼里飞着闪亮的光芒，她的眼里流淌着清清的溪水，溪水上面游荡着一对儿漂亮的红嘴鸟。她怕乐群，她又不怕乐群，她向乐群微笑，她的姿态已经表明了意愿。她相信，只要乐群是一个男人，见到她如此甜美的笑容，就一定不会下手杀她的。

"请不要伤害……"淳子用日语说，又用朝鲜语说。淳子只会说这两种语言，她不确定乐群是否能听懂她的话，她只是本能地一遍遍地说："请不要伤害……"

"你不要鸡对鸭讲了，我也不要对牛弹琴。"乐群摆了个乱弹琴的姿势。

乐群给淳子的伤口换了药，又将衣服披在了她的身上，递衣服的时候，触碰了一下她的后背，淳子朝他嫣然一笑。乐群把持不住，紧紧地搂住了她。

7

虽然出现了饷银被劫的惊天大案，朝廷问责的旨意没有下发之前，辽东官场一切都还照旧。金州卫重中之重的工作便是入春后的大会操。因辽东总兵刘江亲率辽东南海州卫、复州卫、盖州卫各卫都指挥使等官佐亲来检阅会操，这次会操格外地受重视。本来应由金州卫的最高军事长官都指挥使徐刚主持，由于徐刚在牧城驿训练兵的时候摔断了大腿，操演总指挥便由二号人物副都指挥佥事钱真主持。为了这次操演，金州卫上上下下都下足了功夫，四大千户所下辖各营各堡忙了整整一个冬天，练操的不但是现役士卒，还有大量的军户子弟。为了在刘江刘大帅面前露把脸，钱真会同各将佐要求严格按照《大明教练军士律》的各项标准操练，无论老兵还是新卒，即便是民兵都得严格执行标准。为了增加战斗力，金州卫在全辽东率先配置了"二意角弓"。这种弓的最大特点就是轻便，比制式的小梢弓和麻背弓都要轻许多，便于马上挽射。为了更换"二意角弓"，金州卫可算是花了血本，还向民间拉了不少饥荒。有官员暗自估量，恐怕三年内还不上借贷。

　　会操的中心会场设置在城南扇子山北坡下，这一带约有一百顷平缓的草场地，以前是元军牧马的地方。在这里会操一是有足够大的场面可以摆阵，另外，城里的百姓不必前往现场观操，站在南城墙上就能看清牧马场的全景。

　　正式会操的日子终于到了，辽东总兵刘江率各卫要员齐聚观操台，台上台下一片紧张肃穆。操场上的中心位置站立着一千名手持长枪的士卒，还有两百名刀牌手。操场外围堆着一排排拒马桩，阳光下，尖锐的枪头闪闪发光。三声号炮响后，观操台上的金州卫副都指挥佥事钱真走到台中央，朝刘江刘大帅叉手施礼，请刘大帅下令操练。

　　刘江端坐在书案后，看起来不怒自威，身边站立着数十位各卫所指挥佥事以上的将佐，饶是钱真身经百战，从死人堆里爬出来的，也不禁紧张胆怯。刘江轻咳了一声，将令箭交给乐众。乐众捧着令箭，转来要授予钱真，乐众从来没有见识过这等庄严的场合，一紧张，竟然崴了脚踝，扑通一声坐在了台上。令箭摔落台下。台上台下一片哗然，观操的各卫所将佐都惊得张大嘴巴，他们纷纷偷眼看着刘大帅，替他捏了一把汗。将佐们来的时候都听说了金州卫的饷银被倭寇劫持的传言，刘大帅正在霉头上，这小校居然把令箭摔到台下，难道这是天意？众将佐不寒而栗，刘大帅若因此被朝廷锁拿，整个辽东官场都将重新洗牌，每个人的命运都要陷入不可知的境地。

　　眼见令箭坠下台，刘江心里咯噔一声，虽然他面沉似水，心头却是翻江倒海一般。他恨不能狠狠地抽乐众一顿鞭子，万众瞩目之下，这小子居然如此不堪大任。一旁的乐群反应神速，他一个鹞子翻身，从台上飞了下去。乐群脚尖点地，燕子抄水般飞过去，伸手捡起了令箭，又施展八步赶蝉神功，拧身跃上台，将令箭授予了钱真。场上"轰"的一声欢呼叫好，刘江暗暗松了一口气。

　　"遵辽东总兵刘大帅将令！辽东金州卫春季大会操开始！"钱真将令箭交给身边小校，运足中气喊了一嗓子，操场上传来一阵整齐的呐喊声。一个小校捧着五色令旗站在钱真的下首，钱真拿过红旗，朝空中一摆，台下面旗阵士卒一声吼，齐刷刷地挥舞着红旗。场上士卒根据旗语迅速移动，霎时间，操场上尘土飞扬，如天边滚滚而来的闷雷。

　　大阵摆好，黄色战旗居中，士卒精神饱满，旗帜猎猎作响。其他方阵左右前后排列，拱卫着居中的黄色战队。黄色大阵帅旗一摆，阵中鼓声大作，牛角声响起。四角营中的骑兵朝对角方向冲出来，骑兵身上都背着一个显眼的箭壶，按照乾坤八卦，冲向各自位置。轻骑兵过后，旗阵再次打开，从旗阵中闪出一队重甲铁骑，台上一阵惊呼，观操的将佐还以为广宁镇总兵府的铁骑下来了，都情不自禁地抻着脖子观瞧。操场上的铁骑数量不多，每个骑兵手里都攥着一杆骑枪，骑枪比步兵的长枪短了许多，枪头上红缨飘飘。一排一排像堵墙一样挤压过来，每个骑兵都是盔明甲亮，杀气腾腾。铁骑每行一步都是地动山摇，年轻一些的士卒都在想，一旦放对厮打，该从哪下手呢？

　　黄色大阵再次闪出一队旗阵，大旗猎猎，一阵接着一阵的摆布，突然，冲出一队战车，轰隆隆排成一列，挡住了铁骑。战车上的尖锥闪闪发亮让人胆寒，年轻一些的士卒都在想，世上也只有战车挡得住铁骑。双方各自站好位置，形成了僵持状态，旗阵再次翻转，大旗闪开，一队队步兵冲出来，推动着战车朝指定的位置运动。没一会儿，在大营的四周布起了密不透风的车阵。车与车之间全都是一人高、十步长的拒马桩。拒马桩上绑扎着锋利的长枪。

　　刘江数了数，操演队伍里，每百户有长枪四十杆，每杆长枪足有一丈三尺长；盾牌手和刀斧手各十人，分列在队伍的前面；弓箭手四十人，排在长枪手的后面。他暗暗地点了点头，金州卫的操演还是讲究的。大会操进入实质性冲杀阶段，各营根据中央旗阵的指挥不停地变换着队形，有的出刀，有的舞枪，有的挖壕，有的灭火。各营各队在疾速运动中井然有序，待到马上较量环节，轻骑兵捉对厮杀，每个回合以后都要拨转马头继续格斗，直到一方输了，再出一将接着厮杀。无论输赢，轻骑兵都要朝两百步以外的标靶上射十箭，射不中者，都自觉地下马，趴在地上，接受棍责。

　　经过一个时辰的马步协同竞技，钱真挥舞了结束操演的令旗，操场上突然安静了，眨眼间，尘土消散。各营集中回收，排成一块块方阵，像一双无形的大手切豆腐块似的，成千人的队伍整齐划一。钱真继续挥舞着令旗，中央旗阵大旗翻飞，刚刚聚起的各队伍又像水波一样四处散开，喊杀声震天动地。刘江紧紧盯着操场上的阵形，看着看着不免有些灰心，金州卫参加会操的士卒显然与广宁卫总兵大营里的士卒不可同日而语，这也难怪，卫所士卒以守为主，总兵府的兵却是以攻击为主，双方职责不同，兵员素质出现落差也难免，如果换作广宁卫大会操，就这个状态，他都能因此打杀了几个带兵的将官。兵练到这个程度，只能说是将官无能。联想到金州卫饷银被倭寇所劫，刘江心中不由得又气又急，脸上露出了焦虑之色。朝廷的敕令没有下来，他也不便过于追究下面的责任。刘江十分清楚，自己的为官之路已经戛然而止了，一切还是留给下一任总兵整肃吧。辽东是大明的九边之首，号称拥有十万铁甲精兵，真正打起仗来，鬼才知道有多少能用得上。就靠金州卫这样的光会使花架子士卒？倭寇这次上岸劫掠比以往嚣张，损失却不仅是饷银被劫，马雄岛被屠，红嘴堡被屠，一旦内幕揭开真相大白……刘江的脊梁一阵阵冒着冷汗。原先确实小瞧了这帮鬼魅小丑，乃至于海防松懈，哎，刘江啊刘江，居然在金州卫折戟沉沙。

操练结束，钱真请刘江给全体将士训话。刘江走到台前，看着下面的众将士，久久没有开口。士卒都挺着胸，静静地看着他。操场上静得一点儿声音都没有，连头顶上盘旋的鸟儿都不再鸣啾。刘江忽然有些激动，他在台上走来走去，一只手叉着腰，另一只手微微抖着。

"想必大家都已风闻了。本帅刚来金州卫，就被倭寇打了一个乌眼青。金州卫的饷银就在光天化日之下，在本帅的眼皮子底下被倭寇所劫。"刘江的手抖得更加厉害，不得不换了个姿势，举起了另一只手，"红嘴堡被血洗，马雄岛被一而再地血洗，是可忍孰不可忍，有血性的汉子谁能咽下这口气？本帅就这样让倭寇捆住了手脚，捆得死死的！"

台下一片寂静。

刘江仰面，泪水从眼角簌簌而下。

忽然，操场上一阵喧哗，带队官长急忙弹压，喧哗声更加急促响亮，刚才还整齐划一的队伍突然就乱了，一群士卒嚷嚷着冲向台来。轻骑兵迅速围追堵截，有的士卒被挤倒踩踏，一部分士卒冲到检阅台下。刘江愣愣地看着混乱的场面，不知发生了什么状况。乐群挡在刘江身前，乐众也挡在了刘江的前面。乐众指着台下的士卒嚷："贼杀材，你们要谋反吗？"

检阅台上的将佐站了起来，全都紧紧地攥着刀把，谁也不清楚到底发生了什么，有的担心士卒哗变。冲到台下的纷纷跪了下去，有人哭嚷着："大帅，红嘴堡当真被倭鬼屠了？"

"大帅，马雄岛怎么又被倭鬼屠了？"

"本帅得知，倭寇日前从马雄岛再次登陆，先屠了马雄岛，又屠了望海埚和红嘴堡。"

众人拍着地皮大哭，他们都是和马雄岛、望海埚、红嘴堡有瓜葛的军户子弟，他们痛哭被倭寇屠杀的亲人。将佐不再弹压他们，每个人的眼中都冒着仇恨的火焰，心里头早已骂了倭寇万千遍。哭声越来越响，像天边的滚雷一般。

"本帅在此表态，如朝廷体察我的负罪之意，还能给一次雪耻的机会，本帅定率众将歼灭倭寇，为死去的军民报血海深仇！"

"大帅说话算数吗？"有人大声问道。

"皇天在上，刘江断无违背誓言之理。"

"俺李永刚誓死跟随大帅杀倭鬼，替俺爹娘报仇！"

"俺王大牛誓死跟随大帅杀倭鬼！"

"俺王八爪誓死跟随大帅杀倭鬼！"

"俺江隆誓死跟随大帅杀倭鬼！"

操场上一片铮铮誓言。刘江眼含热泪，向亲兵张奎伸出手去，低声说："拿箭来。"张奎伸手拽出了宝剑，捧给了刘江。刘江愣了一下，突然怒目相对，大声喊着："雕翎箭！"

张奎连忙从箭壶中取出一支羽箭捧给刘江，刘江握住了，使劲一掰，羽箭断成两截儿。他将断箭扔在台上。

"不灭倭寇，本帅如同此箭！"

操场上成千士卒举起刀枪，嗷嗷吼着，吼声响彻云霄，连金州南城上观操的士卒和百姓都能听得到，金州城也响起了愤怒的吼声。

傍晚，钱真带着盐课提举所的李少甫前来拜见，刘江对钱真心中有气，告诉仆人，就说大帅休息了。话音刚落，钱真竟然闯了进来，朝着在庭院里的刘江抱拳施礼，却是羞得面红耳赤。李少甫向刘江拱手请安，刘江摆了摆手，李少甫小心地说："大帅老家可是洋河畔的刘家集？"

"嗯。"

"小可的老家也在洋河畔，叙起来，大帅还是小可的舅爷。"

"你少啰唆。"刘江突然瞪了一眼。

"是，大帅……"李少甫慌忙拱手施礼，再也不敢乱说一句，他并不清楚刘江为什么如此不给面子，不就是倭寇上来了吗？大明开国以来，倭寇从金州登陆也不是一次两次了。他无论如何也想不到，刘江害怕的是这位李老爷胡乱攀亲，刘江最怕有人知道他的底细。一旦暴露了，那可是灭族之罪。一想到"冒名顶替"，刘江的心就是一阵乱跳。他不怕死，更不怕战死，死不足惜，他以为自己一定会死在战场上，那样最好，一了百了。他却没有想到，自己会因功步步高升，一路升到一品都督衔，升到权倾朝野的辽东总兵位上。越是如此，越是高处不胜寒。他总是莫名其妙地害怕，他怕那个人，那个给了他所有荣誉的人。他总觉得那个人看穿了他的一切，那个人什么都知道，知道他冒名顶替，知道他罪不可赦，可是，那个人却不揭破他的罪行，任由他继续表演……

钱真带着李少甫冒昧求见大帅，并不是想求大帅的宽恕，他清楚饷银被倭寇所劫，自己头一个有罪，而且，罪不可赦。他只是想立功赎罪，他想让李少甫跟刘江讲讲金州卫的倭患始末，也想把自己的抗倭策略说一说，也算是亡羊补牢吧。更重要的是，李少甫接触了一个重要的人物，这个人对抗倭大计有着很大的干系，钱真想一股脑儿地向刘江交代清楚。这个时候，钱真最怀念的就是老上司叶旺将军，如果他不死，如果他还主政辽东，倭寇劫掠饷银一节还能有个转圜余地，钱真担心刘江会把一切罪责都推到他的头上。咳！即便如此，他也无话可说。

李少甫平复了一下情绪，宾主入座后直接切入主题，他向刘江讲述了金州卫倭患的来源和特点。听了几句，刘江的心情便松弛了，朝着李少甫微微点头以示嘉许。经了解，李少甫两辈子在金州地区定居，也就是说，他无论如何也没有在刘家集见过刘江。刘江越发地放心了，朝李少甫露出了笑容，还问李少甫的表字，亲热地喊他"子杰"。李少甫深施一礼，告了坐后，拿出一张图纸让刘江观看。刘江一眼就认出了是玄慈道长画的辽东山川地理图。

"禀大帅，倭寇自元朝起就骚扰金州，百多年来，金州地方有记载曰，倭寇来时，或一人或三五成群，最多没有超过百人。倭寇最大的特点就是偷袭，他们的特点是：'来若奔狼，去若惊鸟，烧杀抢掠，无恶不作。'本朝开国以来，倭寇对金州卫侵扰更甚，每次都饱掠而去，却有一次被'毛营子'夏家抓到了活口。"

"'毛营子'夏家？"

"启禀大帅，'毛营子'夏家是百年前大辽国掳来的西夏太后一族，辽国将其发配到金州地面居住。这一支人不忘祖宗，取夏姓以示纪念。"钱真插言道，"这夏家后人毛发密实，有色目人相，本地人将他们的居住地称为'毛营子'，夏家男人孔武有力，喜食牛肉，一般毛贼不是对手。"

"哦?"

"大帅，倭患防不胜防，今天在这儿登陆，明天就在百里之外，端的让官军头痛。"李少甫说，"洪武朝，倭寇共上来六次，平均每两年上来一次，每次都让他们全身逃脱。大明的卫所就像一头笨牛，依仗牛角左顶右顶，只是对付不了这几条恶狼。倭寇来金州卫不但抢掠，还掳走年轻女子。最近十年，被掳走的女子在百口以上，除了极少数回转，大多数都没有音讯。以往，各衙门为了推卸责任，一般将倭寇笼统称为'山狼海贼'。"

今晚，钱真打开了心扉，多少年了，自从叶旺去世，他就把自己封存起来，包裹起来，他不愿意敞开心扉，他学会了明哲保身。倭寇劫掠饷银，马雄岛、望海埚、红嘴堡的惨案让他幡然觉醒，再也不能糊涂下去了，要振作起来，要豁出命去抗倭！他什么都不顾了，哪怕即刻被大帅捆绑起来，推出去斩首也在所不惜。他要把自己这些年来对倭寇的了解和抗倭的主张和盘托出。钱真主张朝廷派员渡海去日本交涉，向日本国主晓以利害，许以利益，只有日本方面严禁臣民私自下海，倭患才能从根本上解决。大明朝都能实施"寸板不得下海"的国策，日本为什么不能呢? 钱真认为，这才是金州卫抗倭的上上之策，如果朝廷认可，他宁愿深入虎穴，亲赴东瀛谈判。

"大帅，晚生结识了一个和尚，名叫山间一胡。"李少甫偷偷看着刘江的脸色，"这个和尚周游日本，端的对倭人风土人情有透彻的了解。如果朝廷与倭人交涉，他愿意为朝廷效犬马之劳。"

"他是倭人?"

"晚生对他的来历也不是很清楚，他对倭患给两国百姓带来的苦难非常难过，他愿意从中牵线，化干戈为玉帛，促使两国永结友好。"

"本帅知道了，有机会一定将贤者举荐给朝廷，这个山间一胡的背景子杰你搞清楚了吗?"

"晚生不知深浅，只是和他谈起倭患，彼此都深恶痛绝而已，晚生被他的拳拳之意打动，也愿意成人之美，成朝廷之美。"

钱真和李少甫的建议对刘江而言并不新鲜，几年前，郑和郑三宝就曾率领十万大军去过日本。听说日本的国主征夷大将军也诚心愿意接纳大明，甘愿结好。为了表示诚意，征夷大将军还当众蒸杀了七十余名倭寇，结果呢？倭患一直没有根除，辽东金州卫、山东沿海诸卫一而再地闹倭患。请朝廷与倭国和谈建议？刘江闭着眼都能想到圣上会多么的失望。抗倭的根本大计还得靠自身的强大，得靠拳头，其他的都是旁门左道。永乐帝的交代犹在耳畔："卿在前面守着，朕在你后面撑着，卿若守不住打算后退，务必想到身后有朕，卿可退，朕却退无可退。"

刘江的眼角湿润了，一阵阵的惭愧和内疚折磨着他。

第八章　御赐尚方宝剑

1

饷银被劫，三地军民被屠，刘江明白自己的前途已经相当黯淡，按照他对永乐帝的了解，圣上一定会暴跳如雷的。这件事明摆着是刘江站不住脚，临出京城，圣上千叮咛万嘱咐，务必重视辽东南抗倭。刘江答应得好好的，恰恰就在辽东南出了大事。这足以说明刘江治军不严，把圣上的话当成了耳旁风，以至于辽东南海防懈怠让倭寇钻了空子。刘江的罪可以大到无边无际，无论如何惩罚都不为过。刘江做好了应急准备，在惩罚没下来之前，他须在金州卫尽心尽力站好最后一班岗，督促海防建设，为后任打下一个好的抗倭基础。

这天早晨，刘江从金州城出来，带着亲兵队一路朝大黑山方向走去。这一带也是倭鬼常来之地。刘江打算实地考察一番，找出有效打击倭寇的途径。一行人也不急着赶路，一路走一路看，遇到村落就停留一会儿，耐心讨教当地的民俗民风。辽南这一片山势都是有根有梢有棱有角的，按照当地人的说法，百十年前，辽南地区发生了一次惨烈的神仙大战。海怪和山精为了争夺渔家娘子，在这儿开打，那一仗，竟打得天昏地暗日月无光。海怪将整个海面掀了一个个儿，海水都扑到天上去了。山精也不示弱，牛马般大的巨石从天而降，砸得百姓血肉横飞。这一轮神仙大战，让辽南绝了人气。如果不是因为一个狐仙相助，辽南的人或许就得死绝了。狐仙救人后精疲力竭，被一堆巨石压住了，后来，人们都到狐仙这儿祭拜，盼着狐仙早日得道，脱离苦难。刘江一路走，一路访问，发现当地的人都崇拜狐仙。

一路上，乐群也没闲着，他的学识有了用武之地，乐群对照着地图给刘江讲解辽南的山川地理特点。辽南的大、小黑山就像一副担子，落在金州这片土地上，两座山就是两道关隘，南边大黑山可以防着倭寇上岸，北边的小黑山可以藏兵练兵。这是一个理想的防御位置，却恰恰屡次被倭寇挑战。那个挑着大黑山和小黑山的巨人在哪儿呢？刘江心里一热，仿佛自己就是那个力大无穷的汉子，他要挑起重担，他要抗倭到底。

按照玄慈道长的说法，大、小黑山是从北边长白山延伸下来的，这条山脉极像一条受难的小白龙。龙头就在金州卫。守住金州卫，整个辽东就可安然无恙。金州卫若失手，辽东就如同被斩首一般。玄慈道长的著述《辽东山水经》乐群能背得滚瓜烂熟。一路上，他把自己所学的知识全都讲了出来，刘江很受启发，夸赞他是一个有心的年轻人。受了大帅的夸赞，乐群却有些忧郁，甚至有些闷闷不乐。他一直如鲠在喉，几次想坦白自己的罪行，交出女倭鬼。每次刚下决心，女倭鬼的影子一闪，变成了美娇娘，他就打消了坦白的念头。

大黑山是金州卫最高的山，自古以来就是军事要地。隋唐时期，高句丽在山顶绝要处修建了一座卑沙城，隋将来护儿、唐将张亮先后率大军渡海而来，相继攻下卑沙城。刘江对这一带的地形很感兴趣，也对那场战争历史感兴趣。他们一行进了大黑山腹地，正走着，乐众耳尖，听到了一阵歌声。一行人循声找去，乐众在树林中搜出了一个樵夫，两个人扭在了一起。刘江喝住了乐众，好言问候樵夫。

"这位大哥，莫要惊慌，我等都是衙门里的差官。"

"原来是差官，俺以为尔等是山狼海贼。"樵夫说。

"贼老儿，睁大你的死羊眼看真亮了，俺们是专杀山狼海贼的官军！"乐众说。

"他们几位像官军，小哥你却是个贼人相。"樵夫恨恨地说。

"贼老儿再吃俺一拳！"

"住手！"刘江制止了乐众的胡闹，朝着樵夫问道："大哥，这一带经常出现山狼海贼吗？"

"是呀，倭鬼时不时地上来，被官军撵进山里，这么大的山，就是把全金州卫的兵马都调集来，也剿不了他们几个。官府只能睁一只眼闭一只眼，一阵紧

238

一阵松，可怜俺们小百姓，整日价提心吊胆，在山里耕作砍柴，手里都得拿着家伙。一不小心，就能让倭鬼背走了。"

"背到哪里了？"

"还能背到哪里？背到阎王殿去了呗。"

"官府为什么不上报？"

"俺怎么知道官老爷是怎么想的？俺小百姓也不盼着官军进来，一天能剿灭，那是天大的喜事，一年呢？官军住在哪儿？吃在哪儿？别看俺百姓蠢笨，谁心里没个谱？"

"贼老儿，你不要满嘴喷粪臭烘俺们官军。"乐众吼了一嗓子，"俺们刘大帅就是誓死打杀倭寇的，谁稀罕贪图你那点儿钱物？"

"刘大帅？"樵夫凑过来，仔细地看着刘江，"莫不是发誓打杀倭寇的辽东总兵刘江刘大帅？"

"不是他是哪个？"乐众说。

"大帅快救救俺们吧，红嘴堡那个惨哪，小老儿的闺女就嫁在红嘴堡，让倭鬼堵上了，死得惨哪！惨！惨！惨！"樵夫跪地磕头。

"快起来说话。"刘江扶起了樵夫，"老哥，本帅愧对地方父老，一着不慎，让倭寇掏了咱的心窝子。"

"大帅，俺们小百姓都让倭鬼吓毁了。"

"朝廷一定会派得力大将为死难者报仇的。"

"你呢？大帅，你呢？"樵夫一把抓住了刘江的手，厉声质问，"大帅，你不是折了透甲锥发过誓吗？都传说你是刘大胆，刘大胆，你怕了倭鬼了吗？"

"休要冲撞大帅！"乐群、乐众双双扯住了樵夫的胳膊。

"不要吓他。"刘江摆手阻止了，"老哥，只要朝廷还信任本帅，还让本帅继续统领辽东兵马，本帅一定信守诺言，誓灭倭寇！"

"刘大胆，俺信你，什么时候你举旗打倭寇，俺徐老七誓死随从你！"

"一言为定，老哥，老七兄！"

樵夫徐老七主动要求给刘江当向导，带着众人勘察大黑山的地形。刘江让乐众替樵夫徐老七背柴，乐众不愿意，刘江瞪了他一眼，他才悻悻地接过柴背在身上。张奎等众亲兵都捂着嘴嬉笑，活该乐众平时偷懒耍滑，让大帅折腾折腾才解气。樵夫徐老七带着他们抄小路上了唐王殿，还没到山门口，一个老道出来迎接他们。老道看起来有些年岁，也不多问，只是恭恭敬敬将宾客请进了道观。刘江开门见山与他谈起了施展法术和念动咒语的话题。旁人听不懂，都散在左近观景。老道给刘江沏了茶，茶是山里的野茶，刘江喝了一口，很有点儿家乡茶的味道。老道指着门前的几株茶树说这些树都是隋唐时期从南边移植过来的。

"请问真人是哪里人氏？"

"贫道是从登州府崂山上下来的散人。"老道说。

刘江当即请教"崂山咒语"的真谛，老道一一解答，还给他做了示范。他盯着刘江的眼睛，一字一顿地说："一个心术不正的人，绝对不可能拥有高深的崂山法术。"

"那么，真人看我是何人？"

"道友一入小庙，贫道就看出来，道友面沉似水、步伐矫健，绝非常人也。贫道算来，当下金州城最为出名的高人就是刘江刘大帅，道友莫非就是刘大帅？"

"真神人也。"

老道兴致高涨，两人又探讨了画符的程序、符箓的种类。刘江一直有的疑虑也得到了圆满的解答。画符的程序首先"须斋戒浴身、净口，具虔诚之心，备办果、酒、香，焚香祝告，礼拜"。这些在平时都好说，刘江一直有个心结，一旦遇到不那么从容的时刻，将如何准备这些道具？老道指出了因地制宜这一条路径请他参详，还教了刘江一段咒语：

> 北帝敕吾纸，
> 书符打邪鬼，
> 敢有不服者，
> 押赴丰都城，
> 急急如律令。

老道说，关键时刻，念动咒语，然后咬舌喷血，这样就不必提前准备道具，却能如愿作法。刘江恍然大悟，朝老道深施一礼，老道微笑着说："但愿贫道的绵薄之力有助道友。"

刘江与老道品茗畅谈，老道又聊起了唐王殿的由来。隋唐时期，大军征东，高句丽人在大黑山上修建卑沙城。卑沙城高有万丈，三面光溜溜的皆是悬崖峭壁。隋朝大将来护儿带军从山东登州府起兵，登陆后，从关门寨一带悬崖峭壁攀爬，一夜的工夫，竟然爬了上去，一举攻下了卑沙城。隋军一把火将卑沙城烧毁。后来，隋军粮草不济，退回胶东，高句丽又卷土重来，重建卑沙城。隋灭国后，唐王李世民率部再次攻打高句丽，唐军一路从海上登陆，攻打卑沙城。打下了卑沙城后，唐王驻跸山上的一户农家。夜里，唐王梦见一群小鬼，吵吵闹闹。惊醒后，唐王咨询身边谋士，谋士魏徵说："中原汉地屡次征战辽东，将士死伤太多，唐王应在此建庙超度才是。"

一席话，提醒了唐王，唐王就此焚香祷告天地，请求诸神超度英灵。后来，唐王登基坐殿，想起征战辽东的艰苦，不觉感慨万千，遂下旨在辽东南大黑山上修建祭祀死亡将士的庙宇，这就是唐王殿的来历。

"超度阵亡将士？"刘江怀想着唐王当年的心情，心中暗暗敬佩。唐王真乃明君也。他突然想到了燕王，燕王和唐王瞬间成为一个人，又突然间变成了两个相对的人。刘江连打了几个冷战，迅速打消了这样的念头，心里却忐忑不已，怎么会有如此不忠不义的念想呢？乐群见大帅闷闷不乐，便插嘴道："老道，这些乱七八糟的扰人心意的鬼话都是你杜撰的吧？"

"此话差矣，小施主眉心有煞气杀气傻气！"老道胸膛起伏显然动了怒气，"当悬崖勒马才是。"

乐群一愣，并没明白这句话的意思。想张嘴问问，又有些不服他，想来牛鼻子老道一定是在咒他，乐群不禁皱起眉头，狠狠瞪了老道一眼。后来，乐群在万念俱灰的时候，突然想到了这个老道说的谶语，感叹世事皆有安排，他身临高岗处，突然大彻大悟。

这是后话。

大黑山一行，刘江和乐群不约而同地想到了此地的重要性，这儿既是战略要冲之地，又是金州城防的死穴之地。一旦倭寇进入大黑山腹地，那将形成一场灾难，即便将辽东铁骑从广宁镇调来围剿也将无济于事。辽东南抗倭还得依仗金复海盖四卫联动。

　　历时二十天的考察，刘江带人跋山涉水，走遍了金州卫的各个要冲，返回金州城的路上，他已经有了完整的抗倭备战思路。倭寇人数虽少却擅长袭击，官军兵力虽多却因分散驻守而相对人数不足，看似优势却实为劣势，这是多年来防倭不力的一个主要因素，也可谓战略失误。经过长时间的印证，刘江理出了沿海抗倭的战略思想——"及时发现，快速出动，围而聚歼"。这十二字方针的关键在于及时发现，及时发现及时预警的关键在于烽火台建设。这是备倭抗倭的重心。金州卫经过多年断断续续的墩、架、烽火台建设，已经初具规模，只不过，还有许多漏洞需要及时填充，比如烽火台与烽火台之间相距过远，很容易造成误报或漏报，比如一些军户我行我素，炼荒烧山，经常造成误报。这些都影响战时报警的权威，必须大力整改，谎报军情或者误报军情者，一律严惩。卫所下的各营都要进入战时状态。早几年，刘江在金州卫东西两面沿海各修建了一条烽火台连线，每座烽火台附近都建了架子，架子周围设墩，这就是刘江的"以心使臂，以臂使指，随心所欲"的防御架构，如今，这些设施还需进一步完善。

　　刘江人还没有回到城里，就下令在青云河左岸山嘴子崖畔上尽快建一座烽火台，在距山嘴子崖畔两里地以外的亮甲店再建两个架子，在戚屯建一个墩。每个架子分配五十人驻守，烽火台和墩由当地军户负责值更。一旦有事，附近军户壮丁须立即出动上墩架警戒。考虑到马雄岛被屠的教训，刘江还严令辽东都司各堡，一旦遇到紧急敌情，务必敞开大门接纳百姓避难。这道命令下去后，他的心里才稍微轻松了一些。他也清楚，一旦朝廷将他拿下，这道命令很可能成为一张废纸。此行，刘江在乐群的帮助下，规划了八个烽火台，十一个墩架。以往的烽火台因为相距太远，效果大打折扣，尤其是白天，烽火的效果远远达不到要求。要解决问题有两个途径：一是间隔中设置更多的烽火台。这显然需要大量的银钱，刘江就怕听到一个"钱"字，辽东防御，处处缺钱，买马缺钱，建设堡垒缺钱。乐群出了一个好主意，他提出选择上好的柴和狼粪沤起来，这样的柴晒干了以后，燃起来的烽火浓黑笔直，白天里施放效果也很好。这是真正的狼烟。刘江也没问乐群小小的年纪是如何知道这些的，他立即采纳了乐群的建议，命令金州卫各烽火台都要配足一千斤常备柴和充足的狼粪。刘江对望海埚城堡的修建寄予了莫大的期望，这是所有抗倭准备中最重要的环节。望海埚必须尽快建成一座坚固的城堡，城堡建成后，亮甲店地区的制高点就攥在官兵手里，抗倭就有了七成胜算。倭寇每次上岸劫掠都是从青云河、登沙河这两条河口上来的，无论从哪个河口上来的，几乎每次都要路过望海埚。

2

马雄岛历经劫难又临时配备了二十名煮盐兵，刘江带人刚进岛，曹云和就带着盐兵列队参见。曹云和年纪轻轻，却满脸愁容，像极了饱经风霜的老汉。刘江替他难过，设身处地地想，小伙子也够倒霉的了。刘江鼓励曹云和振作起来，一定要把马雄岛的盐业生产抓好，还嘱咐随行的江隆切实保护好马雄岛军民的安全，不能让马雄岛的军民一而再再而三地受难。江隆的脸都憋紫了，他拍着胸脯承诺一定会与马雄岛军民共存亡，说这话的时候，他竟然有些哽咽。刘江查看了小码头，接见了福建大船的领队官，领队官投诉近年来倭寇不断袭扰船队，截断辽东与南边的海路，每年都有失踪的船只。

离开码头，刘江带人登上了鸡冠山烽火台，检查了柴火和狼粪，估量了数额。刘江还亲自揭开大缸封条，检查缸里是否装满了引火的桐油。刘江检查得很细，不留一个死角。他还让曹云和指挥盐兵演示一下点火报警的程序。

曹云和带着盐兵自"发现"敌情开始迅速应对，盐兵鱼贯而上，两个人负责抱木柴，两个人负责抛洒狼粪，两个人负责拿瓢舀桐油浇在柴上，其他人散在埚口附近持刀警戒。整个过程忙而不乱井然有序。刘江暗暗点头，看得出来，曹云和带兵还是很用心的。刘江嘱咐曹云和脑子里时刻挂着"警惕"这根弦儿，千万不要大意。曹岛主唯唯诺诺，低下头去，大颗泪珠掉在地上。刘江叹了口气，离开了鸡冠山烽火台。

下山的时候，曹云和身边的熊本一郎引起了刘江的注意，刘江觉得这个汉子有些古怪，好像脑子里缺根弦的傻子一般。熊本一郎的腰带上插着两把太刀，在众多盐兵堆里很是显眼。刘江想和他聊几句，刚要招手让他过来，恰好乐众跑过来，禀告说徐刚将军派人送来了书子。刘江的注意力被引开了，他赶紧带人去了老营。熊本一郎心里却是一震，他分明听到了"徐刚将军"这个称谓。

"徐刚将军"？他的眼前就现出了那个满脸是血的白胡子明军头领。

往山下走的时候，张奎一把抓住了曹云和，低声问道："曹岛主，俺怎么看你眼熟呢？"

"兄台认错人了吧？"曹云和无精打采地说。

"俺认出你来了，你家娘子呢？你和你家娘子被俺们截住了，你忘了吗？是你，你家会唱曲儿的娘子呢？"

"是他，是他。"乐众也凑过来说，"胆子极小的相公，你家娘子却像个跑马的张飞。"

"娘子？娘子？"曹云和嘟囔了几声，重重地叹了一口气。

"你家娘子怎么的了？"张奎大声问，"让人欺负了吗？"

"没……我家娘子……她病了。"曹云和想尽快结束这个话题。

"兄弟，承大帅的福，咱们在辽东聚会了。"张奎说，"咱哥们儿也算有缘分。"

"是，是。"曹云和敷衍着说。

"小相公，有事你只管说，现如今，俺们可不是剪径的强人了，俺们是总兵府刘大帅的亲兵，在大帅跟前说句话好用。"乐众得意地说，"有了俺们兄弟帮衬，你还怕升官慢吗？"

"让诸位兄长操心了。"曹岛主看了一眼身边的熊本一郎，低下了头。

"小相公就是个软蛋。"乐众小声说，"你看他那贼样子，比他家小娘子差远了。"

由于连日来的操劳，刘江虚火正旺，下山时又被冷风吹了，到了老营就开始嗳气。江隆苦留刘江在岛上吃海鲜，盛情难却，刘江就应了下来。安顿了刘江一行，江隆连忙把曹云和搂到一边，瞪着眼睛问："玉璞哇玉璞，养兵千日用兵一时，你怎么搞的，你他娘的一个羊屎蛋样的土人，一辈子能见几回刘大帅？'一枝花'呢？藏在屋里下崽子呢？怎么还不让她出来伺候大帅？"

"守堡爷，娘子确实得了风痰急症，前儿个就去亮甲店找大夫针灸去了。"曹岛主的眼角处滚下了几滴泪珠，"不骗你的。"

"小婢养的，该露脸的时候你他娘的却露出了臭腔瓜子。"江隆虚踢了一脚，曹云和猛地闪开了，"踢死你得了。"

"守堡爷别动气，守堡爷息怒！"侯许氏赶紧挡在了曹岛主的身前，满脸是笑，一口一个"守堡爷"叫着，"缺了'一枝花'，却有奴家在呢。"

"玉璞，这小娘子是谁家的？"江隆打量着侯许氏，"小油嘴儿，难得这么会说道。"

"守堡爷，今儿让你见识见识奴家的好手艺。"

"好好，小娘子，看你这架势，不输给'一枝花'了。"

"守堡爷，别再提'一枝花'了，俺今儿个要让守堡爷知道，马雄岛并不只有她一个要强拔尖儿的。"

"好，好，好。"江隆满脸笑开了花，轻轻地拍了下侯许氏的屁股，连忙到前面安排去了。侯许氏盯着曹岛主的脸子看，曹岛主勉强笑了笑，又悲苦了脸子。

"俺的傻冤家！你竟把奴家这等无情地折挫？"侯许氏摸了一下曹云和的小胡子，"奴家为你解了围，傻相公，你该如何感谢奴家？"

"哎。"曹岛主叹了口气，"我这心里呀，早已长了一摊水草了。"

"呸！"侯许氏啐了一口，沉着脸走了。曹岛主心乱如麻，侯许氏的心思他不是不知道，他的心思又有谁知？娘子在身边的时候，他的心却在外面，整天在岛里转悠，盯着花朵样的女子们，那时候，他是自由的。娘子被掳到船上，他的心就跟着去了，他才知道，自己有多么疼爱她。娘子把他的魂儿都带走了。

"娘子呀，娘子，我该如何是好？"

中午，刘江吃了两个螃蟹，胃里积了寒气，突然就上吐下泻起来。病来得急快，眼看着一个壮汉突然萎靡一团，身边人都唬住了。江隆吩咐亲兵王大牛骑他的狮子兽速去金州城请康大夫来诊治。折腾了几次，刘江就闭上了眼睛，连下地如厕的体力都没了。江隆又打发崔忠君赶紧去亮甲店镇里请大夫，能喊来多少喊多少。

最先赶来的是樱桃园堡的医官韩春儿，谁也不会想到，他是家传的兽医，让他给人治病，根本就是驴唇不对马嘴。江隆爱马胜过爱兵，堡里的马多了，今儿生病，明儿崴腿，很缺一位兽医。经过多方打探，江隆听说小黑山河谷地韩春儿有一身治疗大牲口的好本事，就厚礼将他延请到营中，填补了医官的空缺。几年下来，韩春儿不但维护着牲口，营中常见的跌打损伤伤风咳嗽也能应付一阵，其他科目对他来说就是两眼一抹黑。韩春儿被簇拥到刘江面前，那腿早就软了，他还从来没有见到这么大的官，更别说给这么大的官把脉看病了。

"韩春儿，还不速速给大帅把脉！"江隆低吼了一嗓子。

"我……"韩春儿嘟囔了一句，左看右看，突然双眼一翻，双腿一软，扑通跪了下来。没等众人反过味儿来，却看韩春儿瘫在了地上。众人又是一阵掐捏拍打，韩春儿醒了，爬起来，哆哆嗦嗦地给刘江把脉，把摸了半天，也不敢断定是什么病。见江隆瞪得紧，韩春儿害怕，就胡乱说着："肝火虚，胃火盛，脏腑里面跑大车。"

"你不要满嘴喷粪，速速给爷下药！"乐众一把将他揪过来，举着拳头吓唬说。

"小哥，你别吓唬人！"韩春儿满脸的委屈，走到案前，研着墨，想了半天，将笔扔下了。他让人去后厨熬姜汤，汤里多放红糖，熬成了，端来让刘大帅喝下。乐众和亲兵全都守着刘江，一会儿，刘江挣扎起来，还没等爬起来，又开始上吐下泻。乐众给他揉背，给他漱口，又将他污秽的身子抹干净。半个时辰以后，刘江的额头滚烫，眼看着脸色红紫，目光散乱，身边的人全都傻了眼。江隆急得满地乱转，他已经派出四拨人去请医生，一个也没有回来。韩春儿躲在外屋不敢走开，只是双手合十，口里念着"阿弥陀佛"。从马雄岛到金州城，快马也得跑上半天，急也没有用。太阳已经斜了，亮甲店镇里的李大夫骑着毛驴先到了，众人拥着他见了刘江。李大夫给号了脉，连说无妨。他开了一服药，亲自煎了小半碗，给大帅喂了下去。李大夫又点燃了艾灸，在大帅的几处穴位上灸烤。一顿饭的工夫，刘江的脸色成了酱紫色，连呼吸都困难了。众人更急，捶胸顿足，连声斥责。乐众几次推搡着李大夫，几欲翻脸，让乐群狠递了眼色，好歹没有发作。太阳沉入山谷的时候，刘江忽然醒了，瞪着眼看着李大夫。

"本帅何时能痊愈？"

"回大帅的话，学生保大帅三天内复原。"李大夫说。

刘江闭上了眼睛又沉沉睡去，掌灯的时候，刘江连放了一通响屁，乐众慌忙说："不好了，大帅又拉了。"伸手一摸，他露出了笑脸，朝着李大夫就是一撅子，"真行啊你。"

众人都笑了，既笑乐众的鲁莽，又感叹大帅的病情终于好转。乐群轻声禀告，钱真派人来问候。刘江点了点头。乐群带进一名小校，向刘江叉手施礼。小校只是说钱真大人问大帅好，就再也不说什么了。刘江知道一定是钱真那边有急事等他拍板，他心里一动，想起了那个奇怪的梦境，想起了那双犀利的目光，难道……

刘江催促着乐群准备车辆，他要连夜回到金州城。

曹云和准备了一辆马车，岛里没有驾辕马，江隆就让亲兵将两匹马献出。侯许氏又将自己的被褥献出来铺在车上。乐众背着刘江出来，张奎、江隆等人合手将刘江抬抱到车上躺下。乐众随车伺候，乐群带着张奎等亲兵围护在侧。临走时，刘江又看见了熊本一郎，他正跟在曹云和的身后朝这边观瞧。刘江朝熊本一郎招了招手，曹云和猛地一惊，慌忙扯拽了一下，熊本一郎愣愣地靠了过去。

"你何时来的马雄岛？"

"启禀大帅，这贼囚是个半语子，说话不利索。"曹云和说。

"你会使太刀吗？"

"启禀大帅，倭鬼上来的时候，在岛上丢了一些倭刀，盐兵们捡到几把，这贼囚喜欢就让他背在身上。大帅要是不允，就让他扔掉。"刘江摇了摇头，示意熊本一郎耍几下刀法。曹云和朝熊本一郎比画了几下，连说："耍呀，耍呀！"熊本一郎拔出了太刀，几个劈刺，力道十足。乐群心里一动，这小子的武功怎么和倭鬼的一模一样？他的心突然乱跳起来，竟然出了一身冷汗。刘江突然干呕起来，乐众一把抱住了，恼火地嚷着："快走，快走！贼蠢材，你他娘的耍猴呢。"

江隆一摆手，大车徐徐走了。乐众喊着李大夫，让李大夫随车看护。李大夫上了车，拿出银针，在刘江的合谷穴上扎了几针，又在内关穴上扎了几针，刘江的胸腹就平和了。李大夫让乐众将刘江的头脸全都蒙上，防着撞了邪风。

"快走，快走，耍泼猴子呢。"乐众大声嚷着。

乐群几次回头观望，总觉得那个半语子哪个地方不对劲儿。他却没有停下来细问一声，他多么急着回去呀，他都有许多天没有见到那双眼睛了，没有见到那张漂亮的脸蛋儿了。

多么迷人的美娇娘啊。

多么迷人的狐狸精啊。

一轮明月挂在天空，明月像美人的脸，山路上，马蹄嘚嘚，春风飒爽。一声清脆的鞭响，乐众哼起了歌子，歌声跌宕起伏，也不成个调子。明月依然如水般沉寂，乐群磕了下马腹，催马追上了队伍。

3

永乐帝摔了杯子，还摔了砚台。太监跪了一地，每个人都战战兢兢，生怕一个闪失会招致飞来的横祸。永乐帝遥指大骂："小江子！小江子！猪狗不如之辈！粪土不如之辈！"他狠狠地跺着脚，高喊着："蠢杀材，快快下旨！"

太监连忙爬了起来，捧起摔成两半儿的砚台，凑合着研墨。永乐帝看着心急，一脚将太监踹了个仰八叉。

"没长脑子的蠢杀材！去换个好使的砚台！"

太监一骨碌爬起来，眨眼间就跑了出去。一会儿，左都御史刘观捧着砚台躬身进来。永乐帝瞥了一眼，厉声说道："朕口述，卿来写。"

"遵旨。"刘观没敢多言，赶忙坐在小案前，研墨，提笔，侧耳聆听。

"死囚材刘江玩忽职守，领军懈怠，致使倭寇猖獗于辽东，断吾海道，屠吾军民。死囚材刘江辜负了朕的良苦用心，致辽东于水火之中。辽东饷银被劫，千古奇案，闻所未闻，死囚材刘江致君父蒙受奇耻大辱，孰能忍之？"永乐帝又气得连连跺脚，"刘观，你就写上：快快打杀了这个死囚毛奴才！"

"微臣遵旨。"左都御史刘观正为此事进宫面圣，倭寇劫了饷银，朝廷上下谣言四起，看风使舵者大有人在，刘观担心局面失控，影响辽东稳定大局，这才不顾一切地进宫面圣。大明朝开国以来，祸起萧墙的惨剧太多了。刘观爱惜刘江的领军才能，唯恐他被打倒，坏了国是。刘观深鞠一躬，轻轻地说："圣上请息怒。"

"朕怒不可遏！"

"圣上恕臣妄言，满朝武将，唯刘江能担起经略辽东的重担，刘江如倒台，何人能替代？"

"刘观,你也这么想?"永乐帝冷冷地问,"没了死囚材,辽东还倾塌了不成?"

"陛下,恕臣妄言,如无得力将帅镇守辽东则辽东险矣,辽东险则大明险。"

"蠢!刘观你愚蠢至极。"

"陛下……"刘观心中忐忑,他已经嗅到了血腥味儿。他并不担心自己的安危,御史就是铁肩担道义,为君父、为国家死得其所,刘观担心圣上暴怒之下会影响了朝廷的舆论,一些糊涂臣工定会夹带私货一股脑儿地参奏刘江,一旦形成这样的氛围,刘江危矣,那就帮了大明朝的倒忙了。

刘观匆匆赶进宫里,就是打算紧急时刻出手助刘江脱险,他也清楚,皇帝震怒之时,谁劝谁要倒霉的。圣上暴怒,刘观也不敢再多说。明知这道圣旨不妥,这个时候却也不敢多嘴,刘江是国家的梁柱,就因为偶发的事故将他斩首了?那不是自毁长城吗?刘江当真人头落地,圣上不会后悔吗?刘观心内斟酌着,盼着圣上冷静下来,哪怕留个"以观后效"也行。

太监禀报工部侍郎宋礼在内阁候旨。永乐帝招了招手,太监宣宋礼觐见。宋礼捧了奏折进来,向圣上一一禀告,提到辽东总兵刘江奏请在金州卫重建望海埚城堡事宜,宋礼言明工部已经拿出详细的工程预算单,总共需拨银七万八千两。

"启禀圣上,工部已多次派员去辽东金州卫实地考察,望海埚位于金州卫的东北部,山下沃野百里,良田万顷,有北国江南之美誉。本朝洪武年间开始,倭寇袭扰金州卫必经望海埚。臣以为,辽东总兵提议在望海埚修建坚固的城堡实乃良策。待望海埚城堡建成,必将威慑来犯之倭寇,或堵或截,全在官军把握之中。工部和辽东总兵府有过多次交流,望海埚城堡的建造需动用库银十万两,粮食七千担,辽东总兵府衙门可自筹两万两;金州卫可以组织军民服役,朝廷只需今明两年减免金州卫的赋税即可抵销。"

"不给,朕一个大钱都不给他!这些年,朕还少给银子了吗?结果呢?结果呢?倭寇屡次上岸劫掠,去年还烧了好大一座庙宇,劫了骑兵大营,他刘江还欠着朕的项上人头哪,当时,你们不也是这么劝朕吗?"永乐帝咆哮着,"朕要马上见到刘江的人头!"

宋礼低头不语。刘观为难得直抖手,他大着胆子朝圣上拱手,朝圣上苦笑。

永乐帝挥手，喊着让太监立即给圣旨加盖玉玺。

"启禀圣上，郑和回来了。"太监禀报。

"谁？三宝回来了？"永乐帝突然怔住了，面色稍微缓了缓，朝太监摆了个手势。太监不明白皇上是打算召见还是拒绝召见，愣怔着站在那儿。刘观心中突然燃起了希望，谁不知道郑和是皇上的心腹爱将？谁不知道郑和与辽东总兵刘江是拜把子兄弟？郑和下西洋，差不多有一年了，就在把兄弟生命攸关的时刻回来了，这不是天救刘江是什么？刘观连忙朝太监比画着，让他赶紧宣召郑和。别的太监都看懂了刘观的手势，都朝着傻了似的太监比画着，刘观急得直跺脚。太监总算醒悟了，赶忙出去。

郑和自被圣上赐姓，俨然成了朝中重臣，一举一动，牵动很大。他听到圣上宣召，快步进殿，趴在地上重重磕头，连声喊着："圣上，臣回来了。"

"三宝，卿起来吧。"

"谢圣上。"郑和爬了起来，"启禀圣上，臣这次下西洋，得了许多宝贝，臣想让圣上一乐。"

"哦，化外之地还能有什么宝贝？"永乐帝微微一笑，"小三宝，卿是嘲笑朕的眼窝子浅，没见过世上的宝贝吗？"

"臣该死。"郑和慌忙趴下磕头，"臣绝无腌臜贼心。"

"起来吧，先把宝贝拿来给朕瞧瞧。"

"谢圣上。"郑和爬起来，朝门边的太监招手，太监捧着一抱书卷而来，郑和拿过一卷，展开了递给永乐帝，"圣上请看，臣替圣上拿回了十八家番邦的降书顺表回来。"

"哦，十八家番邦的降书顺表？"永乐帝的眼睛突然就亮了，"好你个三宝，没有欺骗朕？"永乐帝伸手接过了书卷。

"圣上，臣不敢欺君，确实是十八家番邦给圣上写了降书顺表。"

"好！好！好！好！好！好！"

"蒙我大明天朝神威，臣这次下西洋，也打杀了一批逆贼。"

"快说说，朕这几天都快憋屈死了，气也气死了，朕也想打杀他几个逆贼。"

"圣上，臣在爪哇国顺道捉回了一个陈姓贼逆，这贼逆竖起了大旗，聚集了百万汉人，成立了伪逆汉人国。"

"汉人国？果真是逆建贼的党羽？"永乐帝变了脸色。

"回禀圣上，臣一开始也想到了这一节，臣接到了爪哇国国王的求助书子，就立即决定帮帮这个把兄弟。"

"把兄弟？"

"回禀圣上，臣上次下西洋的时候，和爪哇国的国王磕头拜了把子。"

"三宝，卿没辱没朝廷的威仪吧？"

"臣开始也有这个担心，后来，臣想到了另一节上，臣是当今圣上的滴滴啦啦孙子，臣和爪哇国国王拜把子，那爪哇国国王不也是圣上的滴滴啦啦孙子了吗？"

"你个狗杀材。"永乐帝没绷住脸，突然就笑喷了，好半天才止住笑，"说，快说下去。"

"臣接到国王的请求后，也拿不定主意，臣就想到了圣上遇到大事的时候，总是教训臣等要从大方向着眼从小细节着手。臣就从大方向上分析，一旦是逆建，让他势力坐大，咱大明的东南沿海就会有许多刁民下海投奔，逆建再引暴徒回来骚扰作恶，那就真的后患无穷了。"

"刘观、宋礼你们听听，都说朕有多偏心，你们听听，三宝做的事，三宝想的事，朕能不放心吗？三宝还没有朕的肩膀高的时候就跟着朕，水里来火里去，立下了不世之功。他处处为朕的江山社稷着想，你们说，朕能不喜欢吗？"

"郑大人有勇有谋，赤胆忠心，朝廷上没有不夸赞的。"刘观说。

"郑大人不愧是圣上调教出来的一等一的人才，办事有根有梢，实属难得。"宋礼说。

"那一年，孝慈高皇太后薨殁，朕从北平星夜打马回师守灵，一路风尘，累得又黑又瘦。先帝念朕戍边有功，摸着朕的后背说：'吾家的千里驹瘦了，一定是下面人不尽心伺候'。先帝就将这三宝赐给了朕。三宝跟了朕以后，哈哈，先帝却又不舍了，先帝爷就叹息'不该把小三宝给了燕王'。哈哈，朕喜欢小三宝不是因为他会伺候人，朕是马上出身，是在刀山火海中摸爬滚打出来的，朕不怕下面的人粗糙，就怕没长脑子。偏偏小三宝长脑子，朕骂过他，却从没骂他一声蠢。人要是没长脑子就成了畜生，就猪狗不如了。想那小江子，他长脑子了吗？朕只想看看他脑子里头装的是什么！靖难之役，燕军历经千难万苦打到长江岸边，就要直逼南京城高唱凯歌。到了这个关头，被李景隆打了个伏击，损失了一些人马，只一个小小的挫折而已，那没脑子的刘江急跳了出来，上下串联，鼓动全军撤到大别山休整。他勾连朱能，朱能没上他的贼船，朱能说：'我是三军主帅，主帅和燕王手指连心，不可有分歧。'刘江又去找其他人联名上书给朕。大帐之中，朕苦口婆心劝他们应该先进兵南京城，于公于私都有莫大的好处。这个没脑子的刘江，也是从小跟朕一路打过来的，怎么一到关键时刻就犯浑呢？"永乐帝忽然哽咽了一声，眼中闪着泪光，"朕不计前嫌，派他去了辽东，让他当了辽东王，朕把整个江山都托付给了他。满朝的文武大臣，哪个有他这么大的荣誉？可他去了辽东好些年了，他都干什么了？整天就是买马买马买马，再不就是跟朝廷要钱要粮，建堡建台，花的那钱简直就像流水一样，你们说，有用吗？阿鲁台去年破了一个城，今年又占了一个堡，用银子堆起来的堡有用吗？可惜了白花花的库银，就这么被贼杀材给糟蹋了。光是钱，朕给了他多少？就差把朝廷的钱库搬到辽东了。贼蠢材，光想着买马，军队整顿了吗？农桑赋税都理顺了吗？依朕看哪，他还比不上前任总兵，比不上，他就是个蠢货，就是个草包。朕反复交代过，辽东南沿海出现倭患，不可小觑，朝鲜蒙难，辽东蒙难，倭患不是闹着玩的，会断了大明的命脉。这个没脑子的蠢货，他是怎么想的呢？你们都看到了吧？他是怎么想的呢？刘观！"

"臣在！"

"朕命卿立即去辽东，也不必多言，亲自斩了刘江，提头来见，让朕看看他的脑壳里到底装着什么腌臜货。"

"臣……"刘观咧着嘴说不出话来。

"圣上息怒，万岁息怒。"郑和拱手道。

郑和进宫候旨的时候，听太监说了个大概其，此时，他决心冒死拯救刘江。经过胡惟庸、李善长、蓝玉等一连串的大案，剩下的又经过靖难之役的自相屠戮，满朝武将，只有刘江等寥寥几员战将可堪大用，怎么能毁掉呢？刘江是大明朝的擎天柱，是大明江山的四梁八柱中最粗最壮的那一根，如果因小过而罢黜，那不单是圣上的悲哀，更是大明朝的悲哀。郑和上前一步，拱手道："圣上息怒。请听臣接着给圣上讲稀奇古怪的事。"

"讲吧，朕倒想听听。"

"圣上，臣联络了爪哇国国王，准备里外夹击逆贼。临动手时，臣给逆贼写了封书子，希望他能束手就擒，听候圣上处置。岂料，逆贼根本就不理臣的好言相劝，还将臣派去的使者割鼻削耳，以此羞辱臣等。臣一怒之下，带着大队战船冲到逆贼盘踞的海域。逆贼埋伏在岛里岛外等着臣，臣的先锋船中了埋伏，让他们一窝给端了。事已至此，臣决定不留活口，竖起碗口炮，朝贼船他娘的一顿猛轰，趁贼乱了阵脚，臣命众将扬帆追杀逆贼。逆贼的船噗噜噜全都沉了。落水的人被臣救起，他们发誓要效忠皇上，都被臣绑缚带了回来。陈姓贼首等也一并带回，请圣上发落。臣率咱大明朝的威武之师登上了爪哇岛，在岛上立碑宣扬圣上的丰功伟绩，爪哇国百姓一片欢腾，无不感念大明皇帝的尧舜之德。"

"哦，陈姓逆贼？"永乐帝轻声问了一句，"卿确定不是那个人？"

"臣明察暗访，逆贼里头根本就没有那个人。"

"啊，也是，前些日子，有人在大山里看到了张邋遢，听表述，这张邋遢着实有些来头。哦，三宝，你又立大功了，立即着刑部严加审讯，明儿个就在午门问斩，不，剐了这帮逆贼。"

"臣遵旨。"

郑和又让小太监将奇珍异宝抬上来，他想让圣上喜上加喜，好趁机为刘江求情。永乐帝看着珍宝，满心欢喜，不住地点头。

"恭喜圣上，贺喜圣上，如今国泰民安，四海归心，万国来朝，我大明朝一派祥瑞之气。"刘观说。

"恭喜圣上，贺喜圣上！圣上大德大贤，为四海万国之表率。"宋礼说。

"众卿同喜，普天同乐！"永乐帝忍不住抚须大笑。

郑和请永乐帝移步到承天门，观看西洋麻林国供奉的祥瑞之物"麒麟子"。永乐帝听了郑和的描述，面色一愣："莫非世上真有此神物？"

郑和连连点头，满脸是笑。永乐帝情绪高涨，喊着让太监备辇，太监们抬着圣上喜气洋洋地去了承天门。在门前的大场地上，一头巨大的"麒麟子"朝这边张望。郑和传令将"麒麟子"放出来，麒麟奴们小心地打开笼门，用竹竿轻轻地抽打"麒麟子"。"麒麟子"一步三摇，慢腾腾地走了出来。众人仰脖观看，"麒麟子"足有一丈五尺高，面目慈祥温和，身躯伟岸，浑身散发着淡淡的香气，端的是神兽瑞兽。

"三宝立了如此大功，爱卿想要什么，朕就赏什么。"

"圣上，臣只想要把兄弟的性命。"

"把兄弟？小江子？"永乐帝呆住了。

"圣上，臣以项上人头担保小江子对圣上绝对忠心耿耿，小江子和奴才一样，从小就跟着圣上，蒙圣上的宠信，臣和刘江不知天高地厚，往往做出出格的事惹圣上生气。圣上，刘江可以为大明朝看家护院。圣上，刘江是大明朝的四梁八柱。臣愿以命换他。"

"臣刘观也愿意以命保他。"

"臣宋礼也愿意保他。"

"噫，朕乏了。刘观先把旨意发下去吧，不，刘观你亲自去一趟辽东，爱卿能理解朕的苦心吗？一定要给刘江一个下马威，记住，该捆就捆，该杀就杀，只是别真的砍下他的脑袋就行。"永乐帝说着，竟然莞尔一笑。

"圣上的良苦用心，让臣万分感动，臣一定要让刘江明白君父的慈爱之心。"刘观突然哽咽了，"刘江要是有心，必当感激涕零，战场上以死相报圣上的再生之恩。"

听了郑和的报喜，看了"麒麟子"，永乐帝心情大好。郑和下西洋，给他带回了那么多的喜讯，他的怒火消散了。第二天，郑和与众大臣陪同永乐帝在午门活剐了陈姓逆贼。行刑结束后，郑和被宣召进了御书房。永乐帝在案前转来转去，突然站住了，高声喊道："郑和听旨！"

郑和慌忙跪下，心中栗六，偷眼看着圣上，也看不出他是喜还是怒。永乐帝摘下了那把救过性命的剑，抽了出来，剑身寒光闪闪。他伸手弹了一下剑脊，宝剑发出了一阵龙吟。永乐帝说："郑和，你把这把剑带到辽东去，亲自送给你的把兄弟，让他不要有顾虑，让他放开胆子只管杀敌。朕赐他这把尚方宝剑，辽东总兵以下皆可以先斩后奏。"

"圣上英明！"郑和伏地，一阵哽咽。

"知道朕为什么要赠他尚方宝剑吗？"

"臣愚蠢鲁钝，请圣上明示。"

"小江子经此一劫，恐怕再也不是那个刘大胆了，朕担心他从此缩手缩脚，那就坏了朕的大事。刘江堕了官威，让下面的将士小瞧了，可怎么抗敌呀？"永乐帝将宝剑还回剑匣内，"小江子，刘大胆，朕怎么就恨不起来你呢？"

4

刘观带着锦衣卫马不停蹄去了辽东。锦衣卫是永乐帝钦命带去的，要求听从刘观的指挥，以壮刘观的声威。刘观心里有了底，为了给圣上消气，也为了充分体现圣上的震怒，他传令辽东总兵衙门，令将罪人刘江绑缚囚车，押回广宁镇候审。

刘江回到广宁卫，刘观在总兵衙门当众宣旨，命锦衣卫将刘江押进大牢里。为了演足戏份儿，刘观命人张榜出去，五日内将刘江斩首于西市。刘观一边雷厉风行地督办刘案，一边等着圣上"刀下留人"的后续旨意。这样捭阖大起大落，也正是当今圣上的大手笔。让刘江体会一把死里逃生的滋味，便于收拢他的野心，让他从此谨慎行事才是。

得知朝廷张榜要杀刘江，广宁卫当即乱成了一锅粥，都知道刘大帅是因饷银被倭鬼劫了才引得圣上震怒，辽东军民都替大帅难过。乐众、张奎等一干亲兵早就气炸了心肺，纷纷替大帅叫屈，忠心耿耿保大明江山的大帅就这么被砍头了？还有没有天理了？几个人找体己的兄弟串联，一致决定，无论如何也不能坐以待毙。他们决定劫法场，大不了是个死，死也要和大帅一起死。商量好了，各自分工准备，就等着大帅被开刀问斩的那一刻动手。张奎打听到了法场设在屏山沟老坟场，那儿百年来一直是官家杀人的地方。对官家来说，屏山沟三面是坡地，即便劫了法场，也是插翅难逃。张奎亲自去勘察了地形，放弃了在屏山沟行动的打算。经过踩点，众人一致认为在西街下手最保险，虽然西街附近有几处大营，真动起手来，最危险的地方也是最安全的地方。抢了大帅以后，只要动作迅速，就能一直撤到辽河口登船下海而去。

张奎和乐众事先在西街的广德楼上设了埋伏，广德楼是广宁镇唯一的酒肆，三层，两丈多高。楼顶上的隔间一直闲着，这里视野好，便于行动。张奎从营里偷偷带了一管铜手铳、一包火药，以备应急。天黑前，两人爬进隔间里藏好。张奎将火药灌进了铜手铳里，舂实了，和衣躺在窗下。春夜寒冷，张奎和乐众两个冻得睡不着，乐众一会儿骂皇上昏庸无道，一会儿又骂倭寇害了大帅，骂得嗓子哑了才合上了眼睛睡去。

第二天，太阳升起有两竿子高的时候，大街上有了人流。卖瓜的卖枣的卖艺的都出来吆喝，一声比一声高。张奎猛地醒来，发现手脚都冻木了。他使劲搓着手，焐着耳朵，乐众钻了进来，递来一盘子喷香的烀肉。张奎将铜手铳放在窗棂上，吃着肉瞄着大街上的动静。太阳跃上了房顶的时候，大牢那边响起了震天价的号炮声。街上的人轰地炸开了，都纷纷朝两边躲闪。两队士卒分左右开道，后面一队士卒押着一辆囚车朝广德楼这边走来。

张奎心里咯噔一声，他心目中的刘江刘大帅如同天神一般，第一次见面，他就觉得这个人一定是前世熟识的。后来，和刘大帅在一起的时间长了，他才明白过味儿，这位刘大帅和庙里的真武大帝实在太像了，无论是长相还是气势，所以才有了一见如故的第一印象。此时，天神般的刘大帅神情委顿，张奎难受得心如刀绞，恨不能伸出一双巨手，将大帅从囚车里拽起。街道两旁的人都朝刘江拱手，有的还抹了眼泪。人们纷纷招呼着"大帅，大帅"。张奎赶忙擦了一把眼泪，将火折子伸向铜火铳的引信处，只等时机到了就轰他一家伙。张奎瞄着的时候，广德楼的几个伙计突然冲了上来，劈头盖脸地一顿砸打，张奎和乐众顿时满脸是血。伙计们喊着："别让贼人跑了！"

乐众爬起来还要迎战，没几个回合，就让伙计摁在了地上。伙计恨他们偷嘴，一勺一勺地砸打张奎和乐群的嘴巴。乐众吃不住疼，急喊着："大帅呀！大帅这就把俺也带走吧！"伙计吓了一跳，再看窗棂上挺着的铜手铳，他们似乎明白了这两个人的意图。几个人互看了一眼，一声呐喊逃了下去。张奎蹿到窗边，眼看着囚车驶离了广德楼，他慌忙点燃了引信子，铜火铳"砰"的一声炸响。街上霎时乱成一团。士卒迅速围住囚车，簇拥着继续往前走。张奎从窗上跳到二楼，眼见囚车不停，他不顾危险，又从二楼跳了下去，直挺挺地摔在地上。士卒们围过来，举着棍棒就打。张奎忍着疼和士卒对打。埋伏在附近的兄弟全都跑了出来，围着囚车一阵猛打。张奎抢过一把腰刀，奋力劈开囚车，乐众一把就背起了刘江。

"大帅，咱们这就走！"

"往哪走？"

"下海去！落草去！大不了当倭鬼去！"

"你们想挟持我造反吗？"

"俺们就想救大帅！"张奎喊着。

"俺们不想让大帅死。"乐众喊着。

"你们想害死我吗？"刘江将镣铐套在了乐众的脖子上，"快与我住手！"

乐众憋得端不上气，猛地停了下来。士卒举着长枪对准了他们，一队刀牌手朝他们挤过来，再挤，都能将他们挤成肉饼。刘江跳下来，拍着乐众的脑袋，恼火地说："蠢材，蠢材，圣上能杀我吗？"

"全都收监吧。"刘观骑马过来，冷冷地说。

刘江又被送回监牢，张奎他们也被捆绑起来，各打了二十军棍扔进监舍里。半个时辰后，刘观来到大牢，隔着栅栏问："刘江，你可知罪吗？"

"阁老大人，罪臣知罪，罪臣刘江愿就地伏法，一洗罪孽。"

"罪在哪里？"

"罪臣治军懈怠，海防不力，致使倭寇屡次登岸劫掠，去年烧了天后宫杀我几百军民，今年又劫了饷银屠杀军民，罪臣有辱朝廷声威，实乃罪该万死。"

"圣上问你，你是真心认罪吗？"

"罪臣真心认罪，请阁老扒开刘江的胸膛，看一看刘江对圣上的赤子之心。"

"圣上口谕：念刘江跟朕征战多年，屡立战功，今饶他一条性命，戴罪立功去吧。"

"谢圣上，万岁万岁万万岁！"

"圣上有旨，准刘江所奏，着工部在辽东金州卫望海埚修建城堡，朝廷拨库银十万两。粮食供给由辽东总兵府承担，朝廷免金州卫两年的税赋以抵徭役。刘江务必从严督促城堡建设，保质保量完工，不得有误。"

"谢圣上！"刘江砰砰磕头，眼泪滚滚而下，此时，他的眼前突然出现了两道目光，像鹰眼一样犀利。刘江不由得浑身颤抖。

刘观让人去了刘江的枷锁，他亲自进到监舍，将刘江搀扶起来。两人握着手，唏嘘不已。乐群进来服侍刘江沐浴更衣，给刘江篦了虮子，结了发鬏。一切收拾妥当，刘观护送刘江出狱。狱外早已站满了各级将校，他们本是来给刘江西市送行的，揪心的时刻又遇到了劫法场。纷乱之中，众将校又急忙赶来探听消息。刘江从狱中走出，众人一阵惊愕，转而为大帅脱险而雀跃。刘江面沉似水，眼观鼻，鼻观心，一句话也不说，朝众将打了个罗圈儿恭，匆匆钻进轿子。

回府以后，刘江再也没有出来。几天来，既不升帐也不见外人。刘观心急，不明白刘江心里头是怎么想的，他盼着两人推心置腹地聊一聊。难道刘江心里藏了委屈之念？果真如此，他还是圣上的心腹爱将吗？御史刘观为朝廷担忧，也为辽东担忧，一旦君臣心存嫌隙，大明朝将要起多大的祸端？刘观不能袖手旁观，他得摸清情况，找到妥当的解决问题的办法。他吩咐家人去总兵府传话，告知御史即日就要启程回京。他嘱咐家人就说这些，多一个字也不必提。家人从刘府前脚刚回来复命，刘江后脚就赶来拜见阁老大人。两人客套了几句以后，刘江就低头啜茶无话可说了。刘观久久地端详着他，感觉这个人的真魂儿丢了，他还是那个叱咤风云的刘大胆吗？

刘江提议陪同刘观到青岩寺游览，刘观欣然应邀。一路上，刘江的话渐渐多了起来，他介绍辽东的地理特点以及广宁镇的特产，还说起了自己喝过"九九转魂汤"。御史刘观虽博学多才，却也搞不清楚这"九九转魂汤"到底是什么药材煎成的，他不禁感慨地说："看来这倭寇果然有些蹊跷。"

"倭寇虽承袭我中土上善文化，却貌似而神离，尤其不讲诚信，以蛮横为荣。学生以为，倭寇最是奸恶凶狠之辈。"刘江愤愤地说，"来无影，去无踪，如鬼如魅。"

"刘帅和倭寇直接照了面，受了一肚子腌臜气，也是肺腑之言，这对日后抗击倭寇大有裨益。"

"阁老大人所言极是。"

两人边走边聊，刘观总觉得刘江虽然面上很是恭敬，却在掩饰着什么，轻易无法打开他的心扉，刚起的话题总是浅尝辄止深入不下去。仿佛刘江面前竖着一堵无形的高墙，刘观几次碰壁，讪讪无语。纵然心底无私，刘观也不敢说多，话多必失，这里有血淋淋的教训。洪武朝杀了那么多的文臣武将，哪一件大案不是因为言差语错造成的？胡惟庸案，李善长案，蓝玉案，每个大案都是从极小处揭开的，每个小案子都祸起当事者嘴上没有把门的将军。如果圣上知道刘江如此消沉，又会怎么样呢？刘观心里打了个突，有些情景，他不敢深思。

上山路上，他们遇到了一老一少两个行者，两人面色焦虑，亦步亦趋，行大礼上山。少年每次伏地再起，脸颊就会哆嗦一下。刘观注意到，他嘴唇发紫，目光呆滞，像雨打的浮萍。老汉却不一样，两眼炯炯有神，每次跪拜都尽量做到舒展到位。

"你看那小子，没了魂。"刘观悄声说。

"果然，如行尸走肉无异。"刘江端量着两个人，少年五体投地，双手前直，每伏地一次，以手画地为记号，起身后前行到记号处再匍匐。刘江不愿碍事，就朝刘观伸了下手，两人绕开他们，迅速朝山上走去，与那两个人拉开了距离。到了青岩寺，从山门处往下看，一老一少两个香客像两只移动的黑虫子。刘观和刘江对望一眼，这一眼，刘观看到了刘江的内心。刘观懂了，他正冠束带，朝刘江深施一礼。

"刘帅，你是大明的擎天玉柱，恳请刘帅为天下苍生而负重。"

"阁老大人放心，学生万死难报圣恩，定当恪尽职守，绝不敢苟且放纵。"

刘观暗暗摇头，这个刘江，面前又竖起了一道高墙，把内心的真实想法遮掩了。刘观心忧大明朝多灾多难，位高权重的辽东总兵居然丧失了雄心壮志，如此沉沦下去可怎么了得？自靖难以后，大明百废待兴，圣上英明，百官齐心，大明朝正入佳境之时，却又出现了君臣存隙，实乃可悲。刘江身为辽东总兵，手挽天下精兵，职责何等重要？辽东安则大明安，这个战略大局他应该心知肚明。倭寇劫了饷银，在此之前不能说刘江不重视海防，只是重视的程度还是没有真正体现出来。刘江的脑子里一定是无时无刻不在想着捕鱼儿海那边的小朝廷，如果他能拿出对付的劲头来，辽东倭患又怎能屡屡发生？刘江啊刘江，你还有什么好委屈的？真正委屈的应该是圣上。

御史的面色沉了下来，他有一肚子话，却无法说透，他对刘江的消沉情绪是又急又束手无策。他是阁僚，懂得做臣子的分寸，朝廷唯恐臣工之间结党营私，对臣工之间交往尺度把握得很细，谁都不愿意惹祸上身越雷池一步。御史刘观虽然行事堂堂正正，却也不得不防，一旦引起奸佞小人猜忌，他满腔忧国忧民的热情付诸东流不说，刘江也难逃重责。这些日子，刘观一直扪心自问，自己与刘江交往是否夹杂着私念。思来想去，他相信自己是为了朝廷大局而爱护刘江的，大明朝可以没有御史刘观，却不能没有刘江。刘观盼着刘江能尽快振作起来，担起整肃辽东军政的大任。他又十分忧虑，他明明看到了真实的一幕——刘江的魂儿没了。他甚至不敢去想，刘江是否已经不堪大用。

刘观和刘江两人神情黯然，长时间的寡言少语。从青岩寺下山，刘观提出就此分手，他要到大凌河一带寻访故交。刘江朝刘观抱拳施礼，并不多言。御史刘观叹了口气，翻身上马。忽然，小道上尘土飞扬，一队人马疾驰而来。刘观勒住了缰绳，众亲随纷纷纵马挡在他的马前。马队靠近了，乐群滚鞍下马，大声禀报："报大帅，朝廷来差官了。"

"差官？"刘江为之一振，刘观也是为之一振，他连忙朝刘江望去，刘江也朝他看来，两人的目光相触，彼此心有灵犀。刘江身前那道无形的墙消失了，心里头的那道门又一次打开了。刘观长长地舒了一口气，天爷呀，终于云开雾散，终于见了光亮。朝廷一直没派人下旨，他每时每刻都在担心圣上变卦。刘观心内焦虑，不得不请出密旨，将刘江释放并官复原职。这么做，他担着老大的干系，一旦圣上反悔，再派人来斩刘江该如何收场？刘观心里没底，这事虎头蛇尾，好像小孩子扮家家玩一般。郑和呢？他怎么还不来呢？谁不知道郑和与刘江是生死兄弟，只有郑和才能解开刘江心中的疙瘩。他怎么还不来呢？

太监魏公公翻身下马，朝这边疾走过来，刘江迎上去，双膝跪下候旨。魏公公站稳了以后，清了清嗓子，御史刘观认识魏公公，老远喊了声"老魏"。魏公公轻轻点头，没有答应。小太监捧着一把披着黄绸子的宝剑，站在魏公公的身边，魏公公揭开黄绸子查看了一眼宝剑，这才朝着刘江大声宣旨，刘观细听，这回的旨意很简单，圣上颁给刘江一把尚方宝剑。魏公公宣罢旨意，解释说本来圣上命郑和来辽东，岂料，刚过长江，郑和便患了痢疾，才改派了他出此公差。

"刘帅，咱家这就与你颁剑。"魏公公变了声调，"辽东总兵刘江听旨。"

"微臣刘江在。"刘江双手伸出。

"小江子，你好生听着，你是大明朝的梁柱，在辽东当时时想着身后是你的君父，想着整个大明朝的江山。响鼓也需要重槌敲，你要好自为之，朕这次不但饶恕你的大过，还要为你撑腰，让你存留体面，朕的深意你当深思。朕让小魏将这把宝剑颁布与你，你当理解朕的苦心，这把剑上有你的血，你要好自为之。这把剑与你以后，朕许你先斩后奏，在辽东可见机行事独断专行。辽东将校，见到此剑犹如见到朕，凡有违命者，皆可立斩。"

"谢圣上隆恩！圣上万岁。"刘江重重磕头，双手捧过了宝剑。

御史刘观惊奇地发现，自尚方宝剑握在手中的这一刻，刘江突然精神焕发，目光炯炯有神。他的魂儿又回来了，那个虎虎生威的刘江刘大胆又附体了。

"请刘阁老这就跟我回大营观看授剑仪式。"刘江朝刘观拱手，目光充满了期待。

"好！好！"刘观连忙点头，眼里有些湿润，"老魏老魏，你好比滚滚而来的及时雨呀。"

"圣上才是及时雨，咱家就是一瓢耳。"魏公公笑着说。

众人簇拥着刘江欢天喜地地回到了广宁镇，老营辕门前鼓乐喧天好不热闹。把总以上的官佐都得了信，都在老营门前候着，见到大帅，纷纷施礼问好。中军官鞠忠虎满面春风，里里外外指挥着小校布置会场。刘江跨入院门后，营里营外号炮连声。鞠忠虎引导着刘江回到内宅沐浴更衣，一会儿，刘江换了一身戎装出来。他身披棉甲，头盔上的红缨如同血染的一般鲜红。刘江命擂鼓升帐。三通鼓没到，众将按序进入了议事大厅。刘江请御史刘观坐在身旁。鞠忠虎点卯完毕，带领众将朝刘江施礼，大帐内顿时一片肃杀。

"启禀大帅，圣旨到！"乐群大声喊道。

刘江和刘观立即起身，躬身前往帐外迎接圣旨，魏公公捧着圣旨带着从人鱼贯而入，所有人的眼睛都盯着太监怀里抱着的宝剑。刘江让出正中位置，齐齐地跪下恭候。魏公公背对香案宣读了圣旨，刘江磕头谢恩，魏公公将尚方宝剑交给刘江。刘江起立，双手擎着宝剑，放在香案之上，又带着众将焚香膜拜。突然间，御史刘观发现刘江的眼泪滚滚而下。

仪式结束，魏公公向刘江道喜，安慰刘江不要气馁，要振作精神为朝廷效力。魏公公真是好口才，说得众将心里头热乎乎的。刘江擦拭了泪水，亲自送魏公公到后堂歇息。回到议事厅，刘江重新归位，他命人将香案之上的宝剑呈上，刘江拔剑在手，食指弹了一下剑脊，宝剑发出一阵龙吟之声。帐下众将不觉心中一凛，仿佛一道寒光从眼前飞过。刘江环视众将，突然，眉宇之间英气勃勃豪气云天。御史刘观恍然大悟，才彻底解开了心中的谜团，刘江之前之所以有影无魂，完全是因获罪下狱，尊严受到了挫折。武将散了气，就犹如鸟儿断了翅膀，没了威信让他如何带兵？刘观不得不佩服圣上英明，圣上太懂武将的心思了，经过大张旗鼓的授剑仪式，刘江的权威又重新树立起来。

从此，辽东无忧矣。

"恭喜刘帅。"刘观拱手祝贺，"老夫在这喜庆的时刻还要给刘帅锦上添上一花。"

"多谢刘阁老，江荣幸之至，感激不尽。"

刘观就将临来时圣上批准修建望海埚城堡一事当众予以宣布，虽然由他一个御史来宣布此事有些草率，却也让刘江和辽东诸将欣喜不已。刘江再次率众将朝南方磕头，感激圣上的英明决策。尚方宝剑在手，刘江抖擞精神，开始了营中训话。训令完毕，刘江环视了众将，面浮杀气。全体将官在中军鞠忠虎的率领下，齐声呐喊："谨遵大帅将令！"

一声呐喊，预示着辽东的春天到来了，预示着大地的复苏，预示着一场波澜壮阔的抗倭军事斗争正在酝酿之中。刘江发誓彻底解决倭患，绝不让倭患在辽东南蔓延。

第九章　天　火

1

又是一个夜晚。

又是一个宁静的夜晚，一轮明月悬挂在天空。

侯许氏伏在曹云和的怀里，两个人望着夜色，听着海浪拍岸的声音，都沉入了长久的回忆之中。回想起来，人生总会有那么一瞬间一辈子也难以忘掉。侯许氏念着那些懵懂的多愁善感的青春岁月，那个时候渐行渐远，再也回不来了。曹云和思念着娘子，娘子的歌声在耳边回荡，歌声委婉凄凉，如泣如诉。沉闷的涛声，又仿佛是娘子的声声叹息。

婆娑的月光下，一望无际的海面上，有一个女子在尽情地舞蹈。

娘子！娘子！

曹云和心底呼唤着，他一遍遍地追问着根本就没有答案的问题，憧憬着他也不知道的明天，幻想着奇迹出现。回来吧，娘子，回来呀，娘子。恍惚间，娘子就在那深邃的夜海之上，娘子与月色共融于海面。

白天，侯许氏搞出了一个惊人的举动，她趁四下无人，上了门闩，关闭了窗户。侯许氏点燃了香烛，她哆哆嗦嗦，终于下了最大的决心，在乳房上烧了一个香疤。她心内惊惧，几欲昏死过去，醒来后，依然强咬着牙关忍痛继续烧。她在腹部又烧了一个疤，疼痛和恐惧让她大汗淋漓，让她呼吸困难。她咬着牙继续烧，终于烧出了一个"云"字，这是她仅会写的几个字之一。她拿着镜子照，她对这个"云"字香疤很满意，从此，她就是曹云和的人了。无论曹岛主承认不承认，她死活都是他的人，是他的娘子，是他的心上人。侯许氏穿上衣服，拉开了门闩，只等着心上人回来。日渐黄昏，曹云和迟迟没归，侯许氏昏昏沉沉睡去了。

侯许氏醒了，巨大的疼痛袭来，她呻吟了几声。

曹云和靠过来，拍了拍她的脸。侯许氏一把抓住了曹云和的手，将他的手捧在手里。曹云和抽出手，又一次拍了拍她的脸。侯许氏再次抓住了他的手，放在自己的胸上，曹岛主的手犹豫着，侯许氏能感觉到他的手在"想"着什么，他的手是另一个曹云和。

"相公，奴家为你烧香疤了。"

"烧香疤？"

"从此，奴家就是相公的人了，奴家要为你守妇道。"

"烧香疤？"

"烧香疤！"侯许氏解着扣子，一件件地将衣服脱去，曹云和瞪大了眼睛，他从来没有见过烧香疤，他看见了"云"字，他怔住了，突然泪流满面。侯许氏抚摸着自己的乳房，她的手在香疤上摸来摸去。她咬着牙硬挺着，她轻声地呻吟着："疼啊，快乐呀！疼啊，快乐呀！"侯许氏掉下了眼泪。

"蠢材，蠢材！"曹云和跺了几下脚，回到桌边继续吃东西，他吃得泪流满面，吃得咬牙切齿。

"相公，奴家为你烧了香疤，奴家是相公的娘子，奴家只有快活，没有疼，只是你休忘了奴家的好处，别抛闪了奴家！"

曹云和匆忙吃了几口食物，站起来就要往外走，侯许氏一把从后面抱住了。

"蠢材，我出去转转，回来和你说话。"

"奴家也要和你一起出去转转。"

"这么晚了，你不怕冷吗？"

"不怕，奴家怕你跑了。"

曹云和心里一动，反身搂住了侯许氏，拍了拍她的后背，心里头升腾起一阵暖流，很久以来，他没有这种感觉了，他以为自己冷透了，没想到，居然还能热乎起来。曹云和搂着侯许氏，拥着她出了门。从黄昏开始，曹云和的眼皮总是跳个不停，左眼皮跳后，右眼皮接着跳。曹云和总觉得要出什么事，他猜不出能发生什么，但他相信一定会出事。整整一个下午，寸步不离他身边的熊本一郎不见了，这让曹云和坐卧不安。曹云和祈祷着，千万不要出事。

曹云和带着侯许氏在岛上转了一遍，见了几个盐兵，嘱咐注意防火，不得酗酒滋事。两人来到将军石海滩，曹云和停下脚，坐在一块礁石上，侯许氏偎依在曹云和的怀里，此刻，两个人的心跳是一样的节奏。

海天一轮朗月。

朗月像一个人的脸。

侯许氏掉下了眼泪，曹云和也掉下了眼泪。

侯许氏抽泣了，曹云和也抽泣了，侯许氏突然站了起来，抹着眼泪往家走。曹云和跟在后面。回到屋里，侯许氏脱衣躺下，被子盖住了脸。曹云和坐在炕梢儿，低着头，身子弓得像个大对虾。侯许氏翻身起来，一口吹灭了油灯。

马雄岛上一片安静，海浪声像妈妈的催眠小调，月光洒进屋里，像铺了一地的水银……侯许氏突然醒来，腹部一阵火烧火燎的疼，她掀开被子想看看香疤处。一袭月光洒在身上，她似乎听到了什么声音，仿佛妈妈呼唤她的声音，好多年了，妈妈的声音还在，妈妈的声音贴着耳畔，急切地呼唤着她的乳名。她像小时候一样急急忙忙地答应了一声。窗外面有了一阵怪怪的声音，像夜里头突然炸了营的鸟儿，扑棱棱四下乱飞。侯许氏侧耳细听，又什么声音都没有。曹云和鼾声陡起，如打雷一般，原来，是他的鼾声在作祟。

侯许氏伸手在曹云和的脸上摸了一把，轻轻地叹了口气，一切都像是做了一个梦，这个梦太惨烈了。刚见第一眼，她就偷偷地喜欢上了这个男人，这个男人是个温顺的男人，是个有道德的岛主，是她的主人。她幻想着有一天躺在岛主的怀里，肆无忌惮地和他缠绵。侯许氏很不幸，嫁到马雄岛以后才发现自家男人是个废物，除了喝酒，做任何事都是应付差事。前任岛主曾讥笑老侯是个秧子，侯许氏何曾不是这么想的？老侯总是无精打采，魂儿与身子是两家人似的，看起来别别扭扭。除了喝酒，任何事都不能让他提起精神。侯许氏骂老侯是个废物，曾当着许多盐兵的面痛骂他是"连女人都摆弄不明白的废物"。老侯没有着恼，只是笑，笑得非常坦然，仿佛娘子在咒骂别人家的男人。侯许氏痛恨他，多次恶毒地诅咒老侯快点儿掉到海里淹死。每一次，当她陷入错觉之中的时候，老侯都是奇怪地看着她，她不顾羞涩地抱着老侯，缠磨着老侯，嘴里拼命叫喊着："快活呀！"老侯确实是个软蛋，喝酒的老侯是个废物，不喝酒的老侯更是一个废物。他一点儿脾气都没有，他一次次气喘吁吁，一次次咧嘴苦笑。侯许氏就使劲掐他抓他。老侯汗如雨下，老侯确实是个废物！

马雄岛被屠了，马雄岛的女子陷入了地狱之中。

曹岛主来了，曹岛主身段柔软，像个翩翩的书生。曹岛主身边还有一个装扮妖冶的"一枝花"，这女子一看就不是一个本分的人，杨柳细腰，婀娜多姿，除了会笑，会下死眼盯看男人，她居然还能弹得一手好琴，唱得一嗓子好曲儿，霎时就把岛里的女子比了下去。侯许氏妒火中烧，好好的一个岛主怎么就成了她的汉子？越是这么想就越要想入非非。她极其瞧不起"一枝花"，"一枝花"绝对不是岛主的良配，岛主迟早要坏在她的手里。"一枝花"总是背地里驾舌头，挑唆岛主与其他妇人斗架。岛里的人，只要不入她的法眼，都要被她羞辱整治。曹岛主是个傻冤家，中了蛇蝎女子的拖刀之计，常常把岛里的人搓窝着，都搓成条儿了，窝成团儿了。"一枝花"只会给男人灌迷魂汤，无论是她家汉子还是外来的野汉子，都逃不脱她的手掌心。

在侯许氏的眼里，"一枝花"长得不如自己，女红不如自己，烹饪也不如自己。偏偏"一枝花"却得到了曹岛主，嫁给了好人曹岛主，她却是个两手空空的寡妇。侯许氏曾主动给"一枝花"洗澡搓身，好好端详了这个贼淫妇的身子。从侯许氏的眼里看去，只那水蛇腰就足够收摄汉子的精血魂魄了，侯许氏气不过，质问过曹岛主，她想一语点醒曹岛主，让曹岛主悬崖勒马，别把性命坏在了水蛇腰的身上。

"哪都好！"曹云和想都没想，直接噎了侯许氏。

"她好个屁！"侯许氏真想踢曹岛主一脚，真想问问，你年纪轻轻凭什么就认准了"一枝花"？你年纪轻轻为何不睁开眼睛四处看看？贼淫妇仗着长了一张俏脸，仗着长着一对儿乱瞥乱放骚的眼睛，就把汉子们勾得五迷三道。汉子们像苍蝇一样围着她转，都盼着上她的身子，岛主你怎么就睁眼瞎呢？怎么就不管管呢？侯许氏心里头莫名其妙地酸涩难受，却又无人诉说。心情不好的时候，她就乱骂着"淫妇"，天下的淫妇都是她的敌人。在此之前，她骂人疯子、傻子，她不会骂淫妇。自从有了"一枝花"这个劲敌，侯许氏就突然对淫妇无比的仇视。

侯许氏不是天生的浪荡坏子，她只是在那个不该有的一刻撞见了曹岛主，从此，曹岛主就在她的心里扎下了根儿，就起了邪念和歹念。他多么希望曹岛主身边的那个人是她呀，这样的想法要多荒唐有多荒唐，要多歹毒有多歹毒。她深知，这是一辈子也不会实现的念头。她根本就没有这个命，老侯活着的时候，她是一个本分的女子，当姑娘的时候她就知道，大明朝的法度比前朝的要厉害万分。女子要是和丈夫以外的男人睡觉，等着她的就是残酷的坐木驴刑罚。

　　那时候她还小，根本不知道坐木驴是怎么一回事，姐姐们讨论过坐木驴的每一个细节，其实，她们也没有真正见识过。她们只是听说的。姐姐们说，"关键是那个橛子歹毒""男人抬着木驴走哇，木驴上面直挺挺地戳着橛子，犯了奸邪的女子就坐在橛子上""男人颠哪，一边颠还一边唱啊，死囚囚的，死囚囚的"。她猛地就明白了，下身突然就火辣辣地疼。她忍不住惨叫了起来，姐姐们就看她，都以为她中了邪。她的经血下来了，这一刻，就不再是稚嫩的小童女了，她成了一个大姑娘。后来，每当经血来之前的那几天，她就显得无比的焦躁，眼里全都是木头橛子。她到处走，到处看，一旦看到一个木头橛子，就会突然肚疼，疼得大汗淋漓，疼得想满地打滚。

　　她就是这样一个人，一个连她自己都不认识自己的人。嫁人以后，侯许氏在不确定中度过了一年又一年，她都快要憋屈死了，她觉得自己活在一个极其分裂的世界里，那个世界是梦与醒着之间的世界。当下，她不知道自己是谁。她是谁呢？她是娘的心肝，她是会纺织的女子，她是个会心算的女子。总之，每个人都说她嫁到谁家都是旺夫的娘子。她也是这么想的，她很小的时候就想着该嫁到谁家，她给自己偷偷地攒着心爱的嫁妆，她想到了成婚的年纪，就带着这个美好的愿望离开娘家，她要打出一片新天地来。

　　老侯的不堪让侯许氏度日如年，她变得焦虑，变得想入非非。很多个难眠的夜晚，侯许氏暗暗地下咒：天杀的软蛋老侯，怎么就不跌入海里淹死了？咒了以后，她就哭，如此堕落还算是个人吗？她一定是个疯子，一定是个要下地狱抽筋拔骨的疯子，一定是要骑木驴的疯子。直到有一天，倭鬼上来了，倭鬼逢人就杀。她眼看着老侯拿着叉子挡在她母子身前，他是那么的勇猛，接连戳死了两个倭鬼。老侯力竭倒伏，侯许氏眼睁睁地看着老侯被倭鬼乱刀砍死。老侯就死在她的脚下，他的脑袋歪在一边，他的眼角还有一滴泪水。他的眼睛直勾勾地看着她的脚。转眼，侯许氏怀里的儿子就被倭鬼抢去扔在一边，疯狂的倭鬼像小鬼一样缠住了她，将她摁倒在地，将她的衣服剥光，将她强奸。侯许氏和倭鬼厮打，倭鬼将她的手脚摁住，将她的嘴巴摁住。侯许氏被摁得死死的。她心里在诅咒，在骂，她的骂声一定是让倭鬼听到了，气恼已极的倭鬼捞起哭叫着的孩子，用太刀将孩子的鼻子割下来，孩子的哭声带着血，侯许氏不知哪来的力气，一下子将小鬼撅起来，她冲向孩子，又被摁住了。她眼看着倭鬼的刀子乱戳着，没一会儿，儿子就咽气了。侯许氏的眼珠子都快瞪出来了，这一刻，她忽然想到了报应，想到了自己活生生地下了阿鼻地狱。

侯许氏不想活了，她想一头栽入海里，她想找她的儿子，找她的男人老侯。他们还没走，侯许氏能看到他们，他们痴痴地等着她。侯许氏已经靠向了船帮，她都准备一头栽入海里，忽然就被倭鬼抓住了。后来，侯许氏丢了名声，成了马雄岛无人不知的荡妇。天爷呀，谁能想到，倭鬼再次血洗了马雄岛。熊本一郎挽着她的发鬓，将她拽到曹云和的身边，让她做岛主娘子。一切都是神灵的安排，冥冥之中，有一条红线将朝思暮想的曹岛主捆送到她的怀里。如今，侯许氏实实在在地和这个汉子躺在一起，她却有些怅惘，这是一个怎样的男人呢？他的骨气哪去了呢？侯许氏对这个男人产生过许许多多美好的幻想，一瞬间，这些靠幻想搭建起来的琼楼玉宇就塌了。她试图为他开脱，却不知该说什么才好。他是好人？他是坏人？侯许氏对这个人产生了怀疑。侯许氏有些后悔，每次和他鱼水之欢的时候，怎么就不问一问："你是男人吗？"

男人一定会告诉她"是"或者"不是"。

曹云和的鼾声突然停了，侯许氏没好气地问："你醒了？"

曹云和突然捂住了她的嘴，紧紧地抱住了她，侯许氏的身子一下子就软了。侯许氏全身战栗，她看到了窗户上有个人影，听到了杂乱的脚步声，很多很多的脚步声，和在梦中听到的一样，仿佛万千只鸟儿炸了营一般。不是做梦，不是鸟儿炸了营，确实有人来了。曹云和贴着她的耳朵说："莫要声张。"侯许氏慌忙点着头，曹云和松了手，两人快速起身穿衣，曹云和说："你得藏起来。"

曹云和穿了鞋子，伸手摘下了墙上挂着的腰刀。侯许氏躲在曹云和的身后，哆哆嗦嗦地来到后窗前，曹云和将侯许氏抱在怀里，轻轻拍着她的后背，将她送到大缸的后头。侯许氏钻了进去。这口缸三五个人搬不动，没有人会注意后面藏着一个人，即便房子着了火，只要扎进水缸里，也会留一条性命的。曹岛主掀开后窗户，身子一撇，跳了出去。

片刻，曹云和回来了，贴着窗口低声喊着："许氏，许氏！"

"奴在呢。"

岛主跳进屋，紧张地说："倭鬼全都上来了，海了去了。"侯许氏猛地就打了一激灵，眼前就出现了儿子血糊糊的脸，出现了老侯呆滞的目光。

"熊本一郎把倭鬼全都勾来了！"曹云和声调颤抖着。

"相公，怎么办？"

"我要死了。"

"相公怎么就要死了？"

"我一直想救下娘子，现在看来，她的性命已经不重要了。"

"岛主，你……"

"许氏，我已经错过一次了，不能再错了。"

"相公，你想怎么的？"

"点火！"

"点火？"

"给金州卫示警！"

"相公，你能办得到吗？"

"我已经准备好了。"曹云和伸手摸了一把侯许氏的脸，"你一定要好好活着，等着官军来救，救下了，你就投到娘家安度下半生吧。"

"岛主，相公，奴家的亲夫哇。"侯许氏抓住了曹岛主的手，"相公，你可不能死！"

"瞎说，谁是你的亲夫？"

"相公啊。"

"我还没有告诉你我是谁。"

"相公！"

"你根本就不知道我的来历。"

"相公！"

"算了，现在已经来不及说了。"曹云和说，"我是回来取火镰的。许氏，你要好好地活着，我这就走了，再晚就出不去了。许氏，你听好了，无论遇到什么情况，你都不能出来。倭鬼要是烧房子，你就钻进缸里，你一定要活着，阿弥陀佛保佑你。"

"相公，相公，我与你上辈子一定是熟识的。"侯许氏眼泪汪汪地说，"亲夫哇，相公啊。"

"好吧，就算前生熟识。"曹云和松开了手，到灶上取了火石火镰，又从窗户上跳了出去。

梦又醒了，侯许氏想，这回是真醒了。

2

马雄岛上全都是倭鬼，一堆一堆地聚在一起。熊本一郎和首领冢野大君站在旗杆下，他们都盯着熊本一郎的地图，商量着下一步的行动路线。二郎和喜志四处走动，命令倭鬼们不得喧哗，更不允许点火照明。曹云和从喜志的身边走过去，没人注意到他，都以为他是个游魂孤鬼。曹云和心里紧张，想绕过旗杆底下的几个人，熊本一郎忽然拎着灯笼朝他这边照。

"曹，汝来！"

曹云和站住了，朝熊本一郎微微鞠躬，小声说："吾这就去找人做饭，做好多好多的饭。"

熊本一郎放下了灯笼，朝曹云和点了点头说："曹，汝快去做饭吧。"

"是。"曹云和加快了脚步，朝西头走去。刚拐了一个弯儿，后面追上两个倭鬼，一把抓住了曹云和的衣袖，低声呵斥着他。曹云和听声音依稀是桥下四郎。曹岛主比画着吃饭的手势，桥下四郎松开了手，匆忙地朝屯里走了。剩下的一个倭鬼也松开了手，却是紧盯着曹云和。曹云和心急，突然拔出腰刀，朝着倭鬼砍了过去。倭鬼惨叫一声，一只胳膊被卸掉了，没等他反应过来，曹云和一刀戳去，倭鬼仰脸倒下了。阴影地里冲上一个倭鬼，挥刀砍来，曹云和伸刀格挡，双方的刀碰撞在一起，起了一溜儿火星子。曹云和感觉到对方的力量不是很足，想必在海上漂得时间长了，体力消耗殆尽。曹云和的胆子大了，挥刀泼风样的乱砍，对方招架不住，突然就打起了呼哨。曹云和转身就跑，倭鬼急忙追来，曹云和反手一刀，对方尸首分家。曹云和猫着腰，迅速朝鸡冠山上跑去。满山遍野都是一片银白的月光，这段路若是在白天，曹云和只需一顿饭的工夫就能冲到山顶，此时，小路坑坑洼洼，他得收着点儿跑，千万别崴了脚踝。

山下有了骚动，曹云和只能听见隐隐约约的嘈杂声。他猜倭鬼发现了尸体，赶紧跑！赶紧跑！曹云和不管脚下是坑洼还是荆棘，奋力地朝山上跑去。终于看到了，月光中，烽火台就像一个沉默的巨人，就像他的父亲。父亲倚着柴门等他回家，父亲朝他张开怀抱。曹云和奋力冲去，快点儿！再快点儿！只要点燃了这把大火，金州卫的百姓就得救了！此时，他的命一文钱都不值，娘子的命也不重要了，权当她已经死了。全岛女子的命也不重要了，权当她们都已经死了。与金州卫几万户生命相比，马雄岛里苟延残喘的所有可怜的人的生命都微不足道了。

跑哇！快跑哇！

快点儿，再快点儿啊！

曹云和绝没有想到会是这样，马雄岛上来了海了去的倭鬼，这么多的倭鬼，不是来偷袭的，就是两国开战了。他必须舍身报警，他要让金州卫有所准备，不能让马雄岛的悲剧再重新上演，成千上万的倭鬼来了，整个金州卫的百姓都要遭殃了！

跑哇！快跑哇！

快点儿，再快点儿啊！

岛主跑上了烽火台，好了，真是太好了。他就要成功了，他就要赎罪了。赎罪了，即便死了，也能回到曹家的祖坟里头了，他不是懦夫，不是曹家的不肖子孙。他是堂堂的大明军士，一个让人认可的军士，他不是懦夫，不是一个让人瞧扁了的贼杀材。

烽火台上的柴全都不见了，怎么会呢？好好的一垛柴怎么就不见了呢？他猛地想到熊本一郎，是的，一定是他发现了烽火台的作用，一定是他将柴火毁掉了。曹云和急得浑身是汗，曹云和都快要急死了，他分明听到了倭鬼的叫嚷声，他们迟早会找到他的。熊本一郎一定会想到他在这儿，一定会来阻止他点燃烽火的。怎么办哪？怎么办哪？曹云和跑下台，他蹲下来摸着、拽着，他找到了一些柴火，果然是从上面丢下来的柴火。他抱起柴，重又爬到了台上，再下来，再继续找。他又摸到了一些柴火，他再次抱到了台上。连续几次，他的腿脚已经软了，他的心都快跳到嗓子眼儿里了。他急得要命，他双腿打晃，他不敢停下歇一歇，赶紧哪！贼蠢材！赶紧哪！他抱着柴火，奋力朝台上爬，他全身打战，心跳如擂鼓般急促。

　　他得上下多少次呀？他一次次下来，一次次地摸索着散在周边的柴火再一次次上台，他累得喘不上气，他的心已经跳出来了，就在嘴里，一张嘴就能蹦出来。不能停！贼蠢材！贼蠢材！快点儿啊！他听到了倭鬼的喊叫，一定是熊本一郎带队来了，只有熊本一郎知道烽火台的秘密。曹云和又抱了一捆柴上来，他突然听到了急促的喘息声，他拔出腰刀，奋力砍了过去。

　　"相公，是奴家！"黑暗中，侯许氏抱着柴火上来了。

　　"你怎么来了？"

　　"相公，奴家来帮你。"侯许氏放下了柴。

　　曹云和突然来了力气，他和侯许氏又下去抱了两次柴，打头的倭鬼已经上来了，曹云和清清楚楚地听到了喊叫声。曹云和趴在台上朝下面喊："许氏娘子，你快上来！"侯许氏答应一声，赶忙朝上面跑。曹云和拿出火镰，他的手哆嗦着，他的胳膊也在哆嗦着，他一点儿力气都没有了，连一个小小的火镰都打不着。他哆嗦着，哆嗦着，终于打着了，火捻子却又灭了。他坐在地上，拼命地打着，却再也打不着了。曹云和哭了，不停地骂自己是个贼蠢材。侯许氏将一抱柴放下，一把将火镰抢了过去，拼命打着，侯许氏的手也在哆嗦。倭鬼的声音就在台下面，曹云和厉声喊道："快，快，贼淫妇！快呀！快呀！"

　　倭鬼朝烽火台上爬了，哇哇乱叫着，声音越来越近了。曹岛主拿起腰刀，他的眼睛都要鼓出来了，他紧紧地盯着台阶。

　　"快，快，贼淫妇，快呀！俺求求你了，快呀！"

　　侯许氏哭了，不停地打着火镰，不停地呼唤着："相公！相公！"她一下一下地打着火镰，该死的，怎么就不好使呢？真该死！贼淫妇！真该死！火捻子突然掉下了几个火星子，着了，火捻子着了，曹云和喊着："快，桐油，快引着柴火。"

　　侯许氏慌忙找着能引着柴的东西，桐油在哪儿？她没有找到引火的草，更不知道桐油在哪儿。岛主急得直蹦，他忽然拽脱衣服扔了过去，骂着："贼蠢

272

材，衣服！烧衣服！"倭鬼冲上来了，打头的一刀戳过来，差一点儿就戳中了他。曹云和闪在墙里，一刀砍翻了打头倭鬼。后面的倭鬼一声惊叫退了下去，曹云和趁机胡乱拽着身上的衣服，他哆嗦着，却怎么也脱不下来衣服。侯许氏急脱了裤子，点着了，她继续脱，露出了身上的肉。她忘记了羞耻，她只剩下一件小褂，小褂却遮不住她那饱满的胸脯。柴火点着了，只点着了两根柴火，眼看着火苗不旺。侯许氏继续脱，她脱下小褂，她还继续脱，脱下了裙子，她把自己脱得干干净净。

火苗子蹿了起来，照亮了侯许氏的胴体，她摸到了乳房上的香疤，多美的香疤呀。从此，她是曹云和的娘子了，她摸呀摸，摸到了腹部上的"云"字，多好哇，从此，她是曹云和的娘子了。如果说，烧香疤的时候只是因为嫉妒"一枝花"，此时，却没有了那种心情。她是堂堂正正的曹云和的娘子。她是顶天立地的曹岛主的娘子。曹岛主不再是一个懦夫，他是一个勇敢的战士。

倭鬼再次攻了上来，曹云和突然蹿出去，猛砍一刀，然后再躲回墙内。如此反复，倭鬼却不敢逼紧了。曹云和斜眼看去，柴火还是没有大着，没有桐油，烽火何时能冲天而起呢？没有桐油，即便火头起了，倭鬼也能将其扑灭。曹云和都要急疯了，他的刀狠狠地砍了下去，一个倭鬼的脑袋被砍掉了，其他人怪叫着退了下去。感谢烽火台的设计工匠吧，窄窄的石阶，只能容一个人上下，如果两个人同时上来，曹云和早就完蛋了。

火还是没有着起来，怎么办？

曹云和突然跑了过去，他已经来不及脱衣服了，他都忘了扔下腰刀就能脱下衣服。他一下就扑了过去，将自己的衣服点着了，他抱着柴，让身上的衣服引燃柴。柴着了，慢慢地着起来了。

"岛主！曹……大叔！"熊本一郎喊着，"大叔……勿死！"

曹云和笑了，他分明听到了熊本一郎的哭音儿，熊本一郎的哭音儿让他开心，他放声大笑。他都不觉得烧灼的疼了，虽然他都快要疼死了。柴火着了，只是柴太少，火光不够。曹云和不管那么多了，但愿离马雄岛最近的烽火台上的兄弟们能看见报警的大火。

兄弟呀，千万睁大眼睛啊！

兄弟呀，千万别贪睡呀！

兄弟呀，马雄岛又遭难了，海了去的倭鬼又上来了！

曹云和的身子全都着了，头发也着了，他闻到了肉香。

"娘子，娘子！"他厉声呼叫着，"'一枝花'！"

"她不是！"侯许氏的魂儿吓没了，"一枝花"摄取了她的魂儿，她第一次从曹云和的嘴里听到"一枝花"，他从不提"一枝花"，他只提娘子。她才是他的娘子，他是她的相公！不是别人，不是"一枝花"！侯许氏一下子扑到曹云和的怀里，她捧着自己的乳房，她想让他看看乳房上的香疤，看看肚皮上的香疤，她才是他的娘子。

"相公，抱紧奴家！"

曹云和拼命地推她，他已经说不出话了，他的双手狠狠地推着侯许氏。侯许氏差一点儿让他推倒了，侯许氏站稳了，指着腹部上面的"云"字，她想让曹云和看清楚了，自己身上烧着他的名字。自己当然是他的娘子！

这辈子是，下辈子也是。

她扑了过去，紧紧地抱住了相公。相公不推她了，相公搂住了她，紧紧地搂住了。相公吼了一声，侯许氏听懂了，相公用尽了最后的力气喊："娘子呀！"

侯许氏身上也散出了烤肉的香气，侯许氏双腿突然就盘了起来，紧紧地夹着曹云和，狠狠地夹着。这个姿势太玄妙了，这个姿势太美妙了。侯许氏很久以来就想得到如此的快活，她拼尽力气呼喝着："快活呀！疼啊！快活呀！"侯许氏喊着，尖叫着，她把胸膛里所有的快活都喷了出来。她的快活沾火就着，她的快活喷涌而出。她从来没有如此畅快地尖叫，她要把天叫破。

"快活呀！"

侯许氏升仙了。

曹云和抱住了她，满是火的脑袋就贴在了侯许氏的胸上，贴在了她饱满的乳房上。

3

海青岛烟墩、亮甲店烟墩、大黑山烟墩、樱桃园堡全都看到了马雄岛方向的火光，火光映红了半边天。

大火就像骏马雄起的阳具，挺起来，直插云霄。

江隆被亲兵王大牛拽了起来，江隆猛地抓住了刀柄，朝着王大牛吼："小婢养的，你娘让贼汉子抢去了吗？"

"没……没……"王大牛乱摆着手，急得一句话也说不出，他猛拽着江隆，转身就往外拖。江隆明白发生了大事，他顾不得穿鞋，撒开腿跑了出来。一眼就看见了天边的亮光。他慌忙爬上房顶，看见东南面冲天的火光。

"那是什么地方？"江隆的心怦怦跳着，他能不知道是马雄岛吗？他多么希望不是马雄岛。

"守堡爷，马雄岛出现敌情！"

江隆从房顶上跳了下来，让王大牛立即擂鼓升帐。他跑回屋里，顶盔挂甲罩袍束带，收拾利索了，他闭上了眼睛，平复了一下情绪，迈步走进了议事厅。小旗以上的官佐全都到了议事厅，屋里黑压压的，看不清人的脸，只能听到嗡嗡的交谈声，像耳畔飞舞着一大团苍蝇。江隆大声吼着，让亲兵多点牛油灯，把议事厅照亮。

"马雄岛烽火台预警！"江隆声音打战，"马雄岛又一次发生了敌情，小婢养的，再一再二再三，就在咱眼皮底下没完没了地欺负咱，把咱官军当成了光会吃饭拉屎的废物蛋了！"江隆猛地拍了下案子，恰好，亲兵点燃了牛油灯，厅内突然亮如白昼。

"各官佐立即准备打仗，各队找旗牌官去领弓弩箭镞，谁都不要乱，吕克铭队领完崔忠君队再去领，一队一队领，别没等开仗咱自己先打起来了。每队多配长枪，一旦是倭鬼上来了，逮住了就往死里戳。就这样吧，每队配十八杆长枪，刀牌手要少一些，倭鬼的刀术咱对付不了，刀牌手多了也碍事，主要靠长枪和弓箭，每队配十二把小梢弓、九把麻背弓、九把蹶张弩，独轮战车一律不带，咱们去剿匪，不是去和鞑子开战，越是轻装越好。告诉士卒，都要铆足了劲儿，见到就戳，狠狠地戳！"

"得有刀牌手，一旦对方射箭……"吕德孤说。

"不能，不能，海上上来的，都是小箭，不怕不怕，就拿长枪往死里戳。"

"一旦是山狼海贼呢？"

"山狼海贼就更不怕了，咱按照倭寇来对付。咱不能和倭寇近身，咱的刀牌不是他们的对手。"江隆顿了一下，他想起了在马雄岛上看到的盐兵尸首，江隆的心突然悬了起来，堡里的兵大都是冬天从各屯招来应付春操的，他们的武艺并不比盐兵强出多少，就靠着这帮握锄头的家伙迎战？这可如何是好呢？

江隆瞪着眼睛看着手下的官佐，点卯完毕，立即派丁大贵带十名掌旗军士分头骑快马去马雄岛打探，其余各营做好厮杀前的准备。江隆吩咐火头军立即生火做饭，务必在半个时辰内让士卒吃上一顿小米干饭，每人分给一块咸肉、一枚马雄岛产的咸鸭蛋。各队官佐领命下去了，江隆又让王大牛集合亲兵队，让亲兵们赶紧去领武器，每个人都要带一把麻背弓、一壶梅针箭，腰刀磨得越快越好。

"还带腰刀？"王大牛不解地问，"守堡爷，你忘了咱的腰刀打不过倭鬼的长刀？"

"小婢养的，俺让你磨快了刀子是留着枭首用的，还用得着让你上去耍？"

"遵命，俺明白了，守堡爷！"王大牛带着亲兵赶紧去领取武器。

库房这边乱哄哄地聚满了人，各队都赶着来领武器，每个人都有一肚子理由想多占多得，吵吵嚷嚷的都是火气十足。旗牌官让人挤对得脸上挂火，恼将起来，索性坐在石头上吊大家的胃口。江虎性子急，上前鼓噪了几句，骂旗牌官"小婢养的"。旗牌官站起来，伸手打了他一拳，亲兵队不干了，纷纷支开了架势，要替江虎抱打不平。

"小婢养的，都想找死吗？"江隆打雷样的吼了一嗓子。

旗牌官立即打起精神，重新组织人手发放武器。江虎也没敢再啰唆，排队领了武器。营里到处都是乱跑着的士卒。江隆站在房顶上，遥望着东南方向，马雄岛重新陷入了黑暗之中。岛里人怎么样了？江隆的心都揪在一起了。眼看着炸了营一样的手下，他又急又气，恨不能飞起几脚，狠狠地踹下去。多少年不打仗了，这些军户子弟已经蜕变成了庄稼汉，能拿起刀枪挺身而上的就算是好汉了，指望他们成为精兵？做梦去吧。

亲兵队领了武器回来，在房檐下站成一排。江隆从房上下来，喊着让江虎出列，命他在营里守摊儿。江虎梗着脖子，连声质问为什么不让他去参战。江隆烦躁地挥着手，推他闪开，江虎摆出坚决不执行命令的架势。江隆火了，狠狠地扇了他两巴掌。江虎哭着走开了。江隆吩咐亲兵队立即去往马雄岛，如果遇到小队匪徒，能打就打，打不了就地周旋，等待支援。亲兵队全都上马，队伍肃穆。江隆看到了王大牛，耳边就响起了稚气的声音："守堡爷，等等俺，俺还是个孩子。"

江隆一把将王大牛从马上扯了下来，吩咐他和江虎一起在老营里守摊儿。王大牛吐了吐舌头，乖乖地跑开了。亲兵队这就要出发了，伙夫头喊着开饭，江隆赶忙摆了下手，让亲兵们吃了饭再走。伙夫将饭菜全都挑出来，就地分发。全营顿时热气腾腾。丁大贵纵马跑到江隆身前，报告了一个让人震惊的消息："马雄岛上来了海了去的倭鬼。"

"海了去了？"

"海了去了。"

"海了去了是多少人马？"

"海了去了就是海了去了。"

丁大贵的意思再清楚不过，他已经不能用数字来形容了。丁大贵没有靠近马雄岛，他只是在鸡冠山的林子里见到了逃难的百姓，百姓中却没有一个是马雄岛里跑出来的。鸡冠山烽火台上着起大火以后，附近屯子里的百姓全都逃到山里躲避，人们隐约能听到马雄岛里的鬼叫声，百姓们猜测海了去的倭鬼上来了。

丁大贵不敢耽搁，立即回来报告。

江隆的心突然就悬了起来，如同站在了悬崖峭壁上，随时都能一脚踏空，坠入深渊。他压根儿就没有想到会是这种局面，原以为只有十个八个匪徒，了不得也就三十二十个，怎么就成了"海了去了"？"海了去了"到底是多少呢？长这么大，江隆头一次紧张了，十个樱桃园堡的人马加在一起也不是"海了去了"。江隆让丁大贵赶紧吃点儿东西再去马雄岛，务必打探清楚倭鬼的底细。

江隆喊着王大牛，吩咐他上墩台再一次点燃烽火，将这个重大情报向望海埚传递。根据墩架城堡管理纪律，凡是点燃第二次烽火的，就一定是出了特大军情。官军轻易不敢点燃第二次烽火，一旦误报，将被处以极刑。樱桃园堡的第二次烽火点燃以后，望海埚城堡上也亮起了烽火，远远望去，就像黑暗中的一柄火炬。望海埚城堡刚刚建成，还没来得及配备兵员，金州卫只是让樱桃园堡派去一队小旗临时看守。

"海了去了?!" 江隆一咬牙,命令王大牛再次点燃烽火。

樱桃园堡全体官兵做好了作战的准备。第三次烽火点起以后,墩台上已经站不住人,王大牛的脸和手都烤出了油,他连滚带爬地跑了下来。亮甲店墩架派骑兵飞驰而来,询问发生了什么情况。江隆将探听到的情况向他做了交代。骑兵刚走,又一拨骑兵赶到,这拨骑兵是都指挥使徐刚徐帅的老营派来的。徐帅此时在牧城驿练兵,留守的副将看到这边烽火示警,立即派人询问情况。江隆只能含糊地说:"请禀告徐帅,马雄岛上来了倭鬼,人数海了去了。"

刚打发走徐帅的人,探马回来禀告,想尽了办法,还是无法靠近马雄岛。这回,探马确切地听到了倭鬼的喊叫声,估计应该是一大团倭鬼。再陆续回来的探马也都是这个说法。探马观察,自始至终,马雄岛里没有逃出一个人。江隆想到了曹云和,他在哪儿呢?真的就让倭鬼又一次一锅烩了?不能!一锅烩了怎么还能点燃烽火报警呢?

曹云和在哪里呢?

还有 "一枝花",还有岛里的女子,她们在哪儿呢?不能就这么被烩了,不能!江隆再次集合亲兵队,他准备亲自带队前往马雄岛。刚出了堡,江虎追了上来,身后跟着一名骑兵。江虎禀告:"刘大帅的亲兵什长求见。"

"小弟见过江守堡。"

"刘大帅来了?"

"奉举兄,大帅现在就在金州城。"

"大帅在金州?"江隆猛地一拍大腿,"这下可好了,有大帅在,咱就有主心骨了!请禀告大帅,马雄岛又被屠了!"

"奉举兄,你不认识我了?小弟乐群这厢有礼。"

"谁?乐群?"江隆凑近了,"是你呀,小婢……兄弟。"

"奉举兄,小弟和你一见如故,十足地钦佩老兄的豪爽英武。"

"算了,你小子剑上喂毒,差一点儿要了老哥的命。"

"奉举兄,小弟这就给兄长赔礼!"

"好兄弟,咱哥儿俩不打不成交,大帅不是在广宁镇吗?"

"奉举兄,咱大帅能掐会算,知道这倭鬼子会在这个时候来,大帅早就来了,一直在金州卫等着倭鬼子呢。"乐群忽然变了脸,语气严肃地说,"奉举兄,樱桃园堡为何反复举烽火报警？"

江隆拉着乐群回到堡里，直接上到墙垛上。江隆指着黑黢黢的东南沿海方向说："兄弟，海上又上来倭鬼了。"江隆浑身打着哆嗦，"兄弟，探马来报，这回倭鬼海了去了，马雄岛又一次被屠了。"

乐群凝视着马雄岛方向，嘴里发出"呀呀"的惊叫声，看起来，他也是惊慌失措。

黑暗中，东南沿海死一般的沉寂。

"兄弟，老哥哥现在就去马雄岛！"江隆从城墙上下来，"咱打头阵，你赶紧回去禀报大帅派援兵吧！"

"奉举兄，你先等等。"乐群也跟着下来了，"既然大队倭寇来了，你这点子人马去了也是给他们塞牙缝，容我等再想想万全之策。"

"小……都火烧眉毛了，还有什么狗屁万全之策？"

"奉举兄，兄弟临时到亮甲店办事，发现火警赶过来，现在还不知大帅的作战意图。但是，我想大帅一定会有具体的部署。目前，首要任务是将马雄岛的情况紧急通报大帅，容大帅做通盘考虑。"

"咱这就派人去金州详细禀告。"

"奉举兄，赶紧派人去吧，这回你立下头功了！"

"咱还没有和倭鬼真刀真枪地干一仗，哪来的头功？"

"你这几把烽火举得好，金州城那边一定会有准备的，你樱桃园堡为大军的整备赢得了时机。"

"兄弟，不和你啰唆了，咱得赶紧走！"

"奉举兄，依小弟看来，目前局势险恶，你的樱桃园堡离马雄岛最近，地位十分重要，小弟却要劝兄不要轻易出动，一旦大批倭寇前来侵犯，大帅还指望着你在此地阻击抵挡，为援兵争取时间。奉举兄，小弟坚信，你樱桃园堡的作用并不在于冲锋陷阵。"

"咱的好兄弟，你不让老哥去打仗，是想让咱在堡里当缩头乌龟吗？"

"奉举兄，我是这么想的，援军赶到之前，樱桃园堡一定要做好阻击的准备，务必不能让倭寇轻易穿过青云河南下，这是头等大事。"

"让老哥在这里死守？"

"小弟相信这个思路是正确的，一旦让倭寇通过樱桃园堡越过青云河朝南去了，要么直逼金州城，要么就钻进了大黑山里，这都将是官军难以承受的灾难。"

"小乐群，你说的是真的吗?"

"千真万确!"

"你可别来逗老哥哥。"

"奉举兄，大敌当前，小弟怎敢胡言乱语?"

"好，乐群兄弟，咱听你的，不过，老哥还是要去马雄岛看看，小婢养的，岛里的盐兵都是咱的亲兄弟呀，遇到难了，老哥能丢下他们不管吗?"

"奉举兄，这样吧，小弟和你带少量人马先去看看，大队人马立即在堡里做好迎战准备。请兄长下令，只许守，不许攻，等待大帅的将令，你说这样可好?"

"好! 咱听你的。"

江隆吩咐吴克铭抓总，各队都要上墙警戒，还要将北门放一条缝隙，等待接纳难民。他一再吩咐，一旦倭鬼来袭，坚决不能出去迎战。吴克铭领命而去。江隆命崔忠君带着五十人的马队随亲兵队一起出去行动。队伍走到陈家沟时，遇到了往回赶的探子，探子禀报说: "报守堡爷，小的冒死进了马雄岛，据小的目击，倭鬼至少有千人。整个马雄岛到处都是鬼叫声，具体人数只有等到天亮以后才能得知。"

"千人?"江隆大吃一惊，"咱的那个娘啊!"江隆惊叫了一声，他怎么也没想到会有这么多的倭鬼上来，千人以上，这就是说，日本举国来战了! 乐群勒住缰绳，决定立即返回金州。既然有了明确的数字，他也没有必要去马雄岛察看了。

"奉举兄，小弟得赶紧去和大帅会合。"

"快去吧，赶紧去给老哥搬救兵!"

"奉举兄，小弟走之后，老兄务必先把部队聚拢起来，恕小弟直言，当下，老兄只要把你的队伍带好就是一大功劳，千万不能让倭鬼子吃掉了。樱桃园堡是离马雄岛最近的一支兵马，也是大帅目前唯一可以仰仗的兵马，老兄啊，你可要仔细掂量掂量。"

"兄弟，那也不能眼看着倭鬼在前，咱江奉举缩脖子不上啊。"

"奉举兄，你的兵都是军户子弟，说老实话，不是训练有素的正规官军，和这么多的倭鬼子开打，难有胜算。此非常时刻，兄一定要守住樱桃园堡，樱桃园堡若失，满盘皆输。听明白了吗？待小弟和大帅会合后，向大帅陈述这里的险情，请示大帅后，小弟定当以最快速度引兵来和兄并肩作战！"

"小婶养的，说了归齐，你是转着弯儿地笑话俺樱桃园堡的将士武艺孬？"

"奉举兄，小弟不敢。"

"你还不服？"

"奉举兄，如果千人队的倭鬼冲击樱桃园堡，你想想后果吧。"

"哎，说得也是，再给咱两个冬天，你老哥非把这帮小婶养的给练出来不可。"

"奉举兄，千万记住，想尽一切办法守住樱桃园堡，即便守不住，也要拖上一阵子，给大帅留出调兵遣将的机会！"

"好吧，你说得有道理，咱听你的。说清楚了，老哥却不是见死不救，也不是怕他倭鬼。"

"多备弓箭旗帜，火器你有吗？"

"碗口铳有几管，只是火药不多，全让这些小婶养的偷净了。"

"他们偷火药干什么？"

"回家去炸鱼。"

"炸鱼？"

"是呀，炸鱼，把火药装进坛子里，点燃了引信，扔进水里，一炸就是一堆鱼。"

说话间，吴克铭派人将金州卫来的传令兵带到江隆的马前，传令兵明确指示江隆收拢队伍，坚守樱桃园堡等待援军。江隆问是哪个衙门的，传令兵说是辽东总兵衙门的。乐群凑过去，认出了张奎。

"老张，大帅呢？"乐群急着问。

"小乐群，大帅正在调兵遣将往望海埚城堡赶哪，大帅吩咐江守堡，在主力到达望海埚城堡之前，樱桃园堡就是整个金州卫的心脏，江守堡一定要设法稳住倭鬼，千万莫要让倭鬼越过青云河南下，只要达到目的，大帅记江守堡首功。"

"呵呵!"江隆咧着嘴笑了,朝着乐群抱拳,又朝他伸出大拇指,衷心佩服乐群的足智多谋。

"小乐群,你是大帅肚子里的虫子吗?"

"奉举兄,小弟跟随大帅久了,也学了一些大帅行兵打仗的本事。"

这时,又来了一名传令兵,传刘江刘大帅的指令,让江隆派人寻找倭寇的船只,命江隆伺机烧船,以绝倭寇的退路。

"烧船?"

"奉举兄,小弟明白了,大帅憋了一肚子腌臜气,这回该是出气的时候了。"乐群拍着手说,"大帅的意图再明白不过了,这回是要聚歼倭鬼,一个也不放走,这一战必须打断他们的脊梁骨,要不,倭鬼就蹬鼻子上脸了。"

"聚歼?"

"聚歼!"

"兄弟,别看你年纪轻轻,在咱看来,你就是诸葛亮转世。"

"大帅才是当世的诸葛亮,大帅是真武大帝的弟子,俺算什么。"

"对对对,咱大帅确实有两下子,不是真武大帝下凡是哪个?"

乐群拱手告别,跟着张奎走了。江隆也不敢怠慢,立即带着人马回到樱桃园堡。吴克铭早已将人马分派布置好了,堡里年轻体壮的全都上墙蹲守,老弱病残安排做后勤。江隆也不像往常那样咋咋呼呼,他稳定了情绪,拉着吴克铭、崔忠君在堡里到处转悠,遇到马马虎虎的士卒就吼两嗓子,对惊慌失措的士卒就笑骂一句"小婢养的",让他骂了的士卒反而踏实了。江隆心里焦急,却不敢表露出来,他清楚,如果单打一,弟兄们都不是倭鬼的对手。

4

天蒙蒙亮的时候,江隆想起了一件事,他让崔忠君赶紧到寨门前设立拒马桩,一定要连着设立两道,虽然他不打准倭鬼有没有骑兵,同时,命吴克铭组织人手在东寨门前搭建一个四丈高的台架。台架要和墙垛形成战斗犄角。吴克铭接到任务后,苦于没有木料,急得团团转。想拆房扒檩子,数来数去,整个樱桃园堡也没有几根像样的檩子。情急之下，有人指点堡外面的柳树沟，吴克铭恍然大悟，沟里头一人抱的大柳树有的是，活人还能让尿憋死？吴克铭忽然有些打怵，堡里最近和柳树沟百姓的关系搞得挺僵，很长时间互不往来。此时去沟里伐木？百姓能让吗？大敌当前，也容不得吴克铭犹豫，他准备豁出老脸去，能买最好，不能买，就是抢也得搞到木料。吴克铭带着两个小旗的士卒开到柳树沟，还没等站稳脚跟，柳树沟里响起了一棒锣声，一群男女百姓冲了出来。每人手里都拿着铁锹，看样子要和官军干一架。吴克铭连连弹压双方，走到老戚头儿面前，朝他拱手作揖。老戚头儿仰着脸看天，倨傲无礼。吴克铭耐着性子讲明来意。

"马雄岛又遭难了？"老戚头儿满脸的惊愕。

"马雄岛又遭难了！"吴克铭说。

"夜儿个东南大火就是马雄岛烽台放的？"老戚头儿紧着问。

"正是，马雄岛已经被倭鬼屠了。"吴克铭说。

"马雄岛又被倭鬼屠了？"老戚头儿惊叫一声。

"这回是两国交兵，马雄岛上来了海了去的倭鬼，你等柳树沟的百姓也要做好准备，一旦倭鬼卷过来，务必速去堡里避难。"吴克铭说，"守堡爷给你们留了后门。"

"小吴，你等等。"老戚头儿去跟族人耳语了一会儿，朝吴克铭打了个恭："小吴，你家江守堡宣布不要与俺们柳树沟的人接触，违者还要挨军棍，这道将令，你不会不知道吧？"

"闹笑的，误会！全是误会！"

"俺们柳树沟的人可是听得真真的。现如今，江奉举他拉的屎又想坐回去，一大早赶着求俺们，俺们也不是不通情理的人，如今，马雄岛遇难，大明子民都要出力抗击倭鬼，这是大节，你就是把树都砍光了，俺们柳树沟的百姓也不会皱一下眉头的。"

"老人家，那可多谢了，你们柳树沟的百姓有见识啊。"吴克铭长舒了一口气。

"慢着，俺话还没说完哪，砍树前，他江奉举必须当着俺们柳树沟百姓的面赔礼道歉承认错误。"

"老人家，都火烧眉毛了，您老就别难为他了。"

"不行，江奉举不来说句话，这树你们砍不走。"

吴克铭无奈，只好打发人回堡里传话，让江隆务必来一趟，向百姓们说句软和话。江隆听到禀报，愣怔了一会儿，骑着狮子兽跑来。吴克铭迎上去，劝他务必低低头。江隆翻身下马，让士卒朝老戚头儿高高举起火把，他上下打量着老戚头儿。老戚头儿也不甘示弱，挺着身板怒视着江隆，两个人就像要顶架的犟牛。江隆忽然摘下盔甲，脱去了棉甲，趴在大石上，大声喊着："快快打下二十棍，咱和柳树沟就算两不相欠。"

"守堡爷，你这是干什么？"吴克铭跺着脚喊，"老戚头儿，马上就要打仗了，你把他打坏了，让守堡爷趴在炕上指挥呀？"

"谁想打他了？"老戚头儿愣愣地说。

"快打快打！"江隆吼着，"小婢养的，咱不欠你的。"

"现在什么时候了？俺能让你挨打吗？"老戚头儿一把将江隆扯了起来，"你这分明是苦肉计。"

"你老戚头儿少来这一套，一顿棍子打了，能让堡里得了木料，值，快打快打，咱不欠你的。"

"俺不要打你，俺还要指望着你上阵杀倭鬼！"

"你想怎么的？"

"你就给俺们小百姓撂下一句话，就说你江奉举放了个屁，熏了俺们。"

"做梦吧，咱宁愿打板子也不说这等没羞没臊的话。"

"那行，等仗打完了，你得当众挨俺三板子。"

"行！一言既出，驷马难追。"

"这就妥了。"老戚头儿放开江隆，招呼百姓砍树，一顿饭的工夫，砍下几十棵大树。吴克铭指挥士卒将树干拖回堡，营里的木匠和柳树沟的木匠抓紧在东门口搭建高架。太阳升起两竿子高的时候，比樱桃园堡高出一大截儿的架子搭成了，江隆派上十名弓箭手，每个弓箭手带上两百支羽箭，另外又吊上了一筐干粮和一缸水。江隆让王八爪在高架上抓总，所有弓箭手都要听从王八爪的指挥。

"王八爪，你他娘的总吹你是神箭手，老子就让你吹个够，这回把你擎到高架上打硬仗，是神箭手还是狗屁手，让大伙儿都瞧上一瞧。如果你是神箭手，这些倭鬼不够你们射的。如果是狗屁手，干脆一头栽下摔死得了，省得丢人现眼的。"

"江奉举，你他娘的休要戏耍俺，俺王八爪可是去过应天府参加朝廷大比武的，倭鬼总不至于上来三千人吧？瞧好吧，射杀不死倭鬼，俺就死在台顶上。"

"吹吧，你可仔细了，别先把自己伤了，上面的挡板防护都要检查好，切莫大意。"

"得嘞。"王八爪带着弓箭手上了高架。

崔忠君又让人把几支碗口铳抬到墙垛边，堡里还有一尊铜火铳，扔在墙根，几年未用，都快锈烂了。江隆担心浪费火药，就没让士卒抬到墙上。江隆是个老派人，打起仗来，只相信手中的兵器，却不信任火器。他认为火器都是吓唬人的玩意儿，真正打起阻击，还得靠弓箭。江隆又让人把堡里所有的独轮战车全都集中起来，放在东墙薄弱处藏好。樱桃园堡的东墙年久失修，有的地方已经倒塌了，仅是用草帘子遮遮而已。独轮战车挡在豁口处，防止倭鬼乘虚灌进来。每辆战车的后面放两个刀牌手，一旦拒马桩被倭鬼突破，这些刀牌手就要推着战车朝外面冲，冷不防将倭鬼杀死。江隆牢记刘江大帅的指令，誓死守住樱桃园堡。江隆对刘江刘大帅有着特殊的爱戴，按理说，他这个芝麻粒大的武官是无缘与大帅相识的，饷银被劫，江隆惹出了滔天的大祸，刘大帅为这件事差一点儿让皇上砍了脑袋。江隆万般懊恼，因自己的无能连累了刘大帅，他实在是对不起大帅。得知大帅要被砍头，江隆急得发疯，在堡里将自己脱光了，让亲兵王大牛抽他。他内心的苦楚只有他自己知道。刘大帅复出后，每次来金州卫都要见一见江隆，非但没有怪罪他，还叮嘱江隆好好练兵，要做好雪耻的准备。江隆早就想好了，再让他遇到倭鬼，一定会豁出命去砍杀，否则，他就不是爹生娘养的。刘江刘大帅让他伺机去烧倭鬼的船，这让他很为难。一方面，樱桃园堡压力太大了，他分身无术；另一方面，他还不知道倭鬼的船在哪儿。无论多难也得完成大帅交给的任务。此时，江隆已经做好了临战的心理准备。他想给城里的老母亲和浑家写封书子，交代一些后事，笔抓在手里，眼前出现了儿子小傻儿，心里一阵颤动，小傻儿太可怜了，好好地从马上摔下来，这辈子就算是毁了。想起小妮子，这丫头的性子像个小马驹，不知长大以后会是什么样子。江隆呆呆地想着，见王大牛进屋，江隆扔掉毛笔，吩咐所有探马立即出动，务必探明倭鬼的船在什么地方。

樱桃园堡全都准备好了，全营例行早操取消，江隆命令士卒都在大墙上吃饭，没有批准，一律不得下来。营里的老弱病残负责送饭送汤，负责喂马，负责捆扎箭镞，营区中间的空地上搭了棚子，架设了炉子铁砧，营里的工匠一个个都光着膀子打造刀枪箭镞。

"守堡爷，你得给俺找个差事。"医官韩春儿追了上来，挡住江隆的去路。

"你好好看护你的马匹。"江隆伸手拨开韩春儿，"别关键时刻拉稀即可。"

"那人呢？大战起来后伤员谁来处置？"韩春儿一把抓住江隆的袖子，急着说，"人命关天哪，守堡爷。"

"天哪，韩春儿，咱差一点儿耽误了大事！"江隆突然站住了，"伤员，伤员就交给你了。"

"可是，俺不会摆弄人哪。"

"小婢养的，等一会儿打起来，你就会了。"

江隆命令旗牌官拨出十名性子稳妥的老卒交给韩春儿指挥，吩咐老卒在铁匠铺旁边搭建一座疗伤的大帐，江隆又让老卒去库里搜罗治疗红伤的药面儿药膏儿，管他用上用不上，全都搬抬到大帐里。韩春儿苦着脸，朝着药面儿药膏儿乱摇头，他对如何治伤员拿不准，不免有些灰心丧气。江隆发觉了，朝他一瞪眼，低吼着："你就当是给大牲口那样治疗！"

终于得到准信了，第一拨探马来报，倭鬼是在老雕窝上的岸，老雕窝离青云河的入海口足有十里地，在樱桃园堡的东南方向。探子禀报：老雕窝附近有船三十六只，早晨退潮后，这些船全都搁浅在河里。第二拨探马回报，据河口一带的百姓报告，天大亮的时候，有大批倭鬼下船，驱逐若干男女朝马雄岛方向而去。闻听此言，江隆大吃一惊，这么说，昨晚马雄岛海了去的倭鬼已经不算数了？

这么说还有大批倭鬼陆续下船？

江隆满头是汗，他从没有如此紧张过，所有的信息都在突破预设的底线。江隆不敢耽搁，命探马立即向望海埚城堡传达情报。放走了探马，他还是不放心，又派人赶往金州城，嘱咐无论如何也要见到刘大帅，把这个重要情报报告给刘大帅。刚刚支派走了送信的，亮甲店烟墩派人来询问最新的情况。江隆向对方交代清楚。趁空，江隆到大厨房里匆忙吃了口早饭，刚要撂下碗筷，探子们一窝蜂地都拥回来了。旗牌官丁大勇综合所有统计数字，确认这次上来了三千个倭鬼。闻听此报，江隆一口汤饭喷了出去，他弯着腰剧烈地咳了起来。丁大勇继续报告，倭鬼中混杂着许多被俘的百姓，有穿高丽装束的，还有许多汉人。江隆止住了咳，嘱咐丁大勇将情报分别向金州卫衙门和望海埚城堡送去，无论望海埚城堡有没有接防的队伍，都要将这个情况传达过去，让他们有所准备以防不测。

东方露出了一丝霞光，刘江带着队伍过了青云河，他从金州卫带来了一千名精兵，刚过石头桥，提前赶到望海埚的二十里堡千户徐大旗迎了上来。徐大旗朝刘江叉手施礼，说话间，口齿不清，嘴里含了个驴粪蛋似的。刘江皱了皱眉头，他提缰纵马，靠前了几步，闻到了徐大旗身上的一股酒气，刘江怀疑徐大旗宿醉未醒。再看徐大旗身上的铠甲，居然歪斜着，帽盔上的红缨也歪在一旁。刘江心里着恼，冷冷地看着他，突然一磕马镫，从徐大旗面前过去了。徐大旗紧跟在刘江身后，不停地汇报掌握的情况，刘江阴沉着脸，只是听却不答应。

这一夜，刘江几乎没有合眼，他得到的情报全都是混乱不堪的，这让他大为光火。樱桃园堡的三次烽火让他心惊，到底发生了什么？大黑山烟墩的探马首先进城禀报：东南沿海出事了。一个时辰之内，他只知道这些。一个时辰之后，大黑山墩架又来禀报，樱桃园堡、山嘴烟墩、望海埚堡再起烽火。

"三次？确定是起了三次烽火？"

"回禀大帅，确实起了三次烽火。"

刘江敏锐地判断到，一定是倭寇上岸了。他没有再犹豫，当即命令金州卫各衙门立即收拢兵力，各营官佐查点士卒人数，请假者须在一个时辰内归队，违者斩首。衙门里的官员也接到了副都指挥佥事钱真的紧急通知，官员须立即回衙门坚守岗位，做好应急准备。不久，樱桃园堡送来了准确的情报——倭寇在马雄岛上岸了。刘江立即想到了望海埚城堡，倭寇又一次从马雄岛上岸，按照惯例，他们的路线必然经过望海埚。望海埚城堡刚刚建成，堡里还没有常备驻军，绝不能让倭寇抢占了。刘江急令驻扎在二十里堡的千户徐大旗率部迅速赶往望海埚城堡备战。第一道命令刚下，又下了第二道命令：命徐大旗片刻不得耽搁，立即拔营前往望海埚。第二道命令突出了一个"急"字。刘江最担心被倭寇抢占了先机，果真如此，后果不堪设想。短暂的慌乱后，刘江将战术思路重新理顺清晰——既定方针不变，一定要将倭寇引到望海埚城堡下歼灭，绝不能让战火烧到金州城。望海埚城堡是他的心血之作，是辽东南抗倭的屏障之地，将敌引入望海埚城下歼灭是早已演练成熟的作战方案。

刘江带着在金州城收拢的一千名精兵渡河进入望海埚。此时，加上徐大旗的六百名精兵，望海埚城堡周边聚集了差不多有两千名士卒。如果按照以往倭寇上岸的人数算，还真不够这两千名官军塞牙缝的。即便倭寇来他一百甚至二百，兵法云，十则围之，以十名官军围他一名倭寇，那是妥妥的胜算在握。

"大帅，到了！"徐大旗说。

刘江猛一抬头，看见了一座雄伟的城堡。城堡建在望海埚的最高点，城墙两边各有两座马面。远远看去，像一尊硕大结实的大鼎。刘江脑子里过了一遍预案，更觉把握十足。可以说，有了这座宏伟的石头城为据点，歼灭来犯的倭寇不费吹灰之力。

"圣上圣明！"刘江由衷地冒出了这么一句，转身问道："马雄岛到底上来多少倭寇？"

"启禀大帅，樱桃园堡的探子报说，海了去了。"徐大旗说。

"海了去了是什么意思？"刘江的口气异常严厉，"难道不会数数吗？"

"启禀大帅，海了去了是辽东南的俚语，就是海了去了的意思。"

"放肆！"刘江用马鞭指着徐大旗，"大敌当前，你军风军纪如此恶劣，盔歪甲斜，言语含混不清，你不觉得羞臊吗？"

徐大旗这才明白大帅为什么会对自己冷淡，他慌忙下马，当着刘江的面摘去头盔，铠甲实在太笨拙了，脱了半天也没能脱下。亲兵们跳下马，帮他重新顶盔贯甲罩袍束带。一队队士卒从他们的身边走过，没有一个人敢乱说一句话，都能感受到一股肃杀之气。徐大旗重新上马，追上了刘江。

"望海埚城堡守将徐大旗参见大帅！"

"徐千户，队伍都准备好了吗？"

"启禀大帅，属下的队伍全都准备好了。"

"你是怎么准备的?"

"属下的兄弟全都咬破手指写了血书,兄弟们都表态誓死保卫望海埚城堡,愿与望海埚城堡共存亡。"

刘江的眼里露出了愤怒的神色,如此避实就虚的回答简直就是在侮辱主帅的智力,他恨不能狠狠地抽徐大旗一顿鞭子。这个徐大旗已经让他的忍耐力达到了极限,他有一肚子的火气无法发泄,他在想,是不是应该拿这家伙作筏了?

拿他祭旗?!

刘江越是这么想,对徐大旗的恼火越是多了一分。打头的士卒已经到了望海埚城堡门前,队伍停住了。徐大旗向城上打了声呼哨,城门打开,徐大旗下马,拽着刘江的马头缰绳引进城。望海埚城堡太小了,突然拥入一千兵马,顿时就乱了套。营区内外到处都是人,操场上横七竖八躺着人,还有站着撒尿蹲着拉屎的。吵闹声、嬉笑声不绝。刘江皱着眉头,紧紧地盯着徐大旗,希望徐大旗能及时整顿军纪。徐大旗看着刘江,也是满面愁容,他并没有采取任何措施。刘江转身上了城墙,在角楼上朝外望去,东南边的霞光更加灿烂,犹如染了一层鲜血。

一轮朝阳喷薄而出,海面上隐约泛着血光。

"马雄岛在哪儿?"

"启禀大帅,绕过前面的山头,就是马雄岛。"徐大旗说。

"望海埚看不到马雄岛?"

"看不到。"

"那么,马雄岛距离此地多远呢?"

"启禀大帅,马雄岛到望海埚山下恐怕得有二十里地。"

刘江看了一会儿,马雄岛现在是个什么样子呢?二十里地不算远,倭寇应该说来就来了。

海了去了?那是多少呢?

月前,从朝鲜转来一道塘报,报有一队倭船在朝鲜半岛游弋了许久,劫掠了朝鲜半岛的几个地方。朝鲜警示明国,这批倭船有劫掠辽东半岛或者山东半岛的可能。塘报只提到倭寇有十条船,并没有具体的人数。刘江和几个高明之人连着几晚在帐外望气掐算,辽东南金州卫一带灾星升起,煞气冲天。此时正是春夏之交，根据乐群等人调阅档案统计，这个季节也是往年倭寇频繁骚扰辽东湾的季节。刘江几次在金州卫沿海勘察，也得到当地渔民的指教，春夏之交，正是东南风盛行的时候，倭寇的帆船可以乘风驶向明国。

10条船能载多少倭鬼呢？

5

刘江和谋士张启田对望了一眼，张启田微微摇了摇头，眉头紧皱。随着各路情报的汇总，刘江的注意力越来越集中在樱桃园堡上，此时，樱桃园堡居然成了最重要的战略支点。樱桃园堡是马雄岛周边最近的一个军事单位，堡里有两百名官军和六百名民勇。就这么一个弱堡突然成了这场战役最重要的一环，刘江不禁心头一震。从当前形势看，只要这个支点不被倭寇拔掉，这一仗就有了十足的把握。这是上天赐给刘江的一次机遇。刘江心里头忽然起了一层暖意，冥冥之中似有天意，让莽撞的贼黑厮江隆有了立功赎罪的机会。现如今，江隆成了全军的唯一指靠。亲兵张奎来报，金州卫副都指挥佥事钱真派人报告重大军情。没等刘江开口，张启田连忙喊道："快进来，以后传递消息可以随时进入大帐。"

"启禀大帅！"探子跑进大帐，"据确切情报，倭鬼是夜儿个在青云河河口老雕窝上来的。"

"到底有多少人马？"

"预计有一千人。"

刘江猛吸了一口冷气，这个数字比他算计出的整整多出五倍。刘江一直计划着将倭鬼聚歼在望海埚城堡下，他有着充分的实力做到这一点。金州卫共有士卒五千五百人，主力精兵大部分都带到了望海埚城堡里。突然来了一千个倭寇，绝对优势顿时消失。刘江第一念头就是搜索着可用的兵马，都指挥使徐刚在牧城驿有五百骑兵，红崖堡有六百官兵，这些都是他可以倚重的部队。开战以后，三千明军对一千倭寇，实在是一着险棋。兵法中以十才能歼一，三千对一千，眼看着聚歼成了泡影。一旦打乱了套，倭寇四处窜逃，战火将迅速殃及金州卫，甚至还将危及整个辽东南。

聚歼的兵力严重不足！这一仗怎么打？

张启田打开地图，看了一会儿，忽然眉头舒展，他指着孛兰堡、小黑山墩、石河驿、台子山、大王山墩这几个墩架请大帅考虑，这些墩架有一部分是复州卫、盖州卫来的备倭军，虽然人数不多，却也是正规部队。刘江捻着胡须细琢磨这几个墩架的位置，最远的离望海埚不超过三十里地，确实是可以考虑的力量。可是，都集结到望海埚周边，一旦大战恶化，倭鬼四下溃逃，这些墩架兵力空虚，又该如何呢？

"明亮，这几个墩架能凑齐多少兵马？"刘江问。

"禀大帅，学生粗算一下，足有八百壮丁。"

"明亮，你想到这里吗？"刘江指着图上的位置。

"归服堡？"

"归服堡。"

"禀大帅，归服堡的情况学生不明。"

"本帅去年春天去归服堡观看会操，看到了两百铁骑。"

"大帅的意思是让这两百铁骑南下？"

"铁骑太慢了，远水解不了近渴。"刘江皱着眉头，"让归服堡将铁骑改成轻骑迅速南下，越快越好。"

"大帅的意思？"

"明亮，倭寇来者不善，这次大战咱们的思路得放大，不能仅限于金州卫的兵马，必须调集复州卫兵马以防不测。随着战端开启，复州卫须支援五百骑兵，两百弓箭手，五百长枪兵参战，海州卫、盖州卫全面戒备，随时准备南下增援。"

"是，大帅！"张启田频频点头，大帅高瞻远瞩，已经留了后手。如此这般，大家心里都有底了。张启田立即起草命令，请刘江审阅，刘江没有改动一字，张启田让书办拿去誊写。刘江止住了。他让张奎在草书上直接盖了关防，立即派各路骑兵赶往归服堡、复州卫下书。同时，派人到孛兰堡、小黑山墩、大黑山墩、石河驿、大王山墩架传令，让各地官军迅速做好防范准备，按十丁抽二的方式组织增援队，由各地副职率领赶往望海埚参战。

一切都有了新的变化，刘江和幕僚开始布置具体的作战方略，预计上来的两百倭寇变成了一千，刘江和众幕僚开动脑筋，迅速调整事先设计的战略战术。幕僚根据刘江口述的方略，将作战的图标设计完成，取长补短，力争滴水不漏。此战开启以后，作战意图如下：

望海埚石城的左翼区域将交由归服堡骑兵，归服堡的骑兵南下的途中随时投入战斗；望海埚石城的右翼是樱桃园堡，这是战役初期最为关键的支点，倭鬼无论南下还是西行，都先遇到樱桃园堡，樱桃园堡守得住守不住都将对整个战役产生至关紧要的影响。这两翼都不是聚歼倭寇的主力，主力是从金州城带来的一千精兵和徐大旗从二十里堡带来的六百精兵。在左右两翼的相助下，刘江将指挥这一千六百名将士和倭寇在望海埚展开死战。

望海埚城内一阵嘈杂声起，刘江伏窗往城下看去，城里到处都是闲逛游荡的士卒。有部分士卒还发生了纠纷，双方面目可憎。刘江吩咐乐众擂鼓升帐。乐众挽了袖子，举着鼓槌儿一顿猛敲。把总以上的武官都上来了，箭楼里站不下这么多人，许多低级官佐站在门外听令。刘江让张启田宣读作战计划。命徐大旗带所属部队立即到山下各墩架上分散驻扎，务必阻止倭寇渡过青云河。这是他临时起意，这么多兵马聚在望海埚，实在是一种浪费，也容易滋事。城内不许聚众喧哗，更不许打架斗殴。众将领命去了。刘江还不放心，派乐众带人扛着令牌在城上城下巡视，一旦发现有违军令的，立即责打二十军棍。军令传下去以后，望海埚石城一下子就肃静了。

刘江又嘱咐徐大旗防守时务必做到马上衔口，人咬木棍，千万要隐蔽好。倭寇到来，要突然地击杀，打倭寇一个措手不及。倭寇一旦溃散，官军不许出墩追击，只许在墩架上摇旗呐喊，逼倭寇往望海埚而来。

"大帅，俺们摇旗呐喊，那倭鬼一旦全都奔着俺们攻来，俺们岂不成了倭鬼嘴里的'水点心'了？"徐大旗笑呵呵地问。

"大胆贼厮！"刘江的脸色突然变了，他已经忍了很久，一股怒火冲天而起，他指着徐大旗骂道，"呔！呔！狂徒！狂徒！本帅对你一忍再忍，现大敌当前，尔等不去考虑如何为朝廷杀敌，却处处想着自身安危，想着躲避艰险，对天对地对父母，你拍拍良心，你还是个人吗？"

"俺怎么就不是人了？"徐大旗猛地跳起来，"大帅，你一见到俺就横挑鼻子竖挑眼，你要是看不上俺，就干脆把俺的脑袋砍下来得了。"

"好好好，本帅今天就成全了你贼厮，来人哪！"

"小的在！"张奎应了一声。

"将这贼厮绑起来！"

"得令！"张奎带着亲兵小校将徐大旗绑了起来，徐大旗挣扎着，跳着脚地大骂，张奎一脚蹬在了他的腿弯处，徐大旗扑倒在地，依然不停地叫骂："好你个贼大胆，当年在漠北的时候就横眼瞧不惯俺，找俺的不是，在漠北你没有缝隙下手，在辽东你终于要下手了！贼大胆！贼杀材！怕你不是好汉子！"

"漠北？漠北？"刘江心里一紧，没想到这个贼厮千总还征过漠北。几次漠北大战，死了太多太多的将士，能活下来的彼此都有感情，都是生死兄弟。怎么就想不起来他是谁呢？徐大旗还在不住口地骂着，参将王弼上前给了一个大耳光，徐大旗被打醒了，不敢乱骂。王弼朝刘江施礼，诚恳地说："大帅，徐大旗是个混账贼泼皮，看在当年跟随大帅冒死踹营的分儿上饶他一条命吧。"

"踹营有他一份？"刘江脑子里飞转着，回忆着每个面孔。

"大帅，踹营时，徐能这厮独自力劈寨门，身受重伤。"

"徐能？徐能？果然是去过漠北的。"

"后来，徐能这厮从死人堆里爬了回来，再后来，就一直嗜酒放浪，才没得到朝廷器重。"王弼说。

"还是自己不检点，怨不得别人，嗜酒之徒，不用也罢。"刘江的口气缓了下来，"徐能，本帅说得对吗？"

"大帅，非徐大旗放浪形骸，实乃伤疼难忍，才常年喝这虎骨药酒，不想，在军中落了个醉鬼的骂名，真他娘的晦气。"

刘江突然想起了徐大旗这个人，是他，是他，乱军丛中，抢着大斧子将寨门砍开，身上中了数箭，却屹立不倒。是他！刘江心中油然生出了暖意，火气一下子就没了。

"徐……徐能，也不能因为立下战功就如此颓废。"

"大帅，徐大旗罪不可恕，大敌当前，还是让他戴罪立功吧。"王弼恳请道。

"徐……徐能，只要你有心杀敌，本帅绝不欺你，等这场大战结束，本帅定为你延请名医治疗伤痛，保你个活脱脱的好人。"

"大帅，卑职错了。"徐大旗动了感情，哽咽着说，"请大帅留下卑职这颗人头杀倭鬼吧。"

"本帅问你，你真想戴罪立功吗？"

"卑职真想戴罪立功，死在倭鬼手里，也比死在大帅手里强？"

"为什么如此说？"

"大帅想啊，死在倭鬼手里，卑职的妻子家人能得到朝廷的抚恤，死在大帅的手里，屌毛都得不到一根，子孙都抬不起头来。"

"行啊，就是这个理，混账贼厮，还不滚下去！"

"徐将军恕罪。"张奎松开了徐大旗，朝徐大旗抱拳赔礼。

"兄弟，你下手真狠，却是把打仗的好手。"

"徐大旗，你的兵马只要将倭寇拦住，不让倭寇过青云河南下，你就算立下大功。"

"得令！大帅，属下不是怕死，却怕赏罚不公平。"

"好好打，本帅定会秉公赏罚，徐能！"

"属下在！"

"你是跟本帅刀头上舔血过来的，你敢说本帅不公平吗？"

"大帅，什么也别说了，你就赌等着瞧好吧。"

徐大旗退出大帐，带着他的六百人马出了城堡，他将这些人马分散在望海埚山下的两个墩四个架上，按照地形，布置了左哨、右哨、左掖、右掖，每个营互为犄角。这一带的墩和架都是土夯的，上面爬满了绿色的植被，不到跟前很难发现。为了便于射杀倭鬼，徐大旗命令立即将墩架前四十步以内的大树全都伐倒，拖到墩架下面护墙。徐大旗脱了盔甲，光着膀子跟士卒一起伐树。

"弟兄们，俺刚才差一点儿让大帅砍了这吃饭的家伙。"徐大旗笑呵呵地说，"俺得把丑话说在前面，咱们面对着至少有一千个倭鬼子，咱六百对他一千个，肯定不是对手。怎么办？跑吗？往哪跑？咱身后就是金州城，咱这一跑，成千上万的百姓可就毁了。俺徐大旗把话撂在这儿，上过漠北的人都心狠手辣，你们看到大帅说恼就恼，说杀就杀，是吧？俺也一样，都是属驴的。今天，俺把话撂在这儿，这场仗打下来，大家伙儿基本上就是一个死，我死，你们也得死，你跟着我在这儿战死，你家里的爹娘妻子跟着沾光。你要是贪生怕死临阵脱逃，要不被俺砍死，要不就得被朝廷枭首，父母妻子发配充军。你们都掂量掂量，哪个轻哪个重。既然左右都是一个死，咱们也没什么好怕的，兄弟们一起痛痛快快地去黄泉路，去找阎王，也是快活！阎王念咱们为百姓舍了命，说不准，阎王一高兴，也不折磨咱们，赦了咱们的罪孽，大笔一挥，写下法旨，干脆让咱们重新投胎回来，你们说好不好？"众士卒一阵大笑，每个人身上都是热乎乎的。"俺把话撂在这儿，谁要是当孬种，想着逃命，俺这大斧子可不长眼睛，俺认你，大斧子却不认你。听见了吗？"

"听见了！"众人齐声吼道。

"咱说死也不能下来，咱就在台上守着，哪怕就剩下一个人，也不能下去，下去就意味着你想逃跑，格杀勿论，懂吗？"

"懂了！"

徐大旗命各队派人来领弓箭盾牌，他吩咐中军，把营里的所有辎重家底全都清空，全都下放，连随军带着的银钱都均发到每个士卒的手里。他派人挨个队里传达，这一仗就当最后一仗打，打赢了，朝廷定会封妻荫子，有的是好处。各队的官佐心里明镜一般，徐千户这就是豁出去了，既然退无可退，各队也把家底拿出来发了下去。徐大旗到处巡视，看到有人磨刀，他就笑着说："小子，平常不用功，打仗了才想起磨刀。"

6

东南方，太阳升起足有两竿子高了。今儿个的太阳比往日更加鲜红，仿佛从血缸里浸泡过了一般。有匹马从青云河蹚水而来，走到河心，只剩下马头和人头，众人一声惊叫，担心一人一马的安危。这匹马却是好马，驮着主人上了岸，朝着望海埚城堡方向疾奔而去。接近墩架，士卒冲出去拦马，马上的人突然起立，张开嘴巴号啕大哭。士卒忘记了军令条例，大声嚷嚷着，急追骑兵。很快，各墩架上的士卒都听到了真相，有人嚷着，有人哭着。各队呼啦啦乱了套。马上的骑兵忽然狂喊着，声音大得出奇："马雄岛全被杀光了。男子！女子呀！"

徐大旗跳下架，骑上马直冲了过去，他追上了骑兵，猛一看，是都指挥使衙门里的熟人。徐大旗猛喊着："小吴，你不是云骑尉小吴吗？"他伸手拽住了吴云湘的缰绳，"一大早你咋咋呼呼的，让小鬼魇着了？"

"千户爷，马雄岛全都被杀光了，男子！女子呀！"吴云湘只会说出这句话，看起来他受到了极大的刺激，已经有些疯癫了。

"小吴，你沉稳一些！"徐大旗担心吴云湘冲撞了刘大帅，没有好果子吃。

"谁是小吴，你滚开！"吴云湘挥着鞭子抽了过来，徐大旗躲了一下，鞭鞘儿"叭"的一声脆响。吴云湘打马飞奔而去。徐大旗脑子嗡嗡地响，想到了马雄岛应该是一片血海，却没有想到全都被屠了。才多久哇，马雄岛就第三次被屠，惨哪！

"千户爷，马雄岛全都完了！全都完了！"士卒们朝他哭喊着。

烽火台上的点火人呢？

徐大旗的脑子里出现了那两个人，是的，是两个人，当时，他正在山嘴子墩上和豁鼻子老赵喝大酒。喝得兴起之时，突然有士卒高喊："起烽火了！起烽火了！"他和老赵都是一激灵，两人连忙跑出营帐，上了架顶，却看到马雄岛方向火光冲天。

两个火球，时而分开，时而合二为一，分明是两个点了天灯的人。

徐大旗跑下架子，扳鞍上马，带着亲兵没命地朝二十里堡飞驰，他知道一定是出大事了，很大很大的大事。他却想不到，居然会出了比天还要大的事。

马雄岛被屠了个干干净净。

刘江接到了最准确的报告，这个报告让他目瞪口呆。距河口十里的老雕窝发现了三十六只大船，船上有多少留守的倭寇尚不清楚。各地陆续汇总报告，至少有三千倭寇上来了。刘江一阵晕眩，打了这么多年的仗，他从来没有遇到过如此糟糕的局面。以前也经常面对强于自己甚至多于自己百倍的敌人。那时，他是有准备的。而今，他身后是五万户金州卫的百姓，他突然体会到了圣上所说的"卿可退，朕退无可退"的心情和境界。

两千对三千，这仗如何打？

乐群回来了，小伙子顾不得擦一把脸上的汗水，抓起茶壶，嘴对着嘴，一口气喝下半壶。刘江心里头一阵沉重。

"大帅，属下在樱桃园堡出来后，一直往金州城赶，属下一口气赶到金州城里，见到了钱大人，才知大帅已经来望海埚了。钱大人在金州城动员民勇守城，他让属下带来一百名各衙门里的亲兵支援大帅。"

"小乐群，目前的情况已经远远地超出了本帅的设想，望海埚石城周边只有两千官兵，其他各墩架还能上来几百人，本帅就这么一把米，却来了这么一大群鸡，现在是两千对三千。小乐群，钱大人没说徐刚在牧城驿的骑兵什么时候能到？"

"大帅，钱大人让属下带话，徐帅在左眼堡发出急令，向望海埚靠拢，此时，徐帅的骑兵应该从牧城驿出发了。"

"左眼堡？牧城驿？哪儿是哪儿啊？"

"徐将军此刻正在左眼堡里养伤，他的轻骑兵却在牧城驿驻扎。"

"却是荒唐！"刘江心里一阵发急，这个徐刚，偏偏将金州卫的主力骑兵拉到牧城驿训练，从牧城驿再急急忙忙赶来，却等着来收尸吧。谋士张启田递给他一盏茶，两人对视了一眼，刘江冷静下来。既然如此，最关键的一步棋就是将倭鬼的主力引到望海埚石头城下，等待各地援兵前来会战，这未必不是一着好棋。

"大帅，属下临从樱桃园堡出来的时候，斗胆交代江隆，让他伺机派精兵去烧倭鬼的船，让倭鬼插翅难逃。"乐群插嘴道。

"好！好！你与本帅想到一起了，本帅已经下令了，只是这也太难为江奉举了。乐群，你看樱桃园堡能抗住大股倭寇的冲击吗？"

"大帅，樱桃园堡除了两百名官军，其他士卒大都是军户民勇，种地行，打仗恐怕不行。"

"天哪。"刘江愣愣地盯着乐群。

"大帅，樱桃园堡有江隆在，属下担保他不会拉稀的。"

"江奉举，江奉举。"刘江轻声念叨着，他在帐中来回踱步，目前情形已经没有回旋余地，一旦倭寇冲开了樱桃园堡南下，金州城将岌岌可危。刘江感到一股从来没有感受过的压力铺天而来，想到永乐皇帝的那双阴沉沉的鹰眼，他的胸口隐隐作痛。

张启田等幕僚倾向立即派人去广宁卫调动辽东铁骑南下，哪怕调来两千骑也行，一旦出现极端情况，辽南地区还有一支劲旅可用。刘江却想到了小朝廷这一层，一旦塞上残元听闻辽东铁骑向南调动，趁机南下，整个辽东将陷入腹背受敌之境。刘江忍住了,他还没有冒这个险的资本。亲兵来报,钱真在金州城募得八百民勇,很快将带来参战。听了这个消息,大帐里一阵欢呼,张启田高兴得直拍大腿,连说:"钱永华立功了!钱永华立功了!"八百民勇虽然没有经过操练,关键时刻聊胜于无。有人更是大胆地提出,何不让这八百民勇上城换下一千名守城官兵?金州城的一千守城官军是离望海埚最近的一支劲旅,如果前来参战,大局便能稳定,至少不会落于下风。刘江一言不发,这个主意简直太大胆了,连他这个刘大胆都有些为之胆寒。金州城的兵马全部调动出来,那就意味着辽南最大的一座城池变成了空城。倭寇去过金州城,还在金州城里劫了明军的饷银,谁能保证他们这次的目的地不是金州城?一旦金州城破,那将有多少人头落地多少百姓遭殃?他不敢想下去,他动摇了。他甚至想立即放弃望海埚石城,将全部官军拉回金州城,他要保卫金州城。这个想法像蚂蚁一样啃噬着他的头脑,每当他要下决心,眼前就会出现一双阴沉沉的鹰眼,这双鹰眼像一把剑一样,每一次都会将他戳得鲜血淋漓。

刘江让亲兵张奎将广宁剑捧过来,他亮出了宝剑,仔仔细细地看着这把宝剑,见剑如同面君。撤退?回到金州城与倭寇对峙?将金州城以北大片土地和众多百姓交给倭寇?刘江凝视着广宁剑,这把剑就是那双鹰眼,突然,寒光一闪,刘江浑身抖了一下,犹如又被这把剑饮了血。

"卿可以退,朕却退无可退!"圣上冷冰冰的声音在耳畔缠绕。

幕僚都不敢说话,都能感受到大帅肩上的千钧压力。

大帐里静悄悄的。

给刘江的时间越来越少,是走是留,需要他立即下决心。刘江的犹豫让很多将校看在眼里,有的将校立马想到大帅要回师保卫金州城,性急的已经暗暗吩咐整队,一旦大帅下令,将迅速向金州城开拔。

"马雄岛被屠了,男子!女子呀!"一阵哭喊声传来。

"何人胆敢喧哗?"刘江怒视着众人。

"大帅,是吴云湘在胡闹。"有人回道。

"吴云湘是哪个?"

"大帅,吴云湘是金州都指挥金事衙门里的亲兵头目。"

"他为何胆敢坏我将令?"

"大帅，听底下人喊，吴云湘受了刺激，疯癫了。"

"为马雄岛报仇！"刘江猛地瞪圆了双眼，不走了！一定要将倭寇引到望海埚石城决战。由围歼作战改成攻防战，死守望海埚，等待援军四面合围。下了这个决心，刘江忽然发现那双鹰眼投来赞许的目光，他猛地举起广宁剑，一剑将案头斩下。

"本帅决定，就在望海埚与倭寇决一死战，如再摇摆，如同此案。"

乐群明白了刘江的意图，他的眼里突然蒙上一层泪水，转身跑出帐外，朝着城下的士卒喊道："大帅决定，在此决战！"

城上城下的将士都在看着乐群，整个望海埚一片肃静。

"决战望海埚！"乐众高喊。

"决战望海埚！"张奎高喊。

"决战望海埚！"亲兵队高喊。

"决战望海埚！决战望海埚！"城上城下突然爆发出雷鸣般的吼声。

"决战望海埚！"山下墩架上的官军听到了，他们也跟着高喊。

刘江站在窗前，看着周边地形，心里有了初步的打法。这就是缠斗，绝不能让倭寇全身而退，否则，他就自杀以谢天下。想到死，他不由得看了一眼广宁剑。刘江示意张奎抱着广宁剑随他出去，他招了招手，乐众赶忙上前，帮他整理了衣冠束带。刘江抖擞了精神，迈步走出了箭楼。他手扶垛口，拔出了宝剑。

"众将官听令！

"战端一开，即为死战之时！

"临阵，将不顾兵先退者，立斩！

"临阵，兵不顾将先退者，后队斩前队！

"敢违本帅军令者，格杀勿论！"

宝剑在阳光下闪着耀眼的光芒。刘江将宝剑交给乐众，让乐众抱着尚方宝剑到各营传令。一时间，望海埚城上城下一片沸腾。

斩！斩！斩！吼声不绝于耳。

第十章　樱桃园堡

1

　　探子来报，倭寇的先头部队已经靠向了樱桃园堡。刘江心里十分为难，他多盼望江隆这边是最可靠最具实力的队伍哇，如今，形势陡变，江隆大营变成了钓饵，不但是钓饵，还要当作主力使用。能否堵住倭寇，防止倭寇朝金州方向流窜，短期来看，成败就在樱桃园堡。

　　"大帅，可否派一支精兵去樱桃园支援江奉举？"谋士张启田小声问。

　　"派兵？"

　　"派兵。"

　　"派多少兵？"刘江闭上了眼睛，眼前出现了那个举起了碾子的黑大汉，出现了黑大汉憨厚的笑脸。江隆，好汉子！本帅愿意赌上一把，本帅愿意把身家性命全都押在你的身上。刘江命人喊来乐群，他紧盯着乐群，乐群的目光有些收敛，有些游弋，似乎不敢与他对视。刘江犹豫了一下，上过战场的人都迷信，都在意士气，乐群的精气神有些散漫，这让刘江很是诧异。乐群是一个活泼聪明的小伙子，是一个智勇双全的年轻人。刘江喜欢他，用心栽培他，盼着他经过历练早日成为朝廷的栋梁之材。真要大战了，难道这孩子害怕了？刘江想起乐众曾经密报乐群的一桩疑点，当时，他还不信，还狠狠地呵斥了乐众。难道乐众说的是真的？刘江冲口要问，却猛地忍住了，将要问的话咽回肚里。大战当前，疑人不用，用人不疑。刘江不想让乐群背上思想包袱。

　　"乐群。"

"大帅。"

"你准备一下。"

"遵令。"

张奎来报，探马回来了。刘江一摆手，探马踉踉跄跄地奔进，扑在了地上。

"大帅，大帅！"探马并不认识刘江，他倒在地上，爬了几步，勉强抬起头，挨个脸看。刘江迎前一步，大声说："本帅在此！"

探马突然放声大哭，紧爬了几步，一把抱住了刘江的腿。乐群连忙上前，一把将探马扯起来。谋士张启田将椅子搬过来，让探马坐下。

"他累坏了！"张启田拍着探马的后背，"你慢慢禀报。"

探马擦着眼泪，强忍着不哭，他抽泣着还是说不出话，乐群猛地一跺脚："你还像个汉子吗？"

"让他安静一会儿。"刘江阻止了乐群的急躁，他背着手，耐心等待着探马冷静。他心里清楚，一定有大事发生了。探马稳定了情绪，朝刘江施礼道："大帅，我乃马雄岛的盐兵。"

"你说什么？"刘江的眼睛突然就直了。

"大帅，我乃马雄岛逃出来的盐兵！"

"你没跟本帅撒谎？"

"大帅，你可以找熟人前来一认。"

"谁是你的熟人？"

"我是马雄岛的岛主胡宗地。"

"胡宗地？"

"小哥。"胡宗地朝乐群一抱拳，"烦你到外面亮一嗓子，就问谁认识马雄岛的胡宗地，必有人会应的，嘿嘿。"

"你是怎么逃出来的？"刘江问。

"大帅，卑职有罪。"胡宗地突然跪下了。

"说吧。"刘江心里一动，却依然没动声色。

"大帅，卑职想请大帅饶过死罪，卑职才好说话。"

"刀牌手！"刘江突然瞪起了眼睛，朝外面大喊一声。

"小的在！"张奎答应了一声。

"将这个贼秃拖出去斩了！"

"遵令！"张奎带着亲兵揿住了胡宗地，胡宗地全身战栗，连连呼救，"大帅饶命，大帅饶命，小人有重要情报向大帅禀报。"

"马雄岛的岛主明明是一个年轻人，你敢欺骗本帅？"

"大帅，我确实是马雄岛的岛主，我被倭鬼掳到海上，现今，冒死来投大帅，你杀了我，马雄岛惨案就再也没人知情了。大帅，你杀了我就像捏死一个蚂蚁，马雄岛的情况，就我一个人知道。大帅，你不想知道发生了什么吗？大帅，请你三思！"

"大帅。"乐群靠前一步，轻声喊了一声。

"哦。"刘江看了乐群一眼，两人目光相碰，刘江点了点头。乐群连忙喊住了张奎："将那贼秃推回来！"

众小校将胡宗地推了回来，胡宗地吓得尿了裤子，满身都是臊气。乐群说："你老实说话，差了一个字，就要你的脑袋！"

胡宗地连忙叩头，连句完整的话都说不清楚了。经过了这一次死里逃生，他变得如醉如痴，十分的魂儿，已经有三分飞出了窍。

刘江从胡宗地那里得到了确切情报，知道马雄岛上发生的一切。胡宗地说完后突然松弛了，神情也不像刚才那样紧张。刘江脑门儿上全都是汗珠子，顺着脸颊往下掉。此时，谋士张启田以及几位副将都是满脸的焦虑，倭寇居然在马雄岛上潜伏了如此之久，刘江难逃干系，整个金州卫上上下下都将难逃干系。

刘江眼前出现了熊本一郎的模糊样子，他恍然大悟，又倍觉痛心，自己明明看他不顺眼，却一次次放过他。如果当时多问几句，那个可疑的家伙一定会露出破绽的。刘江狠狠地拍了一下案头，倭寇如此嚣张，竟敢在辽东总兵面前毫无忌惮地晃荡，真是奇耻大辱。马雄岛早在一年前就被倭寇占据，金州卫上下居然一点儿察觉都没有。马雄岛被占，别的岛呢？联想到倭寇在辽东南的几次骚扰劫掠，难怪待到官军围剿时都会突然断了线索，原来他们在官军的眼皮子底下藏起来了。

胡宗地报告说，倭鬼上来了两千人之多，还有一千名掳来的杂役。胡宗地是熊本一郎逼派来的，熊本一郎让他前来探听明军虚实。胡宗地取了个中，既没有如熊本一郎吩咐的那样说，又留了一手，将上岸的倭寇少说了一千人。胡宗地很希望刘江和倭寇打一仗，他想浑水摸鱼蒙混过关，他甚至想到双方斗到僵持不下的时候出来斡旋。他想两面讨好。两年来，胡宗地一直在金州卫海域转悠，他经常偷偷摸摸上岸，和衙门里的旧人联络，贿赂他们，他想留一手。这次被逼回归，胡宗地交代了许多细节，说到曹云和和侯许氏双双点燃了身体一节，大帐里传出了抽泣声。刘江掉下了眼泪，他的眼前出现了曹云和忧郁的面孔，这个年轻人用生命洗刷了自己的罪行，确实让人痛心。这么一交代，胡宗地心里头也轻松了许多，他不想再当什么"山间一胡"了，他想洗心革面，想立功赎罪。他想带人把"一枝花"救出来。他说"一枝花"太惨了，简直被倭鬼当了牲口，这是一个可怜而又可敬的女子。胡宗地一边说一边流泪，他从来没有为一个女人流过泪。胡宗地没有听到她笑过，也没见到她哭过，她就像木头人一样，倭鬼将她带到某一角落里强奸，她也无动于衷。倭鬼受不了她的冷漠，折磨她，将她绑起来，倒提着投到海里灌她，再提她起来的时候，她还像一根木头。倭鬼厌倦了她，将她送到杂役区，让她做饭，让她干苦力。

　　船队靠岸的夜里，胡宗地想到了烽火台。他向熊本一郎指出烽火台的危险，也指出了曹云和的危险。他看出曹云和的眼里充满了怨毒的神色，这种情绪只有他胡宗地能懂得。熊本一郎却莫名其妙地厌恶"山间一胡"，对他的告诫置若罔闻。早前，熊本一郎已经将烽火台上的桐油和柴火全都毁掉，还有什么好担心的？况且，熊本一郎不相信曹云和会背叛他，怎么会呢？他还要和他的妻子"一枝花"团聚呢，曹云和多么爱他的妻子呀，说曹云和有反心鬼都不信。想到曹云和的痴情，熊本一郎又急忙向首领冢野大君打听"一枝花"的近况。首领冢野大君根本就不记得这个女人，他显得有些不耐烦，拍着熊本一郎的肩膀说："熊本君，明国女人有的有的，熊本君再去抢一个吧。"

　　"首领！"熊本一郎急出了一身汗，他担心曹云和能听懂日语，就连忙将曹云和打发走。他让桥下四郎去把二郎找来，他有话要问。二郎闻讯前来拜见哥哥，亲热地朝哥哥鞠躬行礼，还递给他一把缴获的明军腰刀。

　　"我交给你的女人呢？"

　　"什么女人？"

　　"'一枝花'。"

　　"哥哥是说头上戴花的那个女人吗？"二郎说，"她还在船上。"

"尔等对她还尊重吧？"

"船上的人都欺负她，灌她酒喝，逼她唱曲儿，还把她浸到海里取乐。"

"什么？"熊本一郎一个耳光扇了过去，二郎捂着脸看着哥哥。喜志连忙挡住了熊本一郎，桥下四郎也来相劝："熊本君，为了一个明国的女人，不应该兄弟相争的。"

"你为何不杀了那些欺负她的人？"熊本一郎吼着。

"哥哥，他们都是'百足虫'的勇士。"

"浑蛋！"

"熊本君，我想起来了，是有那么一个女人，对不起，我辜负了熊本君的拜托。"首领冢野大君笑着说。

"首领冢野大君，我对曹岛主有过承诺，要保护好他的妻子，我是武士，武士怎能违背诺言呢？"

"熊本君，咱们这次来的人多，此地已经隐藏不住了，杀死那个岛主吧，咱们全都离开明国。这事就当没有发生过，熊本君也不算失了承诺。"首领冢野大君安慰道。

"不，武士是不能欺骗别人的。"熊本一郎痛苦地吼。

"如此说来，一郎你是想在明国常驻了？"首领冢野大君的声音像夜风一样阴冷。

"对不起！"熊本一郎慌忙鞠躬认错，他强压下心中的委屈，不再计较"一枝花"了。既然首领冢野大君都这么说，他就不能再追究下去，他是武士，他必须无条件地遵守首领的指令。他只是认为这件事非常遗憾，他不知该如何面对曹云和。

"岛主！岛主！岛主！"熊本一郎四下喊着。

"我在这儿。"胡宗地像狗一样从黑影地里跑了过来。

"曹云和！大叔！曹岛主！"熊本一郎喊着。

"吾也是岛主。"

"浑蛋！"

胡宗地明白了，熊本一郎找的是年轻的曹岛主。他突然指着鸡冠山喊："熊本君，烽火台，烽火台。"

"浑蛋!"熊本一郎又骂了一句,胡宗地连滚带爬地去了。熊本一郎喊了几个人,让他们四下寻找曹云和。当有人报告说山脚下死了两个人的时候,熊本一郎立即想到了曹云和。他叛变了?熊本一郎又有些纳闷,曹岛主不想要"一枝花"了?

胡宗地果断地带着倭鬼爬上鸡冠山,他发现了曹云和的意图。

"快截住他,快截住他!"胡宗地狂喊着。

倭鬼没在意胡宗地,他们根本就不知道烽火台是做什么用的,他们稀稀拉拉地围住烽火台,只是想表现一个姿态。在海上漂流了这么多天,他们需要及时行乐,而不是跟着"山间一胡"满山里乱跑抓人。有几个倭鬼冲了上去,被曹岛主杀了一个,其他的都跑了下来。

烽火台上突然有了醒目的亮光,熊本一郎猛然惊觉,他拼命跑了上来,驱使着倭鬼上去灭火。一切都晚了,胡宗地看见了让他终生难以忘却的最惨烈的一幕:曹云和点燃了自己,一个女子扑向了他,两个人紧紧地抱在一起,两个人的身上燃着熊熊的大火。

火势失控了,冲天的大火起来了,谁也靠不上去。

一切都晚了,天被点亮了。

2

根据胡宗地提供的情报,刘江再次修改了战略部署,他命乐群迅速带人赶到樱桃园堡支援江隆。他交给乐群两百名精兵,他只能拨出这些人马,他要求乐群无论如何也要坚持住,一定要将倭寇逼到望海埚这边。只要倭寇主力朝望海埚这边来,无论是不是樱桃园堡逼来的,他和江隆都记首功。乐群心里一阵忐忑,带走了这些兵,望海埚城上的防守兵力相应地减弱了,刘大帅的难处可想而知。他不敢多说,带着队伍出了城门。

"乐群,你要小心点儿!别让母蝎子蜇了。"乐众趴在城头上喊,"记住,再俊俏的母蝎子也是蝎子。"

"乐众,你也要小心点儿!"乐群的心怦怦直跳,他听得懂乐众话里有话,他骑上马,忽然一阵晕眩。

乐群带着五十名骑兵先行一步，一百五十名步兵交由什长带领。马队刚刚进入江隆营中，倭鬼就扑了上来。乐群眼看着步兵刚一冒头就被截住了，他急得直跺脚。江隆想开炮，乐群阻止了，他不想误伤了弟兄们。乐群率领五十名骑兵拨转马头，让骑兵把銮铃摘下，战马都上了嚼子。然后，带着马队藏在树林里。

明军步兵和倭鬼突然对峙，双方都有些猝不及防。带队的什长一点儿实战经验都没有，他不是先扎住阵脚应敌，而是带着明军朝倭鬼冲锋，试图一举杀光倭鬼。队伍刚冲出山谷，更多的倭鬼迎了上来。明军的战斗经验和倭鬼一交战就暴露了巨大的差距。倭鬼行动整齐划一，背靠背快速移动，他们总是把刺眼的太阳当作武器，明军被带得晕头转向，等发觉阳光耀眼的时候一切都晚了，倭鬼上一刀、下一刀，两招就能杀死一人。明军陷入了极大的恐惧和混乱之中，年轻的什长表现得很勇猛，他抓起地上的一把刀，挥舞着双刀，一下子就顶住了倭鬼的压力。他身边的战友迅速朝他靠拢，渐渐形成了战斗力。再远一些的明军就没那么幸运了，有的四下乱跑，这一跑就乱了阵脚，很快就命丧倭鬼刀下。乐群看准时机，举着骑枪，双腿一夹，大青马冲了下去。不远处，越来越多的倭鬼朝这边飞奔，一个个跑得像燕儿飞。

"呔！拿命来吧！"乐群炸雷般吼着，一枪戳中了倭鬼的胸口。

骑兵都飞奔而至，突然齐声呐喊，一人一枪，瞬间戳死了十几个倭鬼。其他倭鬼一声呼哨，四处奔跑。乐群让步兵快速朝树林里跑，他喊住了勇敢的什长，问他道："如何称呼老兄？"

"俺叫王永刚。"

"永刚兄，打仗不但需要勇气，还需要巧劲，遇到敌人，首先应该稳住阵脚，扎住篱笆才能立于不败之地，不能急着冲锋，那将必败无疑。"

"小哥，俺不懂那么多，俺就想杀倭寇，给俺爹娘报仇！"

"你爹娘……"

"俺爹娘在望海埚，让倭鬼给屠了，不报此仇，俺王永刚死都不能瞑目。"

"去吧，永刚兄，把你的队伍带好，赶紧回到望海埚，去给大帅搭把手。"

"樱桃园堡不去了？"

"永刚兄，倭鬼已经上来了，樱桃园堡你们步兵冲不进去，你带队赶紧回望海堝，我和骑兵留下，大帅那边极缺人手。"

"遵令！"王永刚答应了一声，招呼身边的士卒去抬尸体。这时，大股倭鬼冲了上来。几支羽箭射来，战马惊得阵阵嘶鸣。

"王永刚，你个贼蠢材，赶紧带兄弟们撤！"乐群怒斥着。

王永刚背上一具尸体，钻进了林子。乐群放下骑枪，朝倭鬼射箭，倭鬼的冲击暂时受挫。乐群打马奔向山谷，倭鬼追了一段就停下了。看来，他们也明白两条腿跑不过四条腿。乐群带队绕过观音山，疾驰到了泉水屯，眼望着樱桃园堡，却想不出进去的办法。乐群急得直拍大腿。一排排的倭鬼站在壕沟边上朝樱桃园堡里射箭，倭鬼少说能有五百人。樱桃园堡大墙上的士卒被箭雨压制得抬不起头。乐群担心这么打下去，堡里的士卒终归要挺不住的。他让骑兵砍一些树枝绑在鞍子上，在林中来回地奔驰。林中扬起漫天的尘土，仿佛有一队人马随时要冲出来。

一排倭鬼掉头朝泉水屯方向警戒，樱桃园堡的正面攻击力度稍微减弱了一些。岂料，后续又上来一股倭鬼，这股倭鬼直接朝着乐群冲来。乐群带着骑兵，瞄准了前来的倭鬼，突然射了一排箭。几个倭鬼倒地，其他倭鬼并不退缩，小燕儿飞似的冲来。明军骑兵眼看着来不及搭箭，纷纷举起了骑枪，准备以死相拼。樱桃园堡里突然轰来一炮，这一炮崩得山石乱飞，倭鬼被砸得抱头鼠窜。明军士卒也有被崩坏了，没受伤的赶忙张弓射箭。趁倭鬼混乱之际，王八爪有了用武之地，他居高临下，箭无虚发。眨眼间，倭鬼被射死了一大片，没死的像避瘟疫一样四下乱跑。高架上的其他士卒全都停止射击，他们自觉地给王八爪递箭，他们终于见识了神箭手的真面目。一阵工夫，倭鬼退到羽箭射不到的地方喘息。

眼看着倭鬼源源不断地涌来，乐群心里焦急，堡里的战斗力很弱，需要他带精兵去做主心骨，如何才能冲进去呢？乐群忽然发觉刚上来的倭鬼并没有急着选择方向，他们聚在樱桃园堡东寨门附近，好像一直在犹豫着行军方向。东寨门前面有两条路：一条直抵樱桃园堡，另一条则直通青云河北岸。乐群担心倭鬼朝青云河方向走，一旦渡过青云河，就犹如狼入羊群，金州城就毁了。他来之前也看得清清楚楚，大帅也担心倭鬼渡河，青云河的南面几乎无兵把守。乐群不再考虑进堡，他顾不得危险，带着骑兵突然冲出去，朝着东张西望的倭鬼呐喊，乐群还干脆跳下马，朝倭鬼乱嚷嚷。倭鬼朝这边涌来，乐群没有上马，依然在乱嚷嚷，眼看着大股倭鬼一步步远离了青云河，乐群这才上了马，带着骑兵慢慢地走。引诱着倭鬼进入了泉水屯。

从另一侧上来了一股倭鬼，两股倭鬼朝乐群挤压，乐群注意到，合围前，他们之间有一道三百步左右的空隙。这可是转瞬即逝的好时机，他朝骑兵们指着那道空隙，骑兵心领神会，都勒住缰绳掉好方向。乐群举起骑枪，大喊一声："冲过去！"骑兵一声呐喊，随着冲向左队的倭鬼。左队的倭鬼顿时一片慌乱，乐群一枪刺中一个倭鬼，拔出枪，又刺中一个，因用力过猛，枪杆断折。乐群扔掉骑枪，纵马前冲，转眼间就冲到樱桃园堡门口。两边倭鬼缓过神来，哇哇乱叫着朝明军压过来，由于堡门前设立了两排拒马桩，挡住了骑兵，骑兵不得不下马挪开拒马桩。如此一耽搁，倭鬼攻了上来。乐群拔下两杆枪，挺立在倭鬼面前。倭鬼簇拥在一起，举着刀枪一步一步压来。乐群左右分开，荡开了倭鬼的刀枪。他细听身后的马蹄声，断定最后一名骑兵也进堡了，乐群悬着的心落入肚中。只是已经无法掉转马头，他只能这么硬挺着，一旦掉转马头，即便不被倭鬼射死，倭鬼也一定会跟着他冲进堡里。

"小哥别慌！"高架上的王八爪突然喊了一嗓子，"有俺王八爪在，倭鬼来一个死一个，来两个死一双啊！"说话间，几个倭鬼中箭倒下。众多倭鬼一声喊，扭头跑了。乐群趁机拨转马头，紧贴着马背冲进了堡里。

"小哥，你真是一条好汉子！"江隆一把关上了大门，朝乐群说，"俺放的碗口炮，崩死些小婢养的。"

"奉举兄，你才是真好汉！"乐群看到了寨门边的碗口炮，已经炸了膛。

"小哥，你一手端着一杆枪，腰板挺得溜直，小婢养的，简直就是高宠爷爷枪挑滑车的架势，咱看得眼儿都直了。"

"奉举兄，小弟仗着高架上的那位神箭手大哥掩护才得以脱险。"乐群朝高架上拱了拱手，"好一个神箭手。"

"你可别夸他了，再夸，尾巴就翘上天了。"江隆笑呵呵地说，"前两年，去应天府演武，当着圣上的面乱射了一箭，就让他瞎猫撞上了死耗子，得了名次。小婢养的，回来后，这樱桃园堡就装不下他了，整天惦记着抢俺的位子，哈哈，小婢养的，今天表现得还不赖。"

"佩服！佩服！"

"江奉举，你少给俺脸上抹黑灰，俺这'王八爪'不是随便喊出来的，不服你上来比画比画！"

"小哥，你听听，这贼蠢材纯是让咱老江给惯坏了。"

"奉举兄，强将手下无弱兵。"

"小哥，快别往你老哥脸上抹粉了，再灌两碗迷魂汤，不等打倭鬼，咱自家人先闹迷糊了。"

"奉举兄，可惜，这大将军折了。"

"可不是怎么的，一家伙就炸了膛，哎，咱樱桃园里没有火器营出身的，都是些摸锄杠踩粪蛋的野汉子，可惜了咱的大将军。"

"你的营里居然还有这家伙，也真让我开了眼界了。"

"这也是偏得，去年你老哥去牧城驿观操，徐刚老将军大营门口站着这么一尊大将军，酒过三巡菜过五味，徐老将军一高兴，轰他一家伙，没给你老哥的耳朵给震聋了。你老哥一眼就喜欢上了大将军，根本就没指望它打仗，你老哥寻思了，过年在堡里头放个响，总比放那炮仗要强百倍吧？你老哥就央求徐老将军将大将军赏给樱桃园堡。徐老将军是咱的磕头师父，一般来说，咱老江要什么，老恩师就给什么。这回，他却高低不给，架不住你老哥缠磨，徐老将军说奉举呀，老子都让你闹死了，你喜欢就扛走吧，只是你得留下点儿什么表示表示。咱知道他老人家喜欢喝酒，就豁出去与他连喝了三顿大酒，醉得昏天黑地，总算把老恩师喝高兴了，将大将军送给了咱。没想今天轰他一家伙，把倭鬼崩得够呛，折了也值了。"

"奉举兄，你老实交代，为什么要了这尊大将军？"

"小哥，咱留着过年放响听不行吗？"

"奉举兄，这话留着跟大帅说吧。"

"小哥呀小哥，什么也瞒不过你，咱就是图多领一把火药呗。这帮小子，不就是贪图你老哥的一把火药吗？"

"贪图火药？"乐群忽然想起了江隆曾说过的话，"你是说用火药来炸鱼？"

"有了火药，不但可以炸鱼，这帮小鬼还可以炸山，采石头盖房子。有了火药，咱手里头就有了拘魂的绳子，一声招呼，他们都没二话，乖乖地来堡里上操。"江隆一边说一边带乐群在堡里转，见到樱桃树上被射插了羽箭，江隆心疼得连连跺脚。

"这就是樱桃树?"

"可不是嘛,你老哥托人托脸从南面带过来的宝贝疙瘩。"

"樱桃好吃吗?"

"也难说,酸甜酸甜的,蜇嗓子。"

"估计是不好吃。"

"小傻儿就喜欢吃樱桃,当初给他吃了一捧,可不得了了,哭着闹着就要樱桃吃。"

"小傻儿是哪个?"

"小傻儿是你老哥的儿子。"

"小傻儿?"

"哎,你老哥心疼啊,当初,孩子还小,老哥酒劲儿上来了,从浑家的怀里拽起小傻儿,在马上颠哪颠,突然就失了手,小傻儿大头冲下摔下马,脑袋别进腔子里,结果,就成了傻儿。"江隆的声音空空的,乐群却感到一股子悲凉,他想不到江隆的心里还有这样的一块阴影,他一直以为江隆是个无忧无虑的汉子。

"小傻儿真可怜。"

"小傻儿不可怜,他想要天上的星星,老子给他摘,他想吃樱桃,老子给他栽,老子拿他当活祖宗供着。"江隆流出了眼泪,"老子天不怕地不怕,就怕小傻儿受委屈,常常做梦梦到小傻儿找不到爹。老哥的心都要碎了。"

"老哥。"乐群想说什么,又吞咽下去了。

忽然,传来一阵呐喊声,墙根下的三个士卒推起战车朝墙外猛冲。乐群反应快,施展八步赶蝉的绝技奔过去,三个士卒已经从土夯墙的豁口处冲了出去。乐群眼看着独轮战车冲到拒马桩前,刀牌手从车后头冲出去,将正在搬抬拒马桩的两个倭鬼砍翻了。后面的倭鬼朝他们射箭,刀牌手迅速躲到独轮战车后面,倒退着回到了豁口处。江隆乐得直拍大腿,乱骂着"小婢养的",三个士卒咧着嘴笑。乐群朝江隆竖起了大拇哥,着实佩服他训练有方,樱桃园堡有江隆和没江隆绝对是两回事。乐群嘱咐三个士卒,出击的时候一定要突出一个"快"字,出击前,千万不要出声,要给倭鬼一个冷不防。

巡视完毕,乐群跟着江隆再次上了大墙。他抬头朝高架上的王八爪拱了拱手。王八爪更加得意，竟然亮开嗓子唱起了俚俗的小曲，惹得台上台下一阵大笑。乐群猛然发现一大股倭鬼朝着青云河方向运动，急喊了一声："不好！"江隆也看明白了，急得连连跺脚："小婢养的，欺负俺的大将军折了！"

"八爪兄，你赶紧射几箭，把倭鬼引回来，千万莫让他们渡河去了亮甲店。"乐群朝着高架上喊。

"好嘞！"王八爪不知在哪找的响箭，他一边点燃芯子，一边朝下面喊着："哒，倭鬼子听着，俺乃辽东神箭手王八爪是也！让你们知道爷的厉害！"王八爪弯弓搭箭，响箭流星一样射向倭鬼。

几声巨响，倭鬼吓得趴了一地。一阵慌乱后，倭鬼扭头朝樱桃园堡涌来，一阵更猛烈的攻击开始了。墙上的士卒拼命射箭，堡里的老弱病残扛着箭捆送来，将伤员背了下去。倭鬼这回发了狠，几股队伍合在一起，潮水般地攻击樱桃园堡。樱桃园堡上空箭如雨下，许多士卒受了伤，连铁匠铺里的铁匠都中了冷箭。大墙上的士卒倒下一个，另一个迅速补上缺口。好在有王八爪在高架上掩护，大墙上的士卒才能找空隙还击，经过一轮惊心的较量，倭鬼退了回去。什长吕德孤的眼睛被射中了，他一把拽下箭杆，连眼珠子一起拽了下来。他举着血淋淋的箭杆哈哈大笑，一口将眼珠子咬住了，吞进了肚里。

"倭鬼，来呀，你爷爷等着你上来受死！"

"小婢养的，咱老江咽不下这口腌臜气，谁敢出去打个冲锋？折一折倭鬼的煞气？"江隆吼着，"谁能让咱解了这口恶气，咱老江就赏他二十斤火药。"

"守堡爷，你说的可打准？"亲兵王大牛尖声问道。

"王大牛你个小孩子丫丫，乱打什么岔？"

"守堡爷，你就说你说的可打准？"

"你守堡爷说话从来丁是丁卯是卯，什么时候骗过你个屌毛没长的小婢养的？"

"就这么定了，俺去搅和搅和。"王大牛贴着江隆的耳朵边说了自己的妙计。江隆的眼睛都要瞪圆了，忽然，他忍不住笑喷了。

"小婢养的，事成之后守堡爷赏你二十斤上等的火药，让你回家崩石头盖房子娶小娘儿。"

"守堡爷，俺还是个孩子，俺只想给俺哥娶小娘儿。"

"滚！滚！滚！"

3

樱桃园一个小小的土堡，居然守得如此顽强，让倭鬼首领震惊。大多数倭鬼没见识过火炮，这一炮虽然没打死一个倭鬼，崩起的石子却砸得倭鬼心惊胆战。高架上的王八爪更是让倭鬼苦不堪言，倭鬼一时不敢硬逼，原打算一部分渡河向南劫掠，王八爪射出的几支响箭又让倭鬼改变了主意，倭鬼决定一门心思先拿下樱桃园堡。经过一次次激战，倭鬼的战斗力有些衰减，快到中午的时候，大股倭鬼躲在观音山西北面的山包里休息，只留下少部分监视樱桃园堡。这个情况让高架上的王八爪看了个一清二楚，小山包后面的倭鬼仰八叉地躺着，像一群晒阳的猪。王八爪吩咐一个士卒爬下去向江隆汇报敌情。王八爪催江隆冷不防冲击一下山包后面的倭鬼，他敢打赌保准旗开得胜。

"小婢养的，你王八爪管好自己的事得了，他娘的还来指挥起咱老江来了？"

"等等。"乐群拦住了江隆，"奉举兄，我看这招能行！"

"真能行？"江隆半信半疑，"别被倭鬼拐带了，让人家给咱包了圆。"

"奉举兄，让我试试。"乐群朝手心里啐了一口，双拳握紧了。

"试试就试试。"江隆眼前一亮，"打他个措手不及也好，省得在堡里缩脖子受腌臜气了。"

乐群请江隆给骑兵每人换一把长钩枪，这种钩枪比骑枪的刃能长出一尺，功能很像蒙古人割草用的大镰刀。江隆一迭声地让旗牌官去准备。这种枪并不常用，旗牌官在库房里找了半天才找出一捆，分了下去。乐群将骑兵分成五个小队，每小队都指出了作战方位，每人都带足了弓箭。江隆担心乐群受伤，千叮咛万嘱咐，务必谨慎，莫中了倭鬼的暗算。乐群心里热乎乎的，他眼泪含在眼圈，只是频频点头，不敢应答一声。他是一个孤儿，他从小到大还没有受到这样的亲情待遇，他怕自己一张嘴忍不住会哭出声的。乐群强忍着泪水，他暗暗发誓，打完了这一仗，一定要和江隆大哥拜把子，这辈子把他当亲哥哥待。乐群带着一众骑兵躲在了寨门后，江隆让人悄悄打开寨门，为安全起见，江隆吩咐手法精准的弓箭手全都集中在寨门附近，一旦倭鬼趁势冲来，弓箭将如雨点般地射下去。绝不能让倭鬼冲进堡。寨门即将打开的瞬间，骑兵的脸上都露出了悲壮的神情，每个人都清楚，也许此时就是生命的最后关头。

寨门打开，乐群带着骑兵旋风般地冲了出去。

五个小队按照事先预定的方位，朝着山包后面的倭鬼奔去，等到倭鬼发现了，已经来不及迎战。倭鬼哇哇乱叫，哭声震天。明军骑兵将钩枪挺起来，又钩又戳，眨眼间，倭鬼就死了一片。倭鬼迅速朝谷中逃脱，有两个小队骑兵打马追了过去。乐群突然感觉不妙，这样的态势不合常理，为什么倭鬼会不约而同地往一个方向跑呢？他连声大喊："回来，回来！"因为走得急，队伍里没有带铜锣，不敲铜锣，明军便失去了号令。有的听见喊声拨马回来了，冲在前面的骑兵进入谷中，拐了个弯儿就消失了。

突然，谷中传来一阵地动山摇的呐喊，一大股倭鬼举着长短刀反身冲出来，骑兵还没回过神就被倭鬼淹没。

战马四处乱跑。

明军骑兵被这股气势震慑，掉转马头往回跑，乐群被裹挟在内，也掉转马头往回跑。

"小哥，绕过堡去，绕过堡去！"江隆的喊声已经不起作用了，明军骑兵全都挤在吊桥边，倭鬼呐喊着朝这边冲来。乐群急喊着："走哇！走哇！"

马队原地打着转转，倭鬼的凶猛阵势连战马都怕了，怎么也不敢往外冲。乐群拨过马头，横着钩枪，面对着密密麻麻的倭鬼。他将钩枪横在鞍鞒上，从箭壶中抽出一支眉针箭，张开弓，朝着靠得最近的一个倭鬼射去，这家伙跪倒在地，抽搐几下就死了。

一时间，双方形成了一种恐怖的平衡。

战场上一片肃静。

寨门突然开了，吊桥吱吱扭扭地落下，乐群没敢回头，心里一阵发急，暗暗埋怨江隆太冲动，这个时候打开寨门，非但救不了他们，一旦倭鬼蜂拥而上，樱桃园堡的寨门很难关上，樱桃园堡很可能就被冲垮。

"听着，大家找机会一个一个往堡内进，不准乱，能回去一个就回去一个，一旦倭鬼冲来，就不准往里进了，剩下的和我一起为朝廷捐躯，听到了没有？"乐群压低声音说。

"听到了。"众骑兵低低地回应。

"进堡的弟兄记着，要多杀敌，替我等死守樱桃园堡！"

"小哥，你们赶紧回来，快！快点儿！"江隆在墙上喊着。

没有一个骑兵往堡里进，他们都举着钩枪，严阵以待。忽然，骑兵的身后传来了一阵吆喝："弟兄们闪开了，看俺王大牛怎么杀敌解气！"

"王大牛出来干什么？"乐群心里一紧，"王大牛你想送死吗？"

"乐群小哥，赌等着瞧好吧。"王大牛和他哥哥赶着驴车过来，走到乐群身边站住了，王大牛回头朝墙上喊："守堡爷，你说话可要算话，不能欺俺一个孩子，俺王大牛给你解气了，你可得给俺二十斤火药。"

"王大牛，你哥儿俩想找死吗？小婢养的，只是说个笑，你他娘的竟然当真了？"

"守堡爷，俺王大牛君子一言驷马难追！"

驴车是用战车临时改装的，前面用厚木板遮挡，连驴身上都盖着锁子甲。

"这是什么？"骑兵问。

"俺这是实打实的铁滑车！"王大牛挥了下鞭子，笑嘻嘻地朝骑兵眨了眨眼睛，忽然忍不住，捂着嘴笑开了。王大牛的哥哥看起来还不到二十岁，脸晒得像块木炭头，他乐呵呵地说："兄弟们，都看热闹吧，保准让你们解气！保准让你们笑破肚皮！"

乐群闻到一股臭味儿，却不知怎么回事。王大牛挥着鞭子，驱车朝倭鬼而去，王大牛居然高声唱了起来：

> 日出东方红大湖，
> 老来得子不是福，
> 要问怎么才能活，
> 你到蓬莱唱支歌。

倭鬼个个像呆子一样朝这边望，有个弓箭手率先醒悟过来，拉弓准备射箭，让高架上的王八爪一箭射死。王大牛两个人赶着驴车晃晃悠悠地朝倭鬼走去，倭鬼举着长短刀，紧盯着这辆车。彼此只有十步远的时候，驴车停了下来，王大牛突然站起来，举着小罐朝倭鬼扔。倭鬼队伍一阵混乱，哭叫声不绝。乐群一摆钩枪，朝队伍喊了声："速速回堡！"

骑兵连忙拨转马头，一个接一个冲进了堡里。乐群立在吊桥边朝着王大牛喊："两位小哥，请速回！"

"王大牛，你个小婢养的，快给俺回来！"

王大牛不停地扔着小罐，小罐扔到哪儿，哪儿就是一阵惨叫。王大牛哈哈大笑，倭鬼乱箭射来，那头驴身上插满了箭镞。驴终于不支倒地。王大牛和哥哥跳下驴车，撒腿往堡里跑，乐群招呼着："快点儿，快点儿！"

"快点儿，快点儿！"墙上的士卒喊。

"王大牛，快！"江隆敲起了铜锣。

咚！咚！咚！

咚！咚！咚！

乐群看见了他们的脸，王大牛一边跑还一边笑。

"小哥，俺哥儿俩用的是臭大粪水……烧热了的臭大粪水砸向倭鬼！"王大牛笑着喊。

"痛快！真解气！"江隆哈哈大笑。

"守堡爷，二十斤火药……"

一支箭插在了王大牛的后背，他依然笑着，他哥哥想抱住他，却被射成了刺猬一样。一支支羽箭射来，两个人支撑不住，双双摔倒了。乐群挥舞着钩枪，拨打着飞蝗一样的羽箭。王八爪吼着，突然使出了绝技，三支箭同时射出，每支都命中一个倭鬼。墙上的箭飞蝗一样射出去，倭鬼的气势被压了下去，慢慢退却。王八爪哈哈大笑，墙上的士卒都朝他伸出大拇哥，高声赞美他的箭术。王八爪一时兴起，伸脑袋朝下面扮着鬼脸儿。

"江奉举，你这回服俺了吧？想当年，俺在应天府，可是在圣上的眼皮底下得了头名的。"忽然，他尖叫了一声。

"王八爪，小婢养的，你怎么了？"江隆朝上面喊，"小婢养的王八爪，别吓唬俺，江奉举服了你还不行吗？你应一声啊，大光哥，好兄弟，你应一声啊，老哥知道你是神箭手，老哥从来都甘拜下风，大光兄弟，你说句话，大光！"

倭鬼呐喊着再次朝樱桃园堡发起攻击，没有高架上的有效支援。一撮倭鬼终于靠上了大墙。江隆和亲兵抱起一个滚木砸下去，倭鬼连滚带爬地退回去。

乐群几次想冲过去，将两具尸体拖回来，却难以得手。一骑兵冲出来，将乐群拉回堡里。见到乐群，营里哭声一片，江隆跺着脚哭，一口一声"大牛"，一口一声"王八爪"。刹那，他损折了三员猛将，怎能不痛心？获救的骑兵也在抹眼泪，如果不是王大牛哥儿俩勇敢地闯出去，吸引了倭鬼，他们还能活着进来吗？

乐群吩咐骑兵全都下马上墙，自此，他的骑兵将当步兵使用。

谈了一阵军情，乐群让江隆赶紧去眯一会儿，以便养精蓄锐。江隆也不客气，靠在墙根儿阴凉处躺下，刚说了句"好"就鼾声大作。乐群脱下棉甲里面的长袍给江隆盖上，他蹲在江隆身边，仔细地端详着江隆的脸，想起初次见面时的鲁莽，想起伤了江隆，不禁打了个哆嗦，心里暗暗自责，天哪，这么好的哥哥，差一点儿命丧在我的手上，真是该死。

趁倭鬼停止攻击之际，士卒纷纷倚墙休息，有的说话，有的打盹儿，还有的有一搭无一搭地下着五子棋。下面的倭鬼也是七歪八倒的，看样子，他们也乏透了。乐群心里头掂量了好久，没敢下令出击。如果此时手里有两百名骑兵，他一定会带着冲出去砍杀一阵的。乐群顺着大墙转了一圈儿，安慰了受伤的士卒，又看了一会儿下棋，然后，回到东寨门。他忽然看见有两个倭鬼走到王大牛的尸体跟前，蹲下来乱掏乱摸，乐群一阵激恼，张弓搭箭，一箭射中一个倭鬼。另一个倭鬼兔子样地逃了。受伤的倭鬼嘴里叼着摸到的东西，慢慢往回爬。

"别让这家伙逃了。"墙上的士卒们怒吼着。

乐群又射了几箭，却都没有射中，眼看着倭鬼站了起来，没命般地朝队伍跑去，士卒们急得一阵哀叹。

"让俺来！"高架上忽然传来王八爪的声音。王八爪站了起来，从下面都能看见他身上插着几支羽箭，原来，他受了重伤。王八爪端起大弓，摸到了一根又直又重的透甲锥，在舌尖儿上舔了一下，王八爪张弓瞄准，一箭射出，倭鬼突地扑在队伍里。眼尖的士卒喊着："射中了！射中了！"

墙上的士卒齐声欢呼，王八爪哈哈大笑："倭鬼们，你爷爷是全辽东的神箭手，是圣上钦封的……贼倭鬼，俺向你们索命来了……"话没说完，一口鲜血喷了出来，重重地摔在台上。

中午，倭鬼开始撤了，这回不是撤往谷里，更不是去往河边。这回是朝观音山爬去。乐群一时没有看明白他们的意图，翻过观音山就是陈家沟，难道他们要去陈家沟？

"小哥，倭鬼跑了，咱们就算打了胜仗！"江隆突然跳了起来，"对不对？"

乐群突然明白了，倭鬼这是要迂回去往望海埚，他一把抓住江隆的手，高兴得跳了起来。

"奉举兄，你说得对，咱们打胜了！"乐群眼里闪着泪花，"倭鬼这是要去围攻望海埚。"

"哎哟，小哥，你说这是好事还是坏事？"

"情况紧急。"乐群皱着眉头，"奉举兄，现在咱们兵分两路，我带着一路人马尾随倭鬼，找机会兜住屁股狠揍他们一顿，将他们快点儿赶到望海埚。"

"小哥，你这是要走哇？"

"大帅手里没有多少兵马，我得回去，多一个人就多一分力量。"

"你老哥呢？你得给咱分派任务！"

"奉举兄此时何不去烧船？"

"你让老哥去老雕窝？"

"是的，奉举兄赶紧去老雕窝。烧船成功，你居首功，烧船失败，我陪你全队斩首。"

"这么重的罪过？"

"就这么严重，烧船事关整个战局。船在，倭鬼就能跑回老家；船烧了，倭鬼就死定了，他们再也不能来大明折腾咱们了。"

"小哥，樱桃园堡呢？"

"放弃吧，当下敌我双方都朝望海埚上拥，樱桃园堡已经失去作用了。"

"那好，你老哥这就将堡里的弟兄们组织起来，一路随后就上望海埚参战，一路随你老哥亲自去烧船。小婢养的倭鬼子，江奉举让你们有来无回！"

"奉举兄，一切都拜托你了。"

"小哥，你快走吧。"

乐群带着骑兵从南寨门离开了樱桃园堡，直奔观音山。江隆立即集合堡里的士卒和民勇，号令五十名精通水性的士卒随他行动。江隆命旗牌官丁大勇分配火药，每个人须制造四个火药罐随身备用。江隆又向崔忠君下令，让他担负增援望海埚的重任。江隆将还能参战的士卒全都交给了崔忠君。什长吕克铭眼睛瞎了，就由他带着受伤的弟兄留守樱桃园堡。崔忠君带着人马陆续从北门出发，江隆带着烧船队也要离开了。他忽然有些不放心，赶紧喊着让四弟江虎带着五十名士卒留下来配合吕克铭守堡。江虎瞪眼不干，嚷着要去望海埚参战。江隆狠踢了他几脚，才弹压住了。

"樱桃园堡是你大哥的老巢，你得给俺守好！守不好，你也别见大哥了。"

"不见就不见！"江虎抹着眼泪说，"可俺一定能守住樱桃园堡。"

"四弟，一旦……"江隆忽然收住了话头，拍了下江虎的肩膀。他想交代一下，尤其想说，一旦自己阵亡让四弟善待小傻儿。他最不放心的就是他的宝贝儿子。江虎似乎明白了大哥的心意，他忽然急促地喊了一声："大哥！"

江虎看见大哥顿在那儿，大哥一动不动。江虎的眼睛模糊了，他真想扑过去，恳请大哥留下，让他带队去烧船。他没敢说，他知道大哥的脾气。江虎含着泪水说："大哥，兄弟等你回来！"

江隆带着五十名小校离开樱桃园堡，担心被倭鬼发现，他们从南门出的堡。刚出寨门，身后一阵马叫，江隆回头看见狮子兽扬起前蹄，朝他一阵嘶鸣，江虎紧紧地抓着缰绳，被狮子兽带得一跟头一跟头。江隆心里一热，连忙跑回寨门，伸手摸着狮子兽的脖子，狮子兽低下头蹭着江隆的脸。江隆拍了拍狮子兽的脊背，朝着韩春儿喊："小婢养的韩春儿，你可得把守堡爷的狮子兽看护好，哎，也算咱兄弟一场。"

"守堡爷！"韩春儿忽然哽咽住了，"守堡爷放心……"

"小婢养的，你家守堡爷还没死，号丧个屌。"江隆转身朝队伍跑去，带着人迅速钻入山里。路过陈家沟，江隆看见了乐群和他的骑兵小队，只是一晃，就不见了踪影。

江隆没有看错，钻进林子里的的确是乐群，他带着骑兵尾随着倭鬼，担心被倭鬼发现中了埋伏，乐群走走停停，时而快如闪电，时而藏在林中久久不动。进入观音山以后，山路难走，走着走着，没有了路。到处都是荆棘，到处都是带刺的酸枣枝，马匹被刮被刺，疼得直打哆嗦。到了陈家沟，有两匹马劈了腿叉，眼看着倒下了。骑兵捂着嘴直掉眼泪，急得一点儿办法都没有。乐群让他们脱离队伍，寻机自行前往望海埚参战。

第十一章　望海埚大捷

1

　　乐群带着骑兵跟踪到泉水屯，就留在林中不敢动了。眼前是一片沼泽地，打头的倭鬼用长木棍探路，带着队伍绕开深水湾，沿着地埂走。深水湾的岸边有一座草房子，掩在几棵巨伞一样的大树下。院门前站着一个老汉，朝着倭鬼摆手，不停地吆喝着。打头的倭鬼站住了，朝老汉那边观看。老汉的吆喝声越来越响亮。忠次带着几个倭鬼朝老汉跑过去，刚下土埂，忠次的双腿就陷入泥水里，眼看着一点点地沉陷。忠次吓得哇哇大叫，喜志慌忙将太刀递过去，忠次双手握住太刀，减缓了沉陷的速度。几个倭鬼合力将他拽了出来。老汉还在喊叫，忠次摘下弓箭，朝着老汉瞄准。喜志打掩护，纷纷举双手朝老汉吆喝。趁老汉分神，忠次一箭射在老汉的发髻上。老汉愣住了，伸手摸到了箭杆，吓得坐在了地上。倭鬼们一阵狂笑，喜志拽着忠次继续前行。队尾的几个倭鬼蹚水闯入了老汉的院子，进了老汉的家里。他们犹如狼进了羊群，女子疯跑出来，几个半大孩子也惊叫着跑了出来。女子被倭鬼扑倒。老汉抓起一把锄头，朝着倭鬼猛打。倭鬼被打蒙了，坐在地上转了几圈儿。屋里头又跑出一个倭鬼，举刀将老汉戳死，又把几个孩子戳死。女子惨叫着奔出去，一头扎进了水湾中。倭鬼举着弓箭一阵乱射，又点燃了茅草屋。

　　土埂上的倭鬼都停下来看热闹，眼看着老汉家的房子烧起来了，倭鬼便向前开拔。作恶的几个倭鬼涉水追撵队伍，忽然，一阵箭雨从天而降，这几个倭鬼惨叫着跌落在水中。大队倭鬼立即停下，四下乱射了一阵。桥下四郎跑过来，朝四下打着旗子，倭鬼们小燕儿飞似的跑了。乐群一挥手，骑兵收了弓弩，绕过泉水屯沼泽地，朝望海埚奔去。中午，倭鬼进入望海埚山脚下。山上山下静悄悄的，没有一点儿声音。望海埚城堡掩藏在茫茫的大树林中。倭鬼两人一排，顺着小路朝山上走去。熊本一郎忽然有些紧张，他快步追上去和打头的桥下四郎会合。两个人站在队伍的前面观察着地形。熊本一郎对照着地图，相信方向没错。过了望海埚山岗就是目的地"亮甲店"，熊本一郎轻轻地念叨着——"亮甲店"。

"什么的意思？"桥下四郎笑了笑，熊本一郎吓了一跳，桥下四郎长得太丑了。

"熊本君，勇士们会抢到很多的粳米，是吗？"桥下四郎继续问道。

"是的，亮甲店，很多很多的粳米。"

"熊本君，勇士们早就等不及了。"

"等等！"熊本一郎摆了摆手，他蹲下来看着小路，总觉得哪儿有些古怪，山坡上到处都是坑坑洼洼，露着新土。这些坑显然是新挖出来的。熊本一郎心里面打了几个闪。倭鬼跑上来，传首领的问话，责问为什么要停下。熊本一郎站起来，朝着桥下四郎摆了下手，队伍又开始行动了。亮甲店是熊本一郎梦中的天堂，这儿有天下最好的粳米。黏黏的，滑滑的，香气扑鼻。他曾经闯进一户人家，闻到了梦幻般的醇香的粳米味，他顾不得锅里面滚热，抓了一把就塞进嘴里。那是他一辈子都不会忘的粳米饭，比九州产的粳米饭不知要好吃多少，比高丽产的粳米饭也要好吃得多。

熊本一郎把亮甲店当成了米饭之地，亮甲店是他念念不忘的地方。这两天，他激动和不安，首领冢野大君居然带来了这么强大的一支队伍，让他如堕雾中。有了这么强大的队伍，他完全可以将亮甲店抢个精光，完全可以把亮甲店搬到对马岛去。首领冢野大君拍着他的肩膀说，因为成功地抢了明国的饷银，熊本一郎已经是九州岛上名噪一时的武士，是传说般的英雄人物。"百足虫"也成了一块耀眼的金字招牌，不但是对马岛，不但是九州岛，整个日本的浪人和武士都纷纷相投。首领冢野大君的势力堪比征夷大将军，在海上，甚至比征夷大将军还要威风。熊本一郎为自己骄傲，也为"百足虫"骄傲，终于可以挺起胸膛大干一番了，终于可以像个武士一样有尊严地活着了，明国——金州——亮甲店……

林子深处突然飞出一群鸟儿，熊本一郎打了个愣神，连忙吹响了螺号。桥下四郎停了脚步，回头注视着熊本一郎。熊本一郎瞄着鸟儿飞出的地方，目光像射出去的箭一般。那是一片茂密的槐树林，那里藏着人？那里藏在明军？熊本一郎吩咐倭鬼就地警戒，他带着喜志朝那片林子搜索过去。

乐群的眼睛都瞪圆了，熊本一郎一步一步朝这边走来，他都能看到熊本一郎的脸，这是一张深不可测的脸，这是一张没有表情的脸，这是一张可以狰狞的脸。这张脸越来越近，乐群的手心里捏了一把汗，他紧紧地攥着刀把，祈祷着这张脸不要再靠近了。他不想暴露，一旦暴露，这支骑兵就完了。乐群不怕死，只是不甘心就这么死掉，这样死太他娘的窝囊了，他还想为大帅多担点儿责任，他还想多杀倭鬼。他紧紧地盯着熊本一郎，这个倭鬼只要再靠前一步，他就冲起来与倭鬼同归于尽。熊本一郎突然站住了，离乐群藏身之地只有几步远。他回头看去，忽然，熊本一郎跑回队伍中，朝一个倭鬼举手扇了几个嘴巴子。陆续上来了一群衣衫不整的女子，还有被拴着胳膊的男人，他们面无表情，像个木偶一样。熊本一郎怒斥着那个倭鬼，又命令队伍停下。乐群趁机带着弟兄们撤到安全的地方，纵马而去。倭鬼的队伍在半山腰犹豫不决，急坏了刘江刘大帅，他非常担心敌人改变路线。探子来报，总共有三千倭鬼朝望海埚方向而来。

"大帅，望海埚正面只摆了一千二百名官军。"谋士张启田轻声说，"一千二百对三千。"

"倭鬼从下往上攻，官军从上往下打，这足以抵消兵少的劣势，加上这座坚固的望海埚石城，嘿嘿，本帅不至于就落了下风。"

"大帅，当严防倭寇脱战四窜。"

"徐刚的队伍在哪儿？"刘江问。

"徐刚的队伍还在路上。"

刘江的眉头皱得像个"川"字，不能让倭寇牵着鼻子走，一定要争取主动，倭寇已经到了望海埚，无论如何也要咬住他们，不能让他们撒开了。一定要在望海埚石城下歼灭这股倭寇。复州卫调集的五百骑兵何时能到？归服堡的骑兵何时能到？如果一天以后到达望海埚，那会是什么局面？

打！坚定信心，一定要在望海埚决战。

哪怕只剩下最后一兵一卒，只要拖住了倭鬼，各路大军迟早会赶过来的，只要援兵到了，望海埚就是倭鬼的坟场。

2

刘江带着一百名亲兵出了望海埚石城，参将王弼死死地拽着缰绳，苦劝道："大帅，大帅，你就让末将去吧。"刘江怒视着王弼，狠狠地抽了他一鞭子，王弼流着泪说："大帅，你就让末将去吧。"

"撒手！"刘江拔出宝剑，厉声喝道。

"大帅！"王弼放开了缰绳，眼看着刘江率队纵马下山。王弼命令刀牌手火速在城门处做好接应大帅的准备。

刘江要亲自引诱倭寇上来，也是要亲眼看看倭寇的战斗力。他最担心倭寇绕过望海埚而去，那样，再想把他们诱上来就难了。队伍下到半山，迎面遇到了熊本一郎的队伍，刘江和张奎带头射了几箭，拨转马头，喊了声"撒！"队伍就按照事先约定的方式故意跑得稀里哗啦。乐众还将棉袍脱下来扔在道边，跑出好远了，突然想起长袍里还放着几枚铜钱，乐众转身想回去拿，被刘江一鞭子给抽了回来。

"大帅，俺的钱！"

"快走！"刘江吼了一声。

倭鬼队伍被明军偷袭了一阵，伤了两个人，倭鬼非但没有追击，反而因受了惊吓掉头就往山下跑。熊本一郎猛地喝住了队伍。刘江也喝令队伍站住了。熊本一郎命桥下四郎朝明军射一箭，桥下四郎一箭命中一名明军小校，明军大呼小叫，扭头朝山上跑。熊本一郎看清楚了，这群明军与马雄岛上的盐兵一个样子，都是些乌合之众，实在不足为惧。他命喜志吹起了冲锋的螺号。熊本一郎喊着："攻击！攻击！"

刘江带人射了一通箭，转身就朝望海埚石城跑去。倭鬼一排箭射去，两个兄弟被射中倒在路边。刘江跳下马，将两具尸体驮到马上带进了望海埚石城。他们刚刚进去，打头的桥下四郎就冲了上来。参将王弼指挥明军射了一排箭，趁倭鬼退后，迅速关闭城门。

转了一个弯儿，熊本一郎猛地看到了望海埚石城，顿时就傻眼了。在阳光的照耀下，石城熠熠生辉，俨然是一尊巨大的金鼎。熊本一郎确定自己来过这儿，他记得清清楚楚，就站在望海埚最高处眺望过亮甲店。他记得清清楚楚，望海埚只是一个山岗。什么时候建了城，而且是如此坚固的石头城？熊本一郎猛地想起了山里头到处都是坑坑洼洼，到处都露着新土。明白了，一切都明白了，明国神不知鬼不觉地在此建起了城堡。虽然他一直潜伏在马雄岛，却是个聋子、瞎子。熊本一郎的额头上冒出了汗珠，他感觉到一股巨大的压力，压得他喘不过气来，仿佛这座金鼎倾斜着朝他压来。首领冢野大君赶上来，脸色非常难看。难怪他生气，从昨夜上岸开始，他的队伍还没有抢到多少东西，却处处遇到阻击。这与熊本一郎事先传递的情报完全不符。樱桃园堡一战，"百足虫"集团死伤惨重，这让首领冢野大君窝了一口恶气。他将这口恶气全都撒在熊本一郎的身上。首领冢野大君认为熊本一郎潜伏期间懈怠，根本没有完成侦察任务。首领冢野大君冷冷地盯着熊本一郎。

"蠢猪！"

"是，首领冢野大君，城堡……"

"狭路相逢勇者胜！"

"是，是，城堡……"

"熊本君还是一个武士吗？是胆小如鼠的农民吧？为何不冲锋呢？武士怎么能害怕呢？"

"一郎该死，首领冢野大君，一郎为自己的行为感到羞耻。"

"熊本君，带头攻进去，杀光明军，我准许由你分配亮甲店的财富和女人。"

首领冢野大君的一席话让熊本一郎突然热血沸腾，他拔出长短刀，歇斯底里地喊："攻击！"

就这样，倭寇错过了最后一次挽救失败命运的机会。他们没有从望海埚山下撤走，而是完全进入了刘江设计好的圈套之中。大股倭鬼在熊本一郎的带领下冲到城下，一阵箭雨，石城上的明军被压制住了。马面墙那边的明军突然冒出，一阵急射，将倭鬼击退。熊本一郎和喜志、桥下四郎等头领商量，决定改变急攻战术，想法引诱明军出城作战。熊本一郎坚信，只要明军出城，武士的长短刀定叫他们有来无回。

桥下四郎挑出几个长得最丑的倭鬼打头阵，丑鬼们脱光衣服，只穿着兜裆布，身上抹了泥土，一个个就像刚从地里钻出来的小鬼一样。一阵螺号响，这几个丑鬼出动了，他们像青蛙那样跳跃着，还拍打着自己的屁股、胸口，伸出两只胳膊，朝天上扬着。城上的明军第一次见到这样的状况，个个惊得目瞪口呆。这哪是人，分明是活蹦乱跳的小鬼。明军将士虽然没见过鬼是什么样子，鬼这个恐怖符号却在每个人的脑子里根深蒂固。鬼就是这些个样子！鬼的个子没有三尺高，跃起来却如同惊鸟一般，鬼发出鸟一样的叫声，哇啦啦，哇啦啦，这样的叫声摄人心魄。

"贼杀材！贼杀材！"参将王弼朝着城下骂着，骂声被反弹了回来，如大石般撞击着每个将士的耳鼓。王弼身边的一个士卒突然坐在地上，双手捂住了眼睛。

"别抓奴家，别抓奴家，奴家给你当屎壳郎。"士卒学着女人的腔调胡言乱语。王弼恼得一把将他揪起来，猛打了两记耳光，士卒摇摇摆摆，如同喝醉了一般。把总顾有阳眼冒金星，他舔了下嘴唇，怒骂道："丑鬼！丑鬼！"突然，铺天盖地的鸟儿冲了上来，仿佛成千上万长着翅膀的小鬼一般。顾有阳顿觉天旋地转，他口吐白沫瘫倒在地。明军气势顿时衰竭，士卒躲在墙垛后面不敢露头。刘江扶着墙垛朝下面看，一只手伸向了张奎，张奎心领神会，摘下弓箭交给了他。刘江张弓对准了丑鬼，亲兵纷纷闭上了眼睛，不敢直视，有的暗暗念着"阿弥陀佛"。顾有阳一把抱住刘江的胳膊，急着说："大帅呀，咱别惹他们，活人惹了鬼就死无葬身之地了。"

"顾有阳，你敢妖言惑众？"刘江一脚将他踢翻，再次张弓，心里有气，手就有些发抖。有人狂呼："大帅也怕了，大帅手抖了！"

顾有阳再次扑向刘江，哭喊着："大帅呀，听属下的吧，小鬼射不得。弟兄们，不能让大帅射了小鬼，大帅呀，你不能惹祸呀，咱这上上下下一千号人口可不想死呀。大帅，咱们还是放弃望海埚，撤退吧！"

"滚开！"刘江一箭射下，正中桥下四郎的胳膊上，桥下四郎愣怔了一下，生生拔下羽箭，叼在嘴里，依然蹦跃。

"大帅！为了弟兄们的性命，撤退吧！"顾有阳声嘶力竭地喊，"大帅呀，大帅呀，不能打了，不能打了，再打，小鬼就上身了，弟兄们不得好死了。"

刘江猛地扔下开元弓，朝着亲兵喊："亲兵！"

"在！"众小校齐应了一声。

"快把这个软骨头绑了！"

"遵令！"乐众连忙带着小校将顾有阳抹肩拢背捆起来，刘江挥手说："快快斩了！"

"大帅，我顾有阳是朝廷钦命的将官，你不能胡乱斩我。"

刘江一愣，确实如此，按照常理，把总以上将官的斩首必须报到兵部，由兵部发到各都督府审核确定，再发回兵部确认。这个流程走完，上下瓜葛的人多了，案犯就有很多机会脱逃死罪。顾有阳虽然慌乱，却说出了心里话。

"好，好，看本帅能不能杀你，有请尚方宝剑！"

"有请尚方宝剑喽！"张奎高声喊道。

一个小校飞奔而来，单腿跪下，将背着的广宁剑亮在刘江身前。刘江稳了稳神，一把抽出了广宁剑。

"圣上有旨，广宁剑出鞘，辽东总兵以下违法者皆可先斩后奏！本帅现在就拿你的狗头祭旗！"

"大帅！大帅饶命啊！"顾有阳哭喊着，"属下刚刚被小鬼缠了身，大帅，属下错了。"

"斩！"刘江厉声喝道。

乐众找了一把长条凳子，将顾有阳的脑袋摁在凳子上，张奎朝刘江跪下来，双手接过尚方宝剑。

"圣上，臣代君斩了这个贪生怕死扰乱军心的软骨头！"刘江朝南方拱手道。

张奎弹了一下剑身，广宁剑发出"铎"的一声响，似龙吟虎啸一般。

"刘江，刘荣！你好狠哪，刘荣，刘荣，嘿！嘿！嘿！"

刘江突然浑身发抖，如同遇到了鬼一般，他颤了音儿地喊："快斩！快斩了这厮！"

"刘荣，你冒名顶替……"

"快斩！快斩！"

"刘荣，你欺君罔上！……"

张奎挥剑砍下，顾有阳的脑袋滚落在地，一腔子血喷出来，像一根红色的柱子。乐众早已将帅旗扯在手里，迎上去盖在断颈处，帅旗饱吸了顾有阳的血。刘江呆呆地看着，眼前出现了大洋河，出现了刘家集，出现了苟延残喘的老父亲。老父亲伸手朝他喊着："儿啊，刘荣，我的儿啊，爹爹对不起你。"刘江浑身发抖，他泪眼模糊，他伸出手去，喊着"爹爹！爹爹！"眼前，忽然出现了那双犀利的鹰眼，刘江猛然醒了过来，心里一阵翻腾。

乐众将帅旗升起，血染的大旗在风中猎猎作响。

刘江恢复了平静，他扒着垛口朝下面看，倭寇正在集结，打头的倭寇擎着盾牌。他们都在看着那几个跳跃着的鬼，那几个鬼突然跑到城下，贴着城墙，壁虎一样朝城上爬来。张奎伸头射了一箭，根本就没擦着倭寇的皮，下面倭寇的箭雨飞来了。城上的士卒又被压制住，根本就无法冒头射击。刘江令旗一挥，王弼带人跑到马面墙那边，指挥士卒冒死朝贴在墙上的倭鬼射击，下面的箭雨更猛了，集中朝马面墙那边射击，王弼顶不住，不得不退出垛口。大队倭鬼冲到城下，贴上了墙，扒着墙缝朝上爬。刘江扯过弓箭，让张奎伸出盾牌掩护，他露出头，一箭射下去，将一名爬到半截的倭寇射翻下去。几个倭寇慌忙跳下去，在墙下继续蛙跳，继续鸟叫。被射翻了的倭寇也爬了起来，踉跄着跟着众倭鬼一起跳跃。明军士卒吓得发抖，有人惨叫着："大帅，鬼是射不死的！"

"住口！"刘江又射了一箭，从桥下四郎的鼻尖儿飞了过去。这一下，连刘江都觉得诧异，刘江的脑子里打了几个闪，难道世上真的有鬼？刘江跺了下脚，狠狠地打了自己一拳，即便真的有鬼，也有道行治它。刘江想到了玄慈道长，如果他在场该多好哇，无论什么鬼都能被他驱逐。眼下，明军士气已被敌夺，如此下去，城破是迟早的事。当务之急是振奋军心，驱逐明军心中的"怕"字，鬼怕谁？鬼怕玄慈道长，鬼怕法术，鬼怕法术！刘江的脑子里一下子亮堂了。

明军顽强据守，眼看着要破城了，却总是挺了过来。熊本一郎急得嗷嗷直叫，该想的计策都想了，该用的办法都用到了，望海埚城依然固若金汤。首领冢野大君的脸色青一阵紫一阵，几次用刀背砍了熊本一郎的肩膀，骂他是蠢猪，骂他是整个日本的头号蠢猪。熊本一郎羞愧不已，又气又急，竟然满脸通红。一阵山风吹来，熊本一郎冷静了，他想再次改变战术，想将队伍撤到山下，然后寻路绕过望海埚石城，直奔亮甲店。多年来，他们的战术一直是以偷袭为主，偷袭不成就意味着失去了先机。熊本一郎不想恋战，他担心大批明军赶来合围。他的设想刚刚提出来，就被首领冢野大君否定了。首领冢野大君嘲笑熊本一郎被明军吓破了胆子，他忍着怒火说："我等勇士又饿又乏，拜托熊本君加紧攻城吧！"

"是，首领！"熊本一郎不敢抗命，他放弃了改变战术的设想，再次举起令旗，下达了冲锋的命令。

喜志带着几十名倭鬼冲了出去，他们头顶着盾牌，一窝蜂样地冲到了城墙边。喜志将短刀咬在嘴上，将盾牌绑在脑袋上，他双手扒着墙缝，双脚蹬着墙缝，蛇一样地爬了上去。他的双手抓住垛口。刘江大喊一声："杀敌！"明军伸出长枪一阵乱戳，几个倭寇摔下城墙。马面墙那边的王弼不顾危险，带着亲兵奋力朝贴在城墙上的倭鬼射箭，又有几个倭鬼中箭摔了下去，没摔坏的重新往上爬。下面的羽箭一起射向马面墙，王弼和亲兵退下去，再也无法露头。刘江清楚马面墙的重要性，一旦被压制住，正面城墙就失去了依托，倭寇爬墙就会变得肆无忌惮。刘江令韩副将组织一百名重甲士卒立即支援王弼，务必将马面墙那边的威力发挥出来。韩副将领命后让旗牌官立即准备铠甲，一顿饭的工夫，铠甲被送到城头。韩副将带着亲兵穿上八十斤重的铠甲，个个像铁人一样。重甲队齐声呼号着冲到马面墙那边，他们抬着滚木扔下去，砸死了一批爬墙的倭寇，将局面稳定下来。刘江又令何副将组织一百名钩子手在垛口处藏着，一旦倭寇爬上来，钩子手就用钩子将倭鬼拽上城墙，刀斧手上去就是一刀。钩子手和刀斧手密切配合，作用立竿见影，倭鬼损失惨重。

熊本一郎显然是疯了，眼见队伍体力不支，他便组织车轮大战。一股倭鬼溃退，下一股倭鬼蜂拥着冲上去，每一股足有两百名倭鬼。倭鬼反反复复地冲击，不让明军有一点儿喘息的机会。倭鬼还做了几架云梯，爬城的速度越发加快。一股倭鬼攻击的时候，大股倭鬼朝城上射箭。除了重甲士卒，着棉甲的士卒根本不敢露头，甚至都无法靠近城垛。几轮攻击以后，倭鬼的车轮大战发了威，明军支撑不住，露头射击的越来越少，大批倭鬼上了城墙。危急时刻，刘江命乐众擂鼓助威，一阵爆豆般的鼓声响起，明军为之一振。

"弟兄们，杀倭寇哇！"刘江抓起一杆长枪，朝着刚冒头的倭寇迎面刺去。倭寇朝旁边闪了一下，大枪刺空。倭寇一把抓住枪头，借力飞上城头。刘江拔出宝剑，朝倭寇的双腿砍去，倭寇非常彪悍，双足腾空，举刀朝刘江戳来。张奎见状，舍命挡在刘江的身前。刘江奋力将宝剑掷出去，正中倭寇的胸口。倭寇狰狞着，嘴里涌出大口大口的鲜血。刘江一脚将他踹倒，拔出宝剑。

"张奎！"

"属下在！"

"摆'九九伏虎大阵'，随本帅消灭这群倭鬼！"

"得令！"张奎一摆手，乐众等几个亲兵聚过来，刘江擎着宝剑，率领亲兵使出"九九伏虎阵法"横着冲锋。一股倭鬼被冲散，只能倚着城墙各自顽抗。明军趁势砍杀了一股倭鬼，又一批倭鬼跳了上来，由于张奎等亲兵的舍命冲击，"九九伏虎大阵"威力大增，一股倭鬼被消灭后，箭楼附近的明军占了上风，倭鬼伤亡惨重。

刘江扶着垛口朝城下望去，只见倭寇正驱使百姓冲来，倭鬼跟在百姓后面，百姓成了肉盾牌。打头的一股百姓被剥光衣服，随着倭鬼乱蹦乱跳，跳得慢了，当胸就被捅一刀。城头上的明军被眼前的一幕吓坏了，成千上万个鬼子冒出来，漫山遍野地蹿着，这么多的鬼，杀得光吗？明军士卒无法接受这样的事实，多少年以来，鬼是最大的恶，人从骨子里头就怕鬼，人与鬼斗还有活路吗？

3

呐喊声起，几股倭鬼蜂拥而上，城墙上爬满了蝙蝠样的倭鬼。明军和倭鬼陷入苦战，多段城墙已经落入敌手。突然一声巨响，大地为之颤抖，双方顿时停止了搏斗。硝烟过后，城头箭楼下露出了一个木台，木台上站着一位披头散发的张天师。城下的倭鬼，城上的明军都看呆了。乐众举着大刀狂喊："真武大帝显灵了，真武大帝下凡驱鬼来了！"

各处明军突然精神一振，刘江擎着尚方宝剑，朝着城下高声唱道：

谨请北方真武神，

脚踏天关极鳌精；

披头散发为上将，

顶戴森罗七座星；

左青龙，右白虎，

前朱雀，后勾陈；

骑条火龙长千丈，

点检灵邪百万岳；

千有皂旗遮日月，

雷压百刃见天明；

张口狼牙滔铁柱，

拥身左右杀奸魂；

先使黄风吹恶鬼，

后将雷霆震天庭；

将军打阵点起兵，

万阵天兵铁棒轰。

吾奉玉皇亲敕令，

又蒙北斗指挥凭；

有人闻念真君咒，

誓灭倭鬼鬼离身；

吾真武战神奉南斗六星、北斗七星、太上老君急急如律令。

急急如律令！

天兵天将，速来捉拿鬼魅妖孽！

　　果然是真武大帝，果真是战神真武大帝，明军士卒哪有不知道真武大帝的？真武大帝——降妖捉怪的真武大帝，视鬼魅如草芥的真武大帝终于显灵了！倭鬼停止跳跃，他们抻着脖子往城上看，他们看到了天神一样的巨人。倭鬼气馁了，他们纷纷垂下头颅，不敢与天神对视。熊本一郎猛地一挥手中的"百足虫"大旗，急吼着，踹向裹足不前的倭鬼。倭鬼醒过腔来，拼命抽打着百姓，逼他们继续攻城。倭鬼簇拥着这些肉盾，一步步逼到城下，又一轮攻城开始了。马面墙上的参将王弼高声喊着："大帅，怎么办哪？倭鬼上来了！"

　　"急急如律令，各位大仙下凡捉鬼呀！"刘江挥动着宝剑，嘴里突然吐出一条火龙。火龙蹿出去后，刘江朝城下挥了一下手，顿时，一阵硝烟起来，城上城下一片迷雾。倭鬼大惊失色，纷纷住手，他们真真看到了口吐莲花，看到了法术通天的神。倭鬼斗志受挫，连爬城的也都停住了，像一群蝙蝠一样挂在城墙上。倭鬼们似乎都在想，人能打杀过神吗？

"急急如律令，速速收了妖魔鬼怪！"

烟雾散去，熊本一郎挥刀砍翻了几个怯阵的百姓，又是一阵怒吼，倭鬼呐喊着继续冲锋。城墙上贴着的倭鬼如梦方醒，又一次奋力爬城。双方在城头激战，倭鬼狰狞的丑脸和凄厉的怪叫声让明军胆寒，倭鬼的双刀战术让明军胆寒，明军心头都存了个念头——人与鬼能战乎？

"危急时刻到了，能举起刀枪的弟兄都要随本帅杀敌！"刘江高喊。

"弟兄们，能站起来的都上吧，城破了，大家都得死。"乐众朝着城里头喊。

城里一百多名伤员拿起刀枪，朝城头涌来，张启田等一干幕僚也拿起刀枪冲出箭楼。刘江吩咐张奎和乐众带着生力军分头杀敌，这一股有生力量的到来，暂时解了围，倭鬼被压制住了。

有个士卒把手里的铜火铳当成铜棍，乱砸乱打，刘江连忙喊着乐众，指着铜火铳。乐众心领神会，一把抢过铜火铳，见铜火铳里头还有火药，就靠着墙使劲舂了舂，让两个兄弟左右掩护，乐众点燃了芯子，朝着扑上来的倭鬼就轰。一声巨响，倭鬼的脑袋被炸得粉碎，其他倭鬼吓得转身就逃。乐众又轰了一家伙，城头上的倭鬼气数已尽，纷纷朝垛口处溃退。熊本一郎杀红了眼，他不停地催促攻城，他不再使用车轮战术，他挥舞着"百足虫"大旗，驱逐着倭鬼攻城，顿时，漫山遍野，几千倭鬼全都往城上涌去。

城墙上密密麻麻贴着倭鬼。

马面墙被倭鬼完全占据，参将王弼力战而亡。重甲士卒一个个被倭鬼抱起来，扔到城下摔死。死里逃生的明军士卒往箭楼这边溃退，眼看着明军大势已去。

刘江立在木台上，挂着宝剑，朝城下喊道：

急急如律令，
天兵天将来了，

俺撒豆成兵。

居收五雷神将，

电灼光华纳，

一则保士命，

再则缚鬼邪，

一切死活天道我长生，

急急如律令。

刘江咬破了舌头，喷出了一口鲜血。倭鬼身后突然响起了一阵呐喊声，倭鬼后队开始骚乱，朝城上射箭的力道明显减弱。张奎冒死扶着墙垛朝下看，突然大声喊着："大帅，真武大帝，果然撒豆成兵了！"

"真武大帝显灵了！救兵来了，天兵天将来了！"乐众奋力喊着，倭鬼一把将他抓了起来，举起来转了半圈儿，猛地朝城下扔去。电光石火间，乐众一只手揪住了倭鬼的发髻，另一只手搂住了倭鬼的脖子，和倭鬼双双摔了下去。

"乐众！"刘江急促地喊，眼看着乐众和倭鬼同归于尽，刘江的泪水夺眶而出，"乐众啊。"

随着阵阵的呐喊声起，城下的倭鬼乱了套，纷纷掉头朝山下冲，城头上的明军士气大振，齐声呐喊着："真武大帝显灵了！""真武大帝捉鬼了！"

刘江隐约看到山下有几面明军旗帜，感觉援军的人马并不多，只是为了牵扯一下倭寇而已。这是谁的人马？金州卫都指挥徐刚将军的？复州卫的？归服堡的？刘江跳下木台，抓起鼓槌儿擂鼓助威。援军正是乐群率领的骑兵小队，石头城岌岌可危的时候，乐群不再掩藏，带着几十名骑兵冲出来，兜住倭鬼就打。他一反常态，并不是打了就走，而是在原地高声呐喊。他明知这是以卵击石的打法，却觉得这样做值得。他不能只考虑自己的生死，他更应考虑全局。他想让大帅喘口气，想让城上的兄弟们都喘口气，明眼人都能看出，明军已经油尽灯枯，望海埚城破在即。喘口气吧，大帅，喘口气吧，兄弟们。乐群必须站出来，哪怕并不起多少作用，哪怕即刻就被杀死，他的心里也会好受一些。他不怕死，他只想立功赎罪，他犯下了不可饶恕的大错。他想通过雷霆一战来洗刷身上的污点。

由于山路狭窄，骑兵施展不开，连挑了几个倭鬼后，乐群不敢恋战，带着人马朝山下疾驰。两股倭鬼随之追来。忽然，一匹战马被羽箭射中，倒伏在夹道上，后面的骑兵被堵住了。倭鬼见状趁势疾冲过来，乐群左冲右挡，救下了一些士卒。眼看着就要被倭鬼围住了，夹道突然被疏通开了，骑兵迅速冲了出去。倭鬼追撵不上，一部分佯装回撤，一部分迂回藏到了山后头，这一切都没有逃过乐群的预判，他决定将计就计，带着骑兵朝山岗上疾驰。倭鬼左右为难，又想在谷底继续埋伏，又担心这支骑兵越过山头跑了。乐群走到半山腰，突然拨转马头，朝谷底埋伏的倭鬼旋风般冲去。乐群挺枪就戳，倭鬼惊慌失措，纷纷逃散。乐群也不追赶，带着队伍回到山岗上，让骑兵下马休息。乐群紧盯着望海埚的方向，听着倭鬼的呐喊声，心里着了火一样。他多么希望自己带着天兵天将飞到望海埚城堡哇，将倭鬼杀光，以解大帅之围。然而，他的力量太单薄了，单薄得像大海中的一滴水。

忽然，山下喊杀声起。乐群吩咐全体立即上马，下山接应援军。经过一阵冲击，在两面夹击之下，倭鬼退了出去。一队明军朝这边跑来，乐群看见了一张张熟悉的面孔。

"小哥来得正是时候！"樱桃园堡的什长崔忠君喊道。

"老兄来得正好！"乐群高兴地喊。

崔忠君带来了五百名援军，两队人马合在一起，乐群陡然有了底气。他命令步兵和骑兵相互依托联合作战，骑兵负责冲击，步兵负责阻击，当步兵遭遇到缠斗，骑兵须立即冲杀解围。乐群这般神出鬼没的战术起到了很好的效果，倭鬼的后队终于被冲乱了，山下的往山上跑，山上的往山下跑，混作一团。熊本一郎决定兵分两路，命桥下四郎带一路去攻击山下的明军，另一路由他带领继续攻击望海埚石城。桥下四郎是个不要命的猛将，他带着一队倭鬼来到队尾，由于不熟悉乐群的战术，这股倭鬼第一次出击就被明军杀死了十几个。桥下四郎收敛了傲气，带着队伍退出一箭之地，令各自找掩体准备伏击明军。乐群明知道倭鬼的阴谋，为了干扰攻城，他带着骑兵冒险朝倭鬼冲来，每个骑兵只准刺一枪，无论中与不中，都要策马疾走。待倭鬼追击骑兵的时候，明军步兵迅速射击，掩护骑兵归队。桥下四郎的伏击计划没有占到便宜，便又调整阵法，他注意到了己方两翼的弱势，便命人伐倒一些大树，放在两翼，挡住骑兵的偷袭。

明军弓箭消耗殆尽之时，桥下四郎带着倭鬼大队冲了过来，乐群挺枪冲向倭鬼，倭鬼两把刀战术有了用武之地，他们左手一晃，右手就下刀狠戳。明军极不适应这样的打法，伤亡惨重。乐群的骑枪折断了，他拔出宝剑继续迎战，救下了一股被围的士卒。乐群的胳膊中了一箭，他咬牙撅断了箭杆，忍痛高喊着："大家一起往西走！"

士卒们簇拥着乐群，翻过了一道山，对面林中传来呐喊声，仔细看去，林中的几个墩架都出现了惨烈的格斗。乐群带人冲了过去，突然就看到燃起的熊熊大火。乐群心里一紧，坏了，墩架失守了！乐群看了看，身边只有三十九位弟兄。

"咱是大明的官军，身后是大明的百姓，咱没有退路！"

"小哥，俺老崔这一腔子血都交给你了。"崔忠君拍着胸脯说。

"不是交给我，崔什长，是交给大明，交给咱金州卫的百姓。"

四十个人煞紧了腰间板带，随着乐群朝起火的墩台跑去。每个人都累得两腿发飘，每个人都紧咬牙关紧紧跟上。四十个人就是一股力量，即便没力气砍杀，站着呐喊也是好的。此时，他们抱着必死的决心奋力奔跑。林中突然钻出一群人，拦住了明军的去路。

"喂，俺们是百姓，你们是官军吗？"

"是官军。"

"果然是官军，官军来了！"林中走出一群人，有的手里拿着锄头，还有的拿着菜刀、棍子。

"官军兄弟们，快，快吃点儿干粮！"

"还真的饿坏了！"乐群伸手接过一张大饼。士卒们顾不上客套，接过食物狼吞虎咽。

"林子里有山泉，兄弟们快去喝口水。"

这群百姓是从亮甲店渡河过来助战的，一早就看见樱桃园堡打了起来。亮甲店各屯的百姓人心惶惶，害怕又能怎么样？这些年来，倭鬼年年来，年年祸害百姓。豺狼当道，光怕没有用，得和他们拼命！各里长挨家挨户号召大家不要逃跑，要稳住神，要相信刘大帅一定能将倭鬼打跑。各屯男丁都自觉地拿起武器，准备与倭鬼拼命。中午，望海埚城堡响起了冲天的呐喊声。亮甲店人很是焦虑。很多人站在房顶或者爬到大树上观战，看到漫山遍野如蝗虫般的倭鬼，大家都为明军捏了一把汗。所有人都清楚，这场恶战只能赢不能输，输了百姓们就死无葬身之地了。经过商议，各屯里长带着精壮百姓渡过青云河，藏进林中。他们打算伺机偷袭受伤落单的倭鬼。

乐群提醒百姓务必提高警惕，莫要钻入倭鬼的圈套，更不能和倭鬼正面接仗。他立即挑选十名壮丁补充到队伍中，带着队伍朝烟火处冲去。刚走到山坡上，就听见徐大旗的吼声，仔细看，徐大旗靠在大树上，抡着一对儿萱花大斧子。他的脚下躺着几具无头尸首，身前有两个倭鬼上蹿下跳，只是忌惮大斧子，倭鬼没敢轻易下杀手。乐群迎头冲了上去，一个倭鬼惊慌之下，突然将短刀掷向徐大旗。

一道剑光，乐群掷出的宝剑将倭刀撞开。徐大旗跨前一步，一斧子将倭鬼劈成了两半。另一个倭鬼将身前的明军砍翻，刚要竖起短刀扎向明军胸膛，徐大旗整个人飞了起来，人没落地，一板斧将倭鬼的脑袋砍飞。徐大旗一条腿跪着，怒视着战场。这是何等的惨烈，明军只有三三两两还在拼命抵抗，绝大多数都已阵亡。乐群带着生力军冲来，如砍瓜切菜一般朝倭鬼招呼，倭鬼头目打了声呼哨，带着队伍朝东面跑了。乐群抱起徐大旗，擦抹着他身上的血迹，徐大旗急着说："小哥，告诉大帅，俺徐大旗没有丢下阵地。"说完，身子就硬了。

漫山遍野的尸体，有的没了脑袋，有的四肢残缺。乐群强忍着悲痛，留下五名伤员，让他们负责打扫战场。他带着其他士卒一刻也不停留，沿着山路朝望海埚石城迂回。走了一会儿，突然，乐群心头一震，大叫一声："不好！"回头看去，墩架处一片火海，"天哪，我铸下了大错！"

乐群带着哭腔喊，不顾一路荆棘，奋力朝墩架那边飞奔。五名明军士卒被绑在树上，全都烧成了黑炭，有个伤员只喊了句"倭鬼装死"就咽气了。乐群一剑砍在树上，遥指着望海埚山上的倭鬼吼道："倭鬼，倭鬼，我与你势不两立！"他为自己的冒失流下了愧疚的泪水，"怎么就没想到倭鬼会装死呢？"

乐群带着士卒重新打扫了战场，将所有倭鬼都予以枭首。他决定不去支援望海埚石城，他这点儿人马去了也是无济于事。这片墩架的地势太重要了，既然倭鬼已经来过，乐群相信一定还会再来的。越过了这些墩架，倭鬼就直面青云河，就能冲进亮甲店。那样，金州城就再也无险可守了。乐群让弟兄们抓紧时间休息，准备打更惨的大战。耳听着望海塌一带杀声四起。乐群心里头一个劲儿地问："大帅怎样了？大帅怎么样了？"理智告诉他，在此地蹲守是最正确的选择。无论倭鬼是胜是败，都会朝这边冲过来。乐群下了决心，无论望海塌石城战事如何吃紧，他都要坚守此地，等待着与倭鬼做最后一战。虽然手下弟兄已经寥寥无几，乐群却早已有了成熟的作战思路，他想起刘大帅讲过的在漠北征战时使用过的火攻计，他准备孤注一掷仿效一把。

4

江隆带着五十名精兵轻装前行，一路上担心被倭鬼发现，江隆带着队伍绕了很长一段路来到鲇鱼湾。很幸运，他们在岸边找到了几只打鱼的小船。

"渔夫哥，还有没有更大的船？"江隆问一位中年渔民。

"军爷，林大肚子家里有三只才漆过的大船。"中年渔民答，"正在三山岛那边捕鱼。"

"小婢养的。"江隆笑骂了一句，"就让那个林大肚子为朝廷做贡献吧。"

江隆吩咐一个小旗带上十人，去三山岛征船。一个时辰以后，士卒们将三只崭新的大船带了回来。江隆带人全都上了大船，见船老大满面愁容，江隆猛地一拍他的肩膀，大喝一声："呔，跟咱江奉举去烧倭鬼的船，你还敢烦恼？"

"守堡爷，俺们都是小民窄户的，一旦这船有损，俺们可没法子交代呀。"船老大说。

"小婢养的，净想着自己，你看看马雄岛被倭鬼杀了那些人，你就没有一点儿恻隐之心吗？"

"守堡爷，马雄岛让倭鬼给屠了，俺心里也难受。"船老大辩解道，"可是，好端端的，俺的损失怎么办哪？"

"小婢养的，净打自己的算盘。"江隆皱着眉头，忽然，他笑了，"老大，这么的吧，一旦你船有损失，咱保你向衙门汇报，衙门会拨款给你买新的。"

"守堡爷，你就哄俺们吧。"船老大苦着脸。

三只大船朝青云河河口方向奔去，江隆一直抻着脖子朝东北方向看，隐隐约约能听到喊杀声，江隆让弟兄们听，弟兄们说什么都没听见。江隆气得跳脚骂人。此时，他心急如焚，真想带着士卒赶到望海堝，一刀一个，杀他个痛快。

"守堡爷，这几天是大潮，青云河河口那边不好走。"船老大说。

"现在是什么潮？"江隆问。

"马上就涨潮，今儿还是大潮。"

"赶紧，快！"江隆催促着，"小婢养的，快呀！"

江隆重新做了部署，每人负责烧一只船，无论是烧着了还是将船上的大橹破坏，反正，只要倭船不能走就算完成任务。弟兄们心里没底，嚷嚷着。

"守堡爷，每个人只给四个火药罐，能行吗？"亲兵陈大锤悄悄地问。

"当然能行！"江隆说，"开战后，咱老江还留一手，你们就瞒着瞧好吧！"

"守堡爷，你留的是哪一手？"

"天机不可泄露。"

三只船顺利地到了青云河河口处，江隆吩咐靠在礁石滩的后面藏着，尽量不要让倭鬼发现。青云河从老雕窝那边一直到河口，一溜排着大船，大船都朝岸上倾斜着。船老大一看就知道是船搁浅了。

青云河上面共搁浅了三十六只大船。

江隆将任务重新交代了一遍，又摸了摸每个人的肩膀，鼻子一酸，眼泪滚落下来。他偏着脸，朝众人乱拱着手。三十六名士卒朝江隆叉手施礼，他们转身下船，泅渡上岸。

"守堡爷？"船老大惊愕地问，"这些弟兄要做什么？"

"他们都是好样的，要去和倭鬼子拼命，去烧船，让他们回不了东瀛老家。"

"天哪，他们也是爹生娘养的，就这么豁得出去？"

"小婢养的，你以为都像你这等贪生怕死？"

"…………"

半个时辰以后，河口处的一只船上有了动静，几个倭鬼伸脑袋朝船下面看。陈大锤像条蜥蜴一样贴在了大船吃水线附近，那儿恰好是上面的观察死角。另一只船上的倭鬼看得清清楚楚，几个倭鬼朝陈大锤射箭。江隆急得直跺脚，担心陈大锤吃亏。他令船老大再靠近一些，一旦陈大锤被倭鬼射杀，江隆将替他烧船。

"看哪！看哪！"船老大惊呼。

倭船上出现了一个女子，披头散发，像个女鬼一样。她扶着船帮朝这边看，她竟然看见了江隆。她突然朝着江隆喊："守堡爷，快来杀死倭鬼！"

"哪一个？"江隆惊诧道，"'一枝花'？"

"守堡爷！快杀倭鬼！"女人仰起脸，长发飘飘。是"一枝花"，是她的声音，"一枝花"的声音美妙得像百灵鸟。是"一枝花"，是她的影子，"一枝花"的影子像牡丹般圆润。江隆犹如被刀剜了心去，"一枝花"怎么会在倭鬼的船上？"一枝花"被倭鬼掳去了？天哪！江隆不顾一切地催促着渔船靠近大船，船老大也忘记了害怕，指挥着朝河口划船。江隆看清楚了，"一枝花"冲向船帮，又冲向船尾。倭鬼放下船下的明军士卒，纷纷跑去抓"一枝花"，两个堵，一个追，倭鬼搂住了"一枝花"，一边一个扯住了她的胳膊，狂扇她的耳光。"一枝花"也不哭也不叫，耳光仿佛打在别人身上，仿佛打在木头桩上。对面船上的倭鬼哇哇地叫着，似乎提醒这边注意船下有人。倭鬼放下"一枝花"，又伸脑袋朝船下望，两个倭鬼将绳子顺下去，要下去查看。"一枝花"突然脱去衣服，露出半只胳膊，她的举动异常大胆，简直就是疯子。倭鬼扔掉绳头，转回头，伸手朝她乱摸。"一枝花"尖叫着，朝船尾跑去。倭鬼追了过去，他们几个在船上跑来跑去。

天上有云才是天，
地上有水才是地，
妹妹有你才是妹，
哥哥没我不是哥，
…………

江隆的眼睛模糊了，他不忍再看下去，他知道"一枝花"是怎么想的。她多么盼着守堡爷快点儿将大船烧掉，将天杀的倭鬼全都烧死。他懂"一枝花"，他相信，世上只有他一个人懂得"一枝花"。江隆滚下眼泪，他忍着心疼，朝天放了一支响炮。这是决战的炮声。江隆挥舞着大旗，命令船老大快快摇橹，大船朝倭船直冲过去。江隆大旗立定，他像一尊神一样立在船头，他大声呼喝着，命令士卒朝倭船射火药箭。此时，倭船下面的陈大锤冒险爬升，爬得比蜥蜴还要快，他抓住了船帮。倭鬼发现了，举刀砍向陈大锤，"一枝花"突然奋力抱住倭鬼，趁这机会，陈大锤朝船上扔出了火药罐。

　　　　妹朝前来猜是妹，
　　　　妹朝后来妹是谁？

　　一阵阵的爆炸声响，倭船大火升腾，浓烟滚滚，船舱下面的倭鬼疯狂地跑了上来，倭鬼一拥而上将"一枝花"掀翻，"一枝花"大笑不已。
　　笑声像刺刀一样锋利。
　　笑声在青云河河口的上空久久回荡。
　　"回家了，回家呀！""一枝花"笑着说，又哭着喊，"奴的家在哪儿啊？"
　　青云河河口上的倭船陆续爆炸，一团又一团的烈火冲天而起。船上的倭鬼开始反击，他们拼命地砍杀烧船的明军士卒，有的明军士卒来不及扔火药罐就被戳死。江隆的眼里冒着烈火，他挥舞着大旗，猎猎的海风下，大旗呼啦啦地作响。远处一些没被烧着的倭船开始突围，由于正在退潮，几只船撞在一起，船上倭鬼乱作一团。
　　"船家，你们都下去吧。"
　　"守堡爷，俺们不走。"船老大说。
　　"快走，这是要掉脑袋的。"
　　"守堡爷，俺们要杀倭鬼子，俺们还不如一个小女子吗？"
　　"快走！"江隆怒斥着，他不想多伤亡一个人，他满身都是火，满身都是仇恨，他一个人足够了，他要烧掉大船，烧死这些倭鬼。江隆把着大旗，紧盯着倭船，他就像当阳桥前的猛张飞，他要用身躯挡住倭船的去路。倭船恢复了秩序，排队往深水区航行。船老大明白了江隆的心思，他们没有多说，全都跳到海里。江隆抡着宝剑，高喊着："倭鬼，守堡爷和你们拼了！"他一把抄起大橹，朝着河道中间的航道摇动，几个士卒摇起边橹。十几个船夫并没有游走，船老大带着众人在水下顶着渔船，将船横推到航道中间。一只倭船迎了上来，倭鬼们疯狂地射箭，两船就要靠在一起了，倭鬼跃跃欲试，想跳到这只船上。

"弟兄们，你们都下去吧！"

"守堡爷，咱们死也要死在一起。"

"小婢养的，都下去，留着命去望海埚跟着大帅杀倭鬼！"

"遵令！"士卒不敢抗命，纷纷跳下海。眼看着倭船撞来，江隆点燃了身边的火药桶，这是他留下的最后一桶火药，他本想等战斗结束了亲手送给王大牛家，让他们家崩石头，盖房子。这桶火药一直留在他身边，无论是谁，也别想打这桶火药的主意。火药点着了，发出了一声震天动地的巨响，大船上燃起了一团火球，老雕窝沿岸浓烟滚滚。

爆炸声此起彼伏。

青云河河口火光冲天，天都被烧红了。

5

望海埚大战进入最艰苦的阶段。倭鬼被逼疯了，在首领冢野大君的驱使下，几千倭鬼一起出动，以最后的疯狂朝望海埚石城冲锋。石城下到处都是尸体，倭鬼踩着尸体朝城上爬，爬上城的倭鬼疯狂地砍杀明军士卒，城墙上到处都是格斗的人，到处都是人的旋涡。

刘江屹立在箭楼前，张奎举着帅旗，旗帜迎风飘扬，猎猎作响。刘江呼喊着，鼓舞着士卒的斗志。他多么希望自己真的就是军神真武大帝下凡哪，他多么希望自己真的能撒豆成兵扭转战局。士卒越来越少，也越来越勇敢。他们看到了真武大帝显灵，看到了大帅撒豆成兵，他们坚信在真武大帝面前，倭鬼实在不足为惧，鬼无论怎样凶恶也是怕神仙的。

一阵狂风吹来，又是一阵狂风吹来，倭鬼蜂拥着爬上了城墙，一个，两个，三个，明军一拥而上，用长枪戳，用腰刀砍。受了重伤的刘金宝爬到墙边，倚着墙等着，眼看着一个倭鬼跳了进来，刘金宝一把搂住了，用牙生生地咬下了一块肉。倭鬼嗷嗷直叫，狠狠一刀戳进了他的肚子里。刘金宝松开了手，嘴里涌出一口鲜血。旁边爬起一个明军士卒，猛地抱住倭鬼的大腿，一个俯冲，和倭鬼一起冲下城去。

刘江仗剑而立，身边的大旗像一团火焰。

一个倭鬼戳倒了刘江前面的士卒，挥刀扑了上来，张奎迎上去和他格斗。另一个倭鬼直奔刘江。张奎大喊一声："休伤俺家大帅！"

张奎用尽力气，将腰刀掷向倭鬼，腰刀正中倭鬼的面部，倭鬼倒下之时也将太刀戳入了张奎的腹中。张奎痛苦地蹲在地上，突然，他怔住了，竟然忘记了疼痛。他看见了东南方冲天的火焰，滚滚的浓烟，他似乎明白了，他的脸上露出了笑容。

两个倭鬼奔向刘江，刘江的后背长了眼睛一般，一个俯身，长刀从头顶上闪过。他腰间猛地拧劲儿，施展反弹琵琶绝技，广宁剑闪电样地戳中了一个倭鬼的胸膛。另一个倭鬼举刀劈了下来，刘江朝左滑了两步，躲过一刀，抬腿一脚蹬翻了倭鬼。倭鬼倒下时朝他狠命地戳来一刀，刘江没有躲闪，同时朝倭鬼扎下一剑，广宁剑戳穿倭鬼的时候，倭鬼的太刀递到了刘江的咽喉处。刘江朝张奎伸出手去，他想拽起张奎，他突然有了心灵感应，他看到了张奎脸上的笑容。刘江浑身一震，侧身看见了东南方漫天的浓烟。刘江转身跑上箭楼，这回，他看得清清楚楚，东南方一片熊熊的火光，大火起来了。

"杀呀！倭寇的船被烧了，杀尽倭寇！"

城上的明军猛然振作起来，他们都看到了东南方的大火，每个人都为之一振。城头上喊声一片："杀呀，杀尽倭寇！"

城上的倭鬼被逼到了各个角落，倭鬼的锐气消散了，他们也感觉到了一股不祥的气氛。城下的倭鬼停止了呐喊，他们都转过头去，伸头看着东南方向。东南方向的大火起来了，整个天空都被熏黑了。熊本一郎的脸上滚下了豆大的汗珠，首领冢野大君的脸上滚下了豆大的汗珠。他们明白，一定是大船被烧了，他们多么希望这一切都是假的，他们多么希望被烧的不是船，是老百姓家的茅草房。他们面面相觑，他们浑身战栗。熊本一郎突然转过头来，神色狰狞。一切一切的灾难都是眼前的这座石头城而起的，熊本一郎挥舞着太刀，驱逐着倭鬼朝石头城发起疯狂的冲锋。必须彻底干净地消灭明军，必须占据这座石头城，否则，"百足虫"就真的是死无葬身之地了。熊本一郎亲自带领一股倭鬼，全都脱光了衣服，握着短刀和太刀朝城头爬去。

熊本一郎带的是"百足虫"集团中的精锐，他们不但有勇气，还有体力，他们像蛇一样贴在城墙上，他们像蛇一样朝城上爬着。刘江大声呼喝，让士卒振作起来，他组织人手将最后的一些滚木礌石堆在垛口处。士卒们不再害怕箭雨，他们勇敢地呼喝着，奋力抬起滚木扔了下去。墙上的倭鬼被砸得惨叫声不绝。熊本一郎差一点儿被砸死了，他摔向城下，勉强站起来，重新朝上爬去。明军已经没有羽箭了，刘江命令将士扒垛口，朝下面扔石头。即便这样，熊本一郎还是冲了上来。刘江带着仅有的士卒奋力抵抗，长枪已经不起作用了，士卒就捡起太刀对抗。他们像滚雪球一样，一点点地聚集。刘江冲在最前头，士卒都怕倭鬼伤到了他，都拼死保护他的侧翼。

山下猛地一声炮响，石破天惊一般。

交战双方都镇住了，刘江大喊着："弟兄们，援军到了！援军到了！"

又是一声炮响，望海埚下面响起了鞭炮声，响起了巨大的呐喊声："杀倭鬼呀，杀倭鬼呀！"

明军士卒听见了，每个人都为之一振，明军士卒到了油枯灯干的境地，他们努力站直了，发出一阵阵惨烈的呐喊声。熊本一郎瞪着刘江，刘江也认出了他。刘江站住了，手里的广宁剑在滴血，那是倭鬼的血。

两个主将对上了，明军士卒在几个把总的组织下，迅速聚集起来，抵挡着马面墙那边冲过来的倭鬼，抵挡着前后左右不断涌上来的倭鬼。熊本一郎动手了，他的刀术太快了，像一阵旋风裹住了刘江。刘江旱地拔葱，跳上高台，挥剑朝熊本一郎挑去。熊本一郎反应神速，一掌打在刘江的胳膊上。刘江的宝剑被荡开，再要转身，熊本一郎的刀就戳向了他的胸膛。刘江回剑往下斜掠至右膝，剑锋从熊本一郎的面门扫过，不等他反击，刘江左腿前弓，右足猛地一踩，再提左足踢向熊本一郎。熊本一郎反应奇快，宁可挨他一腿，挥刀砍向刘江的右足支撑腿。刘江左足突然收回，踏上了熊本一郎的刀头，轻轻一点，右足趁势提起，如飞鹰一样扑向熊本一郎。熊本一郎太刀横起，试图将刘江切成两截，刘江在落地前一脚踢中熊本一郎的手腕，熊本一郎的刀被踢飞了。他顺势捡起了一把刀，这把刀很不得手，熊本一郎的眉头越皱越紧。刘江的广宁剑流星一样削来，熊本一郎下意识地格挡，太刀竟然被广宁剑砍断。熊本一郎呆住了，他从来没有想过太刀能被砍断，他从懂事的时候就认为太刀是世界上最精锐的武器，太刀就像日本武士一样，是折不断的。

熊本一郎永远也不会想到，奉为神明的太刀居然会让明国的宝剑斩断。熊本一郎的脸上露出了一丝诡异的笑容，瞬间，他的魂儿就出窍了。刘江的宝剑戳进了他的胸膛，熊本一郎嘟囔了一句，嘴里涌出了鲜血。

熊本一郎双手握住了剑刃，跪了下去。

一个倭鬼冲上来，朝刘江当头一刀，刘江抽了下宝剑，宝剑被熊本一郎紧紧抓着。刘江闪了一下，踢倒了熊本一郎。倭鬼的太刀收不住，砍在了熊本一郎的脑袋上。倭鬼抬手又是一刀，这一刀，眼看着就劈向了刘江，危急之中，张奎大喊一声："休伤俺家大帅！"张奎单臂伸起，挡在了刘江面前。太刀将他的胳膊砍掉，张奎栽倒了。

一阵炮声，地动山摇，呐喊声越来越近了。一排排的羽箭射向爬城的倭鬼，倭鬼抵挡不住，成群地往下跳，城上的压力陡减。

"援军到了！"刘江拍着垛口大喊，"弟兄们，援军真的到了！"

士卒们挤在一起，他们都哭了，此时，每个人的体力都到了极限，连站起来的力气都没有了。如果此时有五十个明军生力军朝下面射箭，那将射死多少倭鬼？可惜，他们没有箭，没有弓，他们只有不屈的呐喊！

女子们漫山遍野地乱跑，杂役们漫山遍野地乱跑，倭寇的队伍彻底被冲乱了，山下旌旗招展，明军盔甲鲜明。

"大帅，末将副都指挥佥事钱真率部报到！"钱真朝城上叉手施礼。

"好！永华兄听令，本帅命你率部奋力杀敌，为死难者报仇！"刘江举起大旗，朝下面的将士摇动着。

"大帅，末将都指挥徐刚率部前来报到！"

"好！徐刚兄听令！本帅命你率部奋勇杀敌，为死难者报仇！"刘江举起大旗，朝下面的将士摇动着。

刘江看到了，看到了，一批批人马冲向山来，倭鬼扔掉抢来的包袱，四处抱头鼠窜。刘江朝着城头上的士卒喊道："大家一起为胜利呐喊吧！"

城头上瘫坐着的几十个明军，扶着墙站了起来，他们靠向了垛口，看着满山遍野的援军，一起呐喊："兄弟们，杀倭鬼！杀倭鬼呀！"

一大股倭鬼围在了首领冢野大君的旗下，这些倭鬼开始有组织地撤退了。

望海埚石城大战就此结束。

刘江带着士卒下了城，打开了城门，一队明军骑兵冲到城下，他们是复州卫的援军。刘江命带队的副将率部以望海埚石城为依托，迅速搜索清理战场，严防倭寇死灰复燃组织起有效的反击。副将拨出一百名骑兵作为刘帅的亲兵，严命他们要舍命保卫大帅。命令发下去，副将背过身抹了一把眼泪，他看到大帅满身是血，堂堂的朝廷一品大员居然亲身肉搏，身边居然连一个活着的亲兵都没了，这是何等惨烈的大战哪。山下响起了呐喊声，倭鬼一坨坨地冲向左翼墩台，刘江暗暗叫道："徐大旗呀徐大旗，考验你的时候到了。"

墩架那边呐喊声越来越多，似乎到处都是明军，刘江有些疑惑，援军虽然已经来了，却也没有这么多的兵马呀。小校禀报，林子里全都是老百姓在呐喊助威。刘江心里一阵滚烫，吩咐亲兵队立即赶往左翼墩架参战，务必保护百姓的安全。

首领冢野大君带着大股的倭鬼朝乐群所部展开了疯狂的进攻，每个倭鬼都清楚，越过了这道墩架，他们也许就有了生路，被挡在这里，那就是死路。每个倭鬼都恨不能以一当十，乐群的几十个人靠着滚木礌石抵挡了一阵，却也死伤了大半。不能再等了，一定是大帅那边打赢了，把倭鬼的主力逼了过来。不能再等了！下决心吧！乐群率领残余士卒撤出第一道防线，第二道防线事先早已准备好了，树林里全都浇上了桐油，乐群下令点燃森林。大火瞬间卷了起来，随风朝着倭鬼扑去。首领冢野大君见状，迅速带队逃离。钱真的队伍从后面追上来，兜住了就是一顿砍杀。首领冢野大君明白，不能再退了，必须冒死冲过火海，冲过去，就是青云河，顺着青云河就能找到船。首领冢野大君在喜志等人的簇拥下，将脑袋包上了厚厚的衣服，冒死钻进了火海。他们侥幸冲了出去，找到了河汊。倭鬼们冲进河里打滚，这一股倭鬼虽然被烧了个面目皆非，却成功地逃了出去。

探子来报，倭鬼冲过了左翼墩架，朝东南方跑了下去。刘江跺脚大骂，发誓要斩了徐大旗。探马禀告刘江，徐大旗早已阵亡。守在墩架上的是乐群的兵马，这把大火是乐群放的。

"小乐群还活着？"

"俺刚刚见过他，不知大火烧起来以后他是否还能活着。"探马道。

刘江带着兵马一路追了下去，他们追到了泉水屯，泉水屯已经被倭寇烧为废墟，刘江率队继续追击，追到了樱桃园堡。樱桃园堡已被倭鬼占领。堡前的高架上挂着几具尸体，其中一位居然还活着，一群倭鬼藏在高架上朝下瞄准。钱真的队伍赶到了，徐刚的队伍也赶到了，他们都大有斩获，个个满面红光。徐刚捋了下白胡子，抢着要攻击樱桃园堡，刘江拦住了，他指了指高架上挂着的小将。

"他是英雄江奉举的弟弟。"刘江低声说。

"大帅，还等什么？让老钱组织弓箭手护着小江，俺带着骑兵冲进去！一举杀光倭鬼，岂不痛快？"

"徐将军莫要心急。"刘江朝徐刚耳语几句，徐刚得令而去。刘江又吩咐钱真率部围住樱桃园堡，只留西门不围。钱真愣住了，大帅这是使的什么招？

归服堡的骑兵赶到，带队把总向刘江叉手施礼，让刘帅检阅队伍。刘江一眼看到了每个骑兵的马鞍上都挂着一颗或者两颗头颅。

"大帅，俺们刚好赶上了，这帮子满地里瞎跑，俺一战斩倭鬼头颅一百挂零。"

"好，本帅命你率部配合钱大人合围樱桃园堡，东南北三面切勿让倭寇逃脱一人。"

"末将遵命！"

"大帅，乐群参见大帅！"马下一人一把扯住了缰绳，这人面目皆非，衣衫褴褛，浑身血肉模糊。

"乐群？乐群！"

"是我，大帅！大帅呀！全都死了，死得好惨哪！"

刘江的眼窝一热，他跳下马，扶起了乐群，替他擦去了眼泪，久久地凝视着他。

天快黑了。

钱真来请示，一切都准备好了，是否可以进攻？刘江指着高架上挂着的江虎说："本帅要他活着。"

钱真和部下商量出了一个万全之策，他派一百名弓箭手，专门朝吊着江虎的绳子射火药箭，下面派人接应江虎。刘江批准了这个计划，他想起了江隆，一个率真的黑大汉，一个立下奇功的英雄，不禁热泪盈眶。钱真命令放炮，几炮轰去，堡里的倭鬼就慌了，弓箭手一齐射火箭，突然，狮子兽从堡里冲出，直奔高架而来，江虎正好摔在狮子兽的身上。几十支羽箭插在了狮子兽的身上，狮子兽跃起来，长长的嘶鸣，终于，像座山一般倒下了。

首领冢野大君决定趁着夜色突围。

倭鬼放火烧了樱桃园堡，从西门冲了出去，一头钻进了柳树沟，还没等喘口气，徐刚的骑兵旋风般杀来，倭鬼仓促应战，死伤一片。冲出柳树沟的倭鬼四下乱跑，再也组织不起队伍。望海埚山上山下几千军民敲锣打鼓，齐声呐喊助威。好一场大战，从白天打到黑夜，从黑夜打到白天，直到最后一个倭鬼抛刀投降。

夕阳西下，刘江站在望海埚城头，眼望着东南方向，那片大海波光闪闪，他的脑子里忽然就出现了父亲的身影，父亲拄着拐杖，朝他伸着手，父亲在呼喊着："儿啊，回来吧。"刘江伸出手，轻声说："拿酒来！"

"快拿酒来！"乐群朝城下喊。

"夕阳西下几人回……"刘江吟道。

天空上，一群鸟儿飞来飞去，山岳一片萧萧，偶尔一阵马嘶，偶尔一阵乌鸦啾啾，天地间透着凄凉。夕阳西下，旌旗猎猎，刘江的身上镀了一层霞光，像个铜人一般。

士卒弓着腰，捧着酒瓶从城下往上走。

大战过后，刘江全身疲惫，他有了一种暮气，他想念自己的家乡，想念奔腾不息的洋河，想念父亲，想念母亲。他多想回去看一眼，就像一个乡野老农一样，守着父母的坟，尽到人子之道。眼前忽然出现了一双鹰眼，放出能杀死人的凶光。刘江浑身颤抖，又到了一个重大的关节上，一个要死的念头产生了。他听到了一阵蟋蟀的鸣叫声，像招魂的鼓声，他仰头看去，帅旗猎猎，像一道汹涌澎湃的血的河流。

士卒捧着酒瓶，从乐群身边走过，乐群看着刘江，忽然觉得这个士卒有些问题，突然，他惊呆了。他想起了一个人，他闻到了这个人身上特有的香气。

是她！是她！是他魂牵梦萦的美人，是他魂牵梦萦的狐狸精。

乐群一个箭步冲了过去，伸手就抓住了那人的肩膀，那人使劲挣脱了，反手抽出宝剑，朝刘江刺去，电光石火间动作一气呵成。乐群奋力朝刘江扑了过去，宝剑刺进了他的后背。

夕阳像一道血河，流淌了过来。

"天也悠悠，地也悠悠，天地之间无尽头哇。"城下有人凄厉地吟唱着。

"哪个在喧哗？"刘江怒视着城下。城下跑来一个小校，叉手施礼道："大帅，是倭鬼山间一胡在闹腾。"小校犹豫了一下，"大帅，他说他是马雄岛的胡宗地。"

"山间一胡？胡宗地？"

"大帅！他们说我不是倭人，你们又说我不是大明人。大帅，我到底是谁呀？"

"你是十恶不赦的奸人。"

"我是谁呀？哇他西哇大赖戴斯嘎！"山间一胡惨叫着。

"我是谁？"刘江的耳畔传来了一阵诘问。

永乐十七年秋的一天，刘江亲自押着五十辆装着倭鬼俘虏的木笼囚车进京。每个参与押解的骑兵都披上八十斤的重甲，远远望去，进京队伍甲胄耀眼，旗帜鲜明。刘江要求一路上都要高唱凯歌，要求每个骑兵都要威风凛凛，以显辽东将士的威武形象。

望海埚一战，明军杀敌七百四十二名，生擒八百五十七名，葬身火海失踪的倭鬼不计其数。望海埚大捷，这场看似规模不大的战役，过程十分酣畅，是中华民族抗倭史上的首胜，也是完胜。对于整个15世纪的中国沿海安全，都产生了重大的影响。此战后，倭寇近五百年未敢再踏入辽南一步，直到1894年甲午战争。望海埚大捷在中国人民保家卫国反对侵略的历史上写下了浓重的一笔。

2021年5月23日完成